KB171000

한국 현대시 교육론

The education theory of Korea contemporary poetry

■ **오정훈** 지음

1970년 경남 마산에서 태어나 경상대학교 국어교육과를 졸업하고 17년 동안 중학교와 고등학교에서 학생들을 가르친 이후, 지금은 경상대학교 국어교육과에서 근무하고 있다.

한국 현대시 교육론
The education theory of Korea contemporary poetry

© 오정훈, 2015

1판 1쇄 인쇄_2015년 02월 25일
1판 1쇄 발행_2015년 03월 10일

지은이_오정훈
펴낸이_양정섭
펴낸곳_도서출판 경진

　　　　등록_제2010-000004호
　　　　블로그_http://kyungjinmunhwa.tistory.com
　　　　이메일_mykorea01@naver.com

공급처_(주)글로벌콘텐츠출판그룹

　　　　대표_홍정표
　　　　편집_노경민 김현열 송은주　**디자인**_김미미　**기획·마케팅**_이용기　**경영지원**_안선영
　　　　주소_서울특별시 강동구 천중로 196 정일빌딩 401호
　　　　전화_02) 488-3280　**팩스**_02) 488-3281
　　　　홈페이지_http://www.gcbook.co.kr

값 17,000원
ISBN 978-89-5996-455-0 93800

※ 이 책은 본사와 저자의 허락 없이는 내용의 일부 또는 전체의 무단 전재나 복제, 광전자 매체 수록 등을 금합니다.
※ 잘못된 책은 구입처에서 바꾸어 드립니다.

학술
09

한국 현대시 교육론

오정훈 지음

경진출판

  이 책에 수록된 글들은 한국 현대시 교육의 다양한 자장들을 검토
하고 있다.

  시의 정서, 이미지, 상상력 등 시교육의 원론적인 문제로부터, 서술
시, 모더니즘시, 자아성찰시, 생태시 등 전통적인 시적 경향, 여성시,
해체시, 탈식민주의시 등 현대의 시적 경향까지……

  아울러 이 책에 수록된 글들은 한국 현대시 교육에 대한 천착을
보여주고 있다.

  연구사에 대한 충실한 검토를 통한 연구 문제에 대한 깊이 있는
고민, 학문적 연구의 기본이라고 할 수 있는 연구 결과의 새로움
을……

  이러한 연구를 통해서 오정훈 교수는 현대시 연구뿐만 아니라 현
대시의 교육을 지향하고 있다.

  한국 현대시 연구를 넘어 한국 현대시의 교육적 실천을……

                                                    2015년 2월
                                          서울대학교 교수 윤여탁

현대시는 다양한 가치관과 표현 방식을 고집하며 거듭나고 있다. 수많은 작가와 그들 작가의 다양한 작품의 수만큼이나 폭넓고도 다채로운 사상과 이념, 그리고 문학적 경향을 그들만의 목소리와 방식으로 드러내고자 한다. 뿐만 아니라 시는 복잡하고 폭넓은 삶과 사람의 모습들을 압축된 언어로 그려나가고자 하기에 시를 감상하는 방법에 대한 교육 없이는 작품의 속내를 온전히 받아들이기는 어렵다고 볼 수 있다.

시 특히, 현대시가 어렵게 느껴지는 이유는 아마도 위에서 언급한 이유들 때문이라 짐작된다. 현대시는 단순한 작가의 단상을 표출하기 위한 글쓰기 양식이라기보다는, 좀더 문학적이고 좀더 삶을 천착하고자 하는 시도로서의 결과물이기 때문일 것이다. 그러므로 학생들이 이러한 태도로 완성된 시 문학 작품을 온전히 감상하고 자신들의 삶의 일부분으로 내면화하기 위해서는 시 작품의 근저에 깔려 있는 철학적 문학적 이론들에 대한 인식이 필요해 보인다.

이 책에서는 현대시 감상을 위한 방법들에 주목하고자 하였다. 시 작품 감상을 위해 도입할 수 있는 철학과 문학 이론에 대해 고찰하고자 하였으며, 실제 작품을 대상으로 학생들의 감상력을 신장시킬 수 있는 교육 방법에 대해서도 이론적으로 접근하고자 하였다. 문학은 독자의 개성적 안목이나 문학적 경험에 따라 다양한 반응을 허용한다. 하지만 학생들을 고급 독자로 격상시키기 위해서는 단순한 인상 비평 수준의 감상이 아니라, 작품의 이면에 내재된 다양한 인식들을 탐색할 수 있는 능력을 함양할 필요가 있는 것이다.

시 감상과 시 교육 방법에 대한 체계화된 이론이 미흡한 현 시점에서 시 감상 방법을 체계적이고 이론적으로 접근할 수 있는 방안을 모색해 보고자 한 것에 이 책의 의의를 두고자 한다. 이 책의 내용은 '배달말(48집, 52집), 국어교육(140집, 143집), 국어교육학연구(43집, 45집), 문학교육학(33호, 36호), 새국어교육(87호), 학습자중심교과교육연구(13권 1호, 5호), 열린교육연구(19집 4호)'에 실린 글들을 모아 묶은 것들이다. 다양한 주제의 글들이지만 현대시 교육과 관련된 글들이라는 점, 그리고 시와 철학, 시와 문학 이론과의 관련성을 토대로 교육 방법을 모색해 보고자 한 논의들이기에 함께 묶어 책으로 엮고자 하였다.

여물지 못하고 성근 글이지만 학문에 뜻을 두고 정진할 수 있도록 안내해 주신 모교의 모든 선생님들께 이 책으로 감사의 마음을 전하고자 한다. 아울러 소장 학자의 미욱한 원고를 마다하지 않으시고 꼼꼼히 살펴 학문의 발전을 위한 주옥같은 추천의 글을 써 주신 서울대학교 윤여탁 교수님께 거듭 황송하다는 말씀을 재차 올리고 싶다. 끝으로 미흡한 글이지만 흔쾌히 출판을 허락해 주신 도서출판 경진의 양정섭 이사님과 간행을 위해 애써주신 관계자 분들께 진심으로 고마움의 뜻을 표한다.

개척인의 혼이 영글어 가는 가좌벌 연구실에서
오정훈

차례

추천의 글 ____ 4
책을 내면서 ____ 5

| 1부 | 시 교육의 원론적 문제

시적 정서 교육을 위한 방법 _____ 10
'시각예술과 언어예술'의 이미지 소통을 통한 시 읽기 방법 _____ 47
문학적 상상력 함양을 위한 시 교육 방법 _____ 75
공간성 인식을 통한 시 감상 교육 방법 _____ 110

| 2부 | 전통적인 시적 경향

서술시를 통한 서정과 서사 통합 교육 방법 _____ 138
현실과 주체 인식으로서의 모더니즘시 교육방법 _____ 166
자아성찰시 교육 _____ 193
비판과 공존의 시학으로서의 생태시 교육 _____ 225

| 3부 | 현대의 시적 경향

주체성 인식으로서의 여성시 교육 방법 _____ 258
해체시 읽기 방법 _____ 294
탈식민주의시 교육 방법 _____ 324
하이퍼텍스트성의 교육적 활용 방안 _____ 358

참고문헌 ____ 383
찾아보기 ____ 409

1부
시 교육의 원론적 문제

시적 정서 교육을 위한 방법
'시각예술과 언어예술'의 이미지 소통을 통한 시 읽기 방법
문학적 상상력 함양을 위한 시 교육 방법
공간성 인식을 통한 시 감상 교육 방법

시적 정서 교육을 위한 방법

1. 시적 정서 교육의 주안점

시문학에서 정서는 갈래 형성과 존립의 근거가 되며, 여타의 다른 하위 문학 범주와 차별화되는 주요한 속성에 해당한다. 심리학에서는 정서를 '자극에 대한 복합적인 반응의 연쇄로서 인지적 평가, 주관적 변화, 자율 신경계의 각성과 행동 충동'[1]으로 정의한다. 즉, 외부의 대상 자극에 대해 주체가 심리적으로 반응하는 단순한 내적 느낌[2]의 변화에만 주목하지 않고, 인지와 행동의 측면까지 외연을 확

---

[1] James W. Kalat & Michelle N. Shiota, 민경환 외 역, 『정서심리학』, 시그마프레스, 2008, 4~5쪽.
[2] 심리학에서는 상황에 대한 인지적 평가의 측면이 강하게 작용하며 대상지향적인 반응이라는 점에서 정서(emotion)를 기분(mood)과 차별화하며, 감정(affect)은 평가적 요소가 포함되지 않으며 자동적으로 유발되는 것으로 보고, 정서를 감정과는 다른 의식적 산물로 규정한다. 하지만 이 글에서는 '감정, 감성, 정서, 느낌, 정의'는 그들 사이의 차별성이 명확하지 않으며, 이성이나 인지와 상반되는 심리적 측면과 관련되는 것들이기에 정서를 감정

장시키고 있음을 볼 수 있다. 대상에 대한 반응의 차원에서 정서가 선행하는지 인지가 선행하는지에 대한 논란3)이 지속되고 있음에도 불구하고, 정서적 반응에서 인지가 관계한다는 인식에 있어서는 공감대를 형성하고 있다. 정서는 감정을 유발시키는 체험에 대해 발생하는 동일한 내적 변화만을 의미하지 않으며, 대상과 상황에 대한 해석과 평가의 여부에 따라 감정의 강도와 질이 결정4)된다는 것이다. 이러한 견해에 주목한다면, 정서 유발은 자극으로서의 대상과 결과로서의 심리적 변화에만 한정되지 않는다. 단순히 자극과 반응의 관계로 유도되는 순간적이고 일차적인 감정의 형성과 생리적 반응으로만 설명될 수 없다는 것이다.

따라서 시작품을 매개로 형성되는 독자의 시적 정서5)는 단순하고 미묘한 차원 이상의 것으로, 텍스트 구성 요소의 논리적 조직과 의미 파악을 전제로 유도되는 인지와 정서적 총체로서의 심리적 실체에 해당하는 것이다. 정서를 유발시키는 대상이나 상황에 대한 판단과 해석을 위해서는 그 근거로서의 과거 기억과 언어적 역할이 강조된다. 정서는 심리적인 기제로서 통제 불가능한 비자발적인 요소로 규정될 수 없다. 비록 정서는 실체를 확인할 수 없는 인간의 심리 상태로서, 외부의 자극에 대해 주체가 자발적으로 기억을 환기시키고, 언어를 매개로 한 인지적 사고 과정을 통해 상황에 대해 평가하고 판단함으로써, 내면에서 발생하는 심리적 동요 현상에 해당한다. 작품 속에 형상화된 작가의 대상에 대한 정서를 효율적으로 파악하고, 문학

과 느낌 그리고, 정의적 차원을 포괄하는 개념으로 사용하고자 한다. 정옥분 외, 『정서발달과 정서지능』, 학지사, 2007, 21~22쪽.

3) 정배범 외, 「감성공학과 게임을 위한 정서의 정의와 활용」, 『한국컴퓨터게임학회논문지』 7집, 한국컴퓨터게임학회, 2005, 2쪽.

4) 임지룡, 『말하는 몸』, 한국문화사, 2007, 13~14쪽.

5) 이 글에서는 사물이나 대상에 의해 촉발된 작가의 정서가 구체적으로 형상화된 결과물로서의 성격을 지닌 것이 작품이라 보고, 작품을 통해 독자가 다양하게 재구성하는 독자의 정서에 주목함으로써, 작품을 연결고리로 해서 유발되는 인지 및 정서적 측면의 내재적 심리 유발이나 변화 전체를 시적 정서로 규정하고자 한다.

적 경험을 토대로 섬세한 독자의 정서 유발을 목표로 삼는 시적 정서 교육에 있어서도, 정서가 작품을 매개로 유도되는 학생들의 개인적이며 순간적인 '인상(印象)' 이상의 차원에 해당한다는 인식을 가질 필요가 있다. 동일한 작품이라 할지라도 감상자의 경험 기억이나 언어적 사고과정으로서의 인지 처리방식에 따라 다양화될 수밖에 없으며, 작품에 대한 인지적 차원의 해석에 따라 정서의 폭과 깊이는 확대 심화될 수 있는 것이다.

철학적 사유에 따르면 정서와 이성의 상호 소통성은 더욱 강조된다. 칸트는 이성과 정서를 인식의 체계에 내재하는 두 요소로 보고, "어떠한 정서적 경험도 언어적인 것이며 그리하여 어떠한 정서도 이성화의 대상"[6]이 되는 것으로 파악한다. 감각기관을 통해 받아들여진 현실적 체험을 통해 정서가 유발되며, 이러한 정서는 이성적 작용에 의해 인식의 지평을 확장해 나간다는 입장이다. 엄밀히 말하자면, 인지적 사고과정이 개입하기 이전에 감각기관을 통한 체험의 결과로 발생하는 내적인 감정의 형성 단계와, 인지적 요소의 개입으로 인해 정서를 조절하고 질서화하는 단계로 이원화[7]하고 있는 것이다.

여기에 또 하나의 시 정서 교육에서의 주안점이 숨어 있다. 작품을 통한 학생들의 감각기관의 활성화를 충분히 유도하고 인지적 개입이 없는 차원에서의 정서의 활성화를 인도함과 동시에, 이미 형성된 정서를 객관화하고 대상화함으로써 학생 자신의 인지적 성찰 과정을 통해 시적 정서를 재구성할 줄 아는 역량을 강화시킬 필요가 있다는 것이다. 사실 정서 유발은 의도적인 사고의 과정이 개입되지 않는

---

6) 김광명, 『칸트 미학의 이해』, 철학과현실사, 2004, 106쪽; 정대현 외, 『감성의 철학』, 민음사, 1996, 17쪽.

7) 데카르트도 영혼(인지)과 몸(감각기관)이 결합함으로써 이루어지는 정념으로서의 정서와, 순수한 인지적 차원에서의 정서로 이원화한다. 김선영, 「데카르트에서 영혼과 몸의 결합과 그 현상으로서의 정념」, 『철학연구』 45집, 고려대학교철학연구소, 2012, 187쪽.

직관의 차원에서 자연 발생적으로 이루어지기도 하기에, 작품의 감상 과정에서 학생들이 느끼는 감정을 선입견 없이 제시하도록 하는 것이 선행되어야 한다. 한편 최초에 유발된 정서를 인지적 차원의 처리 과정을 통해 정치하게 다듬고 심화시켜 나갈 필요가 있다. 이러한 관점을 헤겔은, "예술 작품은 감각을 위한 것이고 감각적인 것으로부터 생기지만, 감각적인 것이 정신을 촉발하게 되는 것"8)으로 표현하고 있다.

베르그송은 정서를 "사회적 삶에서 일어나고 있는 일들을 주체적으로 해석하는 가치판단의 방식"9)으로 정의하고, 현상에 대한 감각 기관의 지각적 행위로 인해 유도되는 정서는 자발적인 기억작용과 관련된 주관적인 인식 행위임을 강조한다. 또한, 그는 인식의 과정을 정서에 기초를 둔 언어적 행위10)로 규정하고 있다. 즉, 대상으로 인해 일차적으로 촉발되는 감정적 느낌은 언어를 매개로 주체의 기억과 연결되고, 주관적 가치판단이 개입된 언어적 사고의 활성화를 통해 정서의 본질을 파악하게 된다는 것이다. 이러한 사실을 통해, 시적 정서 교육에서도 '언어'에 주목할 필요가 있다.

곧, 모호한 심리적 현상에 해당하는 내적 정서를 명확하게 가시화하고, 언어를 매개로 감상자의 경험 기억을 환기시키며 인지적 절차를 거쳐 사유하기 위해서는 '정서어휘'11)에 대한 집중이 필요하다고 본다. 시적 정서 교육은 작품에 대한 감상 결과 유발되는 정서의 질적 수준을 확대하고 심화시키는 것이다. 따라서 다양하고 섬세한 정

---

8) 강영계, 『헤겔』, 철학과현실사, 2004, 219쪽.

9) 송영진, 『직관과 사유』, 서광사, 2005, 262~263쪽.

10) 베르그송은 '감정적이라고 불리는 감각에 의해 대상의 표층막만을 아는 대신 내부를 지각'한다고 함으로써 정서를 통한 사고의 과정을 강조한 바 있다. 앙리 베르그송, 홍경실 역, 『물질과 기억』, 교보문고, 1991, 69~70쪽.

11) 시적 정서가 리듬, 어조, 이미지 등의 요소에 의해 유발되기도 하지만 일차적으로 정서어휘에 의해 활성화되는 측면이 강하기에, 이에 따라 논의를 전개하고자 한다. 구인환 외, 『문학 교수학습 방법론』, 삼지원, 1998, 126쪽.

서체험을 가능하게 하기 위해서는, 정서를 논리와 절차적인 과정을 통해 접근할 수 있는 대상적 실체로 재설정할 필요가 있다. 따라서 정서어휘를 탐색하고 교육하고자 하는 방법적 제안은 시 정서교육에서 유용한 측면이 있을 것으로 판단된다.

2. 시적 정서 교육의 요소

앞장에서 주목한 정서의 세 측면, 즉 정서의 언어화 필요성, 경험과의 관련성, 인지와의 상호 작용성 등의 논의를 통해, 시적 정서 교육이 '정서어휘, 상황 인식, 가치 인식'적 요소와의 관련 속에서 수행될 수 있는 이론적 근거를 확보하게 된다. 즉, 정서어휘는 정서를 자극하는 동인(動因)으로, 독자의 문학적 경험 맥락과 함께 이루어지는 상황과 가치 인식은 정서를 정치(精緻)하게 형성하고 조율하는 가시적인 자질이 되리라 본다. 이러한 태도로 시도되는 시적 정서 교육은 작품에 대한 학생들의 단순하고 피상적인 수준의 정서 활성화와 작품에 대한 분석과 이해를 토대로 이루어지지 못하는 개인 편향적 차원의 정서 형성을 뛰어 넘을 수 있으리라 본다.

시적 정서 교육이 가능하기 위해서는 정서의 심리적 실재성을 인정하면서도, 동일한 상황과 자극에 대한 정서 형성이 개인의 경험 기억과 인지적 절차에 따라 조정 내지는 강화될 수 있음을 인식할 필요가 있다. 또한, 심리적 현상으로서의 정서가 갖는 비실재성을 해소하고 이를 명확한 교육적 대상으로 가시화하기 위해서는 정서어휘를 통한 정서의 외재화(外在化)가 필요한 것이다. 정서어휘에 주목한 시적 정서 교육은 작가의 정서를 실체적인 것으로 가시화하는 의도적인 작업인 동시에, 작품 속 정서어휘를 파악하고 이를 조정하고 재구성함으로써 독자의 정서를 새롭게 형성해 나가는 초석이 될 수 있기 때문이다.

아울러, 정서가 단순한 감각적 반응의 차원을 넘어 인지적 사고력과의 관련성 속에서 유발되는 심리적 실재임은, 작품에 대한 '상황 인식'을 통해 입증된다. 개별 작품 속에 형상화된 상황은, 구체적 현실 상황을 바탕으로 작가의 상상력에 의한 '상황의 재구성'에 의해 마련되는 것이다. 이렇게 표면화된 문학적 상황은 독자의 단순한 감각적 판단이나 직관에 의해서만 정서가 형성되는 것을 허락하지 않는다. 상황에 대한 연상12)과 그를 가능하게 하는 이성적 판단력의 개입이 없이는 상황의 전모를 온전한 정서로 체험할 수 없는 것이다. 결국, 작가적 상황 인식에 대한 독자의 공감과 그를 토대로 빚어지는 시적 정서는, 시적 논리의 타당성13) 속에서 구축 가능하다. 그러므로 '상황 인식'은 정서 형성을 위해 시도되는 작품 분석의 이성적 수행 과정에 해당하기에, 시적 정서 교육의 요소로 설정 가능하다.

작품에 전제된 '가치 인식'도 독자의 정서를 섬세하게 환기시키는 데 일조한다. 인간의 정서적 반응을 유도하는 '정의(情意, affectivity)'14)는 때때로 사물이나 상황에 대한 이해뿐만 아니라, 가치 평가에 기여한다. 독자는 작가의 대리인으로 작품에 등장하는 화자의 가치관에 공감하거나 적대적 반감을 표출하면서 일정한 정서를 표출하게 된다. 또한, 화자의 가치 인식을 토대로 독자의 가치관을 조절하거나 재정립함으로써 새로운 정서적 지평을 확장해 나가게 되는 것이다. 작품 속에 형상화된 작가의 지성과 감성은 작가적 시정신15)인 가치관의 중재에 의해 독자들에게 감동의 형태로 전달될 수 있기에 시적 정서

---

12) 윤여탁, 『리얼리즘의 시 정신과 시 교육』, 소명출판, 2003, 235쪽.

13) 김종철, 「민족정서와 문학교육」, 『문학교육학』 6호, 한국문학교육학회, 2000, 127쪽; 이경수, 「시감상 교육의 현황과 방법론 모색」, 『비교한국학』 13권 2호, 국제비교한국학회, 2005, 129쪽.

14) 문학교육에 있어 정의는 보통 인지의 상대적 개념으로 사용되기도 하지만, 정의는 정서 혹은 감정 등과 유사한 개념으로 혼돈하여 사용한다. 황정현, 「초등학교 문학교육의 정의적 영역의 문제와 교육방법」, 『문학교육학』 12호, 한국문학교육학회, 2003, 70~72쪽.

15) 이정환, 「민족정서의 이해와 습득을 위한 시조교육」, 『청람어문교육』 26집, 청람어문교육학회, 2003, 213쪽.

교육에서 주목 가능하다. 따라서 이 글에서는 시적 정서 교육을 위해 '정서어휘, 상황 인식, 가치 인식'을 핵심 요소로 설정하고자 한다.

1) 정서어휘의 재구성과 치환

정서어휘는 정서를 나타내는 어휘16)로 정의되며, 대상의 자극으로부터 발생하는 다양한 정서를 유형별로 범주화하고, 이들 각각의 기본정서를 좀 더 세분화시켜 놓은 것이다. 정서는 개인의 내면에서만 느껴지는 심리적 동요현상에 해당하는 것이므로 그 실체가 모호한 추상적 개념에 해당한다. 즉, '기쁨, 슬픔, 분노'와 같은 정서어휘를 통해 내면의 느낌을 명확하게 표현17)할 수 있을 뿐만 아니라, 정서의 실체를 대상화해서 타인과 소통할 수 있게 되는 것이다. 심미적 독서의 경우, 독자는 어휘가 가리키는 개념, 의도 등에 대한 해석에 주의를 기울일 뿐만 아니라, 어휘들이 표상하는 대상이 독자의 마음속에서 불러일으키는 연상 작용이나 감정, 태도 등에도 집중18)을 하게 마련이다. 작품 속의 특정 어휘나 그들 간의 관계를 통해, 독자는 상이한 감정을 환기시키며 이로써 미적 가치를 획득19)하게 되는 것이다.

따라서 학생들로 하여금 정서어휘에 주목하게 하는 것만으로도 작품 속에 내재된 다양한 정서를 탐색할 수 있는 단초가 될 것이다. 시 속에서 화자나 시적 대상의 정서를 드러내는 정서어휘는 명사, 형용사, 동사의 형태를 취하게 된다. 이처럼 정서어휘가 구체적으로

---

16) 기본정서어휘는 기본적인 정서를 어떻게 차별화하고 범주화하느냐에 따라 달라질 수 있으며, 기본정서를 상세화하는 작업 역시 연구자의 관점에 따라 다양하게 드러나고 있다. 김광해, 『등급별 국어교육용 어휘』, 박이정, 2003, 90~96쪽; 김은영, 「국어 감정 동사 연구」, 전남대학교 박사논문, 2004, 87~92쪽; 정현원, 「감성의 개념 및 어휘체계 정립을 통한 공감각 디자인 평가방법에 관한 연구」, 홍익대학교 박사논문, 2008, 71~73쪽.

17) 함준석 외, 「텍스트의 정서단어 추출을 통한 문학작품의 정서분석」, 『감성과학』 14집 2권, 한국감성과학회, 2011, 260쪽.

18) Louise M. Rosenblatt, 김혜리 외 역, 『독자, 텍스트, 시』, 한국문화사, 2008, 43쪽.

19) 스테인 H. 올슨, 최상규 역, 『문학이해의 구조』, 예림기획, 1999, 55쪽.

형상화되어 있는 작품의 경우에는 '정서어휘 발견하기 → 범주화하기 → 정서어휘 재구성하기 → 표현하기'의 과정을 거침으로써, 작품의 내밀한 정서를 체험할 수 있을 것이다.

> 무거운 쇠사슬 끄으는 소리 내 맘의 뒤를 따르고
> 여기 쓸쓸한 자유는 곁에 있으나
> 풋풋이 흰 눈은 흩날려 이정표 썩은 막대 고이 묻히고
> 더러운 발자국 함부로 찍혀/오직 치미는 미움
> 낯선 집 울타리에 돌을 던지니 개가 짖는다.
>
> 어메야, 아직도 차디찬 묘 속에 살고 있느냐.
> 정월 기울어 낙엽송에 쌓인 눈바람에 흐트러지고
> 산짐승의 우는 소리 더욱 처량히
> 개울물도 파랗게 얼어
> 진눈깨비는 금시로 나려 비애를 적시울 듯
> 도형수(徒刑囚)의 발은 무겁다.
>
> ―오장환, 「소야의 노래」 전문[20]

위 작품에서 발견되는 정서어휘를 행의 전개에 따라 순서대로 나열하면, '쓸쓸한, 더러운, 미움, 낯선, 처량히, 비애, 무겁다' 등으로 제시 가능하다. 시의 정서 교육에서 화자의 정서를 암시하는 낱말을 단순히 찾아보고, 그것을 학생들의 정서로 확정짓는 것은 바람직한 정서 교육의 방법으로 볼 수 없다. 이러한 한계에서 벗어나기 위해서는 작품 속 정서어휘를 '범주화'할 필요가 있다. 즉, 정서어휘가 동일 화자의 유사한 내적 정서를 표출하고 있는 낱말이라 하더라도, 그들

---

20) 이 글에서 제시한 시작품은 시적 정서 교육을 위해 선정한 하위 요소들의 속성이 강하게 드러나 있으며, 해당 정서 교육 요소의 현장 적용 가능성과 효과를 검증하기에 적절하다고 판단되는 작품들을 필자가 임의적으로 선택한 것임을 밝혀 둔다.

간의 상호 관련성이나 특징을 고려해 유형별로 나누어 살필 필요가 있다는 것이다. '쓸쓸한, 처량히, 비애, 무겁다'와 같은 어휘는 직면한 상황에 대해서 화자가 느끼는 심정을 드러낸 것으로서 화자 의존성이 강한 것들이다. 화자의 현재적 정서를 유발시킨 대상이나 원인에 대한 규명과, 대상과의 관련성 속에서 환기되는 정서 표출이 아니라, 외부의 모순적 상황에 의해 결과적으로 발생하는 화자의 온전한 내적 정서에 주목한 표현이라고 볼 수 있다.

반면, '더러운, 미움, 낯선' 등의 어휘는 대상 지향성이 강하다. 즉, '~을 더럽게 느끼고, ~을 미워하고, ~에 대한 낯선 느낌'이라는 함축성이 강하게 내포되어 있다. 그러므로 화자의 내면에 집중한 정서어휘와는 달리, 이러한 정서어휘는 화자의 대상에 대한 정서를 드러냄과 동시에 화자가 느끼는 정서의 원인과 그 실체를 명확히 해 준다는 점에서 의의를 갖는다. 작품에서 발견한 정서어휘를 화자 지향성과 대상 지향성이라는 특성에 따라 범주화함으로써 현실 상황 속에서 유발된 화자의 정서 양상을 명확히 규명할 수 있을 뿐만 아니라, 그러한 정서를 갖게 된 원인으로서의 대상에 대한 화자의 정서도 동시에 분석할 수 있게 되는 것이다.

또한, '무거운 쇠사슬, 이정표 썩은 막대, 차디찬 묘, 산짐승의 우는 소리' 등의 구절에서 '무거운, 썩은, 차디찬, 우는'과 같은 술어는 사물이나 대상의 특성이나 상태를 나타내기 위한 것이지만, 사실상 화자의 정서를 간접적으로 형상화하고 있는 정서어휘에 해당한다. 따라서 이러한 어휘들을 묶어 화자의 정서를 간접화하고 있는 어휘들로 범주화할 수 있다. 이러한 정서어휘의 범주화 작업은 정서어휘 간의 차별성을 인식하게 함은 물론, 화자의 정서가 발생하게 된 원인을 살피게 함으로써 작품의 정서를 포괄적으로 파악하는 차원에 머물지 않고 섬세하게 접근하게 하는 방법이 될 것이다.

정서어휘의 범주화 단계까지는 작품에 드러난 어휘를 찾고 이를 유형별로 나누어 봄으로써 화자의 정서를 대상화해서 객관적으로 파악하고자 하는 작업에 해당한다. 하지만 문학을 통한 정서체험은 타자의 정서를 인지하고 그에 공감하는 과정으로서의 성격을 갖는 것이기에, 작품 속에 제시된 정서어휘를 단순히 확인하는 것은 시적 정서 교육의 본질일 수 없다. 결국 감상자 자신의 정서어휘체계[21] 내에서 작품에 대한 재해석 결과로서의 정서어휘를 찾아내는 작업이 필연적으로 요구되는 것이다. '정서어휘 재구성하기'를 통해 작품에서 발견하고 범주화한 정서어휘를, 감상자 자신의 정서 반응에 기인한 어휘 산출로 변환을 시도할 필요가 있다. 학습독자들은 문학 감상의 과정에서 작품 속 구절이나 어휘를 수동적으로만 받아들이지 않고, 자신들만의 제한된 어휘를 사용함으로써 산문화하거나 서사화하는 환언[22]의 과정을 거치는 것이 일반적이다.

정서어휘 재구성하기는 '자신의 정서어휘목록 점검하기 → 작품어휘와 자기어휘 조정하기 → 정서어휘 재설정하기'의 절차를 거쳐 이루어지도록 안내할 수 있다. 작품을 읽은 후 감상자의 마음속에 일어나는 다양한 정서를 명확하게 확정짓기 위해 그와 관련된 내재적 어휘목록을 살피고, 그 결과로 얻은 어휘들을 애초에 작품 속에서 발견한 어휘와 견주고 조정해 봄으로써 자기만의 새로운 어휘를 마련해 보는 것이 필요하다. 이러한 과정을 통해 작품에서 발견한 정서어휘는 독자의 처리방식에 따라 일반화될 수도, 혹은 상세화나 비약의 방식으로 독자의 개성적 정서어휘목록 속에 편입되게 된다.

반면, 정서어휘가 작품에 직접 제시되지 않은 경우에는 이와는 달리 '치환'이라는 또 다른 방법으로 접근할 필요가 있다. 심미적 전율로서의 시적 정서를 유발시키기 위해 작가는 상상력을 통해 '비일상

---

21) 최지현, 「문학감상교육의 교수학습모형 탐구」, 『선청어문』 26집, 서울대학교국어교육과, 1998, 345쪽; 우재영, 「고급 한국어 학습자의 시 이해 과정 연구」, 『국제한국어교육학회 학술대회논문집』 2011호, 국제한국어교육학회, 2011, 137쪽.
22) 최지현, 「감상의 정서적 거리」, 『문학교육학』 12호, 한국문학교육학회, 2003, 56쪽; 선주원, 『시교육의 원리와 방법』, 박이정, 2003, 108쪽; 양왕용, 『현대시교육론』, 삼지원, 1997, 24~25쪽.

적인 전율의 심미적이고도 형식적인 창조'23)를 시도한다. 이를 위해 정서어휘를 술어의 형태로 직접 제시하기보다 낯선 방법으로 질서화함으로써 표현상의 묘미24)를 추구하고자 하는 것이다.

한 줄의 시는커녕
단 한 권의 소설도 읽은 바 없이
그는 한평생을 행복하게 살며
많은 돈을 벌었고
높은 자리에 올라
이처럼 훌륭한 비석을 남겼다

그리고 어느 유명한 문인이
그를 기리는 묘비명을 여기에 썼다

비록 이 세상이 잿더미가 된다 해도
불의 뜨거움 굳굳이 견디며
이 묘비는 살아남아
귀중한 사료가 될 것이니
역사는 도대체 무엇을 기록하며
시인은 어디에 무덤을 남길 것이냐

― 김광규, 「묘비명」 전문

시적 정서는 시어를 통해 형상화된다. 시어의 선택과 배열은 화자와 대상의 정서를 드러내기 위한 토대가 되며, 시어를 통해 분위기는 물론 상황에서 빚어지는 정서를 조절하고 통제하게 된다. 그러므로

---

23) 최미숙, 「이상 시의 심미성에 관한 연구」, 『국어교육』 119집, 한국어교육학회, 2006, 578쪽.
24) 보편적인 시적 정서를 성취하기 위해 긴밀하게 구성된 시적 장치인 문체, 율격 비유 등의 효과적인 활용이 필요하다. 윤호병, 『네오-헬리콘 시학』, 현대미학사, 2004, 41쪽.

정서가 간접화된 경우에도 시어에 주목하는 것이 작품에 전제된 정서를 향유하는 방법이다. 이에 착안하여 '간접화된 정서어휘 찾기 → 분류해서 유형화하기 → 내적 질서 추론하기 → 정서어휘 치환하기'의 순서로 정서어휘가 표면화되지 않은 작품의 내재된 정서를 탐색해 볼 수 있을 것이다.

위 작품의 경우도 화자의 정서는 극도로 절제되어 있음을 볼 수 있다. 그러기에 정서를 직접적으로 제시하지 않고 간접화시키고 있는 어휘들에 먼저 주목할 필요가 있다. '그'가 '한평생' 추구한 '많은 돈'과 '높은 자리'는 그의 가치관이자 삶의 지향점이며, 그것은 '훌륭한 비석'으로 귀결되며, 결국 '귀중한 사료'로서 자리매김하게 된다. 아울러 '유명한 문인, 묘비명'은 그가 갖는 인식을 긍정하고 동조한다는 점에서 주목할 만하다. 반면, '시, 소설'은 그가 '읽은 바 없'고, 외면해 온 가치라는 점에서 그와 대척점에 존재하는 것들이라 할 수 있다.

간접화된 정서어휘들에 주목한 뒤에는 이들을 일정한 기준에 따라 유사한 것들과 대비되는 것들로 나누고 유형화시킴으로써 암시된 정서에 점진적으로 접근해 갈 필요가 있다. '그, 한평생, 돈, 자리, 비석, 사료'는 그가 추구해 온 삶의 내력과 신념에 관한 정서를 간접화하고 있는 어휘들로 항목화할 수 있으며, 이에 반해 '시, 소설'은 그가 배척하고 부정해 온 것들을 상징하는 시어로 분류해 낼 수 있다. 이러한 작업 이후에 이렇게 분류한 어휘들 속에 흐르는 내적 질서를 추론해 봄으로써 화자의 정서에 접근해 나갈 수 있을 것이다.

'돈, 자리'와 대척점에 위치하는 '시, 소설'을 암시적으로 강조하고, 이러한 화자의 태도를 '한 줄, 커녕, 단 한 권, 한평생, 많은, 높은'이라는 대비되는 수식어를 활용함으로써 강화시키고자 한다. 따라서 정신적 가치를 부정하고 물질적 가치를 극단으로 추구하는 '그'의 가치관에 대한 비판적 평가와 일정한 정서적 반응을 독자들에게 요구하고 있는 것이다. 이러한 일련의 고찰을 통해 표면적 어휘들을 대체할 수 있는 정서어휘로의 치환을 종국에는 시도해 볼 수 있다. 치환의 결과 도출된 '슬픔, 허탈, 조롱, 경악, 비판, 분노, 실소, 반성' 등의 정서어휘는, 작품에 대한 충분한 숙고와 성찰을 토대로 한 것이기에 개인적 주관성을 넘어 사회적 보편성25)을 인정받을 수 있을 것으로 판단된다.

2) 상황 인식과 가치 인식

시적 정서는 단순히 감정적 행위26)에 국한되거나 직관에 의해 경험되는 비이성적인 측면에 편향되어 있지는 않다. 작품에 내재된 정서를 정확하게 인식하고 이를 언어화할 수 있는 공감적 이해27)는 정서와 인지의 결합적 산물이다. 문학 작품 자체가 사고와 감정의 통일체로 존재하는 것이기에 감상의 과정에서 유발되는 정서는 '느껴진 사고'28)로서의 위상을 가질 수밖에 없는 것이다. 감상의 과정에서 최초로 발생한 정서라고 할지라도 인지적 처리과정을 거치면서 정서는 재평가29)되고 수정될 수 있는 것이다.

'상황 인식'은 일정한 주제 의식을 표출하기 위해, 작가에 의해 조직적으로 구성된 작품 속의 다양한 요소인 화자, 인물, 배경, 분위기, 사건 등을 독자가 이성적으로 처리하는 인식의 과정으로 규정된다. 특정한 사건이나 인물에 대한 정서적 참여는, 사건 발생의 토대가 되는 상황에 대한 독자의 인지적 작용30)에 의해 가능하다. 작품의

---

25) 김현자, 『현대시의 서정과 수사』, 민음사, 2010, 203쪽; 한태호, 『현대시 창작과 시적 상상력』, 동인, 2006, 26쪽.
26) 심재휘, 「시교육론」, 『현대문학이론연구』 17집, 현대문학이론학회, 2002, 188쪽.
27) 정명화 외, 『정서와 교육』, 학지사, 2005, 149쪽.
28) R. 윌리엄즈, 이일환 역, 『이념과 문학』, 문학과지성사, 1982, 116쪽; 윤영천 외, 『문학의 교육, 문학을 통한 교육』, 문학과지성사, 2009, 243쪽.
29) 민재원, 「시 읽기에서의 정서형성 교육연구 시론」, 『문학교육학』 38호, 한국문학교육학회, 2012, 263쪽.
30) 나병철, 『문학교육론』, 문예출판사, 1990, 178~179쪽.

수용 과정에서 감각기관을 예민하게 반응시키는 적합자극(adequate stimulus),[31] 즉 정서를 유발시키는 자극이 존재하며, 이 자극이 우월한 지위를 확보하게 되면 머릿속 정보를 처리하는 인지과정을 통해 독자는 특정 정서 상태에 빠져들게 되는 것이다.

작품 속에서의 '상황 인식'은 인물이나 대상, 화자가 처한 배경으로서의 입장에 대한 고찰에서부터 시작될 필요가 있다. 사회 문화적 현실 속에서 인물은 나름대로 특별한 처지에 위치하게 되며, 인물들 상호 간에 발생하는 가치관의 대립이나 사건의 발생들도 일정한 상황과의 관련성 속에서 유도되는 것이다. 물론, 주어진 상황의 영향으로 인해 작품 속 사건이 전개되기도 하지만, 상황 내부와 외부에 존재하는 다양한 가치와 인물, 그리고 대상들 상호 간의 영향 관계에 의해 사건 발생 가능한 상황이 초래되고 변모해 가기도 한다. 그러므로 '상황 인식'을 위해서는 독자로 하여금 시대적 현실을 토대로, 그와 관련된 인물, 대상, 사건들 간의 상호 관계와 의미를 총체적으로 파악하게 할 필요가 있다.

이 글에서 상황 인식에 주목하는 이유는 시적 정서를 심화시키기 위함이다. 따라서 상황 인식이 작품에 대한 시적 정서 변화에 어떤 영향을 미치는지를 독자들이 느끼도록 하기 위해, 상황 인식 전과 후의 정서적 차이를 스스로 느낄 수 있도록 할 필요가 있다. '작품 읽기 → 1차 시적 정서 점검 → 상황 인식 → 2차 시적 정서 점검 → 정서 변화의 정도와 이유 파악'의 순서로 감상의 과정을 조절해 가면서, 작품에서 유발되는 정서가 조절 가능하고 심화될 수 있음을 깨닫게 하는 것은 유의미한 감상법이다.

작품 읽기와 그 결과 학생들에게 형성된 작품에 대한 정서 경험을 파악하도록 하는 것은, 학생 나름대로의 작품 감상법에 의지해 주관적이고 자발적으로 정서를 생성하도록 하는 과정이다. 이 단계에서

---

31) 송문석, 『인지시학』, 푸른사상사, 2004, 89~98쪽.

의 정서 형성은 이전의 문학 경험과 그를 통해 체득된 정서 파악의 기제에 의해 이루어지는 것이기에 지극히 자의적인 차원의 것이다. 1차적으로 생성된 시적 정서에 대한 점검은 상황 인식을 통한 인지적 과정을 거쳐 2차 정서로 발전 가능하게 된다. 상황 인식은 작품에 대한 이해의 정도를 심화시킴으로써 1차 정서의 내용을 점검하고 2차 정서로 발전해 나가기 위한 토대[32]가 될 수 있다.

상황 인식을 위해서는 '인물이나 대상의 처지와 입장에 대한 탐색, 사건의 전개 양상과 의미에 대한 규명, 배경으로서의 시대적 현실에 대한 이해, 대상과 현실이 맺는 상호 작용 양상이나 관련성에 대한 인식' 등을 중요한 요소로 점검할 필요가 있다. 상황은 인물이나 대상이 고유한 삶을 드러내거나 일정한 특성 및 가치관을 견지하게 되는 배경으로서의 의의를 갖게 되며, 또한 갈등이나 사건이 유발됨으로써 시상을 전개시켜 나가는 요소가 된다. 그러므로 시상의 발전에 기여하고 작가의 주제의식을 형상화하기 위해 설정된 상황에 대한 인지적 탐색을 통해 2차 정서가 1차 정서와 어떻게 차별화되는지 주의를 기울이게 할 필요가 있다.

·

> 형님 내가 고기 잡는 것도 시로 한번 써보시겨
> 콤바인 타고 안개 속 달려가 숭어 잡아오는 얘기
> 재미있지 않으시겨 형님도 내가 태워 주지 않았으껴
> 그러나저러나 그물에 고기가 들지 않아 큰일 났시다
> 조금때 어부네 개새끼 살 빠지듯 해마다 잡히는
> 고기 수가 쭉쭉 빠지니 정말 큰일 났시다 복사꽃 필 때가
> 숭어는 제철인데 맛 좋고 가격 좋아 상품도 되고……
> 옛날에 아버지는 숭어가 많이 잡혀

---

32) '1차 시적 정서'도 상황에 대한 인식을 기반으로 형성되는 측면이 있기는 하나 이 글에서 '상황 인식'에 별도로 주목하는 이유는, 상황에 대한 의도적이고 자세한 고찰이 시적 정서를 심화시키기 때문임을 밝혀둔다.

일꾼 얻어 밤새 지게로 져 날랐다는데 아무 물때나
물이 빠져 그물만 나면 고기가 멍석처럼 많이 잡혀
질 수 있는 데까지 아주, 한 지게 잔뜩 짊어지고
나오다 보면 힘이 들어 쉬면서 비늘 벗겨진 놈
먼저 버리고 또 힘이 들면 물 한 모금 마시면서
참숭어만 냉겨놓고 언지, 형님도 가숭어 알지 아느시껴
언저는 버리고 그래도 힘이 들면 중뻘에 지게 받쳐 놓고
죽을 것 같은 놈 골라 버리고 그렇게 푸덕푸덕대는
숭어를 지고 뻘 길 십 리 길 걸어 나와
온몸이 땀범벅이 된 채 곳뿌리 끝에 서서
담배 한 대 물고 걸어 나온 길 쳐다보면서
더 지고 나오지 못한 것을 후회도 했다는데
뻘길 십 리 길 가물가물 멀기는 멀지 아느껴 힘들더라도
나도 그렇게 숭어 타작 좀 한번 해 보았으면 좋겠시다

현수씨 콤바인 타고 들어가 고기 싣고 나오는 얘기는
여차리 일부 뻘 얘기지만 뻘이 딱딱해진다는
너무 슬픈 얘기라 함부로 글을 쓸 수 없고
아버지 얘기는 그냥 시인데 뭘 제목만
'인생'이라고 붙이면 되지 않겠어

형님 한잔 드시껴

—함민복, 「어민 후계자 함현수」 전문

  위 작품에서 상황에 대한 인식은, 작품에 제시된 '인물, 사건, 배경'
의 요소에 주목함으로써 접근 가능하다. 먼저 어민 후계자를 자처하
는 화자 '현수'는 '그물에 고기가 들지 않아' 난감해 하면서 '옛날'
'아버지'의 '숭어가 많이 잡'히는 상황에 대해 부러움만 표할 수밖에

없는 처지에 있다. 한편 시인인 '형님'은 현수의 삶의 터전인 '여차리' '뻘이 딱딱해진다'는 사실에 대해 안타까움을 드러내며, 현수가 직면한 어촌의 '슬픈' 현실에 공감하고 있다. 두 인물은 각각 어민과 시인이라는 서로 다른 처지에 있기에, 어획량이 감소하는 어촌의 현실에 대한 인식이 다를 수밖에 없다. 하지만 시인은 현수의 처지에 대해 연민을 느끼며, 어촌 현실의 심각성을 부각시키고 있음을 알 수 있다. 상대에 대한 인물의 입장은 사실상 시대적 현실이 빚어내는 사건과 직접적인 관련성을 맺고 있다.

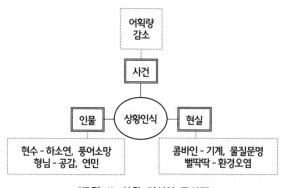

〈그림 1〉 상황 인식의 주안점

그것은 '콤바인'과 '지게'를 통해 암시되고 있다. '뻘'을 드나들 수 있는 콤바인과 지게는 각각 현재와 과거의 단순한 이동 수단의 차이만을 의미하지는 않는다. 문화적 차이와 가치관의 차이를 의미하며 현수와 아버지가 서로 다르게 경험했던 어획량의 차이로 귀결된다. 즉, 콤바인이 상징하는 현대의 물질문명, 기계문명으로 인해 뻘이 딱딱해지는 환경오염이라는 현실적 상황이, 현수가 직면한 어획량의 감소라는 사건을 초래한 것이다. 이처럼 '인물의 처지, 사건 발생의 근거, 시대적 현실 파악'을 통해 상황에 대한 인지를 이룰 수 있다. 또한, 상황 인식 이후에 새롭게 유발되거나 변화된 독자 자신의 2차

정서에 주목하게 하고, 정서의 차이를 일으킨 원인에 대해서도 생각해 보도록 함으로써 상황 인식이 정서에 미치는 영향을 체험할 수 있도록 배려할 필요가 있다.

시 감상은 주관적이고 부분적이며 낭만적인 행위로 규정될 수 없다. 철저한 논리와 절차, 단계를 수반하는 과정33)이라 할 수 있다. 감상의 과정에서 필연적으로 형성되는 정서도 개인 편향성을 갖는 일시적인 감정 반응의 결과물일 수 없다. 칸트는 이에 대해, 정서는 수동적이고 지성은 능동적인 성향을 갖는 것이지만, 정서의 표상들만으로는 대상에 대한 인식이 성립될 수 없기에 정서와 지성이 의식 중에 결합34)되어야 함을 강조한다. 이러한 논의에서 나아가 헤겔은 정서의 능동적인 측면을 부각시키고, 정서를 단순 감각 이상의 '반성적(反省的) 총체성'35)으로 규정함으로써 정서가 가지는 자기반성의 구조를 역설한다. 즉, 헤겔은 정서가 특정한 신체 기관에 의해 촉발되는 감각들의 체계화이며 반성적 결과물로서, 정서에는 의식적 요소인 가치관이 개입된다고 보는 것이다.

정서가 이처럼 단순히 주관적인 심적 상태를 넘어 가치의 문제와 결부36)되어 있다면, 시 감상에 있어서도 독자의 섬세한 정서 체험을 위해 '가치 인식'의 문제는 의의를 갖는다고 볼 수 있다. 독자는 작품을 대할 때, 텍스트에서 다루고 있는 세계에 대한 독자의 전이해37)

---

33) 유영희, 「학습자의 현대시 감상경향에 관한 연구」, 『청람어문교육』 33집, 청람어문교육학회, 2006, 204쪽.

34) 황애숙, 『시와 철학』, 한국학술정보, 2010, 72쪽.

35) 소병일, 「욕망과 정념을 중심으로 본 칸트와 헤겔의 차이」, 『범한철학』 59집, 범한철학회, 2010, 242~243쪽; 소병일, 「정념의 형이상학과 그 윤리학적 함의」, 『헤겔연구』 27집, 한국헤겔학회, 2010, 41쪽.

36) 장승희, 「공자사상에서 정서교육의 해법찾기」, 『동양철학연구』 16집, 동양철학연구회, 2010, 164쪽.

37) 하이데거는 전이해와 새로운 이해 간의 끊임없는 순환 과정을 '해석학적 순환' 과정으로 명명한다. 이미식 외, 「인지, 정의, 행동의 통합적 수업모형에 관한 연구」, 『윤리교육연구』 2집, 한국윤리교육학회, 2002, 24쪽.

즉, 기존의 가치 인식을 대상에 투사시킴으로써 세계를 새롭게 이해하며 독자적(獨自的)인 정서를 형성해 나가게 된다. 그러므로 감상 과정에서의 '가치 인식'은 시 작품 속에 반영된 작가의, 세계와 대상에 대한 가치관의 실체를 파악하고, 이에 대한 독자 자신의 가치 체계를 대입시키고 재구성 나가는 과정으로 진행될 필요가 있다. 한편, 가치 탐색 이전의 읽기 단계에서 유발된 정서와, 가치 인식 이후에 형성된 정서 상호 간의 유사점과 차이점에 대한 파악도 이루어져야 할 것이다. '개별적 읽기 → 정서 형성에 대한 점검 → 작가의 가치관 파악 → 독자의 가치관과 견주기 → 정서 변화에 대한 탐색'의 절차를 통해 가치 인식을 구체화해 나갈 수 있을 것이며, 가치 인식이 정서 변화에 미치는 효과를 입증해 나갈 수 있으리라 본다.

사시사철 엉겅퀴처럼 푸르죽죽하던 옥례 엄마는
곡(哭)을 팔고 다니는 곡비(哭婢)였다.

이 세상 가장 슬픈 사람들의 울음
천지가 진동하게 대신 울어 주고
그네 울음에 꺼져 버린 땅 밑으로
떨어지는 무수한 별똥 주워 먹고 살았다.
그네의 허기 위로 쏟아지는 별똥 주워 먹으며
까무러칠 듯 울어 대는 곡소리에
이승에는 눈 못 감고 떠도는 죽음 하나도 없었다.
저승으로 갈 사람 편히 떠나고
남은 이들만 잠시 서성거릴 뿐이었다.

가장 아프고 가장 요염하게 울음 우는
옥례 엄마 머리 위에
하늘은 구멍마다 별똥 매달아 놓았다.

그네의 울음은 언제 그칠 것인가.
엉겅퀴 같은 옥례야, 우리 시인의 딸아
너도 어서 전문적으로 우는 법 깨쳐야 하리.

이 세상 사람들의 울음
까무러치게 대신 우는 법
알아야 하리.

—문정희, 「곡비(哭婢)」 전문

위 작품은 '곡, 울음, 죽음, 저승'이라는 시어가 유발시키는 외연과 내연으로 인해, 개별 읽기의 단계에서 일차적으로 슬픔과 한의 정서를 유발시키게 된다. 하지만 작품 속에 내재된 작가의 가치관에 주의를 기울이게 되면 또 다른 정서를 경험하게 된다. '곡비'에 대한 작가의 가치 인식은 어떤 것인가. 그리고 '시인'이라는 대상은 '곡비'와 어떻게 연결되며, '시인'에 대한 작가적 가치는 또한 어떠한 것인가. 이러한 질문을 통해 곡비와 시인을 유사한 가치 태도를 가진 대상으로 인식하고자 하는 작가적 가치 인식에 좀 더 가깝게 접근해 갈 수 있다.

'천지가 진동하게 대신 울어 주'는 곡비는, '까무러치게 대신 우는 법'과 '전문적으로 우는 법'을 깨친 존재로서, '눈 못 감고 떠도는 죽음' 하나 없이 '저승으로 갈 사람 편히 떠나'게 함으로 해서 삶의 애환을 대신 해소시키는 중재자로서의 역할을 하는 인물이다. 이러한 곡비의 역할과 가치태도에 작가는 시인을 조심스럽게 대입시키고자 한다. 즉, 시인의 소임 역시 곡비의 그것과 같이 민중과 독자의 한을 대신 해소시켜 줄 수 있는 정서적 대리인이 되어야 함을 강조하고 있다. 이는 시인의 사회적 역할에 대한 작가의 가치 인식이며, 시인의 사명을 다양하게 규정하고자 하는 여러 견해들 중에서 작가의 독자적(獨自的) 인식이 부각된 것이라 할 수 있다.

물론 이러한 작가의 가치 인식에 독자로서 전적인 공감대를 형성할 수도 있으나, 이미 독자가 가지고 있었던 전이해적 가치관을 바탕으로 이러한 견해를 어느 정도 수용할 것인지, 독자 자신의 인식을 수정하고 확장해 나갈 것인지에 대한 것도 고찰의 대상이 되어야 할 것이다. 시인에 대한 기존의 인식은 어떠했으며, 작가의 시인에 대한 가치 인식은 용인 가능한 것이며, 수정이나 반박의 여지는 없는지에 대한 독자의 가치 판단이 적극 개입될 필요가 있다. 궁극적으로 이러한 가치 인식이 정서 변화에 어느 정도 영향을 끼치게 되는지를 학생들이 살펴보게 하고, 재형성된 정서의 실질적인 모습에 대해서도 명확하게 인식하도록 하는 작업이 이루어져야 한다.

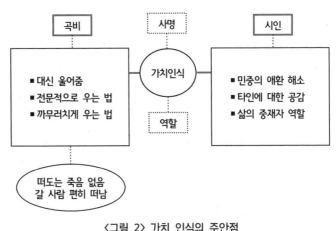

〈그림 2〉 가치 인식의 주안점

3. 시적 정서 교육의 실제

1) 정서어휘 활성화를 통한 정서 파악하기

시적 대상이나 인물의 정서는 정서어휘를 통해 작품 속에 제시되기 마련이다. 정서를 직접적으로 문면(文面)에 표출하고 있는 작품의 경우, 학생들로 하여금 '표면화된 정서어휘'에 주목하게 하고, 이를 분류하고 항목화하는 작업을 수행하게 함으로써 작품의 지배적인 정서 파악은 물론, 세밀한 정서 탐색을 이루게 할 수 있다. 이 글에서의 정서어휘 활성화는 시적 정서와 상관성을 갖는다고 판단되는 시어에 주목하고, 이러한 시어들을 분류하고 항목화함으로써 정서 파악의 근거를 마련함은 물론, 나아가 이를 토대로 작품에 대한 학생 자신의 개별적 정서 형성을 명료화하고 유형화시키는 활동38)으로 규정하고자 한다.

흙이 풀리는 내음새
강바람은
산짐승의 우는 소릴 불러
다 녹지 않은 얼음장 울명울명 떠내려간다.

진종일
나룻가에 서성거리다
행인의 손을 쥐면 따뜻하리라.

고향 가까운 주막에 들러
누구와 함께 지난날의 꿈을 이야기하랴.
양귀비 끓여다 놓고
주인집 늙은이는 공연히 눈물지운다.

---

38) 시적 정서 교육을 위해 설정한 요소를 구체적으로 교육 현장에서 구현하는 과정과 절차 상의 방법에 대해서는 앞장에서 언급한 바 있기에 지면의 제약과 논의의 편의를 위해, 이 장에서는 교육 요소별 교육의 진행 과정에 대한 핵심 사항을 개괄적으로 제시하고 학생 글에 대한 분석과 교육활동 전반의 의의에 대한 기술에 초점을 두고자 한다. 또한, 앞장에서 고찰한 정서교육요소의 일반화 가능성을 높이기 위해 실제 적용 단계에서는 다른 작품을 대상으로 교육활동을 진행하였다.

간간이 잣나비 우는 산기슭에는
아직도 무덤 속에 조상이 잠자고
설레는 바람이 가랑잎을 휩쓸어 간다.

예제로 떠도는 장꾼들이여!
상고(商賈)하며 오가는 길에
혹여나 보셨나이까.

전나무 우거진 마을
집집마다 누룩을 디디는 소리, 누룩이 뜨는 내음새…….

—오장환, 「고향 앞에서」 전문

　　표면화된 정서어휘 활성화를 통해 정서를 파악하기 위해, 시어의
상관성을 통해 유사 정서어휘를 연결 짓고 이를 토대로 작품의 정서
를 추론하게 하며, 이렇게 파악된 화자나 대상의 정서를 학생 자신의
정서어휘목록 점검을 통해 자기 언어화하게 함으로써 작품 속에 배
설(排設)된 정서를 학생 자신의 정서로 재해석할 수 있는 기회를 제공
하였다. 「고향 앞에서」라는 작품을 통해 이러한 과정에 따라 수업39)
을 진행하고 아래와 같은 결과를 얻을 수 있었다.

　　[학생글1]
　　'울명울명, 서성거리다, 지난날의 꿈'이라는 시어들은 고향을 잃었지만,
그를 잊지 못하는 화자의 고향에 대한 안타까운 심정과 처지를 보여준다.
'손을 쥐면 따뜻하리라, 눈물 지운다'에서는 상실한 고향에서 유발되는

---

39) 이 글에서 이루어진 수업은 진주 시내 인문계 고등학교 2학년 3개반 각 35명을 대상으로
　　진행되었다. 개별 작품의 특징에 따라 반별로 '표면화된 정서어휘 활성화', '상황 인식',
　　'가치 인식'을 위한 수업을 수행하였으며, 그 결과로서의 학생글을 제시하되 지면의 제한
　　과 논의의 편의를 위해 그 일부만을 인용해서 분석하였다.

화자의 복잡하고 서러운 심리를 위로 받고자 하는 마음과, 동병상련의 정을 나누고자 하는 화자의 공감적 정서를 보여준다. 또한, '흙이 풀리는 내음새, 설레는, 혹여나 보셨나이까, 누룩이 뜨는 내음새' 등의 시어는 '잃어버린 고향을 다시 되찾을 수 있지 않을까?' 하고 생각하는 화자의 심정, 고향을 되찾을 수 있을 것이라는 기대를 저버리지 않고 있는 화자의 마음을 보여준다.

위 학생글은 표면화된 정서어휘의 분류와 정서어휘 상호 간의 관계 파악, 그리고 그 속에 내재된 유사 정서에 대한 인식이 작품의 정서 파악에 효과적임을 보여주고 있는 결과이다. '울멍울멍, 따뜻, 눈물, 설렘'과 같은 표면화된 정서어휘들의 연쇄를 통해 화자가 갖는 '안타까움, 복잡함, 서러움, 위로, 공감, 기대' 등의 정서를 효과적으로 읽어내고 있음을 볼 수 있다. 결국, 정서가 직접적으로 드러난 정서어휘에 대해 주목하고 이를 연결 짓는 활동인 '표면화된 정서어휘 활성화' 작업은 시적 정서 파악에 유효한 교육 방법임을 알 수 있다.

또한, 표면화된 정서어휘는 정서가 간접적으로 암시된 여타의 어휘들과 긴밀하게 상호작용하면서 정서 파악을 위한 단서로서의 역할을 하고 있음도 눈여겨 볼만하다. 즉 '서성거리다, 지난날의 꿈, 내음새, 혹여나'와 같은 시어들은 화자의 정서가 암시적으로 반영된 어휘이지만, 이러한 어휘들이 표면화된 정서어휘와의 관련성 속에서 정서적 의미를 명확하게 확보하고 있음을 알 수 있다.

[학생글2]

'따뜻하리라, 전나무 우거진 마을, 누룩을 디디는 소리, 누룩이 뜨는 내음새'라는 시어를 통해 고향에 대한 그리움을 느끼게 된다. '행인의 손을 쥐면 따뜻하리라'라는 시어에서 행인은 떠돌이로 고향에 들렀을 수도 있는 사람이다. 따라서 행인의 손을 쥐고자 하는 화자의 심정은 고향 소식에 대한 간절함과 소식을 그리워하는 마음을 드러내고 있는 것이다. 전나

무가 우거져 있고 누룩을 디디고 띄우는 냄새가 가득한 마을을 연상하면서 따사롭고 낭만적인 고향의 모습이 그려지며, 그곳을 그리워하는 화자의 모습도 엿볼 수 있다.

'산짐승의 울음소리, 얼음장 울멍울멍, 눈물, 잣나비 우는' 등의 시어는 비애, 슬픔, 애상의 정서를 유발시킨다. 산짐승이 울고 있으므로 애상적인 분위기를 자아낸다. 그리고 울음이 터질 듯한 모양을 나타내는 울멍울멍이라는 의태어를 통해 화자의 울먹이는 모습을 상상하게 된다. 아마도 화자는 늙은이로부터 고향을 빼앗긴 사연과 과거 고향의 모습을 들으면서 눈물짓는 슬픈 표정을 드러내고 있을 것이다.

위 글은, 정서어휘를 연결 짓는 작업이 단순히 즉자적이고 직관 수준에서의 정서 파악에 머물게 하지 않고, 어휘의 연관성을 통해 문학적 상상력과 사고력이 자극을 받게 되고, 이러한 의도적인 인식의 과정을 통해 궁극적으로 작품에 대한 정서가 형성될 수 있음을 보여주고 있다. 정서어휘를 연결 지어 분류함으로써 정서를 파악하고자 하는 시도는 작품에 대한 단편적이고 주관적인 범위의 정서 이해를 넘어 총체적이고도 자세한 정서 파악을 가능하게 하며, 정서어휘를 연결 짓는 과정 속에서 필연적으로 초래되는 연상력은 정서 분석을 위한 인지적 처리 과정과 결부되어 정서에 대한 인식의 정도를 심화시키게 된다.

[학생글3]

화자는 고향으로 가지 못하는 좌절감을 느끼지만, 고향을 포기하지 못하고 안절부절하는 모습을 보이고 있다. 불확실하고 불가능해 보이는 현실 앞에서, 불가능한 현실을 받아들이기는 하지만 포기하지 못하는 모습을 보인다. 좌절된 상황이지만 화자는 고향에 대한 설레는 감정을 안고서 고향 앞에서 기적을 바라는 심정으로 기대를 가지고 있다. 화자와 동일 처지의 유랑민과의 공감을 통해 고향의 안락함에 대한 추억과 함께 자기 현실을 치유할 수 있으리라는 기대를 보인다.

[학생글4]
봄이 돌아오고 있지만 나룻가에서 서성이는 화자의 모습을 통해 화자는 고향에 돌아가지 못하고 있음을 알 수 있다. 이러한 두 장면의 대조는 고향에 못가는 화자의 아쉬움과 안타까움을 부각시키는 듯하다. 행인과 주인집 늙은이는 화자와 동일한 처지로서 화자는 이들을 통해 아픔을 함께 나누고 있다. 고향이 앞에 있어도 가지 못하는 화자의 애틋하고 아쉬운 심정을 느낄 수 있으며, 향수에 젖어 고향을 서성이는 그들에게서 우울함을 느낀다.

작품을 통해 유도된 시적 정서를 표현한 위 글에는, 학생 나름대로 작품을 이해하고 분석한 결과로서의 정서를 자신만의 정서어휘로 표현하고 있다. 비록 작품에 드러난 정서어휘를 기반으로 한 정서 인식임에도 불구하고, 학생 자신의 정서어휘목록을 점검하고 이를 바탕으로 자기 언어화하라는 주문을 수행한 결과, 작품에서 받은 느낌을 자기가 선호하는 어휘로 표현함으로써 모호한 차원에 머물 수 있는 정서를 구체화하고 있음을 볼 수 있다.

또한, [학생글3]과 [학생글4]에서 주목할 것은 작품에서 느끼는 정서가 동일하지 않다는 것이다. 둘 다 작품에서 고향에 대한 그리움과 슬픔의 정서를 읽어내고는 있으나, [학생글3]은 작품에서 다른 실향민들을 통해 그리움을 치유하는 기대와 희망의 정서를 추가로 발견하고 있으나, 이에 반해 [학생글4]는 상실의 아픔으로 인한 비애감에 초점이 맞추어져 있다. 이처럼 정서어휘의 활성화에 주목할 경우, 학생들의 다양한 정서적 반응을 유도해 낼 수 있을 뿐만 아니라, 정서어휘들을 살피고 이를 항목화하며, 자신의 정서어휘로 표현하는 과정이 작품에 대한 재해석을 가능하게 함으로써 세세한 정서 발견을 가능하게 할 수 있음을 확인할 수 있다.

2) 상황 인식을 통한 정서 파악하기

상황에 대한 파악은 작품의 의미에 대한 인지적이고 이성적인 분석으로서, 시적 정서를 심화시키기 위한 방법이 된다. 이러한 견해를 바탕으로 학생들에게 작품 속에 형상화된 상황을 인지적으로 분석하고, 그것이 정서 형성에 어떤 영향을 미치는지를 경험해 보게 하였다. 상황은 구체적인 배경을 전제로, 그 배경을 구성하는 요소들인 인물과 대상의 상호작용성과 그것이 빚어내는 사건의 양상에 의해 산출되는 것이기에, 상황을 구성하는 제반 요소들에 주목할 것을 요구하였다.

상황 인식은 배경과 제반 구성요소에 대한 확인과 그 속성을 피상적으로 파악하는 차원에 그쳐서는 안 된다. 배경 묘사에 대한 세밀한 확인은 물론, 작품 외부의 시대적 현실과의 관련성 속에서 배경이 갖는 의미에 대해 탐색해 보도록 권유하였다. 또한, 대상이나 인물들의 성격이나 속성, 그리고 그것들이 표상하는 가치와 의미에 대해 파악해 볼 수 있는 기회를 마련하였다. 작품에서 쟁점화되는 사건의 실체에 대한 정확한 규명과 사건이 초래된 원인과 의미에 대해서도 천착해 보도록 하였다.

이러한 상황 인식과 관련된 제반 활동들을 위해 학생들에게 지속적으로 상황에 대한 논리적이고 체계적인 인지적 처리 과정을 요구하는 수준에서 수업이 진행될 필요가 있다. 상황 인식의 과정을 거친 이후에는 작품에 대한 학생 자신의 작품에 대한 정서에 대해 주의를 기울이게 함으로써, 상황 인식과 정서와의 상관성에 대해 깨닫게 하는 시간을 할애하였다. 상황인식을 통한 정서 파악하기를 위해서는 「광화문, 겨울, 불꽃, 나무」를 활용하였으며, 수업 후 학생글을 통해 그 결과를 분석해 보았다.

해가 졌는데도 어두워지지 않는다
겨울 저물녘 광화문 네거리
맨몸으로 돌아가 있는 가로수들이
일제히 불을 켠다 나뭇가지에
수만 개 꼬마전구들이 들러붙어 있다
불현듯 불꽃나무! 하며 손뼉을 칠 뻔했다

어둠도 이젠 병균 같은 것일까
밤을 끄고 휘황하게 낮을 켜 놓은 권력들
내륙 한가운데에 서 있는
해군 장군의 동상도 잠들지 못하고
문닫은 세종문화회관도 두 눈뜨고 있다
엽록소를 버리고 쉬는 겨울 나무들
한밤중에 이상한 광합성을 하고 있다

광화문은 광화문(光化門)
뿌리로 내려가 있던 겨울 나무들이
저녁마다 황급히 올라오고
겨울이 교란 당하고 있는 것이다
밤에도 잠들지 못하는 사람들
광화문 겨울 나무들
다가오는 봄이 심상치 않다

—이문재, 「광화문, 겨울, 불꽃, 나무」 전문

[학생글5]

이 시의 시공간적 배경은 겨울 저물녘쯤의 광화문 네거리이다. 하지만
인간들이 맨몸으로 서 있는 가로수에 수만 개 꼬마전구들을 걸어 주어서
해가 졌음에도 거리는 어두어지지 않으며, 나무는 불꽃나무가 된다. 또한,

잎을 다 버리고 쉬는 나무들은 한밤중에 그 불빛으로 인해 교란당하며, 이상한 광합성을 하게 된다. 나무들 외에도, 바다에 있어야 할 해군 장군의 동상도 인간에 의해 내륙 한가운데로 오게 되어 빛 때문에 잠들지 못하고, 인간들이 자신의 욕심을 위해 제각각의 정해진 자리에 있어야 할 문화재들을 한 곳에 모은 세종문화회관도 빛 때문에 두 눈을 뜨고 있다. 이러한 상황을 보며 화자는 처음에는 불꽃나무의 모습을 보고 손뼉을 치며 즐거워하는 여느 인간과 다름없는 감정이었지만, 곳곳에 인간으로 인해 교란당하는 자연의 모습을 보고는 인간의 이기적인 욕망에 대해 비판적인 인식을 가지게 되며, 앞으로의 상황을 걱정하고 우려하는 느낌을 가지게 된다.

위 글에서 보듯이, 상황에 대한 인식은 '광화문 네거리'라는 공간적 배경, 그리고 그곳을 채우고 있는 '가로수, 해군 장군 동상, 세종문화회관' 등의 구성요소에 대해 주목하게 하고, 이러한 상황에 주의를 기울일 수밖에 없는 사건 유발적 속성으로서의 '꼬마전구'에도 관심을 갖게 한다. 그리고 이러한 상황에 대한 관심은 학생으로 하여금 인지적 해석의 절차를 거쳐 '인간의 이기적 욕망'이 함축된 공간으로 그 상황을 파악하게 한다. 상황에 대한 단순 묘사나 재기술에 그치지 않고 상황 속에 전제된 내적 논리를 탐구하기 위한 학생 자신만의 해석적 기제를 작동시키고 나름대로의 결과를 도출해 내고 있음을 볼 수 있다. 또한, 상황 인식이라는 인지적 과정이 의미 분석에만 한정되지 않고, '걱정, 우려'라는 정서 도출이라는 차원까지 확장되는 것을 볼 때, 상황에 대한 인식이 정서 파악에 유의미함을 알 수 있다.

[학생글6]
'밤'도 이제는 우리들에게 '병균'과 같이 느껴진다. 현대의 사람들은 겨울밤을 몰아내기 위해 '겨울나무'를 이용해 전구를 달아 겨울밤을 물리치는데 성공하게 된다. 하지만 인간의 이기심으로 겨울밤을 몰아내는 건

잘못된 행동이라고 화자는 간접적으로 비판한다. 광화문 네거리의 겨울밤 풍경이 멋지고 아름다운 것은 사실이지만, 화자는 또 다른 이면을 들춰 보았다. '낮을 켜놓은 권력'으로 인해 '내륙 한가운데'에 있는 '해군 장군의 동상'과 '문닫은 세종문화회관'이 잠들지 못한 채 깨어 있고, '엽록소'를 버린 채 휴식을 취하는 '겨울나무'들도 끊임없이 '이상한 광합성'을 하며 쉬지 못하고 있다. 그렇게 인간들에 의해 '교란' 당하게 된 '겨울'로 인해 '광화문의 겨울나무들'은 쉬지 못하게 된다. 화자는 이러한 이면을 보고 '다가오는 봄이 심상치 않다'라고 안타까움과 경계심을 드러내고 있다.

위 학생은 작품 속 상황에 대한 전반적인 묘사와 기술뿐만 아니라, 주로 상황의 이면에 감추어진 의미에 집중하고 있음을 알 수 있다. 겨울밤과 겨울나무에 대한 대체적인 인간들의 인식에 주목하고, 그러한 인식 이면에 전제된 이기심과 권력을 부각시키면서 상황이 빚어내는 부정적 속성을 살피고자 한다. 학생글의 진술 절차가, 인간의 태도에 대한 언급 이후에 상황에 대한 묘사로 이어져 있어, 상황을 초래한 인간의 견해 쪽에 무게를 두어 사고를 펼치고 있음을 볼 수 있다. 또한, 이러한 부정적 상황을 초래한 인간 중심적 인식에 대한 비판적 고찰을 바탕으로 궁극적으로 '안타까움과 경계심'이라는 시적 정서를 체험함으로써, 정서 인식의 주관적 자의성을 넘어서고 있다.

이로써 상황 인식은 학생으로 하여금 상황에 자신을 투사[40]함으로써 정신적 체험을 가능하게 하며, 그러한 간접체험이 정서 형성을 통한 정의적 차원의 공감[41]을 이루게 함을 파악할 수 있다. 상황에 대한 인식은 상황의 속성을 탐구하는 과정에서 현상을 개별적이고 자의적으로 파악하는 차원을 넘어 상황을 일반적인 현상으로 보게 하며, 독자 자신을 상황과 결부되는 존재로 느끼게 하고 이를 통해

---

40) 김남희, 「서정적 체험을 위한 시교육 연구 시론」, 『문학교육학』 14호, 한국문학교육학회, 2004, 315쪽.
41) 마틴 호프만, 박재주 외 역, 『공감과 도덕발달』, 철학과현실사, 2011, 48쪽.

상황에 대한 공유와 공감적 인식을 가능하게 하는 것으로 볼 수 있다. 결국, 화자의 감정 개입이 직접적으로 표면화되지 않고 상황적 장면을 감각적으로 포착한 작품[42]의 경우에도 상황 인식은 시적 정서를 체계적으로 읽어 낼 수 있는 방법일 수 있다.

3) 가치 인식을 통한 정서 파악하기

작가의 가치관은 시어를 통해 작품 속에 구축되는 것으로서 시적 의미를 형성하는 핵심적인 요인에 해당한다. 하지만 가치 인식은 의미론적 차원에 국한되지 않고 정서 발견에도 기여하는 것이기에, 학생들로 하여금 작품 속에 전제된 가치관을 찾아보고 이를 학생 자신의 견해와 견줌으로써 작가가 표방하고자 하는 가치에 대한 절차적이고 논리적인 접근을 주문하였다. 이러한 인지적 과정으로서의 가치 인식 이후에 작품에서 느껴지는 정서적 측면에 관한 사항도 살피게 함으로써, 가치 인식과 정서 파악과의 상관성에 대해 고민해 볼 수 있는 기회를 마련하였다.

작가의 문학적 가치는 일정한 대상이나 현상에 대한 태도와 관련된 것이기에, 작품 속 시적 주체가 표방하는 관점으로서의 '시점(perspective)의 구성과정'[43]을 탐색하도록 요구할 필요가 있다. 화자는 어떤 절차와 과정을 거쳐 자신의 가치 인식을 형상화하고 있는지를 면밀하게 살피게 하도록 해야 한다. 비록 논리적 설득력을 직접적으로 강화시켜 나가지는 않지만, 문학은 일정한 가치의 위계화를 모색[44]하고자 하는 작업의 일환이기에 작가의 가치가 정립되어 가는

---

42) 임순영, 「확장된 시공간, 공감의 깊이」, 『한국어문교육』 9집, 고려대학교한국어문교육연구소, 2011, 204쪽.
43) 김정우, 「국어과 교육과정에서의 정의교육 범주에 대한 연구」, 『문학교육학』 12호, 한국문학교육학회, 2003, 34쪽.
44) 최지현, 「문학교육에서 정전과 학습자의 정서체험이 갖는 위계적 구조에 관한 연구」, 『문학교육학』 5호, 한국문학교육학회, 2000, 81쪽.

과정을 주도면밀하게 추적해 가도록 학생들에게 주문해야 할 것이다. 또한, 시적 사유는 정서적 사고[45]를 의미하는 것이기에 가치 인식의 이성적 흐름 이면에 존재하는 정서를 가치와의 관련성 속에서 살필 수 있도록 배려해야 한다. 「겨울나무를 보며」라는 작품을 활용해 수업을 진행하고 그 결과를 제시하고자 한다.

> 스물 안팎 때는
> 먼 수풀이 온통 산발을 하고
> 어지럽게 흔들어
> 갈피를 못 잡는 그리움에 살았다.
> 숨 가쁜 나무여 사랑이여.
> 이제 마흔 가까운
> 손등이 앙상한 때는
> 나무들도 전부
> 겨울나무 그것이 되어
> 잎사귀들을 떨어내고 부끄럼 없이
> 시원하게 벗을 것을 벗어 버렸다.
>
> 비로소 나는 탕에 들어앉아
> 그것들이 나를 향해
> 손을 흔들며
> 기쁘게 다가오고 있는 것 같음을
> 부우연 노을 속 한 경치로써
> 조금씩 확인할 따름이다.
>
> —박재삼, 「겨울나무를 보며」 전문

---

45) 문신, 「시 창작교육을 위한 정서체험 표현양상 연구」, 『문학교육학』 32호, 한국문학교육학회, 2010, 133쪽.

[학생글7]

　화자는 산발한 수풀의 어지러운 모습을 통해 그의 20대를 회상하고, 탕 속에서 옷을 벗고 있는 40대 중년의 화자의 모습을 잎사귀를 떨어낸 겨울나무와 대응시키면서 비로소 자신의 참모습을 발견하고 있다. '그것들이 나를 향해 손을 흔들며 / 기쁘게 다가오고 있는 것 같음을'이라는 시구에서 삶의 의미를 깨닫는 화자의 모습을 확인할 수 있다. 즉, 겨울나무를 통해 참다운 삶의 본질을 탐구하고자 하는 작가의 가치관을 짐작하게 된다.

　하지만, 20대의 나무는 외면적인 흔들림 속에서 자신을 더욱 갈고 닦으며 미래를 준비하는 존재라고 할 수 있다. 외적인 흔들림을 견디면서 안으로는 자신을 더욱 다듬고 성숙시키며 굳건해지려는 대견스러움이 있는 것이다. 그러므로 수풀은 작가의 가치 인식처럼 깨달음의 중년과는 무관한 것이 아니라고 보아야 할 것 같다.

　가치 인식 이후에는 이전에 비해 작가의 정서에 더 공감할 수 있었다. 작가의 조용하게 삶을 되돌아보는 태도에는 깊이 공감하게 되었으며, 그로 인해 대견함과 만족을 느낄 수 있었다. 한편으로 젊음의 열정이 사라지는 데 대한 아쉬움은 없었을까하는 느낌도 가져 보았다.

　위 글을 통해 가치 인식이 작가의 가치관에 대한 파악은 물론 정서 이해에도 도움이 됨을 알 수 있다. 수풀이 산발한 어지러운 모습에서 잎사귀를 떨어낸 겨울나무로 변화되는 모습에 주목하고, 여기에서 인간 삶의 참모습을 발견해 나가는 작가의 인식의 과정을 추적하면서 학생은 나름대로 시적 의미를 파악하고 있음을 보게 된다. 비록 작가가 인식한 '삶의 본질'이 무엇인지에 대한 구체적인 언급은 하고 있지 않지만, 학생글의 흐름을 볼 때 막연하게나마 '잎사귀를 떨어낸 겨울나무'에 작가가 부각시키고자 하는 가치가 내재되어 있음을 인식하고 있는 것으로 보인다. 즉, 자연 대상물의 변화 과정을 관찰하고 그 변화 과정을 통해 인간 삶의 가치와 의미를 체득하게 되는 화자의 관점을 추적해 가고 있는 것으로 볼 수 있다.

한 가지 주목할 것은, 작가의 인식에 대한 파악과 아울러 그에 대한 학생 나름대로의 입장 차이를 드러내고 있다는 것이다. 문학은 해석 공동체가 공유하는 인식적 책략46)을 토대로 개인의 주관적 경험에 의한 견해 차이를 인정하고 추구하는 것이기에, 상황 인식의 방법을 통해 유도되는 이러한 현상은 자유로우면서도 권장할 만한 것이다. 화자가 중년의 내적 가치를 중시하고 이를 인간 삶의 본질적 가치와 맞닿아 있는 것으로 본 반면, 학생은 화자에게 방황으로 비춰지는 젊음의 시기를 '내적 성숙을 위해 외적인 혼들림을 견디는 대견스러움'으로 규정하고자 한다. 이러한 견해도 설득력을 가지는 것이기에, 가치 인식을 위한 시 수업이 화자의 가치관을 수동적으로 받아들이고 이를 암묵적으로 긍정하는 위치에서 벗어나, 학생 자신의 비판적이고 자율적인 견해를 제기하는 것은 적극적인 시적 정서 형성을 위해서도 바람직한 것이라 본다.

제시된 작품은 관념적 인식의 측면을 부각시키는 것이기에, 학생의 다양한 정서적 반응을 유도하는 데에 한계를 지니는 것으로 보인다. 하지만, 위 결과를 보면 가치문제를 언급하고자 하는 시일지라도 정서와 무관할 수 없으며, 오히려 가치 인식을 위한 적극적인 수행활동이 학생들의 정서 형성에 도움이 됨을 알 수 있다. 위 학생글은 '대견스러움, 정서적 공감, 조용함, 만족, 아쉬움'이라는 다양한 낱말들을 통해, 가치 인식의 결과로 느껴지는 정서를 소박하게나마 드러내고 있다.

[학생글8]
이 작품은 겨울나무를 바라보며 과거 및 현재의 자신을 그 나무의 모습

---

46) 고광수, 「문학감상의 경험 교육적 성격에 대한 예비적 고찰」, 『문학교육학』 16호, 한국문학교육학회, 2005, 93쪽; 엘리자베드 프로인드, 신명아 역, 『독자로 돌아가기』, 인간사랑, 2005, 180쪽.

에 투영시켜 나타내고 있다. 시의 내용으로 보아 겨울나무를 통해 참다운 삶의 본질을 탐구하고자 하는 작가의 가치관을 찾을 수 있다. 젊은 시절의 혼란스러웠던 나날들을 산발하고 흔들리며 자란 나무의 모습을 통해 떠올린다. 그리고 이제 중년에 접어들어 패기와 열정, 방황 등을 뒷전으로 하고, 원숙함으로 구성된 자신의 모습을 잎이 떨어지고 앙상하게 가지만 남아 있는 나무의 모습으로 빗대고 있다.

또한, '잎사귀들을 부끄럼 없이 벗어 버렸다'는 표현은 젊은 시절의 집착과 소유에 대한 마음을 놓았다는 것으로 해석되기에, 화자는 무소유의 가치를 중시여긴다고 생각된다. 1연에서는 청년시절의 소유하고 싶은 것에 대한 그리움을 수풀에 빗대어 표현하고, 2연에서는 나이가 듦에 따라 앙상해진 손을 잎사귀가 떨어진 나뭇가지에 빗대고 있다. 여기서 우거진 수풀은 소유에 집착하는 마음으로, 잎사귀가 떨어진 나뭇가지는 욕심을 털어버린 모습으로 볼 수 있다.

이 시를 읽으며 조용하고 차분하면서도 담백한 정서를 느낄 수 있었다. 시의 전체적 분위기나 문체, 어조로 보아 가라앉아 있고 차분하다. 또한, '벗을 것을 벗어버렸다.'에서 과장되지 않고 소박하게 삶을 영위하는 무욕의 자세를 엿볼 수 있으며, 과거의 혼란스러웠던 삶을 되돌아보고 반성하는 겸손함도 느껴진다.

위 글은 화자가 추구하는 가치 관념을 참다운 삶의 본질에 대한 인식으로 보고, 그에 해당하는 구체적인 내용을 '무소유'로 파악하고 있다. 잎사귀를 부끄럼 없이 벗어버렸다는 구절을 근거로, 무성한 숲은 욕망을 추구하는 시절로, 앙상한 겨울나무는 탐욕에 대한 열정이 사라진 평정심의 시기로 인식하는 것이다. [학생글7]과 비교해 볼 때 [학생글8]이 작품에서 도출한 해석적 의미의 타당성을 구체화하기 위해, 청년기와 중년기를 소유와 무소유의 관념을 토대로 대비시키면서 작가의 가치 인식에 대해 좀더 명확히 고찰해 나가고 있음을 알 수 있다. 이러한 가치 인식에 대한 분명한 파악이 정서 형성에도 영향을 초래하고 있음도 볼 수 있다. [학생글7]보다 위의 학생글이 작품에서 느껴지는 정서를 '조용, 차분, 담백, 가라앉음, 과장없음, 소박, 반성, 겸손' 등과 같은 다양한 어휘를 활용해 적극적이고 세밀하게 표현하고 있기 때문이다. 결국, 작품에 내재된 작가의 가치 인식에 주목하고 이를 명확하게 규명하고자 하는 시 교육적 시도는, 작가의 가치 인식을 토대로 학생 자신의 가치관 형성에 유효한 역할을 할 뿐만 아니라, 시적 정서를 심화시키는 데 기여할 것으로 기대된다.

4. 시적 정서 교육의 효과

이 글에서는 시적 정서가 직관적으로 파악되는 단순한 느낌 차원의 것이 아니라, 인지와의 관련성 속에서 발현이 되고 '정서어휘, 상황 인식, 가치 인식'에 의해 심화될 수 있음을 입증하고자 하였다. 작가가 일정한 의도로 작품 속에 배치시키는 어휘들 중에서 특별하게 정서와 직간접적으로 관련을 맺고 있는 정서어휘에 대해 주목하고, 이들 상호 간의 연관성을 추적해 나가는 활동 속에서 학생들은 좀더 세심한 시적 정서를 유발시킬 가능성이 높아짐을 알 수 있었다. 작품 속의 정서어휘는 작가의 대상이나 인물에 대한 정서를 반영시키기 위해 마련한 단서이며, 이를 바탕으로 학생들이 작품을 읽는 과정에서 느낀 감정들을 자신의 정서어휘로 표현함으로써, 모호한 느낌으로서의 정서는 명확하게 실체를 드러내게 되며 이는 섬세한 정서 파악에 기여하는 것을 확인할 수 있었다.

또한, 정서가 개인적인 주관에 의해서만 유발되는 정의적 차원의 심적 현상이라는 관점을 따른다면, 상황과 가치에 대한 인식은 정서 형성에 도움이 되지 못한다. 하지만, 상황을 구성하는 요소에 해당하는 배경, 인물, 대상, 사건에 주목하고 이들의 개별적인 속성에 대한 작품 내적 의미 파악과, 요소들 간의 관련성 탐색을 통해 상황에 대한 인지적 역량을 강화시켜 나간 결과, 학생들의 작품에 대한 정서 형성에도 유의미한 효과가 있음을 알 수 있었다. 뿐만 아니라, 작품 속에 전제된 작가의 가치 인식을 추적하고, 그러한 가치관에 대한 학생 자신의 비판적이고 공감적인 견해를 활성화하는 과정을 통해, 가치 인식이 작품의 정서를 심도 깊게 느끼는 데 영향을 끼침을 볼 수 있다. 따라서 정서어휘의 활성화와 상황 및 가치에 대한 인식을 시 교육의 장 속으로 적극 편입시키게 되면 시적 정서 교육을 강화시키는 데 일정 부분 기여할 것으로 기대한다.

'시각예술과 언어예술'의 이미지 소통을 통한 시 읽기 방법

1. 이미지와 시의 상호소통

시각 이미지[1]와 시를 각각 기호와 텍스트로 인식한다면, 두 대상이 지닌 근원적인 속성의 이질성에도 불구하고 둘은 소통가능하다. 이미지와 시가 만나게 되면 각각의 독자성이 부각됨은 물론, 둘의 접점에서 새롭게 돋아나는 이미지는 독자에게 신선한 미감을 유발시키게 된다. 최근 들어 이미지와 시의 상호소통을 염두에 둔 작품들이 대거 창작[2]되고 있음은 이를 방증하는 것으로 볼 수 있다. 이러한

---

1) 시의 '이미지'와 용어상의 혼란을 피하기 위해, 시각예술 작품이 형상화하고 있는 '이미지'를 '시각적 기호'로 명명할 수도 있겠으나, 시와 시각예술 작품을 텍스트로 보고자 하는 통합적 관점에서는, 시의 '이미지'와 시각예술 작품의 '시각적 기호'가 유사성을 갖는 것이기에 이 글에서는 '이미지'라는 용어를 사용하고자 한다.

2) 이미지와 시의 상호소통을 시도한 작품들로 다음과 같은 것들이 있다. 실천문학, 『판화로 읽는 우리시대의 시』, 실천문학, 1998; 이대일, 『빈 뜨락 위로 오는 바람』, 생각의나무,

시집들은 이미지가 시 창작의 모태가 된 것도 있고, 이미 창작된 시 작품을 바탕으로 이미지화한 것도 있으며, 시인이 시 창작 과정에서 상징성을 극대화하기 위해 시에 이미지를 도입한 것도 있다. 그 형태나 산출 방식이 어떻든 작가들은 이미지와 시의 결합이 시 창작과 감상의 새로운 탈출구이며, 전환적인 미의식을 유발시키는 토대가 됨에 공감하고 있다.

우리 시문학사에서 이미지와 시가 결합된 형태로 제화시(題畵詩)를 들 수 있다. 그림을 제재로 삼는 제화시는 그림의 소재(畵題), 구성 내용(畵面), 형상화 방식(畵法), 주제(畵意) 등이 시 창작의 모티프가 된다.3) 시와 그림이 한 가지 법칙을 가진다는 '시화일률론'4)에 합의하고, 그림을 감상한 후 단순히 그림 내용을 그대로 시로 옮겨 놓지 않고 자기 나름대로의 의식을 담아내는5) 데 주력하였다.

이미지와 제화시의 관계를 살피면, 그림과의 관계에 있어 화평적(畵評的) 성격을 보여주는 제화시, 시와 그림이 각기 완결된 세계를 형성하여 다른 매체를 통한 동어반복적인 관계를 갖는 제화시, 그림의 의미를 새롭게 창출하고 강화하는 제화시 등이 있다.6) 이러한 이미지와 시의 어우러짐은, 시각적 효과가 결여된 장면의 한계를 뛰어넘을 수 있도록 시를 자극하며, 청각과 후각 등의 다양한 감각적 특징을 포섭할 수 있도록 이미지를 부추기게 된다.7)

2002; 이근배, 『시로 그린 세한도』, 과천문화원, 2008; 이숭하, 『공포와 전율의 나날』, 문학의전당, 2009.

3) 구본현, 「한국 제화시의 특징과 전개」, 『동방한문학』 제33호, 동방한문학회, 2007, 267쪽.

4) 詩畵—法, 詩畵—妙, 詩畵—致에 대한 인식은 중국 北宋代의 소식에서 출발하여, 고려시대 이규보, 이인로, 최자 등에 의해 수용되어 조선전기에는 보편적인 시화론으로 자리를 잡았다. 고연희, 「조선시대 산수화와 제화시 비교고찰」, 『한국시가연구』 제7권 1호, 한국시가학회, 2000, 344쪽.

5) 박명희, 「석정 이정직 제화시의 두 층위」, 『동방한문학』 제35호, 동방한문학회, 2008, 195쪽.

6) 박무영, 「퇴계시의 한 국면」, 『이화어문논집』 제10호, 이화어문학회, 1989, 520~522쪽.

7) 정일남, 「초정 박제가의 제화시 연구」, 『한국의 철학』 제35권 1호, 경북대학교 퇴계연구소, 2004, 237쪽.

이미지와 시의 상호소통을 지향하는 제화시는 그림과 시가 상생 작용을 이루면서 새로운 창작과 감상의 질서를 구가하고자 한다. 이 러한 제화시는 문학성을 구현하고자 하는 매체를 '글자'에만 한정하 지 않고 다변화를 시도함으로써 미의식을 확장시키고자 하는 인식을 전제로 하고 있다. 또한, 제화시는 단일 텍스트로 한정되지 않고 다 른 텍스트와의 소통을 통해 텍스트 상관성을 유도해 나간다. 즉, 제 화시는 또 다른 텍스트 산출의 모태가 되기도 한다는 것이다.

안견의 '몽유도원도'는 안평대군의 제목 글씨와 제시(題詩)가 그림 앞을 장식하고, 제기(題記)가 뒤에 기술되어 있다. '몽유도원도'의 한 부분이 되는 '제기'는 당나라 한유의 '제도원도시(題桃源圖詩)'와 관련 성을 맺고 있으며, 이는 박팽년의 '몽도원서(夢桃源序)'8)의 창작으로 이어지게 된다. 또한, 김정희의 '세한도' 역시 이상적(李尙迪)의 편지 글을 이끌게 되며, 시대를 거슬러 최두석, 황지우, 곽재구, 고재종, 도종환의 '세한도'라는 시를 잉태시키는 결과를 낳기도 하였다.

서양의 경우도 로마의 시인 호라티우스(Horatius)가 '시는 그림이다' 라고 한 이래 필립 시드니, 레싱으로 그 전통이 이어지게 된다.9) 바로 크 시대에는 하르스되르퍼(Harsdörffer)가 '시교수법(Poetische Trichter)' 이라는 저술에서, 알레고리를 문학적 담화뿐만 아니라 '구상적 형상' 의 기초로 설명함으로써 시와 회화의 기호적 관련성을 제시한다.10) 서양에서도 이미지와 문자는 상호 이질적인 기호가 아니라 상호작용 적 매체로 인식되었던 것이다.

파졸리니(Pasolini)의 경우처럼, 일정 수준 이상의 객관성을 바탕으 로 한 규칙적인 문자와는 달리 이미지는 원시적이고 주관적인 표현 수단에 불과하다는 견해11)가 있기도 했으나, 종교적 경전에 이미지

---

8) 오주석, 『옛그림 읽기의 즐거움』 1, 솔출판사, 2008, 60~69쪽.
9) 조진기, 『비교문학의 이론과 실천』, 새문사, 2006, 98쪽.
10) 고위공, 『문학과 미술의 만남』 1, 미술문화, 2004, 36쪽.
11) 김호영, 「영상 문화와 이미지 기호」, 『시학과언어학』 제4호, 시학과언어학회, 2002, 95쪽.

를 도입12)하면서 이미지와 문자의 결합은 자연스럽게 받아들여질 수밖에 없었다. 문학과 예술의 차원에서 시도한 이미지와 문자의 결합뿐만 아니라, 종교적 의도로 시도된 매체간의 상호결합도 자연스러웠을 것으로 보인다.

동서양의 이미지와 문자에 대한 상호결합의 허용적 분위기는 최근의 작가들에게 시간과 공간을 뛰어넘는 소통의 장으로 발전해 가고 있는 듯하다. 고흐의 삶과 예술 정신이 녹아 있는 그림을 소재로 한 우리 작가들의 작품13)이 다수 창작되고 있는 것만 보아도 이를 짐작할 수 있다. 이러한 작품들은 고흐의 그림을 시 창작을 위한 소재로 활용하는 단순한 차원을 넘어서, 그림 속에 스며 있는 고흐의 삶과 가치관을 시로 형상화하고 있다. 또한, 그림에 펼쳐진 고흐의 예술혼을 시인의 창작세계 속에서 재해석함으로써 새로운 상징적 결과물로 전환14)시켜 놓고 있다.

문학과 시각예술이 상관관계를 맺고 창작되고 향유되었음에 주목한다면, 시 작품에 대한 감상의 국면에서도 이미지를 분석하는 방법과 원리를 도출하고 이를 시 작품 해석의 과정에 접목시킴으로써 시 이해의 효율성을 도모할 수 있으리라 본다. 따라서 이 글에서는 언어예술과 시각예술이 상호소통 관계를 유지해 왔던 전통에 기대어 둘 사이의 인접성 속에 전제된 분석 원리를 도출하고 이를 실질적 작품 이해의 국면에 적용하는 과정을 제시하고자 한다.

---

12) 구텐베르크의 성경이 등장하면서 이전에 문자가 누렸던 권위는 감소되었으며, 루터는 스스로 번역한 독일어 성경에 화가 루카스 크라나흐(Lucas Cranach)가 제작한 이미지들을 함께 넣어 출판하기도 했다. 한철, 「이미지, 문자, 권력」, 『뷔히너와현대문학』 제34호, 한국 뷔히너학회, 2010, 317쪽.

13) 문정희의 '자화상 부근', 문충성의 '귀를 자른 자화상', 정진규의 '감자먹는 사람들', 함형수의 '해바라기의 비명', 조병화의 '반 고흐1', 오탁번의 '모브의 회상', 박찬의 '아를르로부터의 편지-반 고흐에게', 김승희의 '나는 타오른다', 이승훈의 '고흐의 의자', 이향아의 '고흐의 의자', 박의상의 '구두1-반 고흐그림〈구두〉', 안혜경의 '고흐, 까마귀떼가 나르는 밀밭-불행이 끊일 날은 없을 것이다' 등이 이에 해당한다.

14) 백남기, 『문학과 그림의 비교』, 이종문화사, 2007, 26~27쪽.

2. 기호와 텍스트로서의 이미지

작가는 추상적 관념을 감각화하고 구체화하기 위해 이미지를 사용하게 된다.[15] 시어의 비유나 상징적 의미는 관념어를 통해 독자에게 전달되지 않고, 직접적인 사물이나 느낌을 환기시킬 수 있는 형태로 형상화된다. 언어의 음성적 자질이나 규칙적 배열 구조에 의해 드러나는 시의 리듬은 이미지와 차별성을 갖지만, 거시적 안목에서 접근한다면 리듬도 역시 독자의 정서유발에 기여하고 그것이 청각적 이미지의 형태로 재현되기에 이미지와 밀접한 관련성을 맺는다고 볼 수 있다. 또한, 최근에는 엄격한 규칙에 의해 유발되는 리듬보다 시어의 독특한 배열을 통해 시각적 이미지를 환기시키고 여기에서 리듬을 느끼도록 하는 기법이 활용되기도 한다.

이처럼 이미지는 감각에 의존한다. 특히, 이미지가 마음속에 그려지는 언어에 의한 그림이라는 견해를[16] 따른다면, 이미지는 감각 중에서도 시각에 의존하는 성향이 크다는 것을 알 수 있다. 시의 전체적인 내용과 정서는 개별 이미지들의 유기적 결합에 의해서 형성되는 총체적 이미지를 통해서 파악된다.[17] 이미지는 촉각, 청각, 미각 등 다양한 감각과 관련성을 맺게 되지만, 실제 시 읽기에서는 시어를 통해 유발된 시각적 이미지가 일차적으로 마음속에 환기되게 마련이다. 그런 뒤에 부가적이고 구체적인 이미지로 발전되어 나가는 측면을 부인할 수는 없다.

최근에는 모더니즘적 사고가 만들어 놓은 고정된 경계선이 해체되기 시작하면서 다양한 형태의 퓨전문화와 트랜스문화가 생겨나게 되었다. 이러한 현상은 언어예술의 권위를 부정하고 새로운 대안으로

---

15) 김혜니, 『다시 보는 현대시론』, 푸른사상사, 2006, 175쪽.
16) Philip Sidney, *Elizabethan Critical Essays* Volume 1, Oxford University Press, 1971, p. 158;
   C. D. Lewis, *The Poetic Image*, A. W. Bain & CO. Ltd., London, 1958, p. 18.
17) 김병택, 『현대시론의 새로운 이해』, 새미, 2004, 155쪽.

시각예술을 부상시키는 쪽으로 선회하는 계기가 되었다. 이러한 시점에서 이미지는 통신기술의 발전과 결부되어 접근성과 친근감을 무기로 소비자의 상상력을 자극함으로써 언어매체보다 주도적 위치를 점할 수 있게 되었다. 뿐만 아니라, 이미지에 의존하는 시각예술의 경우에 있어서도 언어예술과 상호작용함으로써 약점을 보완하는 긍정적 순기능을 가지게 되었다고 할 수 있다.[18]

이미지와 언어의 상호소통[19]이 현대문학의 특징만은 아니다. 수많은 고전적 그림들이 기존의 신화들이나 문학작품을 이미지로 옮긴 것들이다. 이미지는 언어와의 조화 속에서 더 강화되며, 이미지의 조형적 자질이 고취됨으로써 하나로 용해된다.[20] 이처럼 언어와 이미지는 근본적 속성에 있어 차이가 있음에도 불구하고 둘 사이의 관계를 상호소통 가능한 것으로 인식하는 근저에는, 언어예술과 이미지에 의해 부각되는 시각예술이 서로 공유할 수 있는 접점이 있음을 인정하는 것으로 볼 수 있다. 그것을 뒷받침할 수 있는 것이 이미지를 기호와 텍스트로 보고자 하는 태도라고 할 수 있다.

파졸리니는 언어와 동일하지 않지만 영상 이미지도 기호로서 분절성을 갖는다고 주장한다. 이러한 관점에 대해 에코는 사물들의 영상 이미지인 '영화소'가 음소와 대등한 것은 인정하지 못하더라도, 영화소가 시니피에(signifié, 記意)의 단위이며, 영화소의 집적이자 상위단위가 되는 '화면'은 언술에 해당하고, 이는 프리에토가 정의하는 '의미소'와 일치한다고 보고 있다.[21] 이러한 일련의 논의들은 이미지가 언어와 함께 의미를 전달하는 일정한 체계이며, 기호로서의 자격을

---

18) 그래픽 노블, 비주얼 노블, 테크노 픽션 등을 그 예로 꼽을 수 있다. 김성곤, 『하이브리드 시대의 문학』, 서울대학교 출판문화원, 2010, 125쪽.
19) 시 감상에 있어서 독자의 상상력은 시적 언어를 이미지로 환기시키는 역할을 한다. 이러한 기술은 언어와 이미지의 관련성을 뒷받침하는 것으로 볼 수 있다. 성창규, 「땅에 관한 상상력」, 『동서비교문학저널』 제22호, 한국동서비교문학학회, 2010, 66쪽.
20) 레지스 드브레, 정진국 역, 『이미지의 삶과 죽음』, 시각과언어, 1994, 57쪽.
21) 움베르토 에코, 김광현 역, 『기호와 현대예술』, 열린책들, 1998, 307쪽.

갖추고 있음을 인정하는 것이다.

바르트 역시 기술적 형상으로 구성된 영상 이미지를 텍스트로 보고, 그 나름대로의 기호적인 상징체계를 가지고 있음을 언급한 바 있다.[22] 사진 이미지에 포함된 중요한 두 가지 요소인 스투디움(Studium)과 푼크툼(Punctum)에 주목하고[23] 사진을 정보와 의미는 물론 정서를 제공하는 기호로 인식한다. 즉, 사진 이미지를 사실을 전환시키고, 분석하고, 해석하고 게다가 변형시키는 도구로 인식함으로써 언어텍스트처럼 기호로 분절될 수 있는 대상으로 바라보았다.[24] 이러한 견해는 이미지를 시각적인 논증을 함축하고 있는 발화체[25]로 파악하게 하고, 감상자의 태도와 입장에 따라 상대적인 해석의 가능성을 보유한 것으로 바라보게 한다.

이처럼 이미지를 기호로 파악하고 그것의 의미를 해석하고 규명해냄으로써 삶의 방식을 알아가고자 하는 노력은, 언어예술을 이해하고 감상하려는 의도와 일맥상통하는 점이 있다고 할 수 있다. 물론 기호로서의 이미지와 언어는 근본속성과 활용규칙, 그리고 활용의 방식에 있어 이질적이다. 언어는 분절적이면서 체계적으로 생산과 수용 방식이 엄격하게 정립되어 있다. 반면에 기호로서의 이미지는 도식화할 수 없는 주관성이 존재함을 부정할 수는 없다. 하지만 언어학을 기호학의 한 부분으로 보았던 소쉬르의 입장을 따른다면[26], 언어예술과 인간의 생활과 삶, 나아가 문화의 특징을 규명하고자 하는

---

22) 바르트는 이미지는 사건이나 현상을 드러내는 기표로서 기의를 갖지만 그것은 본질적인 것이 아니므로, 진정한 기의를 찾아야 함을 역설하고 이를 '탈신화 전략'이라고 한 바 있다. 철학아카데미, 『기호학과 철학 그리고 예술』, 소명출판, 2002, 155쪽.
23) 사진 이미지를 읽는 작업은 무기력한 욕망, 다양한 관심과 취향인 스투디움 속에서 감상자 자신에게 심리적 충격을 주는 강한 자극인 푼크툼을 발견하는 작업이다. 롤랑 바르트·수잔 손탁, 송숙자 역, 『바르트와 손탁: 사진론』, 우성사, 1994, 32~33쪽.
24) 기호학연대, 『기호학으로 세상 읽기』, 소명출판, 2003, 58~59쪽.
25) 이선형, 『이미지와 기호』, 동문선, 2004, 268쪽.
26) 김기국, 「소쉬르 기호학과 사진 리터러시」, 『기호학연구』 제21호, 한국기호학회, 2007, 256쪽.

기호로서의 시각예술은 상관성을 갖는다고 할 수 있다.

확대된 텍스트 개념[27])으로 본다면, 텍스트는 문자로 구성된 언어 형성물뿐만 아니라 그림, 언어, 청각텍스트까지 그 범위가 확장 가능하다. 해체주의나 포스트모더니즘을 표방하는 관점에서 보면, 텍스트는 씌어진 작품뿐만 아니라 비문학적 영역인 건축, 회화, 연극, 사진, 영화, 비디오 아트까지도 포함된다. 텍스트를 구성하는 매체를 활자에만 국한시켰던 기존의 인식에서 벗어나, 텍스트의 권위를 해체하고 다양한 매체를 수용하고자 하는 입장이 맞물려 텍스트의 범주를 확장시키게 되었다. 이러한 입장은 텍스트 자체의 구성방식과 체제에 관한 문제뿐만 아니라 텍스트의 상호 관련성[28])에 주목하는 논의와도 관련성을 맺고 있다. 즉, 벤야민은 "어떤 텍스트이든, 텍스트는 다른 텍스트들의 번역이거나 알레고리에 지나지 않는다."[29])고 함으로써 텍스트와 텍스트의 관계를 강조하는 입장을 취하고 있다. 또한, "텍스트는 전후상황을 가지게 되고, 수용자는 반어적인 의도를 포스트모던 텍스트에 삽입시키고 추론한다."[30])는 주장도 이를 뒷받침하는 논의에 해당한다.

이미지를 기호와 텍스트로 바라보는 관점은 시 읽기에 긍정적인 시사점을 준다. 시 작품을 단독으로 온전히 감상하는 것도 시 읽기의 중요한 몫이지만, 이미지와 시를 연계시키는 것도 효율적인 시 감상법이 될 수 있다. 이미지를 통해 시 해석의 모호함을 새로운 각도에서 이해할 수 있는 단초를 제공하기도 하며[31]), 이미지를 독창적으로 변용시킴으로써 시에서 드러내고자 하는 의미를 강화시키는 수단으

---

27) 바르트 외, 앞의 책, 220쪽.
28) 윤호병, 『비교문학』, 민음사, 1994, 336쪽.
29) 강지수 외, 『문학과 철학의 만남』, 민음사, 2000, 372쪽.
30) Linda Hutcheon, *A Poetics of Postmodernism: History, Theory, Fiction*, NY: Routledge, 1989, p. 80.
31) 김은령, 「이미지를 통한 텍스트 읽기」, 『현대영어영문학』 제51권 4호, 한국현대영어영문학회, 2007, 123~133쪽.

로 활용 가능하다.

언어예술인 시와 시각예술인 이미지는 그 둘이 결합됨으로써 의미 해석과 감상의 측면에서 상호보완적인 관계를 이루어 나갈 수 있는 것이다. 뿐만 아니라 시 창작의 과정에서도 시와 이미지 결합을 통해 상징성을 강화시켜 나갈 수 있다. 이미지를 기호와 텍스트로 인식하는 관점을 따르고, 매체의 다변화를 추구하며 작가의 절대적인 권위보다 독자의 수용적 측면을 강화해 나가는 해체적 입장을 고수한다면, 시 작품과 이미지의 결합을 통한 시 창작과 감상은 예술의 창작과 수용에 있어 새로운 시도로 볼 수 있다.

3. 시각예술로서의 이미지 읽기 방식

이미지는 그 특성상 언어기호와는 달리 체계적인 문법성을 가지고 있지 않기에 매우 주관적이며 자의적으로 창작되고 수용된다. 하지만 이미지를 기호와 텍스트로 인식하고 그것을 분석해 이미지의 의미를 읽어 내고자 하는 연구에 기대어 이 글에서는 효율적인 이미지 분석 원리를 제시하고자 한다. '구성 이미지 확인', '수용 이미지 파악', '맥락 이미지 분석'의 과정32)을 통해, 제시된 이미지를 이해하고 감상하는 방법적 타당성을 확보할 수 있다.

'구성 이미지 확인'은 사진이나 그림, 혹은 동영상으로 제시된 이미지의 경우라도 텍스트 속에 존재하는 물리적 구성물로서의 이미지를 세세하게 분석하고 그것을 지각하는 단계에 해당한다. 마랭은 그

---

32) 텍스트의 정보를 독자가 인식하는 과정은, '문자에 대한 인지'를 전제로 화자의 배경지식과 문자에 대한 정보를 통합시킴으로써 텍스트의 의미를 재해석하는 '수용의 과정'을 거치게 된다. '문자 정보의 인지'와 '배경지식을 바탕으로 한 이해'의 과정을 넘어 심도 깊은 정보 처리를 위해서는 '사회문화적 맥락'을 활용한 텍스트 이해가 이루어져야 한다. 이러한 텍스트의 정보 처리 과정을 바탕으로 이 글에서는 이미지 수용의 단계를 '구성 이미지 확인', '수용 이미지 파악', '맥락 이미지 분석'으로 설정하고자 한다.

림 독해를 통해 이미지는 관찰 가능한 일관된 '체계를 갖는 텍스트'라고 주장한다.[33] 이미지는 서술성을 갖는 기표들이므로 배열된 순서에 따라 해석 가능하다는 입장이다.

이미지를 전체적으로 바라보고 그 속에서 의미를 파악하려는 시도도 이미지를 읽어내는 방법일 수 있으나, 그럴 경우에 발생하는 개인 편향성을 넘어서지 못할 수도 있다. 이미지를 세세히 분석하지 않고 전체적으로 조망하듯이 이미지를 감상하는 입장을 취하게 되면, 이미지 생산자가 드러내고자 하는 세부 의미를 놓치게 되거나 체계적이고 분석적인 읽기가 되지 않을 수 있다. 바르트도 "세부적인 것 하나가 나에게 호감을 주며, 그 단 한 가지가 내 눈에 들어올 때 나의 시각은 변화되는 것을 느끼며, 내 눈에는 그 사진이 탁월한 가치를 지니게 되고, 그때 바라보는 세밀함이 푼크툼이다."라고 언급한 바 있다.[34]

그러므로 일차적으로 이미지를 이해하기 위해서는, 이미지에 분석적으로 접근하지 않고 편협한 주관적 판단과 단순한 개별 정서에 의존한 읽기 방식에서 벗어날 필요가 있다. 그러기 위해서는 이미지 속에 자리잡고 있는 시각적 인지 대상으로서의 사물이나 형상들을 하나하나 분석해서 인지해야 한다.[35] 이러한 '구성 요소 추출'은 대상의 객관적이고 사실적인 정보를 읽어내기 위함이다. 사진이나 그림과 같은 이미지 창작자는, 단면이라는 제한된 공간 속에 주제의식을 전하기 위해 인물, 사물, 배경은 물론 선과 색 등에 특별함을 부여하기 마련이다. 무심코 지나칠 수 있는 이미지 속의 개별 구성물 하나하나에 시선을 집중하고 일차적 의미에 해당하는 지시성(指示性)을

---

33) 김복영, 『이미지와 시각언어』, 한길아트, 2006, 159쪽.
34) 위의 책, 46쪽.
35) 캐나다와 프랑스의 국어교과서 이미지 읽기에서는 독자들에게 이미지의 종류, 시공간적 배경, 등장인물의 유형과 행동 등과 같이 이미지를 구성하는 요소들을 자세히 관찰하도록 유도한다. 김기국, 앞의 논문, 270쪽.

파악하려는 시도를 할 필요가 있다.

'구성 이미지 확인' 단계에서 장면을 이루는 세부적인 대상을 인식하는 '구성 요소 추출' 후에는 요소들 간의 연결성[36]을 고려해 의미를 파악하고자 하는 '구성 요소 통합'의 과정으로 옮겨가야 한다. 이미지를 구성하는 개별 요소를 확인하고 그것들의 1차적인 의미를 파악한 후에는 요소들 간의 상호통합을 통해 의미를 읽어내려는 작업을 수행해야 한다. 한 장의 이미지를 구성하는 세부 대상물의 의미도 중요하겠으나, 본질적으로 여러 구성요소들이 통합되어 궁극적인 의도를 전달하는 것이기에, 요소 상호 간의 결속성과 응집성을 고려하면서 이미지 전체의 의미에 집중하는 것이 필요하다.

'구성 요소 추출'과 '구성 요소 통합'을 통해 진행되는 '구성 이미지 확인'은 텍스트로 주어진 이미지가 드러내는 1차적인 의미에 주목하는 것이다. 물론 한 장의 이미지를 접하게 되면 자연스럽게 수용자의 경험이나 개성에 따라 다양한 내적 반응이 일어난다고 할 수 있다. 단순한 느낌에서부터 분석적이고 상징적인 의미의 추출까지 다양한 정서적 반응을 불러일으킨다. 물론 자연스럽게 일어나는 내면의 반응을 억누를 수는 없겠지만, '구성 요소 추출' 과정에서는 최대한 이미지 내부에 존재하는 구성 요소의 객관적인 정보에만 주목할 필요가 있다. 이미지를 구성하는 세부 요소로서의 대상이나 항목들을 놓치지 않고, 자세하게 관찰하면서 개별 요소들이 어떤 배치와 구도로 조합되어 있으며, 부분적 구성 요소들[37]이 어떤 결합 방식을 통해

---

36) 텍스트로서의 완결성을 갖고 의도를 온전히 전달하기 위해서는, 텍스트를 구성하는 요소들 상호 간의 연결인 결속성과 담화 내용이 하나로 통일되는 성질에 해당하는 응집성이 필수적이다. 이석규, 『텍스트언어학의 이론과 실제』, 박이정, 2001, 25쪽; 박영순, 『한국어 담화 텍스트론』, 한국문화사, 2004, 62~67쪽; 고영근, 『텍스트 이론』, 아르케, 1999, 162쪽; R. de Beaugrande & W. Dressler, 김태옥·이현호 역, 『텍스트 언어학입문』, 한신문화사, 1995, 69쪽.

37) 사진 텍스트를 구성하는 시각적 기호들에 대한 분절작업은 우선 텍스트 표현 층위에 계층적으로 조직되어 있는 단위들 사이의 관계를 분석하는 것에서 시작한다. 이를 위해 이미지를 근경, 중경, 원경의 세 부분으로 나누어 접근하는 것도 유용하다. 이선형, 앞의

하나의 이미지를 형상화하는지를 꼼꼼하게 살피고자 하는 것이다.

'구성 이미지 확인' 작업이 끝난 후에는, 두 번째 이미지 읽기의 작업 과정으로 '수용 이미지 파악' 단계를 설정할 수 있다. 이 단계는 정확히 표현하면, 대상 이미지를 보고 감상자의 내면에 떠오른 이미지를 파악하는 것이다. 즉, 물리적 이미지를 보고 수용자의 머릿속에 떠오른 수용된 이미지를 가늠해 보는 단계이다. 대상 이미지를 보고 어떤 느낌과 생각이 떠올랐으며 그것이 어떤 이미지로 머릿속에 자리잡았는지를 분석해 보는 것이다.

들뢰즈는 이러한 성격의 이미지를 감정 이미지라고 지칭한 바 있다. 감정 이미지는 제시되는 기표로서의 이미지를 정서의 표현으로 변용시킬 때 얻어진다. 즉, 감정 이미지는 내부의 정서와 심리를 암시한다.[38] 한 장의 이미지가 갖는 표층적 의미는 수용자의 태도와는 무관하게 일관된 지시만을 가질 수 있다. 이미지를 구성하는 물리적 대상으로서의 사물이나 형상들은 고정되어 있기 때문이다. 하지만 이미지가 드러내는 심층적 의미를 염두에 둔다면 수용자에 따라 동일할 수는 없다.

무카로브스키는 예술작품이라는 이미지의 기호를 형성하고 있는 형식적 요소들이 합해져서 그 구성요소들 사이에서, 혹은 구성요소들 중간에 구성요소들과는 전혀 다른 새로운 '대상적 무규정성'[39]이 발생한다고 주장하였다. 이러한 논의는 들뢰즈의 입장과 동일한 것으로, 이미지는 수용자들에게 동일한 실체나 일관된 의미를 가진 기호로 읽히는 것이 아니라 감상자의 개성에 따라 다양한 심리적 이미지로 변용된다는 입장이다.

따라서 '수용 이미지 파악' 단계에서는 사진이나 그림이 독자로서

책, 63~65쪽.

38) 베르그송에 의하면, 감정이란 외부대상과 주체의 행동 사이의 간격, 그 내면의 공간에 떠오르는 것이다. 나병철, 『영화와 소설의 시점과 이미지』, 소명출판, 2009, 357~358쪽.

39) 유형식, 『문학과 미학』, 역락, 2005, 332쪽.

의 수용자에게 어떤 심리적 이미지를 남겼는지에 주목할 필요가 있다. 물론 감상자에게 수용된 이미지가 '구성 이미지 확인' 단계에서 인식된 것과 전혀 무관할 수는 없지만, 독자적이고 주관적인 감상 태도에 허용적 태도를 취할 필요가 있다. 이러한 '수용 이미지 파악' 과정을 위해 '심리적 자유 연상하기'와 '논증적 추론하기'를 제시할 수 있다.

'심리적 자유 연상하기'는 대상 이미지에 대해 제한 조건 없이 다양한 이미지를 머릿속에 떠올려 보는 활동이다. 이미지와 관련된 특정한 인지적 정보에 예속되지 않고 이미지가 환기시키는 정서적이고 심리적인 측면의 느낌들을 활성화시키는 과정에 해당한다. 타자들로부터의 시선에서 해방되어 자기 자신에게로 시선 돌리기[40]를 감행하는 것이다. 감상자의 주관적인 심리 반응을 염두에 둔다면, 수용된 이미지는 다채로울 수밖에 없다. 독자의 직간접적인 경험이나 개성, 흥미와 관심, 이미지 이해 방식에 따라 다양한 정서 이미지를 유도하게 마련이다.

허용적 분위기에서 이루어지는 '심리적 자유 연상하기'에서는 풍성한 수용 이미지 형성을 위해 이미지 작품과 독자의 '관계성'[41]에 주목할 필요가 있다. 자유 연상하기는 무제한적인 감상으로 귀결될 수 있으나, 텍스트의 이해와 감상이 개인편향성을 지향해서는 안 된다. 연상하기를 통해 감상자 내면의 이미지를 활성화시키는 반응을 유도하기 위해서는 이미지 작품을 독자의 주관적인 인식의 틀 속에 두게 마련이다. 이 때 이미지 분석의 과잉과 오류를 막기 위해서는, 작품을 구성하는 이미지 요소를 근간으로 독자의 경험을 작품 속에 투영시킴으로써, 작품과 말을 건네는 방식[42]으로 '관계'를 형성하도

---

40) 미셸 푸코, 심세광 역, 『주체의 해석학』, 동문선, 2001, 254쪽.
41) 리차드 팔머, 이한우 역, 『해석학이란 무엇인가』, 문예출판사, 1996, 325~326쪽.
42) 슐라이어마허는 이를 신비적 방법이라고 지칭하며, 텍스트를 통해 작가의 개성을 파악하기 위해 독자 스스로 타자 안으로 들어가는 심리적 분석 방법을 역설한 바 있다. 폴 리쾨르,

록 유도할 필요가 있다.

'논증적 추론하기'는 연상하기에서 나아가 이미지를 분석적으로 이해하고자 하는 과정에 해당한다. 작품과 독자 상호 간의 관계가 충분히 형성된 후에, 독자의 배경지식을 활용해 대상 이미지의 심층적 의미를 추론해 보는 것이다. 시각적으로 인식되는 이미지 구성 요소들을 조합함으로써 가시적으로 드러나 있지 않은 2차적 의미를 추출해 내는 과정에 해당한다. 작가는 자신의 의도를 시각적 형상을 통해 간접적으로 보여줄 뿐이며, 궁극적 의식은 이미지 이면에 감추어진 상태로 제시될 수밖에 없다.

독자는 세계에 대한 직간접적인 경험을 바탕으로 자기 이해를 구성하고자 한다.43) 이미지 구성 요소들의 연결을 통해 도출한 표층적 의미를 독자의 배경지식과 접합시킴으로써 새로운 심층적 의미를 발견하는 쪽으로 나아가야 한다. '논증적 추론'은 구성 요소들을 통해 작가의 의도를 파악함은 물론 해석 가능성의 범위 속에서 감상자의 독특한 의미를 재구성해는 작업을 일컫는 것이다. 제시된 대상 이미지 속에 전제된 의미를 추론해 내는 것은 물론, 타당성과 논리성을 갖는 독자 나름대로의 의미를 재발견해 내는 작업으로 선회할 필요가 있다.

이를 위해 특정 작가의 작품 창작 태도나 방법에 대한 배경지식, 대상 이미지와 관련된 동일 작가의 다양한 작품에 대한 지식, 이미지를 분석하는 방법에 대한 선행지식, 특정 이미지를 분석하기 위해 독자의 배경지식을 활용하는 방법 등을 숙지하고 적용해 나가야 한다. 심층적 의미를 도출하는 과정은 심리·정서적인 측면보다 지적인 영역과 관련을 맺고 있는 것이기에 논리적 일관성을 찾아가는 데 집중해야 한다.

김윤성·조현범 역, 『해석이론』, 서광사, 1994, 131쪽.
43) E. 후프나겔, 강학순 역, 『해석학의 이해』, 서광사, 1994, 109쪽.

이미지 읽기의 세 번째 단계인 '맥락 이미지 분석'은 사회·문화적 상황과의 관련성44) 속에서 이미지의 의미를 읽어 내는 것에 해당한다. '구성 이미지'와 '수용 이미지'는 물리적 대상으로서의 이미지와 독자와의 관계에 주목한 것이었다면, '맥락 이미지 분석'은 작품과 시대적 상황과의 관계를 토대로 심층적 의미를 읽어내고자 하는 작업이다.

수잔 손탁도 "이미지들은 서로에게 영향을 미치면서 계속해서 상황을 설정하고 현실을 보여주는 방식"45)으로 창작된다고 언급한 바 있듯이, 외적 상황과 단절된 채 오로지 단일 작품의 내적 요소들만으로 의미를 드러내지는 않는다. 그리고 바르트는, 형식으로서의 기표가 개념으로서의 기의와 의미작용을 이룰 때 형성되는 의미는 '역사적 산물'46)에 해당된다고 보았으며, 리쾨르는 텍스트가 텍스트 밖의 세계를 지시하는 가능성을 '폴리세미(polisemi)'47)라고 지칭함으로써 텍스트와 외부 세계와의 소통성을 강조하였다. 따라서 텍스트로서의 이미지는 고정성이나 단일화된 의미를 가지는 것이 아니며 지속적인 사회·문화적 과정에 연결된 것으로 상호텍스트적인 것으로 읽어야 한다.48)

'맥락 이미지 분석' 단계에서는 '공시적으로 맥락화하기'와 '통시적으로 맥락화하기'의 방법을 고려할 필요가 있다. 이미지에는 창작 당시의 관습화된 의미에 대한 합의49)뿐만 아니라 작가의 세계관이 반영되어 있기 마련이며, 이것들이 총체적으로 관련을 맺음으로써 상징적 의미를 표출하게 된다. 따라서 '공시적 맥락화'의 과정에서는 창작

---

44) 이는 퍼스의 이차성 기호에 해당하는 것으로, 이때의 이미지는 외적 상황 속에서 그 상황과 인물의 관계에 초점화된다. 에코, 앞의 책, 63~65쪽.
45) 바르트 외, 앞의 책, 282쪽.
46) 윤호병, 『비교문학』, 민음사, 1994, 383쪽.
47) 신방흔, 『시각예술과 언어철학』, 생각의나무, 2001, 39쪽.
48) 김승희, 「김춘수 시 새로 읽기」, 『시학과언어학』 제8호, 시학과언어학회, 2004, 8쪽.
49) 김철관, 『영상이미지와 문화』, 배재대학교 출판부, 2009, 166쪽.

당대의 사회·문화적 속성을 파악하고 이를 바탕으로 이미지의 의미를 재조명하는 작업에 주력해야 한다. 정치·사회적 여건은 작품 창작의 중요한 토대가 되며, 사회적인 관습과 전통, 특이한 문화적 성향 등이 작가의 창작기법이나 전달의도에 영향을 미치기 때문이다.

창작 당대의 시대적 상황과 이미지를 결부시킴으로써 확장된 의미를 파악한 후, '통시적 맥락화'에 의해 이미지를 감상하는, 독자의 당대적 시대 상황을 전제로 한 의미 읽기 작업을 진행할 필요가 있다. 특정 시대에 창작된 작품일지라도 시대적 상황이 변하게 되면 변화된 맥락이 텍스트의 의미를 재구성하도록 요구하는 측면을 간과할 수 없다. 작가가 특정한 사회·문화적 맥락 속에서 이미지를 창작하듯이, 독자는 그가 몸담고 있는 맥락 속에서 작품을 감상하고 이해하게 되는 것이다. 그러므로 시대적 상황인 맥락의 변화는 자연스럽게 또 다른 해석적 가능성을 필연적으로 요구하게 되는 것이다.

뒤부아는 이런 점에 주목하고, "이미지는 외부 현실을 알려주는 차원에서 사실을 전환시키고, 분석하고, 해석하고, 변형시키는 도구"[50]로 진화했음을 역설하였다. 이에 따라 '통시적 맥락화'에서는 독자가 처한 현실적 상황을 고려해서 감상자의 세계관에 따라 작품의 의미를 재구성하는 데 의의가 있다. 이미지를 작품 창작 당시의 상황에서 벗어나 새로운 맥락 속에서 재해석함으로써, 이미지는 절대적 의미를 지닌 객관적 대상이 아니라 상대성을 지닌 유기체임을 인식하게 된다.

4. 이미지 소통을 통한 감상의 실제

이미지와 문자가 상보적 입장에서 통합예술로 자리매김한 전통과

---

50) Ph. Dubois, *L'acte photographique*, Nathan, 1983, pp. 20~45.

이미지를 기호나 텍스트로 인식하고자 하는 관점을 바탕으로, 이미지와 시가 공존하는 실제 작품에서 이 둘을 상호소통의 방식으로 감상하는 방법을 보이고자 한다. 앞 장에서 논의한 이미지 읽기의 방식을 원리로 삼아, 이승하의 「이 사진 앞에서」를 이해하기 위해 '이미지 추출하기', '이미지 변용하기', '이미지 소통하기'의 방법을 마련하고 이에 따른 감상 절차를 제시하고자 한다.

1) 이미지 추출하기

식사 감사의 기도를 드리는 교인을 향한
인류의 죄에서 눈 돌린 죄악을 향한
인류의 금세기 죄악을 향한
인류의 호의호식을 향한
인간의 증오심을 향한
우리들을 향한
나를 향한

소말리아
한 어린이의
오체투지의 예가

나를 얼어붙게 했다.
자정 넘어 취한 채 귀가하다
주택가 골목길에서 음식물을 게운
내가 우연히 펼친 〈TIME〉지의 사진
이 까만 생명 앞에서 나는 도대체 무엇을

　　　　　　　　　　　　　　―이승하, 「이 사진 앞에서」 전문

　이미지와 시가 동시에 제시되어 있는 「이 사진 앞에서」는 독자로 하여금 사진에 먼저 주목하게 한다. '이미지'와 '시'가 상호작용함으로써 의미 상승작용을 일으키기에 사진이나 시 중, 어느 것에 먼저 집중하든지 각각이 이해를 위해 도움을 주기마련이다. 전체 시 작품에서 전면에 위치한 이미지를 독립된 텍스트로 인식하고 이를 먼저 주목하고자 하는 것이 '이미지 추출하기'이다. 사진을 구성하는 이미지를 분석하고 거기에서 도출된 의미를 통해 사진 전체의 통일된 의미를 재구성해 보고자 하는 것이 '이미지 추출하기'의 의도이다.

　제시된 이미지를 총체적으로 살피고 그 속에 내재된 의미를 추론해 낼 수도 있으나, 정확한 의미 분석과 감상을 위해 사진을 구성하는 이미지를 하나하나 초점화하는 작업이 필요하다. 이를 위해 세부 이미지를 '형상→색조→구도'의 순서로 탐색할 필요가 있다.

　'형상'은 이미지를 구성하는 물리적 조건에 해당하며, 인물과 배경을 살피는 것이 형상을 추출하는 것이라고 할 수 있다. 이러한 틀에서 접근한다면, 위 사진의 인물은 '엎드려 있는 아이', '아이를 잡은 손'이 되며, 배경은 '땅'이다. 아이의 피부색으로 보아 아프리카 어느 나라의 아이로 짐작되며, 깡마른 몸이 머리의 무게를 이기지 못할 뿐만 아니라, 몸통과 머리의 크기가 별반 차이가 없어 보인다. 또한 아이는 발을 땅에 디딘 채 손바닥은 땅을 향하고서 머리를 숙이고 있다. 발바닥과 손바닥이 땅에 닿아 있는 것으로 보아, 아이는 일어서려고 하나 가녀린 몸으로 인해 웅크리고 있는 것으로 보인다. 그리고 아이는 몸에 아무 것도 걸치지 않고 아프리카 어느 부족임을 상징하는 장신구만 목에 걸치고 있다. 결국 전체 지면을 채우고 있는 아이의 모습에서 기아에 고통받는 아프리카의 현실을 강하게 느낄 수 있다.

아이가 엎드려 있는 배경으로서의 '땅'은 흙으로 뒤덮인 공간이다. 아이의 옆쪽에는 돌덩이인 것으로 보이는 물체가 어렴풋이 드러나 있다. 척박한 느낌의 현실이 아이가 존재해야만 하는 현실임을 강하게 암시하고 있는 것이다. 배경의 건조함과 아이의 메마른 모습은 이분화될 수 없는 필연성을 안고 있음을 드러낸다. 즉 황무지로 변해버린 아프리카의 현실적 상황이 인간의 기본적이고 원초적 본능인 직립마저 허용하지 않을뿐더러, 기립하고자 하는 아이의 최소한의 소망마저도 외면할 수밖에 없는 듯하다. 또 하나 주목해야 할 인물이 아이의 어깨를 감싸 쥐고 있는 손이다. 손의 크기와, 아이와 대비되

〈표 1〉 '형상'에 초점을 둔 이미지 추출

형상		
대상 이미지 추출	이미지 초점화	이미지 의미
아이	앙상한 팔, 다리	굶주림
	이마가 땅에 닿음	기력의 쇠잔
	굽어 있는 등	현실적 좌절
	몸통과 머리 크기의 비례	기아의 지속성
	손바닥과 발바닥이 땅에 닿음	직립 의지
	헐벗은 몸	도움의 손길 부재
	까만색의 피부	아프리카인
	목걸이	부족의 구성원
어른의 손	굵은 팔뚝과 큰 손	기댈 수 있는 존재
	어깨를 감싸는 동작	도움의 손길
	팔의 위치와 손의 핏줄	구원의 의지
	손의 개수	상황 극복력의 미미함
	아이보다 상대적으로 흰 손	외부의 영향력
배경	모래흙	희망 없는 참혹한 현실
	돌덩이	삶의 고통과 무게

는 팔뚝의 굵기로 보아 손의 주인공은 어른임을 알 수 있다. 아이의 등에 손이 머물러 있지 않고 어깨에 닿아 있는 것으로 보아, 아이를 떠밀어 넘어뜨리려는 의도보다는 도움을 주고자 하는 쪽에 가까워 보인다.

이미지의 '형상'과 아울러 '색조'에 집중하는 것도 의미 파악에 도움을 준다. 제시된 사진은 오로지 '흑'과 '백'의 대조만으로 구성될 뿐이다. 흑과 백의 색조 대립은 흑이 가진 어둠의 속성을 부각시켜 주고 있다. 화려한 색깔이 암시하는 밝고 긍정적인 희망의 메시지가 부재하는 공간이라는 의미가 부각됨은 물론, 다양한 색채가 사라진 공간으로서의 아프리카는 '흑'의 색조만 부각될 뿐 다양한 가능성에 대한 선택권은 있을 수 없는 장소가 되고 만다. 결국 어둠과 동일한 의미를 지닌 흑색은 사진의 지배적인 색조이면서, 유일하게 아프리카가 선택할 수 있는 색조라고 할 수 있다. 사진을 지배하는 흑색은 아프리카를 강하게 상징하면서 암울한 현실적 상황을 흑백의 대조를 통해 부각시키고 있다.

무채색만으로 구성된 사진에서 백색은 흑색의 무겁고 어두운 분위기를 강조하면서, 스스로도 창백하고 스산한 분위기를 북돋우고 있다. 백색이 지배적인 현실 공간으로서의 '땅'은 생명력을 상징하는 유채색이 제거된 장소로서의 기능만 할 뿐이다. 배경을 채우고 있는 회색에 가까운 흰색의 색조는 중간에 위치한 아이를 기점으로 이분화되어 있다. 위쪽의 흰색보다 아이가 엎드려 있는 공간이 좀더 회색이나 흑색의 톤에 가깝다는 것이다. 이는 화면의 위쪽의 흰색이 혹독함과 냉담함이라는 현실을 나타내는 반면, 아래쪽은 아이가 느끼는 현실의 암울함을 동시에 강조하기 위한 색조의 배치로 볼 수 있다.

'구도'의 차원에서 '대상의 방향성'을 살핌으로써 이미지의 의미에 한 발 가깝게 다가설 수 있다. 사진의 방향성은 '하강' 쪽으로 기울어 있다. 땅에 밀착되어 웅크리고 있는 동작은 아래로 침잠하는 방향성을 느끼게 한다. 하강의 국면으로 방향성을 잡고 있는 구도의 설정을 통해 아프리카의 현실적 참혹성이 깊어지고 있음을 나타내고 있다. 뿐만 아니라, 웅크린 아이는 지면과 맞닿아 반원의 구도를 형성하고 있다. 반원은 아이의 처지와 결부되어 얼핏 무덤을 연상하게 하며, 완전한 원이 아니라는 점에서 모순과 불만족을 상징하기도 한다. 좌절감으로 웅크린 아이가 꿈꾸는 이상이 원이라고 한다면, 아이의 현재 모습에서 연상되는 반원은 절망과 고통을 의미한다고 볼 수 있다. 이러한 부조리를 아이에게 강요하고 완전한 이상으로서의 원의 실현을 방해하는 것은 바로 '땅'으로서의 현실이다. 아이가 엎드린 현실이 반원을 구성하는 아랫부분이면서 원을 이루지 못하게 하는 원인이 되는 것이다.

제시된 이미지에는 아래로 향하는 선과 반원이 빚어내는 하향적 구도만 존재하는 것은 아니다. 아이의 무릎과 발등의 방향은 하강보다는 상승에 가깝다고 할 수 있다. 무릎이 땅에 닿아 있지 않다는 것은 의도적으로 땅에 엎드리고자 하는 의도보다는 서 있고자 하는 의도가 강하다는 뜻이며, 이를 입증하는 것이 발바닥 전체가 땅에 닿아 있고 발등이 위를 향해 있다는 사실에서 알 수 있다. 즉 무릎과 발등의 방향은 위로 향하는 '상승' 쪽에 있다고 할 수 있으며, 이것으로 미루어 볼 때, 아이는 서 있고자 하는 의지를 가진 존재로 이해할 수 있다.

현실로 인해 꺾여버린 아이의 기립에 대한 의지를 소생시켜 줄 수 있는 존재가 바로 '어른의 손'이며, 이 손은 반원을 형상화하고 있는 구도에 대각선으로 개입하고 있다. 사선의 형태로 기아에 고통받는 대상에 깊이 관여해, 반원을 강요하고 있는 현실에서 존재를 '상승'의 방향 쪽으로 구제함으로써 원의 이상을 실현시키고자 하는 의도를 전제하고 있다.

이처럼 이미지를 텍스트로 간주하고, 형상, 색조, 구도의 차원에서 이미지를 추출해 그 의미를 하나하나 분석해 나감으로써 '기아에 고통받는 아프리카의 현실과 그를 위한 구원의 손길'이라는 텍스트의 전체적 의미에 접근해 나갈 수 있다.

〈표 2〉 '색조와 구도'에 초점을 둔 이미지 추출

색조		
대상 이미지 추출	이미지 초점화	이미지 의미
흑색	아이의 피부색	암울한 아프리카 현실
백색	위쪽 배경	냉혹한 현실과 무관심
회색	아래쪽 배경	처절한 굴레와 근원적 고통
구도		
대상 이미지 추출	이미지 초점화	이미지 의미
아래로 향하는 선	고개숙임, 땅을 짚은 손	현실의 참혹함과 좌절
반원	웅크림	현실적 모순과 부조리
위로 향하는 선	무릎과 발등의 방향	기립하고자 하는 의지와 소망
대각선	어른 손의 방향	개입과 구원

2) 이미지 변용하기

이미지 추출하기는 사진 이미지에 한정해 구성요소를 분석하고 이를 통해 사진텍스트의 의미를 읽어내기 위한 작업이었다. '이미지 변용하기'는 사진 텍스트에서 나아가 사진의 의미를 폭넓게 이해하기 위해 사진과 관련된 사회문화적 상황을 활용해 이미지를 재해석하는 과정이라고 할 수 있다. 따라서 '변용'하기는 관점과 가치관에 따라 다양한 해석의 결과를 도출할 수 있게 된다. 하나의 이미지는 절대적인 불변의 의미를 드러내지 않고 외적 맥락이나 감상자의 개성에 따라 달리 해석될 여지가 있는 것이기에, 이러한 측면에서 사진의 이미지를 새로운 안목에서 바라보고자 하는 시도라고 할 수 있다.

아프리카는 지금까지 자원, 종교, 정치적인 측면에서 지속적으로 분쟁과 내전을 겪고 있다.51) 피지배계층의 인권과 자유가 보장되지

---

51) 김광수 외, 『남아프리카 공화국 들여다보기』, 한국외국어대학교 출판부, 2010, 130쪽.

않고, 기득권을 유지하고자 하는 독재정권의 억압과 착취는 국민들을 기아와 질병으로 내몰고 있다. 사진의 이미지는 단순히 기아에 고통받는 아프리카의 참상을 드러내는 차원을 넘어, 지배계층의 무능력과 국민들의 복지에 무책임한 기득권층에 대한 비판의 의미로 이해할 수 있다. 이렇게 본다면, 사진의 아이는 동정과 연민의 대상일 뿐만 아니라, 억압과 착취로 인해 고통받는 아프리카 민중의 모습이면서, 정부를 상대로 저항의 메시지를 전하고자 하는 몸부림으로 읽히게 된다.

아프리카의 정치적 현실에 대한 비판적 의도를 전달하는 것으로 이미지를 해석한다면, 도움의 손길을 펼치고 있는 '어른의 손'은 국제사회의 관심이나 다른 나라의 지원으로 파악된다. 아이를 일으키고자 하는 동작을 취하고 있는 손의 주인공을 아이의 부모나 아프리카인으로 볼 수도 있을 테지만, 아프리카의 현실이 아이를 기아에서 구제해 줄 능력과 의지가 없는 척박한 공간이기에 손의 주인공을 '또 다른 도움의 손길'로 이해할 수 있다. 또한, 흑백 사진이라 분명한 차이를 명확히 감지할 수는 없을지라도, 피부색에 있어 아이의 팔보다 어른의 팔 색깔이 좀 더 흰 쪽에 가깝다고 할 수 있다. 그러므로 아이의 어깨를 감싸고 있는 손길의 주인공은 이방인으로 볼 수 있다. 이렇게 본다면, 아프리카의 참혹한 상황을 해결해 줄 수 있는 것은 세계적인 관심과 지원뿐이라는 결론에 도달하게 된다.

그런데 '도움의 손'을 자세히 관찰하면 두 개가 아니라 하나만 존재한다는 것을 알 수 있다. 아이를 일으켜 세우려는 손이 둘이 되어야만 무사히 일으킬 수가 있다. 하지만 아래로 뻗은 오른 손만이 아이의 어깨를 잡고 있을 뿐이다. 이는 아프리카의 현실에 대한 무관심을 지적하고, 그들을 향한 도움의 손길이 희박한 국제사회의 냉혹한 현실을 비판하면서 도움의 손길을 촉구하고자 하는 의도를 담고 있다고 볼 수 있다. '하나의 손'을 통해 구원의 손길이 미미한 국제사회의 현주소를 보여줌과 동시에 그들에게 책임을 촉구하고 있는 것이다.

아프리카의 현실과 국제사회와 관련된 사회문화적 상황을 통해, 제시된 사진에서 지배계층과 피지배계층의 대립, 아프리카의 참혹한 현실과 서구사회의 풍족함, 구원의 요청과 무관심 등의 확장되고 변용된 의미를 도출해 낼 수 있다. 이러한 해석을 토대로 백과 흑의 색조 대비를 '선'과 '악'의 갈등으로도 이해 가능하다. '현실적 고통을 제거하고자 하는 구원의 의지', '대립과 갈등을 해소하고 화합을 지향하고자 하는 의지', '인류의 이상과 인간애를 실천하고자 하는 의지' 등의 선의 가치보다는, '서구사회의 이기주의와 무관심', '갈등과 착취를 강요하는 지배계층의 독선', '사랑의 실천보다 물질적 가치에 경도된 가치 왜곡' 등의 악의 정조가 지배적이라 할 수 있다. 아울러 누구도 부인할 수 없는 절대적인 선으로 추앙받던 서구의 백색 이미지는, 제시된 사진에서 고통받는 사람들과 소외된 현실을 외면함으로써 그들의 백색 가치가 진정한 '선'인지에 대해 의문을 갖게 한다.

사진 상단의 "IMAGE '92 Unforgettable pictures of the year"라는 문구는, 아이의 모습이 1992년 한 해에 전 세계적으로 가장 주목할 만한 것임을 밝히고 있다. 이것 역시 서구적 가치관을 역설적으로 비판하는 것으로 읽을 수 있다. 제작 연도가 다르고 구체적인 세부 구성요소에 있어 차이를 보이기는 하지만, 사진은 1994년 퓰리처상 수상작인 '수단의 굶주린 소녀'와 유사하다. 케빈은 사진을 촬영하기 전에 소녀를 미리 구하지 않았다는 국제사회의 여론을 견디다 못해 결국은 생

수단의 굶주린 소녀(1994년 퓰리처상 수상작, 케빈 카터)

을 마감하고 만다. 이는 서구사회의 양심과 도덕적 가치관에 대한 비난의 목소리이며, 아프리카의 현실을 단순한 화젯거리로 삼을 뿐 진정으로 그들의 애환을 이해하고 인간애를 실천하고자 하는 의지가 결여된 데 대한 반감으로 볼 수 있다. 따라서 제시된 사진에 기록된 '문구' 역시 케빈의 처신과 다를 바 없는 것이라 할 수 있을 것이다.

3) 이미지 소통하기

'이미지 추출하기'와 '이미지 변용하기'를 통해 충분히 이미지의 의미를 추론한 후, 그 해석의 결과가 타당한 것인지를 '이미지 소통하기'를 통해 점검하고 확인할 필요가 있다. 이미지 소통은 분석한 사진의 이미지와 시 작품의 이미지를 연결해 가면서 서로의 의미를 보완하고 수정해 나가는 작업이다. 사진에서 읽어내지 못한 의미나 시 작품 속에 숨겨진 애매성과 상징성을 이미지 소통을 통해 분별해 낼 수 있는 것이다.

시 작품은 사진 이미지에 대한 시적 화자의 반응이라 볼 수 있다. 고개 숙인 아이의 모습을 '나'와 '우리' 그리고 나아가 인류에 대한 간절한 애원으로 받아들이고 있다. 사진에 드러난 것은 '오체투지의 예'를 올리는 '소말리아'의 '어린이'를 사실적으로 보여 줄 뿐, 그 외의 어떤 의미도 직접적으로 전달하지 않고 있다. '오체투지'라는 표현도 화자가 사진을 보고 해석한 결과라 볼 수 있다.

'식사 감사의 기도'를 드리며 자기만족과 무관심에 젖어 있는 '교인'과 함께, 인류를 마치 자기를 구원해 줄 부처로 인식하고 '오체투지'의 예를 올리는 아이의 처참한 현실을 방관하고 있는 불교계에 대한 비판과 자책을 형상화하고 있다. 화자는 사진 속의 아이에게서 간절함을 읽어 내고 있다. 그 절실함은 현실적 고통에서 기인한 것으로, 사진이 보여주고 있는 비참한 현실과 그것을 극복하기 위해 구원을 원하는 아이의 간곡함을 '오체투지'로 표현하고 있다. 하지만 오체투지가 아이의 절박한 마음을 드러내는 단순한 의미보다는, 아프리카의 현실을 외면하고 이기적 쾌락을 탐닉하는 인류에 대한 비판적 메시지를 강하게 부각시키고 있다.

오체투지가 드러내는 역설적 의미는 그대로 '교인'과 종교계에 대한 비판과 각성을 촉구하는 의미로 발전한다. 인류 보편적 사랑과 이상적 가치를 구현한다는 종교가 과연 무엇을 실천하고 무엇을 이루었는지를 반문하고 있다. 자기 이익을 충족시키기에 급급한 종교계의 역설적 행태에 대해 신랄한 비판을 쏟아 붓고 있는 것이다.

이렇게 본다면, 시 속의 진술은 사진에서 보여주지 못한 세세한 상황과 의미를 그려내고 있다. 엎드려 있는 아이의 현실과 상반된 인류의 현실, 그러한 현실을 죄악으로 인식하는 화자의 가치관, 이상적 가치를 추구한다는 종교계의 무책임, 화자를 비롯한 인류의 각성과 실천의지에 대한 촉구 등이 시행에 녹아 있다.

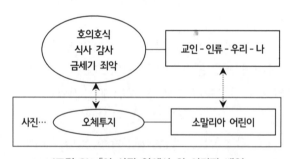

〈그림 3〉 「이 사진 앞에서」의 이미지 배열

시 작품에 형상화된 이미지를 보면, 행과 연의 배열이 전체적으로 삼각형이 맞닿아 있는 것처럼 형상화되어 있다. 아래 삼각형의 꼭짓점에는 소말리아의 어린이를 배치하고 위와 아래 삼각형의 끝변에는 각각 '교인'과 '도대체 무엇을' 하지도 않았고, '도대체 무엇을' 해야 할지도 모르고 있는 '나'와 '우리'를 설정해 놓았다. 이러한 구도는 '어린이'는 '나'를 포함한 '우리'의 범주에 들지 않는, 철저히 단절되고 고립된 대상이라는 의미를 부각시키는 것이며, '어린이'는 '우리'와 공유하지 못하는 현실 속에 자리잡고 있는 존재임을 암시하고 있는 것이다. 어린이에 대한 무관심과, 우리와 어린이 사이의 관계 설정에 대한 이러한 인식은 사진 이미지가 보여주고 있는 의미와 일맥상통하는 측면이 있다.

사진에 제시된 '소말리아'의 '어린이'의 이미지를, 화자는 자신이 '취'해서 '음식물'을 '게'우고 있는 현재적 모습과 연결시키고 있다. 이러한 과정에서 화자는 '어린이'가 '우리'의 범주에 포섭될 수 없는 소외와 단절의 공간 속에서 고통을 당하고 있음을 발견하게 된다. 이러한 인식은, '나'와 '우리'로 하여금 '도대체 무엇을' 해 왔는지를 반문하게 하고, 이러한 각성은 자기반성과 대안의 모색이라는 문제의식을 '우리'에게 던져주고 있다.

사진에 제시된 어린이의 이미지가 상징하는 기아와 고통이라는 상황과는 달리, 우리 삶 속에 만연한 '호의호식'과 '식사 감사' 그리고 그것이 유발한 '금세기 죄악'을 명확히 '우리'로 하여금 인식하게 하고, 그 대안으로 '도대체 무엇을' '우리'가 해야 할지에 대한 방향을 안내하고 있다. 이러한 시적 화자의 인식은 그대로 행과 연이 만들어내는 시각적 형상에 반영되어 있다. 즉 두 개의 삼각형이 만나는 접점에 '나'와 '어린이'를 배치함으로써 '나'와 '어린이'의 연결성과 공유 면적을 확대시키고자 하고 있다. '우리'의 범주에 들지 못했던 '어린이'를 '나'와 관련시킴으로써 '어린이'를 '우리'의 일부로 간주하고자 하는 강한 의지를 보이고 있는 것이다.

5. 이미지 감상 교육의 가능성

이 글에서는 시각예술과 문자예술이 상호소통 가능하며, 두 매체가 형성하는 이미지가 독자적인 텍스트와 기호로서 작용하기에, 두

매체 소통을 통한 시 작품 읽기 방법을 언급해 보았다. 시각 이미지와 시는 상호 이질적인 매체로 구성된 텍스트이지만, 그러한 특성이 예술 창작과 감상의 과정에 적극 도입됨으로써 색다른 예술미를 부각시켰던 것이 사실이다. 우리나라의 제화시뿐만 아니라, 서양의 예술 통합적 인식과 그것의 실질적인 구현, 나아가 현대 시 작품에서도 보이고 있는 시각 매체와 시의 결합은 그러한 사실을 방증한다고 볼 수 있다.

이러한 역사적 예술 경향은, 사진이나 그림 등의 시각 매체를 기호와 텍스트로 인식하고, 시각 이미지 속에 함축된 의미를 분석하는 방법의 모색으로 이어져 왔다고 볼 수 있다. 따라서 이 글에서는 문자의 틀을 뛰어 넘어 다양한 매체를 수용하고 그를 통해 새로운 시 문학 예술을 창출하고자 하는 시도에 주목하고, 시각예술의 이미지를 읽어내는 효율적 방법으로 '구성 이미지 확인', '수용 이미지 파악', '맥락 이미지 분석' 등을 언급하였다. 그리고 이러한 방법들의 적용 가능성과 의의를 살피고 따져 보고자 하였다.

시각 매체의 의미를 분석하기 위한 이러한 원리들은, 시각 이미지와 시 작품이 동시에 제시되는 실질적 차원의 작품 감상 국면을 고려하여 '이미지 추출하기', '이미지 변용하기', '이미지 소통하기'로 재설정하였다. '이미지 추출하기'를 통해 대상 사진 이미지를 완결된 텍스트로 인식하고, 하위 구성요소를 분석하고 의미를 도출하는 과정을 제시하였으며, '이미지 변용하기'에서는 사진과 관련된 사회문화적 상황을 고려하고 이를 이미지 해석에 반영함으로써 '이미지 추출하기'를 통해 파악된 의미를 확장하고 심화시켜 나가는 방법을 제시하였다. 또한, '이미지 소통하기'에서는 파악된 사진 이미지의 의미를 시 작품의 시어와 연결시킴으로써 해석의 타당성을 검증해 나가는 절차를 살펴보았다. 시각예술 이미지와 시 작품을 상호소통의 방식을 통해 연결 지어 이해해 나가는 방법은 시 감상의 효율성을 제고하는 토대가 되리라 기대한다.

문학적 상상력 함양을 위한 시 교육 방법

1. 문학적 상상력 교육의 당위성

문학과 상상력은 불가분의 관계에 있다. 인간의 다양한 삶의 모습을 재료로 펼쳐지는 감동적인 형식의 문학에서, 단순한 현실의 모방과 재현이라는 차원에서 벗어나 공감과 미적 가치를 성취하기 위해서는 상상력이라는 요소가 필수적이기 때문이다. 현실과 비현실로서의 이상을 창조하고 그것을 실현 가능한 공간으로 형상화해 내기 위해서 상상력은 주목받아야 할 문학적 기제라 할 만하다. 부분과 부분을 연결하여 또 하나의 새로운 전체를 생성하는 정신 능력인 상상력(장경렬, 2006)은, 문학작품의 생산과 감상의 국면에서 학생들로 하여금 수동적인 수용자로서의 지위에서 이탈하여 능동적인 감상자로서의 자격을 갖게 한다.

이성과 합리적 논리 중심의 가치 인식에서 벗어나 의미의 재구성 능력과 창조력을 키우기 위해서는 감성과 이성의 통합에 교량적 역할을 하는 상상력 교육은 무엇보다 중요한 것이라 할 수 있다. 문학 작품을 통해 이루어지는 상상력 교육은 작가의 상상력과 학생의 상상력이 대화를 통해 상호소통함으로써 무한한 펼침을 가능하게 하며, 이는 현대사회가 맹목적으로 추종해 왔던 이성 중심에서 벗어날 수 있는 기회가 되리라 본다.

유형의 물질을 핵심 가치로 여겼던 기계문명 중심의 사회에서 디지털 정보사회로의 전환(이광형, 1999)은 필연적으로 새로운 패러다임과 가치체계의 출현을 요구하게 되었다. 정보사회의 특성상 기존 정보의 단순한 복사와 편집을 뛰어넘는 가치 창출을 위해서는 필연적으로 창조적 상상력을 절실히 요구하게 될 수밖에 없었다. 현실적 삶에 대한 단편적인 언어화에 머무르지 않고 대상의 본질에 이르기 위한 총체적 인식(이상호, 2000)과 창조적 상상력은 정보사회를 이끄는 인식의 준거로 일조를 하게 되었다. 현대성의 위기와 새로운 사회로의 변화에 대응할 대안으로 문학계가 시도하고 있는 '기존 양식의 해체와 해체의 양식화(樣式化)' 그리고 '해체의 파괴를 통한 서정으로의 귀환'(김수복, 2002)은 기존 인식의 틀을 거부하고 '변용'과 '확장'을 시도한 상상력 표출의 결과라 할 만하다.

대상이나 현상을 단순히 심적으로 재현하는 것이 상상력이라는 논의의 틀을 보완하여, 이성과 정서의 구성력으로서 확산하고 분산하는 능력(구인환 외, 1998)으로 넓혀 이해한다면, 문학에서의 상상력 교육은 삶의 재구성과 재창조를 본령으로 하는 문학 활동을 활성화시켜 줄 것으로 본다. 문학 작품을 통한 삶의 본질에 대한 '발견과 그로 인한 경이감'의 체험, 현실을 초월한 새로운 삶의 이상에 대한 '창조와 완성'(우한용, 1998)은 문학적 상상력 교육을 통해 구현될 수 있는 것이다. 문학과 상상력의 긴밀한 관련성은 문학이 갖는 본질적 속성으로부터 기인한다. 문학이 실증적인 사실을 토대로 논리적이고 추론적인 사고의 과정을 거부하고, 현실과 비현실을 넘나드는 자유로운 정서와 인식의 확장을 추구하는 것이기에 상상력은 무엇보다 주목할 대상인 것이다.

자연과 현실 세계에 안주하지 않고 대상에서 촉발된 즉자적 인식을 개인의 순수한 의지에 의해 정신적 경험(정정순, 2000)으로 변형시키는 상상력의 역동적인 속성은 문학이 추구하는 본질과 그 맥이 닿아 있다. 이렇게 볼 때, 상상력 교육은 문학 작품을 주도적이고 자발적으로 생산하고 수용할 줄 아는 인간을 육성하고자 하는 문학교육의 목표를 이루는 실질적인 방법 중의 하나라고 할 수 있다. 문학능력이 뛰어나고 문학적 체험이 풍부한 학생은 상상력을 적극적으로 활용(선주원, 2002)함으로써 다양한 문학적 활동을 수행하게 되며, 문학적 상상력을 함양시키고자 하는 다양한 활동을 통해 문학능력은 더욱 심화되기 마련이다.

문학적 상상력은 문학적 사고력을 길러(이은성, 2004) 줌으로써 작품에 대한 이해력을 신장시키고, 작품과의 상호작용을 통해 내면화와 자기 의식화로 재정립될 수 있도록 기여한다. 상상력이 사고력을 확장시켜 작품 구성요소 간의 통합과 생략, 비약과 변형이라는 방식을 통해 감상의 폭을 확장시킨다는 입장은, 작품과 관련된 사항을 시각적 이미지의 형태로 내면에 재투영시킨다는 관점을 초월한 것이다. 즉 상상력 교육을 통해 삶의 제반 현상에 대한 단순한 심적 재생력의 차원에서 나아가, 작품을 학생 자신의 인식망에 따라 다양하게 변용(이종섭, 2009)할 수 있는 구성력을 심화시켜 나갈 수 있다. 이처럼 문학적 상상력 교육은 학생들로 하여금 작품을 절대적 가치를 지닌 완결된 대상으로 인식하는 수동적인 감상자의 위치에서 벗어나, 작품 수용의 과정에서 작품의 의미와 가치를 재구성해 내는 창조적 독자로서의 위치를 선점하게 한다.

상상력 교육을 위해서는 상상력에 대한 재해석과 개념적 범위의 확장을 통해 기존의 인식을 전환하는 태도가 무엇보다 선행되어야 하리라 본다. 문학에서 다루어지는 상상력은 문학의 자료가 되는 언어의 속성에 기인한 것이기에, 이미지를 형성하는 심적 능력(구인환 외, 2007)에만 국한될 수 없다. 언어를 통해 형상화되는 문학작품은 언어의 다양한 층위, 즉 의미성, 음악성 그리고 시각적 속성과 결부되어 있기 마련이다. 따라서 문학작품이 환기시키는 상상력은 다양한 감각의 심적 형성력뿐만 아니라 문학적 의미를 형성하기 위한 변형적 형성력까지를 포함하는 것으로 보아야 할 것이다.

상상력을 단순히 사물에 대한 모방능력으로 인식하는 전통은 아리스토텔레스로부터 기인한 것으로, 이러한 태도는 이미지를 '감각 실재에 대한 단순한 대체물'(송태현, 2007)로 파악하고 상상력을 감각적 실재를 재생하는 능력으로 파악하는 실재론 철학자들과 고전적 심리학자들의 견해에 의해 공고화되는 모습을 보여 왔다. 이들은 실재에 대한 지각(perception) 활동에 초점을 두고, 이를 통해 완성되는 심적 표상력에 주목하고자 하였다. 대상에 대한 관심과 주의를 꾀하고자 하는 지향성으로 인해 감각 지각이 가능하게 되며, 이로써 이루어지는 감각 대상과 감각 능력이 현실태(장영란, 2000)로 상호작용을 일으켜 동일시될 때 내면에 사물의 이미지를 떠올리는 심적 표상의 형성력, 즉 상상력이 작용한다는 것이다.

감각적 이미지의 심리적 형상화 능력을 상상력으로 보는 관점에서 나아가 칸트, 코울리지, 휠라이트 등은 상상력을 개인의 의식이 활용됨으로써 대상이나 사물에 대한 단순한 파악 능력에서 벗어나 대상을 새롭게 형성하는 조형력(esemplastic power)으로 설명한다. 대상을 통해 파악된 이질적이고 적대적인 요소들을 일정한 범주에 적응시킴으로써 통일하는 형상적 종합(synthesis speciosa; 칸트, 1968)뿐만 아니라, 새로운 국면으로의 전환을 위해 상호 간에 조정하고 융합(오세영, 2003)하는 능력을 포괄하는 것으로 규정한다. 이는 이성과 정서를 매개하는 상상력의 작용으로 인해 대상에 대한 모방으로서의 재생을 넘어, 이미지 상호 간의 관련성이라는 내적 질서를 바탕으로 이미지들을 연결 짓고 생략하고 변형시킴으로써 제3의 이미지를 생성해 내는 차원으로 옮겨가는 현상에 주목한 것이다.

이러한 이미지의 모방적 재생과 변형적 생성은, 각각 작품에 배설된 요소들을 마음속에 이미지로 떠올려보는 상상력, 심적으로 떠올린 이미지들의 적절한 결합을 통해 새로운 이미지로 변형하는 상상력이 요구되는 차원이다. 하지만 바슐라르와 리보는 상상력의 진행 과정을 좀 더 확대된 관점에서 재규정하고자 한다. 그들은 객체로서의 외부 대상으로 인해 형성된 이미지는 해체 작업을 통해 일차적으로 '분할(dissociation)'되며, 이는 또 다시 지적 정감적 무의식적 요인에 의해 새로운 조합을 형성하기 위해 '연합'됨으로써 다른 형태로 '전이'(사르트르, 2010)된다고 본다. 결국 상상력의 본질은 대상에서 촉발된 정서를 내면의 이미지로 막연하게 형상화시키는 차원의 것이 아니라, 감각적 정서와 의미의 영역까지 포괄하면서 새로운 창조적 이미지 생성을 위한 모든 정신적 활동을 일컫는 것으로 확장되는 것이다.

또한, 상상력은 사물과 현상에 대한 담론 형성자들의 특화된 이해 방식인 집단 무의식(Richards, 1965; 융, 1993)과 관련되는 것으로서 사회 문화적 배경에 영향을 받는 측면이 있다. 즉, 상상력은 담론 공동체의 사고방식에 영향을 받는다는 점을 간과할 수 없다. 대상을 이해하고 처리하는 과정에서 '유형화된 사유방식'(김혜영, 2004)에 따라 상상력을 발휘하는 것이기에, 상상력의 작동 과정과 처리 결과에 대한 수용 여부를 가능하게 하는 것이다. 집단의 의식과 무의식 속에 내재되어 있는 상상력의 운용과정은 작품의 감상 과정에 작용하는 개별 학생들의 상상력의 발현 양상과 방식에도 영향을 미치게 된다. 여기에 문학적 상상력 교육의 필요성과 당위성이 자리한다. 문화공동체의 보편적 사유방식으로서의 확산적 사고라는 공동분모를 본질적 기제로 하는 상상력은, 사회문화적 보편성 속에서 역할과 기능을 수행한다. 뿐만 아니라, 개성적 창조성과 새로운 사고의 성숙(ripeness; 오호진, 2008)을 개인의 차원에서 도모함으로써, 문학이 도달하고자 하는 궁극적 본질을 성취하고자 하는 데 일조하게 될 것이다.

이러한 기존의 상상력에 관한 논의를 토대로 고찰해 볼 때, 심적 형상력으로서의 상상력은 문학이 추구하는 것과 유사한 창조적 사고력과 관련된 것이기에, 상상력은 문학교육과 함께 논의되기에 충분한 가능성을 내포하고 있는 것이다. 게다가 문학적 상상력은 문학능력을 심화시킬 수 있는 동인으로서의 자격을 가지므로, 문학에 있어서 상상력 교육은 그 중요성이 더욱 부각될 수밖에 없다. 상상력을 접목시킨 문학교육은 문학의 본령인 창조적 이미지 형성력을 강화시키고 이성과 정서의 균형적인 발전을 도모함은 물론, 문학을 통해 구현된 현실적 삶에 대해 이해하고 이를 적극적으로 내면화할 수 있는 문학적 역량을 강화하는 데 기여할 수 있다. 여기에 상상력 교육의 필요성과 당위성이 있음을 밝혀 둔다. 이를 위해 이 글에서는 상상력을 주체와 대상 상호 간에 발생하는 정신적 활동으로 규정하고, '방향성'에 따라 상상력을 분류해 보고자 한다. 상상력은 외부의 대상으로 인해 촉발되는 주체의 총체적인 심리활동에 해당하는 것이기에, 주체와 대상의 상호작용에 의해 상상력이 작동하기는 하나, 어디에 초점을 두느냐는 방향성에 따라 '대상 지향적 상상력'과 '주체 지향적 상상력'으로 나누어 볼 수 있다.

주체의 정서와 사고는 내면에서 자연 발생적으로 형성되기보다는 대상에 의한 자극으로부터 유도되는 것이기에 대상은 주체의 상상력 유발의 근거가 된다. 또한, 대상으로 인해 유발된 상상력은 대상의 가치와 본질을 드러내고 '대상'의 존재 확립과 위상에 영향을 끼치므로 대상의 속성을 재설정하게 된다. 이처럼 대상의 특징에 주목하고 이를 심리적 차원에서 이미지화하려는 시도를 대상 지향적 상상력으로 규정할 수 있을 것이다. 또한, 대상 지향적 상상력은 대상의 정서적 측면을 부각시키느냐 이성적 차원을 강화시키느냐에 따라, 각각 '감각정서적 상상력'과 '논리이성적 상상력'으로 재분류할 수 있다. 대상의 성격에 따라 정서적 측면을 자극하는 경우와 이성적인 접근을 좀 더 강하게 요구하는 경우로 차별화해 볼 수 있을 것이다. 물론 정서와 이성이 동시에 작용하는 경우도 있을 것이나 이는 감각정서적 상상력과 논리이성적 상상력의 조합으로 설명될 수 있을 것이기에 논외로 한다.

한편, 주체 지향적 상상력은 상상력의 방향성이 대상 쪽보다는 내면화를 통한 주체의 심리적 활동에 좀 더 기울어진 이미지 형성 활동으로 보고자 한다. 대상 자체의 특성에 주목하고 이를 이미지화하려는 심적 의지보다는, 대상에서부터 물러나 대상과 간접적으로 연결되는 것이기는 하나 대상에서 연상되는 것으로서, 주체의 삶과 개성의 측면에 초점을 맞춤으로써 이미지를 '자기화'하고 '주체화'해 나가고자 하는 심적 형상화 능력으로 규정하고자 한다.

2. 상상력 함양을 위한 시 교육 요소

문학적 상상력은 궁극적으로 발산적 사고를 지향하는 것으로서 대상이나 사물의 유사성과 인접성을 바탕으로 다층적인 연상활동으로 발전하게 되는 것이다. 문학 역시 고정적이고 특정한 의미만을 생산하지 않고 독자의 개성이나 기존경험의 폭과 넓이만큼 재해석과 변용의 가능성을 가지면서 새로운 의미를 창출해 나간다. 이렇게 보면, 문학적 상상력과 문학 작품은 사유방식이나 언어적 구조물이라는 단순한 차원에 한정되기보다 상호교섭을 통해 문학이 지향하고자 하는 본질적 성과를 증폭시키는 데 기여한다고 볼 수 있다. 작가가 창조해 낸 상상적 구조물인 문학작품을 독자의 참신한 상상력에 의해 재창조해 냄으로써 문학은 상상력이라는 사유체계를 통해 문학적 가치의 완성에 다가서게 되는 것이다. 이에 감각정서적, 논리이성적, 주체 지향적 상상력을 문학적 상상력을 함양하기 위한 시 교육적 요소로 설정하고 작품 감상 과정에서의 교육적 주안점을 살펴보고자 한다.

1) 모방과 재현으로서의 감각정서적 상상력

내면에 형상화되는 이미지는 일차적으로 감각적 체험을 재현(권영민, 2010)한 결과물이다. 시작품을 효과적으로 감상하기 위한 방안으로서 상상력을 활성화시키기 위해서는 작품과 관련된 제반 사항에 대한 모방으로서의 감각정서적 상상력이 선행되어야 한다. 심도깊은 차원으로까지 작품을 감상하기 위한 전단계로서 시적 구성요소와 그로부터 촉발되는 사물, 상황, 사건, 의미 등을 선명하게 내적 이미지로 형성할 수 있는 상상력이 요구된다. 이러한 감각정서적 상상력을 통해 표상되는 재생 이미지는, 작품을 감상하는 과정에서 수행되는 내용에 대한 분석과 조직화에서 비롯된다. 그리고 그 결과, 독자의 인지구조 속에 저장된 문학적 경험과 그로 이해 형성된 기존 이미지와의 유사성(오세진 외, 2010)을 바탕으로 대상의 특징을 즉자적으로 정서화함으로써 생성되는 것이다.

감각정서적 이미지는 시작품을 매개로 형성되는 것이기는 하지만, 그것의 심적 생성을 위해서는 기존의 문학적 경험과 그로 인해 축적된 이미지가 의식구조 속에 전제되어야 한다. 아울러, 작품 속 내용요소들 중에서 독자가 의도적으로 주목함으로써 감각을 통해 지각하고자 하는 의도성이 추가되어야 한다. 그러므로 비록 감각정서적 이미지라도 '사물의 완전한 모방'이 아니라, 독자의 정서적 취향에 따라 재편성된 것으로서 '사물이 그렇게 되어야 하는 상태'(양선규, 1999)를 모방하는 것이다. 지각이미지, 즉 표상은 새롭게 창조되는 것이 아니라 작품 속에 배설된 전체적인 이미지들 중에서 독자에 의해 선택적으로 분리되어 구성됨으로써 하나의 인상(印象; 황수영, 2007)으로 그림처럼 포착되는 것이다.

감각정서적 이미지는 작가에 의해 작품 내용의 형태로 제시되는 이미지와, 작품을 감상함으로써 새로운 텍스트를 재구성하고자 하는 독자의 경험적 이미지(Kant, 1979)가 상호 연결됨으로써 심적 이미지의 형태로 재현되는 것이다. 그러므로 감각정서적 상상력은 '집중과 감각자극 → 요소의 선정 → 선행 이미지 인출 → 유사성 환기 → 재생 이미지 재현'의 과정을 통해 이루어진다고 볼 수 있다.

'집중과 감각자극'은 독자의 의식적이고 의도적인 작품 읽기의 과정을 통해, 작가에 의해 창조된 다양한 이미지들 중에서 특별히 독자의 개성적 안목 속에 편입될 수 있는 이미지들을 선별하기 위한 감각적 집중의 단계에 해당하는 것이다. 감상 과정 중에 독자의 감각에 자극을 줌으로써 정서환기를 통해 심적 이미지를 형성할 수 있는 대상을 탐색하는 과정이다. 이러한 과정을 거쳐 '요소의 선정' 부분에서는 작품 속의 다양한 요소들 중에서 감각정서적 이미지 생성을 위한 기초적인 자료를 선별하는 단계이다. 독자는 작품 속의 모든 내용 항목에 대해 이미지를 환기시키기보다는 개성적 틀에 영합하는 요소들 중에서 유독 강한 감각적 자극으로 작용하는 대상들에 대해 이미지화하는 경향(윤여탁, 1999)이 다분하기 때문이다.

이미지화할 대상 요소가 선정되고 나면, 다음 단계로 '선행 이미지 인출' 과정이 진행된다. 독자는 작품 속에서 지각한 이미지를 처리하기 위해 거의 동시적으로 기존의 문학적 경험(최재서, 1963)으로 인해 형성되어 기억 속에 파지되어 있는 이미지를 인출함으로써 두 이미지 간의 비교와 소통을 통해 '유사성 환기'의 단계로 나아가게 되는 것이다. 작품 이미지와 선행 이미지 간에 유사성이 발견된다면 이는 곧바로 마음속에 '감각정서적 이미지 재현'이 이루어지게 된다.

시작품의 감상 과정에서 일어나는 느낌의 그림자(백승란, 2008), 즉 이미지를 붙잡는 힘인 감각정서적 상상력은, 결국 작품 속 요소들의 다양한 이미지를 독자의 선행 이미지에 대한 재기억 속에 편입시키는 것으로 볼 수 있다. 재기억에 의한 재현재화를 감행함으로써 작품이라는 원상(原象)에서부터 다양한 모상(模相)을 만들어 가는 자유변경(조광제, 2008)을 수행할 수 있다. 독자의 성향과 선행 문학적 경험, 개성적 취향에 따라 개별적으로 다양하게 생성된 이미지를 바탕으로, 작가에 의해 창조된 작품 이미지를 선택적으로 수용함으로써 독자의 내면에 '모상에 모상을 거듭'하면서 이미지를 생성해 나가는 것이다. 감각정서적 상상력은 작품 내용에서 유발되는 감각적 특성과 정서적 성향을 객관적이고도 사실적으로 단순히 재현하는 능력이 아닐뿐더러, 같은 작품을 감상하는 학생들일지라도 학생들이 동일한 이미지를 생성하지 않고 각자 개성적인 감각정서적 이미지를 생산(기세춘, 2009)하는 이유가 여기에 있는 것이다.

감각정서적 상상력을 함양하기 위한 시 교육에서는, 학생들이 다양한 작품 이미지들 중에서 특별히 주안점을 두고, 자신들의 사전 경험 이미지에 비추어 감각적 자극을 극대화시킬 수 있는 이미지에 집중하게 하는 일이 선행되어야 한다. 감각정서적 이미지 형성력은 대상의 정서적 자질에 주목하고, 이를 학생 주체가 이미지화하는 것이기에, 최대한 대상의 속성에 집중하면서도 학생의 자발적 이미지 생성력을 활성화시켜 나갈 수 있도록 해야 함이 마땅하다. 그러기 위해서는 '시선을 사로잡는 시적 요소', '정서적 측면에서 호기심과 긴장감을 불러일으키는 내용 항목', '과거의 경험과 유사한 시적 부분', '낯설고 신선하면서도 사전 경험과 확장적으로 연결될 수 있는 시어'에 주목하게 할 필요가 있다. 이러한 대상들에 주의가 환기되었다면 좀더 적극적인 집중력과 관찰력으로 기존 이미지들과 작품 속에서 주목한 이미지들을 연결시키면서 유사성을 탐색하도록 권장할 수 있어야 한다. 기억 속에 내재된 선행 이미지와 작품 요소들 간의 유사성과 인접성을 발견(문병호, 1994)하게 함으로써, 낯선 요소들에 대한 이미지를 확장시키는 방향으로 감각정서적 이미지의 분산을 시도해 볼 수 있을 것이다.

2) 결합과 발견으로서의 논리이성적 상상력

문학적 상상력 함양을 위해 설정할 수 있는 두 번째 시 교육적 요소는, 대상에서 촉발된 이미지 간의 '상호 결합'과 숨겨진 새로운 이미지를 추론 작용에 의해 '발견'하는 논리이성적 상상력이다. 감각정서적 상상력이 작품에 제시된 내용만을 대상으로 이미지를 모방적으로 생성하는 능력과 관련된 것이라면, 논리이성적 상상력은 작품 속에 작가가 직접적으로 형상화시켜 놓은 이미지가 아니더라도, 이미지 상호 간의 개념적 관련성과 논리적인 인식의 과정을 통해 대상에 숨겨진 이미지를 떠올리는 능력으로 규정할 수 있다. 추리작용과 기억작용 등의 기저적 심리작용(김진우, 2011)을 활용함으로써 이미지 상호 간의 통합, 생략, 비약을 시도해 나가게 되는 것이다. 이때의 이미지 생성을 위한 이성적 추론 과정은 '겉으로 드러나지 않은 유사성'을 두 개념이나 사물 사이에서 찾아내는 논리적인 심리작용으로서 직관적이고 비약적인 것이 되기 마련이다.

논리이성적 이미지는 기억, 반사운동과는 구분되는 것으로 단순한 정서재인이 아니라, 자유로운 사고활동에 포함되는 것으로 자발성을 지향하는 '개념에 대한 연상'(McMillan, 1995)이다. 각 부분들의 복잡한 전일체로 구성된 인상 이미지들은 부분들끼리의 비교를 통해 특정의 이미지가 강조되어, 어떤 것은 남고 또 다른 것은 사라지게 된다(팽영일, 1999). 이미지의 분해와 통합, 강조와 소멸의 과정이 진행됨으로써 작품의 이면 속에 내재된 지적 이미지를 발견하고 수정하거나, 각 인상 요소를 과대포장하거나 축소함으로써 논리이성적 이미지를 재설정해 나가게 되는 것이다. 결국, 논리이성적 상상력은 이미지의 연쇄적 결합을 통해 발산적 사유로서의 이미지 확장을 지속적으로 감행함으로써, 대상이 본래적으로 가지는 논리적이고 지적인 이미지에 대한 탐색을 가능하게 하는 능력으로 단정지을 수 있다.

논리이성적 상상력의 개념과 특징을 바탕으로, 상상력이 진행되는 절차와 방식을 '이미지 선별과 추출 → 이미지 결합과 교섭 → 이미지 추론과 발견 → 이미지 점검과 확정'으로 가정하고 이를 교육상황에 적용해 보고자 한다. 논리이성적 상상력이 발동하게 되면 먼저 '이미지의 선별과 추출' 작업이 이루어지게 된다. 작품 속에서 학생들이 발견한 여러 대상들 중, 경험과 개성에 부합하는 특정의 이미지를 마음속에서 선별해서 심리적으로 조망된 이미지를 부각시킴으로써 의식화하는 과정이다. 선택적으로 집중된 이미지들은 산만하게 개별적으로 흩어진 이미지의 단상(최지현, 2012)에 불과한 것이기에, 이러한 이미지들을 유사성과 배타성이라는 연결고리로 관련을 지음으로써 새로운 이미지 추론을 위한 이미지 간의 교섭성(김용선, 1991)을 극대화시킬 필요가 있다. 독자들은 상상의 과정에서 작품 속에 제시된 이미지만을 기계적이고 수동적으로 형상화시키지 않는다. 이미지는 또 다른 이미지를 불러오는 매개가 되어 지속적인 연상의 과정을 통해 이미지를 '추론적으로 발견'해 나가게 되는 것이다. '이미지 추론과 발견'이라는 과정 이후에는 자신이 생성한 이미지의 타당성을 작품 내외적인 요소나 상황, 문학적 담론형성자들의 사유방식에 비추어 이미지를 '점검'함으로써 논리이성적 상상력을 마감하게 된다.

상상은 축적된 경험(Frye, 1992)의 세계에서 시작된다. 하지만 상상은 경험과 관련된 실재계에만 국한되지 않고, 현실을 바탕으로 가능한 이상세계로서의 비실재계를 꿈꾸는 것이다. 논리이성적 이미지 교육단계에서는 이러한 점에 관심을 가질 필요가 있다. 즉, 상상의 본바탕은 작품 속 내용요소의 인지적 자질이기는 하지만, 이에서 발전적으로 나아가 실제 작품 요소로 작가가 형상화내지 않은 부분들에 대한 것들도 논리이성적으로 사유함으로써 확장과 추론이 가능하도록 배려해야 한다. 논리이성적 상상력 교육의 주안점은 학생들로 하여금 작품 이미지와 연계해 지적이고 관념적인 이미지를 떠올려 보게 하는 것과, 나아가 작품 이미지를 다양한 연쇄적 이미지로 발산시켜 나가면서, 작품 속에 감추어진 이미지를 생성해 냄으로써 작품의 의미를 확장시켜 나갈 수 있도록 할 필요가 있다. 이는 작가에 의해 창조된 작품을 학생들이 재해석하고 학생들의 상상력에 의해 재구성하는 작업으로서 의미를 갖는 것이며, 학생들이 작품 감상의 주체로 자리매김하게 하는 토대가 될 수 있다. 또한, 대상을 통해 촉발되는 관념적 사유과정을 학생들이 자발적으로 조절하고 통제함으로써, 대상의 가치와 의미를 재규정할 수 있다는 의의도 간과할 수 없다.

논리이성적 이미지를 확산시켜 나가는 과정은 그 자체로서 학생 주도적인 작품에 대한 의미 부여와, 작품과 학생 상호 간의 적극적인 상호소통이라는 점에서 의의를 갖는 것이다. 하지만 이미지 생성이 그 자체로서 학생 독자의 작품 감상 국면에서의 위상을 높여준다는 의의와 더불어 잊지 말아야 할 것이, 이미지 형성의 범위와 수준에 관한 담론 형성자들의 용인성(이봉신, 1985)을 벗어나서는 안 된다는 것이다. 상상은 비현실적 공간을 지향하는 것이기에 아무런 제약이나 구속이 없다고 볼 수 있으나 거기에도 엄격한 문학적 사유의 법칙이 존재하기 때문이다. 그러므로 논리이성적 상상력 교육의 과정에서 교사는 학생의 개성적인 사고 확장은 용인하되, 사유와 의지 등이 일정한 목적을 지향함으로써 법칙과 원리(이주하, 2008)에 입각한 상상의 과정이 될 수 있도록 조절할 필요가 있다. 즉, 이미지는 대상의 인지적 속성을 토대로 확장시키되 이미지 생성의 내적 근거는 충분히 마련할 수 있도록 조언할 필요가 있는 것이다. 그래야만 상상이 몽상이나 환상과 같은 비문학적 차원으로 떨어지는 것을 막을 수 있기 때문이다.

3) 재구성과 변형으로서의 주체 지향적 상상력

감각정서와 논리이성적 상상력이 문학 작품이라는 텍스트의 대상 범위에 한정해서 학생의 경험망에 걸려드는 이미지들을 생성하는 능력이라면, 주체 지향적 상상력은 작품의 틀을 벗어나 학생 삶과의 관련성 속에서 기존 이미지를 변형함으로써 새로운 이미지를 대상 초월적이고 주체 중심적으로 창조해 내는 능력으로 규정된다. 대상이 불러일으키는 감각적 이성적 이미지인 원초 이미지를 역동적으로 체계화하고 재구성함으로써, 주체 중심의 이미지 재편성과 확장이라는 원리에 의해 이미지 변모를 시도하는 능력이 주체 지향적 상상력이다. 즉, 주체 지향적 이미지는 주체적 역량과 범위 내에서 끊임없이 생성, 변화되면서 복잡한 다층 구조를 형성(손예희, 2010)하는 이미지로 파악된다.

상상력은 인상이나 관념들을 결합하고 분리시키는 단순한 차원에 국한되지 않고, 근원적 인상과 동일한 질서 및 형태에 얽매이지 않는다. 상상력의 자율성은 유사성과 인접성 그리고 인과성 등과 같은 관념 연합의 원리(홍병선, 2008)로 인해 일정한 제약이 따르며, 이러한 원리의 도움으로 임의적이고 무질서하게 이루어지는 오류를 예방하게 되는 것이다. 하지만 이러한 제약에서 벗어나 무한한 비실재적 공간으로의 변형과 창조를 시도하는 것 또한 상상력이 갖는 특권이라 할 수 있다.

작가가 상상력으로 창조한 작품 텍스트의 전제된 이미지와, 그를 수용하는 학생들이 사전 경험으로 기억 속에 저장해 놓은 경험 이미지, 그리고 이러한 두 이미지를 적절히 결합함으로써 독자들만의 고유한 이미지를 구성할 수 있도록 하는 상상력의 작동 방식이라는 심리적 기제는 사실상 담론 형성자들이 공감하는 문학적 활동의 보편성이라는 틀 속에서 가능한 것이다. 따라서 기존의 이미지를 전복시키고 개성적 사유방식으로의 무한한 확장과 창조적 재생산이라는 의의를 갖는 상상력은 늘 역설적이게도 기존의 범주 속에서의 변형을 시도하고자 한다.

이런 점에서 상상력이 내적 감각과 외적 감각을 통해 주어진 관념의 본질을 넘어서는 것은 불가능(Hume, 1902)하다고 전제를 하면서도, 창조적 상상의 과정 속에 개입되는 정서나 의식 등의 결합과 융합을 통해 새롭게 창조되는 이미지의 변형은 문학이 지향하는 본질적 속성을 구현하려는 시도라 할 만하다. 주체 지향적 상상력을 강조할 때 현실의 모방과 허구적 재구성을 통해 끊임없이 기존의 정서와 인식적 규범을 일탈하고자 하는 문학적 시도를 온전히 지탱해 낼 수 있다. 즉, 주체 지향적 상상력 교육은 단지 학생의 입장에서 대상 지향적 이미지를 재구성하고 새로운 이미지로의 변형을 시도하는 정신적 유희에 그치지 않고, 미적 판단(황석하, 2006)이라는 가치체계를 올곧게 형성시킬 수 있는 토대가 될 것이다.

이러한 주체 지향적 상상력의 특징과 의의에 주목을 한다면, 이미지 처리 과정을 '대상 이미지 선정 → 경험 이미지 환기 → 이미지 융합과 변형 → 신생 이미지 생성'으로 설정할 수 있다. 주체 지향적 이미지 생성을 위해서는 먼저 작품을 통해 형상화시킨 1차적 이미지로서의 '대상 이미지 선정'이 이루어져야 한다. 1차 이미지를 토대로 그와 유사한 학생들의 경험 이미지를 '인출'함으로써 기존의 문학적 경험과 사유체계 속으로 작품에 제시된 1차 이미지를 편입시킬 필요가 있다. 이러한 과정 이후에는 이미지 상호 간의 '융합과 변형'을 통해 제3의 이미지를 창조해 낼 수 있는 기틀을 마련할 수 있다. 이때의 융합과 변형은 작품을 통해 제시된 작가의 상상력이라는 제약에서 벗어나기 위한 적극적인 시도로서, 작품을 학생 자신들의 독자적인 방식과 해법으로 변형시키면서 내면화를 시도하는 것과 관련된 것이다. 이로써 기존의 작품은 또 다른 작품으로 재탄생하게 되며, 독자에 의해 재구성된 이미지는 신생 이미지를 '생성'하게 된다.

주체 지향적 이미지는 기존의 이미지에 기대어 학생들의 개성적이고 창조적인 사유를 통해 제3의 이미지를 새롭게 생성하게 되며, 이는 작품의 이미지가 현실적 차원에 머물지 않고 비현실적 차원으로 증폭되면서 시간과 공간의 확장을 감행하게 되는 것이다. 이러한 이미지의 변용은 단순히 형태적 이미지의 변화만을 의미하는 것이 아니라, 관계의 변화이면서 의미의 변화(김혜영, 2009)를 시도하는 것이다. 이미지가 환기시키는 감각적인 차원의 변용과 생성에서 나아가, 가치관과 인식의 변화로 이어져 궁극적으로는 세계에 대한 재해석이면서 가능성으로서의 미래에 대한 확신으로 볼 수 있다. 주체 지향적 상상력 교육의 의의는 바로 이점에 있는 것이다. 문학 감상의 소극적 수혜자로서의 지위에 머물 수밖에 없는 학생들의 위상을 재설정함으로써 '감상을 위한 독자적인 안목의 생성'과 '작품을 자기화함으로써 내면화시킬 수 있는 적극성' 그리고 '개성과 참신성(이승욱, 2005)을 지향하는 사유방식', '현실적 한계를 넘어서는 초현실적 지향성'을 가능하게 하리라 본다.

이러한 관점에 따른다면, 주체 지향적 상상력 교육의 단계에서는 안과 밖의 경계를 허물고 새로운 지도(백인덕, 2002)를 그려 낼 수 있는 '허용'과 '배려'의 시간을 학생들에게 마련해 주는 것이 무엇보다 중요할 것이다. 주체 지향적 상상력은 학생들이 마음껏 기존의 인식 구조를 벗어던지고 자신의 문학적 독법을 체계화시킴과 동시에 그를 바탕으로, 주관과 객관, 현실과 이상, 지상과 천상을 마음껏 결합(윤명옥, 2001)시켜 그 속에서 문학적 쾌감을 향유할 수 있도록 해야 한다.

3. 상상력 함양을 위한 시 교육의 실제

상상력 교육은 시를 시답게 감상을 하기 위한 대안이다. 시적 의미를 분석적으로 살피기 위한 논리적 인식 능력보다는, 작품을 학생들의 자기 삶의 방식에 비추어 생략과 비약이라는 방법으로 확장시켜 나가는 데 의의를 두고자 한다. 그러기 위해서는 감상의 개별성과 독자성에 무게를 두어 충분히 상상할 수 있는 시간을 할애하는 것이 급선무일 것이다. 또한, '감각정서', '논리이성', '주체 지향' 이미지 생성의 과정에서 작품에 충분히 공감하고 내면화함으로써, 작가의 선행 이미지에서 탈피하도록 지도해야 한다. 그를 위해 학생들의 관점으로 재구성한 이미지 생성을 가능하게 하는 장치로서, 경험 이미지의 활용 방식과 개성적 사유체계를 수립하고 적용해 나갈 수 있도록 해야 할 것이다. 이러한 바탕 위에 자기 정리와 표현의 시간, 그리고 이를 서로 나누고 소통함으로써 자기 조정을 해 나갈 수 있는 방안도 강구되어야 한다.

이러한 교육방법의 구체적인 과정을, '대상의 감각정서적 이미지 형상화하기', '작품 이면의 논리이성적 이미지 발견하기', '내면화를 통한 주체 지향적 이미지 재구성하기'를 통해 보이고자 한다. 또한, 이러한 이미지 탐색 방법은 개별 시작품의 특징에 의해 차별적으로 적용 가능한 방법이다. 정서적 측면이 강한 작품의 경우는 감각정서적 상상력을, 사고력의 활성화에 주안점을 두었거나 관념적 특징이 강하게 부각되는 작품의 경우는 논리이성적 상상력의 방법을 적용할 수 있다. 학생들의 내면화와 작품의 주체화에 초점이 맞추어진 작품이라면 주체 지향적 상상력을 활용하는 방법을 적용시킬 수 있다. 물론, 이 세 가지 방법은 독자적으로 작품에 적용시킬 수도 있을 것이지만, 작품의 특성에 따라서는 통합적으로 적용가능하다. 이 글에서는 각각을 개별적으로 활용하는 방법을 제시하고자 한다.

1) 대상의 감각정서적 이미지 형상화하기

작품의 감각정서적 내용요소 중에서 학생들이 관심 있어 하는 사항들을 선별적으로 심적 이미지로 형상화하는 활동은 감각정서적 상상력 교육을 위한 한 방편이다. 감각정서적 이미지는 작품 내용의 사실적이고 객관적인 모사일 수 없다. 학생들의 문학적 경험의 성향과 정도, 개성에 따라 동일한 작품이라 할지라도 관심을 갖는 대상이 다를뿐더러, 동일 요소에 대해 이미지를 재생시키는 작업이라도 다양한 면모(사르트르, 2010)를 보일 수밖에 없다. 그러므로 이 단계에서는 학생들에게 자신의 문학적 경험을 환기시키며, 이전 경험과 작품의 관련성 속에서 감각정서적 이미지로 형상화할 대상을 선정하도록 할 필요가 있다. 즉, 작품의 감각적 자질과 환기되는 정서를 생생하게 재생하는 것이 목적이 아니라, 자신의 감상법에 따라 개성적인 이미지를 그려보게 하는 주문을 할 필요가 있는 것이다.

"작품의 어떤 장면과 내용에 눈길이 가나요", "가장 감동적이고 신선하다고 느껴지는 부분은 어디인가요", "작품의 지배적 감각이나 정서를 담고 있는 곳에 주목해 보세요", "작품의 감각 혹은 정서와 관련된 자신의 문학 경험을 떠올려 보세요", "문학적 경험을 충분히 활용하면서 작품을 이미지로 떠올려 볼까요", "왜 그러한 이미지로 그려보았는지 설명해 볼까요", "그리고 그것을 뒷받침할 수 있는 시어들을 열거할 수 있나요"라는 질문들을 제시하면서 작품을 대상으로 감각정서적 이미지를 충분히 그려보게 할 수 있다. 여기에서 이미지를 형상화하는 수행활동 못지않게 중요한 것이, 이미지 환기의 이유와 근거에 대한 학생들의 설명이다. 감각정서적 상상력의 근거를 찾아가게 함으로써, 상상력이 단순한 공상의 차원에 머물지 않고 문학적 감상의 범위 내에서 향유될 수 있도록 해 줄 것이기 때문이다.

이러한 과정 이후에는, 심적으로 재생한 이미지에 대한 내용들을 구체적으로 표현하도록 하는 단계가 필요하다. 머릿속으로 진행되는 감상의 과정에서 이미지는 엄격한 절차와 방식에 의해 명료하게 구성된다기보다는 다소 산만하게 단편적인 인상만으로 남을 가능성이 있으며, 이미지는 선명한 모습으로 형상화되지 않고 모호한 잔상만으로 남을 수 있기 때문이다. 그러기에 심적 재생 이미지를 명확히 하고, 산만함에서 벗어나 이미지의 배열과 구성을 시상의 전개 과정에 따라 정리하기 위해서라도 떠올린 감각정서적 이미지에 대한 내용을 구체적으로 표현(노철, 2004)하도록 권유할 필요가 있다. 이때, 감상문 형식의 줄글이나 요약문 형식의 메모라도 관계없을 것이다. 간단한 그림이나 보조적인 매체나 자료를 활용한 사진이나 영상 등의 형태로 학생들 자신이 상기시킨 이미지를 가시적으로 제시하도록 하는 작업이 수행되어야 한다.

그리고 문학의 본질이 개성을 존중하는 바탕 위에 소통을 지향하듯이, 학생들은 개별적인 행위로서의 이미지를 생성하는 과정과 결과에 대해 토의함으로써 자신의 색깔을 부각시킴과 동시에 상대방의 감상 과정에 대해서도 허용적인 태도를 경험할 필요가 있다. 이러한 자기 표현과 상대방에 대한 수용적 자세는 감각정서적 이미지의 생성 과정을 좀 더 세련되게 다듬어 줄 정보 교환의 기회가 될 것으로 본다.

> 여승(女僧)은 합장(合掌)하고 절을 했다
> 가지취의 내음새가 났다
> 쓸쓸한 낯이 옛날같이 늙었다
> 나는 불경(佛經)처럼 서러워졌다
>
> 평안도(平安道)의 어느 산 깊은 금점판
> 나는 파리한 여인(女人)에게서 옥수수를 샀다
> 여인(女人)은 나어린 딸아이를 때리며 가을밤같이 차게 울었다
>
> 섶벌같이 나아간 지아비 기다려 십 년(十年)이 갔다
> 지아비는 돌아오지 않고
> 어린 딸은 도라지꽃이 좋아 돌무덤으로 갔다
>
> 산꿩도 섧게 울은 슬픈 날이 있었다
> 산절의 마당귀에 여인의 머리오리가 눈물방울과 같이 떨어진 날이 있
> 었다
>
> —백석, 「여승」 전문

백석의 「여승」을 자료로 감각정서적 이미지를 떠올리는 수업을 진행해 보았다. 작품의 내용요소들 중에서 학생들이 관심을 갖는 대상에 대해 이미지를 떠올려 보게 하고, 그에 대한 내용을 줄글로 표현해서 상호소통할 수 있는 기회를 마련하였다. 감각정서적 상상력 교

육의 결과는 아래의 학생글을 통해 확인할 수 있다. 이 글의 상상력 교육은 고등학교 1학년 40명을 대상으로 이루어졌으며, 학생글은 지면의 제약으로 논의의 편의를 위해 몇 편만을 선정해 일부만을 제시한다.

[학생글1]

평안도 깊은 산속 금점판에서 여러 광부들이 작업을 하고 있다. 한 사람이 어떠한 한이 있어 보이는 여인에게 옥수수 하나를 산다. 그가 떠난 후 응석부리는 어린 딸아이를 다그치며 우는 여인의 모습이 보인다. 떠났던 딸아이 아빠를 기다리다 십 년이라는 세월이 흐르고 딸은 죽게 된다. 그 후, 여인은 여승이 되기로 결심하고 절로 간다. 산꿩이 왠지 모르게 슬피 우는 날, 여인의 머리오리가 산절의 마당 귀에 그녀의 눈물과 함께 떨어진다. 어엿한 여승의 모습을 하게 된 그 여인은 옥수수를 샀던 사람이 절에 오자 두 손바닥을 합하여 인사하고 절을 한다. 그 여인의 쓸쓸한 낯에서 지금까지 겪은 힘든 일들의 깊이를 보게 된다. 그 사람의 얼굴도 따라서 슬픈 표정을 띠게 된다.

[학생글2]

여승은 현재 취나물이 나는 인적 드문 곳에서 속세를 떠나 살고 있으며, 아직도 과거의 고통을 가지고 있다. 화자는 여승에 대해 연민을 느끼고 있다. 과거의 여인은 남편이 돌아오지 않아 고통스러운 삶을 살고 있었으며, 남편은 결국 여인의 곁으로 돌아오지 않았다. 어려운 생활 속에서 딸은 죽음을 맞았으며, 여승이 되기 위해 눈물을 흘리며 머리를 깎고 있는 여인을 상상할 수 있다.

[학생글3]

평온한 삶을 살지 못하고 힘겹게 살아가던 여인은 남편과 딸을 모두 잃었다. 그녀는 얼굴이 쓸쓸하고 파리하기까지 했다. 그 여인은 일하러

떠난 남편을 찾기 위해 어린 딸과 옥수수를 팔며 힘겨운 생활을 이어가는데, 이 모습을 떠올리다보면 드라마 속 비극적 여주인공의 모습을 상상하게 된다. 어린 딸까지 잃은 그 여인은 주위에 아무도 없었다. 허허벌판에 그 여인 혼자 서 있는 인물을 모습을 상상할 수 있다. 여인은 누군가를 기다리는 깊은 산속 홀로 자라는 할미꽃을 그려보게 한다.

[학생글4]
여승은 어린 딸을 데리고 지아비를 찾아다니며 옥수수를 파는 여인이었다. 힘든 여정에 파리한 모습을 보이는 여인은 옥수수를 팔아가며 힘들게 남편을 찾아다니지만 결국 찾을 수 없었고, 그 와중에 사정을 모르는 어린 딸은 굶주림에 배고프다고 보채는 모습을 떠올리게 한다. 여인은 그녀의 지아비도 없고, 자신과 함께 할 딸도 이제 저 세상으로 가버린 비극적 삶 속에서 울면서 세월을 보내다 결국 머리를 자른다.

윗글에서 알 수 있듯이 학생들은 작품 내용을 감각정서적 이미지로 떠올려 보는 활동을 통해 사건을 재구성하면서 '여승'의 한스러운 삶의 과정과 그에 따른 표정과 몸짓 등을 소상하게 그려내고 있으며, '화자'의 행동과 '여승'에 대한 심정까지도 이미지로 형상화하고 있음을 볼 수 있다. 작품에서 유발되는 감각자극과 정서를 이미지로 환기하는 활동이기에 학생들 나름대로 재해석한 결과로서의 이미지가 첨가될 여지가 적어, 개별 학생들이 독자적으로 생성한 이미지를 찾아볼 수는 없지만 글들을 통해 장면이나 상황, 인물, 사건 중에서 학생들의 관심사에 따라 묘사되는 이미지가 차별화됨도 느낄 수 있다. 또한, 이미지 구성을 작가의 작품 속 시상의 전개방식에 따라 펼쳐 나가기도 하지만([학생글2]), 그에서 벗어나 학생들의 편의대로 재편성함으로써 작가의 이미지 전개를 해체하고 있음을 볼 수 있다([학생글1]). 대상이나 사물들이 드러내는 외적인 측면과 관련된 감각적 이미지의 재현과 함께, 인물들의 정서와 관련된 부분도 적극적으로 이미지로 형상화해고 내고 있음도 주목할 만한 부분이다([학생글2], [학생글3]). 이때 학생들은 개념어를 상기시킴으로써 인물의 정서에 관한 이미지를 직접적으로 형상화하기도 하며([학생글2]), 자신의 경험과의 관련성 속에서 비유적인 방식을 빌어 확장적으로 연상을 하기도 한다는 것을 알 수 있다([학생글3]). 즉, 학생들은 사실적 정보와 관련된 부분과 정서적 측면을 자신들의 감상법에 따라 재해석함으로써 작품의 질서를 재구성하는 쪽으로 이미지를 형성하고 있음을 알 수 있다. 그리고 학생들의 이미지 재현 양상을 자세히 살펴보면, 이미지들을 동등한 자격으로 단순 나열하는 방식으로 상상하는 것이 아니라 중심 이미지와 주변 이미지로 이원화함으로써 여승에 대한 이미지 제시는 적극적이고 집중적인 데 비해, 딸아이와 화자 그리고 남편에 대한 이미지화는 부수적인 차원에 머물고 있음을 알 수 있다. 한편, 감각정서적 형상화 방식으로 이미지를 재생할 것을 주문하였으나, 학생들은 이러한 차원을 넘어 시어와 관련성이 적어 보이는 '광부들이 작업'을 하는 모습이나([학생글1]), 할미꽃(학생글3]) 등과 같이 주어진 대상에 한정된 감각정서적 이미지 형상화의 차원을 넘어서는 상상력을 보여주기도 하였다. 이는 상상 활동의 수준과 범위 사이의 경계가 명확히 규정될 수 없음을 보여주는 예라고 할 수 있을 것이다.

2) 작품 이면의 논리이성적 이미지 발견하기

이제는 작품의 표면에 제시된 대상의 감각적 측면과 정서환기의 요소에만 주목하는 범위에서 벗어나 내용요소들의 결합을 통해, 그 이면에 감추어진 정보, 상황, 의도 등을 이미지로 형상화하는 논리적 사고과정으로서의 인지적 이미지 형성 활동에 주목해보고자 한다. 상상 활동은 제시된 작품 내용을 분석하는 기계적 처리 방식에 한정되지 않는다. 학생들은 작품을 감상하는 과정에서 자신과 작품 사이에 존재하는 물리적이고 심리적인 공백(손예희, 2012)을 메우기 위해 인접성과 유사성의 방식을 활용해 새로운 이미지를 생성해 낸다. 따라서 작품의 이면에 감추어진 관념차원의 새로운 이미지를 발견하도록 하기 위해, 학생들에게 이미지의 연결성과 대비성을 살피게 하고, 그를 바탕으로 유사하거나 인접성을 갖는 이미지를 추론하도록 요구할 필요가 있다.

이는 이미 알고 있는 것으로부터 미지의 영역으로의 이미지 확장(김혜영, 2001)을 시도하는 것이다. 이미지를 발견한다는 것은 전혀 새로운 창조적 이미지를 떠올리는 것과는 구별된다. 이미지와 이미지의 연결을 통해 추론 가능한 사항들을 탐색해 나가는 것이기에, 소극적인 측면의 이미지 확장에 해당하는 것으로 이를 통해 상상의 참모습을 구현해 낼 수 있는 것이다. 논리이성적 이미지 생성을 위한 수업의 첫 단계는 학생들이 작품 속의 이미지들을 연결시키는 것에서부터 시작한다. "작품을 읽고 다양한 이미지를 떠올려보고 그것들을 서로 연결 지어 봅시다", "비슷한 유형의 이미지와 서로 다른 이미지들을 묶어 볼 수 있을까요", "대상 이미지에서 발견할 수 있는 논리적 의미는 무엇인가요", "하나의 이미지에서 추론 가능한 또 다른 관념적 이미지가 있나요", "분위기, 느낌, 의미 등에 따라 이미지를 세분화해서 연결 지어 봅시다", "이미지를 그러한 방식으로 묶은 사유의 근거가 있을까요", "이유가 있다면 자세하게 설명해 봅시다", "이미지를 묶어 본 뒤, 그 이미지들을 합치거나 생략함으로써 관련된 새로운 이미지를 만들 수 있을까요", "이미지들의 결합, 생략, 비약을 통해 어떤 새로운 이미지들을 발견할 수 있었나요", "기존 이미지를 토대로 새로운 이미지를 상상하게 된 과정을 설명할 수 있을까요"라는 질문을 학생들에게 던지면서 일정한 절차에 따라 이미지를 연상해 낼 수 있는 기회를 줄 필요가 있다.

이미지를 연결해서 통합하고, 작품의 이면에 감추어진 새로운 논리이성적 이미지를 발견하기 위해 비약시키고 추론하는 과정을 거치면서, 애초에 떠올린 이미지를 명료하게 재정립할 수 있을 뿐만 아니라 무한한 이미지로 확산되는 연상의 묘미를 체험하게 될 것이다. 이미지 발견으로서의 논리이성적 상상은 작가의 의도를 명확히 파악하는 작업이며, 작품을 학생들의 경험과 방식에 따라 재처리하는 과정으로서의 의의를 갖는다. 사실상 숨겨진 이미지를 작품의 표면으로 불러오는 일은 작가의 의도보다는 학생들의 재해석에 가깝기 때문이다.

극단적으로 논리이성적 이미지는 작품과 직접적인 관련이 없을 수도 있다. 작품의 표면이 아니라 내면에 흐르는 이미지를 추종하는 것이기에 그러하다. 그러므로 작품 내용에서 시작된 이미지에 토대를 두고는 있지만, 학생들의 상상력에 의해 다채로운 이미지 생산이 가능한 것이다. 여기에 논리이성적 상상력 교육의 의의가 자리하는 것이다. 작품과 무관한 비실재적 이미지를 지향하면서도 작품의 틀 속에서 그 상상의 가능성을 탐색하는 것이기 때문이다.

학생들이 개성적 관점에 따라 연상 이미지를 떠올리도록 권장하되, 새롭게 발견된 이미지는 작품의 내용적 이미지와의 관련성 속에서 추론되는 것이기에 작품의 내용과 전혀 이질적인 이미지의 상상은 근절하는 쪽으로 가닥을 잡아야 한다. 이러한 제약조건은 자유로운 상상의 가능성을 허용하면서도, 문학 담론 형성자들이 공감할 수 있는 감상의 틀을 망각하지 않는 적절성을 유지시켜 줄 수 있을 것이다.

알룩조개에 입 맞추며 자랐나
눈이 바다처럼 푸를 뿐더러 까무스레한 네 얼굴
가시내야
나는 발을 얼구며
무쇠 다리를 건너온 함경도 사내

바람소리도 호개도 인전 무섭지 않다만
어두운 등불 밑 안개처럼 자욱한 시름을 달게 마시련다만
어디서 흉참한 기별이 뛰어들 것만 같아
두터운 벽도 이웃도 못 미더운 북간도 술막

온갖 방자의 말을 품고 왔다
눈포래를 뚫고 왔다
가시내야
너의 가슴 그늘진 숲속을 기어간 오솔길을 나는 헤매이자
술을 부어 남실남실 술을 따라
가난한 이야기에 고이 잠겨다오

네 두만강을 건너왔다는 석 달 전이면
단풍이 물들어 천 리 천 리 또 천 리 산마다 불탔을 겐데
그래도 외로워서 슬퍼서 치마폭으로 얼굴을 가렸더냐
두 낮 두 밤을 두루미처럼 울어 울어
불술기 구름 속을 달리는 양 유리창이 흐리더냐

차알삭 부서지는 파도소리에 취한 듯
때로 싸늘한 웃음이 소리 없이 새기는 보조개
가시내야
울 듯 울 듯 울지 않는 전라도 가시내야
두어 마디 너의 사투리로 때 아닌 봄을 불러 줄게
손때 수줍은 분홍 댕기 휘휘 날리며
잠깐 너의 나라로 돌아가거라

이윽고 얼음길이 밝으면
나는 눈포래 휘감아치는 벌판에 우줄우줄 나설 게다

노래도 없이 사라질 게다
자욱도 없이 사라질 게다.

—이용악, 「전라도 가시내」 전문

논리이성적 이미지를 형상화하는 방법들에 주안점을 두고, 이용악의 「전라도 가시내」를 감상하는 수업을 진행해 보았다. 아래의 학생글을 통해 몇 가지 결론에 도달할 수 있다.

[학생글5]
전라도는 평야지대로 인해 강점기 때 일제의 주요 곡식 수탈지가 되었다. 먹을 게 없어진 전라도민들은 만주 등지로 도주해 행랑살이를 하는 등 고향을 떠나 힘들게 생활해야만 했다. 전라도 가시내도 그렇게 고향을 떠나 생활하는 사람 중 하나였다. 북간도로 이주한 그녀는 여자라 농사를 지을 수 없어 주막에서 일을 하게 되었다. 그녀는 한겨울에도 솜옷도 없이 낡은 삼베 저고리 하나만 입고 주막에서 일하게 된 것이다. 손님의 대부분은 자신과 같이 북간도로 건너와 중국인 지주의 땅에서 소작을 하는 소작농들이었다.

[학생글6]
조선의 한 남자와 한 여자의 어두웠던 삶을 확장시켜 상상을 해 보면, 조선 민족의 어두웠던 과거사를 떠올려 볼 수 있다. 나는 이 부분에서 일제강점기와 한국전쟁을 상상했는데, 이 시에서 함경도 남자가 전라도 여자에게 연민의 정을 느끼고 있고, 여자의 이야기에 동화되어가는 모습을 보면서 민족의 대립이 만들어낸 한국전쟁과는 거리가 멀다고 느껴서, 한민족이 동시에 고통을 느끼고 상처에 공감하고 광복을 이루어낸 일제강점기가 적절하다고 추론해 보았다.

[학생글7]

자신과 비슷한 처지의 전라도 가시내를 본 함경도 사내는 연민을 느끼며, 애써 겉으로 강인한 척하는 그녀가 잠시라도 지금의 고통을 잊게 해주기 위해 사투리를 구사하였다. 그리고 그러한 상황을 보면서 자신이 느낀 아픔들을 다른 사람들이 느끼지 않게 하기 위해, 더 이상 현실을 회피하지 않고 맞서 싸우겠다는 확고한 의지를 가지고 아무런 말도 없이 세상을 바꾸려 노력하는 모습을 상상할 수 있다.

[학생글8]

함경도 사내는 현실에 적응하면서 살아 갈 뿐 만족지는 못하고 있다. 자신이 있는 북간도 술막을 '두터운 벽도 이웃도 못 미더운'이라며 부정적으로 표현하고 있는 점이나, 마지막 연에 드러나는 저항의식 등에서 이를 유추해 낼 수 있다. 한편, 전라도 가시내는 해안지방에서 온 여인으로, 가차를 타고 두만강을 건너 북간도로 올 때, 눈물을 흘리는 모습을 보면 타의에 의해 강제적으로 이주해 온 것 같다. 그러나 울 듯 울 듯 울지 않는 그녀는 자신의 슬픔이 겉으로 드러나지 않도록 감추고 꿋꿋이 이겨내려는 모습을 떠올리게 한다. 아마 전라도 가시내도 시간이 흐르면 사내처럼 현실에 적응하는 모습을 보일 것으로 상상된다.

학생들은 '사내'와 '가시내'의 처지나 전후 상황, 그리고 시적 장치들을 통해 시대적 배경과 그러한 시대 현실 속에서 희생양으로 전락한 인물들의 한스러운 삶들을 이미지로 연상해 내고 있음을 알 수 있다. 작품 속에 전면적으로 제시되지 않은 시대 현실과 과거 인물들의 삶의 모습들을 논리이성적 상상력에 의해 충분히 이끌어 내고 있는 것이다([학생글5], [학생글6]). 또한, 제국의 권력을 행사는 일제와 피지배민족으로서 애환을 겪는 조선의 모습을 통해, 불합리한 권력의 지배구조를 떠올림과 동시에 그러한 불합리를 개혁하려는 인물들의 의지도 놓치지 않고 이미지로 형상화하고 있다([학생글7]). 인물들이 겪는 현실적 삶의 애환을 개인의 차원으로만 바라보지 않고 민족 간의 갈등과 동일 민족끼리의 연대의식 등으로 재해석하고 있음을 볼 수 있다([학생글6], [학생글7]). 게다가 작품에 드러난 현재적 상황을 토대로 과거의 사연에 대한 연상은 물론 미래의 인물들의 삶의 모습과 시대적 상황에 대한 적응 양상 등을 개성적인 안목에서 이미지로 떠올리고 있다([학생글8]).

시어의 연결성을 바탕으로 적극적인 추론을 통해 확장적으로 이미지화하는 경우와([학생글5], [학생글6]), 논리이성적 상상력의 범위 내에서 예상 가능한 수준의 상상 활동으로 대별할 수 있으나([학생글7], [학생글8]), 그러한 상상의 전제 조건이 작품 속 시어임을 학생글을 통해 짐작할 수 있다. 특히 시어를 바탕으로 연상을 진행해 나가되 자신의 이미지 형상화 과정의 적절성 여부를 스스로 점검하고 조절해 나가는 모습도 엿볼 수 있다([학생글6]). 이미지를 떠올릴 때, 학생들은 작품에 드러난 내용을 충분히 숙지하고 그 바탕 위에 새로운 이미지를 생성해 내고 있었다. 상상을 작품과 무관한 개인적 차원의 환상으로 여기지 않고, 작품의 내적 질서를 근거로 이미지를 발견시켜 나간다는 것이다. 그러므로 논리이성적 상상력 교육은 작품의 구성요소를 바탕으로 한 사고활동을 강조하고 있기에 문학 감상의 기본적 문법에 충실한 감상법을 체득할 수 있는 기회가 되리라고 본다.

3) 내면화를 통한 주체 지향적 이미지 재구성하기

작품의 제한적 범위를 뛰어 넘어 무한한 상상적 사고를 통해 학생들의 창조적 재구성력을 길러 주고자 하는 것이 주체 지향적 상상력 교육의 의의라고 할 수 있다. 이러한 관점에 따르면 텍스트는 상상력에 의해 새로운 또 하나의 창조적 텍스트를 얻기 위한 기초 자료에 지나지 않는다. 작가의 의도나 작품의 내적 의미에 얽매이지 않고, 학생들이 문학적 경험과 개성적 안목에 따라 작품을 재구성하고자 하는 시도인 것이다. 그러므로 작품을 학생들의 삶 속으로 끌어 들여 자기화하고 내면화하는 것이 무엇보다 우선되어야 한다. 극단적으로 말하면, 이성에 의한 감시나 심미적이고 규범적인 제약에서 벗어나 무의식과 욕망(박진 외, 2008)에 충실한 상상을 지향해 나갈 수 있도록 배려할 필요가 있다. "작품을 자기 삶과 관련지어 봅시다", "작품의 내용이나 인물, 사건 등에서 자신의 삶과 유사한 부분이 있나요", "작품의 내용이 자신의 삶과 직접적인 관련이 없다면, 자신이 읽은 기존 작품과의 관련성을 생각해 볼까요", "자신의 삶, 기존의 문학적 경험을 바탕으로 작품을 새롭게 상상해 볼 수 있을까요", "작가의 모습, 작가의 삶, 작품의 시대적 상황, 인물들의 모습, 사건, 상황에 자신을 대입시킴으로서 자신과의 관련성 속에서 자유롭게 상상해 봅시다", "자유롭게 상상하되 왜 그러한 상상을 하게 되었는지 근거를 설명해 봅시다"라는 질문을 학생들에게 제시하면서, 작품의 제약에서 벗어나 자유롭게 상상할 수 있도록 할 필요가 있다.

작품을 재구성하는 행위로서의 주체 지향적 상상 활동을 하기 위해서는 학생들에게 상상의 '개방성'과 '자율성'을 강조하는 것이 무엇보다 중요하며, 작품과의 관련성 여부는 상상의 결과에 대한 표현과 토의를 통해 학생 스스로 점검하도록 하는 것이 효과적이다. 작품 감상을 위한 방법으로서의 상상력을 신장시키기 위해서는 이러한 활동을 강조함으로써, 문학적 규범이 허용하는 범위 내에서 대상 세계로서의 작품을 초월하여 관념적 질서를 재창조(강지수 외, 2000)하는 정신활동을 이루어낼 수 있다. 작품에서 파생되는 것을 다양하게 상상할 수 있도록 허용하되, 작품이 자신의 과거, 현재, 미래의 삶에 어떠한 영향을 미치는지, 작품에 대한 비판적 견해나 공감대 등을 자유롭게 상상하도록 함으로써 학생들의 견해에 초점을 맞추는 것도 잊지 말아야 할 것이다. 즉, 주체 지향적 상상력 교육은 작품의 틀에 대한 확장과 학생들의 자기 인식의 확산을 동시에 감행해야 한다.

박성우의 「두꺼비」를 매개로 작품을 내면화하고 주체 지향적 이미지로 재구성하는 교육 활동을 수행해 보았다. 아래의 학생글은 이러한 활동의 교육적 의의를 잘 보여준다.

아버지는 두 마리의 두꺼비를 키우셨다

해가 말끔하게 떨어진 후에야 퇴근하셨던 아버지는 두꺼비부터 씻겨주고 늦은 식사를 했다 동물 애호가도 아닌 아버지가 녀석에게만 관심을 갖는 것 같아 나는 녀석을 시샘했었다 한번은 아버지가 녀석을 껴안고 주무시는 모습을 보았는데 기회는 이때다 싶어 살짝 만져보았다 그런데 녀석이 독을 뿜어대는 통에 내 양 눈이 한동안 충혈되어야 했다 아버지, 저는 두꺼비가 싫어요

아버지는 이윽고 식구들에게 두꺼비를 보여 주는 것조차 꺼리셨다 칠순을 바라보던 아버지는 날이 새기 전에 막일판으로 나가셨는데 그때마다 잠들어 있던 녀석을 깨워 자전거 손잡이에 올려놓고 페달을 밟았다

두껍아 두껍아 헌집 줄게 새집 다오

아버지는 지난 겨울, 두꺼비집을 지으셨다 두꺼비와 아버지는 그 집에서 긴 겨울잠에 들어갔다 봄이 지났으나 잔디만 깨어났다

내 아버지 양손엔 우툴두툴한 두꺼비가 살았었다

—박성우, 「두꺼비」 전문

[학생글9]

두꺼비를 읽고 우리 할머니를 가장 먼저 상상하게 되었다. 할머니는 자식들을 키우기 위해 힘든 일도 많이 하셔서 손과 발 모두 굳은 살이다. 할머니가 자식을 위해 농사를 지으시고 음식을 싸서 보내는 것이 바로

두꺼비에 나오는 아버지의 마음이라고 생각한다. 나도 다음에 커서 아버지가 될텐데 나도 과연 두꺼비의 아버지처럼 자식을 위해 헌신할 수 있을까라는 생각이 들었다.

[학생글10]
시 속에서 두꺼비는 너무 당연하다고 여기며 바라보았던 것들일 수도 있다는 상상을 해 보았다. 이 시의 화자는 늘 있었던 자리에 있어 너무 당연하다고 느낀 것이 없어졌을 때 비로소 두꺼비를 참의미를 뒤늦게 깨닫게 되었으며, 당연하다고 생각했던 것들을 소중하게 여기고자 하는 화자의 마음을 떠올릴 수 있었다. 어렸을 적 열심히 책을 보고 있을 때 옆에서 칭찬을 해 주던 사람, 혼자서 울고 있을 때 달래주던 사람, 실수할 때 잘했다고 말해주던 사람들. 커가면서 나는 그들의 부재를 느끼며 허전함에 사로잡히곤 한다. 나는 모든 것은 그 자리 그곳에 있다고 믿고 있었다. 하지만 그 자리의 공허함을 느꼈을 때 그 자리는 더 이상 누군가로 채워지는 것이 아니라, 나의 관심과 애정이 있어야 채워지는 자리라는 것을 깨닫게 되었다.

[학생글11]
"두껍아 두껍아 헌집줄게 새집다오."라는 노래의 한 구절은 많은 어린 시절을 떠올리게 해 준다. 특히 초등학교 때 갔다 온 바닷가에서의 일이 생각난다. 처음에는 아버지가 이끌어주는 튜브에 실려서 수면 위를 떠다녔다. 이윽고 지루했던 나는 발버둥치다 바다에 빠져 바닷물의 짠맛을 혀와 눈으로 느꼈었다. 한동안 바다에 들어가고 싶지 않았던 나는 모래성 쌓기를 해 보고 싶었다. 상자로 모래를 퍼서 다듬고, 양동이로 퍼서 다듬고…. 그러나 나의 모래성은 그다지 높이 올라가지 못했다.

[학생글12]
내가 본 두꺼비는 홀로 자신이 가족을 지키기 위해 독사와의 혈투를

기꺼이 감수하는 강인한 두꺼비였다. 이 작품에서의 두꺼비는 물론 아버지의 고난과 시련을 떠올릴 수도 있지만, 홀로 가난이라는 독사와 처절하게 맞서 소중한 가족을 지키려는 의지, 강인함, 부성애를 상상하게 한다. 홀로 전선에 나가 싸우는 그 치열한 전투는 누구라도 거부할 것이다. 하지만 화자의 아버지는 가난이라는 적과 맞서 싸우시다 두꺼비처럼 변한 양손을 남기고 돌아가셨다.

학생들은 '두꺼비'에서 아버지의 가족에 대한 희생과 사랑을 상징하는 거칠어진 양손에만 국한되지 않고, 다양한 차원으로 확산적인 이미지를 생성하는 모습을 보여주었다. 작품의 내적 의미에 벗어나 개인적 차원에서 자유롭게 상상하라는 주문은, 감상의 대상을 아버지에만 국한시키지 않았다. 가족의 구성원들에 대한 고마움을 회상하기도 하며, 작품의 주제의식에서 파생된 자신의 각오나 다짐에 대한 언급([학생글9]), 작품을 자신의 관점에서 의미를 나름대로 재해석하려는 시도([학생글10]), 작품의 세부 내용에서 촉발된 학생들의 과거 경험에 대한 단상([학생글11]) 등 매우 다양한 주체 지향적 상상 활동을 결과물로 드러내 놓고 있음을 알 수 있다. 작품이 요구하는 의미적 차원뿐만 아니라 정서적 측면에 관해서도 학생들이 개별적인 삶과 개성을 토대로 작품을 재구성하는 면모를 보이고 있다. 주체 지향적 이미지 생성은 작품의 내적 범위를 확장시키고자 하는 의도로 감행되는 것이기에, 창조적 이미지가 작품과의 직접적 관련성 측면에서 다소 무관한 것처럼 보일 수 있다([학생글10], [학생글11]). 하지만 작품을 바탕으로 파생된 상상 활동의 결과이기에 작품의 의도나 정서 등과 직간접적으로 관련되어 있음을 부인할 수 없다.

작품에서 언급하고 있는 부성애의 자리에 할머니를 치환시켜 상상하기도 하며([학생글9]), 여기에서 나아가 두꺼비를 새로운 가치 발견의 전제로 인식하고 대상의 가치에 대한 재발견의 차원으로 상상력을 확대해 나가기도 한다([학생글10]). 하지만, 학생에 따라서는 상상의 수준이 두꺼비가 상징하는 아버지의 범주를 넘어서지 못하고 정서적 이성적 상상력의 차원에 머무는 모습도 보여 준다. 따라서 특정 시어나 인물들에 상상이 편중되어 있거나 주체 지향적 상상력의 수준까지 발전하지 못하는 학생들의 상상 활동을 폭넓게 확장시키기 위해, 교사는 작품에서 크게 부각되지 못하고 있는 주변인물이나 부수적인 상황, 사소한 시어에 대해서도 이미지를 생성해 낼 수 있도록 그 안목을 확장시켜 줄 필요가 있어 보인다.

주체 지향적 상상 활동에서는, 다만 어느 범위까지 상상하도록 하느냐는 문제가 남아 있다. 학생들의 이미지 생성 활동이 인지적 측면이든 정서적 측면이든, 작품 요소들의 상호 관련성과 맥락을 통해 학생들의 이미지 생성과정이 담론 형성자들의 감상 질서에 위배되지 않고 공감할 수만 있다면, 범위는 열려 있어야 한다고 본다. 즉, 상상은 작품을 바라보는 안목과 경험의 차이에서 오는 다양성과 관련된 것이지 결코, 제한된 특정 내용에 대한 상상의 여부와 관계되는 것은 아니기 때문이다. 이런 점에서 주체 지향적 상상력 교육은, 작품의 의미 파악을 위해 작가의 상상력을 답습하거나 시작품의 감상 과정에서 강요되는 텍스트의 권위를 해체하고, 학생들의 작품 감상을 또 다른 창조적 과정으로 바라볼 수 있는 전환점이 될 것이다. 따라서 감각정서적 상상력, 논리이성적 상상력을 거쳐 상상력 교육의 궁극적 도달점에 해당하는 주체 지향적 상상력 교육은, 작품 감상의 과정에서 소외되지 않고 두려움이나 위축됨 없이 당당하게 작품을 학생들의 내면으로 끌어당길 수 있는 기회의 장이 되어야 하리라 본다.

4. 상상력 교육의 의의

이 글은 대상적 사물의 심적 재현을 통해 감각적 이미지를 환기시키는 것으로 상상력을 규정하고, 이러한 인식을 문학교육에 적용하고자 하는 기존 논의의 한계를 지적함과 동시에, 이를 극복하고자 하는 의도에서 비롯되었다. 상상력의 의미를 확장시켜 정서적 차원의 감각적 이미지 형성력에서 나아가, 정서와 이성의 통합을 통해 기존 이미지의 조합과 변형은 물론, 작품을 매개로 촉발된 독자들의 삶과의 관련성 속에서 새로운 주체 지향적 이미지를 생성하는 능력으로 보았다. 작품을 통해 환기되는 이미지는 단순히 시각적 요소의 형태로만 재생되지 않고, 이미지는 독자의 다양한 정서와 기존의 인식, 개인적 경험의 영역 속에서 변용과 확장의 과정을 거쳐 이차적 정서 유발로 전이됨은 물론 의미의 생성과 가치관 확립에 영향을 미치게 되기 때문이다.

이러한 관점에서 상상력을 활성화하기 위해, 대상의 감각적 특성과 정서적 지향성을 심적으로 형상화하는 상상력을 '감각정서적 상상력'으로 규정하고 이를 교육하기 위한 방안으로 '집중과 감각자극 → 요소의 선정 → 선행 이미지 인출 → 유사성 환기 → 재생 이미지 재현'의 절차적 요소를 제시하고 이의 검증을 위해 실제적인 교육활동을 전개해 보았다. 또한, 대상에 대한 사실적 이미지를 상호 결합하고 작품 속에 표면화되지 않은 관념적 이미지를 발견해 내는 능력을 '논리이성적 상상력'으로 보고, 이를 교육하고자 하는 구체적인 과정으로 '이미지 선별과 추출 → 이미지 결합과 교섭 → 이미지 추론과 발견 → 이미지 점검과 확정'을 구안하였다. 끝으로, 작품과 학생 경험 상호 간의 소통과 교섭을 통해 새로운 이미지를 적극적으로 생성해 내는 상상력에 초점을 두어, 재구성과 변형을 통해 이미지를 형상화하고자 하는 능력을 '주체 지향적 상상력'으로 파악하고, '대상 이미지 선정 → 경험 이미지 환기 → 이미지 융합과 변형 → 신생 이미지 생성'의 과정을 통해 상상력 교육의 효율성을 구현하고자 하였다.

이 글에서 시도되었던 '상상력의 틀'의 확장과, '감각정서적 상상력', '논리이성적 상상력', '주체 지향적 상상력'의 과정을 통해 단계적이고 절차적으로 진행된 상상력 교육은, 결과적으로 학생들이 작품에서 능동적으로 풍부한 정서와 의미를 산출하고 확장시켜 나갈 수 있는 토대가 되는 것으로 파악되었다. 방향성이라는 기준에 따라 상상력을 나누고 이에 따라 타당한 교육 요소를 선정해, 연구자가 제안한 합리적인 절차에 따라 진행되는 문학적 상상력 교육은, 독자의 관점에서 시도되는 자발적 읽기로서의 문학 감상에 효율적으로 기여할 수 있음을 확인할 수 있다. 이성과 정서의 양자에 걸쳐 시도되는 동시적이고 통합적인 상상 활동뿐만 아니라, 문학적 삶에 대한 체험이 독자의 내면으로 전이되는 데 문학적 상상력이 영향력을 행사함도 살필 수 있었다. 대상으로서의 시 작품이 보유한 인식적이고 정서적인 자질에 대한 이미지화 능력이, 주체의 공감적 내면화를 위한 상상력과 교섭관계를 이루면서 상상력의 완성과 심화의 차원으로 발전될 수 있음을 알 수 있다. 뿐만 아니라, 작품에 대한 학생 독자의 상호 소통성을 활성화시킴은 물론 문학교육이 지향하고자 하는 고차원적인 사고력으로서의 상상력을 함양하는 데 효과적임을 입증할 수 있다는 데 의의를 두고자 한다.

공간성 인식을 통한 시 감상 교육 방법

1. 공간성 인식의 시 교육적 수용

공간은 그 자체로서 철학적 사유의 대상이 됨과 동시에 시 작품
생성의 배경이 된다. 따라서 공간을 바라보는 관점과 공간 자체의
속성에 대한 인식을 공유하고, 이를 토대로 시 작품을 감상하고자
하는 태도는 시 감상의 효율성을 높여주는 한 방법이 될 수 있다.
공간은 다른 영역과의 경계 설정을 통해 구분되는(나카무라, 2012) 물
리적 특성을 넘어, 공간 내부에 존재하는 제반 요소들의 연관 관계와
다양한 가치의 분절성이 존재하는 인식 가능한 실체이다.

인간 존재가 삶을 영위하는 현장으로서의 '장소'는 개별적이고 구
체적인 성향을 지니는 데 반해, 이들의 총화로 구성된 추상적이고
개념적인 대상이 '공간'이라는 입장이 지배적이다. 그러므로 인간은
세계로서의 장소를 전체로서 파악하기보다, 제한된 상황(롬바흐, 2004)
속에서, 주체의 경험과 감각에 의해 구체적인 의미를 형성해 나가게

되는 것이다(Bergson, 1993; 윤의섭, 2011). 즉, 장소 속에 존재하는 요소들의 상호 관계성을 토대로 주체는 일정한 관점을 형성하며, 공간에 대한 독자적인 의식을 수립해 나간다. 이처럼 현장성에 대한 실질적 체험과 이들의 총화로 획득되는 공간성에 대한 인식은, 공간이 존재론적인 속성 이외에 인식론적 가치와 관계됨을 입증하게 한다.

인간이 삶의 활동을 영위하는 구체적인 장소는 인간의 의도적인 인식에 의해 장소 경험을 일정한 범주로 묶어 유형화하거나 개념화하면서 공간성을 가지게 되며, 이러한 공간성은 일정한 정체성을(송명희, 2008) 확보하게 된다. 고유한 특성으로서의 공간 정체성은 물리적 환경, 인간 활동, 의미 부여라는 요소들에 의해 생성되는 것으로, 이러한 자질을 통해 공간은 인간과 무관하게 존재하는 물리적 실체성에서 벗어나 정신적 영역으로 자리매김함을 알 수 있다. 정체성이라는 관점에 기댈 때, 공간은 객관적 대상으로 인간이 거주할 수 있는 생활의 보금자리라는 의미 이상의 가치를 보유하게 된다. 공간은 인간에 의해 선택되고 해석되면서 인간의 가치관과 의도에 의해 재구성되고 분석됨으로써 독자적인 영역으로 그 의미를 확보하게 되는 것이다.

그러기에 인간은 자신의 삶과 그 삶이 영위되는 공간을 주체적 입장에서 살피고 체험하려는 능동성과 자발성을 보이게 된다. 메를로 퐁티에 따르면 결국, 인간은 주변 공간과의 관계성 속에서, 공간과 함께 '흐름 속'에 존재할 수밖에 없는 것이다. 인간은 공간의 근원이면서(김재철, 2010) 그 공간 안에서 공간을 창조하고 공간 자체의 실존성을 존중하면서, 인간과 공간의 단절을 넘어 연결과 조화로서의 '흐름'이라는 관계성을 지향한다. 흐름의 미학으로 존재하는 공간성을 받아들이고 실천할 때라야 비로소 바슐라르의 표현대로, 인간은 평화롭게 꿈꿀 수 있으며, 인간적 가치를 확장시켜(바슐라르, 1993) 나갈 수 있게 되는 것이다.

공간성에 대한 인식을 논의할 때, 물리적 실체로서 인간 활동이 이루어지고, 구체적인 인간 경험을 토대로 감각적 경험을 추상화시킨 것이 공간의 속성임을 받아들이며, 공간은 물자체가 아니라 사물을 보는 방식임을(로비기, 2005) 추가로 용인할 필요가 있다. 객관적 사물로서의 대상이라는 인식에 머물러 있을 때, 공간은 무가치한 대상으로서 단순한 도구 이상의 의미를 얻지 못한다. 공간과 인간은 단절되며, 공간은 물리적 실체로서 인간의 가치에 종속되는 구조물로 폄하될 뿐이다. 뿐만 아니라, 공간을 구성하는 제반 요소들, 즉 자연, 인간, 사물 등이 긴밀한 관련성 속에서 유발시키는 공간 특유의 정체성은 상실되고 말뿐이며, 이로써 공간과 그 구성 요소들은 단절과 소외적 현상을 경험하게 되는 것이다.

현대사회에서 공간성에 대한 인식이 중요한 이유는, 산업과 기술의 발달로 인해 실질적인 측면에서 일상적 환경 세계의 확대가(소광희, 2004) 보편화되었기 때문이다. 물리적 공간의 확장뿐만 아니라, 현실 상황과의 혼재는 물론 실재적 공간을 대체하는 사이버 공간의 기능 확대가 전면화되고 있는 실정이다. 이러한 상황 속에서 특정한 공간에 안주하고자 하는 인간의 '공간 귀속성'은 위협을 받게 되었으며, 공간의 팽창 이면에 자리 잡고 있는 기존 공간의 해체와 확장은 정체성을 상실케 하는 결과를 초래하였다. 과거의 공간 인식이 위협받고, 공간의 확장과 다변화에 따라 절대적인 공간성이 부정됨으로써 인간이 위치해야 할 공간 선택의 문제가 부각되기 시작한 것이다.

아울러 공간의 확장은 시대와 문화의 변화와 발전에 의해 자연스럽게 시도되는 단순한 현상이 아니라 그것을 가능하게 하는 '지배와 통제'의(최성민, 2005) 논리, 즉 가치관에 대한 인식과 판단의 문제로 나아가게 되었다. 기존의 공간성을 전복하고자 하는 실체는 무엇이며, 기존의 공간을 대신해서 부상하는 공간성은 무엇이며, 그 속에 전제된 사고와 가치는 무엇이며, 이러한 상황 속에서 인간이 선택하고 추구해야 할 바람직한 공간성은 무엇인지에 대해 되묻게 한다. 이처럼 현대사회에서 공간 인식이 중요한 이유는, 확장적 공간 속에서 인간 실존은 어떤 위기에 직면하고 있는지를 직시하며, 전통적 공간 인식을 대체하는 현대적 공간과 그 속에 자리매김하는 가치관을 비판적으로 고찰하고 이를 넘어설 수 있는 움직임이 필요하기 때문이다.

현대사회의 공간을 형상화한 시 작품의 경우에도, 공간을 단순히 작품 구성을 위한 배경으로만 파악하지 않고 그 공간 속에 작가의 일정한 가치관을 담아 놓기 마련이다. 작가는 현대사회의 구성원으로서 일정한 공간을 점유하면서, 자기 삶의 터전으로서의 공간의 외형적 속성에만 주목하지 않고, 공간 내부에 존재하는 내적 자질에 주목한다. 공간 내부에서 일정한 질서를 발견하기 위해, 구성 요소들 상호 간의 관계성과 내재적 가치로서의 공간성을 자기 방식으로 언어화하게 되는 것이다. 작가에게 특정 공간은 세계를 보고 알고 이해하기 위한 준거이면서, 사람과 환경 간의 풍부한 상호작용으로(크레스웰, 2012) 받아들여진다고 볼 수 있다.

그러므로 공간적 인식을 강화시킴으로써 이루어지는 시 감상 교육은, 공간이라는 배경을 구성하는 요소들의 상호관계와 그 속에 내재된 가치 인식을 파악하게 함으로써 작품에 대한 이해의 정도를 심화시켜 줄 수 있을 것으로 기대한다. 또한 공간은 작품의 배경으로서 작품의 분위기를 형성하고 다양한 사건의 전개 양상이 가시화되며, 특정한 의도를 전달하기 위한 상황으로서의 기능을 하는 것이기에, 공간에 방점을 둔 시 교육은 작품을 총체적으로 감상할 수 있는 유용한 방법이 될 수 있다. 확장된 안목에서 본다면, 공간성 인식을 경유하는 시 감상 교육은 현대사회에서의 공간 인식의 중요성을 깨닫게 해 줄 뿐만 아니라, 가치 선택과 갈등의 문제가 존재하는 실존적 대상이 공간임을 자각하게 하는 것이다.

아놀드와 리비스의 견해에 따르면, 문학은 언어유희 이상의 실천적 창조행위로서, 이를 위해 현실에 관심을 가짐으로써 사회와 시대에 기여하는(김종철 외, 1994) 기능을 갖는다. 이처럼 문학이 사회와의 관련성 속에서 생산과 수용 활동이 이루어지는 것이라면, 시 감상 교육에서도 외부현실, 그리고 그와 맞닿아 있는 개인적 삶의 조건으로서의 '공간'에 대한 관심은 필수적인 것이라 할만하다. 이러한 공간에 대한 관심은 학생들로 하여금 작품 감상력을 향상시킬 수 있을 뿐만 아니라, 사회 현실에 대해 주의를 기울이고 현실에 대해 비판적 인식을 수행함으로써 현실을 개선할 수 있는 인식적 근거를 유도할 수 있으리라 본다. 현실에서 발생하는 제반 물리적 사건은 시간과 공간이라는 질서에 연관되어(라이헨바하, 1990) 있기 때문이다. 또한, 장소가 존재자의 성격을 규정하고(김형효, 2002), 존재자는 공간성을 부각시키는 데 기여하기에, 공간성 인식을 적극적으로 수용하고자 하는 시 감상 교육은, 학생들로 하여금 공간과 인간의 상호 작용성을 파악하게 하고, 원만한 관계성 형성을 위한 대안 탐색을 모색하게 하는 효과가 있을 것으로 기대한다.

2. 시 교육에서 활용 가능한 공간 인식

시 감상 교육에서 공간 인식이 중요하다는 사실에 합의를 한다면, 공간에 관한 어떤 사항들을 다룰 것인가 하는 문제가 남는다. 현실에 존재하는 다양한 공간들 중에서 어떤 공간에 주목하느냐, 그리고 그러한 공간을 어떤 태도로 볼 것인가 하는 것들에는 모두 일정한 가치가 반영되기 마련이다. 또한 기존의 공간과 새로운 공간의 창출은 자연스럽게 가치관의 현실적 구현으로 해석되기에, 시 교육에서도 공간의 가치적 속성에 주목하는 것이 필수불가결하다고 본다. 한편 공간은 일정한 지리적 여건을 점유한 실체로서 다양한 대상들을 그 구성 요소로 내포하고 있다. 즉, 인간과 자연, 그리고 사물이나 사건과 같은 요소들이 공간과 분리된 채, 공간과 무관하게 존재하고 기능하는 것이 아니라, 공간과의 관련성 속에서, 공간의 구성 요소로서 상호 작용적 관계를 유지한다. 그러므로 시 교육에서 공간을 구성하는 요소들의 관련성을 다룸으로써, 요소들의 관계성을 통해 결정되는 공간 자체의 속성에 대한 이해에 도움을 줄 것으로 기대한다. 따라서 이 글에서는 '가치 발견과 인식으로서의 공간성'과 '개방과 연결 지향성으로서의 공간성'에 주목하고, 이들의 시 교육에서의 활용 가능성을 탐색하고자 한다. 한편 이 글에서는 현대 도시적 공간을 논의의 대상으로 하며, 교육활동의 대상은 고등학생으로 제한함을 미리 밝혀 둔다.

1) 가치 발견과 인식으로서의 공간성

르페브르는 공간을 이데올로기와 정치로부터 분리할 수 없는(소자, 1997) 사회적 해석의 산물로 이해한다. 관찰자의 시각에 따라 자기 나름대로의 의도와 방식으로 정체성을(박용찬, 2005) 부여하기 때문이다. 현실적 거주 장소로서의 공간은 주체가 정위하는 곳이기도 하며, 주체의 심리를 상징적으로 드러냄으로써(여태천, 2004) 사유에 의해 개념화(임진아, 2007)된다. 따라서 공간은 공간을 바라보는 주체의 심리 태도 및 가치와 밀접한 관련성을 맺고 있으며, 공간에 대한 인식에 있어 중립적 가치란 존재할 수 없게 되는 것이다. 이러한 견해를 바탕으로, 시 교육에서는 작품 속에 묘사된 공간에 전제된 가치 인식의 전모를 파악하기 위해, 어떤 태도로 공간을 보고, 공간에서 어떤 가치를 발견해 낼 수 있을 것인가에 집중할 필요가 있다. 작가의 공간 인식이 형상화된 작품에서, 학생들은 자신의 공간에 대한 가치 태도를 점검하고 정립된 가치관을 바탕으로, 공간에 전제된 가치관을 적극적으로 발견할 수 있도록 교육되어야 한다.

작품 속에 배설(排設)된 공간은 작가의 가치관에 의해 선택되고 재해석된 인식의 실체이기에, 시 감상 교육에서는 학생들로 하여금 공간에 반영된 작가의 공간 인식을 파악하게 하는 것이 일차적인 과제일 수 있다. 이러한 작업을 수행하기 위해 "작품 속에 형상화된 배경은 어디이고 그 구체적인 모습은 어떠한가요?", "작품의 배경에 등장하는 인물은 누구이며 배경을 근거로 어떤 사건과 상황이 펼쳐지고 있나요?", "작품 속 배경은 작품 외적 현실과 견주어 볼 때, 어떤 관련성과 상징성을 갖고 있나요?", "공간으로서의 배경이 작품 전체의 주제를 형상화하는 데 어떤 기능과 역할을 하고 있나요?", "공간 묘사를 통해 간접적으로 드러나는 작가의 가치관은 어떠한가요?"와 같은 발문을 순차적으로 제시하면서, 학생들이 작가의 공간 인식을 발견할 수 있도록 할 수 있다.

레비나스와 벤야민은 '과거의 현존', '부재함의 현존'인 '흔적'에(심혜련, 2012) 대한 관심과 해석을 통해 주체의 문화적 기억에 대한 재발견을 강조한 바 있다. 공간은 개인적이든 사회적이든 흔적을(심혜련, 2008) 갖게 마련이며, 삶과 인식의 과정에서 남겨진 자국으로서의 흔적에 대한 의도적인 집중과 고찰은 주체에게 새로운 가치를 발견하게 하는 자료가 된다는 것이다. 공간에 남겨진 흔적을 통해 가치를 탐색하고자 하는 주체에게 공간은 '과거의 현존'일 수 있으나, 공간적 인식에 대한 무관심과 외면은 무가치한 '부재함'으로 남을 뿐이다. 그러므로 시 교육의 현장에서는 공간에 남겨진 개인적 혹은 사회문화적 가치 체계에 주목하게 하고, 그것이 구체적으로 어떤 모습을 띠는지를 살피게 할 필요가 있다. 작품 속 공간에 전제된 가치 인식이 어떤 것이며, 그것이 현실 상황을 어떻게 규정짓고 어떤 영향력을 행사하는지를 살피게 함으로써 공간과 가치의 영향관계를 깨닫는 차원으로 나아갈 수 있어야 할 것이다.

공간개념은 다양한 해석적 욕구를(심재휘, 2011) 반영한다. 정치 경제적 입장 및 역사 문화적 관점뿐만 아니라 개인 지향적 의식이 반영된 것이기도 하다. 즉, 작가 특유의 지향성이 반영된 결과가 공간 인식일 수 있으며, 공간은 인간 삶과 가치가 존재하는 중심지이기에(장만호, 2011), 공간을 대상으로 한 가치 발견에서는 객관과 주관적 측면의 사항들이 균형을 이룰 수 있어야 한다. 주관적 요소로서의 작가 개인적 가치 발견이 본질적이기는 하지만, 작가가 재해석하고자 하는 공간을 형성하는 객관적 상황에 대한 면밀한 분석도 간과할 수는 없는 것이다. 공간에 대한 해석의 가능성과 인식의 차별화를 염두에 둔다면, 작가의 공간 인식을 명확히 파악하기 위한 전제 조건으로서 공간을 구성하는 사회 문화적 제반 상황에 대한 객관적 분석은 필수 불가결하다고 볼 수 있다.

그러므로 작가의 개인 편향적 공간적 가치에 대한 발견은 물론, 그것이 시도되는 근본적 상황에 해당하는 공간성의 객관적 실체를 학생들이 탐구할 수 있도록 할 필요가 있다. 이를 위해 "작가가 주목하고 있는 공간을 구성하는 사회 문화적 여건은 어떠한가요?", "그에 대한 탐색을 위해 작품과 관련된 외적 사회 현상에 대해 조사하고 이를 작품에 대입해 볼까요?", "실제 역사 문화적 맥락 속에서 작가가 주목하고 해석한 공간은 어떤 의의를 가질까요?", "공간을 대상으로 한 개인 지향적 공간 인식과 사회 문화적 지향성 사이의 편차는 어느 정도일까요?", "그러한 편차가 발생하는 이유가 무엇이고, 객관적 현실 상황에 대한 또 다른 공간 인식의 가능성은 존재할까요? 만약 존재한다면 그 내용은 무엇이 될까요?" 등의 발문을 제시할 수 있다. 이는 객관적 실체로서 존재하는 공간과 그것을 인식하고 가치를 부여하고자 하는 작가 지향적 공간성 사이의 타당성과 논리적 관계성을 밝혀 줄 뿐만 아니라, 학생들이 발견해야 할 공간적 가치 인식의 내용을 심화시켜 줄 수 있을 것이다.

공간에 전제된 작가의 가치 발견 이후에는 '가치 인식'의 단계로 나아가야 할 필요가 있다. 공간은 주관의 개입에 의해 다양한 형태로 인식 가능하며(김수복, 2005), 모든 개인은 의식적으로든 무의식적으로든 특정 장소에 독자적인 정체성을(렐프, 2005) 부여하는 특성을 보이기에, 학생들의 공간에 대한 적극적인 인식 행위가 이루어질 수 있도록 교육적으로 배려할 필요가 있다. 공간에 대한 작가의 가치관을 발견하고 이를 수동적으로 받아들이기만 하는 자리에 머물기보다는, 공간에 대한 학생들 자신의 고유한 가치관을 바탕으로 작가적 인식에 대해 평가하고 비판할 수 있는 교육이 이루어져야 할 것이다. '진정한 예술은 이데올로기를 눈으로 보고 인지하며 느끼게 하는 것'이라는 알뛰세르의 견해에(이상섭, 2001) 따르자면, 바람직한 시 감상 교육은 학생들의 가치관 함양에 기여할 수 있는 것이어야 하기에 더욱 그러하다.

"작품 속 공간에 관한 작가의 가치관을 여러분의 표현으로 재구성해 볼까요?", "작가의 공간 인식에 대해 평가하고 비판해 볼까요?", "작가의 공간 인식에 대한 여러분의 생각은 어떠한가요?", "작가의 가치관에 동조하거나 비판한다면 그 이유는 무엇인가요?", "공간에 대한 좀더 새로운 인식이나 견해가 있을 수 있을까요? 만약 있다면 여러분의 입장에서 그 구체적인 내용을 표현해 볼까요?"라는 발문을 제시하고, 이에 대한 학생들의 반응을 적극 유도함으로써 학생들의 견해를 드러낼 수 있는 허용적 자세가 무엇보다 중요하리라 본다. 학생들의 가치관을 중심으로 작가적 인식의 재해석을 시도하는 공간에 대한 '가치 인식'은, 문학 공간과의 소통을 증대시킴으로써 사회생활의 본질적 법칙의 발견과 그것의 형상화를 시도하는 문학적 진실을 (최유찬 외, 1994) 파악하는 능력을 길러 줄 수 있으며, 객관적 사실을 토대로 주관적 가치를 평가하는 안목을 신장시켜 줄 수 있을 것으로 기대한다.

2) 개방과 연결 지향으로서의 공간성

하이데거는 근대적 공간을 다양성을 상실한 동질적 공간으로 인식하고, 그러한 원인이 공간을 자원화하고 상품화하려는(강학순, 2011) 기능주의적 가치관에 있는 것으로 파악한다. 이로 인해 공간은 결국 인간과 분리되어 자폐적인 속성만을 갖게 된 것을 부인할 수는 없다.

또한 베르그손은, 모든 대상을 정확하게 측정하고 양적으로 비교하기 위해 기하학적 법칙으로 공간을 파악하고자(조현수, 2007) 하는 과학적 사유에 의해 진정한 공간성은 파괴된다고 보았다. 즉, 자본 중심의 산업 사회와 그러한 근대적 가치 인식에 동조하는 이론적 기반으로서의 계량적 사고 중심의 과학적 태도는, 개방과 소통을 지향하는 공간성을 폐쇄적인 것으로 전향시키고 말았다.

물론 정보 통신 기술의 발달과 사이버 공간의 확대로 인해 가시적인 측면에서 공간은 개방을 지향하는 것처럼 보일 수 있다. 하지만 인간의 목적과 의도대로 실제 공간의 독자성을 무화시킴으로써 추상적이고 비현실적인 공간만을 창조할 뿐, 인간과 공간이 소통하는 진정한 공간성 창출은 소멸되고 말았다. 현대 사회에서의 공간은 공간의 물신화로 인해, 공간은 이용 가능한 재화로서의 대상으로 전락해 버리고 말았으며, 공간과의 관계성 속에서 상호 소통성을 지향하던 인간 역시 고립된 개인으로 소외를 경험하게 되었다. 이러한 모순적 공간성을 극복하기 위해, 하이데거는 닫힌 공간에서 벗어나 열린 공간성을 표방하면서, 결속성을 추구하는 사회적 공간인 '상황'(하제원, 2007) 개념을 주장한 바 있다. 폐쇄성과 단절성을 근절시키고 개방성과 소통성을 표방하는 '상황'으로서의 공간 개념이 현대 사회에 강조되듯이, 시 교육에서도 이러한 상황성을 형상화한 작품들에 대한 관심과 교육은 필수적이라 볼 수 있다.

따라서 시 교육에서 다루어야 할 중요한 내용 중의 하나가 '개방'과 '연결' 지향적 공간성에 관한 것이다. 우리가 삶을 영위하는 세계는 가능한 모든 경험이 개방된 총합적 공간으로서 모든 지향성이 만나고(콜로, 2003) 공존하는 장소로 기능한다. 특정 공간은 다른 공간에 대해 닫혀 있거나 차단된 장소로 존재하지 않고, 공간은 그 공간 특유의 속성을 견지하면서 개방과 소통을 적극적으로 모색해 가는 것이 공간의 본래적 성향이라 볼 수 있다. 아울러 특정 공간에 대해 특권을 부여하고 이를 다른 공간에 대해 강요하거나, 공간을 잠식하거나 부당하게 포섭해 나가는 현대 사회의 모순적 행태는 공간의 본질에 벗어나는 것으로 볼 수 있다.

릴케는 공간으로서의 세계가 따로 존재하는 것이 아니라, 인간이 일정한 자연환경 속에 존재하며 그 자연 환경 조건을 인간 삶의 공간으로 받아들이는 것이라고 언급함으로써(이영남, 2012), 인위적 가공물로서의 공간성을 극복하기 위한 대안으로 공간 자체의 개방성을 강조한 바 있다. 인간 중심, 물질 중심, 과학 중심의 사고에서 기인하는 공간의 폐쇄성을 비판하고 올바른 공간적 인식을 확보하기 위해서는 공간의 본래적 속성으로 회귀하는 개방성에 대한 교육이 필요하다고 본다. 시 작품 감상에 있어서도 "작품 속에 마련된 배경으로서의 공간은 어떤 모습인가요?", "특정 공간의 특징이 어떻게 드러나고 있나요?", "공간 자체의 특성이 개방적인가요 폐쇄적인가요? 폐쇄적이라면 그러한 특징을 보이는 구체적 근거를 제시해 볼까요?", "공간의 폐쇄성에 대한 작가의 인식 태도는 어떠한가요?", "작가가 지향하는 개방적 공간은 어떤 모습을 띨까요?", "공간이 개방적 성향을 띨 때 얻게 되는 효과는 무엇일까요?"와 같은 질문을 통해 작품 속 공간의 속성을 학생 스스로 분석하고, 현대 사회의 공간적 성향에 대해 비판적으로 고찰하며, 바람직한 공간의 모습에 대해 생각해 볼 수 있는 기회를 마련할 필요가 있다.

현대 사회에서의 공간의 확장은 진정한 의미에서의 개방성이라 볼 수 없다. 교통과 통신의 발달로 물리적 공간의 한계는 비록 사라졌다고 할지라도, '절대 무한의 공간성'을 성취함으로써 그 속에서 '소요' 할(이승숙, 2007) 수 있는 진정한 즐거움을 누릴 수 없는 실정이기에 그러하다. 사이버 공간과 현실 공간의 혼재, 사이버 공간의 역할 확장으로 인한 현실 공간의 기능 약화, 특정 가치를 강조하고 지배 종속 관계를 강요하는 공간성의 만연, 공간의 개별성과 독자성에 대한 몰각으로 인해 진정한 공간의 개방성은 실현되지 못하고 있다. 개별 공간의 고유한 독자성을 인정하고 다양한 가치가 공존하는(김지은,

2010) 공간성을 토대로, 수용과 발전적 가치를 지향하고자 하는 공간의 확산이 가능할 때라야 비로소 진정한 공간의 개방성은 실현될 수 있다. 이는 공간이 주체가(블랑쇼, 1998) 되고 공간을 주체로 인정할 때 가능한 일이다. 그러므로 작품 공간을 비판적으로 살피고, 공간의 개방성을 학생들에게 탐색하게 하는 작업은 공간을 주체로 자리잡게 하는 의미 있는 행위가 될 것으로 본다.

공간의 개방성이 가치관의 문제라면, '연결 지향성'은 공간을 구성하는 요소들의 상호 관계와 관련되어 있다. 볼노우 식으로 표현하면, 인간은 공간 안에서 체류하면서 '관계'를(강학순, 2007) 통해 공간을 형성해 나가게 된다. 또한 데카르트는 존재자들의 '단절과 고립'을(강학순, 2006) 초래하는 근대 과학적 세계는 탈공간성을 낳게 됨을 지적한 바 있다. 즉, 현대 사회의 단절적 공간성은 구성 요소들 간의 단절, 요소와 공간 상호 간의 괴리에 의해 초래된 현상이다. 따라서 공간의 본질적 속성을 회복하기 위해 '서로 연결된 관계들의 체계'인(이명수, 2012) 공간적 속성을 시 작품 속에서 탐색하게 하는 데 주력할 필요가 있다.

"작품 속 공간을 구성하는 요소들에는 어떠한 것들이 있나요?", "요소들 상호 관계에 대해 살펴보고, 단절적인지 상호소통적인지에 대해 살펴볼까요?", "구성 요소의 관계성에 대해 비판적으로 고찰해 보고 그러한 특성이 갖는 부정적 성향에 대해서도 살펴볼까요?", "구성 요소 간의 연결성이 갖는 긍정적 의의는 무엇일까요?"라는 발문들을 통해 바람직한 공간 구성을 위해 요소 간의 연결성과 소통성이 갖는 의의에 대해 탐색할 수 있는 기회 부여가 가능하리라 본다.

3. 공간성과의 소통을 통한 시 감상교육의 실제

이 글에서는 공간이 갖는 가치적 속성과 공간의 본질적 기능으로서의 소통성에 대해 주목하고자 하였다. 또한 시 교육 현장에서 공간에 주목한 작품을 다룰 경우에 있어서도, 이러한 공간성을 부각시키고 그에 합당한 교육적 처치가 시도되어야 하리라 보고, '가치관 탐색을 위해 공간과 소통하기', '폐쇄성을 넘어서기 위해 공간과 소통하기'라는 교육 방법을 적용하는 과정을 살피고자 한다. 두 교육 방법은 모두 공간의 소통성에 초점을 둔 것으로, 현대 사회의 공간성에 대해 비판적으로 고찰하고, 이를 개선하기 위한 주된 인식적 준거로 '소통성'을 강조하고자 하는 의도로 시도되었다. 아울러 작품에 내재된 공간성을 파악하기 위해 '가치관'과 '관계성'이라는 속성에 주안점을 두고, 이에 따라 작품을 분석함은 물론 이상적 공간성의 실체에 대해서도 생각해 보는 기회를 마련해 보고자 하였다.

1) 가치관 탐색을 위해 공간과 소통하기

공간을 매개로 구성된 시 작품의 교육에서는 학생들의 공간과의 적극적인 소통이 무엇보다 중요하다. 특히 공간을 어떤 가치관으로 바라보며, 공간성을 어떻게 규정하고 있는지에 대한 평가와 판단을 학생 스스로 규정할 수 있도록 허용하는 분위기가 중요시된다. 배경으로서의 공간에 주목한 경우, 작가는 공간에 대한 일정한 가치관을 드러내기 마련이기에 '가치관 탐색'에 초점이 맞추어져야 할 것이다. 최승호의 「아마존 수족관」도 도시 공간을 대상으로 작가의 일정한 가치관이 드러난 작품이기에, 이 글에서는 「아마존 수족관」의 공간에 내재된 가치관을 탐색하는 방법을 고찰함으로써 다른 작품으로의 전이 가능성을 보여 주고자 한다.

아마존 수족관 열대어들이
유리벽에 끼어 헤엄치는 여름밤
세검정 길,

장어구이집 창문에서 연기가 나고
아스팔트에서 고무 탄내가 난다.
열난 기계들이 길을 끓이면서
질주하는 여름밤
상품들은 덩굴져 자라나며 색색이 종이꽃을 피우고 있고
철근은 밀림, 간판은 열대지만
아마존 강은 여기서 아득히 멀어
열대어들은 수족관 속에서 목마르다.
변기 같은 귓바퀴에 소음 부엉거리는
여름밤
열대어들에게 시를 선물하니
노란 달이 아마존 강물 속에 향기롭게 출렁이고
아마존 강변에 후리지아 꽃들이 만발했다.

　　　　　　　　　　　　—최승호, 「아마존 수족관」 전문

　‘공간 탐색 → 가치 발견 → 비판과 평가’라는 과정으로 교육 활동
을 전개해 나가도록 한다. ‘공간 탐색’은 작품에 마련되어 있는 구체
적인 시어들의 연결성 파악을 통해 공간의 세부적인 면면들을 파악
하는 단계에 해당한다. 작가는 어떤 공간에 주목하고 있는지, 그 공
간을 점유하고 있는 존재와 대상, 사물은 어떤 것들인지, 공간의 특
징을 드러내기 위해 작가가 사용하고 있는 개별 시어들에는 어떤 것
들이 있는지, 그 시어의 결합을 통해 공간의 특징을 어떻게 규정하고
일반화할 수 있는지에 대한 활동들을 수행해 나갈 필요가 있다.
　제시된 작품은 ‘여름밤’의 ‘세검정 길’을 공간으로 설정하고 있다.
또한 이 공간에 놓여 있는 세부 장소로서의 ‘아마존 수족관’은, 폐쇄
된 공간으로서 다른 공간과의 소통성이 단절된 채, ‘열대어’로 형상
화된 현대인들에게 소외와 고독감만을 강요하는 비정상적인 곳인 셈
이다. 작가는 이어서 ‘고무 탄내’가 서려 있는 ‘아스팔트’, ‘길을 끓이’

고 있는 '열난 기계', '종이꽃'을 피워내는 '상품 덩굴', '밀림'같이 빼곡히 솟은 '철근 콘크리트 건물, '열대'와 같은 열기를 발하는 '간판', '소음'만을 양산하는 '여름밤' 등의 시어를 나열함으로써 세검정 길의 공간성을 구체화하고 있다. 이러한 시어들을 연결 짓고 재구성함으로써 학생들로 하여금, 작품 속에 묘사된 공간의 실체적 모습에 대해 연상하고 거기에서 유발되는 느낌들을 정확하게 향유할 수 있도록 배려해야 할 것이다. '도시 공간은 낭만적인지 삭막한지, 온정적인지 무정성이 지배하는지, 아스팔트, 기계, 상품, 철근, 간판, 소음 등의 시어들이 표상하는 현대 공간적 속성과 느낌은 어떠한지, 공간성을 형상화하는 술어들을 바탕으로 구체적인 모습을 연상하고 그것을 표현할 수 있는지' 등에 대해 점검하고 살필 필요가 있다.

'공간 탐색' 단계에서 일차적으로 작품 내적 요소들의 결합을 통해 묘사된 공간성의 모습과 구체적인 특징들을 가늠했다면, 이후에는 공간과 관련을 맺고 있는 작품 외부의 현실적 상황과의 관련성을 바탕으로 공간적 속성을 상세화해 갈 필요가 있다. '작품 속 공간은 실제 현실의 어느 장면과 부합되는지, 작품의 공간과 유사한 시대는 언제이며 그 시대의 구체적인 모습은 어떠한지, 다양한 매체나 자료를 활용하여 작품과 관련된 실제 공간의 특징을 조사하고 파악할 수 있는지, 작품 속 공간적 특성 외에 추가로 제시할 수 있는 공간성에는 어떠한 것들이 있는지' 등의 활동을 수행해 나갈 수 있어야 한다. 작품 내적 구조에 의한 공간성 파악과 아울러 실제 현실을 통한 작품 속 공간의 확장을 통해 공간성을 심화시키고 확장해 나가는 것이 요구된다. 공간 탐색은 처음에는 개별적인 차원에서 진행해 나감으로써 개인적 탐색과 감상의 가능성을 열어주고, 이러한 작업이 이루어진 후에는 작품의 공간성에 대한 자신의 견해를 다른 학생들과 발표하고 공유함으로써 감상의 폭을 확장시켜 나가게 해야 할 것이다.

공간 탐색이 공간의 객관적인 특성을 발견하는 것에 방점을 두었다면, 이후에 진행될 '가치 발견'은 공간적 특성 속에 내재된 인식적 측면을 탐색해 나가는 것이다. '아스팔트, 기계, 상품, 철근, 간판, 소음' 등의 시어는 현대 도시적 공간을 구성하는 요소들로서, 이러한 대상들의 속성은 '고무 탄내가 난다, 길을 끓이면서, 종이꽃을 피우고, 아득히 멀어, 목마르다, 소음 부엉거리는' 등의 술어를 통해 명확하게 밝혀진다. 즉, 현대 공간은 인위적이고 조작적인 가치 실현을 위해 역할을 할 뿐이며, 순수성과 자연의 순리에 역행하는 공간으로서, 그러한 공간에는 잡음과 공허감, 갈증만이 존재할 뿐이다. 이처럼 부정적 술어로 충만할 수밖에 없는 현대 공간의 기저에는 '아스팔트, 기계, 상품, 간판, 소음'과 같은 현대 문명성이 자리하고 있다. 결국 성장과 경쟁 위주의 자본주의 논리가 현대적 공간을 과거의 공간으로부터 분리시켰으며, 현대 공간은 자체의 공간 내부에서조차도 파행과 불만족을 양산하는 불협화음을 낳고 말았다.

이는 곧 도시 공간의 물질성과 금속성, 무정성(無情性)으로 인한 소외성을 표상하기 위한 것으로, 현대 사회라는 공간에 대한 작가의 가치관을 표면화한 것이다. 따라서 학생들은, 제시된 작품이 현대 도시 공간을 대상으로 하고 있음을 인지할 필요가 있으며, 그 공간적 속성을 파악하기 위해 수식어와 피수식어로 연결되는 시어들의 조합에 주목하고 면밀히 따져나갈 필요가 있는 것이다. 개별 시어로 구체화된 공간을 통해 현실 공간의 실태를 깨닫고, 이러한 공간성 속에 내재된 가치를 발견해 나가는 과정은, '다양한 경험의 통일성'을 인지하는 방법이 될 것이며, 특정 공간에 전제된 '개개의 의식 작용이 갖는 특수성'을(손동현, 2013) 발견하는 기회가 될 것이다. 즉, '세검정 길'에 대한 작가의 비판적 인식은 현대 도시 공간을 바라보는 작가의 고유한 가치 인식이 될 수 있을 뿐만 아니라, 독자로서의 학생들이 도시 공간에 대해 갖는 인식과 만나 공감되는 인식적 합의를 얻는다면, 도시 공간적 경험에 대한 인식적 통일성을 얻는 계기가 될 수 있을 것이다.

공간을 물리적 대상이 아니라 '인간적 공간'으로 다가서기 위해서는, 공간을 직접적으로 체험하고, 생활 터전으로서의 공간을 반성하고 분석하는(하지무, 1999) 일이 선행되어야 한다. 포퍼의 견해에 따르면, 사회를 이해하려는 적극적인 관심이(최상규, 1999) 기울여져야 공간은 비로소 생명력을 갖게 되는 것이다. '가치 발견' 단계는 공간을 가치 인식의 대상으로 보고, 그러한 공간성을 학생들의 자기 논리와 법칙에 의해 검증하고 평가하는 것이기에, 작가의 공간적 인식에 대한 단순한 발견에서 나아가, 학생 스스로의 판단 기회를 최대한 부여하는 것이 바람직하다. "작품 속 공간에 대한 작가의 가치관은 어떠한가요", "그러한 가치 해석이 가능한 근거로서의 시어들에는 어떤 것들이 있나요", "작가의 공간 인식에 대해 동의하나요", "여러분의 주관적 인식을 바탕으로 공간에 대한 나름대로의 견해를 제시해 볼까요", "그러한 가치 표명의 근거는 무엇인가요", "상대 학생과 자신의 견해를 견주어 보고 서로 간의 입장 차이를 구체화시켜 볼까요"라는 발문을 순차적으로 제시하고 반응하게 함으로써, 공간에 대한 가치 발견을 심화시켜 나갈 수 있으리라 본다.

끝으로 '비판과 평가'라는 단계를 설정해 볼 수 있다. 비판과 평가는 공간적 가치관에 대한 비판적 접근과 함께, 작품 속 공간성을 초래하는 역사 사회적 상황에 대한 비판을 동시에 추구하는 것이다. '가치관 탐색을 위한 공간 소통'을 시 교육의 방법으로 설정한 이유는, 공간에 전제된 가치를 발견하고 궁극적으로 현대 도시적 공간에 대해 비판할 수 있는 계기와 안목을 심어주고자 함이다. 사회 구조의 하부에 존재하는 실행(Praxis; 이명재 외, 2001) 양상에 대한 분석과 평가는, 공간 내부의 문제점을 파악하고 이를 해결하기 위한 대안 모색의 가능성을 부여해 줄 수 있을 것으로 본다. 사실상 공간성에 대한 비판과 평가는 경쟁적이고 정치적인(클라크, 2011) 관점이 노정된 지배와 억압 구조를 비판하고 이를 개선하고자 하는 소외된 주체들의 자기 정립으로 해석된다. 그러기에 현시대가 추구해야 할 바람직한 이상으로서의 공간에 대한 제시는, 현재적 공간성에 대한 비판과 아울러 가치관의 변혁과 전복, 공간의 진정성 회복이라는 측면에서 의의가 있으리라 본다.

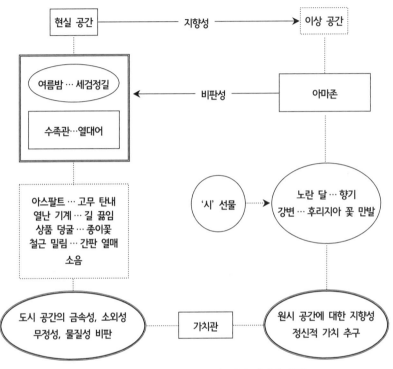

〈그림 22〉 공간성 인식을 통한 가치 탐색의 흐름

제시된 작품에서도 이러한 이상적 공간에 대한 탐색은 필수적이다. '아마존 강'이라는 도달할 수 없는 공간성의 제시는 현재적 공간에 대한 비판과 평가의 기능을 하기에 그러하다. '수족관'이라는 폐쇄적 공간 속에서 '열대어'로 표상되는 현대인들은 '아마존 강'을 목말라할 뿐, 성취할 수 없는 공간으로 제시될 뿐이다. 하지만 작가가 제시하는 이상적 공간성 회복을 위한 매개로서의 '시'는 '노란 달'이 '향기롭게 출렁이고', '후리지아 꽃들이 만발'한 '아마존'에 한발 다가서게 하는 유일한 대안으로 기능한다. 즉, 현대 사회의 물질성을 부정하는 매개로서 정신적 가치를 지향하는 '시'는, 도시 공간의 물질 성과 비정성을 비판하고 원시성으로서의 '아마존'이라는 공간성을 회복 가능하게 하는 유일한 대안인 셈이다. 이는 정신과 삶이 어우러 지는 공간이(철학아카데미, 2004) 인간이 표방해야 할 진정한 공간의 본질임을 암시하는 것으로 해석 가능하다.

〈표 7〉 가치관 탐색을 위한 공간 소통의 과정과 주안점

공간 소통 과정	주안점
공간 탐색	공간을 묘사한 시어의 선택과 연결, 공간의 형상적 특징 파악 공간성의 일반화와 재구성, 역사 사회적 맥락 파악
가치 발견	작가의 공간 인식 탐색, 도시적 공간의 물질성 파악
비판과 평가	작가의 공간성에 대한 공감과 비판, 대안으로서의 공간성 탐색

"작가의 공간 인식에 대한 여러분들의 견해는 어떠한가요?", "공간 에 관한 작가의 가치관에 공감하거나 비판하고자 하는 부분이 있나 요?", "있다면 그 이유는 무엇인가요?", "공간과 관련한 자신만의 견 해를 제시하고 구체적인 이유까지 표명해 볼까요?", "비판을 넘어 대 안으로서 이상적인 공간상을 제시한다면 그 모습은 어떤 것이 될 수 있을까요?", "그러한 견해를 제시하는 근거는 무엇인가요?"와 같은 발문은 학생들로 하여금 공간에 대한 비판과 평가를 통해 공간에 관 한 바람직한 가치관 정립에 도움을 줄 것으로 본다.

2) 폐쇄성을 넘어서기 위해 공간과 소통하기

실존공간은 단순한 물리적 지리적 공간 이상의 것으로, 주체는 물 론 주체가 지향하고자 하는 대상과의 상호 관계성에(박태일, 1999) 의 해 존재하기 마련이다. 따라서 공간과 공간 내부를 구성하는 제반 요소들은 질적으로 소통하며 살아 있는 유기체인 것이다. 메를로 퐁 티 역시 이와 유사한 입장에서, 공간은 경험 대상을 담는 용기라는

관점과 경험 주체 안에서 공간을 인식하고자 하는 통합의 원리에서 벗어나, 주체와 세계 사이의 역동적 관계로(유지현, 1999) 공간성을 이해하고자 한다. 즉, 현대 사회에서 만연된, 공간은 경험이나 내용을 담는 물리적 배경으로서 기능한다는 인식과 인간 주체를 중심에 놓고서 공간을 인식함으로써 공간 자체의 자율성을 부정하고, 공간을 이용 가능한 사물로 파악하는 가치관을 거부하고자 하는 것이다. 공간 자체는 물론 공간을 구성하는 주체와 대상, 사물의 역동적인 상호 관계성을 몰각하고, 오로지 물리적 공간의 확장과 지배 권력 구조 확대를 위한 수단으로 공간을 인식하는 현대적 공간 인식 하에서는 공간의 본성은 구현되기 어렵게 된다.

그러므로 시 교육에서도 현대적 공간의 폐쇄성에 주목하고 이를 극복하기 위해 적극적인 시도로서의 공간 소통이 필요하다고 본다. 「개봉동과 장미」라는 시도 현대 도시적 공간의 폐쇄성을 보여줌으로써, 공간에 대한 문제의식을 통해 새로운 소통 가능성을 모색해 보게 하는 작품이기에, 이 작품을 대상으로 바람직한 시 교육 활동을 제안해 보고자 한다. 공간의 폐쇄적 속성을 구체적 작품을 통해 살피고 이에 대한 비판적 인식을 토대로, 바람직한 공간성 회복을 위한 인식의 전환 기제로서 소통성을 설정하고, 공간과 공간은 물론 공간 내부 요소들의 상호 관련성에 대해서도 관심을 갖는 기회를 부여하고자 한다. 이러한 의도로 시도되는, '폐쇄성을 넘어서기 위한 공간 소통'은 「개봉동과 장미」라는 특정 작품뿐만 아니라, 현대의 도시적 공간을 다룬 작품으로 일반화시켜 적용할 수 있을 것으로 본다.

> 개봉동 입구의 길은
> 한 송이 장미 때문에 왼쪽으로 굽고,
> 굽은 길 어디에선가 빠져나와
> 장미는
> 길을 제 혼자 가게 하고

아직 혼들리는 가지 그대로 길 밖에 선다.

보라 가끔 몸을 혼들며
잎들이 제 마음대로 시간의 바람을 일으키는 것을.
장미는 이곳 주민이 아니어서
시간 밖의 서울의 일부이고,
그대와 나는
사촌(四寸)들 얘기 속의 한 토막으로
비 오는 지상의 어느 발자국에나 고인다.
말해 보라
무엇으로 장미와 닿을 수 있는가를.
저 불편한 의문, 저 불편한 비밀의 꽃
장미와 닿을 수 없을 때,
두드려 보라 개봉동 집들의 문은
어느 곳이나 열리지 않는다.

—오규원, 「개봉동과 장미」 전문

교육 활동은 '공간 구성 요소 살피기 → 공간성 확정짓기 및 비판 → 공간 소통성 지향하기'로 진행할 수 있다. '구성 요소 살피기'는 공간의 속성을 파악하기 위해, 공간의 내부를 이루고 있는 제반 요소들과 그것들의 자질들에 대해 살피는 단계이다. 이러한 활동은 학생들로 하여금 공간의 실체를 파악하게 함으로써, 공간과 사물들의 포함 관계는 물론 구성 요소들의 상호 관련성에 주목하게 할 수 있게 한다는 데 의의가 있다. 제시된 작품에서 주목하고자 하는 공간은 서울의 개봉동이라는 배경이다. 그 공간의 구성 요소로 존재하는 대상은 '장미, 주민, 길, 집, 문' 등이다. 요소 살피기는 단순히 요소의 확인에만 있지 않기에, 시어들의 발견과 통합을 통해 요소들의 개별적인 자질과 상호 관련성에 대한 특성까지도 학생들이 찾아보게 하는 것이 무엇보다 중요하다.

장미는 '빠져나와' '제 마음대로' 존재함으로써, 개봉동이라는 공간을 구성하는 '길'과는 무관하게 '시간 밖'의 개별적 대상으로 고립되어 있을 뿐이다. 길 역시 마찬가지 속성을 갖는다. '길'은 장미와 무관하게 '제 혼자' 갈 뿐, 구성 요소와의 동행과 소통에는 무심하다. 따라서 '장미'와 '길, 주민, 집, 문'이라는 공간의 구성 요소들은, 서로에게 '굽고', '열리지 않'음으로써 철저히 단절된 채 폐쇄성만을 표상하고 있는 것이다. '주민, 길, 집, 문'이라는 존재와 대상들은 현대적 공간의 주체로 자리매김함으로써 공간을 주체적 인식의 범위 내에서만 인식하고 활용할 뿐, 공간을 구성하는 또 다른 동반자로서의 장미라는 자연에 대해서는 무관심할 뿐이다. 이와 같은 다른 구성 요소에 대한 타자적 태도가 결국, 공간의 속성을 폐쇄적으로 귀결시킬 뿐만 아니라, 그 속에서의 인간 존재 역시 소외와 단절적 개체로 전락하고 마는 것이다.

"공간을 구성하는 요소들에는 어떠한 것들이 있나요?", "그 구성 요소의 특징을 구체화하고 있는 시어들을 찾아보고, 그것들을 분류해 볼 수 있나요?", "이를 토대로 구성 요소 상호 간의 특징과 자질을 일반화해서 정리해 볼 수 있나요?", "구성 요소 상호 간의 관계는 어떠한가요?", "그러한 관계성을 갖게 되는 원인은 무엇인가요?" 등의 발문을 제시하고, 이에 대해 학생들이 답을 찾아 발표하고 의견을 나눔으로써 구성 요소의 특징에 대해 주목하게 하는 활동이 주가 되어야 할 것이다. 또한, 작품의 공간 구성 요소에 대한 자질 파악이 이루어진 후에는 실제 현실적 공간의 요소들에 대한 이해로 확장이 될 필요가 있다. 역사 사회적 맥락 속에서, 현대 문명이라는 공간을 구성하는 요소들에는 무엇이 있으며 그러한 요소들이 과거의 공간성과 구별되는 이유가 무엇인지를 꼼꼼히 학생들이 살피게 할 뿐만 아니라, 이러한 현실적 공간 특성을 유발시키는 근거 자료를 모으고 발표하는 시간을 가지는 것도 유의미하다. 나아가 실제 공간성을 묘사한 자료와 이를 시적으로 형상화시킨 다양한 작품을 찾아 읽고, 이들의 상관성에 대해 서로 의견을 나눈 것도 공간의 구성 요소를 파악하는 심화된 교육 방법으로 기대할 수 있을 것으로 본다.

다음으로 진행될 '공간성 확정짓기 및 비판'은 작품에서 파악한 작품 속 공간적 특성을 일반화시키고 이를 학생들의 견해에 따라 비판적으로 고찰하기 위한 단계에 해당한다. '그대와 나'는 과거의 '얘기 속의 한 토막'으로만 존재할 뿐, 더 이상 현대 도시적 공간 속에서는 존재할 수 없다. 인간의 진정성은 물론 자연과 인간이 교감하는 '얘기'를 품고 있었던 과거의 공간은 이제 무명(無名)의, 그리고 고유의 본질적 속성을 상실한 비지칭(非指稱)으로서의 대상으로 전락한 채, '비 오는 지상'으로만 존재할 뿐이다. 진정한 얘기가 상실된 공간으로서의 도시적 '지상'에서는 '그대와 나'가 개별화되고 단절되어 있기에, '주민'은 '장미'에 대해, 그리고 '장미'는 '주민'에 대해 '불편한

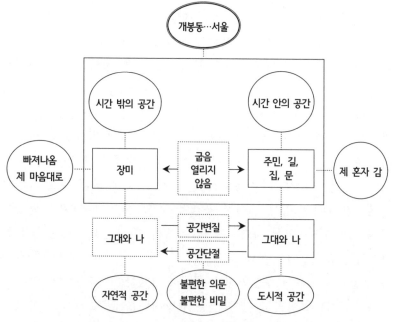

〈그림 23〉 구성 요소 인식을 통한 공간 폐쇄성 탐색의 흐름

의문'과 '불편한 비밀'만을 간직한 채 철저히 고립될 수밖에 없는 것이다. 따라서 현대 도시적 공간은, 공간 내부의 구성 요소 간의 단절은 물론 공간과 공간의 괴리와 공간성의 변질을 초래한 것으로 결론지을 수 있는 것이다.

인간은 공간 속에서 살아 움직임으로써, '인간 삶의 공간'과 '인간 체험의 공간'이 긴밀한 상관관계를 맺고 있다는 칸트의 '경험적 실재성'이(볼노, 2011), 도시 공간에서는 더 이상 유의미하지 않다. 공간이 추상화되고 물질화되는 현대 사회에서는 과거의 공간에서 누리던 현장성 강한 실질적 경험은 실종되고 만 것이다. 이처럼 학생들은 자신들의 가치관을 적극적으로 대입시켜 자연 공간과 도시 공간의 이질성과 단절성을 읽어 내고, 인간과 사물 사이에 존재하는 '체험된 거리'가 실종되어, 물리적 거리와 기하학적 거리만을(퐁티, 2008) 강조하는 도시 공간에 대한 비판적 견해를, 자신의 논리에 따라 적극적으로 드러내는 기회를 가질 필요가 있다. 작가가 제시하고자 하는 이데올로기는, 인식과 해석의 방법에 따라 새로워지고 차이가(현길언 외, 2005) 난다는 점을 숙지시킴으로써 학생들의 도시 공간성에 대한 비판적 견해가 다양하게 부각될 수 있도록 배려되어야 할 것이다.

〈표 8〉 폐쇄성 극복을 위한 공간 소통의 과정과 주안점

공간 소통 과정	주안점
공간 구성 요소 살피기	공간의 구성 요소 파악, 요소별 특징에 대한 탐색, 특징의 항목화
공간성 확정 및 비판	항목화한 요소별 특징 일화화하기, 현대적 공간성 비판 실제 상황에 적용하기, 공간성에 대한 자신의 의견 개진 및 논의하기
공간 소통성 지향하기	이상적인 공간성 제안하기, 단절성 극복을 위한 방안 제시하기

"작품 속에서 발견한 구성 요소의 특징을 조합해서 도시 공간의 속성을 일반화해 볼까요?", "일반화한 도시 공간성에 대해 의견을 나누어 보고, 그러한 공간성이 초래하는 결과나 영향력은 어떠할까요?", "작가의 현대적 공간성에 대해 공감하면 그 이유를, 동의하지

않는다면 그 이유와 자신의 주장을 드러내 볼까요?", "작품 속 공간성과 유사한 경우를 실제 상황에서 찾아보고 자료나 결과물에 대해 의견을 나누어 볼까요?"라는 질문은, '공간성 확정짓기 및 비판'을 위해 유용한 도움을 줄 것으로 판단하며, 이를 통해 학생들은 현대 도시적 공간성에 대한 정확한 판단과 자신만의 가치 인식을 정립할 수 있을 것으로 본다.

이러한 과정 이후에는, '공간 소통성 지향하기' 단계로 나아갈 수 있다. 현대적 공간성의 모순성을 인식하고 비판한 이후에, 이를 수정하고 개선하기 위한 대안 모색의 과정이라 볼 수 있다. 비판을 넘어 이상적인 공간성에 대한 모델을 설정하고, 이를 적극적으로 지향하고자 하는 문제의식과 개선의지를 학생들이 가질 수 있도록 교육하기 위함이다. 결국 '폐쇄성을 넘어서기 위한 공간 소통'의 교육적 의의는 문제상황을 극복하기 위한 대안으로서의 이상적 공간에 대한 탐색에 있는 것이다. 단절된 공간성을 해소하기 위한 방안에는 무엇이 있는지, 이를 위해 어떠한 노력이 필요한지, 적극적인 공간 소통과 공간 내부의 요소 상호 간의 연결성을 고조시키기 위한 실질적인 방안에는 무엇이 있을 수 있는지, 그러한 노력이 실제 상황 속에서 가능한지, 이러한 이상적 공간성을 지향하기 위해 학생으로서 기울일 수 있는 노력에는 어떠한 것이 있을 수 있는지에 대한 자유로운 의견 개진과 상호 토의가 필요할 것으로 본다. 소통성을 지향하기 위한 이러한 학생 활동은, 공간의 단절성이 현대 사회의 발전 과정과 가치 인식에서부터 필연적으로 유도되는 개선 불가능한 사태라는 인식에서 벗어나게 해 줄 중요한 과정이 될 것이다. 구성 요소 상호 간의 단절과 괴리로 인한 소외현상과, 특정 공간과 다른 공간 사이의 극심한 대립과 서열화로 인한 분열상을 극복하기 위해 상호교섭과 수용적 태도를 토대로 이루어지는 공간 소통성 지향하기는, 도시 공간성의 폐해를 불식시켜 줄 것으로 본다.

4. 공간성 인식을 통한 시 교육의 기대효과

이 글에서는 공간에 대한 가치 인식에 주목하고, 현대 도시적 공간을 형상화한 작품 교육에 있어서 공간성 인식에 대한 교육의 중요성을 강조하고 이를 교육하기 위한 구체적인 방안을 제시해 보았다. 공간을 물리적이고 객관적인 대상으로만 인식하는 차원에서 벗어나, 내부 구성 요소와의 긴밀한 관련성 속에서 고유한 속성을 배태하고, 다른 공간과의 소통을 통해 하나의 유기체로 기능하는 존재물로 보고자 하였다. 이러한 기본적인 관점을 토대로 공간에 대한 주요한 인식으로, '가치 발견과 인식으로서의 공간성, 개방과 연결 지향으로서의 공간성'을 설정하고 이러한 자질들의 시 교육에서의 수용 가능성과 중요성을 부각시키고자 하였다.

현대 도시 공간의 특징이 과거 공간과의 단절은 물론, 공간 자체의 폐쇄성과 하부 요소 상호 간의 단절로 인한 소외와 고립성의 심화라는 점에 주목하고, 이러한 현상을 극복하고 바람직한 공간상을 지향하기 위한 교육적 시도로, '공간에 관한 가치 인식'과 '공간과 요소 간의 소통성'을 시 교육 요소로 편입시켰다. 또한, 현대 도시 공간을 형상화한 시 작품을 대상으로, 다양한 발문의 제시와 공간에 대한 가치 발견과 소통성 탐색을 모색하는 학생 활동에 역점을 둔, 공간적 특성을 파악하는 교육 과정을 제시하고 이러한 과정과 절차 속에서 '가치관 탐색을 위해 공간과 소통하기'와 '폐쇄성을 넘어서기 위해 공간과 소통하기'의 방법과 교육적 효과에 대해 논의해 보았다.

이러한 활동을 통해 현대적 공간을 다룬 작품에 대한 감상의 효율성을 증진시킴과 동시에, 공간을 물리적 대상으로만 파악하는 학생들의 기존 인식에서 탈피해, 공간이 가치 인식과 정립의 매개가 됨을 일깨우고자 하였다. 작품 속 공간적 인식에 대한 발견은 작가의 가치 인식을 탐색하고자 하는 것이며, 아울러 학생 자신의 공간에 대한 관점을 토대로 개선된 자기 인식의 확장을 시도한다는 데 의의가 있다고 본다. 공간을 바라보는 다양한 가치 인식에 대한 경험은, 현대 도시 공간 속에 내재된 부정적 가치관을 비판하는 근거가 되며, 이상 적 공간성에 대한 모색으로 인해 현실 개선을 위한 자양분이 될 것으로 기대한다. 뿐만 아니라 상호 교섭과 소통을 지향하는 공간 인식에 대한 추구는, 실생활에서의 비인간적인 모습을 극복하기 위한 토대가 됨으로써 학생들의 인간성 회복에도 일조할 것으로 본다.

2부
전통적인 시적 경향

서술시를 통한 서정과 서사 통합 교육 방법

현실과 주체 인식으로서의 모더니즘시 교육방법

자아성찰시 교육

비판과 공존의 시학으로서의 생태시 교육

서술시를 통한 서정과 서사 통합 교육 방법

1. 갈래혼합으로서의 서정과 서사 통합

문학과 학문이라는 양자 구도에서 특정 갈래나 관점에 대한 고정적 지향성은 사라지고 있다. 정확히 표현하면, 갈래 상호 간의 소통과 그를 항변하는 철학적 입장에 대한 수용은 보편화되어 가고 있는 실정이다. 전통적인 갈래비평의 관점에 따라 구분되는 서정, 서사, 극의 변별적 갈래 인식은 더 이상 고정불변적인 것이 아니다.1) 이러한 경향의 확산으로 인해 서정적 소설을 작품화하려는 시도나 시 속에 사건을 도입하려는 적극적인 시도가 보편화되고 있다.

'갈래의 혼합현상' 혹은 '탈갈래 현상'2)의 하나로 볼 수 있는 서술

---

1) 대부분의 갈래 개념은 서구에서 온 것이나 전통과의 관련성 속에서 이해되어야 하며, 서양 중심의 갈래 개념은 절대적인 것이 아니라 세계문학의 보편성 속에서 논의되어야 한다. 구중서, 『한국문학과 역사의식』, 창작과비평사, 1995, 150~155쪽; 조동일, 「장편서사시의 분포와 변천 비교론」, 『고전문학연구』 5호, 한국고전문학회, 1990, 260~263쪽.

시3)는 시가 본질적으로 가진다고 믿었던 '서정성'에 '서사성'을 결합시킨 갈래혼합 지향적인 작품에 해당한다. 기존의 글쓰기 방식에서 벗어나 형식과 내용의 측면에서의 일탈을 추구하는 해체정신은,4) 발상의 전환이자 패러다임의 새로운 모색이라 할 수 있다. 형식적 측면에서의 단순한 변화를 도모하는 다양성의 추구가 아니라 기존의 지배적인 담론에 대한 권위를 전복시키고 새로운 인식과 가치관을 갈구함으로써 질서와 규칙을 재배열하고자 하는 움직임인 것이다.

서정 양식으로서의 시는 대상에 대한 화자의 정서를 압축된 형식을 통해 이미지화하는 것이기에, 삶의 생생한 국면을 전면적으로 다루지 않는 감성적 갈래로 받아들여졌다. 반면, 서사 갈래는 다양한 군상(群像)들의 내밀한 이야기에 주목하고 시대적 현실과 인물들의 고민과 갈등을 '전형화'하고자 한다. 화자의 정서를 대변하기 위한 내적 독백이라는 측면과 인물들 간의 갈등을 통해 드러나는 사건의 리얼리티 구현은, 단순히 문학적 구현 방식의 차이만을 의미하지 않는다.

갈래 구분은 모방 방식으로서의 화법의 차이,5) 즉 대상을 형상화하고자 하는 서술 태도의 차별화라는 인식을 넘어서서, 대상에 대한 인식 태도의 차이와 미학 구현에 관한 가치관의 상이함을 초래한다.

---

2) 박은미, 「장르 혼합현상으로 본 이야기시 연구」, 『겨레어문학』 32집, 겨레어문학회, 2004, 224쪽.

3) 서정 양식인 시 속에 서사 양식의 중핵적 요소인 사건을 도입한 새로운 시도의 작품들을 서사시, 단편서사시, 담시, 이야기시, 민중시, 장시 등의 다양한 이름으로 명명되고 있다. 필자는 '서사적 요소의 편입성'과 '작가의 서술 태도'의 측면을 동시에 포괄하는 '서술시'라는 용어가 서정과 서사 통합에 대한 인식을 명확히 반영하고 있다고 보고 이 글에서 이를 채택하고자 한다.

4) 신방흔, 『시각예술과 언어철학: 후기 해체주의와 예술의 인터텍스트』, 생각의나무, 2001, 65~70쪽; 이승훈, 『해체시론』, 새미, 1998, 250~255쪽; 휴 J. 실버만, 윤호병 역, 『데리다와 해체주의 철학과 사상』, 현대미학사, 1998, 110~115쪽; 김준오, 『도시시와 해체시』, 문학과비평사, 1992, 90~95쪽.

5) 말하기(telling)와 보이기(showing)의 대립, 디에게시스(diegesis)와 미메시스(mimesis)로 변별되는 전달방식, 소통방식의 상이함으로 드러난다. 현대시학회, 『한국 서술시의 시학』, 태학사, 1998, 23~24쪽.

서정 양식은 '주관적인 내면세계를 숙고하는 감정'을 중시함으로써 감상적이고 낭만적 정서에 우위를 두는 즉물적 성향의 '주체'적 사고에 비중을 둔다.6) 이에 반해 서사 갈래는 '사건을 의미로 대체하는 작업으로서 삶의 무질서와 혼란에 질서와 가치를 부여함으로써 전체성을 획득'하고자 하는 '객체' 중심의 사고를 전제로 한다.7)

이와 같은 전통적인 갈래개념에서 벗어나 탈갈래적 사고를 토대로 통합을 시도하고자 하는 서정과 서사의 소통을 서술시에서 확인할 수 있다. 서술시는 시의 하위갈래로서 대상에 대한 화자의 정서가 최소한의 비유와 이미지를 통해 형상화된다는 측면에서 '서정적'이라 할 수 있다. 반면, 현실을 총체적으로 반영하기 위해 인물과 사건이 빚어내는 이야기적 속성에 주목하며, 시간적 흐름에 구속받지 않고 현실의 다양한 측면을 반영한다는 점에서는 '서사적'이다.

시의 서사에 대한 관심과 반영을 부정적으로 파악하는 논의도 없지는 않으나,8) 경험 세계에 대한 순간적 지각의 감정이나 파편적 체험만으로는 역사적 사건이나 현실을 드러내는 데 한계가 있기에,9) 서정과 서사의 통합을 긍정적으로 바라보기도 한다. 서정과 서사를 통합적으로 인식하고자 하는 태도는 작품 창작과 감상의 현실적 욕구를 반영한 태도이다.10) 이러한 관점에 따르면, 갈래가 고정된 틀로 존재한다기보다는 가변성을 지니는 것으로, 새로운 창작을 위한 작가 정신이 본질적인 것으로 갈래개념에 선행하는 것이다.

우리 문학의 흐름 속에서 서술시의 등장은 '프로시'의 한계를 극복

---

6) Metscher, 여균동 외 역, 『헤겔미학입문』, 종로서적, 1983, 241~242쪽.

7) 헤이든 화이트, 전은경 역, 『현대 서술이론의 흐름』, 솔출판사, 1997, 177~178쪽.

8) 소설에서의 현실주의론을 시에 적용하는 오류를 지적하는 논의가 이에 해당한다. 윤여탁 외, 『시와 리얼리즘 논쟁』, 소명출판, 2001, 328~329쪽.

9) 박용찬, 『해방기 시의 현실인식과 논리』, 역락, 2004, 49쪽; 조남현, 『한국현대시사의 쟁점』, 시와시학사, 1991, 279쪽.

10) 서정과 서사의 통합은 서정시의 입장에서 규칙을 위반하는 것이 아니라, 갈래의 폭을 넓히는 것이며 갈래개념을 새롭게 조정하는 시도에 해당한다. 나병철, 「장르의 혼합현상과 서사적 서정시의 전개」, 『기전어문학』 7호, 수원대학교 국어국문학회, 1992, 49쪽.

하고 문학의 대중성을 지향하고자 하는 움직임과 맞물려 있다. 문학의 현실 개혁적 속성을 중요시했던 당시의 문학풍토 속에서는 시 고유의 문학성과 서정성을 보장할 수 없었기에, 그에 대한 대안으로 '현실의 수용'과 '압축과 비약'을 통해 정서를 표출할 수 있는 서술시에 관심을 갖게 된 것이다.[11] 전근대와 근대의 혼돈 시기에 형성된 사회적 활력은 현실을 재조명하고 이를 형상화하기 위해 새로운 갈래를 탐색하게 되었다.[12] 이러한 시도는 기존의 고정적이고 규범화된 문학 창작 경향에서 벗어나 '개방성, 이질성, 불완전성'이라는 특징을 낳게 되었다.

이러한 흐름은, 작가의 의도가 절대시되고 화자의 정서가 지배적이었던 서정시에서 벗어나, 현실 속 인물들의 다양한 세계관과 행동 양식을 시 갈래에 도입함으로써 다성성(多聲性)을 수용하고자 했다.[13] 객관적 현실 속의 다양한 목소리를 작품 속에 편입시킴으로써 기존의 서정시가 다루지 못했던 다양한 삶의 가치를 작품화했다. 서술시라는 장치를 통해 객관적 정황이나 사건의 추이를 전달하는 역할에만 머물지 않고, 화자의 정서 안으로 용해시켜 표현함으로써 '서사의 내면화'를 꾀하였다.[14]

서술시의 '서사' 국면에 대한 관심은 '현실' 속의 다양한 사건과 인물에 대한 수용으로 발전할 수밖에 없다. 포괄성과 총체성을 지향하는 서사적 양식은 이를 충족하기 위해 현실에 관심을 갖게 하며, 이는 현실적 인물들과 그들의 이야기에 눈을 돌리게 한다. 이로 인해,

---

11) 박몽구, 「임화의 서술시와 대화주의」, 『한국언어문화』 24집, 한국언어문화학회, 2003, 268쪽.
12) 유성호, 「한국 근대시 연구에 관한 방법론적 검토」, 『국어문학』 33호, 국어문학회, 1998, 365쪽.
13) Mikhail Bakhtin, *Problems of Dostovesky's Poetics*, Caryl Emerson trans and ed., Minneapolis; University of minnesota Press, 1984, p. 59.
14) 유성호, 「역사의 비극과 서사시적 상상력」, 『현대문학의연구』 5호, 한국문학연구학회, 1995, 201쪽.

영웅이 주인공으로 등장하였던 고대의 서사시와는 달리 소재와 작가의식은 물론 표현방법의 측면에서 다양성을 획득하게 되었다.15) 이처럼 서정의 서사 양식의 수용은 서정의 제한적 틀을 벗어나 더욱 적극적인 서사 양식의 수용과 새로운 갈래적 창조로 발전되었다. 서술시에서 서사의 수용을 통해 다변화된 주제와 창작 기법으로 문학적 감동을 배가시키고는 있지만, '서사적 요소'는 화자의 주정 토로를 위한 서정적 형상의 수단으로 작용하고 있는 것이다.16)

2. 서정과 서사 통합 교육의 가능성

서정과 서사의 통합체인 서술시를 교육현장에서 주목할 경우, 매우 다양한 교육적 효과를 기대할 수 있게 된다. 무엇보다 서정 갈래에 국한되어 있던 시적 개념을 서사와의 통합으로 인식하게 됨으로써, 학생들로 하여금 시 갈래에 대한 인식을 확장적으로 넓혀 가게 할 수 있으며,17) 이를 통해 갈래에 대한 편협한 사고에서 벗어 날 수 있다. 이는 최근에 주목받고 있는 상호텍스트성이나 갈래 통합적 사고와 맞물려 문학을 바라보는 안목에 유연성을 부여하게 된다. 뿐만 아니라 서사적 요소가 결부된 서술시는 절대적 형식미를 지닌 시와는 달리 학생의 이해도를 높여 시에 대한 접근 가능성을 배가시킬 수 있다. 따라서 이 글에서는 서사적 요소를 수용한 서술시의 교육적

---

15) 현대의 서술시의 등장인물은 '영웅'에서 '민중'으로의 확산을 시도하게 되었으며, 고전적 창작 규범에서 벗어나 기독교적 주제, 시형의 변화, 경이로운 사건 등을 반영하게 되었다. 오윤정, 「한국 현대 서사시의 서사 구조 상동성 연구」, 『겨레어문학』 38집, 겨레어문학회, 2007, 291쪽; 이산호, 「Jocelyn, 낭만적 서사시」, 『불어불문학연구』 39집, 한국불어불문학회, 1999, 128쪽.

16) 서민정, 「전후복구시기 서사시 고찰」, 『통일문제연구』 27집, 영남대통일문제연구소, 2005, 230쪽.

17) 오두경, 「서술시 교육의 방안과 교육적 효과」, 『이화교육논총』 16호, 이화교육논총, 2006, 3~4쪽.

가능성을 탐색하기 위해, '사건과 함축의 소통', '서술과 정서의 소통', '리얼리티와 이미지의 소통'을 핵심적인 교육요소로 설정하고 그 구체적인 내용을 살펴보고자 한다.

1) 사건과 함축의 소통

'사건'은 본질적으로 서사의 속성이다. 하지만 등장인물의 창조를 통해 성격을 부여하고 사건을 서술하는 일련의 창작 기법은 효과적으로 시적 화자의 목소리를 독자에게 전달하는 방식이다.[18] 아울러 '인물 쌍방의 극적 재현'을 통해 등장인물의 시각으로 화자의 개입없이 스토리가 진행되는 서술양식은 생동감 있게 사건을 묘사하는 방법으로 시 속에 포섭되기도 한다.[19]

서사는 스토리의 사건 성분들이 텍스트 내에서 시간성에 의해 배열되는 방식을 의미한다.[20] 이처럼 시간에 따라 드러나는 삶의 이야기를 펼쳐야 하기에 서사에서는 물리적으로 방대한 지면을 요구하게 된다. 서사에서의 '사건' 형성은 인물들이 만들어내는 갈등에 의해 이루어지며, 갈등은 필연적으로 시대적 상황과 밀접한 관련을 맺기 마련이다. 현실을 제한적이고 정지된 국면으로 받아들이며, 화자의 개인적 정서 반응에 관심을 두고 있는 서정 갈래와는 달리, 서사는 인물을 통해 포괄적 현실의 의미를 갈등과 사건 속에 녹여내는 것이다.

서사가 사건에 주안점을 두기 때문에 '복잡한 상호작용'과 '재현 양식의 다양성'은 필연적으로 수반될 수밖에 없다.[21] 현실의 다양한

---

18) T. S. 엘리어트, 최종수 역, 『문예비평론』, 박영사, 1974, 140쪽.
19) 송영순, 「서사시에 나타난 방법적 특성」, 『한국문예비평연구』 18집, 한국현대문예비평학회, 2005, 135쪽.
20) 박진, 「리몬: 캐넌의 서사이론」, 『현대문학이론연구』 18집, 현대문학이론학회, 2002, 130쪽.
21) H. 포터 애벗, 우찬제 외 역, 『서사학 강의』, 문학과지성사, 2010, 40쪽.

이야기를 포섭하려하고 이를 드러내기 위한 방식의 다채로움을 추구하는 갈래가 서사이기에 근원적으로 서사의 시적 수용은 불가능해 보인다. 하지만 서술시에서 서사의 수용은 서사 본연의 표현방식과는 차이를 보인다. 그것은 서술시에서 서사는 '함축'에 의해 사건을 재처리한다는 것이다.

일반적인 서사는 기나긴 시간성 속에서 사건의 발단과 결말이라는 전체적 과정을 포괄적이고 세세하게 기술해 나간다. 즉, 서술자는 시간의 연속인 이야기의 이벤트들이 갖는 단조로운 연속성에서 벗어나기 위해 다양한 서술방식을 추구함으로써 복잡성을 추구한다.22) 하지만 서술시에서의 서사는 서정적 특징 속에 서사를 포용하는 형식이기에 이야기는 비약과 압축의 형태를 띠게 된다. 발산적이고 확산적인 이야기의 전개가 서술시 속에 도입될 때에는 시의 함축성 속에 용해되어 실제의 이야기가 압축된 양상으로 드러난다. 긴 시간성 속에 펼쳐진 사건이 압축될 때, 자연적으로 발생되는 '빈 자리'로 인해 함축성을 획득하게 되고 이는 상징성을 유발시키는 단초가 된다.

따라서 서술시를 시 교육 현장에 도입하게 되면, 서사 양식을 이해할 때의 장점을 학생들이 체득할 수 있으며 서정 양식의 특징도 아울러 체감할 수 있게 된다.23) 이야기 속에 내재된 서사구조를 파악하는 과정에서 구체적 삶의 경험에 대한 이해와 숙고의 기회를 얻게 되며,24) 이는 자연스럽게 자기 삶의 반성과 인간에 대한 이해로 발전할 수 있는 기회가 된다. 이야기 속에 반영된 인물간의 갈등과 사회현상의 제반 요소에 대한 이해는 현실에 대한 비판적 이해를 가능하게 하며, 이상적인 삶의 구축을 위한 자생력을 키워줄 수 있게 된다.

---

22) 한일섭, 『서사의 이론』, 한국문화사, 2009, 28쪽.
23) 서술시의 창작방법으로 판소리와 무가 등의 전통적 구비서사 양식들을 생산적으로 차용하는 사례를 찾아볼 수 있다. 김지하의 '오적(五賊)', 신경림의 '남한강', 고은의 '갯비나리' 등을 들 수 있다.
24) 임경순, 『서사표현교육론 연구』, 역락, 2003, 246~255쪽.

또한, 서술시에서 이야기가 구현되는 양상은 여타의 서사갈래에서 드러나는 방식과는 달리, 시의 함축성 속에서 재구성되게 마련이다. 서정 양식이 갖는 길이의 제약성과 함축성, 긴장성, 음악성 등의 요소들이 서술시 속의 서사를 새로운 형태로 거듭나게 하는 것이다. 시간의 흐름을 전제로 인물의 갈등양상을 이야기 형태로 제시하기는 하지만, '생략'과 '단절', '확장'과 '긴축'의 기법을 통해 소설과는 다른 이미지의 서사를 창출하게 된다.

서술시 교육의 장에서는 이러한 점에 주목해서 '서사'와 '함축'의 속성을 모두 교육요소로 설정할 필요가 있다. 이러한 통합적 인식은 전통과 인습에서 벗어나 자유로이 새것을 찾아 노래하려는 시도이며, 열린 시각으로 세상을 바라보고 사물의 본질에 접근할 수 있는 계기가 되기 때문이다.[25] 일반적인 서정시도 서사를 은폐하고 있기는 하지만,[26] 서술시에서는 서사를 통해 객관적 현실세계의 모습을 총체적이고 다면적으로 파악하려는 근본적인 시도가 있기에,[27] 이에 대한 문학적 체험을 통해 서사의 묘미를 체감할 수 있을 것이다.

서사의 함축적 성향에 대한 통합적 인식은 학생들의 작품에 대한 접근 가능성을 용이하게 하는 데도 유용함을 제공해 줄 수 있다. 시의 난해성은 함축성과 상징성에서 기인하는 바가 크기에, 시 감상에 대한 경험이 부족하고 감상법을 익숙하게 터득하지 못한 학생들에게 서사적 이야기는 시의 난해성을 해소시켜 준다. 함축성이 상대적으로 덜 한 이야기를 통해 작품에 대한 이해를 쉽게 할 수 있기에 학생

---

25) 운문과 산문의 혼합으로 구성된 미국의 서사시는 시의 내용이나 기교면에서 볼 때 편협한 구별을 초월하려는 측면에서 포스트모던적이다. 현영민, 「미국 서사시의 포스트모던 미학」, 『미국학논집』 27권 1호, 한국아메리카학회, 1995, 129쪽.
26) 문혜원, 「서술시 논의의 확산과 가능성」, 『민족문학사연구』 13권 1호, 민족문학사학회, 1998, 499쪽.
27) 헤겔은 서사시의 완성은 특수한 사건의 특정 내용에 의해 이루어질 수 없고, '통일된 전체로서의 현실을 묘사하는 총체성'을 획득해야 가능하다고 주장한다. 김석영, 「서사시 금강의 탈식민성」, 『한민족어문학』 제39호, 한민족어문학회, 2001, 3쪽.

들에게 서정 갈래에 대한 호감을 줄 수 있다. 또한, 서사성 속에서 시정 갈래의 특징인 함축성도 동시에 체험할 수 있기에 교육적 효과가 배가될 수 있다.

2) 서술과 정서의 소통

서사의 기본적인 두 가지 특징은 '이야기(story)'와 '화자(story-teller)'이다.[28] 화자는 '생생한 방법으로 이야기를 전달하여 최대한으로 모방이라는 환상'을 심어주고자 하기에,[29] '서술성'을 획득하게 되는 것이다. 이야기를 전달하는 화자로서의 서술자는 일정한 관점과 가치관을 가지면서, 작품 전면에 부각되거나 최대한 목소리를 은닉시키는 등의 태도변화를 통해 작품에 기여하게 된다.[30]

서사적 서술은 담론으로서의 성격을 가지는 것으로, 화자로서의 서술자와 청자로서의 독자 사이의 상호소통을 통해 서술방식과 의미 형상화의 규칙에 공감함으로써 '역사적 환경에서의 언어사용이 이데올로기의 기능'을 갖는다.[31] 서술자는 사회 문화적 현실을 관찰하고 그를 바탕으로, 자신의 가치관을 효율적으로 독자에게 전달하기 위해 담론의 전개양상에 다양한 변화를 꾀하게 되는 것이다. 이를 위해 서술자는 '플롯'의 다변화는 물론, '시점'과 '거리'의 측면에서도 최적의 방안을 모색하게 된다.

'서술(narrative)'은 사건의 복사가 아니라 이를 의미로 대체하는 작업으로서, 삶의 무질서와 혼란에 대해 질서와 가치를 부여해 주는 형식이다.[32] 서술이 단순히 서사 갈래의 문학에만 한정되지 않고 서

---

28) 로버트 숄즈 외, 임병권 역, 『서사의 본질』, 예림기획, 2001, 12쪽.
29) 제라르 즈네뜨, 권택영 역, 『서사담론』, 교보문고, 1992, 152쪽.
30) 박진, 「채트먼의 서사이론」, 『현대소설연구』 제19호, 한국현대소설학회, 2003, 374쪽.
31) 수잔 스나이더 랜서, 김형민 역, 『시점의 시학』, 좋은날, 1998, 73~74쪽.
32) 헤이튼 화이트, 전은경 역, 『현대서술 이론의 흐름』, 솔출판사, 1997, 177쪽.

정으로까지 확장될 수 있는 이유가 바로 여기에 있다. 서사와 마찬가지로 서정 역시 삶의 다양한 국면을 형상화해 내고자 하며, 현대사회의 다변화와 복잡한 삶의 문제를 다루기 위해서는 제한된 표현방식의 틀을 넘어 '서술'적 양식을 도입하지 않을 수 없는 것이다.

하지만 서술의 차용방식에 있어서 서사와 서정은 차이점을 보이고 있다.[33] 서사가 본격적인 이야기를 서술자와 등장인물의 혼합화법으로 표현하는 것과는 달리, 서술시에서는 함축적 이야기가 서술자의 화법에 의해서 표현된다. 현실에 대해 고민하고 갈등하면서 삶에 대해 일정한 메시지를 전달하고자 하는 등장인물의 언행과 가치관이, 서술시에서는 서술자의 관점으로 기술된다는 것이다. 물론 등장인물과 같이 서술자도 시인에 의해 창조된 허상일 수는 있으나, 화자로서의 서술자는 시인의 대리인으로서, 작품 속에 전제된 정서나 사상을 통제하고 조절하는 주재자(主宰者)의 역할을 한다.

서술시에서의 서술자는 다양한 유형의 화자로 자리매김하게 된다. 서술하는 스토리보다 상위층위에 있는 화자, 텍스트 속의 등장인물로서 허구 세계의 구속을 받는 화자, 그리고 심리적 위치에 따라 지각되는 초점화자 등으로 나타난다.[34] 서술자의 스토리 전달방식의 측면에서 보면, 서술경로는 서술주체인 화자 자신의 말과 의식을 통하여 전달하는 방법과 등장인물의 언행, 사고, 감정 등을 통하여 객관적으로 전달하는 방법이 있다.[35] 이처럼 서술시에서는 다양한 화자의 유형, 전달방식으로서의 경로의 선택, 서술자 층위의 설정을 통해 '스토리'와 '세계'에 대한 태도 설정을 감행함으로써 일정한 감정과 이념을 창출해 내는 것이다.

---

33) 현대시학회, 『한국 서술시의 시학』, 태학사, 1998, 121쪽.
34) 스토리 참여 범위에 따라, 스토리에 참여하지 않는 이종화자와 스토리 속에 존재하는 화자인 동종화자로 나눈다. Susan S. Lanser, *The Narrative Act*, Princeton: Princeton University Press, 1981, pp. 138~141.
35) 김홍진, 『장편 서술시의 서사 시학』, 역락, 2006, 25쪽.

서술시는 현실세계 반영으로서의 객관적 사실을 단편적으로 전달하는 서사구조에 한정되지 않고, 서정의 본래적 영역에 해당하는 '정서'를 구심점으로 이야기가 수렴된다. 따라서 서술시 교육에서는 '서술'과 '정서'의 통합 교육에 주안점을 둘 필요가 있다. 화자의 이야기 전달방식에 해당하는 '서술'은, 서사 양식에서 보이는 사건과 인물 중심의 진술태도에서 벗어나 화자의 정서를 근간으로 해서 이야기가 전개된다. '서술'과 '정서'에 동시에 주목할 때, 대상에 대한 순간적 정서 표현에 기울어져 있는 서정 갈래의 속성과 서사 양식에서 주로 사용되는 이야기 진술의 다양한 양상을 동시에 경험할 수 있는 기회가 될 것이다.

　서술시 속에서 발견할 수 있는, '객관적인 이야기의 서술', '허구적 화자에 의한 서술', '시 속에 이야기 전달과정과 양상을 그대로 드러내는 서술',36) '고백하는 형식의 디에게시스가 활용된 서술', '시인의 인격과 타인의 인격을 섞어 말하는 혼합화법의 서술', '시인이 타인의 생각을 대용하여 말하는 자유간접화법의 서술' 등에 학생들이 집중하게 할 필요가 있다.37) 아울러 그러한 '서술' 속에 어떤 '정서'가 반영되어 있는지를 느끼고 공감하는 일을 통해 서술시의 특징에 대해 이해하고 작품을 감상하는 묘미를 느끼게 될 수 있을 것이다. 이를 통해 갈래 상호 간의 차이에 대한 인식을 확장시켜 나갈 수 있으며, 이를 뛰어넘어 갈래통합의 가능성에 대한 이해를 통해 해체주의적인 확장적 사고가 가능해 질 것으로 기대된다.

---

36) 박윤우, 「이야기시의 화자 분석과 시의 해석 방법」, 『문학교육학』 21호, 한국문학교육학회, 2006, 229~233쪽.
37) 강정구, 「신경림의 서술시와 초점화」, 『어문연구』 37권 3호, 한국어문교육연구회, 2009, 104쪽.

3) 리얼리즘과 이미지의 소통

리얼리즘(realism)은 작가가 현실이나 세계를 바라보는 세계관이자 창작방법이며, 아울러 전형이나 현실 반영을 통하여 세계를 객관적으로 구현하고자 하는 방법의 모색이다.[38] 따라서 리얼리즘의 구현은 '현실'에 대한 관심과 그의 반영이라는 측면에서 서사 갈래에 근접해 있다. 특히, 리얼리즘의 명제인 '사실성', '현실 반영성' 등은 장편소설에서나 적용될 수 있는 속성이라는 주장도 타당한 점이 있어 보인다.[39]

하지만 문학일반론에 따르면, 문학은 현실 속에서 구현되는 다양한 인간 삶을 형상화하고 그를 통해 감동을 창출해 내고자 하는 것이기에, 서정 양식의 리얼리즘적 수용을 문제 삼을 수만은 없다. 또한, 서술시는 서정 갈래의 본래적 속성인 '감수성 우위의 경향'을 배제하고 '현장성과 객관성'을 추구하고자 하는 것이 아니다. 다만, 완전한 서사성과는 일정한 거리를 견지한 채, 대상의 구체성과 전형성 획득을 서정적 기반 위에서 시도하고자 할 뿐이다.[40]

주관적인 감정이나 사상의 진술이라는 시 본래의 형상성보다는 객관적 사실의 제시를 통해 구체적이고 서사적인 것을 추구함으로써 문학의 전달 효과를 강화하고자 했기에,[41] 프로문학운동이 활발했던 시기에 서술시 지향성이 강했던 것이다. 1970년대와 80년대의 서술시가 우리 문학풍토에 신선한 충격으로 다가온 것도 삶의 현장성과 체험의 사실성에서 획득된 인간주의에의 지향 때문이었다고 볼 수 있다. 이처럼 리얼리즘은 서사 갈래만의 전유물이라 볼 수 없으며,

---

38) 윤여탁, 『리얼리즘의 시 정신과 시 교육』, 소명출판, 2003, 94~95쪽.
39) 진찬영, 『한국현대시의 리얼리즘과 모더니즘적 탐색』, 새미, 1998, 152쪽.
40) 윤여탁 외, 『한국 현대리얼리즘 시인론』, 태학사, 1990, 215쪽.
41) 윤여탁, 「1930년대 후반의 서술시 연구」, 『선청어문』 19권 1호, 서울대학교 국어교육과, 1991, 140쪽.

서정성을 기반으로 한 현실의 반영은 서술시에서 감동을 유발하는 문학적 장치라고 할 수 있다.

'삶의 때가 묻어 있는 정서요, 역사의 얼룩에 절어 있는 정서'로 정의되는 리리시즘(Lyricism)은 서술시에서 필수불가결한 요소로 요청된다.42) 시의 리리시즘이 삶의 현실과 진실을 담아야 하기에, 리리시즘은 리얼리즘을 지향하는 시의식과 맞물려 있다. 시에서의 현실 반영에 대한 요구는 단순히 표현방법의 신선함을 추구하는 시도를 벗어나, 기존 서정시의 인식적 한계를 넘어 삶의 본질적 문제에 접근하고자 하는 시적 가치관의 전환이며 지평의 확대라고 할 만하다.

서술시에서의 리얼리즘 구현양상은 서사 갈래에서처럼 객관적이고 사실적으로 묘사되거나 설명되지 않는다. 현실의 전형적 요소들이 이미지로 제시된다. 시에서의 이미지는 시적 관념이나 정서를 구체적이고 감각적으로 드러내기 위한 장치이다. 서사 갈래에서 서술자의 직접 개입이나 세세한 기술적(記述的) 재현을 통해 현장감을 부각시키는 것과는 달리, 서술시에서는 현실을 이미지화함으로써 생생한 감각적 경험과 정서적 추체험이 가능하도록 한다.43)

서술시의 리얼리즘적 지향성은 능동적인 사유나 동태적인 사건 쪽으로 넓게 열려 있다고 할 수 있다.44) 하지만 문학작품의 예술적 형상은 심미적 의미를 지니고 이를 통하여 독자의 미감을 자극할 수 있는 것이어야 하기에,45) 서술시에서의 리얼리즘적 요소의 이미지화는 문학적 감동을 배가시킬 수 있는 토대가 될 수 있다. 이런 점에서 서술시는 감정과 사유, 사건과 이미지가 유기적으로 결합되어 드러난다.46)

---

42) 김지연, 『한국의 현대시와 시론 연구』, 역락, 2006, 341쪽.
43) 김미혜, 『비평을 통한 시 읽기 교육』, 태학사, 2009, 268쪽.
44) 김윤태, 『한국 현대시와 리얼리티』, 소명출판, 2001, 264쪽.
45) 윤여탁, 『리얼리즘시의 이론과 실제』, 태학사, 1994, 127쪽.
46) 이은봉, 『시와 리얼리즘』, 공동체, 1993, 109쪽.

‘리얼리즘’과 ‘이미지’에 대한 관심은 서술시 교육의 현장에서 학생들에게 서사와 서정의 특징을 함께 체험할 수 있게 하는 계기가 될 것이며, 현실적 요소를 감각적으로 이미지로 변용한 시적 형상화 기법에 대한 인식을 통해 갈래 상호 간의 차이를 명확히 이해할 수 있게 된다. 아울러 방대한 현실적 상황을 이미지로 집약시켜 제시한 서술시에 대한 감상은, 현실을 이해 가능한 관념적 대상이 아니라 구체적이고 감각적으로 느낄 수 있는 공감적(共感的) 공간으로 받아들이게 해 줄 것으로 기대된다. 이미지 속에 본래적으로 자리하고 있는 상상적 속성으로 인해, 기술된 현실을 단순히 받아들이는 수동적 위치에서 벗어나 현실을 다채롭게 상상하고 향유할 수 있는 가능성이 부각될 수 있다.

3. 서정과 서사 통합 교육의 실제

서술시 교육은 작품 속에 내재된 이야기 흐름의 파악, 인물의 처지와 상황에 대한 이해, 반영된 현실 속에 투영된 작가 의식에 대한 분석만으로 한정되어서는 안 된다. 서정과 서사적 속성을 동시에 지니고 있는 서술시 감상교육은, 서정적 특성을 바탕으로 해서 서사적 성향이 수렴되고 활용되는 양상을 통합적으로 이해할 수 있는 방향으로 나아가야 한다. 이를 위해 ‘사건, 서술, 리얼리티’의 서사적 요소가 ‘함축성, 정서, 이미지’의 서정적 요소와 어떻게 결합되어 시적 문학성을 구현하는지에 초점을 맞출 필요가 있다. 이 글에서는 ‘사건의 함축 지향성’, ‘서술의 정서 지향성’, ‘리얼리티의 이미지 지향성’을 서정과 서사 통합 교육의 방안으로 제시하고, 이를 활용해 서술시를 감상하는 구체적인 모습을 제시해 보고자 한다.

1) 사건의 함축 지향성 살피기

'사건의 함축 지향성'을 파악하고자 하는 서술시 교육 방안은 작품 속에 전제된 '이야기'의 흐름을 찾아내고, 실질적인 이야기가 시 속에서 어떻게 '함축'적으로 형상화되었는지를 동시에 살피는 것이다. 서술시에서의 서사는 일반적인 소설과는 달리, 지면의 제약으로 인해 이야기의 세세한 면면들이 장황하게 묘사되지 않고 함축성을 띠는 상징적 시어를 통해 제시되기 마련이다. 학생들로 하여금 서사적 요소에 해당하는 이야기의 줄거리를 작품 속에서 찾아 재구성하도록 하고 아울러, 현실적 이야기가 시 작품 속에의 어떤 시어들로 자리바꿈하면서 함축성을 띠게 되는지 살피게 할 필요가 있다. 이러한 활동은 소설과는 다른 형상화 방식을 취하고 있는 시의 서사적 특성을 느끼게 해 줄 수 있을 것이다.

알룩조개에 입 맞추며 자랐나
눈이 바다처럼 푸를 뿐더러 까무스레한 네 얼굴
가시내야
나는 밭을 얼구며
무쇠 다리를 건너온 함경도 사내

바람소리도 호개도 인전 무섭지 않다만
어두운 등불 밑 안개처럼 자욱한 시름을 달게 마시련다만
어디서 흉참한 기별이 뛰어들 것만 같애
두터운 벽도 이웃도 못 미더운 북간도 술막

온갖 방자의 말을 품고 왔다
눈포래를 뚫고 왔다
가시내야

너의 가슴 그늘진 숲속을 기어간 오솔길을 나는 헤매이자
술을 부어 남실남실 술을 따라
가난한 이야기에 고이 잠거다오

네 두만강을 건너왔다는 석 달 전이면
단풍이 물들어 천 리 천 리 또 천 리 산마다 불탔을 겐데
그래도 외로워서 슬퍼서 치마폭으로 얼굴을 가렸더냐
두 낮 두 밤을 두루미처럼 울어 울어
불술기 구름 속을 달리는 양 유리창이 흐리더냐

차알삭 부서지는 파도소리에 취한 듯
때로 싸늘한 웃음이 소리 없이 새기는 보조개
가시내야
울 듯 울 듯 울지 않는 전라도 가시내야
두어 마디 너의 사투리로 때 아닌 봄을 불러 줄게
손때 수줍은 분홍 댕기 휘휘 날리며
잠깐 너의 나라로 돌아가거라

이윽고 얼음길이 밝으면
나는 눈포래 휘감아치는 벌판에 우줄우줄 나설 게다
노래도 없이 사라질 게다
자욱도 없이 사라질 게다.

                             —이용악, 「전라도 가시내」 전문

이용악의 「전라도 가시내」는, 일제강점기라는 역사적 현실 속에서
실향민으로 살아야 하는 '전라도 가시내'와 '함경도 사내'의 파란만
장한 삶의 여정을 서사적 양식으로 드러내고 있다. 사내는 함경도라
는 고향을 등지고서 '무쇠다리'를 건너 이곳 '북간도 술막'에서 임시

거처를 마련하고 있는 인물이다. 하지만 고향을 대신해 새로운 삶의 공간으로 기대했던 '북간도'는 '흉참한 기별'이 찾아들 것만 같은 '어두운 등불' 밑의 '안개'처럼 '시름'만 존재할 뿐, '두터운' 정과 신뢰도 '미더운' 안정감도 주지 못하는 곳이다. 또 다시 사내는 날이 '밝으면' '얼음길'이 드리워진 '눈포래'가 휘날리는 '벌판'을 나서야만 하는 운명을 따를 수밖에 없는 처지이다.

'가시내'는 '알록조개', '바다'의 '파도 소리'와 자라온, '봄'과 같이 따사로운 낭만과 추억이 서려 있는 고향인 '전라도'를 떠나, '외로'움과 '슬'픔만을 간직한 채 '그늘진 숲속을 기어' 가듯, 이곳 '북간도 술막'에 '가난한 이야기'만 가슴에 품고 도착했다. 발붙일 수 없는 고향을 안타까운 마음으로 이별하고, 타지에서 한 서린 삶을 살아가는 가시내에게는 오로지 일시적으로 자신의 처지에 공감하고 동정심을 베푸는 동일한 상실감을 안고 살아가는 사내만이 존재할 뿐이다.

이러한 일련의 서사적 과정을 학생들 스스로 작품을 읽고 시어의 관련성과 상황 및 인물에 초점을 맞추어 이야기를 재구성할 수 있도록 배려해야 한다. "작품 속에 상황은 어떠합니까?", "등장인물은 누구와 누구입니까?", "사내와 가시내의 삶의 과정을 재구성해 볼까요?", "부각되는 공간적 배경이 있나요?", "사내와 가시내의 고향은 어디인가요?", "등장인물이 위치한 현재적 공간은 어디인가요?", "사건의 전개를 과거, 현재, 미래로 나누어 정리해 볼까요?", "시대적 상황을 바탕으로 고향상실의 의미를 파악해 볼까요?" 등의 질문을 학생들이 자발적으로 작품을 감상한 이후에 제시함으로써, 이야기 전개 과정을 바르게 찾아갈 수 있도록 도울 필요가 있다.

'스토리텔링 기법'과 '역할극'을 활용해,[47] '등장인물의 삶의 터전이었던 고향의 과거와 현재 모습에 대해 이야기해 보기', '고향을 등지고 북간도까지 오는 과정에서 겪었을 법한 사연과 인물의 심정 이

---

47) 한귀은, 『현대소설 교육론』, 역락, 2006, 341쪽.

야기해 보기', '고향을 버리고 북간도까지 오게 된 사연과 북간도에서의 삶의 모습 이야기해 보기', '인물들이 주고받았음직한 대화를 상상해서 재현해 보고, 그들의 심정에 대해 공감해 보기' 등의 활동을 학생들이 수행하도록 할 수 있다. 이러한 체험 과정은 자기 탐색과 학생들 사이의 상호작용을 가능하게 함으로써 작품 속에 전제된 사건과 이야기를 도출해 낼 수 있음은 물론, 사연에 공감하고 문학적 감수성을 자극할 수 있는 계기가 된다.

사건에 대한 이해와 공감이 이루어진 후에는 시 속에서의 사건의 표현 양상에 관심을 가지게 할 필요가 있다. 서사로서의 이야기가 시적 함축성을 통해 어떻게 재편성되고 있는지를 파악하게 해야 한다. 서술시의 서사는 시간의 흐름에 따라 순차적으로 진행되면서 사건의 전말이 직접적으로 묘사 내지는 기술되지 않는다. 상징적인 시어의 연결을 통해 함축적으로 제시됨으로써 긴장과 생략의 묘미를 느끼게 한다. 위의 작품도 '공간의 이동'과 '함축적 시어', '인물의 정서표현' 등이 시적 화자의 절제된 어조와 결부되어 드러남으로써 사건이 함축성을 지향하고 있다.

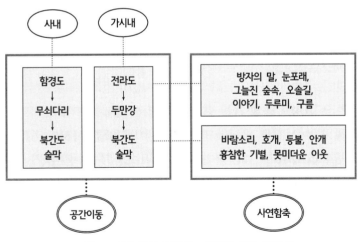

〈그림 4〉 서술시에 드러나는 사건의 함축 지향성

사건이 함축적으로 집약되어 있는 '방자의 말, 눈포래, 그늘진 숲속, 오솔길, 가난한 이야기, 구름, 바람소리, 호개, 등불, 안개, 흉참한 기별, 못미더운 이웃' 등의 시어를 학생들이 찾도록 하는 것이 바람직하다. 또한, 함축적 시어를 찾아 배열하고, 그러한 시어의 연결성을 통해 애초에 학생들이 작품 속에서 읽어내었던 사건의 흐름을 재확인하게 할 필요가 있다. 이로써 절제된 함축성 속에 내재되어 있는 사건의 의미를 거듭 확인하게 되고, 서술시에서의 서사양식의 구현 양상을 깨닫게 되는 것이다.

2) 서술의 정서 지향성 살피기

서술시에서 화자는 일반적인 서정시에서와 같이 단순한 정서 전달자로서의 위치에서 벗어나 서술자로서의 자격을 갖는다. 소설에서와 유사하게 이야기에 대해 일정한 관점을 견지하면서 사건을 구술하고 전달한다. 그러므로 학생들은 서술시 감상의 단계에서 사건 전달자로서의 화자에 주목하면서, 사건에 대한 화자의 태도와 전달 방법, 작품과 관련한 화자의 위치 등을 점검할 필요가 있다. 화자가 이야기를 어떻게 독자에게 전달하고 그 위치와 입장이 어떠한지에 따라 사건을 대하는 화자의 정서가 달라지기에, 서술의 시점과 초점이 어디에 놓여 있는지를 파악하는 것은 시적 의미를 심화시키는 데 기여할 수 있다.

한편, 서술시에서 화자는 사건의 객관적 전달자로서의 역할에 그치지 않고, 이야기를 재현함으로써 이야기에 대한 화자의 일정한 정서적 반응을 부각시킨다. 사실성과 현장성을 지닌 이야기가 화자의 정서 속으로 통합되며, 이러한 화자의 정서가 독자에게로 전이되고 공감대 형성으로 귀결되는 것이다. 소설에서의 서술자가 사건에 대해 객관적이고 관조적인 태도로 남고, 단순히 현실의 리얼리티만을 부각시킬 수 있는 것과는 다른 차원의 특징을 보여준다. 화자의 '서술'은 궁극적으로 '정서'를 지향하게 마련이며, '서술'과 '정서'의 통합으로 인해 서술시는 서사와 서정성을 동시에 취하게 된다. 따라서 화자의 서술 태도에 대한 집중과 함께, 그러한 서술을 통해 화자의 정서가 어떻게 드러나며, 서술을 통한 정서 표출의 방법과 양상이 드러내는 효과에 대해서도 학생들이 관심을 갖게 할 필요가 있다.

　　바닷물이 넘쳐서 개울을 타고 올라와서 삼대 울타리 틈으로 새어 옥수수밭 속을 지나서 마당에 흥건히 고이는 날이 우리 외할머니네 집에는 있었습니다. 이런 날 나는 망둥이 새우 새끼를 거기서 찾느라 이빨 속까지 너무나 기쁜 종달새 새끼 소리가 다 되어 알발로 껄껄거리며 쫓아다녔습니다만, 항시 누에가 실을 뽑듯이 나만 보면 옛날이야기만 무진장 하시던 외할머니는, 이때에는 웬일인지 한마디도 말을 않고 벌써 많이 늙은 얼굴이 엷은 노을빛처럼 불그레해져 바다 쪽만 멍하니 넘어다보고 서 있었습니다.

　　그때에는 왜 그러시는지 나는 아직 미처 몰랐습니다만, 그분이 돌아가신 인제는 그 이유를 간신히 알긴 알 것 같습니다. 우리 외할아버지는 배를 타고 먼 바다로 고기잡이 다니시던 어부(漁夫)로, 내가 생겨나기 전 어느 해 겨울의 모진 바람에 어느 바다에선지 휘말려 빠져버리곤 영영 돌아오지 못한 채로 있는 것이라 하니, 아마 외할머니는 그 남편의 바닷물이 자기 집 마당에 몰려들어오는 것을 보고 그렇게 말도 못하고 얼굴만 붉어져 있었던 것이겠지요.

　　　　　　　　　　　　　　　　　　　─서정주, 「해일(海溢)」 전문

　　서정주의 「해일」은 바다에서 돌아오지 못하는 남편에 대한 외할머니의 한스러운 사연을 화자가 관찰자적 시점에서 서술하고 있는 작품이다. 하지만 화자는 성인이 된 지금과 유년시절에 느꼈던 외할머니의 이야기에 대한 태도 차이를, 서술 방법의 변화를 통해 부각시키고 있다. '마당'으로 몰려드는 '바닷물'의 의미와, 그로 인해 평소와는 달리 외할머니가 '노을빛'과 같은 표정을 지으며 '멍하니' '서 있'는 이유를 화자는 인식하지 못한다. 다만 바닷물 속에서 '망둥이'와 '새우'를 찾으려는 천진난만한 모습을 외할머니와는 달리 대비적으로 보여줄 뿐이다. 화자는 유년시절의 철없는 시선으로 관찰자로서의 위치에서 묘사만할 뿐 이야기 속에 적극적으로 개입하지 않는 서술 태도를 취하고 있다.

반면에 2연의 서술태도는, 외할머니의 숨겨진 사연에 대해 부분적이나마 공감하고 그를 토대로 다소간의 연민을 느끼면서 주정적 서술태도로 변모를 보이고 있다. 1연에서의 '바닷물'이 '남편의 바닷물'이며, 잃어버린 남편에 대한 안타깝고 한스러운 정서가 '말도 못하고 얼굴만 붉어'지는 모습으로 드러난 것임을 2연에서 서술하고 있다. 이야기에 대한 객관적 서술방식에서 주정적 서술로 변모함으로써, 화자는 물론 독자도 작품 속 사건에 한 발 다가서게 된다.

'탐구 및 발견식 수업모형'의 교육활동 방법을 활용함으로써 학생들의 상호작용을 통해 서술태도의 변화과정을 살피게 하는 것은 효과적인 방법이라고 볼 수 있다.[48] "각 연에서 화자의 서술방식을 짐작할 수 있는 시어를 찾아 연결해 볼까요?", "각 연에서 화자의 변화된 모습을 느낄 수 있나요?", "사연에 대한 화자의 거리는 어떠한가요?", "이야기와 관련해서 화자의 관점이나 태도를 알 수 있는 시어를 찾아볼까요?", "화자가 초점화하고 있는 대상이나 내용이 무엇인가요?"라는 질문을 학생들에게 단계적으로 제시하고 이에 대한 답을 찾기 위해 작품을 탐색하는 시간을 할애하는 것은 유용한 방법이다.

화자의 서술방식이나 태도에 대한 이해를 통해 서술시의 서사적 속성을 파악했다면, 화자의 서술 양상이 정서적 반응과 결부되어 있다는 것을 학생들에게 인식시켜 주는 것이 바람직하다. '이빨 속까지 너무나 기'뻐 '낄낄'거리는 화자와 '한 마디 말도 않고' 서 계시는 외

---

48) 김상욱, 『소설교육의 방법연구』, 역락, 1996, 86쪽.

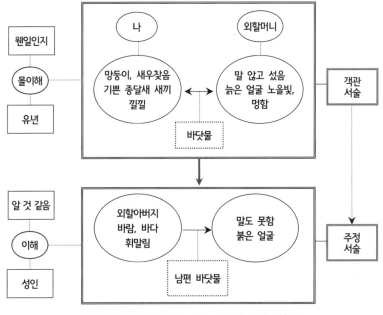

〈그림 5〉 서술시에 드러나는 서술의 정서 지향성

할머니의 대비적인 모습에 대한 묘사에는, 화자의 정서 표현이 직접적으로 토로되어 있지 않다. 하지만 이러한 객관적인 상황에 대한 서술적 묘사는, 한스러운 외할머니의 정서를 전혀 느끼지 못하는 철없는 손녀의 모습으로 인해 비극성이 더욱 심화되어 전달된다.

또한, 1연에서 밀려드는 '바닷물'의 의미를 2연에서 구체적으로 서술자가 전해 줌으로써, 화자가 느끼는 외할머니 사연에 대한 정서 변화와 그에 따른 독자의 반응을 유도하고 있다. 화자는 이야기에 대한 정서적 반응을 직접 제시하지 않고 '웬일인지', '몰랐습니다만', '알 것 같습니다', '것이겠지요' 등의 서술어를 사용함으로써 외할머니의 안타까운 사연에 대한 공감을 절제된 정서로 드러내고자 한다. 이는 서사적 서술을 통해 시에서 드러나는 과도한 정서 노출을 절제하고자 하는 시도이며, 화자의 적절한 정서 표현을 통해 시의 고유한 속성을 견지하고자 하는 태도로 볼 수 있다.

"화자가 서술한 부분 중에서 특정한 정서를 드러내는 시어가 있나요?", "화자의 사연에 대한 정서 변화가 느껴지나요?", "정서 변화를 드러내기 위해 화자가 활용한 서술방법에 대해 알아볼까요?", "객관적 묘사에서 주정적 서술로의 변화가 화자의 정서 표출에 미치는 영향력이 있나요?", "서술시에서 서술과 정서는 어떤 관련성을 가지며, 서술을 통한 정서 표현의 효과는 어떠한가?"라는 질문의 제시와 해답을 찾아가는 탐색의 과정은 학생들로 하여금 서술의 정서 지향성을 파악하게 해 줄 수 있다.

3) 리얼리티의 이미지 지향성 살피기

서술시는 시대적 상황이 현장감 있게 반영되어 있기에 리얼리티의 성향을 가진다. 역사의 현장 속에서 현실이 강요하는 시련에 아파하며, 그로 인해 좌절하기도 하고 때로는 분노를 표출하는 민중의 모습이 거기에 있기 때문이다. 삶의 현장에 드러나는 다양한 갈등 양상과 그로 인해 빚어지는 사건들, 그리고 그 속에서 가치와 이념을 표상하면서 삶의 의미를 타진해 나가는 인간들의 모습을 소상하게 밝히고자 한다.

먼저, 학생들로 하여금 서술시 속에 내재된 이야기와 그 이야기를 존립 가능하게 하는 전제로서의 사회 문화적인 배경에 대해 주목하게 할 필요가 있다. 이야기에 대한 공감대를 좀더 심화시키기 위해 사건과 결부되어 있는 '현실'에 집중하게 하고 이를 통해 서사적 속성으로서의 '리얼리티'를 경험하게 할 수 있다.

아울러, 사건과 결부된 현장성이 서술자로서의 화자에 의해 일방적으로 묘사되거나 객관적으로 전달되는 진술 태도에서 벗어나, '이미지'로 제시된다는 점에 관심을 갖게 할 필요가 있다. 이미지화는 사실적 사건의 직접적인 전달로 인해 유발되는 상상력의 제한을 차단시키고, 독자들로 하여금 다양한 정서를 유발시켜 시적 공감대를 형성하게 한다. 따라서 학생들은 시대를 반영한 이야기가 이미지화되어 형상화된다는 것에 주목함으로써, 현실 속 사건들을 구체화된 감각으로 수용할 수 있는 기회를 얻을 수 있게 된다.

　내 나이 네 살 때 쌀 한 말을 갖고 분가한 일가족이 셋방살이를 시작한 곳은 수국댁집이었다. 유난히 높았던 문턱 때문에 애먹었던 기억이 지금도 생생하지만 신작로가에 있었던 그 집은 이제 사라지고 없다.
　초가집을 없애자는 노래가 이장집에 설치된 확성기에서 울려 퍼지며 슬레트 지붕을 강요하던 당시, 우선 그 집이 서까래나 대들보는 슬레트를 얹을 만한 사정이 못 되었다. 그래서 아예 헐어 없애고 수국댁은 셋방으로 옮겨갔지만 그것은 별로 불행이 아니었다. 평생 몸담았던 집에서 일찍 눈감은 영감은 오히려 지극한 행운이었다. 아버지가 죽자 농사 팽개치고 논밭 팔아 서울로 간 아들 내외의 일은 섭섭한 정도에서 그쳤었다. 기반만 잡으면 곧 모시겠다는 말이 다급할 정도로 늙은 것도 아니었다. 그러나 불행은 갑자기 완벽하게 다가왔다. 당면 배달 나가던 아들의 오토바이가 바람처럼 달려서 트럭과 정면 충돌한 소식이 폭풍이 되어 수국댁을 땅바닥에 눕혔다. 얼마 후 며느리는 딸 하나를 떠맡기고 개가하였다.
　이제 수국댁의 집터엔 감나무만 남아 골붉은 열매로 내 눈시울을 뜨겁게 하고 그래도 그녀는 유일한 살붙이인 손녀와 함께 살아가야 하므로 죽제품 장사를 다닌다 한다.

―최두석, 「수국댁」 전문

　최두석의 「수국댁」은 근대화로 이행되던 과도기에 삶의 터전을 잃고 가족까지 해체되는 민중의 애환을 다루고 있다는 점에서 '리얼리티'를 보여주는 작품이다. 산업화가 본격적으로 이루어지기 이전의 1960년대까지의 삶은, '쌀 한 말'에 모든 '일가족'이 의지한 채 이집저집을 전전하며 '셋방살이'를 해야만 했다. '초가집'이나 '서까래, 대들보'로 상징되던 공간이 당시 민중들의 유일한 삶의 터전이었던 것이다.

화자는 가난했던 민중들의 삶의 모습을 '쌀 한 말, 셋방살이, 초가집, 서까래, 대들보' 등의 시어로 이미지화함으로써, 독자들이 구체적으로 당시의 상황을 감각적으로 체험할 수 있도록 표현하고 있다. 리얼리티의 이미지화를 꾀하고 있는 것이다.

한편, 민중들의 희망과는 무관하게, 오히려 수국댁과 같은 대다수 서민들의 삶의 터전과 최소한의 가족 구성조차도 허락하지 않는 '역설적 근대화'의 '강요'를 '확성기, 슬레트 지붕, 신작로, 오토바이, 트럭' 등의 시어로 묘사하고 있다. 이 역시 1970년대에 시도되었던 산업화라는 당시의 시대적 상황을 이미지로 제시함으로써 시적 감수성을 고취시키고 있다.

근대화의 과정 중에 수국댁이 겪는 가족 해체의 과정을, '논밭'을 팔고 집을 '헐어 없애' 버리며, '아들 내외'는 '서울'로 가버림으로써 이별을 고하지만, 결국 아들이 '트럭과 정면 충돌한 소식'으로 '불행'을 맞이하는 것으로 서술하고 있다. 이러한 사실적 표현 속에, 서술자는 수국댁이 겪었을 아픔과 한의 정서를 '폭풍, 땅바닥, 집터, 골붉은 열매, 눈시울' 등의 이미지에 투영시킴으로써 '리얼리티의 이미지 지향성'을 시도하고 있다.

따라서 학생들에게 작품 속에 반영된 당대 현실을 주목하고, 현실의 변화과정 속에 소외된 민중들이 겪는 삶의 애환에 대해 사실적으로 이해하고 공감할 수 있도록 할 필요가 있다. 작품 속의 사건을 가능하게 한 당시의 시대적 상황을 파악하도록 하며, 그 상황 속에서의 민중의 대응 태도와 그들이 겪는 삶의 고뇌와 애환을 이해하고 공감하도록 유도해야 할 것이다. 시어를 통해 현실을 파악하고 민중의 삶에 공감하는 활동에서 나아가 현실에 대해 비판적으로 사고할 수 있도록 유도할 필요가 있다. 아울러, 바람직한 사회의 구현과 이를 위한 효과적인 대응 태도에 대한 모색으로 확산될 수 있어야 하겠다.

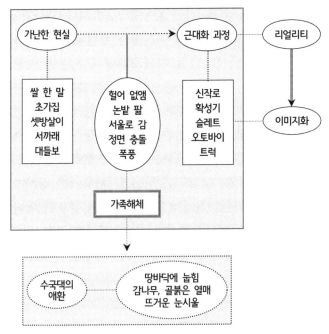

〈그림 6〉 서술시에 드러나는 리얼리티의 이미지 지향성

이와 같인 '현실에 대한 이해와 공감, 그리고 비판적 안목'을 얻기 위해 학생들에게, "작품 속에 반영된 당시의 시대적 상황을 상상해 볼까요?", "시대적 현실을 드러내고 있는 시어를 찾아 연결 지어 볼까요?", "근대화가 민중에게 주는 의미는 무엇이며, 바람직한 사회 개혁과 발전은 무엇일까요?", "작품 속 민중들의 현실에 대한 대응 양상은 어떤가요?", "바람직한 현실 창조를 위한 민중의 역할은 무엇일까요" 등의 질문을 제시하고 이에 대해 상호소통하게 하는 것이 바람직하리라 본다.

작품 속에 드러난 현실적 모습을 충분히 이해한 뒤라면, 리얼리티가 이미지화된 시어로 형상화되어 있음을 파악할 수 있는 활동을 수행할 필요가 있다. 따라서 인물이 현실적 사건 속에서 겪고 있는 고난과 갈등 양상, 그로 인해 수반되는 인물의 심리를 형상화하고 있는 이미지를 찾아보아야 한다. 이런 활동을 통해 시에서의 리얼리티는 화자의 현실 상황에 대한 직접적인 전달과 설명에 의해 이룩되는 것이 아니라 이미지화된 시어를 통해 구체화될 수 있음을 학생들은 깨닫게 될 것이다.

"제시된 작품에서 가난한 현실과 근대화 과정을 형상화하는 방법적 특징에 대해 이야기해 볼까요?", "리얼리티를 구현하고 있는 시어를 찾아볼까요?", "현실을 이미지화하고 있는 시어에서 받는 느낌은 어떠한가요?", "구체적이고 감각적인 시어를 통해 어떤 정서가 환기되나요?", "현실의 이야기를 직접적으로 설명하는 경우와 이미지로 드러내는 것과의 차이가 있나요?"라는 질문을 활용함으로써, 학생들은 서술시에서의 리얼리티가 이미지화된다는 사실을 체험할 수 있다.

4. 서정과 서사 통합 교육의 가능성

이 글에서는 서사의 중요 특징에 해당하는 '사건, 서술, 리얼리티'와 서정의 본질적 속성인 '함축성, 정서, 이미지'의 요소들에 주목하고, 이들 요소들이 통합적으로 드러나는 서술시의 교육 방안을 제시해 보았다. 서술시 교육이 자칫 시 본연의 특징을 망각하고, 서사적 특징에만 관심을 가짐으로써 소설 교육과 차별화되지 않을 수도 있다는 기우에서, 서정과 서사의 통합 교육을 지향하는 서술시만의 구체화된 방법을 살펴보았다. '사건의 함축 지향성', '서술의 정서 지향성', '리얼리티의 이미지 지향성'을 파악하고자 하는 시도는, 서술시에서 작가 의식과 의도를 효과적으로 드러내기 위해 차용한 서사적 활용법에 주목함은 물론, 서술시 역시 고유한 시적 속성을 가지고 있는 갈래이기에 이를 시답게 이해하고 감상하고자 하는 것이다.

사건의 함축 지향성 살피기는 '사건 파악하기'와 '함축적 시어 찾기'로 요약된다. 학생들이 시간의 경과에 따라 펼쳐지는 이야기의 흐름을 파악하고 이를 재구성하는 활동을 수행함으로써, 작품에 대한 흥미를 유발시키는 것이 그 시작이다. 다음으로 소설의 사건 제시 방식과는 달리, 상징적인 시어를 통해 사건이 함축적으로 제시되어 있는 개별 시어를 발견하는 것으로 진행되어 간다. 이는 서술시에서의 이야기가 함축성을 지닌 시어로 수렴된다는 사실에 주목하고, 긴장과 절제의 형식미가 문학적 심미감을 불러일으킴을 이해하고자 하는 것이다.

서술의 정서 지향성 살피기는, 서술자로서의 화자의 이야기 전달 방식이 작품 속에 어떻게 펼쳐지는지 살피고, 이를 통해 학생들이 화자의 이야기에 대한 태도와 시점 및 관점을 분석하는 활동이다. 화자가 이야기를 전달하는 입장과 태도는 이야기에 대한 화자의 정서적 반응과 관련성이 있기에 이에 관심을 갖고자 하는 것이다. 이로써 학생들은 서사에서 활용되는 서술 방식이 시의 정서를 효과적으로 조절함으로써 미적 감수성과 감동을 배가시키는 장치가 됨을 알 수 있다.

리얼리티의 이미지 지향성 살피기는 작품 속 현실이 이미지로 형상화되는 서술시의 특징에 주안점을 두고자 한 활동이다. 서술시에 반영된 현장성과 사실성을 파악함으로써 작품과 관련된 시대적 상황과 인물의 삶을 총체적으로 이해하고, 이미지화된 현실을 통해 당시의 현실을 생생하고도 감각적으로 추체험하고자 하는 것이다.

이 글에서는 서술시를 서정과 서사의 통합적 관점으로 접근함으로써 갈래에 대한 고정관념을 해체시키고, 다양한 갈래의 속성이 유발하는 문학적 미감을 고루 체험하는 계기를 마련하고자 하였다. 서술시는 시의 하위 갈래로서의 자격을 갖는다는 근본적인 인식하에, 다양한 서사적 기법의 활용이 시의 창작과 감상의 묘미를 극대화하는데 기여할 수 있음도 살필 수 있었다. 끝으로, 이 글의 서술시 감상을 위한 방법적 제시는 소설과는 차별화된 독자적인 독법의 모색이라는 점에서 의의가 있을 것으로 생각한다.

현실과 주체 인식으로서의 모더니즘시 교육방법

1. 모더니즘시 교육의 필요성

모더니즘은 현실을 대상으로 한 주체의 자기 인식과 정립을 위한 몸짓이다. 우리 문학사에서 모더니즘은, 감정 표현에 탐닉한 주관성과 극단적인 관념 지향성의 시작(詩作) 태도에서 벗어나고자 했던 이미지즘은 물론, 현실적 사유의 논리에서 벗어나 상상이나 무의식의 극단을 지향하려 했던 초현실주의 시까지 폭넓은 양상으로 확장되어 갔다. 다양한 유파적 경향(오세영, 1998)을 답습하며 추구되었던 우리의 모더니즘이 동일하게 표방하고자 했던 것은, 이성 중심의 가치관과 그로 인해 유도된 과학문명에 대한 신봉, 그리고 기계문명(채만묵, 1983)의 맹목적인 추구에 대한 비판이었다.

새로운 시적 형태에 대한 시도와 방안 모색의 일환으로 1920년대 후반 무렵부터 시작된 한국의 모더니즘은, 1950년대의 전쟁과 분단에 대한 경험, 아울러 1970년대 이후 본격화된 농경사회 구조의 해체와 후기 산업사회로의 변동(이미순, 2002)을 거치면서 이어져 갔다. 이러한 과정에서 한국의 모더니즘은 전쟁으로 인해 초래된 인간성의 파괴에 주목하고 이를 극복하기 위해 주체 정립의 문제에 천착하였다. 이후 전개된 산업화와 그 속에 전제된 물적 자본 중심의 논리는 극단적인 인간 소외를 경험하게 함으로써 모더니즘의 근본정신인 부정과 비판의 태도를 공고히 하는 계기가 되었다. 이처럼 모더니즘은 현실 상황과 무관하게 시도되는 문학적 성취를 위한 형식적 탐색에만 한정되지 않고, 오히려 현실비판과 그를 통한 주체 확립이라는 일정한 가치 지향성(맹문재, 2012)을 구체화하기 위한 문학적 형식과의 조응이라 할 수 있다.

전통과 인습에 대한 도전과 파괴(문두근, 1993)를 일삼고자 했던 모더니즘은 획일성과 일원론적 세계관으로부터의 일탈을 표방하면서 다원성을 실험하는 전위적인 형태로 구체화되어 갔다. 이처럼 부정의 변증법(김권동, 2004)을 강조함으로써 끊임없는 부정의 미학을 지향해 나가고자 했던 모더니즘은, 형식적 차원에서는 관습적이고 획일적인 언어 사용의 틀에서 벗어나 음악성과 감상성을 극복하고자 했다. 또한, 이러한 실험적 기법의 근본 토대로서 사물의 질서와 본질을 정확하게 파악하고자 하는 주체의 인식(서진영, 2011)적 측면을 강조하였다.

이러한 맥락의 연장선에서 이 글에서 모더니즘시에 주목하고 이를 교육하고자 하는 궁극적 이유는, 모더니즘적 인식의 근저에 도사리고 있는 현실에 대한 인식과 이를 다른 방식으로 고찰하고자 하는 비판정신을 교육하기 위함이다. 또한, 현실에 대한 비판이 현실 속에서 삶을 영위하는 개체로서의 주체에 대한 인식과 바람직한 주체의 확립이라는 문제와 결부되어 유의미한 인식의 전환점을 제시해 주는 것이기에 그 교육적 가치는 충분하다고 볼 수 있다.

문학의 제재로서의 현실은 가치중립적인 성향을 가질 수 없으며, 작가의 가치관에 따라 일정한 이념을 표방하면서 문학 작품 속에 형상화되기 마련이다. 이렇게 볼 때, 문학교육의 하위 영역에 해당하는 시 교육 역시, 현실에 대한 인식, 현실적 삶을 영위해 나가는 주체의 가치 인식의 문제에 관심을 갖고 이를 교육하는 것은 그 자체로서 시 교육의 목적에 해당하는 것이라 할 수 있다.

모더니즘시에서 현실은 단순한 물리적 현상 이상의 의미를 갖는 것이다. 그 현실은 시대의 보편적 문화를 배태(胚胎)하는 자리가 되며, 한 시대가 품고 있는 문화 의욕(나민애, 2010)을 살피려는 문학적 시도에 해당한다. 여기에 모더니즘시 교육의 필요성이 자리한다. 모더니즘시는 현실을 삶과 인생에 대한 문화적 인식이 응축된 공간으로 파악하며, 이를 비판적으로 해체하고자 하는 의도를 표출하고자 한다. 그러므로 모더니즘시 교육을 통해 학생들로 하여금 비판적 거리두기로서의 현실 인식 태도를 함양하는 데 기여하리라 본다. 궁극적으로 현실은 삶의 터전으로서 수용의 대상이기는 하지만 인식의 지평 확장과 발전적 이상의 모색을 위해서는 맹목적 타협보다 냉혹한 비판을 통한 현실 파악이 이상의 지향이라는 측면에서 더 큰 의의를 갖기 때문이다.

모더니즘이 고찰하고자 하는 현실의 이면에는 주체에 대한 배려가 자리잡고 있다. 이성과 물질의 극단적인 추구에 탐닉한 현대문명이라는 현실은 비판적 인식의 대상임과 동시에, 현실 속에서 짓밟혀 온 주체(양인경, 2007)를 객관적으로 자각하고자 하는 몸부림이 존재하는 영역이다. 모더니즘적 언술은 기존의 언어 사용법과 의미에 대한 부정 어법을 통해, 이러한 주체 부정의 현실 상황에 대한 거부를 자행함으로써 주체의 자리매김을 시도하고 있는 것이다. 모더니즘시 교육은 이처럼 작품을 통해 현실 상황 속에서의 주체의 위상에 대한 인식을 제고시켜 줄 뿐만 아니라, 학생들이 발딛고 있는 현실 속에서의 학생 자신의 주체에 대한 인식으로 확장될 수 있을 것으로 기대한다.

모더니즘은 형식적 측면에서 시도되는 새로운 형태의 미학적 추구나, 지속적으로 시도되었던 전통에 대한 부정에만 머물지 않는다. 모더니즘에 의해 기획된 부정의 정신은 주체 소외적 현실에 대한 비판으로 드러나지만, 이는 결국 이상으로서의 현실과 주체의 위상 정립을 이루고자 한다. 주체 회복으로서의 낯선 텍스트(노철, 2003)인 모더니즘시에 대한 교육은, 비판을 뛰어 넘어 지향해야 할 바람직한 이상에 대한 인식의 지평을 확장시켜 줄 것이다. 현실과 주체의 이상적 모습에 대한 탐색은 학생들의 현재적 삶을 긍정적으로 설계하고, 대안으로서의 미래를 준비하는 계기가 될 것으로 본다. 또한, 현행 국어교육과정의 내용 성취 기준에서 언급하고 있는, 작품 세계의 전달 관점에 대한 인식, 상황 및 사회적 맥락에 대한 파악, 주체적 관점의 작품 분석 등의 항목을 고려한다면, 모더니즘시 교육을 통한 현실과 주체에 대한 다면적인 인식과 비판적 고찰은 그 의의를 갖는다고 할 수 있다. 이는 문학 교육과정에서 내용 체계 영역으로 규정하고 있는, '문학과 사회, 문학과 자아, 문학과 사고'의 항목이 구현하고자 하는 교육적 의도와도 관련성을 맺고 있다고 볼 수 있다.

따라서 이 글에서는 모더니즘 계열의 다양한 유파가 표방하는 차별화된 논의보다는, 그들이 서로 공유하는 근원적 인식으로서의 공통분모와, 이를 시적으로 형상화한 모더니즘시를 대상으로, '대상으로서의 현실에 대한 인식 태도, 현실과 결부되어 입증되어야 할 주체적 인식의 실태, 그리고 주체가 추구하고자 하는 이상으로서의 현실과 주체적 위상'에 초점을 두고 논의를 전개하고자 한다. '현실', '주체', '이상적 위상'의 세 가지 항목을 모더니즘시 고찰을 위한 중요한 요소로 설정하고, 이에 따라 규명된 특징을 교육현장에 구현하기 위한 구체적인 방안도 제시해 볼 것이다.

2. 모더니즘시 교육의 주안점

모더니즘시 교육은 모더니즘이 지향하고자 하는 입장을 고려하고 이에 부응하는 쪽으로 이루어져야 하리라 본다. 모더니즘시가 물질 문명화된 현실상황을 비판적 대상으로 설정하고 그 속에서 삶의 주체로서의 자격을 상실하고 타자로 전락해버린 인간성을 탐색하고자 하는 것이기에, 이 글에서는 모더니즘시 교육을 통해 현실 비판, 주체 인식, 이상 탐색을 모색해 보고자 한다. 이에 따라 모더니즘시 교육에서 교육의 대상으로 규정하고 주된 교육의 내용으로 제시해야 할 항목으로 '인식 대상으로서의 현실에 대한 비판과 거리두기', '내면 탐색을 통한 주체에 다가서기', '주체적 위상 정립과 현실 재구성을 통한 현실 넘어서기'를 설정하고, 그 속내를 밝혀 보고자 한다. 아울러 이러한 개별 항목은 위계화를 통해 순차적 수행에 의한 통합성을 염두에 두고 교육할 수도 있겠으나, 작품의 특징에 따라 한 둘의 요소에만 초점을 두고서 비순차적이고 독자적으로 수행될 수 있음을 밝혀 둔다.

1) 현실에 대한 비판과 거리두기

'의식을 경험의 물질적 표면 위에 위치시키는 것'이 모더니즘의 특징(박현수, 2007)이라고 규정했던 슐라이퍼의 견해에 따르면, 모더니즘이 주되게 관심을 기울였던 것은 사물에 대한 인간의 인식과 정서가 아니라 사물 자체의 특징임을 알 수 있다. 즉 모더니즘에서는 인간의 의도에 의해 왜곡되는 현상들을 거부하고 물질이나 대상의 본질적 특성 그 자체에 주목하고 이를 표현하기 위한 객관적인 시선과 태도를 고수하고자 하였다. 이러한 태도로 인해 모더니즘은 자연스럽게 시의 내용보다는 방법의 문제에 집착(문혜원, 2012)하는 모습을 보였다. 사물과 거리를 유지하면서 이미지의 형상화에 주력하였으며, 여기에서 나아가 인간의 심리와 의식의 논리성에 의문을 제기하고 이를 철저히 해체시킴으로써 사물 자체의 본질로 회귀하고자 하였다.

모더니즘의 사물 자체에 대한 관심은 현실 상황에 시선을 돌리는 쪽으로 환원되게 된다. 모더니즘은 단순히 현실의 모순이나 부정적인 측면만을 작품으로 형상화하려 하지 않았다는 데 주목할 필요가 있다. 현실을 문제 상황으로 내몬 원인을 가치 인식의 오류에서 찾고 이의 근원적 해소를 위해 현대문명을 비판하고 거리두기를 지속적으로 수행해 왔던 것이다. 모더니즘의 한 유파에 해당하는 이미지즘은 흄(T. E. Hulme)의 불연속적 세계관을 적극 옹호하면서 그들의 인식적 준거로 삼고자 하였다. 즉, 윤리 종교적 가치의 세계와 과학적 무기 세계는 엄격한 위계질서가 존재하는 불연속적 영역(한국현대시학회, 2003)임에도 불구하고, 현대사회는 이를 휴머니즘 중심의 가치 체계를 중심으로 통합함으로써 무질서와 모순이 초래되었다는 것이다.

그러므로 모더니즘시 교육에서는 기존의 작품에서와 같이 현실을 작품의 매개로만 보고, 다양한 가치와 삶의 모습이 존재하는 공간 정도로 이해해서는 곤란하다. 현실을 인식의 대상으로 바라보고 객관적인 거리와 시선으로 현실을 대상화할 수 있는 태도가 무엇보다 선행되어야 하리라 본다. 기존의 가치 인식에서 벗어나 현실을 하나의 대상으로 보고 거리두기를 통해 현실로서의 대상을 명확히 파악하려는 태도는 비판적으로 현실의 본질을 규명해 낼 수 있는 유일한 방법이 될 것이다. 그럴 때라야 인간의 편협한 관점으로 인해 왜곡된 시선 속에 가두어 두었던 현실에 대한 인식 태도에서 벗어나, 현실을 냉정하게 판단하고 평가할 수 있는 기회를 얻게 될 것으로 본다.

모더니즘이 문제 삼고자 하는 현실은 산업화의 필연적 부산물인 '도시'(백태효, 1995)이며, 도시는 현대문명의 핵심이며 보편성으로서의 현대성을 인식할 수 있는 상징으로서의 공간적 의미를 갖는다. 모더니즘은 이 도시적 공간을 작품의 소재로 선택함으로써 그 속에 내재된 합리성과 휴머니즘의 허상, 즉 진보의 논리에 의해 일방적으로 강요된 인간 존재의 근원적 슬픔과 한계를 드러내고자 하였다. "인간의 의식 세계는 추상적으로 고정시켜 분석하거나 양적으로 측정할 수 없는, 체험 가능한 실재적인 세계"라는 베르그송(H. Bergson;

박은희, 2006)의 견해가 시사하는 것처럼, 모더니즘은 합리적 이성 중심의 가치관을 토대로 모든 것을 계량 가능한 것으로 환원시키려는 인식적 모순을 현대문명의 산실(産室)인 도시적 공간에서 발견하고자 하는 것이다.

자본주의를 지향하는 현대는 모든 공간을 동질화, 파편화, 위계화하여 생산과 재생산을 수행(임영선, 2010)함으로써, 독자적 고유성과 정체성을 무화시키고 말았다고 보는 것이 모더니즘의 관점이다. 모더니즘시에서 발견되는 재래의 서정적 소재와 관습적 글쓰기로부터의 일탈은, 현실의 모순을 초래한 근원적 인식들의 오류를 지적하기 위한 반속적(反俗的; 유종호, 2011) 미학의 일환으로 이해할 수 있을 것이다. 이러한 모더니즘의 전략은 개성을 부정하고 자본 중심의 권력 체계 속에 모든 개체를 재편성하려는 동질화 의도를 해체하려는 몸부림으로 해석 가능하다. 결국 모더니즘시를 통한 현실에 대한 비판적 거리두기는 학생들로 하여금, 현실의 모순을 초래한 근원적 원인에 관심을 갖게 할 것이며, 물질 중심의 논리에 의해 강요된 획일화와 동질화 전략을 넘어설 수 있는 새로운 가능성을 탐색하는 계기를 마련해 줄 것으로 기대한다.

모더니즘이 작품 속에 담아내고자 하는 현실이, 현실에 대한 비판으로서의 거리두기를 전제로 이루어진 것이기에 모더니즘시 교육에서는 현실을 어떻게 담아내고 있는지, 기존 작품과 차별화되는 기법상의 특징은 무엇인지, 현실에 대한 태도와 관점은 어떠한지, 모더니즘시의 현실적 인식이 학생들의 현재적 상황에도 확장 및 적용 가능한지 등을 다룰 필요가 있다. 따라서 모더니즘시에서 형상화된 현실은 당대의 시대적 모습을 생생하게 담아냄으로써 삶이 유발하는 개별적인 정서와 풍습으로서의 시대 현실에 방점을 두지는 않는다. 비록 일상으로서의 삶의 공간인 현실을 대상으로 하더라도 '비판'과 '거리두기'라는 일정한 원리에 의해 이루어지는 '현실 바로 알기'라는 작업의 일환인 것이다.

그러므로 모더니즘시 교육에서는 무엇보다 작품 속에 전경화된 현실 상황에 주목하되, 객관적으로 대상화된 현실의 참모습을 생생하게 탐색할 수 있어야 함은 물론, 그러한 현실의 이면에 일정한 거리를 두고 잠재적으로 포진된 작가의 현실에 대한 인식 태도에도 주의를 기울여야 할 필요가 있다. 작가적 인식에 대한 관심을 배제할 수는 없지만, 그보다 학생 스스로 당대의 현실을 대상화하고 이미지들의 결합을 통해 현실 속에 내재된 본질적 의미와 가치에 대해 숙고해 볼 수 있는 기회를 가지는 것이 바람직한 모더니즘시 감상 방법이라 본다. 물론 시 작품은 이미 작가적 인식에 의해 재구성된 결과물이기는 하지만, 모더니즘시는 사물들의 관계성에 주목하고 현실에 대해 객관적 태도(한국현대시학회, 2006)를 확립하고자 하는 사조이기에, 작가 개입의 최소화로 인해 학생들의 작품 속 개입과 해석의 여지는 확장적이라 할 수 있다. 따라서 현실에 대한 작가의 거리두기가 어느 정도의 수준으로 이루어졌는지에 대한 학생들의 자발적인 평가와 판단의 유도, 현실 비판의 근거와 이유에 대한 학생들의 공감대 형성, 현실에 대한 비판과 거리두기를 위해 작가가 활용한 표현 전략에 대한 탐색 등이 총체적으로 수행될 수 있도록 배려할 필요가 있다.

2) 내면 탐색을 통한 주체에 다가서기

모더니즘시에서 현실에 대해 고찰하고 의미를 재부여하는 궁극적 의도는 주체 파악에 있다. 그러므로 작품 속 현실 살피기는 주체의 현재적 위상에 대한 인식으로 나아가야 모더니즘시를 제대로 감상한 것으로 볼 수 있다. 모순적 현대문명의 도시적 공간 속에서 그 구성원으로서의 주체는 철저히 배제될 수밖에 없었고, 현실을 주도적으로 구성하고 그 공간 속에서 삶의 온기를 누려야 하는 주체는 현실적 상황에 종속되어 물적 가치 지향성을 위해 동원되는 수단으로서의 타자로서만 머물게 되었다.

원시 사회와 현대 사회의 기술의 질적 차이를 부정한 아도르노 역시 현대문명이 추구하는 기술의 물신화(이종하, 2007)에 비판적 입장을 취하고 있다. 인간 이성을 중시하는 합리성에 대한 맹신은 과학 기술의 발전을 정당화하고 이로 인해 결과되는 인간 삶의 풍요를 낙관적으로 전망하게 되었다. 이러한 가치 인식은 급기야 본말이 전도되어 진보를 가능하게 하는 수단으로서의 자본과 기술을 궁극적 가치로 추앙하게 됨으로써 인간 주체를 타자와 종속적 지위로 내몰고 만 것이다. 이러한 현실적 모순을 개선하기 위해 아도르노는 "비동일적 비언어적 비개념적인 것을 구제하기 위해, 현실에 대해 부정하는 사유의 수단이 확립된 주체적 인식을 통해 객체의 진리에 도달"(Adorno, 2012; 김유동, 1994)할 수 있음을 역설한다. 즉, 사물이나 주체의 차별성과 사물로서의 독자성을 무화시키고, 개념적 사고로서의 합리적 이성을 통해 주체를 뒷전으로 내모는 현상은 현실이 갖는 인식적 한계에서 초래된 결과라는 입장이다.

모더니즘시는 이러한 현실적 모순 속에서 잉태된 주체의 참모습을 인지하기 위해 '현실' 중심의 관점에서 '주체' 중심의 관점으로 시선을 이동시킨다. 현대문명 속에서 파편화되는 주체의 실체를 파악하기 위해 현실에 대한 묘사보다 주체의 내면 묘사에 주력하고자 하는 것이다. 의식과 무의식이라는 내면 속에 자리잡고 있는 주체의 속내를 작품으로 형상화함으로써 현실을 향해 토로하고자 하는 주체의 메시지, 현실에 대한 주체의 냉정하고도 비판적인 하소연을 담아내고자 하는 것이다. 따라서 모더니즘시 교육에서는, 현대문명 속에서의 주체적 실체를 규명하기 위해 주체의 내면에 다가서는 행위가 적극적으로 시도되어야 할 것이다.

모더니즘시에서의 주체는 벤야민이 강조한 '근대적 환등상'(판타스마고리아; 신진숙, 2010) 개념, 즉 사용가치가 사라지고 교환가치에 의해 만들어지는 상품들의 물신적 관계성을 거부하기 위해, 기의와 기표 간의 긴밀성을 해체하고자 한다. 개성적 주체를 인정하고 그 바탕

위에 주체와 객체의 원만한 소통성을 강조하는 관계 설정이 아니라, 주체와 객체의 소통을 차단하고 주체에게 타자성을 일방적으로 강요하는 물신적 사고체계를 부정하고자 하는 것이 모더니즘의 의도이다. 아울러 기표와 기의 간의 단선성과 획일성만을 강요함으로써 주체에 따라 달리 해석되고 표현되는 기의를 억압하는 현실을 전복시키고 기의의 다성성을 획득하기 위해, 모더니즘시에서는 기표와 기의 단절성과 차별화를 극단적으로 시도한다.

이를 위해, 꿈과 무의식 세계를 탐구하고 이를 생경한 언어의 사용, 기존 어법에 대한 반발을 통해 돌연한 의미(차영한, 2011)를 유도해 내고자 하는 초현실주의는 궁극적으로 의식적 세계 속에서 주체가 겪는 소외와 억압을 해소하고자 한다. 모더니즘시에서 주체는 이성 중심의 물질문명이 통제하고자 하는 의식 세계로부터 벗어나고자 하는 탈의식적 노력(류순태, 2003)을 도모하는 것이다. 표면적으로는 현실과 단절된 자율성의 세계, 밀폐된 자의식의 세계(이승훈, 2000)를 지향하지만, 사실상 이러한 몸부림을 통해 현실을 비판함은 물론, 현실 속에서 사물화된 주체를 직시하고자 한다. 이러한 시도는 무기력한 주체의 실상에 대한 파악임과 동시에, 현실 주체의 한계를 넘어서려는 시도로 해석 가능하다. 결국, 모더니즘시에서 추구하는 내면 탐색을 통한 자아의 이중화(최미숙, 2000) 전략은 주체의 본질에 다가섬으로써 주체의 생생한 실체를 규명하기 위한 노력인 것이다.

그러므로 모더니즘시 교육에서는 현실과의 관련성 속에서 잉태되는 주체의 현재적 상황에 주목하게 할 필요가 있다. 현대문명이 갖는 주체에 대한 인식은 어떠한지, 그러한 현대적 인식을 통해 양산되는 주체의 실태는 어떠한지, 주체가 바라보는 현실은 어떠한 것인지 등을 탐색할 수 있어야 하리라 본다. 무엇보다 관심을 기울여야 하는 것은 주체의 내면 심리와 무의식 세계에 대한 관심이다. 현실 세계에 지배되어 개성적 안목을 발현하지 못하는 의식 세계의 범위를 넘어, 주체의 내밀한 무의식적 공간은 어떤 양상을 보이는지 파악해 볼 필요가 있다.

작품에 등장하는 주체의 내면은 어떤 형태로 형상화되어 있는지, 무의식의 세계에서 자아는 스스로를 어떻게 인식하는지, 무의식 세계에서 주체는 현실과 어느 정도의 이질성과 분열상을 표상하는지, 무의식에서 형상화된 주체의 절망과 좌절이 상징하는 바가 무엇인지 등을 학생들의 안목으로 살피고 따져보게 해야 한다. 결국 모더니즘시 교육에서 주체에 대한 탐색은 현대사회를 구성하는 근원적 인식이 주체를 어떻게 기형화하고 있는지에 방점을 두어야 하며 또한, 비정상적 주체를 형상화하기 위해 이전의 시 작법과 차별화되는 모더니즘적 글쓰기 방식의 모색에 주력해야 할 것이다.

3) 위상 정립과 재구성을 통한 넘어서기

모더니즘시가 지향하였던 현실과 주체의 모순성과 파편성에 대한 살핌이 이루어졌다면, 마지막으로 비판적 인식의 이면에 존재하는 모더니즘의 궁극적 의도에 대한 탐색을 교육의 주안점으로 설정해야 할 필요가 있다. 모더니즘의 이론적 보급에 힘을 기울였던 김기림은 "기성의 가치와 관념에 대해 비판적 태도를 견지한 시적 태도는 인간성을 회복하는 것이며, 인간의 사고발전을 위한 변혁의 계기"(김진희, 2009)임을 밝힌 바 있다. 결국 모더니즘시에서 실험적으로 기도된 미학적 추구는 현실과 주체의 소외성을 넘어서기 위해 주체의 위상 정립과 현실의 재구성을 위한 시도로 파악될 수 있다. 그러므로 주체의 타자성을 강요하는 모순적 현실을 넘어서기 위해 시도되는 대안으로서의 이상이 어떤 모습이며, 그것을 실현하기 위한 방안이 무엇인지에 대한 살핌도 모더니즘시 교육에서 놓쳐서는 안 될 주안점이라 할 수 있다.

현실과 관련된 문제는 작품 형성의 중요한 소재가 되기도 하지만, 그러한 현실에 대한 비판적 관점은 상상적 해결책(김준환, 2006) 제시를 위한 토대로서의 지위를 가져야만 유의미한 것일 수 있다. 모더니즘 시인들은 새로운 기법적 모색을 통해 현대문명 속에 전제된 모순적 인식의 근거들을 해체하고자 하면서도, 급기야 창작 기법의 차원에 머물지 않고 진정한 현대성의 실현(박몽구, 2006)에 무게를 두기도 한다. 현대성의 추구가 피할 수 없는 흐름이라면 바람직한 현대의 모습을 제시하고 이를 바탕으로 현실의 한계를 비판적으로 고찰해야 한다는 입장이다.

"시와 예술이 기존의 반응관습을 와해시키고 조화로운 전체를 구성"(오문석, 2007)하기 위한 시도라고 본 리챠즈의 견해도 이와 유사한 맥락에서 이해 가능하다. 모더니즘시의 본질이 기존의 인식 체계와 시적 형상화 방식에 대한 부정을 통해 온전한 전체로서의 이상을 표방하고자 하는 것이기에, 사실상 시 교육에서도 주체의 위상을 어떻게 재설정하고자 하는지, 현실의 재구성을 통해 지향하고자 하는 미래적 가치는 어떤 것인지에 대한 모색은 중요한 교육 요소가 되리라 본다.

모더니즘시는 현재의 불모성에 대응하기 위해 '시간적 전망'(이기성, 2006)을 찾기 위해 고심한다. 현재의 시간성에서 탈피해 모순 이전의 과거에 대한 지향성 내지는 모순 해소의 공간으로서 미래를 설정하고, 이러한 공간의 이동을 통해 현대의 시간을 재설정하고자 하는 것이다. 과거로의 귀환과 긍정적 공간으로서의 미래적 공간에 대한 지향은 단순한 시상의 전개 방식이나 소재적 설정의 다변화라는 측면의 시간 이동이 아니라, 주체성 회복과 바람직한 현대성을 위한 탐색이라는 점에서 주목할 만하다.

뿐만 아니라 모더니즘시는 문명의 자리에 자연을 치환적으로 대입시키기도 한다. 의식과 상상 속에 존재하는 자연적 공간으로의 이동을 통해 초월적 세계(김진국, 1995)를 재설정하고자 하는 것이다. 모더니즘시에 전면화된 과거와 자연으로의 귀속은 퇴행으로 이해되기도 하지만(진순애, 1999), 상실된 현대와 주체의 본성을 치유하고 발견하기 위한 원형적 공간으로서의 의의가 있음을 부인할 수는 없을 것이다. 결국, 통합과 안정을 지향하는 모더니즘시의 주체(엄성원, 2006)는, 정체성을 위협하는 사회적 현실에서 벗어나 인간의 참다운 가치와 존엄성을 실현(김효중, 2002)할 수 있는 이상을 다양하게 모색하고 추구해 나가고자 한다.

이러한 특징을 보이는 모더니즘시 교육을 위해서는, 작품 속에 형상화된 모더니즘이 이상으로 삼는 가치 인식은 무엇인지, 바람직한 현실과 주체의 모습은 어떻게 제시되어 있는지, 현실에 대한 대응 태도는 어떠해야 함을 강조하고 있는지, 바람직한 성취를 위해 가져야 하는 자세나 실현 방안은 어떻게 구체화되어 있는지 등을 학생들이 주되게 살필 수 있도록 배려해야 할 것이다. 작품마다 이상으로 제시하는 작가적 인식이나 가치 실현을 위한 시적 기법은 매우 다양할 수밖에 없을 것이다.

그러므로 '작가 인식', '형상화 방법'에 초점을 맞추어서, 현실의 대안으로 제시되는 작품 속 이상의 피상적 실체 파악에만 급급해서는 안 되리라 본다. 즉, 현실적 한계를 극복할 수 있는 이상으로서의 모습에 전제된 인식과 그것을 작품으로 형상화해 내는 문학적 기법에 주의를 기울이도록 할 필요가 있다. 아울러 그러한 이상이 실현 가능한지, 그것의 가치성 여부는 어떠한지에 대해 학생들이 판단하고 생각해 보는 시간을 가지는 것도 의미가 있을 것이다. 이러한 과정을 통해 현실의 대안을 찾아가는 과정에 공감하고 그 일의 가치를 깨닫게 될 것이기 때문이다.

3. 모더니즘시 교육의 방법

모더니즘시가 본질적으로 현실과 주체, 그리고 이상에 관한 차별화된 태도를 작품으로 형상화하고자 하는 작업이기에, 시 교육적 측면에서도 비판적 거리두기를 통한 현실 인식, 주체의 현재적 위상 파악을 위한 내면 탐색, 모순적 현실과 주체적 속성을 넘어서기 위한 이상 파악 등이 교육의 주안점이 될 수 있음을 밝혔다. '현실, 주체, 이상'의 항목들이 모더니즘시 교육에서 주되게 다루어져야 할 것이기에, 교육 방법도 이러한 중점 요소들과 관련된 범위 내에서 구체적인 작품을 대상으로 적용하고 활용할 수 있는 기법들에 초점을 맞추어야 하리라 본다. 이에 따라 '비판적 거리두기를 통한 현실 파악하기', '내면 탐색을 통한 주체의 현실태 파악하기', '대안 탐색을 통한 이상 파악하기' 등을 세부 교육 방법으로 설정하고 이를 구체화해 나가고자 한다. 또한, 앞장에서 논의한 모더니즘적 인식을 문학적으로 형상화하고 있으며, 필자가 제안하는 교육 방법을 검증하기에 적합하다고 판단되는 임의의 세 작품을 선정해 논의를 전개하고자 하며, 이 글에서 제안하는 교육 방법은 제시된 작품 이외에도 다양한 모더니즘시에 확장적으로 적용 가능하리라 본다.

1) 비판적 거리두기를 통한 현실 파악하기

모더니즘시에서의 현실은 객관화된 대상으로 다루어진다. 현실을 대상으로 설정하고 이전의 가치 인식을 배제한 상태에서 현실이 갖는 실질적 모습과 그 속에 전제된 이념을 탐색하고자 한다. 따라서 모더니즘시를 교육하기 위해서는 '현실에 대한 태도', '현실의 형상화 방법', '전제된 가치 인식'에 주안점을 두어야 할 필요가 있다. 「나비와 광장」에 있어서도 현실에 대한 작가적 태도와 형상화 방법인 '거리두기', 전제된 가치관으로서의 '물질중심적 현실과 비판적 인식'에 관해 고찰할 수 있도록 교육 활동이 전개되어야 할 필요가 있다. 모더니즘적 인식을 토대로 작품을 이해하고자 할 때, 「나비와 광장」에서는 현실적 요소가 감상의 초점이 될 수 있기 때문이다.

현기증 나는 활주로의
최후의 질정에서 흰 나비는
돌진의 방향을 잊어버리고
피 묻은 육체의 파편들을 굽어본다

기계처럼 작열한 심장을 축일
한 모금 샘물도 없는 허망한 광장에서
어린 나비의 안막을 차단하는 건
투명한 광선의 바다뿐이었기에
진공의 해안에서처럼 과묵한 묘지 사이사이
숨가쁜 제트기의 백선(白線)과 이동하는 계절 속
불길처럼 일어나는 인광(燐光)의 조수에 밀려
흰 나비는 말없이 이즈러진 날개를 파닥거린다

하얀 미래의 어느 지점에
아름다운 영토는 기다리고 있는 것인가
푸르른 활주로의 어느 지표에
화려한 희망은 피고 있는 것일까

신도 기적도 이미
승천하여버린 지 오랜 유역(流域)
그 어느 마지막 종점을 향하여 흰 나비는
또 한 번 스스로의 신화(神話)와 더불어 대결하여 본다

—김규동, 「나비와 광장」 전문

위 작품에서 먼저 주목해야 할 내적 요소는 '현실'에 관한 것이다. 사실상 시적 대상인 나비의 현재적 처지와 정서 유발의 근원적 토대가 현실적 상황에서 기인한 것이기 때문에, 학생들로 하여금 작품

속에 형상화된 현실적 특징을 살피게 하는 것이 우선시되어야 한다. 하지만 단순히 유사성을 갖는 시어의 연결을 통해 현재적 상황의 성향을 피상적으로 파악하는 데 그쳐서는 모더니즘시의 본질적 속성을 제대로 교육시키지 못하게 된다.

일차적으로 시적 화자의 시선이 어디에 머물고 있으며, 시적 화자의 현재적 위치가 어디인지를 파악하게 할 필요가 있다. 또한, 현실 상황 속에 존재하는 시적 대상으로서의 나비가 시적 화자와 어떤 관련성을 맺고 있으며, 의인화된 객관적 상관물인 나비를 작품 속에 등장시킨 이유를 생각해 보는 기회를 마련하는 것이 중요하다. 이러한 과정이 필요한 이유는 모더니즘시에서 '현실'적 요소가 중요한 시적 모티브가 됨을 주지시키는 활동이 될 것이며, 현실에 대한 작가의 태도가 관조적이고 객관적임을 파악하게 하는 계기가 될 것이기 때문이다.

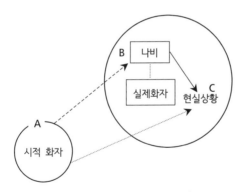

〈그림 16〉 현실에 대한 거리두기 전략

나비는 현실을 체험하는 주체[C]임에 분명하지만, 이는 실제화자의 대리물로서 기능[B]하며 현실을 대상화함으로써 기존의 현실에 대한 인식의 틀에서 벗어나고자 하는 시도이다. 이는 현실의 의미와 가치를 재평가하기 위한 중요한 전략이 됨과 동시에, 현실을 비판할 수 있는 근거가 되는 것이다. 현실의 바깥에서 실제화자와 분리된 작품 창작 주체로서의 시적 화자[A]의 시선에 의해 나비가 관찰되는 형태를 갖게 되면서 또 한 번의 낯설게 하는 효과가 부각되고 있다. 결국 현실로부터 떨어져 관조적 공간에 위치한 시적 화자가 현실상황을 객관적으로 파악하고자 하는 시선이, 현실 속의 실제화자를 직접 겨냥하지 않고 나비를 경유하는 과정을 통해 우회하기에, 현실에 대한 거리두기는 상황을 새롭게 인식하고자 하는 시적 기법이 된다.

작가의 현실에 대한 태도와 그러한 태도를 견지한 이유에 대한 학생들의 이해가 이루어진 후, 현실 상황을 묘사한 구체적 시어를 찾아보게 하고 시어의 특징들에 대해 고찰하게 할 필요가 있다. 학생들은 현실과 관련된 시어 찾기 과정을 통해 자연스럽게 정서를 직접 표출한 시어가 극히 드물다는 느낌을 갖게 될 것이다. 이 역시 대상에 대해 객관적 거리를 유지하려는 화자의 의도에 해당하며, 이는 현실 상황을 상징하는 시어들에 내재된 작가의 의도와 연결되고 있다. 즉, '현기증 나는 활주로'에서 기인한 '제트기의 백선'이 '불길처럼 일어나는 인광'을 내뿜음으로써 현실은 결국 '샘물도 없는 광장', '투명한 광선의 바다', '진공의 해안', '과묵한 묘지'만이 존재하는, '신도 기적도 승천'해 버리고만 공허와 폐허적 공간으로 귀결되고 만다. 또한, 이러한 현실 속에서 주체는 '피 묻은 육체의 파편'으로서 '기계처럼 작열한 심장'과 '이즈러진 날개'만을 가진 채 '하얀 미래'와 '화려한 희망'에 대해 확신 없는 기대만을 남길 뿐이다.

이처럼 현실과 주체의 모습이 보여주는 가시적 특징만을 수식어와 피수식어의 관계로 나열하는 방식을 학생들이 개별 시어를 통해 발견하게 할 수 있어야 한다. 이러한 활동을 통해 현실의 모순을 비판하고자 하는 거리두기의 효과를 이해하고, 현실을 묘사하기 위해 동원되는 비정서적이고 관조적 유형의 이미지 나열이 현대문명의 비정성을 파악하는 요소가 됨을 깨닫게 된다. 지배적 통념으로 강요되어 온 현대문명의 발전적 논리를 철저히 붕괴하고자 하는 모더니즘적 시도를 염두에 둔다면, 작품을 매개로 학생들에게 현실을 대면하는 가치 인식의 전환을 시도해 볼 수 있는 계기를 마련해 줄 수 있어야 할 것이다. 그러므로 현실상황에 대한 학생 자신의 관점을 재정립한 다는 차원에서, 모더니즘시에서 다루어지는 현실에 대한 인식과 기존의 현실에 대한 논리를 견주어 가면서 자신의 입장을 정리할 수 있는 시간도 마련할 필요가 있으리라 본다.

2) 내면 탐색을 통한 주체의 현실태 파악하기

모더니즘시에서 주체는 주된 교육 대상이 된다. 따라서 모더니즘 시에서 주체는 어떤 모습으로 형상화되며, 주체의 실상을 표상하기 위한 독자적인 기법이 무엇인지에 방점을 두어야 할 필요가 있다. 「오감도 시 제 15호」를 통해 이러한 교육 방법을 구체적으로 보이고 자 한다. 모더니즘의 관점에서 보자면 「오감도 시 제 15호」는 주체의 내면에 방점을 두고 시상이 전개되고 있음이 명확하기에 그러하다. 무엇보다 중요한 것은 주체를 탐색하기 위해 시도하는 작가적 태도 와 방법이 무엇인지를 학생 스스로 찾아낼 수 있는 기회를 부여해야 한다. 이를 통해 모더니즘시에서는 주체의 특징을 개별 시어를 통해 직접적인 형태로 제시하지 않고, 주체의 내면이나 무의식을 가시화 시키고자 하는 방법을 통해 주체의 본질을 규명하고 있음을 인식하 게 될 것이다.

1
나는거울없는실내에있다.거울속의나는역시외출중이다.나는
지금거울속의나를무서워하며떨고있다.거울속의나는어디가
서나를어떻게하려는음모를하는중일까.

2

죄를품고식은침상에서잤다.확실한내꿈에나는결석하였고의
족을담은군용장화가내꿈의백지를더럽혀놓았다.

3

나는거울있는실내로몰래들어간다.나를거울에서해방하려고.
그러나거울속의나는침울한얼굴로동시에꼭들어온다.거울속
의나는내게미안한뜻을전한다.내가그때문에囹圄되어있드키
그도나때문에영어되어떨고있다.

4

내가결석한나의꿈.내위조가등장하지않는내거울.무능이라도
좋은나의고독의갈망자다.나는드디어거울속의나에게자살을
권유하기로결심하였다.나는그에게시야도없는들창을가리키
었다.그들창은자살만을위한들창이다.그러나내가자살하지아
니하면그가자살할수없음을그는내게가르친다.거울속의나는
불사조에가깝다.

5

내왼편가슴심장의위치를방탄금속으로掩蔽하고나는거울속의
내왼편가슴을겨누어권총을발사하였다.탄환은그의왼편가슴을
관통하였으나그의심장은바른편에있다.

6

모형심장에서붉은잉크가엎질러졌다.내가遲刻한내꿈에서나는
극형을받았다.내꿈을지배하는자는내가아니다.악수할수조차없
는두사람을봉쇄한거대한죄가있다.

—이상, 「오감도 시 제 15호」 전문

'거울 속의 나'는 내면화자로서, '죄를 품고'서 '식은 침상'과 같은 현실에서 소외된 채로 살아가는 현상화자와 소통할 수 없는 '봉쇄' 당한 존재로 읽힌다. 거울을 매개로 투영되는 내면화자는 현상화자의 심리를 실체적 이미지로 현현(顯現)시키고 있음을 보게 된다. 그러므로 거울 속에 재현된 내면 탐색을 통해 주체의 심리와 정서를 학생들이 파악하게 함은 물론, 이러한 내면 탐색에 대한 시도가 현실을 부정하고자 하는 몸부림임을 인식하게 하는 것이 중요하다.

내면화자를 지향하면서 소통을 감행해 보지만, 발견되는 것은 내면화자가 느끼는 심리상태로서의 '무서'움과, '침울'함 그리고, 현실에 대해 '무능'함만을 안고 있는 '고독'한 존재로서 자아일 뿐이다. 아울러 '결석한 꿈'으로 표상되는 무의식의 부재와 미래에 대한 희망의 실종만이 부각된다. 결국 거울 속의 자아는 현상화자가 지향하고자 하는 진정한 내면자아가 아니기에, 나를 대변하고 나의 본질을 의미하지 못하는 '위조가 등장하지 않는 거울 속 나'일 뿐이다. 하지만 학생들에게 이원화된 자아가 속한 현재적 상황의 실체를 학생들로 하여금 탐색하게 하고, 그러한 현실이 주체를 어떤 모습으로 위치시키며, 자아의 분열상이 어떻게 형상화되고 있는지를 파악하게 함은 물론, 자아 상호 간에 느끼는 연민의 정서가 '미안'함으로 형상화되고 있음도 살피게 할 수 있어야 한다.

모더니즘시의 주체 파악이 내면과 무의식에 대한 관심으로 시도되고, 그렇게 파악된 주체의 내면이 현상자아와 단절된 부정적 모습이라는 이해가 이루어졌다면, 다음으로 그러한 모순적 주체가 가능할 수밖에 없는 원인에 대한 파악을 학생들이 수행하게 하도록 해야 한다. 부정적 현실에 대한 거부로 감행되는 모더니즘의 내면과 무의식에 대한 천착이 결국은, 현실의 모순성을 부각시키기 위한 의도라는 것을 깨닫게 하기 위해서이다. '시야도 없는 들창'만을 강요하는 현실은 철저히 자아의 안목과 시선을 차단 내지는 왜곡시킨 채, 내면자아와 현상자아를 단절시키면서 오로지 영어라는 감옥으로서의 공간으로 주체에게 제시되고 있는 것이다. 자아의 꿈을 지배하고 모순으로서의 '거대한 죄'로만 존재하면서, 자아에게 죄인이기를 강요하는 공간이 현실이라는 것이 작가의 인식이다. 이처럼 학생들이 주체에 중점을 두고 현실을 파악하게 되면 현실이 강요하는 부정성에 대한 주체의 태도와 관점이 부각되는 것이기에, 주체 중심의 읽기와 이해 방식으로의 전환을 가능하게 한다는 의의가 있다.

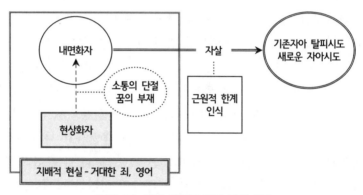

〈그림 17〉 내면 지향과 주체 파악 전략

　　교육 내용으로 추가적으로 설정할 수 있는 것이, 주체의 현실 극복을 위한 시도이다. 주체의 현실에 대한 대응 태도는 어떠하며, 극복을 위한 구체적인 방법은 무엇이며, 그러한 시도의 결과는 어떠한지에 대해서도 살피게 할 필요가 있다는 것이다. 화자는 '자살'만이 유일하게 현실적 제약에서 벗어날 수 있는 대안임을 인식하고 있다. 자살을 통해 내면화자의 부정적 속성은 해소되고 시야 없는 들창은 비로소 새로운 탈출구로서의 매개적 특징을 갖게 됨을 역설하고 있다. 하지만 이러한 인식 태도는 극복 불가능한 현실의 모순적 속성을 극단적으로 부각시키는 것이면서, '자살'이라는 비정상적인 방법 외에는 주체의 내면적 불협화음을 해소할 묘책이 없음을 드러낸 것으로 읽힌다. 뿐만 아니라, '불사조'인 거울 속의 내면화자는 '바른편'에 위치한 '심장'을 가짐으로써, 현상화자와는 다른 근원적 차이와 한계로 인해 권총을 매개한 자살은 실패하고 만다. 결국, 자살은 합리적인 대안일 수 없는 것이다. 학생들은 자살 행위가 기존의 현실적 굴레 속에서 특징지워진 자아에서 탈피하고자 하는 의도적 시도이면서 새로운 자아 형성을 위한 몸부림이지만, 결국 '권총'과 '탄환'이라는 물질문명의 지배를 받는 상황에서는 부정성의 근원적 해소가 어려움을 이해할 수 있어야 할 것이다. 학생들은 '현실' 대신 '주체'를, 전복을 위한 자살 '시도'가 '실패'로 귀인되는 작품의 내적 질서를 통해, 모더니즘의 미학이 '어긋놓기'에 있음을 깨달아 갈 필요가 있다. 이를 위해 "주체의 내면을 상징하는 시어를 나열해 봅시다", "시어의 연결과 조합을 통해 화자의 내면적 속성을 일반화해 봅시다", "기존의 자아 내면을 탈피하기 위한 화자의 행위와 이가 갖는 모순적 성향을 살펴봅시다". "비정상적인 행위로서의 자살이 유도되는 화자의 내면 심리와 현실 상황, 그리고 그러한 행위의 한계에 대해 분석해 봅시다", "현실 상황과 주체의 내면이 갖는 상관성을 파악해 봅시다"라는 발문을 제시함으로써 학생들의 활동을 유도할 필요가 있다.

3) 대안 탐색을 통한 이상 파악하기

모더니즘시는 현대문명에 대한 비판적 견해를 형상화하고자 한다. 하지만 단순한 부정을 넘어 이상을 모색하는 시도가 매력이라 할 만하다. 대안으로 제시되는 이상을 살피기 위한 교육 단계에 있어서는, 모더니즘시에서 구상하는 이상의 면면(面面)을 개별 시어를 통해 파악하는 것과 함께, 특색으로 여겨지는 형상화 기법과 전제된 인식 태도도 내용으로 포함할 필요가 있다. 「금붕어」를 교육하는 실제 상황에서도 '이상의 실체 파악', '표현방법 확인', '전제된 가치 인식'에 주안점을 두어 활동을 전개할 수 있다.

금붕어는 어항 밖 대기를 오를래야 오를 수 없는 하늘이라 생각한다.
금붕어는 어느새 금빛 비늘을 입었다 빨간 꽃 이파리 같은
꼬랑지를 폈다. 눈이 가락지처럼 삐여져 나왔다.
인젠 금붕어의 엄마도 화장한 따님을 몰라볼게다.

금붕어는 아침마다 말숙한 찬물을 뒤집어 쓴다 떡가루를
흰손을 천사의 날개라 생각한다. 금붕어의 향복은
어항 속에 있으리라는 전설과 같은 소문도 있다.

금붕어는 유리벽에 부딪쳐 머리를 부시는 일이 없다
얌전한 수염은 어느새 국경임을 느끼고는 아담하게
꼬리를 젓고 돌아선다. 지느러미는 칼날의 흉내를 내서도
항아리를 끊는 일이 없다.

아침에 책상 위에 옮겨 놓으면 창문으로 비스듬히 햇볕을 녹이는
붉은 바다를 흘겨본다. 꿈이라 가르켜진
그 바다는 넓기도 하다고 생각한다.
금붕어는 아롱진 거리를 지나 어항 밖 대기를 건너서 지나해의
한류를 끊고 헤엄쳐 가고 싶다. 쓴매개를 와락와락
삼키고 싶다. 옥도빛 해초의 삼림 속을 검푸른 비늘을 입고
상어에게 쫓겨댕겨 보고도 싶다.
금붕어는 그러나 작은 입으로 하늘보다도 더 큰 꿈을 오므려
죽여버려야 한다. 배설물의 침전처럼 어항 밑에는
금붕어의 연령만 쌓여간다.
금붕어는 오를래야 오를 수 없는 하늘보다도 더 먼 바다를
자꾸만 돌아가야 할 고향이라 생각한다.

—김기림, 「금붕어」 전문

시적 대상은 무엇인지, 금붕어라는 객관적상관물을 통해 시적 대상을 제시한 의도가 무엇인지, 시적 대상은 누구를 표상하는지, 금붕어가 처한 상황과 금붕어의 현실에 대한 인식 태도는 어떠한지를 따져보게 하는 활동을 진행해 나가야 할 것이다. 이러한 일련의 발문을 통해 학생들은 금붕어라는 사물을 통해 현실을 대상화해서 바라보는 위치에 설 수 있으며, 구속적 공간으로서의 물질문명의 가치에 매료되어 주체의 자율성을 소거당한 채 살아가는 현대인의 실상을 확인할 수 있게 된다.

이러한 작가적 인식에 대한 공감이 전제된 이후에, 이상적 모습의 주체와 공간성에 대한 언급으로 진행해 나갈 수 있게 된다. 화자가 지향하고자 하는 이상은 어떤 공간인지, 그 공간에서의 주체는 어떤 성향과 모습을 가지고 있으며, 그러한 이상 성취를 위해 주체가 어떤 시도를 감행하는지를 학생들이 살필 수 있게 주문할 수 있어야 할 것이다. 금붕어가 도달하고자 하는 이상적 공간은 '대기, 하늘, 붉은 바다, 지나해'로 구체화되어 있으며, 이러한 공간에서 금붕어는 '해초의 삼림'을 마음껏 누빔으로써 현실에서 실현할 수 없는 자유를 만끽할 수 있는 것이다. 그곳은 '어항'과는 다른, '꿈'과 '고향'의 낭만이 존재하는 탈구속적 공간이다.

이상을 성취하기 위해 주체는, 현실적 한계로서의 '유리벽'을 '부시는 일'을 할 수 있는 비판적 의지와, 냉철한 저항의 몸짓으로 '칼날의 흉내'를 냄으로써 '항아리'의 속박을 '끊는 일'을 감행할 수 있는 개혁성을 가져야 한다. 이러한 주체의 이상 성취를 위한 태도는 그대로 이상적 주체의 모습이기도 한 것이다. 이처럼 모더니즘시 교육에서는 학생들로 하여금 모순된 현실에 대한 인식이 이상 구현을 위한 자발적 동인으로 선회하며, 이는 결국 구체적 이상의 실체를 가시화하는 방향으로 나아간다는 사실을 깨닫게 할 필요가 있는 것이다.

하지만 무엇보다 중요한 것은 이상적 주체와 공간을 시적으로 형상화해 내는 모더니즘 글쓰기의 독자성에 대한 탐색이다. 그러하기에 학생들로 하여금 바람직한 주체와 이상적 공간이 시상의 전개 과정 속에서 어떻게 발현되어 가는지를 살피게 하는 것이 중요하리라 본다. 사실상 이상적 주체의 모습이 직접적으로 제시되지는 않고 있다. 소극적인 주체, 한계상황을 인식하지 못하고 부정적 현실을 무기력하게 수용하는 주체의 모습을 부각시킴으로써 반어적으로 주체의 참모습을 드러내고 있다. 아울러 이상적 공간의 실체를 명확하게 제시하고 이를 적극적으로 추구하기보다는, '비스듬히' '흘겨' 보면서 '넓기도 하다고 생각'하는 모호한 수준에 머물고 만다. 금붕어가 처한 현실에서 이상에 대한 지향 의지는 '큰 꿈'이기는 해도 결국 '오므려 죽여버려야'만 하는 환상임을 알고 있다. 이처럼 모더니즘에서의 이상적 공간은 직접화법이 아니라 우회적인 간접화법으로 제시되고 있음을 학생들로 하여금 간파할 수 있도록 배려해야 할 것이다.

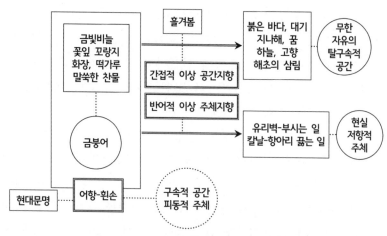

〈그림 18〉 반어와 간접화를 통한 이상 지향 전략

이러한 소극적인 이상에 대한 동경이 의미 있는 것은, '먼 바다를 자꾸만 돌아가야 할 고향이라 생각'함으로써 지속적으로 현실을 부정하고 막연하나마 미래에 대한 기대를 품고 있는 것이기에 그 자체로 유의미하다고 볼 수 있다. "작품에 제시된 바람직한 주체와 대안으로서의 이상적 상황은 어떤 모습으로 제시되어 있나요", "현실 상황과 이상적 공간의 차별점을 구체화해 봅시다", "작품에서 이상적 상황이 형상화되는 방식은 어떠한가요", "그러한 방식의 시도가 이루어진 이유에 대해 생각해 봅시다"라는 발문은, 학생들이 작품 속에 드러난 대안으로서의 이상을 파악하는 유용한 단서가 될 수 있다. 명확한 한계에 대한 인식이 있기에 오히려 모더니즘의 이상 추구는 비현실적인 환상으로 그치지 않으며, 주체의 한계에 대한 발견을 통해 시도되는 이상적 주체의 모습이기에, 비판을 통한 자각과 극복이라는 측면에서 실현 가능성에 대한 기대는 크다고 볼 수 있다. 따라서 반어와 간접화를 통해 시도되는 이상 추구에 집중한 학생들의 모더니즘시 교육은 실현 가능성의 미학에 한 발 다가설 수 있는 기회가 되리라 본다.

4. 모더니즘시 교육의 효과

이 글에서는 모더니즘적 인식의 교육적 가치에 주목하고 이를 교육 상황에 적용할 수 있는 요소의 선정과 구체적인 교육 방법을 제시하였다. 모더니즘이 표방하는 현실에 대한 비판적 인식과 그를 통해 주체의 정체성을 재정립하고 이상적 현실을 구현하고자 하는 태도가 지금의 학생들에게 교육할 만한 가치가 있음에 주목하였다. 주어진 현실을 수동적으로 받아들이는 자세에서 벗어나 현실을 구성하는 내적 원리를 발견하게 하고, 다양한 가치관에 의해 현실이 왜곡내지는 재정립될 수 있음을 깨닫게 하는 데 의의를 두었다. 또한, 일방적으로 강요되는 현대문명의 부당함 속에 자생하는 타자적 속성의 주체가 갖는 부정적인 모습을 학생들이 파악하고, 이를 개선해 나갈 수 있는 당당한 주체로서의 모습을 확립해 나가는 계기를 마련하고자 하였다.

현실과 주체의 비정상적인 모습에 대해 비판하고 이를 개선하기 위한 이상 지향으로서의 미학인 모더니즘시를 교육 대상으로 설정하고, '현실, 주체, 이상'이 모더니즘시에서 주되게 탐색되어야 할 내용 요소임을 밝혀 보았다. 현실의 참모습을 파악하기 위한 모더니즘의 비판적 시선을 살핌은 물론, 그러한 현실 속에서 필연적으로 소외적 존재로 전락해 버린 주체의 모습을 '표현'과 '인식 내용'의 차원에서 탐색하는 것의 의의에 대해 고찰해 보았다. 아울러 비판적 인식의 이면에 전제된 모더니즘의 지향점으로서의 이상의 실체도 논의의 주요 항목이 될 수 있음을 볼 수 있었다.

'비판적 거리두기를 통한 현실 파악하기', '내면 탐색을 통한 주체의 현실태 파악하기', '대안 탐색을 통한 이상 파악하기'를 통해 실질적 차원에서 수행되는 교육 방법은, 모더니즘적 가치 인식의 틀 속에서 시 작품을 감상하고 이해하는 준거가 될 수 있을 것으로 기대한다. 또한, 이러한 교육 방법들은 작품의 성향에 따라 차별적으로 적용 가능할 것이며, 특정 작품을 대상으로 하나 이상의 복합적인 방법이 동시에 시도될 수 있을 것으로 본다. 이 글에서는 현실과 주체의 실체 파악을 위한 비판적 읽기로서의 작품 감상법과 비판을 넘어 이상을 지향하고자 하는 모더니즘적 인식이 반영된 시 작품에 주목하고, 이러한 속성들의 교육적 가치를 규명하는 데 초점을 두었다. 즉, 기존 모더니즘시 교육이 현실과 그에 대한 비판적 인식에 기울어졌다면, 본 논의에서는 '현실, 주체, 이상'의 측면을 통합적이고 총체적으로 고찰함으로써 모더니즘적 인식의 전반을 시 교육에서 다루었다는 데 의의를 둔다. 교육 현장에 적용하고 의도했던 교육적 효과를 실질적인 차원에서 검증해 나가는 작업도 필요하리라 본다.

자아성찰시 교육

1. 자아성찰의 교육적 의의

자아성찰은 경험을 통한 자기발견이자 자기완성의 과정이다. 몰개성화되고 물질에 편승되어 가는 현대 사회에서, 자기를 돌아보고 타인과의 관계를 통해 바람직한 자아를 형성해 나가고 정신적 가치를 소중히 여기는 인식(Kurtines, 1989; 송인섭, 1998)의 확장은 의미있는 것이라 볼 수 있다. 인간은 고립된 존재로서 독자적인 삶을 영위해 나갈 수 없기에, 타인과의 접촉을 통해 자기 발전은 물론 자기가 몸담고 있는 사회가 지향하는 이상적 문화를 향해 나아가기 마련이다.

이러한 과정에서 자아성찰은 자기의 존재 의의에 대한 질문이자 자기 형성의 토대가 되는 사회인식을 위한 근본적 토대(박원모·김진수·윤성혜·천성문, 2010)가 된다. 자아성찰은 자기 삶을 총체적으로 인식하게 하고 그를 통해 자기 인식과 발견의 기쁨을 누리게 한다. 또한, 자아성찰은 타인과의 소통을 통해 자기를 확인하고 발전의 토대를 삼는 내적 물음이기에 타인에 대한 존중감(최순화·김정옥, 2010)과 사회적 자아로서의 역할 인식을 심어주는 계기가 될 수 있다. 자아성찰의 과정에서 자기를 타인과 비교함(강혜자·박남숙, 2010)으로써 자신을 더 잘 이해하게 되기도 하며, 자기 향상의 동기에 영향을 받기도 한다. 따라서 개인은 자아성찰을 통해 자기에 대한 앎의 영역을 확장해 나가는 동시에 타인을 배려하고 타인과의 관계 속에서의 자기를 명확히 인식해 나가는 것이다.

성숙한 인간 완성으로 나아가기 위한 자아성찰은 문학교육에서도 중요한 관심의 대상이 될 수 있다. 다양한 가치관과 삶의 양상이 형상화되어 있는 문학작품은 그것 자체만으로도 학생들로 하여금 개인과 사회와의 관계 형성과 소통을 인정하게 하는 매개가 된다. 또한, 작품 속에 마련된 인물들의 개성과 그들이 빚어내는 갈등과 삶의 모습은 '자아의 존재 가치'에 대한 식견을 넓혀줄 수 있다. 세상을 이해하는 방식과 인간 존재의 의미에 대한 작가의 가치관을 다채로운 삶의 모습을 통해 제시(윤순식, 2010)해 줌으로써, 문학작품은 세상이라는 환경 속에 '자아'로 존재하는 인간의 실체를 드러냄과 동시에, 작가로서의 자기 존재에 대해 주목하게 한다.

사회현상 속에서 삶의 경험과 갈등을 통해 주체로서의 자기를 확립해 가는 인물을 그리고 있는 문학작품을 이해하고 감상하는 일은, 독자의 입장에서 보면 작품을 매개로 자기성찰을 이루어가는 과정이라고 해도 과언이 아니다. 다양한 인물들의 다양한 가치관과 삶의 방식이 만들어 내는 문학은, 독자의 문학적 감수성이나 서정성만을 자극하지 않는다. 사건이나 갈등을 유발시킨 인물의 가치관이나 성격에 주목하고 그 인물의 삶의 방식에 대해 독자 나름대로의 평가와 판단을 하기 마련인 것이다. 등장인물을 통해 독자는 자연스럽게 자기 삶을 되돌아보게 되고, 이를 통해 자기반성과 변화를 시도하게 된다.

문학교육을 문화의 한 양상으로 이해하고자 하는 관점에 따르면,

문학은 문화 유지 작용을 지속적으로 수행하는 문화적 양태로서의 지위를 갖는다. 문학의 창작과 향유는 인간의 삶을 미적으로 승화시키고 이를 통해 예술적 욕망을 충족(김종태, 2005)시키기 위한 과정일 뿐만 아니라, 문화적 존재로서의 인간이 자아를 완성하는 길을 모색(구인환·우한용·박인기·최병우, 2007; 우한용, 1997; 김종철, 2001)하는 노정(路程)이라 할 수 있다. 문학은 독자로 하여금 그 속에 담겨 있는 다양한 삶과 사회 문화에 대한 경험은 물론 인간의 가치관에 대한 폭넓은 경험을 유도하게 된다. 문학적 경험은 독자의 자기 삶과 자아에 대한 성찰로 기능하게 되며, 타인과의 상호작용 속에서 문화적 주체로서의 자아를 확립해 나가게 되는 것이다.

문학교육에서 자아성찰의 문제를 부각시킬 경우, 작품을 이해와 감상을 위한 객관적 대상으로만 보게 하지 않고 독자로서의 학생과 작품 상호 간의 교감에 더욱 집중할 수 있는 계기를 마련할 수 있다. 문학작품을 자아성찰의 매개로 활용하게 되면, 작품을 통해 유발되는 심미적이고 정서적인 반응과 아울러 '학생들 자기 삶'에 주목하고 작품을 내면화(송희복, 2004)하며 자기화하는 데 효과적일 수 있다. 문학 속에 드러난 인물의 내면(오세은, 2003)을 관찰하고 그에 대해 공감(共感)과 반감(反感)을 수행하면서 자연스럽게 학생들 자기 삶을 응시하고 그 속에 존재하는 자기 자신의 자아에 대한 확인과 점검을 이루어 나갈 수 있게 되는 것이다.

특히 이 글에서는 자아성찰의 유용한 가치를 발현시킬 수 있는 대상으로 문학의 하위 갈래 중에서 시에 주목하고자 한다. 시의 본질은 시인의 자기 정체성에 대한 고백으로 인식론적 탐구의 발현(오세영, 이승훈, 이숭원, 최동호, 2010)이기에, 자아성찰에 대한 논의를 심도 깊게 펼쳐 갈 수 있는 대상이 되기 때문이다.

2. 자아성찰의 방법

자아성찰을 시 교육 현장에서 수행하기 위해서는 "자신의 삶을 되돌아보고 내면을 성찰해 보자"는 식의 포괄적인 질문은 학생들에게 막연함만을 가중시킬 뿐이다. 보다 구체적이면서 직접적인 질문을 통해 자아성찰을 시도할 수 있는 방법과 절차적 안내가 필요하다.

이를 위해 이 글에서는 '외적 동기'와 '내적 동기'에 주목하고자 한다. 인간의 삶은 타인과의 관계 속에서 유의미한 가치를 가치며 관계성을 통해 자기를 확립해 나가기에, 타인이라는 외적 동기는 자아성찰의 중요한 매개가 될 수 있다. 즉, 대상이나 사물, 인물과 같은 다양한 '타인'을 통해 자기를 점검해 가는 것은 자아성찰의 한 방법이 될 수 있다. 인간은 외적 변인에 의해 자기를 되살필 뿐만 아니라 자기 자신의 내적 자질에 주목함으로써 자아를 파악하기도 한다. 자신의 '의식' 세계와 '무의식' 세계를 살피고자 하는 내적 동기를 통해 자아성찰을 시도해 나가는 것이다.

따라서 이 글에서는 자아성찰의 방법적 원리로, 외적 동기에 해당하는 '타인을 통한 자아성찰'과, 내적 동기에 포섭될 수 있는 '의식을 통한 자아성찰', '무의식을 통한 자아성찰'을 설정하고, 시 교육에 적용할 수 있는 가능성을 제시하고자 한다.

1) 타인을 통한 자아성찰

'자아'는 개인적 편향성을 의미하지 않는다. 자아는 타인과 구별되는 개인의 독자적 특성이기는 하지만, '자아'의 진정한 가치는 타인과의 관계 속에서 성립될 수 있는 것이다. 개별 존재로서의 개인은 그가 속한 사회문화적 환경과의 소통을 통해 자아를 인식해 나가게 된다. 즉, 타인들이 나를 바라보는 시선이 나를 구성하며, 내가 타인들의 시선을 내면화해서 나를 바라볼 때 나의 자아의식이 성립(김원식, 2002)되는 것이다.

인간은 현존재로서 관계를 맺고 있는 실존으로 존재(하이데거, 1998)한다. 타인과의 관계성을 바탕으로 성립되는 현상과 거기에서 유발되는 상이함 속에서도 개인은 동일한 것으로서 자기 자신에 해당하는 주체인 자아를 형성(후설, 2003)해 나간다. 한 개인을 구성하는 인식의 핵심적 요체인 자아는 자신만의 독자적인 내면인식을 통해 완성될 수는 없다. 자아는 절대적인 성격을 지닌 존재가 아니라 한 시대의 산물(리쾨르, 2005)인 것이다.

자아는 타인과의 관계 속에서 물어 찾아야 하는 것이지 이미 주어져 있는 것이 아니다. 일상에서 보면 "모두 타인이며 어느 누구도 그 자신이 아니다." 그런 의미에서 "일상적 현존재의 주체는 나 자신이 아닐 수도 있다."고 하이데거는 말한다(김선하, 2007). 자아성찰은 자기 자신의 내면에서 일어나는 지극히 주관적인 활동이지만, 인간의 삶이 타인과의 소통 속에서 유지되고 그러한 사회문화적 환경이 개인의 자아를 완성시켜 나가는 것이기에 자아성찰은 타인을 전제로 한 내면탐색의 과정으로 볼 수 있다.

리쾨르에 따르면, 자아는 자신이 아닌 타인이 주는 영향을 통해서 자아를 인식한다. 또한, 후설은 타인은 나와의 관계에 있어서 '대상물'이 아니라 나와 같은 사고의 주체이며, 나의 정체성을 분명하게 하고 나 자신을 유지시키는 것은 타인의 도움 없이는 불가능한 것(이남인, 2006)으로 인식한다.

시 작품을 통해 학생들로 하여금 자아성찰을 경험하게 하기 위해서는, 자신의 내면을 막연히 들여다보도록 주문하는 다소 관념적인 활동보다는 '타인'에 먼저 주목하게 할 필요가 있다. "작품을 바탕으로 자신의 삶을 성찰해 봅시다", "자기 자신의 내면은 어떤 모습을 하고 있나요?", "자신의 현재 모습과 바람직한 나 자신의 모습은 어떠한가요?" 등의 질문을 통해 학생들의 '자아'를 성찰해 볼 수 있는 기회를 갖는 것은 중요한 의미를 갖는다. 하지만, 자아성찰시를 제시하고 이를 통해 무작정 학생 자신의 삶을 반추하게 하거나 내면을 응시하도록 하는 것은 온당한 방법이 못된다.

자아를 성찰한다는 것은 자신의 존재 의미를 살피고 따지는 것이기에 추상적인 활동에 해당하는 것이다. 그러므로 구체적인 방법적 안내가 제시되지 않는다면, 학생들에게 모호함을 느끼게 할 수 있을 뿐더러 자아성찰의 궁극적 취지에 도달하지 못할 수도 있다. 따라서 개인의 자아는 타인과의 소통과 관계형성을 통해 이루어진다는 인식을 바탕으로 학생들로 하여금 자아성찰시에 등장하는 '타인'이라는 대상과 그 속성에 주의를 기울이도록 할 필요가 있다.

문학작품을 매개로 타인에 주목하게 하고, 그를 통해 자기 삶을 들여다보도록 함(리쾨르, 2003)으로써 자기 자신의 자아에 대한 인식의 폭을 확장시켜 나갈 수 있다. 작품 속에 등장하는 '타인'은 단지 나와 동등한 자아를 지닌 개인만을 의미하지 않는다. 우리를 포함한 단체는 물론 사회일 수도 있는 것이다. 뿐만 아니라 개별 사물과 자연대상물, 학생들이 일상에서 접할 수 있는 모든 개체들이 '타인'의 범주에 속할 수 있다. 사물, 대상, 개인, 사회, 문화를 포함한 모든 인식의 대상이 학생들의 자아성찰을 위한 매개가 될 수 있기 때문이다.

그러므로 작품을 읽고 난 후 학생들로 하여금, "제시된 시에 등장하는 사물이나 대상에 주목하고 그것의 특징에 대해 생각해 봅시다", "그러한 대상들이 지니는 존재의미와 가치가 무엇인지 생각해 봅시다", "그러한 대상들과 여러분 자신과의 공통점과 차이점은 무엇인지 생각해 봅시다", "관찰한 대상을 바탕으로 여러분 자신의 삶과 행동에 대해 생각해 봅시다" 등의 질문을 통해 작품에 등장하는 '타인'의 속성과 의미에 대한 인식을 바탕으로, 자아성찰로 이어질 수 있는 방법을 단계적으로 안내해야만 한다.

2) 의식을 통한 자아성찰

'의식'을 통한 자아성찰은 자신의 내면을 본격적으로 살피고 따지는 활동에 해당한다. 마음속으로 자기 자신과 관련된 주제에 대해 진지하게 성찰하는 반성적 사고를 통해 의식의 흐름을 경험(듀이, 1986)해 보는 것이다. 개인이 내적으로 통일된 자아를 인식하고 '나는 누구인가'에 대한 명확한 인식이 정체성을 얻기 위해서는, 자기 자신으로부터 거리를 유지함으로써 객체화(홍길표, 2006)할 수 있어야 한다.

'의식'은 사고활동을 통해 자기 스스로를 인식할 수 있는 심리상태(정인석, 2008)를 의미한다. 즉, 개인의 다양한 삶의 경험과 그로 인해 유발되는 인지 가능한 심리적이고 인지적인 내면의 작용을 통제하고 조절해 나가는 것은 '자아'의 실체를 체험할 수 있는 방법이 될 수 있다. 의식을 통한 자아성찰은 더 이상 자신의 본질을 외부에서 추구하지 않고, 자기 자신으로 복귀하여 자신과 분리된 본질로 느꼈던 '대상의 본질적 느낌'(한자경, 2009)을 자기 자신의 느낌으로 확인하는 과정에 해당되는 것이다.

신유학(新儒學)에서도 "나 자신이 나의 바깥의 보편적 원리이기에, 내 마음에 내재하는 이법(理法)을 어기지 않으며 스스로와 세계를 제어하고 주재해 갈 수 있다."(최재목, 2010)고 본다. 이러한 견해는 의식 속에 존재하는 자기의 성찰을 통해 이상적 인간으로 나아갈 수 있음을 역설한 것으로 볼 수 있다. 퇴계도 이러한 입장을 수용해서, 마음의 중심을 '경(敬)'으로 설정하고 성찰의 중요성을 강조하였다. 퇴계에 따르면 '마음'은 인간의 몸을 움직이는 주재자이며, 본성과 감정을 포함하는 것으로 마음을 통제하고 포섭하는 역할도 함께 하는 것으로 보았다(이황, 2005).

퇴계의 '경'이 마음을 다스리고 자신의 정체성을 확립해 간다는 측면에서 '자아성찰'과 유사한 함의를 갖는 것으로 볼 수 있다. 퇴계는 '성찰'을 통해 마음이 치우침 없는 '중정(中正)'(김형효, 1986)의 상태로 유지될 수 있음을 강조하였으며, 이는 자기 자신의 내면을 살피고 다듬어 가는 성찰의 과정을 통해 자아의 정체성을 확립해 갈 수 있는 가능성을 보인 것이다. 또한, 퇴계는 자신의 마음을 바르게 지키고 기른다는 '지양(持養)'에 주목하고 이를 구현하기 위한 구체적인 실천 방안으로 '정좌(靜坐)'(임영, 2011)를 강조하기도 하였다. 자기 자신의 내면에 집중하고 치열하게 생각하고 반성하면서 자기를 이해하라는 가르침이며, 이는 '자아성찰'의 의의와 효율적인 방법을 제시한 것으로 볼 수 있다.

시 작품을 읽고, 학생들이 작품 속에 형상화된 화자의 자기 내면 인식 방법에 주의를 기울이게 하는 것이 '의식을 통한 자아성찰'의 핵심이다. 학생 스스로가 자신의 내면세계에 집중하고 자신의 과거와 현재의 모습을 꼼꼼하게 따져보게 하는 작업이 무엇보다 선행되어야 한다. 내면인식을 통해 자신의 자아를 정확히 진단하기 위해서는, 학생 자신의 구체적인 경험들에 집중하게 해야 한다. 과거를 포함한 현재까지의 삶의 모습, 가치관과 인식 태도, 성향이나 다른 사람과 구별되는 나만의 개성, 행동방식과 성격 등을 세세하게 살필 필요가 있다. 내가 스스로 느끼고 생각할 수 있는 의식의 범위 내에서, 나와 관련된 총체적인 경험과 특징들을 평가하고 비판할 수 있는 시간을 통해 자아를 성찰해 갈 수 있다.

제시된 성찰시를 읽고, 작품의 주인공인 화자가 의식할 수 있는 자기 자신을 어떤 방법과 절차를 통해 성찰해 나가는지 학생들로 하여금 살피게 하고, 자신의 내면을 객관적 대상으로 설정하고 인식해 나가는 과정을 절제된 형식미로 승화시킨 미의식을 체험하게 할 필요가 있다. 자아성찰시는 단순히 학생들로 하여금 자신의 내면을 되돌아보게 하는 교훈적 매개로서의 자격뿐만 아니라, 성찰의 과정과 의의를 어떤 언어를 통해 예술작품으로 환원시켜 나가는지를 동시에 보여주기 때문이다.

詩之爲道, 本於性情, 而發於言詞者也(시의 도리는 성정에 근본을 두고
언어로 표출되는 것이다).

—『退溪全書』卷7

夫詩雖末技, 本於性情, 有體有格, 誠不可易而爲之(무릇 시가 변변치 못한
재주이긴 하지만 성정에 바탕을 둔 것이기에 體도 있고 格도 있으니, 쉽게
할 수 있는 것은 아니다).

—『退溪全書』券35

그러므로 의식 가능한 자신의 자아를 살피는 과정을 통해 작품을
내면화하고 자기 삶으로 끌어옴으로써 감상의 정서적 깊이를 심화시
키는 것이 시 교육의 본질적 측면이기는 하지만, 그에 앞서 제시된
작품의 형상화 방법과 미적 가치에 먼저 주목하도록 해야 한다. "화
자는 누구이며, 목소리에서 느껴지는 분위기는 어떠합니까?", "눈에
띄는 신선한 표현의 시어는 어떤 것입니까?", "주목할 만한 표현을
찾아보고 그 속에 서려 있는 시인의 발상을 짐작해 봅시다.", "운율상
의 묘미를 살리고 있거나, 정서를 자극하는 감각적 표현을 찾아봅시
다."라는 질문 제시가 선행되어야 한다. 이러한 질문들을 통해 시의
의미에 직접적으로 다가서기보다는 시를 시답게 느끼기 위해, 시적
의미가 어떤 미적 장치를 통해 형상화되고 있는지를 탐색하게 할 필
요가 있다.
　이러한 활동 후에, "화자는 어떤 방법으로 자아를 성찰해 나가고
있나요?", "의식적으로 인식할 수 있는 내면에 대한 성찰을 통해 화
자는 자신의 어떤 면을 발견하게 되나요?", "화자의 성찰방법을 활용
해 여러분도 자기 자신을 되돌아봅시다." 등의 질문을 학생 스스로
수행함으로써 단계적으로 자아를 발견해 나갈 수 있도록 해야 한다.

3) 무의식을 통한 자아성찰

의식뿐만 아니라 무의식을 통해서도 내면의 실타래를 풀어낼 수 있다(융, 2007). 무의식은 한 개인이 직접적으로 의식할 수는 없지만, 자아의 한 부분으로서 내면에 잠재되어 있다. 의식의 주체로 승화되지 못하고 소외되고 억압된 것들이 무의식을 형성하지만, 그 무의식적인 정신 상태는 의식 상태가 될 수 있는 것들이다(존설, 2000).

프로이트는 꿈의 정신현상 속에서 무의식의 '기호적 현현 현상'(박찬부, 2006)을 밝힌 바 있다. 무의식이 기호적으로 재현되는 대표적인 정신기제인 꿈의 작업 과정을 검토함으로써, 무의식을 인식 가능한 것으로 전환시킬 수 있음을 언급한 것이다. 꿈의 의미를 깨닫고, 꿈의 상징으로 제시된 무의식의 내용을 의식으로 동화시킴으로써 의식의 확대를 시도하는 일은, 자아성찰의 구체적인 방법이 될 수 있다. 이처럼 심리학에서는 꿈을 무의식 속에 잠재된 자아의 일부로 파악하고, 꿈에 대한 분석과 의미 파악을 통해 개인의 내면세계를 읽어낼 수 있음을 강조하고 있다.

꿈에 대한 해석 작업은 자칫 자의적이거나 비합리적인 것으로 귀결될 가능성이 있기에 꿈의 상징적 의미를 파악하기 위해서는, '꿈과 관련된 경험', '의식 상황', '교육 배경', '꿈에 대한 감정 반응' 등(이부영, 2002)을 세세하게 살필 필요가 있다. 무의식의 표상인 꿈을 조작하는 기제들은 인과성과 같은 논리적 조작(라캉, 2004)만으로 설명되지 않기 때문이다.

그러므로 꿈을 통해 자아의 무의식을 고찰하기 위해서는 꿈과 개인과의 관련성을 배제한 채, 꿈이 드러내는 형상에만 집착해서는 곤란하다. 꿈은 무의식과 관련을 맺고 있으며, 그 무의식은 개인의 삶 속에서 긍정적으로 평가받지 못해 억압되고 좌절된 욕구에 의해 형성된 것이기에 엄연히 개인적 삶의 부산물이면서 자아의 일부라고 할 수 있기 때문이다. 따라서 개인의 총체적 삶에 의해 형성되는 자아의 일부로서의 무의식인 꿈의 의미를 밝히기 위해서는 필연적으로 개인의 삶이나 성격, 가치관 등을 해석의 근거 자료로 삼아야 한다.

무의식은 한 개인은 물론 집단의 역사가 만드는 상징적 구조물이며, 꿈은 상징적 체계(김보현, 2000)에 해당한다. 또한, 인간은 어떤 상황 속에서 자신의 욕구나 감정 그리고 환경조건과 맥락 등을 고려하여 절실한 행동을 게슈탈트(김정규, 2004)로 형성함으로써 조정하고 해결해 나간다. 이러한 입장에 서면, 꿈을 통해 무의식을 파악하고 그를 통해 자아를 성찰해 나가는 작업은, 꿈과 관련된 개인의 삶을 토대로 꿈을 해석하는 과정이라고 할 수 있다. 프로이트가 "의식된 것을 분석함으로써 의식되기 이전의 것에 도달하며, 의식되기 이전의 것을 분석하여 의식되지 않은 것을 해석할 수 있다."(강영계, 1977)고 언급한 바대로 의식할 수 있는 개인의 총체적인 경험은 꿈 해석 이전에 살펴야 할 중요한 전제 조건에 해당한다.

'꿈'을 통해 자아를 인식하고자 하는 작품을 교육현장에서 다루고자 할 때에는, 먼저 꿈을 통해 자신의 삶을 성찰하고자 하는 작품 제시가 선행되어야 하며, 아울러 시에 드러난 '화자의 꿈'에 학생들이 집중할 수 있게 유도할 필요가 있다. 제시된 시에서 화자는 꿈을 통해 자신의 현재적 상황과 심리를 암시하려 하며, 무의식 속에 잠재된 내면의 일부가 꿈을 통해 형상화됨을 보여주는 것이다. 시인이 꿈에 주목하고 그를 통해 자신의 자아를 살피려는 시도는, 꿈은 누구나 경험하게 되는 무의미한 신기루와 같은 것이라는 인식적 한계를 뛰어 넘는 것이다.

학생들로 하여금 꿈에 집중하게 하고, 그것이 자기 삶의 무의식을 살피는 중요한 단서가 된다는 사실을 깨닫게 할 필요가 있다. 여기에서 나아가 시 작품 속에서 화자가 꿈을 통해 자신의 내면을 파악해 나가는 방법적 절차를 살펴봄으로써, 학생 자신들의 꿈에 관심을 기울이게 할 필요가 있다. 꿈의 의미를 파악하는 과정에서 꿈에 대한 해석은, 개인의 주관적인 판단에 의해 자의적이거나 임의적으로 행해지는 것이 아니며, 꿈을 낳게 한 개인의 일상적 삶이나 경험, 가치관 등과 밀접한 관련성이 있음을 간과해서는 안 된다.

꿈을 통해 자아를 성찰하려는 시는, 작품 속에서 화자가 특정한 꿈을 자기 자신의 총체적 삶의 모습과 결부시켜 상징적 의미를 부여하고, 그를 통해 자신의 현재적 상황이나 심리를 확인하는 과정을 보여준다. 이러한 특징을 수용해 학생들도 작품에 대한 이해와 감상 후에, 기억에 남는 자신의 꿈에 주의를 기울이고 그 꿈의 의미를 자신의 경험이나 성격, 가치관 등과 결부시켜 파악하는 시간을 가질 필요가 있다. 이러한 수행 과정을 통해 학생들은 자신을 객관적으로 살피고 자신의 내면 깊숙이 감추어져 있는 자아의 무의식 세계를 간접적으로 경험할 수 있게 될 것이다.

3. 자아성찰시 교육의 실제

개인의 정체성을 확립하고 바람직한 인격 형성을 통해 성숙한 사회인으로서 남과 적극적으로 소통할 수 있는 완성된 자아를 이루어 가기 위해, 시 교육에서도 자아성찰에 관심을 갖고 이를 적극 수행해 나갈 필요가 있다. 문학작품을 통해 비유와 상징의 묘미가 빚어내는 미적 감수성을 체험해 나갈 뿐만 아니라 삶의 경험을 축적하고, 그 속에 내재된 자기 점검과 완성을 위한 성찰적 태도에 주의를 기울임으로써 완성된 인격체(황혜진, 2007)로 나아갈 수 있는 계기를 마련할 수 있다. 이 글에서는 자아성찰의 실질적인 방법으로, '타인을 통해 성찰하기', '자기의식을 통해 성찰하기', '자기무의식을 통해 성찰하기' 등을 설정하고 이의 시 교육적 가능성을 살펴보고자 한다.

자아성찰시 교육은 '작품 제시 → 개별 감상 → 감상 발표 및 소통하기 → 개별 감상문 쓰기 및 발표 → 교사의 조언'의 순서로 전개해 나갔다. '작품 제시와 개별 감상, 감상문 쓰기'는 개인 활동으로 이루어졌으며, '감상 발표 및 소통과 교사의 조언'을 통해 학생과 학생, 교사와 학생이 작품에 대해 서로 묻고 답하는 시간을 가질 수 있도록 유도하였다. 상호소통의 시간은 작품에 대한 이해와 감상의 폭을 심화시키고, 작품을 이해하는 개별 학생들의 절차와 방법을 스스로 수정하고 보완할 수 있는 기회를 제공하려는 취지에서 마련하였다.

학생들이 작품에 대해 이해하지 못하는 부분이 있거나, 자아성찰과 관련해서 학생들이 작품 속에서 꼭 찾아 읽고 이해해야 하는 사항이 있을 때에는, 적절한 질문을 제시함으로써 학생 스스로 시적 맥락을 통해 상징적 의미를 파악하도록 유도하였다. 또한, 감상에 대한 소감을 발표하고 그에 대해 논의하며, 최종적으로 감상문을 쓰는 일련의 과정을 통해 작품에 대한 이해의 정도를 자발적으로 보완할 수 있는 기회를 제공하였다.

1) 타인을 통해 성찰하기

자아를 성찰한다는 것은 관념적인 행위에 해당하는 것이기에 학생들에게 생소할뿐더러, 구체적인 방법이 제시되지 않을 때에는 자신의 내면 살피기가 제대로 이루어지지 않을 수도 있다. 자신의 내면을 곧바로 들여다보는 활동보다는 다른 대상을 통해 자신의 삶과 내면을 짐작(김형효, 2002)해 보는 방식이 학생들에게는 좀더 직접적으로 와 닿게 마련이다. 따라서 이 글에서는 정호승의 「허물」을 제시하고 이를 바탕으로 '타인'을 통해 성찰하는 방법을 시행해 보았다.

느티나무 둥치에 매미 허물이 붙어 있다
바람이 불어도 꼼짝도 하지 않고 착 달라붙어 있다
나는 허물을 떼려고 손에 힘을 주었다
순간
죽어 있는 줄 알았던 허물이 갑자기 몸에 힘을 주었다

내가 힘을 주면 줄수록 허물의 발이 느티나무에 더 착 달라붙었다
허물은 허물을 벗어 날아간 어린 매미를 생각했던 게 분명하다
허물이 없으면 매미의 노래도 사라진다고 생각했던 게 분명하다
나는 떨어지지 않으려고 안간힘을 쓰는 허물의 힘에 놀라
슬며시 손을 떼고 집으로 돌아와 어머니를 보았다
팔순의 어머니가 무릎을 곧추세우고 걸레가 되어 마루를 닦는다
어머니는 나의 허물이다
어머니가 안간힘을 쓰며 아직 느티나무 둥치에 붙어있는 까닭은
아들이라는 매미 때문이다

—정호승, 「허물」 전문

「허물」은 매미의 허물을 통해, 화자가 '나'를 살피고 결국 '나'의 존재 의미에 대해 깨달아 가는 과정을 보여주고 있다. '매미'와 '허물'은 무심히 지나치면, 자연의 일부로서 일상적으로 대하게 되는 곤충 이외에는 별다른 의미를 갖지 못한다. 하지만 화자는 '나'가 아닌 '타인'으로서의 '허물'에 관심을 둠으로써 자아를 성찰하고 있는 것이다.

나무에 '달라붙'어 안간 '힘'을 쓰는 '매미'는 화자가 보기에 별다른 의미를 갖지 못하는 대상에 불과했다. 하지만 '떼려고' 힘을 줄수록 '더 착 달라붙어' 있는 허물의 저항을 통해, '매미의 노래'를 지키고자 하는 모성의 본능을 읽어낸다. 자신의 속을 다 내어주고 껍데기만 남아 있는 허물에게는 아직도 자식으로서의 매미에게 쏟아 부을 사랑이 남아 있었던 것이다.

이러한 허물의 매미에 대한 사랑을 화자는 자신의 '어머니'에게서도 발견하게 된다. '팔순'의 나이에도 '걸레'가 되어 '마루'를 닦기 위해 '안간힘'을 쓰는 어머니는 분명, '매미의 노래'를 지키기 위한 그 몸부림 그대로의 모습임을 깨닫게 된다. 결국, 화자는 허물을 통해 자신의 어머니가 베푸는 자식에 대한 집착과 사랑이 자기가 존재할 수 있는 중요한 근원임을 인식하게 되는 것이다.

'나'가 아닌 남으로 존재하기는 하지만 '나'의 삶에 영향을 미치고, 관계성(한국키에르케고어학회, 2005) 속에서 자아 형성의 중요한 기반이 되는 대상으로서의 '타인'은, 인물이 될 수도 사물이 될 수도 있다. 「허물」은 자아성찰의 매개로 '매미의 허물'이라는 사물에 주목하고 있다. 허물을 자연계에 존재하는 단순한 사물로 인식하지 않고, 어린 매미와 허물과의 관련성 속에서 그 의미를 추론하고 있다. 화자는, 느티나무에서 떨어질 줄 모르는 허물의 '집착'에서 자신의 몸에서 잉태된 매미에 대한 '애착'을 읽어낸다. 이러한 사물에 대한 관찰과 관계성 속에서 도출한 의미는, 화자 자신의 삶의 영역으로 확장된다.

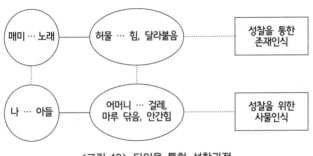

〈그림 19〉 타인을 통한 성찰과정

허물을 매개로 화자는 자기 삶을 돌아보게 되고, 허물과 어머니와의 유사성 속에서 모성의 희생과 집착으로 완성되는 화자의 자기 존재 의미를 인식하게 된다. 허물을 통한 어머니의 발견은 어머니의 존재감에 대한 깨달음이면서, 어머니와의 관계성 속에서 존립하는 '아들'이라는 화자의 자아에 대한 성찰로 볼 수 있는 것이다.

「허물」을 학생들에게 제시한 후, 작품을 매개로 자아를 성찰하도록 하기 위해서는 먼저 '타인'으로서의 '사물'에 주목하게 할 필요가 있다. 제시된 시를 다양하게 감상할 수 있도록 배려하되, 감상의 초점이 자아성찰에 있음을 주지시킬 필요가 있다. "시에 대해 자유롭게 이해하고 감상하되, 화자가 관심을 갖고 있는 사물이 무엇인가요?",

"사물의 의미를 화자는 어떻게 파악하고 있나요?", "사물에 대한 화자의 생각을 뒷받침할 수 있는 근거는 무엇인가요?", "사물에 대한 여러분들의 생각은 어떠한가요?"라는 질문을 통해 학생 스스로 화자가 주의를 기울이고 있는 '허물'의 의미를 파악하게 할 필요가 있다.

또한, 화자가 매미의 허물이 갖는 가치를 바탕으로 자신의 삶을 어떻게 살펴 가는지에 대해서도 학생들이 생각해 보게 해야 한다. "화자는 매미의 허물과 무엇을 관련짓고 있나요?", "화자가 매미의 허물과 자신의 어머니를 연결 짓는 이유는 무엇인가요?", "허물의 의미는 무엇일까요?", "매미와 나가 갖는 존재 의미는 무엇인가요?" 등의 질문을 단계적으로 제시함으로써 작품 속에 드러난 자아성찰의 과정과 의의를 학생들이 발견해 낼 수 있을 것이다.

교사의 질문에 대해 학생들은 혼자 힘으로 답을 찾아가게 하며, 자신의 답을 다른 학생들과의 토의를 통해 점검하게 함으로써 작품을 이해하고 감상하는 자생력을 키워 줄 수 있다. 작품에 대한 감상이 끝난 뒤에는 학생들의 삶에 초점을 맞추어 작품과 유사한 방식으로 자신들의 삶을 성찰하게 하는 체험을 수행할 필요가 있다. "다른 사람이나 사물을 통해 자신이 누구인지를 발견하게 된 경험이 있나요?", "타인의 어떤 점이 나의 관심을 끌게 했나요?", "타인과 나의 공통점이나 차이점을 발견할 수 있었나요?", "타인을 통해 발견하게 된 나의 새로운 모습에는 어떤 것들이 있었나요?"라는 질문은 학생들로 하여금 타인과의 관계를 통해 자신들의 삶을 되돌아보고 자아를 탐색해가는 계기를 제공해 줄 수 있다.

아래에 제시한 학생들의 감상문을 살펴보면, 타인에 대한 관심이 자신을 돌아보게 하는 중요한 계기가 됨을 알 수 있다.

[학생글1]
이 시에서 화자는 느티나무에 매달려 있는 매미 허물을 관찰하게 된다. 이를 통해 매미 허물에서 어머니의 모습을 발견하고, 매미를 통해 화자

자신을 성찰한다. 힘을 주어도 떨어지지 않으려는 허물의 모습에서 어머니의 아들에 대한 그리움과 기다림을 관찰할 수 있고, 허물에서 벗어난 매미의 모습에서 어머니에게 불효하는 아들의 모습을 관찰하게 된다. 매미가 허물을 벗지 않았더라면 지금의 매미는 없었을 것이므로 매미 허물은 결국 매미의 생명이 되는 것이다. 화자는 허물을 뒤로 한 채 떠나간 매미를 자신과 동일시함으로써, 어머니의 사랑과 그리움, 기다림을 모르는 자신을 발견하고 있다.

[학생글2]

화자는 느티나무 둥치에 붙어 있는 매미 허물을 본다. 그리고 그 허물을 떼려고 힘을 줘 보는데, 힘을 주면 줄수록 허물은 더욱 안간힘을 쓰며 떨어지지 않으려고 한다. 화자는 이 이유를 '허물이, 만약 자신이 없다면 어린 매미는 노래를 부를 수 없을 것이라고 생각하고 어린 매미를 위해 끝까지 버티려고 한다.'라고 생각한다.

그리고 화자는 어머니를 본다. 어머니가 허물과 같고 자신이 어린 매미와 같다는 생각을 한다. 화자는 어머니가 만약 당신이 없다면 아들은 힘들 것이라는 생각을 하고, 아들을 위해 사신다는 생각을 하며 어머니의 헌신적인 사랑을 느낀다. 그리고 그 헌신적인 사랑을 받는 자신을 인식한다.

최근에 어떤 인물을 통해 '자아발견'을 한 경험이 있다. 학교에서 우리 반 친구를 통해서이다. 이 친구는 다른 친구들에 비해 정신적 발달 상태가 미약하다. '장애인'이라고 불리는 친구다. 하지만 정상적인 친구들 못지않게, 혹은 그 이상으로 학업에 열중하는 모습을 보인다. 자신의 꿈인 사회복지사를 위해서이다. 또, 친구들이 놀려대도 그저 웃고 넘기는, 재치로 응수하는 모습을 보여준다.

하지만 나는 내 꿈을 위해 최선을 다하지 않고 있다. 나는 꿈을 꾸고 있는 것이 아니라 공상을 하고 있다고 해도 할 말이 없을 정도로 나태해져 간다. 이런 나의 눈에 들어온 '한낱 꿈이 되어버릴 수도 있는 꿈을 품고 열심히 학업에 임하는' 그 친구는 내게 엄청난 충격이었다. 그는 나로 하여금 나태하고 이기적인 나를 재발견하게 하고 개선을 유도하게끔 했다. 그리고 그를 통해 꽤나 나 자신을 진지하게 성찰하는 나 자신을 발견하게 된다.

[학생글3]

화자는 느티나무에 붙어 있는 매미 허물의 관찰을 통하여, 허물의 존재 이유에 대하여 재고찰하고 있다. 허물을 떼기 전에 화자에게 허물은 죽은 존재이자, 과거의 모습이었을 뿐이다. 그러나 느티나무에 붙어 있는 허물을 떼려고 시도함으로써, 허물은 살아있는 존재로 인식을 바꾸게 된다. 즉, 허물이란 죽은 존재가 아니라, 허물을 벗고 태어난 생명을 걱정하는, 생명을 위해 희생하는 존재임을 의미한다. 이를 통해 화자의 어머니도 또한 화자를 위한 허물임을, 자신은 허물의 소중한 존재임을 깨닫게 된다.

나도 '나무늘보'를 통해 내 자신을 발견한 적이 있다. 나는 가끔 혼이 빠진 것처럼 멍한 상태가 있는데, 내가 왜 자꾸 그러는지 잘 몰랐다. 그러나 우연히 TV 방송에서 본 나무늘보를 통해 나에겐 멍한 상태가 필요함을, 멍한 상태가 나의 일부임을 깨달았다. 나무늘보는 빠르게 갈 수 있는데도 느리게 산다. 그건 빠르게 사는 세상에서 때로는 한 걸음 물러나, 천천히 봐야한다는 가치를 전하기 위해서일 것이다. 나도 그런 것 같다. 복잡한 상황에서 때론 느리게 존재해야 하기 때문이다.

학생글을 살펴보면, 학생들은 매미의 허물을 통해 어머니의 존재 의미를 깨닫고 자신을 성찰하는 화자를 명확히 발견하고 있음을 알 수 있다. 비록 [학생글1]에서는 학생 자신의 삶을 성찰하는 차원으로까지 발전하지 못하고 있지만, [학생글2]와 [학생글3]은 '타인'으로서의 대상인 '허물'을 매개로 화자가 자아성찰을 해 나가는 과정을 파악하고, 이를 학생 자신의 성찰로 발전시키고 있다.

[학생글2]에서는 타인으로서의 '반 친구'를 설정해서 학생의 '나태하고 이기적인 자아를 발견'하고 자기 '개선'을 위한 의지를 보여주

고 있다. 한편, [학생글3]에서는 '나무늘보'를 통해 '빠르게 사는 세상에 한 걸음 물러나 천천히' 살아가는 삶의 여유를 누리는 가치관을 가진 학생의 자아를 발견하게 된다.

2) 자기의식을 통해 성찰하기

'자기의식을 통한 성찰'은 학생 스스로 자신의 내면을 응시하고 그를 통해 자아를 발견할 수 있도록 하는 데 주안점을 두고 있다. 학생들도 주체적인 인식 능력을 가진 존재로서 자신의 삶이나 가치관, 성격, 태도 등을 객관적으로 살핌으로써 자아를 발견할 수 있다. 따라서 의식 가능한 자신의 여러 면모들을 살피고 이를 통해 자아를 성찰해 가는 화자의 모습을 보여주는 시를 제시하고, 작품을 감상하는 과정 속에서 자기의식을 통해 성찰하는 방법을 학생들이 터득하게 하고자 한다.

한눈팔고 사는 줄은 진즉 알았지만
두 눈 다 팔고 살아온 줄은 까맣게 몰랐다

언제 어디에서 한눈을 팔았는지
무엇에다 두 눈 다 팔아먹었는지
나는 못 보고 타인들만 보였지
내 안은 안 보이고 내 바깥만 보였지

눈 없는 나를 바라보는 남의 눈들 피하느라
나를 내 속으로 가두곤 했지

가시 껍데기로 가두고도
떫은 속껍질에 또 갇힌 밤송이

마음이 바라면 피곤체질이 거절하고
몸이 갈망하면 바늘편견이 시큰둥해져
겹겹으로 가두어져 여기까지 왔어라.

—유안진, 「내가 나의 감옥이다」 전문

유안진의 「내가 나의 감옥이다」는 의식 가능한 자신의 내면 성찰을 통해 자아를 발견해 나가는 화자의 모습을 보여준다. 화자 스스로 인식할 수 있는 자신의 성격이나 가치관, 삶의 태도와 대인관계에서의 성향 등에 주목하면서 자신의 실체를 더듬어 가고 있다. 화자는 다른 대상이나 매개를 통해 자아를 성찰하는 것이 아니라 자기 존재 자체를 인식의 대상으로 설정하고 있는 것이다.

이럴 때, 인식의 대상이 되는 '자아'나 '내면'은 실체가 명확하게 드러나지 않는 관념적인 것이어서 시 교육 현장에서 학생들이 주체적으로 인식 가능한 자신의 내면을 성찰하게 하기 위해서는 좀더 직접적인 방법과 절차에 대한 안내가 필요하다. 학생 자신과 관련된 과거와 현재의 삶을 포함한 삶의 태도나 방식, 가치관, 인식, 성격, 신념, 행동경향, 대인관계 등이 그에 해당한다. 자신을 객관적 인식의 대상으로 설정하고 학생들이 따지고 살필 수 있는 자신의 모습과 관련된 삶과 개인의 총체적인 특성들에 대해 생각해 보도록 할 필요가 있다.

「내가 나의 감옥이다」에서 화자는 스스로 인식할 수 있는 자신의 내면에 집중하고 있다. 특히, 자신의 내면을 짐작하기 위해 활용할 수 있는 개인적 성향이나 성격, 삶의 태도와 대인관계 등을 성찰함으로써 자아발견에 도달하고 있다. '나는 못 보고 타인들만 보'는 화자의 성향, '내 안은 안 보이고' '바깥만 보'는 화자의 태도를 성찰함으로써 '눈 없는 나'와 '나를 내 속으로 가두'는 자신을 깨닫게 된다. 자신을 깊이 들여다보지 않고 남에게로만 쏠리는 자신의 시선이나 삶의 태도를 인식하거나 조절하지 못하고, '남들의 눈'에만 신경을 쓰는 외향적 가치 중심의 삶을 살아온 자신의 모습을 보게 된다.

화자는 자신의 '두 눈 다 팔'고 '나를' '가두'는 자기중심적이며, '남의 눈들'을 '피'하면서 세상을 향해 당당하지 못했던 자신의 모습을 '밤송이'에 비유하고 있다. '피곤체질'과 '바늘편견'과 같은 나약하고 권태로운 화자의 육체와 정신이 화자의 자아를 편협한 울타리 안에 가둠으로써 세상 속에서 살아가지만, 세상을 등지고 살아온 자신의 어리석음에 대한 뉘우침의 태도를 보이고 있다.

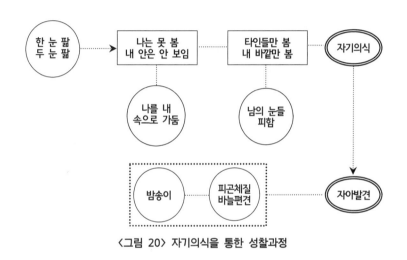

〈그림 20〉 자기의식을 통한 성찰과정

화자는 다른 외적인 대상물에 의존해서 자아를 성찰하지 않고 오로지 자신의 내면에 시선과 관심을 집중하고 사색의 과정을 통해 현재적 실체를 찾아가고 있는 것이다. 작품을 제시함으로써 학생들 나름대로 충분히 작품에 대해 이해하고 감상하게 한 후, 적절한 질문을 통해 화자가 자아발견에 도달하게 되는 과정에 관심을 갖게 할 필요가 있다. "화자가 작품 속에서 관심있게 살피고 있는 대상은 무엇인가요?", "화자는 자신의 어떤 측면을 살피고 있나요?", "화자는 대인관계나 삶의 태도, 그리고 성향 등을 살핌으로써 자신의 어떤 모습을 발견하게 되나요?", "성찰의 결과 드러난 화자의 자아적 속성에 대해 이야기해 봅시다" 등의 질문을 통해 작품 자체의 이해와 감상을 도울 수 있으며 특히, 스스로 자신의 삶과 주변을 곰곰이 생각(황광욱, 2003)하는 행위가 자아성찰의 토대가 됨을 체험할 수 있다.

화자의 자아성찰 방법과 결과로서의 자아의 모습을 작품 속에서 읽어 내도록 하기 위해, 학생 스스로 교사의 질문에 대해 생각할 수 있는 시간을 부여하며, 자신의 생각들을 서로 나누고 이야기할 수 있는 여지도 마련해 줄 필요가 있다. 질문에 대한 개별적 사고와 자기 생각의 수정과 확산을 위한 상호소통의 시간은, '자신의 정신을 수습해서 여기에 전념함으로써 자아의 각성'(박기용, 2002)에 다가가는 화자의 모습을 명료하게 해 줄 수 있다.

인식 가능한 범위 내에서 자발적으로 자아를 성찰하고자 하는 의도적인 노력이 자아를 완성해 나갈 수 있는 방편이 됨도 깨닫게 할 필요가 있다. "화자가 자신의 삶과 성격에 눈을 돌리기 전의 모습과 성찰한 후의 화자의 모습에 어떤 변화가 있을까요?", "비록 화자는 성찰을 통해 피곤체질과 바늘편견과 같은 부정적인 자아의 모습을 발견했지만, 이것들의 의미가 과연 부정적일까요? 만약 부정적이지 않다면 그것의 의미와 가치는 무엇일까요?"라는 질문을 통해 '자아는 살아 있으면서 발전하고, 분명하게 나타나는 형태'(한국야스퍼스학회, 2010)라는 인식을 심어줄 필요가 있다.

작품에 대한 감상이 일차적으로 마무리 되면, 작품에 드러난 자아성찰의 방식과 유사하게 학생들 자신의 모습을 살피는 시간을 가질 필요가 있다. "여러분들도 자신의 내면을 조용히 살펴보도록 합시다.", "나의 교우관계나 다른 사람을 대할 때의 태도는 어떠한가요?", "나의 유년시절과 성장과정, 가정환경은 어떠한가요?", "가정과 학교에서 나는 어떤 사람이며 어떤 사람으로 대접받고 있는 것 같은가요?", "잊을 수 없는 지난 시절의 독특한 경험이 있나요?", "나의 성장환경과 경험이 나의 성격과 가치관 형성에 어떤 영향을 미친 것 같나요?", "내가 생각하고 평가하는 나의 성격과 가치관은 어떠한가요?",

"여러분이 바라는 자신의 모습은 무엇인가요?"라는 질문들은 자신의 자아에 대해 깊이 생각할 수 있는 기회를 제공할 수 있다. 집중해서 자아를 응시하고 자신의 내면 깊숙한 곳을 들여다보게 하는 경험은, 학생들에게 자기의 새로운 모습을 발견하게 하는 계기가 될 수 있다. 또한, 지나온 삶의 경험 속에 존재하는 자아의 실체를 다른 학생들과의 토의를 통해 공유함으로써 자신을 더욱 객관적으로 바라볼 수 있는 안목을 키워줄 수 있다.

[학생글4]
화자는 자신이 현재까지 살아온 삶의 모습을 살피고 있다. 화자는 자신의 지난 삶을 두 눈을 다 팔고 살아 왔다고 평가하고 있는데, 이는 진정한 자아의 모습을 보지 못하고 살아왔음을 의미한다. 다른 사람들의 눈치만 보고 주변 환경을 살피느라 원하는 것을 추구하지 못했다는 것이다.

나도 내 자신의 지난 삶을 통해 탁구공과 같은 내 모습을 발견하게 된다. 겉은 동그랗고 반들반들하지만 속은 텅 비어 있어 밟으면 찌그러져버리는 탁구공. 겉으로는 완벽해보이지만 속은 아무런 꿈도 희망도 간직하지 못한 내 삶과 너무나도 닮았다. 나는 아무런 생각없이 그저 남들이 하는 만큼만 하고, 일이 잘 풀리지 않으면 주변 환경을 탓했다. 언제든지 찌그러져 버릴 수 있는 상태였다. 나는 비록 겉은 군데군데 움푹 패어있지만 속은 꽉 차 있어서, 밟아도 찌그러지지 않는 골프공이 되어야만 했다.

자신의 지난 삶을 살펴본다면, 실로 많은 사람들이 시의 화자와 같은 상황에 놓이게 될 것이다. 하지만 절망할 필요는 없다고 본다. 자아의 모습을 인식한 그 순간부터 고쳐나간다면 언제든지 탁구공도 골프공이 될 수 있을 것이니까.

[학생글5]
화자는 지금껏 진정으로 자기를 바라보지 않았다. 오히려 자신보다는 타인의 모습을 보고 타인의 기준에 맞춰 살아왔다. 그래서 그는 스스로를

남들의 시선으로부터 숨기기에 급급했다. 남의 눈치를 보느라 자신이 진정으로 원하는 일은 항상 좌절되어 왔다. 이렇게 자기보호에 급급해, 이루고 싶은 것도 이루지 못하는 그의 모습을 스스로 '밤'으로 묘사했다.

나 또한 이 시의 화자와 유사한 삶을 살아왔다. 나는 우연히 나에 대해 좋지 않은 소리를 하는 현장을 목격하게 되었다. 이후부터 매사에 남의 눈치를 보게 되었고 나의 성격도 우유부단한 쪽으로 길들여지게 되었다. 내 목소리 하나 당당히 내지 못하고, 남의 목소리에 맞장구만 쳐주는 들러리로서의 내 모습에 분노를 느끼게 되었다. 그 후, 지금껏 내 목소리를 내려고 많이 노력했다. 어느 자리에서든지 어떻게 해서든지 내 목소리를 당당하게 드러내고 싶었다. 화가 나면 바로 표출하고 슬프면 울기도 하고, 기쁘면 미친 듯이 웃기도 했다. 이와 같은 감정의 표출을 통해 나 자신이 살아 있음을 느꼈다. 자아성찰을 통해 단지 자신을 발견할 뿐만 아니라, 내가 한 단계 더 발전할 수 있는 계기가 되었다.

[학생글6]

화자는 이미 자신의 참모습과 본연의 의지를 모두 잃은 채로 살아가는 자아의 모습을 발견하고 있다. 눈을 다 잃어 내부는 볼 수 없고 외부만을 바라보며 살아온 화자는, 외부의 압력에 굴복하여 자신의 의지는 마음속 깊은 곳에 가두어 두고 살아 왔다. 다른 사람들의 눈치만 보며 진정한 그 자신은 정작 보여주지 못하고 살아 왔으니, 내 생각으로는 꽤나 힘든 삶을 살아왔을 것 같다.

그런데 나도 이와 같이 나 자신을 되돌아 봤던 경험이 최근에 자주 있었다. 자아성찰이라 할 수는 없을지 몰라도, 고등학교 고학년이 되면서 학기 초에 다짐했던 내 마음을 잃고 방황할 때, 나 자신을 한 번씩 되돌아 보며 다시 마음을 잡았던 적이 여러 번 있다. 이처럼 자신의 경험을 통해서 자기 자신을 한 번씩 되돌아보는 시간을 갖는 것이 인생에 있어서 적어도 한 번쯤은 필요하다는 생각을 이번 기회에 다시금 하게 된다.

'자기인식을 통한 성찰하기' 수업 후에, 위와 같이 학생들의 감상문을 받아 보았다. 제시된 학생글에서 알 수 있듯이, 학생들은 작품 속에 흐르고 있는 화자의 자기의식을 통한 자아성찰의 모습을 정확하게 진단하고 있음을 볼 수 있으며, 자기 삶으로까지 확장시켜 나가고 있다. 다만, 학생의 구체적인 삶의 경험이나 개인적 특성, 가치관 등의 세세한 사실을 토대로 자아를 발견해 나가는 명료한 과정을 보여주지 못한 한계를 보이고 있기는 하지만, 자신에 대한 깊은 사색과 천착이 자아성찰을 이룰 수 있는 계기가 된다는 사실은 명확히 인식하고 있음을 보여 준다. 진솔한 자기 삶과 경험의 노출과 그를 통한 자아발견에 대한 학생들의 고백은, 개인의 사생활이나 자존심과 관련된 문제이기에 자신의 비밀이 보호받고 있다는 느낌을 가질 수 있는 세심한 환경의 조성이 뒷받침되어야 하리라 본다.

3) 자기무의식을 통해 성찰하기

'자기무의식을 통한 성찰'은 의식의 표면으로 떠오르지 않은 자신의 무의식 세계를 점검함으로써 자아를 성찰하고자 하는 것이다. '자아'는 의식뿐만 아니라 무의식적 차원까지도 포함(Wylie, 1989)하는 것이기에, 잠재된 무의식을 살피는 것은 자신의 자아를 완전히 이해하는 방법이 될 수 있다. 이 글에서는 특히 무의식을 드러내는 '꿈'에 주목하고 이를 통해 자아를 성찰해 가고자 한다.

> 한쪽은 햇살이 눈부시고
> 한쪽엔 찬비가 뿌리는
> 무너진 성과 집 사이의 무성한 잡초 속을
> 걸어가는,
> 이것이 내가 요즈음
> 하루걸러 꾸는 꿈이다.

멀리서 가까이서
사람들 모여서 웅성대는데도
그 모습 그 소리
보지 못하고 듣지 못하면서.
오래 전에 버려진 도시 한 모퉁이를
덜렁덜렁 걸어가는,
당나귀처럼.

—내가 세상을 이렇게 살아왔다고?
—내가 살아온 세상이 이러하다고?
—내가 저 세상에 가서 걸어갈 길도
오래 전에 버려진 도시 한 모퉁이일 거라고?

—신경림, 「폐도(廢都)」 전문

신경림의 「폐도」는 화자의 꿈이 시상 전개의 중요한 모티프가 되며, 꿈을 통해 화자는 자신의 현재적 자아를 발견하고 있다. 화자가 '하루걸러 꾸는 꿈'의 배경은, '찬비'가 뿌려지고 '무너진 성과 집'이 자리하고 있는 '무성한 잡초'로서 '폐도'라는 제목이 암시하는 바와 같이 폐허가 된 공간이다. 화자가 처한 공간 위로 '햇살'이 눈부시게 가끔 비치고는 있으나, 오히려 황폐화된 배경에 드리워지는 서광(瑞光)은 황폐화된 공간의 비극성을 심화시킬 뿐이다.

또한, 화자는 폐허가 된 공간의 피폐함 속에서 '모여서 웅성대는' '사람들' 속에도 속하지 못하고, 그들이 공유하는 삶의 공동체 속에도 들어가지 못하고 '보지 못하고 듣지 못하'는 처지로 철저히 소외된 모습만을 드러내고 있을 뿐이다. 와해된 도시 속에서 군중들과의 소통도 단절된 채 철저히 고립된 자아의 모습으로 배회할 뿐이다.

이러한 화자가 거닐 수 있는 공간은 단지 '오래전에 버려진 도시 한 모퉁이'만이 전부이며, 삶의 중심부에 자리하지 못하고 단절과 소외, 고립만이 존재할 뿐이다. 어디를 가고 있는지, 어디로 향해야 하는지에 대한 명확한 목표나 이상은 상실된 지 오래인 듯하며, 화자는 철저히 인간적 삶에서 도태된 채 '당나귀'처럼 '덜렁덜렁 걸어가는' 방황하는 모습을 보여 줄 뿐이다.

폐허가 되어버린 도심에서 인간의 따사로운 정과 유대감을 갖지 못하고, 인간의 삶의 영역에서 퇴화되어 버린 '당나귀'가 되어 떠도는 악몽과 같은 꿈을 통해 화자는 자신의 무의식을 의식화하고 있다. 화자는 꿈을 통해 잠재된 자아(안성두, 2010)를 파악하고 있는 것이다. 화자가 현실적으로 지금까지 '살아온 세상'과 '걸어갈' 세상이 꿈속에서의 모습과 동일한 것임을 재발견하게 된다.

의식할 수 없는(unconscious) 무의식의 상태에서도 자아는 지속적으로 존재(최경아, 2010)하며, 개인의 일상적 경험이 형성시켜 놓은 특성화된 삶의 속성이 개인의 자아를 규정하게 된다. 따라서 개인의 무의식은 의식 세계와 동일하게 개인적 삶의 결과로 형성되는 자아의 일정 부분에 해당하며, 단지 의식의 표면으로 드러나지 않게 잠재되어 있을 뿐이다.

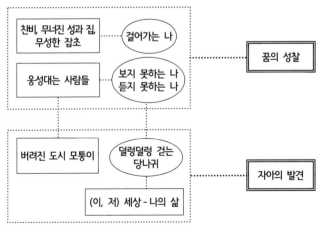

〈그림 21〉 자기무의식을 통한 성찰과정

꿈에 대한 분석은 자의적인 해석을 용납하지 않는 매우 전문적인 분야이기에 학생들이 꿈을 통해 무의식 세계를 읽어내는 것이 쉬운 일만은 아닐 것이다. 하지만 꿈은 그 자체의 표상만으로 상징적 의미를 드러내지 않고 현실적 경험과의 관련성 속에서 해석의 실재성을 갖는다. 이러한 입장에 기대어, 학생들의 기억 속에 남아 있는 특별한 꿈에 주목하고 꿈과 관련된 학생들의 실질적인 경험과의 교섭을 통해 꿈을 해석하고 잠재된 무의식에 도달할 수 있다.

작품을 제시하고 학생 스스로 작품에 대해 충분히 이해하고 감상할 수 있는 시간을 할애한 후, 작품 속에 내재된 시적 화자의 무의식에 주목할 수 있는 질문을 제공할 필요가 있다. "화자가 주목하고 있는 시적 제재는 무엇인가요?", "작품 속에 지배적으로 드러나는 화자의 꿈은 어떤 모습으로 형상화되고 있나요?", "꿈속의 장면을 드러내고 있는 시어들 중에서 인상적인 것들을 찾아봅시다", "유사한 분위기나 의미를 함축한 시어들을 연결해 볼 수 있나요?" 이와 같은 질문들을 통해, 작품 속에 드러난 꿈이 화자의 무의식 세계를 표상하고 있음을 깨닫게 할 수 있다.

또한, 잠재된 무의식을 인식 가능한 대상으로 외면화하고 있는 꿈을 근거로 화자의 과거와 현재의 삶을 추론하는 작업도 반드시 진행해 나가야 한다. "무의식인 꿈이 화자의 삶과 어떤 관련성이 있나요?", "꿈의 내용을 바탕으로 화자의 과거와 현재의 삶을 짐작해 봅시다.", "꿈과 삶과의 관련성을 인정한다면, 꿈은 우리의 삶에 어떤 의의를 가진다고 볼 수 있나요?"라는 질문은 무의식과 꿈, 그리고 삶과의 긴밀성을 확인시켜 줌으로써 학생들로 하여금 화자의 자신의 모습을 명확히 해 줄 수 있는 계기가 된다. 즉, 꿈에 대한 살핌은 자기 삶을 되돌아보게 하고 그를 통해 자아를 성찰하게 해 줄 수 있음을 깨닫게 해 줄 수 있다.

작품에 대한 분석과 이해가 마무리되었다면, 학생들의 꿈으로 눈을 돌릴 수 있는 기회를 부여해야 한다. "이제 여러분의 꿈에 주목해 볼까요.", "기억에 남는 꿈이 있나요?", "꿈의 내용을 구체적으로 떠올려 보세요.", "꿈속의 등장인물, 배경, 주변의 사물, 분위기 등을 묘사해 봅시다.", "그 꿈과 관련된 여러분의 추억이나 기억, 삶을 떠올려 볼까요.", "여러분의 꿈은 구체적인 삶에 비추어 볼 때, 어떤 의미를 갖는 것입니까?", "꿈이 여러분 자신을 되돌아보게 하는 매개가 되나요?", "꿈속에서 발견한 여러분의 참 모습은 어떤 것입니까?" 등의 질문을 제시함으로써 꿈을 통해 자아를 성찰하는 경험을 누리게 할 수 있다. 꿈에 주목하고 꿈의 의미를 해석하기 위해 자기 삶을 반추하는 활동은, 평소에 주의를 기울이지 않아 잊고 있었던 잠재된 무의식 속의 자아를 찾아가는 절절한 경험이 되게 할 수 있다.

[학생글7]

화자는 꿈속에서 버려진 도시를 방황하고 있다. 그곳은 외부세계와 단절된 곳이며, 화자는 그러한 괴리감을 짊어진 채 황량한 폐허를 밟으며 자신의 내면으로 한 걸음씩 나아간다. 화자는 그곳에서 자기 자신의 모습을 발견하게 되는데, 타인과의 교류가 없는 모습뿐만이 아닌 꿈속의 세상 전체가 바로 화자의 내면이다. 꿈속을 방황하던 화자는 꿈속의 세상이 자신의 실상 그 자체라는 것을 깨닫고 자신을 되돌아본다.

꿈속은 폐허다. 폐허는 활기가 떠나고 남은 잔해에 불과하다. 곧 그것은 목적을 가지지 못하고 그에 대한 열정도 가지지 못하며 타인과 진심으로 교류하지 못한 채 그저 하루하루를 '연명'해 왔을 뿐인 화자의 모습을 나타낸다. 그것을 깨닫게 된 화자는 그렇게 살아온 과거를 후회하며 회의감을 느낀다. 하지만 그것에 그치지 않고 앞으로도 그렇게 살아 갈 것인지를 자신에게 되물으며 앞으로는 그렇게 살지 않을 것이라는 의지를 은연중에 드러낸다.

언젠가 꿈을 꾼 적이 있었다. 평소 꿈을 잘 꾸지 않지만 그 꿈은—심지어 어렸을 때 꾼 꿈이지만—아직까지 생생하다. 그곳 역시 폐허. 홀로 서 있었다. 하지만 그곳은 폐허이자 낙원이었다. 상상하는 모든 것이 현실이

되는, 마치 내가 시간, 공간, 질량, 법칙, 개념 등을 모두 다스리는 신이 된 듯 했다. 나는 그곳에서 사람을 창조했고 생명을 불어넣고 그 삶을 관찰하며 그 운명을 만들어 나가는 것에서 희열을 느꼈다. 꿈에서 깨어난 뒤 얼마간 허무함이 엄습했지만 종이와 연필로도 충분히 꿈속 세상을 만들 수 있다는 것을 알게 되었고, 그때 나는 나의 진로를 결정했다.

[학생글8]
이 시에서 화자는 꿈을 통해 자신의 삶을 인식하고 있다. 화자는 꿈에서 보았던 상황을 자신의 삶과 연관시켜 자조적인 태도를 보이고 있다. 그는 꿈에서 삶의 방향을 잡지 못하는 자아를 발견하게 된다. 목적없이 거리를 걸어가는 꿈을 통해 자신의 삶도 그처럼, 자신의 삶을 인식하지 못하고 무의식적, 기계적으로 걸음을 떠돌고 있다는 사실을 깨닫게 되는 것이다. 그리고 자기 자신에게 자조적인 질문을 던지면서 자신의 삶에 대해 부정적으로 말하고 있다. 그리고 자신의 과거, 현재, 미래에서의 삶을 부정적으로 보며, 자기 스스로에게 질문을 던지면서 자아를 탐색해 나가는 과정을 보여주고 있다. 그 결과, 미래에 희망이 보이지 않을 것임을 인식하게 되며, 자신이 이제까지 살아왔고 살아갈 삶에 대한 부정적인 인식을 감추지 못하고 있다.

[학생글9]
화자는 꿈속에서 걷고 있다. 그런데 그 장소가 이상할 정도로 신비롭다. 한 쪽에선 비가 내리고 다른 쪽에서는 햇빛이 비추기도 하고, 무너진 성과 길 사이를 걷는 걷는 꿈을 꾸는 것이다. 그러나 화자는 어느 한 쪽에도 속하지 못한다. 이러한 꿈을 꾸면서 화자는 자신의 처지를 발견하게 된다. 꿈에서처럼 남들이 뭐라고 하는데도 듣지 못하고, 보지도 못하면서 끊임없이 걷기만 했던 게 화자의 모습이었다. 쓸모없는 것을 좇아 사는 삶이 지금까지의 자신의 삶이었고, 그와 같은 삶을 살도록 만든 것이 화자가 살고 있는 세상이었으며, 앞으로의 그의 삶이 이와 마찬가지일 것임

을 보여주고 있는 것이다.

동생이 고층 아파트에서 떨어지는 모습을 보며 세상이 무너지는 듯한 느낌을 받았을 때, 나는 동생을 사랑하는 내 자신을 보았다. 또 어떤 다른 꿈에서는 나의 지금 모습들을 찍은 사진을 보며 친구들과 담소를 나누었는데, 한 친구가 '불쌍한 사람'이라며 한숨을 쉬기도 했다. 그냥 웃으면서 지나갔던 내 삶이 어쩌면 불쌍해 보일 수도 있겠다는 생각이 들었다. 그렇지만 그 꿈을 꾸고 나서 더 열심히 살고자 애를 썼다. 꿈에서 자신을 발견하는 것도 좋은 일이지만, 그것을 통해 자신을 바꾸는 것이 더 중요한 것임을 느꼈기 때문이다.

시 수업 후에 학생들이 제출한 위의 감상문들을 통해 알 수 있듯이, 작품 속에 드러난 무의식 세계인 꿈에 대한 살핌은 화자의 자아성찰적 태도를 발견하게 하며, 나아가 학생들 자신의 꿈을 통해 자아를 발견하게 되는 계기가 될 수 있다. 작품에 대한 반응과 해석은 다소의 차이를 보이고 있지만, 화자의 꿈이 화자 자신의 삶에 주목하게 하는 계기가 되며 나아가 자아를 성찰하는 토대가 됨을 학생들은 공통적으로 느끼고 있음을 볼 수 있다. 또한, 학생들은 그들의 꿈을 자신의 현실적 삶과 관련을 지으면서 꿈을 합리적이고 체계적으로 해석하는 치밀함을 실각하고 단순히 주관적으로만 반응하는 한계를 보이고 있지만, 꿈이 본질적으로 삶과 관련되며 꿈에 대한 성찰이 자아성찰과 연결됨을 명확히 인식해 나감을 알 수 있다.

4. 자아성찰시 교육의 지향점

개인의 정체성을 확립하고 바람직한 인격 형성을 통해 성숙한 사회인으로 성장하기 위해 '자아성찰'은 필요하면서도 중요한 교육적 과제로 거론될 수 있다. 시 교육의 현장에서 '자아성찰' 교육이 단순한 교훈적 메시지를 강압적으로 요구하는 차원에 머무르지 않고, 문학적 감수성을 향유하는 과정에서 자연스럽게 학생들에게 전달될 수 있는 방안을 강구하는 데 초점을 두었다.

구체적인 문학작품을 통해 학생 스스로 '타인'과 '자기의식', 그리고 '무의식'을 대상화하고 이를 토대로 자신의 참모습인 자아를 발견해 나가는 일련의 과정과 절차상의 효율적 방법을 제시해 보았다. 개별적으로 존재함으로써 철저히 '타자화'된 사물이나 대상에 관심을 갖고 그를 통해 자아의 의미를 발견하고 자기성숙을 위한 인식의 확장을 도모해 나갈 수 있었다. 또한, '의식 가능'한 학생의 자기 삶과 개성, 성향 등을 총체적으로 반추하고 그를 통해 자기의 존재본질을 확정해 나가는 작업은 자아성찰을 위한 유용한 과정임을 살필 수 있었다. 뿐만 아니라, 잠재되어 의식으로 부상되지 않는 '꿈'을 통해 무의식 세계를 들여다보고, 무의식의 의식화 작업을 통해 자기의 현존을 파악하는 과정도 의미가 있음을 확인할 수 있었다.

이러한 자아성찰의 과정에서 자기를 발견하는 절차적 방법의 유의미성을 부각시켜야 함은 물론, 무엇보다도 '타인'과 '의식', '무의식'을 통해 자아를 성찰해 가는 일련의 시적 형상성을 보여준 작품들을 선별하는 것의 중요성을 망각해서는 안 될 것이다. 자아성찰의 가능성과 그를 시적 가치로까지 발전시켜낸 작품을 학생들에게 제시하고, 그를 바탕으로 성찰적 체험을 전면적으로 수행하는 것이 무엇보다 필요한 교육 과정이기 때문이다.

작품 속에 펼쳐진 자아성찰의 과정을 답습하고 그를 통해 문학적 미감을 체험하는 교육적 성과와 아울러, 작품과 관련된 '타자', '의식' 그리고 '무의식'을 자기 삶으로 끌어와 학생 스스로의 성찰을 이루어 내는 데까지 발전해 갈 필요가 있다. 또한, 자기성찰의 결과를 다른 학생 혹은 교사와 소통하고 공감해 가면서 더욱 세련되고 정제화된 자아를 완성해 나가는 것은 자아성찰시 교육에서 지향해야 할 바라고 생각된다.

비판과 공존의 시학으로서의 생태시 교육

1. 생태적 사유의 존재 이유

생태적 사유는 '인간'과 '이성' 중심의 가치관 및 삶의 방식에 대한 비판에서 출발한다. 인간은 신의 피조물로서만 존재한다고 여겼던 기독교적 사고의 틀에서 벗어나 인간 중심의 주체적 사고를 강조하고자 했던 서양의 이성 중심주의는 데카르트의 합리론을 시작으로 인식 체계는 물론 삶의 패러다임을 변화시켰다. 인간 중심의 합리적 사고는 논리와 이성으로 인간의 주체적 역량을 강화시킴으로써 명실상부하게 인간 제일주의를 표방하면서 발전과 성장을 주도해 나갈 수 있었다. 하지만 심층생태학(Deep Ecology)[1]은 현대 사회를 위기로 규정하면서 서구 문명의 본질을 이성의 자기 확대 과정으로 진단한다.

---

1) 심층생태학과는 달리 생태사회주의(Social Ecology)와 생태마르크스주의(Eco-marxism)는 환경문제의 원인이 자본주의 사회체제에 있다고 진단한다. 중국철학회, 『현대의 위기 동양철학의 모색』, 예문서원, 1998, 287쪽.

감성과 이성의 분화, 자아와 타자의 대립을 당연시하는 이원론적 사고와 이성 중심의 합리적 태도는 과학 기술에 대한 관심과 발전이라는 결과를 낳게 되었다. 이러한 일련의 양태를 니체는 "인간적으로 인식된 자연에 대한 해석일 뿐이며, 자연을 대상 세계로 다루는 오류"2)임을 지적한 바 있다. 이성 중심주의와 자연에 대한 대상화는 인간과 자연을 미분화된 유기체로 인식하고자 하는 전일적(全—的)인 합일의 사고방식3)으로부터 멀어지게 하고 말았다. 이로 인해 자연은 인간과 분리되어 객체로 존재하는 물적(物的) 대상으로서, 인간을 위해 실용적 가치로 환원될 수 있는 계량(計量) 가능한 존재로 전락하고 말았다.

칸트의 목적론적 자연 이해는 인간이 창조의 최종 목적으로 설정되고 있으며, 모든 자연의 합목적적 활동은 인간 문화 창달의 수단으로 규정된다.4) 인간의 자연에 대한 지배와 도구화는 이러한 사상적 기반에 의해 정당화될 수 있었으며, 합리적 이성으로 인한 과학기술의 급속한 발전은 문명의 혜택 이면에 인간 소외라는 딜레마를 초래하게 되었다. 결국 생태주의는 인간의 자연 지배를 강화하는 이성 중심적 이원론에서 벗어나 인간의 자연으로의 회귀를 통한 근원적인 인식의 전환을 요구하고 있다.

후설은 근원적인 생활 세계로의 귀환을 통해 정화된 자연적 태도로 돌아갈 것을 강조하였다. 그는 '원초적인 세계(die primordiale Welt)'5)로 회귀함으로써 전과학적인 직관의 세계인 근원적인 생활 세계로 돌아

---

2) 근대의 자연과학적 인식을 극복하기 위해, 니체는 인간 중심적 사유를 해체하면서 '큰 이성'으로서의 '몸 이성'에 의해 생명력을 회복할 것을 주장하였다. 김정현, 『니체, 생명과 치유의 철학』, 책세상, 2006, 309쪽.

3) 홍경실, 『베르그손의 철학』, 인간사랑, 2005, 265쪽.

4) 김진, 『칸트와 생태주의적 사유』, 울산대학교 출판부, 1998, 33쪽.

5) 후설은 생활 세계를 자연으로서의 세계와 문화 세계로 보고, 원초적인 세계는 전개념적인 지각과 기억의 세계, 직관의 세계인 자연으로서의 세계에 해당한다고 인식한다. 한국현상학회, 『자연의 현상학』, 철학과현실사, 1998, 39~63쪽.

갈 수 있다고 보았다. 즉, 개념 이전의 상태, 이론과 이성 이전의 직관의 세계인 자연의 공간으로 인간이 돌아가 자연과 하나가 되어 이성의 제한적 틀에서 벗어날 수 있어야 현대 과학문명이 안겨다 주는 폐해에서 벗어날 수 있음을 주장하고 있는 것이다.

생태계를 개체와 전체가 유기적으로 연결된 하나의 생명체라는 입장을 고수하고 있는 생태주의적 관점6)에 따르면, '자연'은 더 이상 인간과 차별화된 물적 대상일 수는 없다. 하이데거는 자연, 즉 '퓌지스(Physis)'의 시원적 의미를 '스스로 피어남(Aus-sich-her-aufgehen)',7) 혹은 '자발적으로(von sich aus das)'8) 출현하는 것으로 규정하였다. 이러한 태도는 인간의 자연에 대한 인식 이전에 자연은 스스로 존재한다는 독자성을 인정하는 것이다. 또한, 하이데거는 이에서 나아가 자연 존재자의 존재는 인간과는 무관하게 홀로 생기지 않고, 자연의 인간에 대한 요구에 인간이 올바른 방식으로 응대9)할 때 성립될 수 있음을 역설하였다.

'자연으로의 복귀'를 호소한 루소도 인간의 자연 지향성이 이성 중심 이전의 인간 본성을 회복할10) 수 있는 유일한 방안이라고 언급한 바 있다. 인간의 감성과 본능이 자연 속에서 어우러져 조화를 이루는 하나가 될 때 비로소 합리주의를 바탕으로 한 현대문명의 부조리는 근절될 수 있다는 것이다. 이러한 인식은 에머슨의 '자연 속에서의 환희는 인간과 자연의 조화 안에 있는 것'11)이라는 태도와도 일맥상

---

6) 김욱동, 『문학생태학을 위하여』, 민음사, 1998, 28쪽.

7) M. Heidegger, "Parmenides", *Gesamtausgabe Bd.* 54, Frankfurt a.M., 1982, pp. 206~207.

8) M. Heidegger, "Hölderlins Hymne 'Der Ister'", *Gesamtausgabe Bd.* 53, Frankfurt a.M., 1984, p. 140.

9) 하이데거는 자연 존재와 인간의 긍정적인 대응방식을 '초연함(Gelassenheit)'으로 명명하고, 인간이 자연에 응해 그 '사태 안으로 들어감(sicheinlassen)'과 동시에 그 사태로부터 인간 자신을 '해방시키는(sichloslassen)' 태도의 중요성을 강조한다. 한국하이데거학회, 『하이데거 철학과 동양사상』, 민음사, 2001, 150쪽.

10) 박호성, 『루소 사상의 이해』, 인간사랑, 2009, 99쪽.

11) 플라톤 외 지음, 아서 미·J. A. 해머튼 엮음, 정명진 역, 『철학, 인간을 읽다』, 부글북스,

통하는 것이다.

동양의 자연에 대한 인식은 서양보다 더욱 생태주의에 근접한다. 동양의 인식론은 그 본바탕이 서양과는 달리, 주체와 객체는 실체가 아닌 기(氣)가 응집된 존재이기에 둘 사이의 감응(感應)에 의해 대상을 느낄 수 있다[12]는 태도에 있다. 주희는 세상이 천지와 만물, 사람으로 구성되었다고 보고, 생명이나 정신만이 아니라 현상이나 물체도 그 속에 포함되어, '자연적'인 영역과 '비자연적'인 영역의 구분을 허락하지 않았다.[13] 서양의 기계론적 관점과는 대조적으로 자연과 인간, 그리고 감각에 비치는 모든 사물과 현상을 일여적(一如的)인 것으로 보고, 인간을 포함한 자연을 시간적인 생성과 변화의 과정 자체로 파악한 것이다. 주희의 가치관으로 보면 '자연'과 '인간'은 하나의 울타리 안에 존재하는 한몸이다. "천지와 내가 같은 몸이고, 만물과 내가 같은 기운이니 내 몸을 돌이켜 천지의 도를 살펴본다."[14]고 한 기대승의 견해도 같은 맥락으로 이해 가능하다.

왕양명의 태도도 이와 유사한 것으로, 인간과 천지만물 사이의 유기적이고 상보적인 관계맺음을 '일기(一氣)의 유통(流通)과 감응(感應)'[15]으로 파악한다. 인간과 자연의 고립성과 독자성을 강조하기보다는, 이 둘의 상호작용과 간섭으로 인해 공감하고 소통하는 적극성에 주목한 것이다. 또한, 자연성은 인간과 역사의 모든 생성과 문화의 흥망성쇠를 지시하는 삶의 본체로서 심(心)과 물(物)을 아우르는 기적(氣的) 존재로 보았다. 자연은 스스로를 출현시키는 기의 작용에 의해 세상에 드러나며, 한 쪽으로 치우치거나 머물러 정체됨 없이 '스스로

2009, 307쪽.
12) 김희정, 『몸·국가·우주 하나를 꿈꾸다』, 궁리, 2008, 120쪽.
13) 김영식, 『주희의 자연철학』, 예문서원, 2006, 532쪽.
14) 『고봉집』「속집」권2「理解」, "天地與吾同體 萬物與吾同氣 反身以觀天地之道 亦可知矣"
15) 김세정, 『왕양명의 생명철학』, 청계, 2008, 182쪽. 『傳習錄』下「黃省曾錄」274조목, "蓋天地萬物與人原是一體 只爲同此一氣 故能相通耳[천지만물과 사람은 본래 한몸이니, 일기(一氣)가 동일한 것이기 때문에 서로 통할 수 있는 것이다.]"

그러함(機自爾)'16)의 자연스러운 순리로서 존재한다는 태도를 취한 것이다.

물론, 주자의 이(理) 철학에 따르면, "자연의 다른 이름인 천(天)은 이(理)로서 개별 사물 속에 내재한다."17)고 함으로써, 자연을 이(理)와 동일한 것으로 파악하기도 한다. 하지만 존재의 발현을 위한 작동 방식인 기(氣)로 보든, 만물에 내재된 근본 원리인 이(理)로 보든, 자연을 이와 기로 이해하려는 태도는 이와 기를 서로 배척하지 않으면서 하나로 인식하고자 하는 일원론적 관점이면서, 물질에 편승되지 않는 세상을 바라보는 총체적 접근 방식이라고 할 수 있다.

무위자연을 언급한 동양의 대표적인 자연친화론자인 노자는 "사람은 땅을 법 삼고 땅은 하늘을 법 삼으며, 하늘은 도를 법 삼고 도는 자연을 법 삼는다."18)는 논리를 통해 자연 만물을 인간의 본질이자 이치이며 이상으로 여겼다. 이처럼 존재의 근원적인 본질을 배태(胚胎)하고 원리로서의 속성을 가진 것이, 동양철학에서 중시하는 도(道)의 개념이다. 도는 자연의 속성을 그대로 가지면서 자연을 자연답게 기르는 우주 창출의 토대가 되는 것이다. 따라서 장자는 이점에 주목해 도를 일체의 존재와 힘의 근원으로서 천지만물을 움직이고 존재하는 힘19)으로 보았다.

자연을 닮은 도는 인위적이지도 작위적이지도 않다는 측면에서 무위(無爲)의 가치를 전제하는 것으로서, 현대의 기계론적 사고를 뛰어넘을 수 있는 기틀이 될 수 있다. 반면, 도는 '천도무친(天道無親)'20)한

---

16) 김형효, 『하이데거와 화엄의 사유』, 청계, 2004, 279~280쪽.

17) 천지(天地)가 생기기 전에도 이(理)가 있었다고 하는 초월적(超越的) 이(理)와, 개별 사물 속의 이(理)로 내재하면서 기(氣)와 작용을 하는 내재적(內在的) 이(理)의 이중구조를 갖는다. 상허안병주교수정년기념논문집간행위원회, 『동양철학의 자연과 인간』, 아세아문화사, 1998, 7쪽.

18) "人法地 地法天 天法道 道法自然" 조기영, 『한국시가의 자연관』, 북스힐, 2005, 210쪽.

19) 『莊子』「大宗師篇」, "夫道 … 無爲無形 … 自本自根 未有天地 自古以固存 生天生地[도는 형체가 없고 위함이 없으며, 자기가 뿌리이고 자기가 근본이고, 천지가 있기 이전부터 있어 왔으며, 천지를 낳는 것이 도이다.]"

것으로서 의도적으로 조작하지 않는 것이지만, 그 자체로서 원리이자 만물 창출의 근원으로 스스로 움직이는 '무불위(無不爲)'의 성향을 지녔기에 우주만물을 다스리는 힘으로 작용한다고 본다. 즉, 도 사상이 의미하는 '없음이면서 있음(無而有)'이고, '움직임이 없는 움직임(不動而動)'[21]이라는 관념은, 이분법적 사고로 사물을 인식하고 이로 인해 벗어날 수 없는 물질에 대한 집착과 욕망을 해소시켜 줄 수 있는 사고방식인 것이다.

2. 생태주의의 시적 수용

인간 이성중심의 사고로부터 잉태된 기계론적 패러다임은 현대문명의 효용성과 부조리라는 야누스적 양면성으로 삶을 위협하게 되었다. 이러한 딜레마적 상황에서 벗어나기 위해 시도된 생태주의적 사고방식은 동서양에서 다양한 철학적 모색으로 이어지게 되었으며, 나아가 문학적 차원으로까지 전이되어 현대 사회에 반향을 일으키고 있다. 생태적 관점은 현대사회의 물질문명에 대한 집착과 인간 중심적 사고에 대한 편향성을 비판하고 상생을 위한 대안으로서의 사고 전환을 요구한다는 점에서 논의의 가치를 지닌다고 볼 수 있다. '비판'과 '공존'이라는 포괄적이고 다면적인 접근 방식은 생태주의에서 표방하는 핵심적 쟁점이며, 그러한 철학적 인식을 시적으로 수용하고 있는 생태시에서도 발견할 수 있는 가치이기도 하다. 따라서 이 글에서는 생태적 관점을 반영한 생태시의 의의를 살펴보고, 효율적인 생태시 읽기를 위해 주목해야 할 요소들에 대해 논의를 전개해 보고자 한다.

---

20) 한국불교환경교육원, 『동양사상과 환경문제』, 모색, 1997, 85~86쪽.
21) 김영석, 『도와 생태적 상상력』, 국학자료원, 2000, 20쪽.

1) 생태시의 교육적 가치

생태학적 관점을 문학에 적용시키고자 한 문학생태학(literary ecology)과 생태비평(ecocritism)은 텍스트 밖에서 일어나는 정치 현실은 물론 생태계의 자연과학적 침해에 대해 관심을 갖는다.22) 개별 생명 유기체와 환경을 단절된 것으로 인식하고, 자연 환경을 개발과 착취의 대상으로만 인식하는 현대 사회의 구조 속에서 유발된 문제점을 해결하기 위한 유일한 대안으로 생태주의적 사고가 수용되기 시작한 것이다. 생태시는 이러한 맥락에서 모든 유기체를 상호 관계론적 입장에서 해석하고자 하며,23) 현대 사회의 제반 문제를 공존과 공생의 입장에서 해명해 보려는 시도로 볼 수 있다.

생태시는 '자연 파괴와 생태계 문제를 드러내며 나아가 문명의 현상태에 대한 불만을 시적으로 토로한 것'24)으로 정의된다. 생태시의 출발은 이처럼 '저항으로서의 언어(das Wort als Widerstand)'25)를 드러내고자 하는 것에서부터 시작되었다. 현대문명을 인간과 자연의 위기로 인식하고 계몽주의적 진보 이념과 성장을 인간의 자기 파괴로 진단하고자 한다. 하지만 생태시는 1970년대 이후의 일반적인 현실 비판적 인식을 포함한 일련의 저항시 부류와는 형태상의 차이를 보임26)과 동시에, 그 기저에 생명의 소중함에 대한 철학적 인식과 깨달

---

22) 홍문표, 「기독교와 생태시」, 『한국문예비평연구』 제12호, 한국현대문예비평학회, 2003, 21쪽.
23) 신덕룡, 『초록 생명의 길』 II, 시와사람, 2001, 30~33쪽.
24) 생태시와 유사한 의미로 사용되는 '자연시'라는 용어가 있으나, 자연시는 소재를 중심으로 한 분류로서, 단순히 자연을 대상으로 한 시 정도로 받아들여질 수 있기에, 이 글에서는 생태학적 관점을 강하게 포섭하고 있는 '생태시'라는 용어를 사용하고자 한다. 김용민, 『생태문학』, 책세상, 2003, 98~99쪽; 김주연, 「괴테의 자연시 연구」, 『괴테연구』 제1권 1호, 한국괴테학회, 1984, 292쪽.
25) 1981년 독일 문학권에서 시작된 생태시 논의는, 현실과 동떨어진 전통적 자연시를 비판하면서 인간의 자연 파괴 현상을 사실적으로 드러내고자 하는 것을 목적으로 한다. 최상안, 「독일의 생태시」, 『인문논총』 제16호, 경남대학교 인문과학연구소, 2003, 356쪽.
26) 생경한 이념적 문구의 제시에서 벗어나 참신한 문학적 비유를 시도하며, 고도의 함축성

음이 전제되어 있다. 인간의 자연 훼손과 그로 인한 현실 파괴라는 비판적 메시지의 전달과 함께, 생명의 진정성에 대한 근원적 의문의 제기와 삶의 본질에 대한 탐색이라는 측면에서 의의를 지니는 것이다. 생태시는 현실 비판적인 문제의식을 보여주었다는 차원에 그치지 않는다. 자연에 대한 시적 형상화를 통해 '평등과 사랑, 자율적인 질서와 조화, 상호협동 등의 아나키즘적 가치를 표상'[27]하는 차원으로 나아감으로써 문제해결을 위한 방향을 제시하고자 한다. 즉 생태시는 '우주적 자연 질서와 조화, 인간과 자연의 공동체적 유대'라는 주제 의식의 형상화를 통해 인간의 자기반성과 바람직한 삶의 방향에 대한 통찰력을 제시하고자 하는 것이다.

현실에 대한 비판과 공존을 위한 대안적 의의를 갖는 생태시를 교육현장으로 들여올 경우, 학생들은 비판적 안목을 키울 수 있을 뿐만 아니라 삶의 진정한 가치에 대해 성찰할 수 있는 기회를 갖게 될 것이다. 생태시 교육을 통해 '생태학적 인식'[28]으로의 전환을 꾀한다는 것은, 현대사회의 문제점을 해결할 수 있는 실질적 대안을 얻는다는 점에서 의의를 갖는 것이며, 비판과 성찰의 결과 바람직한 삶의 패러다임을 정립해 나간다는 점에서도 의미가 있다. 하지만 생태주의적 관점을 견지한 생태시를 교육하려는 시도는, 무엇보다 생태시가 문학이라는 점에 초점을 두어야 할 것이다.

생태주의가 문학 특히, 시를 경유한 결과가 생태시라는 사실은, 생태시가 단순히 생태학적 관점을 전달하기 위해 존재하는 전달 매개에 불과하다는 인식을 뛰어넘을 것을 요구하는 것이다. 그러므로 생태시 교육에서는 '인식'의 문제와 함께 생태시 자체의 독자적인 문학

을 시도한다는 점에서 기존의 저항시와는 구별된다. 김종훈, 「독일 생태시와 김지하의 생태시」, 『비교한국학』 제17권 2호, 국제비교한국학회, 2009, 61쪽.

27) 정우택, 「황석우의 자연시 연구」, 『현대문학의 연구』 제31호, 한국문학연구학회, 2007, 306~307쪽.

28) 김성란, 「교과서에 나타난 생태시 고찰」, 『새국어교육』 제78호, 한국국어교육학회, 2007, 77쪽.

적 속성에 대한 관심과 언급이 우선시되어야 할 필요가 있다. 현실에 대한 비판적 안목이 어떤 소재와 문학적 장치에 의해 형상화되며, 그러한 작품을 읽어나가는 과정 중에 발생하는 다양한 문학적 정서와 감동적 요소에 주목할 필요가 있는 것이다. 또한 공존을 지향하는 작가의 가치관이 발현된 문학작품을 이해하고 감상함으로써 독자로서의 학생들이 느끼는 바람직한 내면화 과정에 대해서도 관심을 가질 필요가 있다.

생태시를 통해 학생들로 하여금 현대사회의 문제점에 대해 살피고 그러한 현상의 원인에 대해 천착하게 함으로써 비판적 안목을 키워주며, 이러한 비판적 고찰이 공존이라는 바람직한 문제해결 전략으로 발전해 나갈 수 있는 가능성을 모색하게 함으로써 실천적인 대안 마련이라는 가치 창출에 기여하게 할 수 있다. 생태시를 통해 표출되는 생태적 인식에 대한 관심은 물론, 자연과 현실을 소재로 한 생태시가 비판적 견해와 공존의 작가 의식을 어떤 시적 장치로 형상화해내는지에 대한 미감(美感)을 향유할 수 있는 기회를 제공할 수 있으리라 기대한다.

2) 현실 비판으로서의 시학

생태시의 출발은 현실 수용보다는 비판 쪽으로 기울어 있다. 인간은 정신적 존재인 동시에 육체적 물질적 존재이기에,[29] 인간의 마음 작용에는 물질적 존재로서의 욕구가 개입되게 마련이다. 생태시는 인간 사회의 물질에 대한 편향성과 그로 인해 유발된 현대사회의 물신주의적 병폐를 고발하고자 하는 것이다. 무심(無心)하고 무정(無情)

---

29) 인간은 피조물이면서도 만물을 초월하고 만물을 향유하는 존재이며, 인간 영명(靈明)과 만물의 관계는 일방적으로 만물이 인간에게 봉사하고 인간은 만물을 자신의 삶을 위해 향유하는 주인과 노예의 관계이다. 박무영, 『정약용의 시와 사유방식』, 태학사, 2002, 44~49쪽.

한30) 자연은 그로 인해 그 어디에도 치우침이 없고 그 자체로서 진리를 드러내고 있는 불편부당(不偏不黨)한 존재이다. 하지만 욕망을 가진 존재인 유심(有心)하고 유정(有情)한 인간은 자신들을 중심으로 이러한 자연을 자의적이고 주관적으로 해석하고 이용해 왔다. 이러한 인간 문명의 부정적인 속성에 주목하고 이에 대한 근원적인 문제를 제기함으로써 인간 인식의 한계와 근본적인 사고의 전환을 도모하고자 한다.

생태시 창작의 물고를 튼 독일의 생태시의 핵심적 쟁점은, '이성과 합리적 사고를 중시했던 계몽주의 사상을 거부하고 인간을 자연적인 존재로 간주하면서 자연문학(Naturpoesie)을 옹호'31)하고자 하는 것이었다. 여기에는 이성중심의 합리적 사고를 비판하고, 자연을 단순한 물질적 대상이 아니라 인간의 내면을 투영하는 정신화된 존재로 보고자 하는 의식이 전제되어 있는 것이다. 생태시는 현대사회의 가치관이 가지는 부정적인 측면을 비판하기 위한 전략으로 인간에 의한 환경훼손에 먼저 주목하고자 한다. 사실상 독일과 미국의 생태시도 여기에서부터 출발하였다는 것이 생태시를 바라보는 이론가들의 공통된 견해32)이다.

생태시에 드러나는 자연은 일차적으로 인간과 화합하지 못하고 인간에 의해 본래의 순수성을 상실한 모습으로 드러난다. 자연의 고유한 자질이 인간에 의해 탈색되고, 인간의 무분별한 착취로 인해 인간에 의한 자연 소외는 물론, 인간 스스로 자신을 소외시키는 결과를 초래하게 됨을 지적하고자 한다. 리얼리즘적 관점에서 자연 파괴의 모습을 형상화함으로써 인간의 모순적 속성을 비판하고, 궁극적으로

---

30) 무심(無心)과 무정(無情)은 욕심이 없는 자연스러운 상태를 나타내는 것으로서 우주의 근본적 속성인 무극(無極)과 통하는 것이다. 정효구, 『한국 현대시화 쥬人의 사상』, 푸른사상사, 2007, 91쪽.
31) 제여매, 「독일 현대 자연시」, 『독어교육』 제35집, 한국독어독문학교육학회, 2006, 405~409쪽.
32) 최동오, 「미국의 생태문학 연구」, 『인문학연구』 제79호, 충남대학교 인문학연구소, 2010, 92쪽.

는 인간 중심적인 사고체계의 전환을 요구한다. 자연을 소재로 한 전통적인 서정시에서는 체험을 통해 자연에 대한 미감을 얻고자 했을 뿐만 아니라, 자연에서 얻는 정서적 위안과 만족감을 토로하는[33] 것이 주류를 이루었다. 우리의 고전시가에서도 자연은 현실에서 받은 상처와 고통을 덜어내고 본래의 깨끗함을 회복하게 해 주는 공간으로[34] 인식되었다.

현대사회 이전의 자연은 이처럼 낭만과 향수가 존재하는 공간으로서 세속적 현실과는 달리 이상이 존재하는 곳으로 자리매김했었다. 아울러 작위적인 인간 세계를 떠나 자연의 순수하고 무작위한 상태를 동경하고자 했던 것은 도학 탐구의 대상이기도[35] 했기 때문이었다. 이는 자연은 부조리한 현실과는 변별되는 공간으로서 인간 삶의 근본 질서를 안내하고 조절할 수 있음은 물론, 전우주를 포괄할 수 있는 이치를 함축한 실체라는 인식을 전제로 한 것이다. 하지만 생태시에서는 인간의 현실적 욕망을 충족시키기 위한 수단으로 전락해 버린 자연의 모습을 부각시킴으로써 자연의 본래적 기능과 역할이 상실되었음을 명확히 보이고자 한다.

생태시의 창작과 감상이 산출해 내는 담론적 측면에서 보면, 자연 자체가 탐구대상이 되기보다는, 산업화와 도시화의 문제들을 논평하기 위한 수단으로서[36] 자연에 대한 '특별한 관점'이 요청된다. 생태시에서 자연을 소재화하는 방식은 향토의 자연을 삶의 애환을 해소시키기 위한 치유책으로 활용하는 것이 아니라,[37] 인간 중심적 삶의

---

33) 배다니엘, 「려악 자연시의 풍격 특성」, 『중국학보』 제47호, 한국중국학회, 2003, 366쪽.
34) 유육례, 「정극인의 시가에 드러난 자연시 연구」, 『고시가연구』 제24호, 한국고시가문학회, 2009, 6~7쪽.
35) 신연우, 「이황 산수시에서 경의 의미」, 『민족문화논총』 제28호, 영남대학교 민족문화연구소, 2003, 38~49쪽.
36) 신재실, 「프로스트의 자연시와 전략적 후퇴」, 『현대영미시연구』 제9권 1호, 한국현대영미시학회, 2003, 99쪽.
37) 진순애, 『현대시의 자연과 모더니티』, 새미, 2003, 25쪽.

철학 속에서 지배되고 변형되는 자연의 실태를 조명하는 것이다. 자연에 대한 이러한 관점으로 인해 자연은 동경이나 동일시의 대상이 될 수 없으며, 단지 인간과 자연은 하나의 자아로 통합되지 못하고 일정한 거리를[38] 둔 채 존재할 뿐이다. 자연을 철저히 결핍의 이미지로 처리함으로써 인간 사회에 서려 있는 내재적 모순의 극단을 보여 주고자 한다.

생태시는 자연 자체에 대한 조망뿐만 아니라, 비생태주의적 인식으로 인해 빚어지는 인간 자체에 대한 소외와 차별화도 동시에 비판하고자 한다. 합리적 이성을 중시하는 현대사회의 가치관은 인간중심적 사고를 만연시켰으며, 이러한 태도는 과학의 발전, 산업화, 자본의 축적과 맞물려 인간의 자연에 대한 지배를 넘어서서 인간의 인간에 대한 지배를 정당화시키는 결과를 낳고 말았다. 특히 생태주의의 한 부류에 해당하는 생태사회주의와 생태마르크스주의는, 이러한 현상으로 인해 현대의 생태문제는 인간의 생산양식과 생활양식에까지 영향을 미치고 있다고[39] 진단한다. 결국, 인간 중심적 사고는 특정 계급과 기득권층에 의한 억압과 착취를 정당화하는 논리로 활용됨으로써 대다수 민중의 고립과 소외를 방조하면서 비인간화 현상까지 초래하고 있는 것이다. 현대사회가 산업화되고 또한, 자본주의적 경제체제 속으로 함몰되어 감에 따라, 인간의 복지증진이라는 미명 하에 자행된 대량생산과 대량소비는 자연 파괴와 자원의 낭비,[40] 그리고 인간의 물신화와 기계화를 초래하게 되었다. 이미 물질적 가치를 평가의 척도로 인식한 현대사회에서 참된 인간성은 부의 소유 여부에 의해 평가되고 결정될 수밖에 없으며, 그로 인해 물질에 의한

---

38) 금동철, 「정지용 후기 자연시에 나타난 기독교적 자연관」, 『한민족어문학』 제51집, 한민족어문학회, 2007, 502쪽.
39) 정연정, 「한국 현대 생태시 연구」, 『한국문예비평연구』 제34집, 한국현대문예비평학회, 2011, 210쪽.
40) 박정근, 「독일 생태 시인과 박영근 생태시 비교」, 『한민족문화연구』 제35집, 한민족문화학회, 2010, 113쪽.

인간의 지배와 착취는 명분을 얻게 되었다.

생태시는 이러한 서열화된 인간구조와 인간 소외 문제를 비판적으로 고찰함으로써 진정한 인간적 가치에 대한 방향을 모색해 보고자 한다. 인간의 감성과 정서가 결핍된 사회체제 속에서 인간을 인간으로 대접하고, 물질적 가치의 추구로 인해 상실된 인간의 정을 회복시키고자 하는 것이다. 지배와 피지배, 억압과 착취라는 비인간적 구조를 당연시하는 현대사회의 의식구조를 극복하고 참다운 인권을 구현함으로써 진정한 인간적 가치를 실현시키고자 한다.

3) 공존(共存)으로서의 시학

생태시는 비판에만 머무르지 않고 공존의 가치를 지향한다. 자연에 대한 부당한 착취와 인간 스스로 자행하는 소외에 대한 문제의식을 공존과 상생의 대안 제시를 통해 현실적 부조리를 극복하고자 한다. 이원화되고 물신화된 의식 구조에 대한 개혁을 주창(主唱)하면서 일원화된 순환적 사고로의 전환을 촉구한다. 대상과 자아, 자연과 인간을 철저하게 타자와 주체로 인식하는 분별적이고 개체적 사고에서 벗어나, 모든 개별 사물과 대상은 독립적으로 존재하지 않고 하나로 통합되는 것이라는 태도를 부각시키고자 한다. 자연과 인간, 감성과 이성, 그리고 나아가 인간 상호 간의 진정한 조화와 화합을 이루고자 한다.

자연에서 왔지만 자연으로 돌아갈 수 없는 것, 그것이 바로 현대문명사회의 인공물이 처한 운명이다. 이러한 운명을 극복하기 위한 방안으로 생태시는, '세속의 모든 조건, 형식과 억압을 극복한 상태에서 자신을 완벽하게 지우고 우주의 흐름에 겸허히 합류'[41]할 수 있는 자유(自由)로서의 소요유(逍遙遊)에 대한 체험을 시적으로 형상화한

---

41) 정효구, 『한국현대시와 자연탐구』, 새미, 1998, 73~156쪽.

다. 생태학에서 연결망을 구축하는 것은 생명을 영속시키는 기반[42] 이기에, 생태시학은 시어의 배열을 통해 자연과 인간의 연결을 시도해 보고자 한다.

먼저 생태시에서는 공존의 가치를 구현해 내기 위해, 건강한 생명을 원시적 삶으로의 회귀를 통해 회복하고자 하는 원시생명주의를[43] 표방하며, 이를 위해 혼돈과 미분화의 공간인 순수로서의 자연을 묘사하고자 한다. 활용 가능한 대상으로서만 인식됨으로써 철저히 파괴되고 오염된 자연의 모습이 아니라, 사랑과 낭만이 충만한 공간이자 미적 가치를 드러내는 곳으로 형상화된다. 이와 같은 태도는 자연에 대한 한결같은 동경과 애정을 드러내는 것이며, 아울러 자연 현상을 적극적으로 수용하여 인간의 허욕과 부자유 상태에서 벗어나고자[44] 하는 몸부림으로 해석된다.

생명력이 약동하고 자연의 기본적인 법칙과 순리가 존재하는 이상적 공간으로서의 자연에 대한 모습에 관심을 갖고 이를 형상화하고자 하는 입장은, 훼손되기 이전의 자연의 모습을 찾고자 하는 시인의 바람이며, 근대 이전의 자연 친화력을[45] 회복하고자 하는 시도로 볼수 있다. 이를 통해 인간과 자연의 조화와 상생만이 현대사회의 문제점을 극복할 수 있는 길임을 강조하고자 하는 것이다. 근대 이전의 시인들이 자연을 소재로 아름다운 자연에 몰입함으로써 상상력을 통해 속세를 벗어난 초현실적 경지를 표현하는[46] 한편, 그와는 상반되게 입신양명과 치인(治人)을 이루기 위해 사회로 나아가고자 하는 집

42) Bill Devall & George Sessions ed., *Deep Ecology*, Salt Lake City: Gibbs M. Smith Inc., 1985, pp. 66~70.

43) 전미정, 「서정주와 박두진의 생태시 비교 연구」, 『비교문학』 제37호, 한국비교문학회, 2005, 200쪽.

44) 김종호, 『물, 바람, 빛의 시학』, 북스힐, 2011, 102쪽.

45) 김효중, 「박두진의 생태시와 기독교사상」, 『비교문학』 제37호, 한국비교문학회, 2005, 219쪽.

46) 이영남, 「다산과 청대문인 왕사정의 자연시 비교」, 『청람어문교육』 제39호, 청람어문교육학회, 2009, 445쪽.

념을[47] 병치시켰던 것과 같이, 공존으로서의 자연을 염두에 두는 생태시는 인간적 삶 속에서의 자연, 자연 속에서의 인간적 삶을 갈구하고자 한다.

생태시에서 공존의 가치를 실현하기 위해 쟁점화하고자 하는 두 번째 요소는 감성적 측면에 관한 것이다. 전근대적 사고방식에서부터 벗어나 이성중심의 계몽주의적 사유체제로의 전환에서 빚어진 현대사회의 위기를 감성과 정서의 회복을 통해 치유하자는 것이다. 논리적 이성이 물질문명의 발전이라는 성과를 거두었고, 그것이 인류의 물질적 풍요를 실현시킨 것은 사실이지만 그것이 진정한 이상의 성취인지를 되묻고 그 대안으로서 감성의 도래를 주창한다. 이를 위해 생태시는 자연물을 빌려와 인간의 내면세계를 투영시킴으로써[48] 정서적 영역을 전면화시키고자 한다.

하지만 생태시는 이성 편향적인 삶의 방식의 철회를 주장할 뿐이지, 감성 일방적인 태도의 견지를 요구하는 것은 아니다. 이성과 감성의 공존과 조화를 통해 이성과 감성이 미분화된 세계를 지향하고자 하는 것이다. 감성과 더불어 이성이 정신적 존재로서의 인간을 인간답게 하는 속성[49] 중의 하나라는 전제에 대한 믿음을 바탕으로, 이성의 토대 위에 현실적 인간으로의 삶을 영위하기 위한 필수요건으로 감성의 중요성을 강조하고자 한다. 생태시는 자연에 대한 묘사를 통해 자연에 대한 인간의 정서적 감흥을 유도하며 이로써 자연 속으로의 인간 자아의 몰입이 가능하게 된다. 이로 인해 이성은 인간의 의지대로 완전한 해방을 이루지 못하고 절제 속에서 존재하게 되며,[50] 나아가 인간 이성은 자연과의 합일을 통해 정서적 공존감을

---

47) 김성기, 「면앙정 송순의 자연시 연구」, 『남명학연구』 제10호, 경상대학교 남명학연구소, 2000, 13쪽.
48) 송영순, 『현대시와 노장사상』, 푸른사상사, 2005, 37쪽.
49) 이은봉, 『시와 생태적 상상력』, 소명출판, 2000, 57~65쪽.
50) 황인원, 『한국 서정시와 자연의식』, 다운샘, 2002, 49쪽.

획득하게 된다.

공존과 관련된 생태시의 마지막 입장은 현실 속에서 이상적 가치를 지향한다는 점이다. 인간의 자연에 대한 배타성을 반성하고 자연 속에서 완전한 인간성을 회복하자는 생태시의 핵심적 가치는 현실에 대한 전적인 부정을 의미하지는 않는다. 생태 환경에 대한 관심도 인간적인 삶의 현장을 위한 책임의식을 강조하는 것이기에,[51] 생명 사상은 궁극적으로 휴머니즘을 지향할 수밖에 없다는 것이다. 전통 유학에서도 세상을 구성하는 요소를 하늘, 땅, 사람(天地人三才)으로 보고, 사람은 이 세 가지 가운데 하나이면서도 사람의 길(人道), 즉 역사와 문화를 열어가야 할 주체로 인식한다.[52] 동양의 전통적 가치관이 현실적 인간으로서의 자질과 역할을 부정하지 않듯이, 생태시에서도 인간으로서의 현실적 삶을 옹호하고 그 기반 위에서 인간과 자연의 공생을 시도하려 한다. 생태시에서 '자연에 감응하면서 생명과 소통'하는 것을 인간이 추구해야 할 가치로 설정하는 것은,[53] 자연의 일부로서 그 속에서 부분으로서의 역할을 수행하는 인간 존재의 모습과 주체적 독자성을 지닌 생활인으로서의 인간의 모습을 동시에 수용하고자 하는 태도로 볼 수 있다.

3. 생태시 교육의 실제

비판과 공존의 미학을 반영한 생태시는 학생들로 하여금 시문학에 대한 감상을 통해 문학적 감수성을 고양시키는 것은 물론, 시를 통해 촉발되는 현실 세계에 대한 관심을 유도할 수 있다는 점에서 의의를 갖는다. 따라서 이 글에서는 현실적 문제를 쟁점화하고 이를 시적으

---

51) 송희복, 『시와 문화의 텍스트 상관성』, 월인, 2000, 313쪽.
52) 유승우, 『몸의 시학』, 새문사, 2005, 111쪽.
53) 이동순, 『숲의 정신』, 산지니, 2010, 158쪽.

로 형상화한 생태시를 매개로 비판적 읽기를 수행하는 방법을 제시하며 또한, 생태시에서 주목하고 있는 공존의 관점과 관련해서는 대안적 읽기의 방안을 모색해 보고자 한다. 비판적 읽기는 생태시를 통해 학생들로 하여금 현상에 대해 맹목적으로 수용하는 자세에서 벗어나, 사태를 정확하게 진단하고 이에 대한 성찰을 바탕으로 비판적으로 사고할 수 있는 계기를 마련하기 위함이다. 한편, 대안적 읽기는 비판을 위한 비판에만 함몰되어 자기 주장의 설득력이 결여되어 사태에 대한 단순한 불평이나 불만의 토로에 그치지 않고, 긍정적 해결 방안을 탐색하게끔 하고자 하는 시도이다.

생태시는 자연을 통한 인간 중심적 사고와 나아가 인간 스스로 자행하는 인간에 대한 차별적 태도를 문제시하고 있는 것이기에, 비판적 읽기 단계에서는 '자연'과 '인간'을 비판을 위한 출발점으로 상정하고자 한다. 따라서 자연을 통해 인간 삶의 행태를 비판하고, 인간을 매개로 인간 소외 문제를 천착하는 기회를 학생들에게 제공해 보고자 한다. 대안적 읽기 단계에서는 생태시에 전제된 공존의 가치를 학생들이 발견하고 이를 토대로 이성중심 사회로 인해 초래되는 문제해결을 위한 실질적 방안에 대해 생각하도록 하고자 한다.

1) 자연을 매개로 한 비판적 읽기

생태시에서 먼저 주목해야 할 대상은 자연이다. 현실적 자연의 실체에 대한 객관적이고도 명확한 인식이 자기 반성과 성찰과 이어질 수 있으며, 이는 개혁을 위한 비판으로 발전할 수 있기 때문이다. 오염되고 훼손된 자연을 소재화한 생태시를 먼저 학생들에게 제시하고, 작품을 학생 개별적으로 감상하게 하는 것에서부터 생태시 교육은 시작된다. 그런 후, 현실 세계를 학생 스스로 되돌아 볼 수 있는 시간을 할애하고, 이러한 시간을 통해 학생들은 작품 속에 드러난 실상과 현실세계의 실태를 견주어 보게 함으로써 비판적 사고를 활성화시켜 나가도록 할 필요가 있다. 즉, 교육 절차는 '작품 제시 → 개별 감상 → 현실 조망 → 비판적 성찰 → 모둠 토의'의 순서로 진행해 나갈 수 있다. 이를 위해 김기택의 「바퀴벌레는 진화 중」을 제시하고 자연을 매개로 비판적 읽기를 수행하는 방법을 안내해 보고자 한다.

믿을 수 없다. 저것들도 먼지와 수분으로 된 사람 같은 생물이란 것을. 그렇지 않고서야 어찌 시멘트와 살충제 속에서만 살면서도 저렇게 비대해질 수 있단 말인가. 살덩이를 녹이는 살충제를 어떻게 가는 혈관으로 흘려보내며 딱딱하고 거친 시멘트를 똥으로 바꿀 수 있단 말인가. 입을 벌릴 수밖에 없다. 쇳덩이의 근육에서나 보이는 저 고감도의 민첩성과 기동력 앞에서는.

사람들이 최초로 시멘트를 만들어 집을 짓고 살기 전, 많은 벌레들을 씨까지 일시에 죽이는 독약을 만들어 뿌리기 전, 저것들은 어디에 살고 있었을까. 흙과 나무, 내와 강, 그 어디에 숨어서 흙이 시멘트가 되고 다시 집이 되기를, 물이 살충제가 되고 다시 먹이가 되기를 기다리고 있었을까. 빙하기, 그 세월의 두꺼운 얼음 속 어디 수만 년 썩지 않을 금속의 씨를 감추어 가지고 있었을까.

로봇처럼, 정말로 철판을 온몸에 두른 벌레들이 나올지 몰라, 금속과 금속 사이를 뚫고 들어가 살면서 철판을 왕성하게 소화시키고 수억 톤의 중금속 폐기물을 배설하면서 불쑥불쑥 자라는 잘 진화된 신형 바퀴벌레가 나올지 몰라. 보이지 않는 빙하기, 그 두껍고 차가운 강철의 살결 속에 씨를 감추어 둔 채 때가 이르기를 기다리고 있을지 몰라. 아직은 암회색 스모그가 그래도 맑고 희고, 폐수가 너무 깨끗한 까닭에 숨을 쉴 수가 없어 움직이지 못하고 눈만 뜬 채 잠들어 있는지 몰라.

−김기택, 「바퀴벌레는 진화 중」 전문

「바퀴벌레는 진화 중」은 자연을 매개로 현실을 비판적으로 살필 수 있는 생태시다. '바퀴벌레'는 자연을 대표하는 '생물'로서의 의미를 가지는 대상으로서, '시멘트'와 '살충제'라는 외적 환경의 오염으로 인해 그 생명성이 퇴화되고 급기야 자연성이 소멸되어 가는 존재이다. 하지만 작가는 이러한 일련의 부정적 퇴화 양상을 반어적인 시어를 통해 비판하고자 한다. '흙, 나무, 내, 강'이라는 순수한 자연성 속에서 완전한 생명을 가지고 있던 '벌레'로서의 '바퀴벌레'는 '쇳덩이 근육, 강철의 살결'을 가진 대상으로 진화해 가며, '시멘트'와 '살충제'를 소화시킴은 물론, '철판'을 '소화'시키고 '중금속 폐기물'을 원활하게 '배설'하는 존재로 거듭나게 된다. 작가는 원활한 생명활동을 드러내는 '벌레'를 '비대'한 대상으로 보고, 오히려 순수성과 자연성을 상실한 '로봇'의 속성을 지닌 '신형 바퀴벌레'를 '진화'한 것으로 묘사함으로써 역설적 인식을 표현하고 있다. 자연의 비정상적인 변화 과정을 비판적으로 고찰하고 이러한 작가의식을 반어적으로 표출하고 있는 것이다.

자연을 매개로 현실에 대해 비판적으로 사고할 수 있는 기회를 마련하기 위해 시도되는 교육이기에, 생태시에서 현실적 자연을 문학적으로 어떻게 형상화시켰는지에 대해 주목하게 하고 그러한 작품을 충분히 향유하고 감상할 수 있는 시간을 마련하는 것이 전제되어야 한다. 아울러, 문학 작품에 대한 감상에만 제한되지 않고 학생들이 몸담고 생활하고 있는 구체적 현실 속에서 시 속에 드러난 모습을 찾아보고, 그를 통해 현실을 비판적으로 살필 수 있는 기회도 동시에 가질 필요가 있다. 따라서 작품과 현실을 동시에 살피는 통합적 교육 방법을 지향해야 한다. 작품에만 관심을 가질 경우 생태시에서 추구하고자 하는 현실비판과 변화의 가능성에 대한 모색이 퇴색될 수 있으며, 현실에만 주목하고 비판적 태도만을 견지할 경우 생태시를 통해 이루어가고자 하는 문학교육의 속성을 도외시할 우려가 있는 것이다.

먼저 개별 감상 단계에서는 학생들로 하여금 제시된 작품을 자유롭게 이해하고 감상하도록 하되, 특별히 학생들이 주안점을 두어야 할 항목에 대해서는 미리 교사가 언급하도록 한다. 사실상 시 감상의 궁극적인 목표는 학생들의 자발적인 이해와 내면화이다. 학생 스스로 작품 속에서 주목해야 할 요소를 찾아내고 그를 토대로 시를 이해하고 공감하며, 나아가 자신의 삶에 영향을 끼칠 수 있는 사항들에 대해 생각하고 자신의 것으로 내면화하는 것이 가장 이상적인 읽기의 과정이다. 하지만 작품에서 다루는 소재나 주제의 생경함이나 표현기법의 생소함, 실험적인 작가 의도의 표출로 인한 시어나 구조의 난해함 등으로 인해, 학생들이 선뜻 어떤 요소에 주목해서 어떻게 작품을 읽어나가야 할지 몰라 난감해 하는 경우도 발생하기 마련이다.

　따라서 학생들이 자발적으로 작품을 이해하고 감상할 수 있는 분위기를 훼손시키지 않는 범위 내에서 교사는 적절한 감상 요소를 제시함으로써 학생들의 작품 읽기에 대한 동기를 부여할 필요가 있다. 이를 위해 「바퀴벌레는 진화 중」에서는 핵심적인 묘사 '대상'과 그 대상의 진행과정에 대한 것들을 살피게 해야 하며, 대상을 둘러싼 외적 내적 상황에 대한 구체적인 성찰, 그리고 그러한 요소들이 함축하는 '속성'과 그를 통해 유추해 낼 수 있는 '상징적 의미'에 대한 것들도 면밀하게 따져보게 할 필요가 있다. 무엇보다 중요한 것은 교사의 이러한 읽기 요소에 대한 제시가 학생들의 자발적 읽기가 행해진 뒤에 이루어져야 한다는 것이다. 학생들이 아무런 방해를 받지 않고 어떤 단서의 제시도 없는 상태에서 순전히 학생 자신의 문학적 배경지식과 읽기 방법만으로 작품을 대하고 감상할 수 있는 시간이 전제된 후에, 좀더 심화된 읽기를 위해 교사의 참여가 이루어져야 한다는 것이다.

　그러므로 개별 감상 단계는 '학생 혼자 읽기'와 '교사 참여적 읽기'로 나누어 접근할 필요가 있다. 또한, 학생들로 하여금 혼자 읽었을 때와 교사가 읽기 요소를 제시한 뒤에 읽었을 때의 차이와 변화에 대해 살피게 하고, 그에 대해 학생과 교사 상호 간에 이야기를 나눌

<표 4> 자연을 매개로 한 비판적 현실 인식

분류항목	과거	현재	미래
	집 짓기 전/독 뿌리기 전	보이지 않는 빙하기	때가 이름
대 상	사람, 생물, 벌레, 씨	저것(바퀴벌레)	로봇, 철판 두른 벌레 신형 바퀴벌레
외적 상황	흙, 나무, 내, 강, 물	시멘트, 살충제, 독약 암회색 스모그, 폐수	(숨 쉬고 움직일 수 있는 상황)
내적 상황	먼지, 수분, 살덩이, 혈관, 똥	쇳덩이 근육, 민첩성 기동력	두껍고 차가운 강철의 살 결, 철판 소화, 중금속 폐 기물 배설
속 성	비대	진화	진화
상징적 의미	생명성, 순수성, 자연성	희고 맑고 깨끗함 (숨 쉴 수 없고 움직이지 못함)	생명성의 퇴화, 소멸

수 있는 시간도 가져볼 수 있어야 한다. 읽기에 대한 자기점검과, 교사 조언 후의 교사와 학생 상호 간의 소통을 통해 학생들은 개별 작품에 대한 이해와 감상의 깊이를 심화시켜 나갈 수 있을 뿐만 아니라, 나름 대로 시 읽기에 대한 일반적인 방법을 터득해 나가게 될 것이다.

일차적으로 작품에 대한 이해와 감상이 이루어졌다면, 다음으로 작품과 연계된 현실 세계를 조망하고 비판적으로 따져 볼 수 있는 기회를 마련해야 한다. 시 속에 형상화된 주제의식이 작품 세계 안에 만 갇혀 있지 않고 현실 세계로 확장되기 위해서는 학생들로 하여금 소재, 주제, 상황, 속성과 유사성을 가진 현실을 살피게 할 필요가 있다. 참고 서적이나 인터넷 자료뿐만 아니라 학생들이 직접 현장을 찾아 방문하고 현장의 생생한 모습을 사진이나 영상으로 담아 파괴 되고 소외되어 가는 자연의 실체를 느끼고 그에 대한 비판적 견해를 드러낼 수 있는 기회를 마련하는 것은 교육적으로 유용하다고 할 수 있다. 그리고 작품과 현실을 통해 학생들이 체험하고 깨달은 바를 학생 상호 간의 토의를 통해 자신의 의견을 보완하고 다듬어 감으로 써 자연을 통해 현실을 새롭게 바라볼 수 있는 안목을 확장해 나갈 수 있으리라 기대된다.

2) 인간을 매개로 한 비판적 읽기

생태시에서 현실을 비판적으로 인식할 수 있는 계기로 인간 소외의 문제도 간과할 수 없다. 생태시는 자연에 대한 비판적 견해뿐만 아니라 인간에 대한 소외와 갈등의 문제도 중요한 주제의식의 하나로 다루고 있기 때문이다. 인간의 자연에 대한 지배와 착취는 인간에 대한 차별적 인식을 잉태시켰으며, 자연을 이용하고자 하는 욕구가 인간을 위한 자본의 양산과 축적에서 출발한 것이기에, 인간을 바라보는 태도도 자본 소유의 여부에 따라 차등화될 수밖에 없는 것이었다. 이로 인해 자본을 소유한 지배계층의 피지배층에 대한 억압과 폭력은 정당화될 수밖에 없으며, 이는 정당한 현상으로 용인되는 것이었다.

하지만 생태적 관점을 수용한 생태시는, 자본을 중핵적 가치로 보고 그에 따라 인간의 가치를 판단하고 인간을 차별화하는 기존의 인식을, 비판적으로 고찰하고 이를 미적 형상화를 통해 드러내고자 한다. 인간 소외를 당연시하는 태도에 대해 비판적 관점을 고수하며, 인간에 대한 근원적인 신뢰와 사랑을 회복하고자 하는 생태시의 교육적 수용은 그 자체로서 의의를 갖는다고 할 수 있다. 문학적 가치를 지닌 생태시를 향유하면서, 인간 소외의 문제에 대해 학생들이 관심을 갖고 인간을 완전한 하나의 동등한 통일체로 인식하지 않는 현실에 대해 비판적으로 사고할 수 있는 기회를 부여하기 위해, '작품 읽기 → 이미지 분석 → 이미지 통합 → 사고 확장'의 과정으로 교육활동을 전개해 보고자 한다.

> 반이 깎여 나간 산의 반쪽엔
> 키 작은 나무들만 남아 있었다
>
> 부르도자가 남은 산의 반쪽을 뭉개려고

무쇠턱을 들고 다가가고
돌과 흙더미를 옮기는 인부들도 보였다

그때 푸른 잔디 아름다운 숲 속에선
평화롭게 골프 치는 사람들
그들은 골프공을 움직이는 힘으로도
거뜬하게 산을 옮기고
해안선을 움직여 지도를 바꿔놓는다
산골짜기 마을을 한꺼번에 인공호수로 덮어버리는

그들을 뭐라고 불러야 좋을까
누군가의 작은 실수로
엄청난 초능력을 얻게 된 그들을

—최승호, 「부르도자 부르조아」 전문

최승호의 「부르도자 부르조아」는 기계문명으로 상징되는 '부르도 자, 무쇠턱'으로 인해 '푸른 잔디'와 '아름다운 산'으로 표상되는 자연이 '뭉개'지고 '옮'겨지는 현상에 주목하고 있다. 인간에 의해 자행되는 인위적인 개발과 산업화는 '지도를 바꿔놓'을 정도로 막강한 힘으로 작용한다. 급기야 자연은 그 본래의 모습을 잃고서 '반이 깎여 나간 산'의 나머지마저도 인간의 편의와 안락을 위해 희생되고야마는 위기에 직면하게 된 것이다. 위 시는 이러한 자연의 파괴에 주목할 뿐만 아니라 인간 소외의 문제까지도 조망하고자 한다.

'부르조아'에 의해 움직이고 그들의 가치를 대변하는 '부르도자'의 '무쇠턱'은 자연 훼손을 넘어서 '산골짜기 마을'을 '인공호수'로 '덮어 버'림으로써 오로지 '엄청난 초능력'을 가진 지배계층과 자본을 소유한 특권층의 욕망에만 부응할 뿐이다. 이처럼 '돌과 흙더미'를 몸소 '옮기는' '인부'들의 힘겨운 현실적 고뇌가 외면당한 채 그들의 삶의 기반인 '산골짜기 마을'마저도 '부르조아'의 향락을 위해 빼앗겨야만 하는 것이 피지배층이 처한 현실적 상황인 것이다. 작가가 문제 삼고자 하는 것은 인간의 인간에 의한 착취와 억압만이 아니라, '골프공을 움직이는' 미미한 '힘'으로 아무렇지도 않게 인간에 대한 기본적인 신뢰와 사랑을 저버리는 특권층의 반윤리적 행위에 대한 무감각함이다. 자본의 힘으로 '엄청난 초능력'의 소유자가 된 '그들'이 누리는 삶은 진정한 '평화'가 될 수 없으며, 그들의 존재가치는 조물주의 '실수'일 수밖에 없다는 것이 작가의 인식이다.

작품 감상은 먼저 학생들의 자발적인 작품 읽기부터 시작하는 것이 바람직하다. 교사의 사전 간섭이나 단서 제공과 같이 학생들이 독자적으로 시를 이해하고 감상하는 데 걸림돌이 되는 요소가 먼저 제시되어서는 안 될 것이다. 문학의 이해와 감상은 개별 독자의 경험과 정서, 삶의 체험 방식 등에 따라 다양화될 수 있기에 학생 나름대로의 독법에 따라 충분히 작품을 향유할 수 있는 시간을 마련해 주는 것이 작품 읽기에서 가장 기본적인 사항이 되어야 한다.

'이미지 분석과 이미지 통합' 단계는 주안점을 두어야 할 항목을 학생들에게 교사가 적극적으로 제시함으로써 심도 깊은 이해와 감상에 도달하게 하고자 하는 방법의 일환이다. 개별 읽기 이후에 학생들이 작품에서 느끼고 깨달은 바를 발표하게 하고, 그를 바탕으로 상호 토의를 진행함으로써 작품에 가깝게 다가설 수 있는 계기를 마련할 수 있다. 그런 다음 이미지 분석을 통해 유사성과 차별성을 지닌 이미지들을 나누고 분류함으로써 작품을 좀더 면밀하게 분석하게 할 필요가 있다.54) 개별 작품 읽기가 작품을 하나의 전체 이미지로 보고 총체적으로 파악하게 하는 방법이라면, '이미지 분석'은 학생들이 사전에 읽고 이야기 나눈 경험을 바탕으로 작품 속의 다양한 이미지에

---

54) 마르틴 졸리, 김동윤 역, 『영상이미지 읽기』, 문예출판사, 1999, 98쪽; 유영희, 『이미지로 보는 시 창작교육론』, 역락, 2003, 65쪽; 최영진, 「이미지 읽기와 텍스트 읽기」, 『영미문학교육』 제11권 2호, 한국영미문학교육학회, 2007, 115쪽.

주목하고 그것들을 재구조화하고 조직화해 보는 작업에 해당한다.

<표 5> 인간을 매개로 한 비판적 현실 인식

비판의 쟁점		자연의 변화와 파괴		인간의 차별화와 소외	
갈등 유발의 매개		부르도자, 무쇠턱		부르조아	
이미지 분석	시적 구조의 이원화와 대립성 (이미지 분석)	푸른 잔디 아름다운 숲 해안선 산골마을 키 작은 나무 반 깎인 산	지도 바꿈 인공호수 뭉갬, 옮김	인부 (산골짜기 마을)	골프 치는 사람, 골프공 움직이는 힘, 엄청난 초능력, 그들
이미지 통합	상징적 의미	순수 자연의 존재	자연의 부재	피지배계층	지배계층
	생태적 인식	순수성, 자연성 푸름, 아름다움	실수, 비평화	인간애, 평화	실수, 비평화

　이미지 분석을 통해 자연과 인간의 이미지로 이원화되어 전개되는 시상의 전개방식을 학생들이 파악하게 할 수 있으며, 세부적으로는 '푸른 잔디, 아름다운 숲, 해안선, 산골마을, 키 작은 나무, 반 깎인 산'의 순수 자연성의 이미지와 '지도 바꿈, 인공호수, 뭉갬, 옮김'의 자연 부재의 이미지 분류를 통해 작품에 드러난 대립성을 재구조화 하도록 할 수 있다. 또한, 이미지 분석은, 자연성의 파괴가 인간의 차원으로 전이되어 인간을 '인부, 산골짜기 마을'과 '골프치는 사람, 엄청난 초능력, 그들, 부르조아'로 이원화시키고 있음을 파악하게 한 다. 인간에 대한 차별적 태도가 계급화와 불평등 구조로 확장되어 감을 학생들이 느끼도록 함으로써 작품 속에 전제된 비판적 태도를 공유하도록 할 수 있게 된다.
　이미지 통합 과정은 나누어 놓은 이미지를 결합시켜 그 속에서 일 관된 이미지를 도출해 내는 단계이다. 작품 속의 개별 이미지를 토대 로 학생들의 사고와 정서에 따라 나름대로의 새로운 이미지를 재창 출해 내는 것이다. 그러므로 이미지 통합은 작품에 대한 학생 개개인 의 가치판단이 개입되어 자신의 의식 구조 속으로 작품을 내면화시

키는 것으로 볼 수 있다. 생태적 인식에 공감하고 그에 따라 '인간애'
와 '순수성'의 회복이라는 이미지를 환기시킬 수 있을 것이며, '부르
주아 계층의 무정함', '권력층의 폭력성과 비평화적 실체'와 관련된
다양한 이미지를 산출해 낼 수 있을 것이다.

　이미지 통합을 통해 학생들의 개별 가치관 속에 새롭게 마련한 이
미지를 확장시키기 위해, 작품과 관련된 직간접적 체험 활동과 상호
논의를 수행할 필요가 있다. 소외 계층의 현실적 삶과 관련된 영상매
체, 자료의 검색과 열람, 혹은 각종 단체에 대한 직접적인 체험 활동
을 통해, 작품에서 유발된 비판적 사고를 확장해 나갈 수 있다.

3) 공생(共生)을 위한 대안적 읽기

　생태시는 비판과 대안을 동시에 제시한다. 인간 삶의 방식에 대한
비판적 견해는 물론이고 이를 바람직한 방향으로 해결할 수 있는 '공
생'의 가치를 지향하고자 한다. 인간의 자연에 대한 착취와 파괴는
이원적 사고에서 출발한 것이기에 그것의 근원적인 해결책은 일원적
사고로의 복귀인 공존만이 유일한 대안일 수밖에 없기 때문이다. 인
식과 실천적인 측면에서 생태시가 제시하고자 하는 공존의 가치는
자연과 인간은 하나이며, 자연과 인간이 균형과 조화를 통해 새롭게
거듭날 수 있음을 강조하는 것이다.

　학생들에게 생태시에서 강조하는 '공생'의 가치에 주목하게 하는
이유는, 현실 세계에 대한 비판적 인식이 단순한 비판에만 그치지
않고 합리적인 비판을 통해 바람직한 대안을 모색하는 차원으로까지
발전할 수 있는 가능성을 보이기 위함이다. 현실의 문제점을 냉소적
으로 바라보거나 관망하는 수동적인 태도에서 벗어나기 위해 비판적
사고가 필요하듯이, 비판을 뛰어넘어 이상적인 삶의 방향의 제시하
고 실천적인 대안을 마련한다는 차원에서 의의를 갖는, 대안적 사고
방식으로서의 '공생'의 가치에 대한 관심은 학생들에게 교육적으로

의미를 갖는다고 볼 수 있다.

현재적 위기를 극복하기 위한 방안인 공존에 대해 학생들이 생각해 볼 수 있는 기회를 마련하고, 직면한 문제 상황을 염두에 두고 이를 해결하기 위한 방안 모색의 과정으로서의 대안적 읽기를 생태시를 대상으로 수행하고자 한다. 생태 위기의 현실을 극복하기 위해 바람직한 해결 방법을 탐색하고자 하는 대안적 읽기는 '작품 읽기 → 대상의 재조망 → 사고체계의 전환 → 해결책에 대한 논의'의 과정으로 진행해 보았다.

> 고추밭을 걷어 내다가
> 그늘에서 늙은 호박 하나를 발견했다
> 뜻밖의 수확을 들어 올리려는데
> 흙 속에 처박힌 달디단 그녀의 젖을
> 온갖 벌레들이 오글오글 빨고 있는 게 아닌가
> 어찌 보면 소신공양을 위해
> 타닥타닥 타고 있는 불꽃들 같기도 했다
> 그 은밀한 의식을 훔쳐보다가
> 나는 말라 가는 고춧대를 덮어 주고 돌아왔다
>
> 가을갈이를 하려고 밭에 다시 가 보니
> 호박은 온데간데 없었다
> 불꽃들도 흙 속에 잦아든지 오래다
> 그런데 자세히 들여다보니
> 그녀는 어느새 젖을 다 비우고
> 잘 마른 종잇장처럼 땅에 엎드려 있는 게 아닌가
> 스스로의 죽음을 덮고 있는
> 관 뚜껑을 나는 조심스럽게 들어 올렸다

한 움큼 남아 있는 둥근 사리들!

─나희덕, 「어떤 출토(出土)」 전문

나희덕의 「어떤 출토」는 자연 대상을 재조망함으로써 자연의 가치를 재발견하고 궁극적으로는 자연에 동화되는 공생의 가치를 형상화하고 있다. 일상적 삶을 살아가는 생활인으로서의 인간적 모습을 '고추밭을 걷어 내'려는 행위와 우연히 발견하게 된 자연의 결실인 호박을 '뜻밖의 수확'으로 인식하는 모습, '가을갈이'의 대상으로 '밭'을 받아들이는 태도 등을 통해 확인할 수 있다. 인간의 삶을 위해 자연을 일구고 활용하는 차원에서 보면, 자연은 단지 인간을 위한 수단에 불과한 것이다. 이러한 자연에 대한 태도가 편협한 쪽으로 흐르거나 극에 달하게 되면 물질과 인간 중심적 사고로 고착화될 수 있다.

하지만 화자는 호박을 단순한 자연의 부산물로 받아들이지 않고, 자연 대상물을 재고찰함으로써 호박에서 '젖'의 가치를 이끌어 내고 있다. 나아가 호박이 썩어 가면서 벌레를 살찌우는 자연의 순리를 '소신공양, 불꽃, 은밀한 의식' 등으로 인식함으로써 하나의 거룩한 종교적 행위로 받아들이고 있다. 호박이 자기 분해를 통해 소멸해 가는 희생의 과정을 모성(母性)적 성향으로 치환시킴으로써 자연을 인간의 본성과 관련짓고 있다. 뿐만 아니라 자기희생 뒤에 따르는 호박의 소멸을 '종잇장, 죽음, 관 뚜껑' 등으로 묘사함으로써 자연과 인간이 삶과 죽음이라는 우주적 질서 속에서 공생해 감을 부각시키고자 한다.

화자는 자연 대상물을 새로운 안목으로 관찰하고 그를 토대로 자연의 가치를 재인식하고 있다. 그리고 희생의 가치를 실천하고, 삶과 죽음의 순환적 질서에 순응하는 자연에 공감하는 화자의 인식과 태도를 '고춧대를 덮어 주'는 모습과 '관 뚜껑을' '조심스럽게 들어 올'리는 행동으로 표출하고 있다. 결국 화자는 자연과 이질적이며 자연 위에서 군림하는 인간의 모습이 아니라, 자연에 공감하고 동화됨으로써 공생의 가치를 추종하는 인간으로 존재하는 것이다.

공생의 가치를 드러내고 있는 생태시를 통해 사회적 문제를 극복할 수 있는 대안을 마련하기 위해, 일차적으로 학생들은 작품에서 제시하는 '대안'에 주목하면서 스스로 읽기를 수행할 필요가 있다. 학생들이 자발적인 혼자 읽기를 통해 이해하고 감상한 결과를 바탕으로, 대상에 대해 재조망할 수 있는 기회를 제공함으로써 새로운 인식 전환의 근거를 마련할 수 있어야 한다.

'대상의 재조망'은 생태시에서 핵심적으로 다루고 있는 소재나 대상에 다시 한 번 관심을 가지고 기존의 인식 틀에서 벗어나서 사고할 수 있는 전기를 마련하고자 하는 것이다. 이전의 인간 중심적 가치관으로 '호박, 벌레, 고추밭, 죽음'을 대하는 관습적 한계에서 벗어나 새로운 관점으로 대상을 대하고 받아들이기 위한 준비 단계로서 사물이나 소재를 점검하고 살피자는 의도이다. 이러한 재인식을 위한 준비 단계로서의 '자연 대상의 발견'은 '사고 체계의 전환'과 해결방법의 모색으로 발전해 나갈 수 있게 된다.

〈표 6〉 인간의 자연 가치에 대한 재인식과 공존적 태도

자연을 대하는 인간 본위적 태도	자연의 재발견과 공존의식		
	자연 대상의 발견	자연의 가치 재인식	자연에 대한 공감
고추밭 걷어 냄 뜻밖의 수확 가을갈이	달디단 그녀의 젖 벌레들이 빪	소신공양 불꽃 은밀한 의식	고춧대를 덮어 줌
	호박의 소멸 불꽃이 잦아듦 젖을 비움	종잇장 죽음 관 뚜껑 둥근 사리들	(관 뚜껑을) 조심스럽게 들어 올림
	자연의 희생과 순환적 질서에 대한 깨달음과 그에 대한 동화		

'사고 체계의 전환' 단계에서는 작품에 드러난 화자의 대상에 대한 새로운 인식이나 가치관에 다시 주목함과 동시에, 학생들이 새로운

안목으로 다시 살펴야겠다고 생각하는 대상이나 사물, 인식, 가치관들에 대해 숙고의 시간을 가져보고자 한다. 문제점을 가진 사회적 현상이나 그것을 해결할 수 있는 가능성을 가지고 있는 다양한 대상들에 관심을 갖고, 기존의 인식 태도에서 벗어나 새로운 관점으로 사고의 전환을 시도해 보는 경험은, 학생들에게 인식 지평의 확대는 물론 사물의 의미를 재발견하는 기회를 제공해 줄 것이다. 작품 속의 화자가 해결 방안 모색을 위해 대안적 사고의 일환으로 주목하고 있는 공생적 가치는, 학생들로 하여금 패러다임의 전환과 새로운 삶의 방식의 모색에 대한 필요성과 가능성을 제공해 주는 단서가 된다.

새로운 시도와 접근으로 학생들이 관심 대상에 대해 나름대로의 해결책을 얻었다면, 그것들에 대해 함께 이야기하면서 의견을 심화시키고 확충해 나갈 수 있는 '해결책에 대한 논의'의 과정을 거칠 필요가 있다. 동일한 대상에 대해 다른 관점으로 접근하고, 그것의 의미를 재정립해 보고자 하는 시도라 할지라도, 다양한 해석과 의미부여가 가능하다는 것을 체험하는 것만으로도 의미가 있는 것이다. 이러한 논의의 과정을 통해 학생들은 자신의 대안을 수정하고 보완함으로써 자신의 사고 과정을 다듬어 가치관을 재정립할 수 있는 기회를 갖게 될 것이다.

4. 생태시 교육의 주안점

생태시는 비판과 공존의 가치를 지향하는 문학이다. 인간의 이성을 중시함으로써 빚어진 현대사회의 물신주의적 삶의 방식에 문제를 제기하고 이에 대한 인식의 재고(再考)를 촉구한다. 자연과 인간을 이원적으로 인식하고, 인간 우위의 사고방식에서 시작된 자연 파괴 현상과 그러한 인식의 틀이 초래한 인간 소외 문제에 대한 비판은 물론 그에 대한 대안으로서의 해결방안을 모색하고자 한다. 관념적 인식의 차원에만 머물지 않고 실천과 개선의 측면까지 포괄하는 총체적 접근을 시도하고자 한다.

이처럼 '비판'과 '대안'을 동시에 고려하고 있는 생태시를 시 교육 현장에 도입할 경우, 학생들로 하여금 현실에 대한 비판적 안목을 확대시켜 줄 수 있음은 물론, 현실 문제를 해결할 수 있는 대안 마련을 위해 고민하고 그것을 실천하도록 하는 삶의 방식 개선을 유도할 수 있게 된다. 학생들에게 현실 문제에 관심을 갖게 하고, 현실을 맹목적으로 수용하는 태도에서 벗어나 적극적으로 비판하면서 사고의 전환을 통해 새로운 인식 체계를 확립해 나갈 수 있는 기회를 마련해 줄 수 있는 것이다. 또한, 인식과 현실적 실천의 문제를 동시에 고민하게 함으로써 현실의 개선을 위한 대안으로서의 행동과 실천의 움직임까지 유도해 낼 수 있게 된다.

이러한 인식을 바탕으로 이 글에서는, 생태시를 매개로 현실을 비판적으로 읽어 가는 방법과 대안적으로 읽고 사고할 수 있는 과정을 구체적인 작품을 통해 제시해 보았다. 생태시에서 보여주는 '자연'과 '인간'에 대한 관심은 그것들이 지니고 있는 문제점과 개선의 여지를 드러내고, 비판을 통해 인식의 전환을 꾀하고자 하는 것이 궁극적인 의도이다. 자연을 활용함으로써 얻을 수 있는 인간의 풍요로운 삶, 자본의 소유로 여유로움과 안락함을 누릴 수 있는 선망의 대상으로서의 특권층의 삶을 새로운 안목으로 재고찰하고 이를 비판함으로써 보다 이상적인 삶의 방식을 추구해 나가자는 것이다.

뿐만 아니라, 생태시는 자아와 타자를 하나의 테두리 안에서 인식하는 공존과 공생의 가치를 통해, 현실 문제를 극복해 나갈 수 있는 대안을 모색해 보고자 한다. 생태시의 이러한 속성에 주목하고, 학생들의 독자적인 인식과 가치관을 존중하면서 그들만의 해결방법을 탐색하는 과정이 유효한 의미가 있음을 드러내 보이고자 하였다. 물론 이러한 활동의 대전제는, 생태시를 문학으로서 이해하고 향유할 수 있는 감상의 기회를 제공하고, 문학적 체험을 바탕으로 생태시의 고

유한 속성인 현실 문제에 대한 관심과 비판, 대안적 측면을 학생들과
공유해 보고자 하는 것이다.

3부
현대의 시적 경향

주체성 인식으로서의 여성시 교육 방법

해체시 읽기 방법

탈식민주의시 교육 방법

하이퍼텍스트성의 교육적 활용 방안

주체성 인식으로서의 여성시 교육 방법

1. 여성시 교육의 의의

　여성은 타자성을 탈출하고자 한다. 생물학적 특성에 의해 규정되는 대등한 자격으로서의 성(性)의 분화가 아니라, 남성 중심의 관습적이며 전통적인 이데올로기에 의해 왜곡되어 온 금기에서 이탈하고자 하는 것이다. 이와 같은 여성의 페미니즘[1] 지향성은, 주체적 역량을 가지고 사회 속에서 당당하게 자기 삶의 만족감을 누릴 수 있는 인간으로서의 삶을 보장받기 위한 최소한의 몸부림이다. 하지만 이러한 움직임에도 불구하고, 소외된 타자[2]로서의 공간에서 벗어나 주체로

---

1) 김성곤, 『21세기 문예이론』, 문학사상사, 2005, 95쪽.
2) 이 글에서는 '타자성'을 사회적 제약으로 인해 타고난 본성으로서의 자기 긍정과 애착을 향유하지 못하고, 여성 자신의 개성을 온전히 펼치지 못함으로써 남성 중심의 가치체계와는 이질적인 상황 속에서 차별화를 겪는 여성적 삶을 규정하는 용어로 사용하고자 한다. 또한 '타자성'과 상반되는 속성으로서, 타자적 모순성을 극복하고 성적 불평등 구조를 해소함으로써 자기실현을 성취한 존재로서의 여성적 자기 인식을 '주체성'으로 규정하고자 한다.

서의 위상을 확립하고자 하는 여성들의 바람은 아직도 해결해야 될 과제로 남아 있을 뿐이다.

남성 중심의 권력과 지배 구조 속에서 사회 문화적 관습으로 규범화[3])되어 온 여성에 대한 억압과 착취는, 단순히 여성들의 자기 인식과 비판적 외침만으로 극복될 수 없는 것이다. 동서양을 막론하고 과거 봉건 사회에서는 부계 혈통의 순수성을 강조하는 혈족 개념과 신분을 유지하려는 계급적 관념을 중시하는 사회적 관습에 의해 가부장적 체제를 존속시키고자 했다. 또한, 근대 산업 사회 이후에는 평등 이데올로기를 표방하면서도 임금 노동자로서 적극적인 경제 활동을 담당하는 남성의 역할만 중요시될 뿐, 여성은 실질적 차원의 경제적 가치로 환원될 수 없는 가사 노동을 담당하게 됨으로써 가족의 '지위 재생산'[4])에만 예속될 수밖에 없었다. 그러므로 과거에서부터 현재에 이르기까지 여성에게는 희생적 모성성만을 강요해 왔을 뿐, 그들의 주체적 여성성에 대한 관심과 배려는 묵인되어 온 것이 사실이다.

여성에게 일방적으로 요구되는 '복종', '충실', '정숙'이라는 타자성을 넘어, 여성 자신의 생명적 가치와 의미를 인정함으로써 독립된 인격체로서의 존엄성[5])을 부여하기 위해서는 여성들의 삶과 감정에 대한 관심과 조망이 절실하다고 본다. 그런 점에서 여성 자신들의 삶의 애환을 여성적 입장에서 작품화해 낸 여성시를 시 교육의 제재로 다루는 것은, 남성적의 관점으로 편향된 문학 감상의 틀을 확장시킴으로써 인간의 삶을 총체적으로 다루어 인간적 가치를 온전히 실현시킨다는 점에서 의의를 갖는 것이다.

프로이트는 여성을, 불완전한 존재로 보고 미약한 초자아로 인해,

---

3) 백은주, 「1990년대 한국 여성시인들의 시에 나타난 금기와 위반으로서의 성」, 『여성문학연구』 제18호, 한국여성문학학회, 2007, 278쪽.
4) 동국대학교 한국문학연구소, 『한국문학과 여성』, 아세아문화사, 2002, 39~50쪽.
5) 명혜영, 『한일 근대문학에 나타난 섹슈얼리티의 변용』, 제이앤씨, 2010, 104쪽.

남성에 대한 선망과 증오를 동시에 가지는 남근선망(penis-envy)6)적 자아로 규정한다. 그에 따르면, 남성은 성장 과정 중에 여성이 남근이 없는 것을 인식하게 되고 그로부터 거세의 위협을 느끼는 거세 콤플렉스7)에 직면하게 되며, 이러한 거세 콤플렉스에 의해 남성은 여성을 배척하고 남성 중심적 인식 체계에 편입하게 된다는 것이다. 한편 여성도 남근 부재의 자신을 혐오함으로써 남성을 동경하는 심리적 좌절감을 겪게 된다. 이러한 관점은 남성 우월적 입지가 생래적으로 결정될 뿐만 아니라, 여성에 대한 억압과 착취가 정당화됨을 뒷받침하는 근거가 되는 것이다.

남성 중심의 사회 구조를 뒷받침하는 심리 철학적 논리는 전통적 관습과 결부되어 여성의 소외를 재생산하는 사회적 인식의 틀로서 작용하게 되며, 여성은 결국 지배문화로부터 배제되어 그들만의 하위문화8)에만 만족하는 주변인으로서의 삶에 고착된다. 여성들은 자신의 의지와는 무관하게 형성된 생득적인 생물학적 특징과 모순된 사회구조적 통념으로 인해, 사회 속에서 주체성을 가진 독립적 자아로 당당하게 소통하지 못하고 억압적 현실을 자신의 몫으로 받아들여야만 한다. 이러한 왜곡된 현실적 한계에서 느끼는 삶의 애환을 담은 여성문학은, 남성과는 또 다른 관점에서 삶과 인간을 바라보는 시각을 담은 것으로서 편협한 가치관에서 벗어날 수 있는 계기가 될 것이다.

사실상 기존의 문학 담론은 남성 중심의 글쓰기와 비평에 초점이 맞추어져 있었다. 지그리트 봐이겔은 여성의 글쓰기를 숨겨진 여성을 찾는 작업으로 규정하고, 가부장적 사회에서 여성이 문학적 생산에 참여하는 의의와 성역할이 문학 담론에 미치는 영향력9)에 주목하

---

6) 박아청, 『정체감 연구의 전망과 과제』, 학지사, 2003, 341쪽.
7) 권택영, 『프로이트의 성과 권력』, 문예출판사, 1998, 57쪽.
8) 권택영, 『후기구조주의 문학론』, 민음사, 1990, 120쪽.
9) 문학이론연구회, 『새로운 문학 이론의 흐름』, 문학과지성사, 1994, 290쪽.

였다. 따라서 여성시에 주목하는 활동은 학생들로 하여금 남성에 의한 여성의 착취를 인식시킴으로써, 그동안 간과해 왔던 주체성 상실의 여성적 삶에 관심을 갖는 계기가 될 것이다. 또한, 남성의 자기반성은 물론 여성의 잃어버린 시절에 대한 보상으로서의 인권회복을 위한 각성의 장이 되리라 본다. 남성 일변도의 가치관과 그것이 담겨 있는 문학작품, 이를 여성적 시각에서 재해석하고 문제점을 부각시켜 바람직한 해결방안을 모색해 보고자 하는 시도를 학생들이 경험함으로써, 삶을 대하고 이해하는 다양한 방식의 문학적 경험은 물론, 진정한 인간적 가치의 실현이라는 측면에서 포용과 공존의 참의미를 깨닫게 될 것이다.

영미페미니스트들은 남성 중심적 정전에 대응하는 여성 중심적 정전을 발굴하고, 이를 토대로 여성이 무엇을 느끼고 경험하는지를 제대로 알아갈 필요가 있음을 강조한다. 이에 반해 프랑스 페미니즘은 여성에 대한 억압은 정치, 경제, 사회 구조적 차원의 외형 조직에 한정되는 것이 아니라, 언어에 의해 조장10)되고 있음에 주목한다. 언어는 남성적 가치 체제를 옹호하고 구현하기 위한 수단이며, 인간의 사회화는 언어를 매개로 실현될 수 있다는 것이다. 기득권을 보유한 남성에 의해 사회가 유지되는 것이기에, 이러한 소통 수단으로서의 언어는 남성적 가치 체계를 강요하는 것으로, 언어에 의한 주체 형성은 결국 남성주의에 대한 종속적 기여로 본다. 이러한 남성 중심의 언어적 관행을 타파하고 여성들만의 고유한 언어를 확립해 나가고자 하는 것이 페미니즘의 의지라고 볼 수 있다. 그러므로 남성 언어로부터의 탈출과 전복을 시도하는 여성문학의 한 갈래인 여성시에 주목함으로써, 남성과 차별화되는 문학적 인식 태도는 물론, 문제의식과 그를 탐색하고 해결해 나가고자 하는 방법, 그리고 그러한 인식을 문학에 담아 유형화하는

---

10) 유아는 자아와 타자가 동일시되는 '거울단계'에서, 언어를 습득하면서 남성 중심의 질서 체계가 확립된 '상상계'로 진입한다고 보며, 인간 주체는 언어에 의해 지배받는 것으로 인식한다. 김춘섭 외, 『문학이론의 경계와 지평』, 한국문화사, 2004, 360~361쪽.

여성만의 고유한 표현방법 등을 경험하게 해 줄 것이다.

여성시를 학생들에게 교육하고자 하는 태도는, 여성의 삶을 이해[11]하는 한 방식이 될 것이며, 남성 중심의 편향된 문학관과 감상 태도에서 벗어나, 여성의 삶과 그 결과물로서의 문학 작품을 교육의 내용과 대상으로 설정하는 것이다. 이는 여성을 남성과 동일한 존재로 규정하는 것이며, 여성을 삶의 중심, 문학의 중심으로 편입시키는 시도이기도 하다. 그동안 이성과 감성, 남성과 여성, 인간과 자연이라는 이분법적 사고에 붙박혀, 다양성과 총체성을 인정하는 안목에서 사태를 바라보지 못했던 옹졸한 태도에서 벗어나 인식의 지평을 확대하는 전환점이 될 것으로 기대한다. 또한, 여성성을 억압하는 현실을 형상화한 작품을 통해 모순에 대해 비판적으로 고찰[12]하고, 비판을 넘어 남성과 여성의 진정한 공존과 화합을 위한 가치 실현을 탐색하는 기회를 제공할 것으로 본다. 결국, 여성시 교육은 비판과 각성을 통해 조화를 지향하는 삶에 대한 통찰, 인식의 확장, 문학적 체험의 다변화라고 할 수 있다.

2. 여성시 교육의 요소

여성적 삶의 주체성을 회복하고 여성문학의 독자적 특성을 경험하기 위해 여성시를 교육하고자 할 때, 먼저 고려해야 할 사항은 무엇을 교육요소로 설정할 것인가에 관한 문제이다. 교육요소는 무엇을 시 교육의 핵심내용으로 추출해 제시할 것인지에 관한 것이기에, 무엇보다 여성시만의 독자적인 형식과 내용에 주목해야 한다. 여성시는 오

---

11) 구명숙, 「여성주의 시의 교육」, 『한국사상과문화』 제27호, 한국사상문화학회, 2005, 10쪽.
12) 정영자, 「1960년대 한국여성시 문학사 연구」, 『한국문예비평연구』 제12호, 한국현대문예비평학회, 2003, 65쪽; 태혜숙, 『한국의 탈식민 페미니즘과 지식생산』, 문학과학사, 2006, 181쪽.

랜 세월동안 고착화되어 온 남성 중심의 사회 구조 속에서 여성들의 억압된 삶을 비판하고, 여성의 독자적인 주체성을 확립해 나가고자 하는 문학 정신을 토대로 남성들의 글쓰기 방식을 해체시키고자 하는 여성들만의 독자적인 문학 양식이다. 따라서 여성시가 남성에 의해 창작되는 기존의 시와 차별화하기 위해 '타자성', '주체성', '재설정'을 핵심 항목으로 설정하고 있음을 알 수 있다. 이 글에서는 이 점에 착안하여 '타자성'으로서의 소외적 여성성을 통해 남성 권위에 의한 여성 억압의 실태를 살피고, 여성들의 인식 전환으로서의 자의식을 통한 '주체성' 인식을 토대로 현실 개혁을 위한 가능성을 따져보며, 끝으로 탈중심 지향을 통한 자리 찾기를 통해 관계의 '재설정'을 교육 요소로 설정하고 이를 모색해 나가고자 한다. 또한, 이 장에서 제시한 세 편의 작품은, 여성의 '타자적 현실'과 상황 극복을 위한 '주체적 인식의 자발성', 그리고 가치의 재설정을 위한 '탈중심 지향성'을 두드러지게 보이는 것이기에 논의의 편의상 인용하기로 한다.

1) 타자성으로서의 소외적 여성성

여성시 교육을 위해 타자성에 주목하는 이유는, 시적 제재가 되는 현실적 모순성에 대한 이해는 물론, 이러한 상황에 대한 인식이 여성 작가로 하여금 어떠한 정당한 문학관을 정립시키는 데 일조하였는지를 파악하기 위함이다. 보부아르는 여성을 타자로 규정하고, 독자적으로 긍정적 의미를 소유하지 못함으로써 정체성을 획득하지 못하는, 규범이나 인간성 일반을 대표하는 남성에 예속되는 존재13)로 파악한다.

---

13) 진은진, 『여성탐색담의 서사적 전통연구』, 보고사, 2008, 211~212쪽; 여성문화이론연구소, 『페미니즘과 정신분석』, 여이연, 2003, 192쪽; 민족문학사연구소, 『한국 근대문학의 형성과 문학 장의 재발견』, 소명출판, 2004, 413쪽.

절간을 지으러, 정자를 지으러,
나라님 연회마당 누각을 지으러
충렬왕조 남정네들 노역에 나간 뒤
모화관 조공이며 식솔들 풀칠이란
고려여자 살가죽 벗기는 짐이라지만
목숨 부지하기까진 여자도 사람인지라
석 달째 노역에 동원된 남편이
이웃동기 밥동냥에 의지하고 있다 하여
소첩 백방으로 길을 찾다가
겨우 한끼 밥잔치 마련하여 갔더이다
놀란 남편은 대뜸 윽박질렀지요
가세가 빈한하여 도리없는 노릇인즉
뉘에 몸을 팔았는가 혹여 도둑질인가
꿈엔들 여보, 막말은 하지 마오
가난도 절통한데 누구와 눈맞추며
천성에 없는 흑심 도둑질이 웬말이오
하나 남은 머리채를 잘라 팔았소이다
이 말에 올라가던 수저를 내려놓고
목메어 등돌리던 이웃동기들이시여
밤이 이슥토록 강둑을 걸을 때는
들 건너 창호지 불빛 아래 포효하는
다듬이소리로 울부짖었나이다
홍두깨소리로 울부짖었나이다
날 잡쉬 날 잡쉬
길쌈하는 여자들 뒤통수 내리치는
잉아 소리, 베틀 소리로 부르짖었나이다
즈믄 가람 걸린 달하
서방정토 관음보살님전 뵈옵거든

시방세계 가위눌린 여자생애

천지개벽 원왕생 아뢰주오

               —고정희, 「즈믄 가람 걸린 달하」 전문

　위와 같은 여성시를 통해 현실 상황 속에서의 타자성을 교육하기 위해서는, 타자성의 속성과 그를 유발시키는 제반 사항에 대한 고찰이 선행되어야 한다. 그런 후, 타자성에 대한 여성의 인식과 그를 작품으로 형상화하는 과정에서의 여성적 감수성에 대해서도 이해할 수 있는 교육적 요소가 제시되어야 할 것으로 본다. 타자는 주체의 대척점에서 사회 형성과 유지를 위한 기득권을 부여받지 못한 존재일 뿐이다. 그러므로 타자의 속성은 주체와의 '관계성' 측면에서 볼 때 단절과 배척, 종속적 성향을 띠게 되며, 사회 구조 속에서 타자에게 부여되는 '역할성'과 관련해서는 주변적인 배타성에 한정된다. 권위적 주체에 의해 일방적으로 부여되는 관계적 종속성과 배타적 역할성뿐만 아니라, 여성을 타자로 한정시키는 주체의 인식과 타자로서의 지위에 대해 여성 스스로가 느끼는 정서와 인식 태도에 대한 것도 고려해 보아야 한다. 즉, '인식성'에 대한 사항도 타자성을 위한 교육요소로 설정해 볼 수 있다.

　「즈믄 가람 걸린 달하」는 사회와의 조화, 이성과 전체성의 개념을 획득해 나가는 발전의 남성[14] 신화에 대한 전면적 부정으로 읽힌다. '고려' '충렬왕조' '남정네'들의 자기 모순적 현실 속에서 한계를 보이는 남성 중심적 사회를 조롱하면서, 그 속에서 '머리채'를 팔면서까지 남성 중심 사회에 종속된 타자적 여성의 삶을 보여주고 있다. 남성 주체와의 관계성 차원에서 작품을 살피면, 여성들은 사회의 기득권과는 무관하게 '식솔들 풀칠', '다듬이', '홍두깨', '길쌈', '잉아', '베

---

14) 이정희, 『여성의 글쓰기, 그 차이의 서사』, 예림기획, 2003, 133쪽; 이상경, 『한국근대여성
　　문학사론』, 소명출판, 2002, 165쪽.

틀'과 같은 탈중심적 상황15)에 속박되어, '살가죽 벗'겨지는 '울부짖' 음과 '부르짖'음의 단절과 소외만 강요되고 있음을 알 수 있다.

남성에 의해 주어진 여성의 '역할'은 '창호지 불빛 아래'에 갇혀 '나 라'일과는 무관한 수동적이고 소극적인 일 뿐이다. 사회에 적극적으 로 동참하지 못하고 '풀칠'이나 '한끼 밥잔치'와 같은 집안의 사사로 운 일에만 전념해야 하며, 여성의 사회적 역할이 부정되고 남성과 대등한 역할이 소멸된 남성 중심의 사회가 초래하는 모순적 상황 속 에서, 최소한의 민생고도 해결하지 못해 '살가죽 벗기는 짐'을 지고 서 급기야 '머리채를 잘라 팔'아야만 하는 희생적 역할만 강요당하고 있다. 또한, 남성들은 그들이 자초한 현실적 한계를 극복하지 못하는 무능력을 외면한 채, 여성의 삶의 방식과 현실에 대한 대응 태도를 '몸을 팔'고 '도둑질'을 일삼는 비합리적이며 부도덕한 것이라 단정 짓고, 일방적으로 '윽박'지르고 비난해도 되는 비이성적 존재로 여성 을 '인식'하고 있음을 알 수 있다. 관계의 단절성, 역할의 수동성, 비 이성적 인식성으로 규정되는 여성의 타자성으로 인해, 여성은 스스 로에 대한 인식에 있어서도 '울부짖'음과 '부르짖'음 속에서 '날 잡쉬' 라는 자책만 존재할 뿐이다. 남성에 의해 강요되는 타자적 현실 속에 서는 현실에 대한 적극적인 비판도 실천적 개선의지도 존재할 수 없 으며, 다만 '달'과 '관음보살님'이라는 여성의 주체적 의지 이외의 초 월적 대상에 대한 기대를 통해 현실적 한계를 극복하고자 하는 수동 성만 남게 된다.

타자성을 통한 여성시 교육의 과정에서 주목해야 할 또 다른 요소 로, 타자성을 표출하는 여성적 표현방법을 설정할 수 있다. 남성 사 회에서 소외된 자신들의 처지를 인식한 바탕위에 이를 문학적으로

---

15) 김승희, 「고정희 시의 카니발적 상상력과 다성적 발화의 양식」, 『비교한국학』 제19권 3호, 국제비교한국학회, 2011, 11~12쪽; 김문주, 「고정희 시의 종교적 영성과 어머니 하느 님」, 『비교한국학』 제19권 2호, 국제비교한국학회, 2011, 139쪽; 이경수, 「고정희 전기시에 나타난 숭고와 그 의미」, 『비교한국학』 제19권 3호, 국제비교한국학회, 2011, 92쪽.

형상화하는 독특한 표현방법상의 특징들을 살펴봄으로써, 여성적 글쓰기의 묘미를 체험할 수 있을 것이기 때문이다. 현실상황에 대한 인식과 그를 표출하는 방법, 남성에 의해 강요되는 타자성을 문학 속에 반영하는 방법, 소재상의 특징이나 문체, 시어의 배열 방법과 어조 등에 관심을 기울일 필요가 있다.

여성의 타자성에 대한 인식은 자신들의 한계를 확인하는 차원에 그치지 않고, 여성의 위상 확립과 극복의 가능성[16]을 탐색하기 위한 시도로 볼 수 있다. 이러한 차원에서 타자성을 다루는 여성 문학에서는 황폐화된 현실을 위로와 치유[17]의 차원에서 돌아보려는 시도와 그와 관련된 다양한 장치들을 발견하게 된다. 위 작품의 경우, 생명의 성장이라는 원형적 의미를 갖는 '달'을 시적 장치로 활용함으로써 종말로서의 죽음이 아니라 재생으로서의 죽음[18]을 지향함으로써 타자적 한계를 극복하고자 한다. 아울러 공적 공간에서 여성에게 강요되는 침묵에 굴복하지 않고, '창호지 불빛 아래'와 같은 여성만의 내밀한 공간을 설정해, 그 속에서 '다듬이, 홍두깨, 잉아, 베틀 소리'와 함께 내뱉는 그들의 애환을 여성들끼리 공유하고 달래고자 하는 사적인 의사소통[19]을 표현상의 특징으로 한다.

2) 자의식을 통한 주체성 인식

여성문학은 억압받는 여성의 타자성에 대한 인식과 단순한 해석에 그치지 않는다. 페털리는 여성문학의 기능으로, 남성적 관점이 초래

---

16) 한국어문화연구소, 『여성, 문학으로 소통하다』, 태학사, 2011, 22쪽.
17) 채연숙, 「문화적 기억과 문학적 기억으로서의 여성시」, 『비교한국학』 제19권 3호, 국제비교한국학회, 2011, 162쪽; 팸 모리스, 강희원 역, 『문학과 페미니즘』, 문예출판사, 1997, 53쪽.
18) 이화어문학회, 『우리 문학의 여성성·남성성』, 월인, 2001, 31~32쪽.
19) 일레인 쇼월터, 신경숙 외 역, 『페미니스트 비평과 여성 문학』, 이화여자대학교 출판부, 2006, 330쪽.

하는 부당한 보편성의 파기와 여성적 주체성의 통용을 꼽는다. 길버트와 구버 역시 이러한 태도와 유사한 입장에서, 여성적인 것의 잊혀진 자리를 새로운 삶으로 채움으로써 통일성과 전체성20)을 산출해내는 것이 여성문학의 의의라고 규정한다. 이러한 논의의 전제는 주체성이 여성의 자발적 인식에서 유발되는 것으로서, 여성에게 주어진 타자성을 극복하기 위한 대안으로서의 성격을 갖는 것임을 알 수 있다. 그러므로 여성시 교육에서 주체성을 교육내용으로 제시하기 위해서는, 주체적 인식의 형성과정과 그 결과적 의의에 대한 사항을 교육내용으로 설정하는 것이 바람직하다.

주체적 인식은 모순적 현실로서의 여성적 타자성에 대한 파악만으로 성취될 수 있는 것이 아니다. 주체성을 확립하기 위해, 인식적 차원에 해당하는 자성(自省)적 의지와 실천적 측면에서의 극복의지가 동반되어야 가능하다. 즉, 여성의 가치와 의미에 대한 깨달음으로서의 의식 전환과, 타자성을 극복하고 여성이 지향하는 바람직한 전망21)을 이루고자 하는 실천적 의지를 살필 필요가 있다. 여성문학에 내재된 여성적 권리의 정당성과 실현 가능성에 대한 의식의 확립 과정과, 그러한 인식이 구체적 상황 속에서 실천적으로 구현되어 가는 경로를 탐색해 나가는 것의 의의를 강조하고자 한다. 이를 통해 남성과 여성을 전적으로 동등한 관계로 파악함으로써 유발될 수 있는 상호 간의 대립과 갈등 국면을 해소하기 위해, 성별의 '차이'를 배제하지 않으면서 동등한 인권 주체로서의 자격을 상호 인정하는 '대안적 양성성(other bisexuality)'22)의 가능성을 학생들이 체험할 수 있기를 기대한다.

---

20) 레나 린트 호프, 이란표 역, 『페미니즘 문학 이론』, 인간사랑, 1998, 45~97쪽.
21) 임영선, 「한국 여성시 비교연구」, 『문명연지』 제25호, 한국문명학회, 2010, 171쪽; 뤼스 이리가라이, 이은민 역, 『하나이지 않은 성』, 동문선, 2000, 107쪽.
22) Toril Moi, 임옥희 외 역, 『성과 텍스트의 정치학』, 한신문화사, 1994, 128쪽.

잠들기 전에 하늘님

내 몸의 먼지를

淸天의 눈물로 씻어 주세요

오래된 어둠의 정액도 씻어 주시고

한밤내 그냥 처녀로 두어 주세요

아침이 되기 전에 하늘님

내 어둠의 목숨에도

한 차례 폭풍우를 주시어

돌아오는 아침 최초의 햇빛 속에

깨끗한 새순을 내밀었으면요

넝쿨넝쿨 이쁘게 뻗었으면요

                           —최승자, 「잠들기 전에」 전문

위 작품을 통해 타자성을 극복하고 주체적 자기완성을 소망하는 화자의 모습을 볼 수 있다. '씻어 주세요', '두어 주세요', '내밀었으면요', '뻗었으면요'와 같은 서술 형태를 통해 화자는 간절한 소망의 형태로 현실적 자기 모습에 대한 인식과 그 모습에서 발견한 부정적 요소들을 긍정적으로 전환시킴으로써 자기실현을 꾀하고자 한다. 이와 같이 주체적 인식이 전제된 작품을 학생들에게 교육하기 위해서는, 작품의 이면에 숨어 있는 주체적 인식의 성취 과정을 탐색하게 하는 것이 우선시 되어야 한다. 이러한 화자의 내면 의식의 성장 과정을 짐작하게 함으로써 학생들은 주체적 인식에 대한 단편적 사실 확인에서 벗어나, 주체성을 확립해 나가는 과정과 절차에 대해 공감하게 될 것으로 기대한다.

위 작품에 함축된 주체적 자아로 거듭나기 위한 인식의 흐름은 '부정적 현실에 대한 발견 → 종교적 각성을 통한 거부와 소망 → 주체적 인식의 성취'로 정리될 수 있다. 화자는 자신이 처한 현실적 상황을 '먼지', '오래된 어둠의 정액', '어둠의 목숨'으로 인식하고 있다. 화자 자신의 존재의 참모습을 정갈한 '몸'으로 설정하고 그를 더럽힌 대상으로 '먼지'를 상정함과 동시에, '먼지'는 화자를 오랜 세월 구속하고 억압하는 '정액'과 동일시한다. 즉, 남성의 이성 중심의 이원론적 가치관으로 인해 오랜 어둠의 속박에 갇혀 여성 자신의 몸을 부정하던 기존의 태도에서 벗어나, '정액'을 부정의 대상으로 인식하고, '남성'으로 인해 초래된 현재적 상황을 여성적 '목숨'의 '어둠'으로 규정하고 있다.

곧 '정액'은 '어둠'이며, 이러한 '정액'에 의해 지배받는 여성의 '목숨' 또한 '어둠'일 수밖에 없다는, 부정적 현실에 대한 발견인 것이다. 남성의 속성을 '정액'으로 단정짓는 표현은, 그동안 암묵적으로 여성적 언술에서 배제되고 금기시 되었던 시어를 전면화시킴으로써 남성에 대한 비판과 함께 풍자를 동시에 달성하려는 시도로 볼 수 있다. 성(性)과 관련된 단어를 노골화시킴으로써, 자신의 성을 수치스러운 것으로 생각하도록 교육23)받은 과거를 전면적으로 비판하고 부정하고자 하는 몸부림으로 읽는다.

화자의 이러한 현실에 대한 비판적 인식과 그를 극복하고자 하는 가능성으로서의 인식적 성취는 '하늘님', '청천'에서 기원하고 있다. 이러한 태도는 상드의, "정신에는 남녀 성별이 따로 없으며, 똑같은 존재인 인간은 남자나 여자로서가 아니라 영혼과 신의 아들로 완성되어야 한다."24)는 철학과 동일한 맥락이다. 기독교가 들어온 때부터 여성이 각성하기 시작했고, 그에 따라 여성운동이 질적으로 발전25) 하게 되었다는 여성운동의 역사적 흐름을 고려해 본다면, 위 작품에

---

23) 정끝별, 「여성성의 발견과 여성적 글쓰기의 전략」, 『여성문학연구』 제5호, 한국여성문학학회, 2001, 312쪽; 남민우, 「여성시의 문학교육적 의미 연구」, 『문학교육학』 제11호, 한국문학교육학회, 2001, 356쪽.
24) 차경아 외, 『문학이 만든 여성 여성이 만든 문학』, 한국문화사, 2004, 202~203쪽; 김상환 외, 『라깡의 재생산』, 창작과비평사, 2002, 579쪽.
25) 민족문학사연구소 기초학문연구단, 『탈식민의 역학』, 소명출판, 2006, 375쪽; J. 크리스테바 외, 김열규 외 역, 『페미니즘과 문학』, 문예출판사, 1992, 94쪽.

드러난 각성의 계기는 종교를 통한 인식의 전환으로 이해하기에 충분하다고 본다.

'눈물'과 '폭풍우'는 종교적 깨달음을 통해 확보한 부정적 현실 개선의 매개가 되며, 현실적 고뇌와 모순을 정화시킬 수 있는 성수(聖水)로서의 '눈물'과 '폭풍우'는, 여성적 몸 가치의 극단에 해당하는 '처녀'를 당당하게 긍정할 수 있는 토대가 된다. 이는 종교적 인식을 통한 자기 주체성에 대한 긍정이면서, 나아가 자신의 몸을 통해 우주 순화의 원리26)를 깨닫는 과정으로 파악할 수 있다.

현실에 대한 부정적 인식과 종교적 각성을 통해 도달하게 되는 주체성의 참모습은 어떻게 귀결되는가에 대한 살핌도 동반되어야 한다. 화자가 사고의 흐름을 통해 발견하게 되는 자신의 주체적 모습은, '아침 최초의 햇빛' 속에서 '깨끗'하고도 '이쁘게' 뻗어나가는 '새순'으로 드러난다. 즉, 화자가 부정적 현실에서 벗어나 획득하고자 하는 주체적 인식은, 발전 가능성으로서의 새로운 생명성을 가진 존재임을 알 수 있다. '청천의 눈물', '폭풍우'를 매개로 '햇빛'과 함께 동화되는 '새순'으로 재탄생하고자 하는 화자의 바람은, 자연에 의해 자연과 함께 부활함으로써 남성의 한계와 인간적인 한계를 벗어나고자 하는 주체성을 성취해 내고 있는 것이다.

또한, '인식'의 측면과 함께 교육요소로 고려해 봄직한 사항으로 '실천적 의지'에 관한 것이다. 주체성의 확립은 사고의 전환으로서의 의식적 층위와 현실의 모순적 상황을 개선하려는 행위로서의 실천적 층위가 공유되지 않으면 불가능하다. 여성의 능동적이며 자율적인 자의식에, 권력과 쾌락 그리고 자유27)에 대한 적극적인 향유가 동반되지 않으면 여성의 주체성은 허상에 불과할 뿐이다. 크리스테바의 언급처럼, 주변적 위치로 인해 언제나 변방 밖의 혼돈으로 떨어지거

---

26) 남진숙, 「몸을 통한 불교 에코페미니즘 시 읽기」, 『문학사학철학』 제23호, 한국불교사연구소, 2010, 33쪽.
27) 한스 요아힘 마츠, 이미옥 역, 『릴리스 콤플렉스』, 참솔, 2004, 24쪽.

나 혼돈과 결합28)할 수밖에 없는 여성적 위치를 개선하기 위해서는, 실천적 의지를 통한 주체성 확립이 필요한 것이다.

3) 탈중심 지향을 통한 자리 찾기

여성시 교육을 위해 '재설정 가치'에 관한 사항을 고려해 볼 필요가 있다. '타자성'에 대한 인식을 토대로 자신의 '주체성'을 새롭게 발견하는 차원에서 나아가, 여성주의 문학이 지향하는 궁극적 이상으로서의 가치문제에 대해서도 천착해야 할 것이기 때문이다. 현실 상황 속에서 여성이 주체성으로 확립한 가치와 신념이 남성을 배제한 여성만의 독자성을 요구하는 것인지, 남성과 여성의 공존을 위한 사회구조의 재설정인지에 관한 탐색이 동반되어야 한다. 여성의 주체성은 어떤 가치를 옹호하고 실현하기 위한 것이며, 여성을 타자화하는 현실의 모순을 넘어 추구하고자 하는 이상적 가치의 청사진이 타당성과 수용성의 측면에서 합리적인가에 대한 살핌 없이는, 여성 문학을 통해 구현하고자 하는 진정한 의미에서의 여성성은 존재할 수 없기 때문이다.

따라서 남성 중심의 가치에서 벗어나 여성이 재설정하려는 '자리 찾기'로서의 '가치성'이 갖는 '본질로서의 내용'이 무엇이며, 이를 문학작품 속에 '형상화시킨 방법'상의 특징, 그리고 독자의 입장에서 여성이 지향하고자 하는 가치의 '타당성에 대한 평가와 실현 가능성'을 학생들로 하여금 살피게 하는 것이 교육요소로 설정될 수 있다. 현실에 대한 대안으로 여성이 제시하는 가치의 본질은 사상과 철학의 문제이며, 가치에 대해 평가하는 것은 여성적 가치를 남성 중심적 사회 구조의 재편성을 위해 받아들인다는 전제하에 그 적합성을 따

---

28) 최동현 외, 『페미니즘 문학론』, 한국문화사, 1996, 18쪽; 이소영 외, 『페미니즘과 포스트모더니즘』, 한신문화사, 1995, 273쪽.

져본다는 측면과 관련되는 것이다.

가치의 본질을 탐색하는 작업은, 여성시가 절대적인 주체를 부정적으로 해체하는 크리스테바의 관점을 취하는지, 식수가 강조하듯이 영구적으로 변형을 거듭하는 과정 속에 있는 '진행 중인 주체'[29]를 옹호하는 태도를 견지하고 있는지, 아니면 남성과 대등한 자격으로서의 차별화된 주체 형성을 추구하는 한계를 넘어 포용을 기반으로 하는 공생과 공존의 가치를 표방하는지를 발견하는 기회가 되리라 본다. 대승적 입장에서 공존의 가치를 실현하려는 여성적 가치는, '타자를 자기 소유로 만들려는 남성적 욕망과 달리, 타자의 자리를 위해 물러서는 자아의 욕망을 여성적'[30]인 것으로 규정한 레비나스의 입장과 유사점을 보인다. 이는 여성성 안에 여성 이외의 남성을 위한 타자의 자리를 마련함으로써 '공동체적 해방'[31]의 차원으로 승화시키고자 하는 것이 여성적 가치의 참모습임을 역설한 것이다.

> 양수 속에서 산을 오르고 강을 건너고 길을 잃었다
> 밥을 떠 넣고 아기를 낳고 한숨을 쉬고
> 시를 쓰고 버스를 기다린 것도 양수 속에서였다
> 버스는 나를 멀리 데려가곤 했지만
> 버스 차장에 맺힌 빗방울, 나를 적신
> 모든 물이 양수였다 나는 아직 태어나지 않았다
>
> 자궁 속에서 몸을 씻는 사람들
> 자궁 속에서 시체를 태우는 사람들
> 흰 옷 입은 그들 곁에 기웃거리는 개들

---

29) 한국영미문학 페미니즘학회, 『페미니즘, 어제와 오늘』, 민음사, 2000, 158쪽.
30) 레비나스, 강영안 역, 『시간과 타자』, 문예출판사, 1996, 110쪽.
31) 나병철, 『탈식민주의와 근대문학』, 문예출판사, 2004, 329쪽.

장작 값이 모자란 시체는 반쯤 태워져
개들의 차지가 되거나 나무토막에 묶여 떠돌았다
가라앉았다 떠올랐다 하면서 더 깊은 강으로, 자신에게로
흘러들었다 기슭 저편에서 떠오른 해는
자궁 속을 붉게 비추어 주었지만
배들은 기슭 저편에 닿지 못하고 되돌아왔다
탯줄과도 같은 지상의 길들 어디선가 끊어지고

양수는 점점 핏빛이 되어갔다 아무도 태어나지 않았다
시체 태우는 연기 자궁 속에 자욱했다
　　　　—나희덕, 「나는 아직 태어나지 않았다─갠지즈 강가에서」 전문

위 시는 삶과 죽음이 공존하는 '갠지즈강'의 모습을 통해 여성성의 본질적 가치를 드러내고 있다. 인도어로 갠지즈강은 힌두신들 중에서도 '너그러운 어머니 신'[32]을 의미한다. 작품에서도 이러한 의미가 그대로 형상화되어, 여성성은 '밥'을 먹고 '아기'를 낳아 기르고, '시'를 쓰고 '버스'를 이용하는 일상적 삶의 공간이면서, 여성성을 상징하는 '양수'와 '자궁' 속에서 인간은 남성 중심의 부정적 가치를 정화시키기 위한 의식으로서의 '몸'을 씻는 행위가 가능해 진다. 즉, 여성성은 일상적 삶의 활동이 발원하고 지속되는 곳이며, 부정적 삶의 모순이 치유되는 터전이 되기도 하는 것이다.

뿐만 아니라 '자궁' 속에서 현실적 존재로서의 '사람'과 죽음으로서의 '시체'는 더 이상 이원화되어 분열되지 않고, 초월성을 획득함으로써 하나로 통합되게 된다. 삶과 죽음의 문제뿐만 아니라 '사람'과 '개'도 자궁이라는 여성적 공간에서는 둘이 아니라 하나가 된다. '인간'과 '동물'은 '자연'이라는 거대한 우주적 진리 속에 포섭되고

---

32) 양승윤 외, 『동남아 인도문화와 인도인사회』, 한국외국어대학교 출판부, 2001, 35쪽.

동화되어 하나의 본질로 귀결되고 마는 것이다. 이러한 인식은 남성과 여성을 구별짓는 이원적 태도와 대결적 입장에서 벗어나, 남성을 여성적 영역 속으로 아우르는 공생적 가치관의 발현이라 할 수 있다. 이는 라캉 식으로 말하면, '결핍 없는 신화의 공간인 어머니의 자궁으로 돌아가고자 하는 인간의 근원적 욕망'33)과 맞닿아 있는 것이다. 어머니의 자궁으로부터의 이탈은 결핍과 좌절을 의미하는 것이기에, 인간은 본래적으로 끊임없이 자궁에 대한 회귀 본능을 가진다는 입장이다. 따라서 위 작품에 내재된 여성적 가치의 본질은 '포용과 정화 그리고 치유'로 규정된다.

작품 속에 제시된 시어나 표현상의 특징을 토대로 여성적 가치관의 본질에 대한 탐색이 이루어졌다면, 학생 스스로 그 가치에 대해 평가하고 판단할 수 있는 기회를 부여할 필요가 있다. 이러한 교육 활동은 학생들로 하여금 사회 현상에 대해 주목하고 이에 대한 공감과 이해34)를 유도함과 동시에 가치 형성의 기회가 될 것이다. 여성주의를 실현하고자 하는 여성시 교육의 경우에는, '어머니 자연(Mother Nature)',35) 즉 모성으로서의 자연에 대한 신화론적 사고를 형성하게 되며, 과학 중심의 합리적 사고가 만연한 현대사회에서 여성 중심의 신화론적 사고는 견제와 상생이라는 측면에서 의의를 갖는 것이다.

위 작품은 자궁이라는 모성성을 내포한 강을 통해, 여성의 본질은 모든 사회 구성원들을 포용하고 융화시키는 자연과 동일시됨을 강조하고 있다. 이러한 생태 페미니즘적 가치는 자연과 여성을 동일시하고 이들을 억압과 착취의 대상으로 보는 남성적 가치관을 전복시키고자 함은 물론, 이러한 인식을 확장시켜 여성성 속에 남성을 공유36)

---

33) 맹문재, 『현대시의 성숙과 지향』, 소명출판, 2005, 76~77쪽.
34) 백승란, 「에코페미니즘 시교육의 효용성」, 『인문학연구』 제78호, 충남대학교 인문과학연구소, 2009, 126쪽.
35) 마이클 짐머만, 정현경 외 역, 『다시 꾸며보는 세상』, 이화여자대학교 출판부, 1996, 220쪽.
36) 생태 과학자들은 한 체계 안에서의 지나친 상호의존은 생태계의 불안정을 초래한다는 주장을 펼침으로써 반론을 제기한다. 김욱동, 『문학 생태학을 위하여』, 민음사, 1998, 385쪽.

하고자 함으로써 화해와 치유를 지향한다는 점에서 의의가 있다. 뿐만 아니라, 이성 우위의 현실 속에서 '몸'의 언어를 통한 사유방식의 확립과, 여성 자신의 몸을 통해 자연을 체화(體化)할 수 있는 감수성은 '생멸의 비의(秘意)'37)를 통찰하는 인식의 확장을 보여주고 있다. 지금까지의 모성성이 가족이라는 폐쇄적 공간에 한정된 채 세계와의 고립성38)을 한계로 드러내었다면, 위 작품은 이러한 제약에서 벗어나 포용적 가치를 지향한다는 점에서 화해를 위한 새로운 가치 설정으로 받아들여진다.

이처럼 '재설정 가치'에 관한 교육요소는 작품의 가치 인식에 무조건적인 동조와 소극적 수용의 자세로부터 학생을 자유롭게 함으로써, 그들의 가치관을 준거로 상대적 가치에 대해 평가하고 판단하는 능동성을 부여하게 된다. 한편, 학생 자신의 가치 인식에 대한 긍정적 태도를 심어줌은 물론 작품 속 가치에 대한 발견과 인식적 공유, 비판적 성찰을 통해 자신의 가치관을 재설정하고 확장시키는 데 도움을 주게 될 것으로 기대한다.

3. 여성시 교육의 실제

타자성으로 소외된 여성적 현실을 여성시 교육의 현장에서 다루기 위한 구체적인 교육방법으로 이 글에서는 '상황의 간접체험을 통한 공감적 읽기'를 수행해 보았다. 소외받는 여성의 현실적 상황을 이해하고 공감하고자 하는 유연한 태도로 그 실태를 체험하고, 이를 통해 작품에 대한 감상은 물론 현실적 모순을 해결하기 위한 관심을 유도하고자 하였다. 부정적 현실에서 벗어나기 위한 몸부림으로서의 여

---

37) 이혜원, 『생명의 거미줄』, 소명출판, 2008, 95~105쪽.
38) 구명숙, 「김후란 시에 나타난 가족의 의미와 현실인식」, 『한국사상과문화』 제51호, 한국사상문화학회, 2010, 104쪽.

성의 자기 현실에 대한 인식의 주체성을 확립해 나가는 과정을 이해하기 위해 '긍정과 친교로서의 대화적 읽기'를 시도해 보았다. 여성의 주체성을 옹호하고 주체적 인식의 형성 과정을 탐색해 나가면서 작품에 내재화된 주체로서의 화자와 학생들이 상호소통을 이루어 나가는 과정에 방점을 두고자 했다. 탈중심적 가치를 지향함으로써 여성만의 새로운 자리 찾기를 위한 시도로 감행되는 여성적 가치 구현을 작품 속에서 찾아보기 위해서는, '가치 재설정으로서의 치유적 읽기'39)라는 방식을 활용하였다. 여성의 새로운 가치정립이 모순을 치유하고 변화와 상생을 주도하는 데 어떤 의의를 갖는지를 살펴보고자 하였다.

1) 상황의 간접체험을 통한 공감적 읽기

타자적 여성에 대한 관심과 애착을 바탕으로 여성의 상황을 간접체험하고 그 상황 속에서 여성들이 느꼈을 정서에 공감40)해 보고자 하는 것이 '공감적 읽기' 단계의 교육적 의도이다. 여성의 타자성이 극대화되어 있는 「우리 동네 구자명 씨」라는 작품을 학생들에게 제시하고, 여성의 현실에 대한 생생한 체험과 그들의 정서를 공유하는 체험을 하도록 유도해 보았다. 이를 위해 관심과 애착을 바탕으로 한 역할치환을 전제로 해서, 작품 속에 제시된 여성의 타자로서의 현실을 발견하게 하고 이를 학생들의 체험이라고 가정해 간접체험하는 활동을 해 보도록 했다.

---

39) 여성시 교육요소로 설정한 '타자성, 주체성, 재설정적 탈중심성'을 교수학습 상황에 적용하기 위해서는, 여성이 경험하는 모순적 현실에 대한 독자의 공감적 태도가 전제되어야 한다. 또한, 여성 스스로 상처를 치유하기 위해 시도하는 자의식과 대안 제시가 현실 상황 속에서 의미를 갖기 위해서는, 여성의 목소리에 귀기울이고 여성의 내면과 적극 소통하면서 현실을 문제 상황으로 바라보는 자세가 필요하다. 따라서 여성화자와 독자 사이의 거리 좁히기를 위한 읽기 방법으로 '공감적 읽기, 대화적 읽기, 치유적 읽기'를 제시하고자 한다.
40) 메리 고든, 문희경 역, 『공감의 뿌리』, 샨티, 2010, 86쪽.

"작품 속에서 시적 대상은 누구인가요?", "시적 대상이 졸고 있는 이유는 무엇인가요?", "여성의 역할을 통해 여성의 현실을 규정지을 수 있는 대표적인 낱말을 떠올릴 수 있나요?", "타자성 혹은 소외 등의 낱말을 떠올렸다면, 그 의미를 이야기 해 볼 수 있나요?", "만약 자신이 작품 속 구자명 씨라면 어떤 생각과 느낌이 들까요?", "구자명 씨의 생각과 감정을 여성 일반으로 확장시킬 수 있을까요?", "여성들의 처지에 공감하는 자신의 생각과 느낌을 제시해 볼 수 있나요?"라는 질문을 제시함으로써 학생의 반응과 활동을 유도해 보았다.

맞벌이 부부 우리 동네 구자명 씨
일곱 달 된 아기 엄마 구자명 씨는
출근 버스에 오르기가 무섭게
아침 햇살 속에서 졸기 시작한다
경기도 안산에서 서울 여의도까지
경적 소리에도 아랑곳없이
옆으로 앞으로 꾸벅 꾸벅 존다
차창 밖으론 사계절이 흐르고
진달래 피고 밤꽃 흐드러져도 꼭
부처님처럼 졸고 있는 구자명 씨,
그래 저 십분은
간밤 아기에게 젖 물린 시간이고
또 저 십분은
간밤 시어머니 약 시중 든 시간이고
그래그래 저 십분은
새벽녘 만취해서 돌아온 남편을 위하여 버린 시간일 거야
고단한 하루의 시작과 끝에서
잠 속에 흔들리는 팬지꽃 아픔
식탁에 놓인 안개꽃 멍에

그러나 부엌문이 여닫히는 지붕마다
여자가 받쳐든 한 식구의 안식이
아무도 모르게
죽음의 잠을 향하여
거부의 화살을 당기고 있다

—구자명, 「우리 동네 구자명 씨」 전문

학생들의 다양한 반응은 최대한 수용을 하되, 최대한 시적 대상의 상황과 처지, 그리고 그러한 상황이 유발시키는 인물의 생각과 정서를 짐작하고 학생 자신과의 동일시를 통해 역할의 대리체험을 주문하였다. 또한, 남성과 제삼자의 입장에서 객관적인 거리를 두고 인물을 단순히 동정하는 차원이 아니라, 상황에 대한 의도적인 몰입을 통해 여성의 타자성을 느끼고 생각해 보도록 하였다. 그런 후, 자신의 생각과 느낌을 상호소통의 방식으로 서로에게 들려주고, 끝으로 짧은 형식의 글을 통해 간접체험의 결과를 마무리짓게 하였다.

[학생글1][41]

현대시대에 살고 있는 구자명 씨는 여성이다. 맞벌이 부부는 현대사회의 모습을 타나내 주는 시어이고, 아기 엄마라는 것은 일과 가정 둘을 동시에 감당해야 함을 나타낸다. 버스에 타자마자 조는 구자명 씨, 휴식시간 잠자는 시간도 없다는 것을 의미하며, '차창 밖으로 사계절이 흐르고'라는 표현은 이러한 일상이 일 년 내내 반복됨을 상징한다. 아기에게 젖물린 시간, 시어머니에게 시중든 시간, 남편을 위하여 버린 시간 외에 자

---

41) 여학생을 피험자로 했을 때 보일 수 있는 여성 편향적 반응을 제거하고, 교육적 효과를 객관적으로 입증하기 위해 여성적 처지와 인식에 대한 공감대가 적은 남학생을 실험집단으로 정하였다. 그리고 진주시내 인문계 고교의 남학생 1학년 37명을 상대로 교육활동을 전개한 후, 활동 결과를 보여주기 위해 학생글을 제시하되, 지면의 제약으로 몇 편의 글만 싣고자 한다.

신에게 주어진 시간은 단 십 분조차 허락되지 않는다. 부엌문이 여닫히는 지붕의 여성적 공간에서 여성이 받쳐 든 한 식구의 안식은, 여성의 희생으로 안식을 취하는 남성 중심적 사고에 대한 비판으로 느껴진다. 하지만 화자는 죽음의 잠을 향해 거부의 화살을 당김으로써 여성적 희생을 거부하려한다.

만약 내가 구자명 씨와 같은 상황이라면, '세상을 살아가야 할 의미와 가치가 있을까?', '과연 이러한 지루함, 고통 속에서 얼마나 더 버틸 수 있을까?'라는 생각이 들고, 피곤함이 쌓이고 쌓여 힘겨움이 극도가 된 느낌이 들 것 같다. 가사 일은 절대 여성만의 것이 되어서는 안 될 것 같다. 이제는 인식을 바꾸어 여성이 절대 수동적이지만은 않다는 것을 알아야 할 것 같다.

[학생글2]
버스에 오르자마자 졸기 시작하는 모습을 통해 고단한 삶을 짐작할 수 있다. '부처님처럼 졸고'라는 시어는 고단한 현실을 한껏 받아들이고 있는 소외된 모습을 보여준다. 아기 돌보고, 시어머니 시중들고, 남편 챙기는데 모든 시간을 보내 잠잘 시간마저 없어 피곤해 하는 힘겨운 구자명 씨의 모습에 안타까움을 느끼게 된다. 하지만 '그러나'라는 시어를 기점으로 해서 시상이 반전되고 있다. 이는 남성은 밖에서 돈을 벌고, 집안의 가사노동은 여성만 해야 한다는 관념에 대한 비판이다.

매일 반복된 일상과 가사노동으로 몸과 마음이 피로하고, 이러한 현상이 반복되면 인생이 허무하게 느껴지고, 항상 짐을 지듯이 삶에 대한 부담감을 느끼며 고독감에 젖어들 것이다. 지금의 여성적 현실을 통해 여성이 느끼는 남성에 대한 열등감, 비참함, 그리고 무시받는 느낌을 나도 온전히 느낄 수 있을 것 같다. 혹시나 남성 중심 사회로 인해 열등감을 여성이 느낀다면, 여성이 있기에 남성이 있다는 생각을 가지고, 다양한 사회활동을 하기를 권하고 싶다. 여성의 인권을 존중하고 가사노동은 여성만 해야 한다는 편견을 버리고, 가사노동을 남성도 도와주어야 된다는 생각을 가질 필요가 있다.

[학생글3]

'존다'라는 시어와 '고단한 하루'와 같은 시어를 통해 인물의 힘겨운 삶의 모습을 형상화하고 있다. 하지만 구자명 씨는 가부장적인 사회에서 여성에게 강요되는 희생을 거부하고 있다. 위 작품을 통해 화자는 가부장적인 우리 사회에서 여성들에게 강요되는 희생을 '구자명 씨'를 통해 보여주고, 이를 극복하고자 하는 의지를 보여주고 있다.

나는 맞벌이를 하고, 시어머니 약 시중을 들고, 남편을 기다리는 것에 대해 우리 사회가 강요할 수 있는지에 대해 의문을 제기하고 싶다. 희생은 개인의 자발적인 의사에 의해 가능한 것이기에 남성이 일방적으로 강요하는 희생은 부당하다고 본다. 며느리와 아내는 내가 보기에 '선택 가능한 위치'이기에 강요하기보다는 여성의 자발적 선택에 의해 이루어져야 한다고 본다.

[학생글4]

현대사회에서 가부장제라는 명목 하에 여성소외가 일어나고 있는 가운데, 여성은 그 누구보다도 힘겹고 바쁜 나날을 보내고 있는 것 같다. 이제는 여성 소외 현상에 대해 총체적인 관념에서 사회인식의 변화가 필요하다는 입장에 서고 싶다. 여성이 가부장제라는 현실 아래에서 힘겹게 나날을 이어가지만, 그 어려운 상황 속에서 현실을 자각하고 그 모순에 맞서 인식을 바꾸겠다는 의지가 중요한 것 같다. 남편, 자녀양육, 시댁살이와 같이 여성 입장에서 많은 책임과 노력을 요하는 경우, 인식의 변환으로 좀더 진취적인 여성평등의 입장을 표명할 수 있었으면 좋겠다.

위의 글을 통해 학생들은 여성의 타자적 상황에 대해 공감하는 간접체험을 효과적으로 수행하고 있음을 알 수 있다. 비록 작품 전체에 대한 통찰력을 바탕으로 모든 시어의 연관성 파악을 통해 문맥적 의미를 완전하게 이해하지는 못할지라도, 개별 학생의 개성과 탐색 가능한 범위 내에서 구체적 시어들을 통해 여성적 현실을 분명하게 인식하고 있다. 작품의 내용 파악을 토대로 학생 자신의 정서를 진술함으로써, 여성의 소외적 현실과 절망감에 대한 동감뿐만 아니라 현실에 대해 비판하고 그에 대한 개선을 바라는 인식의 확장 차원으로까지 발전하고 있다. 작품 속 인물에 대해 학생들이 느끼는 동정과 연민은 간접체험과 공감하기가 가능함을 보여주는 것이며, 아울러 학생들의 기존 인식과 경험을 토대로 주관적이고 개성적인 안목으로 여성적 현실에 대해 몰입하는 모습을 보여주고 있다. 이러한 학생들의 반응은 이 글에서 의도했던 여성의 타자성에 대한 체험과 그에 대한 공감이 여성시를 이해하는 요인이 됨을 입증하는 것으로 판단된다. 다만, 작품에 반영된 상황 이외에 다양한 현실적 삶의 차원으로 확장시켜 여성적 타자성을 총체적으로 파악하는 국면으로 발전하지는 못한 점이 아쉬움으로 남는다. 또한, 학생들의 공감에 대한 절실함이 다소 피상적이 차원에 머무르고 있으며, 공감에 대한 이유와 상황에 대한 동일시가 온전히 이루어지지 못한 점도 한계로 남는다.

2) 긍정과 친교로서의 대화적 읽기

타자적 현실을 극복하기 위한 여성의 자각과 인식의 변화를 중점적으로 살펴보기 위해 '대화적 읽기'를 시행해 보았다. 여성의 주체적 인식과정과 주체성의 의의, 그리고 주체성을 확립시킬 수 있는 실천적 의지에 관한 사항들을 탐색하기 위해, 인물의 인식과 적극적으로 상호소통을 하는 대화하기[42]를 해 보았다. 화자의 자기 인식의 과정이 어떻게 변화되어 가며, 이러한 과정을 통해 화자가 최종적으

---

42) 여기에서의 대화하기는 작품 속 여성인물과 학생들 상호 간의 정신적인 교감과 소통을 지칭하는 의미로 한정해서 사용하고자 한다.

로 도달하는 주체성이 어떤 모습인지를 파악하게 하였다. 또한, 여성 화자가 체득한 자기 인식의 결과가 갖는 의의가 무엇인지도 학생 스스로가 생각해 보게 하고, 작품에 드러난 여성적 주체성의 실천적 의지에 관한 사항도 살펴보도록 주문하였다.

"화자의 자신에 대한 인식이 작품 전반에 동일한가요?", "화자의 자신에 대한 인식이 차이가 난다면, 어떠한 차이점이 있는지 찾아볼까요?", "구체적인 시어를 연결 짓고 전후 문맥을 고려해 가면서 시적 의미를 파악하고, 여기에 깃든 화자의 인식을 추론해 볼까요?", "인식의 흐름과 절차를 통해 화자가 얻게 된 최종적 주체성은 어떻게 제시되나요?", "그것을 형상화하고 있는 부분을 지적하고, 구체적인 의미를 파악해 볼까요?", "화자가 얻은 혹은 추구하고자 하는 주체성이 갖는 의의는 무엇인지 생각해 볼까요?", "주체성은 의식적인 차원의 문제와 관련되지만, 그것이 힘을 발휘하기 위해서는 어떤 요소가 동반되어야 할까요?", "여성 화자가 이러한 주체성을 추구하는 의도와 목적은 무엇일까요?", "화자의 의도 성취를 위해 주체성의 실천적 측면을 살펴볼까요?", "실천적 의지와 실현 가능성의 측면에서 화자의 주체성에 대해 의견을 나누어 볼까요?"라는 질문을 활용함으로써 여성시의 주체성을 다각도로 살펴보고자 하였다.

> 나는 아무의 제자도 아니며
> 누구의 친구도 못 된다.
> 잡초나 늪 속에서 나쁜 꿈을 꾸는
> 어둠의 자손, 암시에 걸린 육신.
>
> 어머니 나는 어둠이에요.
> 그 옛날 아담과 이브가
> 풀섶에서 일어난 어느 아침부터
> 긴 몸뚱어리의 슬픔이에요.

밝은 거리에서 아이들은
새처럼 지저귀며
꽃처럼 피어나며
햇빛 속에 저 눈부신 天性의 사람들
저이들이 마시는 순순한 술은
갈라진 이 혀끝에는 맞지 않는구나.
잡초나 늪 속에 온 몸을 사려감고
내 슬픔의 毒이 전신에 발효하길 기다릴 뿐

뱃속의 아이가 어머니의 사랑을 구하듯
하늘 향해 몰래몰래 울면서
나는 태양에서의 사악한 꿈을 꾸고 있다.

　　　　　　　　　　　　　　　—최승자, 「자화상」 전문

　학생들에게 「자화상」이라는 작품을 제시하고, 학생 활동 후에 학생글을 통해 그 교육적 효과를 살펴보았다.

　[학생글5]
　처음엔 현재 여성이 갖고 있는 수동적인 자아위치를 인식하고 슬퍼하고 있지만, 후에 가서는 자기 자신의 자아를 찾으려 갈망하는 능동적인 모습을 보인다. '나는 아무의 제자도 아니며 누구의 친구도 못된다.'라는 부분을 통해, 여기에도 저기에도 속하지 못해 사회적으로 고립된 여성자아를 살펴 볼 수 있고, '저이들이 마시는 술은 갈라진 이 혀끝에는 맞지 않는구나.'라는 곳은 남성의 권한에 비해 여성들의 권한이 한없이 차이가 난다는 것을 인식하고 있음을 짐작하게 한다. 개방적인 공간에서 자신의 의지를 확실히 전달하고 능동적으로 살아가는 남성 중심의 사회를 비판하고자 하는 태도를 느낄 수 있다.
　처음엔 자신의 고립된 존재로서의 위치에 실망하고 남성들의 공간을 부러워하지만, 후에 가서는 자신의 자아를 찾아가려는 능동적인 태도를 보인다. 지금까지 억압되었던 여성들의 주체성이 오랜 인내의 시간을 견뎌 여성들의 공간이 생기려고 함을 직감할 수 있다. 남성은 오랫동안 여성의 주체성을 억압해 왔던 관례에서 벗어나 여성을 위한 배려를 적극적으로 시도해야 하며, 여성들 또한 그 억압을 견뎌내기 위한 인식과 행위를 보일 때라고 생각한다.

[학생글6]

화자는 여성으로서 차별과 불평등 속에서 살아온 경험을 토대로, 처음에는 자신을 어둠의 자손이라는 둥, 뱀과 비유하는 둥, 아주 비관적으로 자신을 나타내고 있다. 그러나 점점 자신의 처지를 인내로 참아가면서 여자가 사회의 주체가 되기 위해 노력한다는 모습을 보여준다. '하늘 향해 몰래몰래 울면서 나는 태양에서의 사악한 꿈을 꾸고 있다.'라는 구절에서 볼 수 있다.

여자들은 예로부터 최근까지 그들의 주체성을 무시받아 왔는데, 이제는 그런 고지식한 생각을 버려야 한다고 생각한다. 남성들은 자신이 특권적 지위를 부여받은 남성으로 태어났다고 자만하고, 여자들을 깔보는 것이 아니라, 똑같은 인간으로서 평등하다는 생각을 지녀야 한다고 생각한다.

[학생글7]

이 시에서 나타나는 여성의 인식적 자아의 모습이 드러나 있는 시어는 '어둠'과 직접적으로 제시하지는 않았지만 '뱀'으로 볼 수 있다. 어둠과 뱀은 부정적이고 배척당하는 대상으로서 여성의 억압과 배척을 의미한다. '어둠의 자손, 암시에 걸린 육신'이란 구절로 화자 자신의 처지가 좋지 않고 부정적임을 나타내고 있고, '내 슬픔의 독이 전신에 발효되길 기다릴 뿐'이라는 구절을 통해 그저 인내하고 있는 모습도 보여주고 있다. 궁극적인 주체성은 여성의 권리를 되찾고 억압되고 배척당함을 근절하는 것이다. 처음에는 여성이란 존재를 자조적으로 표현하다가, 끝 부분에서는 여성의 권리를 되찾고자 하는 주체적 인식이 명확히 드러난다.

학생글을 보면, 학생들은 시어를 통해 부정적 현실이 강요되는 타자적 현실에 대한 여성의 자기 인식과 이러한 모순으로부터 벗어나기 위한 여성의 독자적인 주체적 인식의 확립 과정을 파악하고 있음을 알 수 있다. 이로써 자의식을 통한 주체성 인식이라는 교육요소 설정과 이를 탐색하기 위한 방법으로서의 대화적 읽기가 갖는 교육적 의의는 충분하리라 본다. 여성에게 일방적으로 강요되는 비관적이고 소외된 현실에 대한 화자의 인식, 그리고 그러한 부정적인 상황 속에서 무기력하게 인내할 수밖에 없는 여성적 처지에 대한 명확한 자기 인식이 작품 속에 내재되어 있음을 읽어 내고 있다. 또한, 부정적 자기 인식에 함몰되지 않고 의식의 전환을 통해 궁극적으로 자기 긍정과 희망을 잉태하는 여성의 주체성 확립의 과정도 이해하고 있다. 뿐만 아니라 여성의 주체성이 갖는 의미를 학생들의 자기 판단에 근거해서 나름대로의 논리를 확보하고 있음도 볼 수 있다. 그리고 여성의 주체성이 남성들의 의식 개선을 위해 유의미함을 역설하기도 하고 여성에 대한 부당한 요구를 강요하는 현실을 개선하는 데도 효과적임을 적시하고 있다.

하지만, 주체성이 현실 개혁을 위한 적극성을 함유하기 위해 가져야 하는 실천적 의지와 관련된 측면에 대한 학생들의 탐색은 지극히 소극적이라고 볼 수 있다. 물론 작품 속 화자의 실천의식이 미약한 탓도 있겠으나, 그럴지라도 이 부분에 대한 학생들의 논의가 갖는 의의에도 불구하고 미미한 차원에 머문 것은 한계로 지적할 만하다. 또한, 화자의 인식 변화 과정을 통한 주체성의 확립성 여부를 학생들이 인식은 하고 있지만, 화자가 구현하고자 하는 주체성의 명확한 실체에 대한 탐색이 모호하거나 피상적인 것도 아쉬움으로 남는다.

3) 가치 재설정으로서의 치유적 읽기

여성시에 드러난 여성적 가치, 즉 그들이 직면한 한계를 극복하고 현실을 재설정하기 위해 여성의 목소리로 생생하게 제시된 '가치'[43]에 대해 탐색해 보고자 '치유적 읽기'를 학생들에게 적용해 보았다. 문제적 현실을 치유할 수 있는 대안으로 제시된 여성적 가치의 본질이, 학생의 눈높이에서 판단했을 때 합리성과 의미성을 갖고 있으며, 이러한 가치의 현실 적용 가능성이 있는지를 학생들이 평가하고 판단하는 기회를 제공하고자 하였다. '치유적 읽기'에서는 작품을 통해 화자가 제기하는 현실 극복 가능성으로서의 가치의 본질이 무엇인지를 학생 스스로 찾아보게 하고, 그 가치의 실체를 뒷받침하는 구체적인 시어들도 탐색할 수 있도록 하였다. 그리고 학생들이 발견한 여성적 가치를 학생들의 가치관에 비추어 과연 받아들일 만한 것인지, 모순점과 한계는 없는지, 실현성은 있는지 등을 토대로 나름대로 평가하도록 주문하였다. 이 글에서는 「소풍」을 통해 이러한 활동을 전개해 보았다.

"제시된 작품을 자연성을 긍정하는 생태시가 아닌 다른 의도로 읽을 수 있을까요?", "여성주의적 관점으로 읽는다면, 그 근거는 무엇일까요?", "여성의 가치를 구현한다는 차원에서 작품을 감상한다면, 어떤 여성의 모습을 발견할 수 있나요?", "여성의 희생성 혹은 모성적 가치로 해석할 수 있는 부분이 있나요?", "왜 화자는 희생과 억압을 강요하는 남성을 비난의 대상으로 설정하지 않을까요?", "여성은 남성을 어떤 관점으로 파악하고 있나요?", "이러한 태도를 통해 짐작할 수 있는 화자의 가치관에 대해 이야기해 볼까요?", "화해와 공존의 가치가 남성 중심적 사회구조를 변화시킬 수 있을까요?", "이에

---

43) 남궁달화, 『가치탐구 교육론』, 철학과현실사, 1994, 244쪽; 장정렬, 『생태주의 시학』, 한국문화사, 2000, 230쪽.

대한 여러분의 평가와 판단은 어떠한가요?", "남성적 가치 중심의 사회를 근절시키기 위한 여러분의 대안은 무엇인가요?"라는 질문을 단계적으로 제시하고 학생 개별 활동과 상호 간의 토의를 통해 여성적 가치에 다가갈 수 있는 기회를 마련하였다.

애들아, 소풍가자.
해 지는 들판으로 나가
넓은 바위에 상을 차리자꾸나.
붉은 노을에 밥 말아 먹고
빈 밥그릇에 별도 달도 놀러오게 하자.
살면서 잊지 못할 몇 개의 밥상을 받았던 내가
이제는 그런 밥상을
너희에게 차려줄 때가 되었나보다.
가자, 애들아, 저 들판으로 가자.
오갈 데 없이 서러운 마음은
정육점에 들러 고기 한 근을 사고
그걸 싸서 입에 넣어줄 채소도 뜯어왔단다.
한 잎 한 잎 뜯을 때마다
비명처럼 흰 진액이 배어 나왔지.
그리고 이 포도주가 왜 이리 붉은지 아니?
그건 대지가 흘린 땀으로 바닷물이 짠 것처럼
엄마가 흘린 피를 한 방울씩 모은 거란다.
그러니 애들아, 꼭꼭 씹어 삼켜라.
그게 엄마의 안창살이라는 걸 몰라도 좋으니,
오늘은 하루살이떼처럼 잉잉거리며 먹자.
언젠가 오랜 되새김질 끝에
네가 먹고 자란 게 무엇인지 알게 된다면
너도 네 몸으로 밥상을 차릴 때가 되었다는 뜻이란다.

그때까지, 그때까지는

저 노을빛을 이해하지 않아도 괜찮다.

다만 이 바위에 둘러앉아 먹는 밥을

잊지 말아라, 그 기억만이 네 허기를 달래줄 것이기에.

―나희덕, 「소풍」 전문

작품에 대한 불필요하고 방만한 해석과 감상을 막기 위해 학생들
로 하여금 여성주의적 관점으로 작품을 파악하라는 조건을 제시하였
으며, 작품에 숨어 있는 '가치'에 주목하고 이러한 가치가 '치유'의
기능으로서 작용할 수 있는지 생각해 보게 하였다. 학생활동 후에
자신들의 작품에 대한 생각과 느낌을 글로 표현하게 하고, 글의 분석
을 통해 교육적 효과를 검증해 보았다.

[학생글8]

채소의 진액, 포도주의 색을 엄마의 피라고 한 것. 엄마의 안창살을 먹
인다는 것. 이 모든 것이 자연으로부터 나온 양식이자 엄마의 따뜻한 모
성과도 같다고 묘사한 점에서 그 가치가 있다. 어머니의 마음이 담긴 밥
상을 먹었던 기억이 여성의 희생적 가치를 이해하고 공감하는 남성의 모
습으로 이해할 수 있고, 그 기억을 이해하는 남성이 여성과 공존하며 살
게 된다는 의미를 작품은 담고 있다.

예로부터 남성이 더 가치가 있다고 여겨져서 그 관념이 남아 있기에
아직은 남성이 우월하다고 느껴지기는 하지만, 현대에는 남녀 모두 평등
하게 협력하는 일이 많기에 앞으로 이런 고정관념은 없어질 것이라 믿는
다. 나 역시도 현대에는 남녀가 공존하면서 발전해 나간다고 생각한다.
조화의 가치만이 갖는 긍정적인 면은 남녀 간의 차별을 없앤다는 점에서
사회를 안정시키고 더 발전하게 하지만, 여러 가지 일을 역할 분담할 때
책임의 경계가 흐려질 수 있기에 상호 간의 합의가 중요하다고 생각한다.

[학생글9]

작품에는 피와 안창살을 통해 여성의 희생 암시하며, 그를 당연시 여기지 말고 남성을 위해 자기 한 몸을 버릴 수 있는 여성의 마음을 깨닫고 감사하게 생각하자는 의미가 '바위에 둘러 앉아 먹는 밥을 잊지 말아라.' 라는 구절에 담겨 있다. 남성이 여성의 희생과 포용의 마음을 이해하고 깨닫게 된다면 서로 이해하고 함께 살아갈 수 있을 것이라는 의미도 형상화되어 있다. 내 생각에 남성이 무조건 여성에게 희생을 강요하는 것은 옳지 않다고 본다. 또한 여성도 남성에게 무작정 자신을 베푸는 것도 잘못된 것이라 생각한다.

이 시에서 화자는 남성이 여성에게 희생을 강요하지만 여성은 남성을 비판하기보다 오히려 그 희생을 인정함으로써 극복해 나가고자 하지만, 이것은 일시적인 방편밖에 될 수 없다. 현대에 와서는 오히려 여성이 중심이 되는 사회로 변모해 가고 있기 때문에 남성이 여성에게 '무엇을 도움받을까?'보다 여성에게 '무슨 도움을 베풀 수 있을까?'라는 인식을 바탕으로 한 공존이 바람직하다.

[학생글10]

이 시에서 채소는 진액이 나오고 포도주는 엄마의 피, 그리고 안창살은 엄마의 살을 의미하면서 여성들의 희생을 보여준다. '되새김질'은 계속해서 씹는다는 의미이다. 그러므로 이 시에서는 오랜 시간 후 여성을 이해하려는 노력을 의미한다. '네가 먹고 자란 게 무엇인지 알게 된다면 너도 네 몸으로 밥상을 차릴 때가 되었다는 뜻이란다.'라는 구절은 이제 남성이 여성을 이해하는 것이고, 스스로 밥상을 차리면서 공존과 상생을 지향하는 것으로 볼 수 있다.

과거에는 남성은 나가서 일하고 돈을 벌어다 주는 존재로, 여성은 가사노동과 육아를 담당하는 존재로 인식하였으나, 위 작품에서는 이러한 생각에서 벗어나 남성과 여성의 공존을 지향하고 있다. 나는 이러한 생각에 전적으로 동의한다. 남성이 여성의 희생을 당연시하고 그들을 외면하는 것보다 이해해 줌으로써 공존을 통해 서로를 배려하는 것이 더 옳다고 생각한다.

상당수의 학생들이 제시된 작품에서 '조화와 공존'의 가치를 이끌어 내고 있음을 알 수 있다. 개별 시어를 판단의 근거로 활용함으로써 자신들의 인식과 논리를 접목시켜 나름대로 화자의 지향적 가치의 본질이 남성과의 화합을 지향하고 있음을 파악하고 있다. 뿐만 아니라, 공존의 가치가 가질 수 있는 문제점으로 '책임의 소재에 대한 불명확함'을 지적하고, 이를 해결할 수 있는 방안으로 '상호 간의 의도적 합의'라는 대안을 제시하고 있음도 볼 수 있다. 이를 통해 작품에 형상화된 여성적 가치의 본질에 대한 파악은 물론 그 가치의 타당성과 문제점들을 다각도로 모색해 보려는 시도로 해석된다. 또한, 학생들은 남성 중심 가치에 대한 비판을 초월한 공존적 가치의 의미를 발견함은 물론, 공존 지향적 가치가 여성에게 강요되는 희생의 한계를 넘어설 수 있는 대안이 됨을 발견하고 있다. 따라서 현실 문제를 해결하기 위해 새로운 대안으로 제시하는 여성적 가치의 본질에 관심을 갖도록 하기 위해 시도한 대안적 읽기가 작품에 대한 의미 분석은 물론 학생들의 내면화에 유의미한 효과가 있음을 볼 수 있다.

하지만 제시된 작품이 여성을 중심에 위치시키고 이를 토대로 여성의 범주 안에 남성을 수용함으로써, 여성 중심의 남성 포용적 가치 인식이 전제 되어 있음은 발견하지 못하는 한계를 보이고 있다. 사실상 작품에 드러난 공존적 가치는 상대의 희생에 대한 인식이 바탕이 되어야 가능한 것이기에, 공존성을 사회적 가치로 수용하기 위해서는 무엇보다 남성의 의식전환이 선행되어야 함을 지적해야 함에도 학생들은 이점을 간과하고 있다. 또한, 학생들의 가치관을 토대로 작품 속 가치를 평가하는 활동에서, 현실을 극복할 수 있는 다양한 가치를 학생 자신들의 목소리로 제시하고 이를 토대로 '공존'의 가치를 평가하기를 기대했으나 학생들의 독특한 입장 표명이 미흡했다는 점이 아쉬움으로 남는다.

4. 여성시 교육의 의미

이 글에서는 여성시를 통해 남성 편향적인 문학관과 그에 입각한 문학교육의 한계를 지적하고, 이를 극복하기 위한 방안으로 여성시 교육의 의의를 강조하고자 하였다. 남성 중심의 문학교육관이 갖는 여성 소외적 현실과 그로 인해 야기되는 가치관의 편향성과 인간존엄성의 부재를 개선하기 위해 여성시에 내재된 여성적 삶에 주목하였다. 학생들로 하여금 여성시를 탐색하게 함으로써 여성이 주체로서의 자기 존중감과 여성의 자발적인 인식의 확립, 그리고 의지적 행위를 부정하는 타자적 현실에 관심을 갖도록 하였다. 여성시에 형상화된 여성 자아의 고뇌와 억압적 상황을 학생들이 간접체험함으로써 현실상황의 모순을 자각하고 이를 개선하려는 인식과 노력을 유도하려는 목적에서 행해진 교육활동이었다.

여성의 타자적 현실에 대한 탐색과 이를 개선하기 위한 몸부림으로서의 여성의 주체적 인식이 여성의 내면에서 형성되어 가는 과정과 그러한 주체성의 의의를 살펴보았다. 여성시를 통한 주체성의 확립 과정에 대한 이해는 학생들에게 주체성 형성의 중요성을 인식시키는 데 기여한 바가 있다고 평가한다. 개별 존재가 자발적으로, 직면한 현실을 개선하기 위해 시도하는 적극적인 의식화 과정으로서의 주체성은, 학생들로 하여금 그들의 주체성을 확립하게 하는 자극이 될 뿐만 아니라, 주체성이 현실을 긍정적으로 개선해 나갈 수 있는 토대가 됨을 깨닫게 하는 데 기여함을 확인할 수 있었다. 또한, 여성들의 자신에 대한 긍정과 애착이 적극적인 자의식의 탐색에서 유도되는 것이며, 이를 통해 확립된 주체성은 남성과 대등한 자격으로서

의 여성적 위치를 확립시키는 데 기여함으로써 인간존엄성을 실현할
수 있음을 학생들이 체감하는 기회가 될 수 있었다.

　작품 속에 구현된 여성적 가치에 대한 탐색은 남성 중심적 현실과
그로부터 기인한 편향적 문학관을 척결하기 위한 대안이 무엇인지에
대한 학생 관심을 유도하기 위한 것이었다. 여성 스스로 제기하는
현실 극복을 위한 대안적 가치를 작품을 통해 체험하고, 그 속에 전
제된 가치의 본질이 어떠한 의의를 가지는지에 대해 판단해 보는 활
동은 학생들에게 삶을 바라보는 긍정적 가치관을 확장시키는 기회가
되었다고 본다.

해체시 읽기 방법

1. 해체의 의미

해체는 형식과 내용의 일탈이다. 거시적인 차원의 문학적 관점에서 접근한다면, 문학과 예술의 경계 설정을 거부하는 해체도 새로운 문학적 시도를 위한 방법적 탐색이라 볼 수 있다. 전통적인 시 갈래의 속성을 온전히 보유하고 있는 서정시의 입장에서 보면 해체시는 이단아일 뿐이다. 시의 형식을 철저히 깨뜨려 시 갈래의 권위를 부정하면서, 현실의 차용과 현실 자체를 시적 형식으로 격상시키고 있다. 뿐만 아니라, 시적 구성요소의 결합을 시어 속에 교묘하게 배치시킴으로써 독자에게 정서적 감동과 인식적 혜안(慧眼)을 제시하고자 하는 작가의 의도와 주제적 의미를 철저히 파괴시키고 있다. 시가 갖는 최소한의 형식과 시를 통해 전달하고자 하는 작가의 의도를 배제시킴으로써 무화(無化)와 무위(無爲)의 가치를 재창출한다.

하지만 해체적 기법이 파괴와 무질서를 자행함으로써 예술 자체를 부정하는 것은 아니기에 새로운 예술적 패러다임의 창조를 위한 시도로 볼 수 있다. 무미건조하고 구태의연한 글쓰기 방식에서 벗어나, 새로운 방법적 시도를 통해 사상의 확산을 꾀함은 물론 표현수단과 형식의 창조를 꾀하고자 하는 것이다. 해체는 예술적 글쓰기의 새로운 시도만이 아니라, 현실에 대한 부정이며 기존 가치에 대한 거부이다. 삶을 지배하는 기존의 인식 체계와 가치관에서 벗어나 현실을 해체함으로써 새로운 삶의 원리를 모색하고자 하는 몸부림인 것이다. 이렇게 볼 때, 해체는 기존 삶의 방식과 예술 행위에 대한 비판이면서 대안을 모색하기 위한 발전적 시도로 볼 수 있다. 해체의 정신을 일탈을 통한 창조로 인식한다면, 해체의 예술적 시도는 새로운 문학적 성취를 위한 도전이며 삶의 개방성을 성취하고자 하는 인식 지평의 확대라고 할 수 있다.

이러한 점에 주목한다면, 발상과 표현의 전환을 꾀하는 해체시를 교육의 장으로 끌어들이는 것은 획일성을 뛰어넘어 다양성과 창조성을 추구하고자 하는 신선한 움직임이라고 할만하다. 시 문학 일반에 대한 보편적 교육 뒤에 시도되는 해체시에 관한 교육적 경험은, 예술에 대한 고정관념을 깨뜨려 예술의 권위를 붕괴시킴으로써 예술을 자기 삶으로 편입시키는 계기가 될 것이다. 형식을 파괴하고 의미에 집착하지 않는 해체적 태도는, 그대로 학생들에게 전이되어 삶과 작품을 창의적으로 바라보게 할 것이다. 또한, 작가와 작품의 권위가 부정되고, 형식과 내용이 해체된 시 텍스트는 오로지 독자의 위치를 부각시켜 줄 뿐이다. 그러므로 작품 향유의 주체로서의 학생은 감상의 권위를 부여 받을 수 있게 된다.

2. 해체시 교육의 가능성

근대의 문학은 차이, 타자성, 균열, 간극, 이화(異化)와 소외의 경험

등을 중요한 특성으로 하며,1) 이러한 문학적 특성은 개별적인 현실의 삶을 반영한 결과라고 할 수 있다. 다양한 삶의 모습을 문학을 통해 형상화하고자 하는 시도는, 소외되고 주변부로 내몰렸던 삶에 대해 천착하고 이를 문학적 제재로 다루는 전환점이 되었다. 자연 중심의 생태적 가치관을 도외시한 비정상적인 인간 중심적 사고와 이성과 합리성에 대한 극단적 맹신은, 현실을 지배하는 이데올로기를 회의하게 만들었으며 이는 이데올로기 해체라는 비상구를 탐색하게 만들었다. 유독 이러한 문제의식의 중심에 서 있었던 예술가가 해체적 성향의 작가들이었으며, 그들에게 해체는 단순한 글쓰기 방식의 새로움이 아니라 현실과 삶에 대한 비판이며 패러다임의 전환이며 방향제시를 위한 시도였던 것이다. 해체 시인들은 해체를 통해 시대적 절망감을 토로함으로써 무의식 속에 각인된 욕망을 표출하고자 한다.2)

해체주의에 각인된 포스트모더니즘적 패러다임은 교육현장에도 많은 시사점을 준다. '교육적 가치'의 성취를 위해 시도되는 다양한 교육활동 속에서, 무엇을 어떻게 교육해서 어떤 단계에 도달할 것인가에 대한 '가치성'에 대한 인식적 합의는 상대적일 수밖에 없다. 절대적 가치의 테두리를 깨뜨려 확장시켜나감으로써 발전적 치환과 대체를 모색하는 것이 삶의 과정인 것이다.3) 가치성에 대한 상대적 관

---

1) 김수이, 「현실비판적 해체시의 교육방법론과 기대효과」, 『현대문학이론연구』 33, 현대문학이론학회, 2008, 504쪽.
2) 삶에 대한 치열한 천착 없이 고통을 가볍게 무화시켜 버리거나, 형식 실험 자체가 아무런 의미도 갖지 못하고 유희적으로 진행된다는 측면에서 해체시를 무가치한 것으로 비난하는 논의도 있으나, 해체시의 본령이 후기산업사회의 모순을 비판하고 새로운 세계를 지향하는 것이라는 점에 주목한다면 그 시사적 의의는 유효하다고 볼 수 있다. 문흥술, 「해체시에 나타나는 주체해체의 양상」, 『인문논총』 14, 서울여자대학교 인문과학연구소, 2005, 30~35쪽.
3) 변화는 언제나 고정되고 변경할 수 없는 방식으로 설명되어야 한다는 태도는 인습적 억측에 불과하며, 현재의 모든 사고는 상대적인 것일 수밖에 없으며 완성되지 않은 生成途上에 있는 것이기 때문이다. 또한, 이데올로기는 초월적 종교가 지닌 내세적 성스러움이든 미래역사에 내재하고 있는 성스러움이든 신성한 모든 것을 부정하려는 경향을 가지고 있으며, 이러한 이데올로기의 속성으로 인해 비미학적인 형식의 창조가 가능하다. E. H. 카

점은 상상력의 고취와 창의성 신장을 지향하는 시 교육에 발전 가능한 인식적 틀을 제공해 줄 것이다. 기존 인식에 대한 해체적 일탈은 시 작품 감상과 창작의 다양성과 개방성을 정당화해 줄 것이며, 교사의 권위를 해체시켜 독자로서의 학생을 시 교육의 주체로 자리매김하게 할 것이다.

1) 해체의 일탈성

철학적 사고에서 출발한 해체주의는 '일탈'이 주된 특성이다. 데리다의 해체주의는 훗설의 '근원적으로 자명한 원리'라고 믿는 기존의 형이상학적 사고를 비판한다. 이를 위해 그는 어떤 매개체에 의존하지 않는 순수한 사유를 강조한다.[4] 해체 정신은 삶을 지배하는 기존의 원리와 가치관에 대한 파괴이자 새로운 시도로서의 인식 전환이라 할 수 있다. 데리다를 비롯한 포스트 구조주의자들은 비트겐슈타인이나 하이데거와 마찬가지로, 형이상학의 거대한 전통이 종언을 고한 것으로 간주한다. 특히, 데리다는 '인간의 종언'을 통해 인류의 전통적 목적의 종언이라는 화두를 제시한다. 이는 전통적 이상들이 과연 성취되어 온 것이냐에 대한 의문을 가능하게 하며, 나아가서는 이러한 이상들이 우리를 영원한 좌절의 구렁텅이로 몰아넣을 정도로 반생산적이지 않았냐는 의심조차 들게 해 준다.[5] 이성과 합리성을 바탕으로 한 진보적 역사관이 삶의 근본 원리라고 믿고, 이를 통해 이상의 실현을 추구해 왔던 인류의 보편적 패러다임에 근원적인 의문을 제기한 것이다. 결국, 진보를 표방하는 기존의 과학적 사고는

아, 길현모 역, 『역사란 무엇인가』, 탐구당, 1996, 190~191쪽; 루시앙 골드만, 조경숙 역, 『소설사회학을 위하여』, 청하, 1994, 33쪽.
4) 김효중, 「한국 현대시 비평과 해체주의 이론」, 『연구논문집』 56, 대구효성가톨릭대학교, 1997, 97쪽.
5) 조광래, 『해체주의란 무엇인가』, 교보문고, 1989, 116쪽.

특정 지배 이데올로기를 정당화시킴으로써 종국에는 삶의 종언과 인간의 종언이라는 결과를 초래하게 된 것으로 보고 있다. 해체주의를 표방하는 이들은 이러한 종언적 상황에서 새로운 삶의 원리를 찾기 위해서는, 모든 기존의 지배적이고 권위적인 사고와 삶의 방식을 해체하는 것만이 대안이라고 주장한다.

데리다의 '차연' 개념도 동일한 맥락에서 이해할 수 있다. 데리다에 의하면, 기호는 부재하는 현존을 제시하며, 대상을 제시하는 대신 우리는 기호를 선택하는 것이라고 한다. 우리는 지시물을 내놓는 것을 연기하거나 늦춘다. 바로 여기에 차연의 특징인 기표와 기의, 그리고 기의와 지시물 간의 연기와 차이가 발생한다는 것이다. 즉, 기호를 사용할 때 자기 현존적인 기표에 구현된 지시물과 기의의 현존이 즉각적으로 우리에게 드러난다는 인식은 환상에 불과하다는 것이다. 기호에는 실질도 현존도 없으며 단지 흔적으로서의 기호의 놀이와 작용만이 존재한다고 본다.6) 이러한 관점은 기표에 집착하고 작품과 작가의 권위를 절대시하던 기존의 인식에서 우리를 자유롭게 만든다. 드 만 역시 유기적 형식에 집착하고 시를 무한한 자기 소유의 의미 구조라고 생각하는 신비평가들은, 시를 '언어의 도상'이라고 믿는 자기 주장을 해체하게 될 것이라고 강조한다. 텍스트에는 차이와 관계에 의한 임시적인 불안정한 의미만이 존재하는 것이다. 인간은 이 텍스트 안에 존재하며, 인간 자체가 하나의 텍스트이며, 텍스트 안의 연쇄작용에 얽혀 있다는 입장이다.7) 해체주의는 현실적 삶의 원리를 지배했던 이성 중심의 지배 이데올로기를 부정함과 동시에 지배 담론을 형성하는 텍스트도 해체시키고 있는 것이다. 기존의 삶의 체제와 가치관을 해체함으로써 새로운 인식의 패러다임을 모색하고자 했듯이, 텍스트의 절대적 권위를 해체시킴으로서 예술과 삶

---

6) 빈센트 B. 라이치, 권택영 역, 『해체비평이란 무엇인가』, 문예출판사, 1990, 68쪽.
7) Christopher Norris, 민경숙 외 역, 『해체비평: 이론과 실제』, 한신문화사, 1995, 29~53쪽.

과의 이분법적 인식을 해체하고 새로운 예술적 인식과 방법론을 제안하고 있는 것이다.

철학적 인식으로서의 해체주의는 시문학 속에서 주체의 죽음, 매체개방주의, 텍스트의 공동화 현상으로 구체화된다.[8] 독창성의 근원으로 대접받던 시인은 '생산자'로서의 자격만을 갖게 되며, 포스트모더니즘의 패러디기법이 작가의 창조적 권위에 도전하는 전략으로 등장하게 된다. 무정부주의적 입장을 보이는 포스트모더니즘 시인들에 의하여 인습적 굴레에서 벗어나, 다양한 스타일을 사용하기 시작하면서 권위와 통제의 형식을 거부함으로써 질서, 조화, 균형을 해체하고자 하는 움직임이 확산되었다. 언어에만 의존하던 제한성을 극복하고 매체와 제재의 무제한성을 추구하게 되며, '공백'이 주텍스트가 되고 오히려 진술은 부텍스트로 전락시키는 기법을 통해 삶의 무의미성과 반미학성을 극대화하고자 한다. 또한, 시는 삶과 분리된 자율적 존재로 진리 혹은 진정한 삶을 추구한다는 기존의 발상은 인간이 진리에 종속되는 종속 담론에 불과하다는 입장을 강조함으로써 새로운 기법적 시도를 감행하고자 한다. 삶과 예술은 엄격히 분리되며, 예술은 절대적 권위성을 부여받는다는 기존 예술의 허상은, 세계에 존재하는 사물들을 내적인 필연성 없이 나열하는 이항대립체계 해체를 위한 '표면성'[9]의 강조를 통해 와해된다.

이러한 경향은 우리 시인들에게도 영향을 주어 뚜렷한 발자취를 남기고 있다. 해체의 선구자로 알려진 황지우는 전통적인 시 형식의 일탈을 시도하고 있다. 시의 고유한 형식을 파괴하고 매체의 변용을 통해, 형식의 파괴는 물론 그 속에 담기는 주제 의식에 대한 철저한 해체를 도모한다. 기호의 허상을 지적하면서 엘리트 중심주의를 지향하던 시 갈래의 절대적 가치를 부정하고 있는 것이다. 이를 통해

---

8) 김준오, 『도시시와 해체시』, 문학과비평사, 1988, 138~146쪽.
9) 이승훈, 『해체시론』, 새미, 1998, 50~67쪽.

그는 문학의 문법을 넘어 삶의 문법까지 해체시키고자 한다.

서구지향의 근대화를 중심으로 전개되어 온 진보 개념에 대해 비판적 입장을 보인 시인으로 장정일을 꼽을 수 있다. 그는 여러 시편들을 통해 자본중심주의와 경쟁중심논리를 거론하면서 오히려 이러한 이데올로기가 인간성을 소외시키며 강자 중심의 지배체제를 강화시키는 것으로 보고 있다. 또한, 그는 '신식'과 '거대함'을 맹목적으로 추구하던 기존의 가치관이 종국에는 주객전도와 가치의 해체를 몰고 왔으며, 급기야 '역설적인 공동화(空洞化)'를 초래한 것으로 인식한다.

김영승은 '반성'을 화두로 현실에 대한 비판적 인식을 시발점으로 해서 인간의 권위를 해체하고, 주체와 객체의 명확한 구분을 뛰어넘는 의식의 성장을 보여주고 있다. 그가 감지하고 있는 현실 속에는 성장 이데올로기가 담보했던 안락과 만족이 아니라, 결핍과 불합리가 존재할 뿐이다. 이러한 현실에 주목함으로써 김영승은 '반성'의 주체가 오히려 지배계층이 되어야 함을 반어적으로 조롱하고 있다.

2) 해체의 시 교육적 수용

해체가 표방하는 정신과 실험적 성향은 시 교육의 현장에 많은 시사점을 준다. 문학읽기는 텍스트의 내용을 파악하는 데에서 나아가 독자로서의 학습자가 문학의 세계를 총체적으로 경험하고, 정서적으로 반응하며, 자신의 삶과 사회를 바꾸어 가는 주체가 되도록 하는 것이다.[10] 문학교육에서 정서적 반응과 자기 삶에 방점을 둘 경우

---

10) 최근의 문학교육 및 시 교육적 논의는 문학읽기를 단순한 정서적 차원의 감상에서 벗어나 사유와 인식의 범위로까지 확대하고 있다. 문학읽기를 통한 학습자의 주체적 체험은 사고력 신장은 물론, 실제 삶에서의 자기 통찰과 자기 인식에 도달하게 한다. 또한, 문학체험을 통해 독자는 비판과 성찰의 과정을 거쳐 깨달음의 단계에 접근 가능하며, 이는 언어구성능력에 대한 체험을 넘어 그 배후에 작동하는 사유와 만나게 되는 것이다. 이강옥, 「문학교육과 비판·성찰·깨달음」, 『문학교육학』 29, 한국문학교육학회, 2009, 46쪽; 원자경, 「사고력 증진을 위한 문학교육 방안연구」, 『문학교육학』 30, 한국문학교육학회, 2009, 186

상상력에 관한 부분도 비중있게 다룰 필요가 있다. 문학적 상상력은 작가의 창조물인 시작품을 토대로, 표현과 내용에 반영되어 있는 다양한 요소들을 결합시켜 머릿속으로 장면을 떠올려보는 심리적인 활동이다.[11] 상상력은 단순히 제시된 정보를 이해하고 분석하는 능력에만 한정되지 않고, 구체적인 대상이나 현상을 토대로 추론적으로 확산되는 이미지 생성능력이라고 할 수 있다. 따라서 풍부한 상상력을 기르기 위해서는 고정된 표현방식이나 정형화된 가치체계에서 벗어날 필요가 있다. 기존의 표현이나 인식의 틀에서 벗어나려는 시도는 신선한 심리적 충격을 유발시켜 상상력을 고취하는 계기가 될 것이기 때문이다. 이런 점에서 해체시가 보여주는 기상천외의 이미지 활용, 언어의 파격성, 세계의 산문화, 표현매체의 다변화 등은 학생들에게 상상력을 자극시키는 계기가 될 수 있다.[12] 해체주의를 구현하고자 하는 시인들은 기존의 세상을 읽어 가는 방식으로 사물이나 현상을 대하지 않는다. 새로운 시각으로 대상의 의미를 파악하고 이를 낯설고 기이한 이미지로 표현하고자 한다. 이러한 성향을 가진 작품을 학생들이 접하게 되면, 학생들은 기존의 작품 읽기 방식과는 다른 감상과 이해를 위한 심리적 기제들을 발동시키게 된다.[13] 상상

쪽; 서유경, 「읽기교육에서의 문학텍스트 활용탐색」, 『문학교육학』 31, 한국문학교육학회, 2010, 35쪽; 이명찬, 「현대시 교육과 4·19혁명」, 『문학교육학』 32, 한국문학교육학회, 2010, 82쪽.

11) 상상은 이미지를 만들어 내고 이미지들을 결합시키는 심상형성기관(image-maker)으로 주목되며, 상상력은 이성과 정서적 요소를 포괄하는 구성적 능력으로서 종합적인 정신능력이다. 김준오, 『시론』, 삼지원, 1991, 102쪽; 구인환 외, 『문학교육론』, 삼지원, 1989, 67쪽.

12) 초현실주의 시는 신비성과 비합리성이 사물의 본질을 이해하는 유일한 방법이라고 생각하고, 서정시의 전통적인 형식을 파괴함으로써 인간의 이성과 합리적 사고를 부정하였다. 이는 인간의 무의식과 상상에 의해 정신세계를 확대하는 결과를 낳게 되었다. 초현실주의는 해체주의와 시기 및 논의의 출발점에서 차이가 있으나 이 글에서는 둘 사이에 인식 측면의 공통분모가 있다고 판단되어 언급하기로 한다. 간호배, 『초현실주의 시 연구』, 한국문화사, 2002, 11쪽.

13) 해결 방식을 모르는 과제를 처음 접한 이후, 그 과제의 해결 방법을 터득한 학생들에 비해, 과제의 수행 방법을 전혀 모르는 학생들은 과제를 해결하기 위해 필요한 자료를 수집하고 그것을 바탕으로 사고하는 능력이 떨어진다. Timothy J. Perfect & Bennett L.

을 통해 새로운 형식과 내용을 감상하고자 하는 사고 체계의 전환을 이루게 되는 것이다. 그러므로 이미지 간의 인접성과 관련성이 전무한 해체시는 그 자체로서 상상력을 유발시키는 교육적 단서가 될 수 있다.

해체시는 현실의 수용보다는 비판을 통해 형상화된다. 우리나라의 경우 80년대와 90년대를 지나오면서 새로운 가치 정립을 위한 시험의 시간들을 경유할 수밖에 없었다. 이러한 사회 문화적 여건과 맞물려 현실에 대한 비극적 인식을 바탕으로, 심층 없는 표피의 현실을 조소하고 공격하거나 폭로하는 언어유희, 요설과 장광설 등이 드러나게 되었다.14) 해체시의 작가들은 세상을 비판적 시각에서 바라보고 그것의 허위와 위선을 철저히 폭로시킴으로써 새로운 이념 창출의 가능성을 제기하고자 한다.15) 이러한 성향의 해체시를 교육현장에 수용했을 때, 학생들은 현실을 맹목적으로 수용하는 수동적 태도에서 벗어나 자신의 신념과 가치관에 따라 현실을 분석하고 이해함으로써 비판적 태도를 견지하게 될 것이다. 건전한 비판정신은 문제의식을 갖게 할 것이며, 이러한 의식은 발전적인 대안의 제시라는 긍정적 결과를 도출하게 될 것이다. 발전과 공생이라는 긍정적 입장에서 제기되는 비판적 성찰은, 세상에 바라보는 피상적이고 획일적인 시각에서 벗어나 심화된 확장적 인식을 길러 줄 것이며, 발전적이며 생산적인 가치관을 함양하는 계기가 될 것이다.

하지만 기존의 교육방식의 관행 속에서 비판적 인식을 심화시키기

Schwartz, *Applied Metacognition*, NY: Cambridge University Press, 2002, p. 156.

14) 이 점에서 1990년대 시의 전략은 1980년대 중반 이후의 오규원, 황지우, 이성복, 박남철, 장정일, 김영승 등의 해체적인 시적 경향을 많은 부분에서 계승하고 있다. 김춘식, 『불온한 정신』, 문학과지성사, 2004, 133~135쪽.

15) 후기구조주의는 '작가, 독자, 비평가'에 대한 고정관념을 끊임없이 깨트려가고자 하며, 문화와 역사, 그리고 심리학적 이론을 상호관련성의 입장에서 결합시키고 지속적으로 변화시켜갈 것을 요구한다. Brenda K. Marshall, *Teaching the Post-modern: Fiction and Theory*, NY: Chapman and Hall, 1992, pp. 122~123.

에는 부족함이 있을 수밖에 없다. 절대적인 권위를 부여받은 성전으로서의 정전을 바탕으로 한 교사의 시에 대한 일방적인 설명과 학생들의 수동적인 수용이 교육현장의 실질적 모습이라는 점을 부인할 수는 없다. 이러한 상황에서 정전과 교사의 해석에 대해 비판적 견해를 드러내고, 학생 자신의 독창적이고 자발적인 문제해결방식을 주장한다는 것은 불가능에 가까울 수밖에 없는 것이다. 그러므로 비판적 인식의 신장이 발전적 미래사회의 구현을 위해 우리 사회의 구성원들에게 요구되는 능력이라는 사실에 합의를 한다면, 해체시를 제재로 한 시 교육은 교육현장에 중요한 의미를 갖게 될 것이다.

새로운 정신, 새로운 언어, 새로운 시법에 대한 시인들의 용기 있는 시도는 끊임없이 시의 역사를 쇄신해 왔다.16) 미적 새로움을 추구하는 창조적인 부정미학의 중심에 해체시가 놓여 있다. 해체시 작가들은 기존의 정통 서정시의 시작법을 그대로 답습하지 않고, 현실에 대한 비판적 안목을 새로운 형식의 창조를 통해 드러내고자 한다. 황지우는 주어진 현실을 편집하여 비판적 정치적 담론을 만들어 내고자 했으며, 박남철은 판단하고 논평하는 화자를 내세웠고, 김영승은 사적인 화자를 진리 판단의 근거로 삼았으며, 유하는 패러디로 이중적 현실 풍자를 수행하였다.17) 언어만을 표현매체로 인식했던 기존의 시작태도에서 벗어나 다양한 형태의 매체를 통해 작가의식을 드러내고자 했으며, 현실을 그대로 재단해서 제시함으로써 표현의 일탈과 가치관의 확장을 추구하고자 했다. 이러한 일련의 시작태도를 통해 작가들의 창의성을 엿볼 수 있으며, 해체시는 학생들에게 창의적 사고력을 길러줄 수 있는 발상 전환의 매개가 될 것이다.

문학은 그 자체로서 창의적 사고의 결과물이다. 해체시는 기존 시작법에 의한 문학작품을 구태의연한 인습의 산물로 간주하고, 사유와

---

16) 구모룡, 『시의 옹호』, 천년의시작, 2006, 66쪽.
17) 권혁웅, 『미래파: 새로운 시와 시인을 위하여』, 문학과지성사, 2005, 255쪽.

표현에 있어서 극단적인 창의적 파격성을 시도하고자 한다. 그 결과 해체시는 형태적 고정성과 안정성을 거부하는 형식적 실험 양상을 보여준다.18) 서정시의 틀의 넘어서고자 하는 형식적 파격성은, 단순한 실험적 성향의 결과물이라기보다는 철저한 현실비판과 작가의 자기 고민에서 나온 결과물이기에 문학적 창의성을 구현한 본보기라 할 수 있다. 그러므로 학생들은 해체시를 통해 사유와 표현의 창의성을 체험하게 될 것이며, 새롭고 참신한 발상과 표현을 시도할 수 있는 계기가 될 것이다. 정전의 자격을 획득한 선별된 제재를 통해 시 교육을 받아 온 학생들에게 시는 엄격한 형식의 틀을 갖는 절제된 미적 범주로 인식되었던 것이 사실이다. 하지만 해체시가 갖는 일탈성은 창의적 사고와 결부되어, 학생들로 하여금 문학이 추구하는 창의적 사고의 본질적 속성을 깨닫게 하는 전범(典範)이 될 것이다.

　작품과 작가의 절대적 권위를 용인하고, 시 분석의 객관주의를19) 표방하는 기존의 시 읽기 방식에서는 학생의 자발적인 해석의 개방성은 허용될 수 없다. 학교현장에서의 시 교육은 신비평의 관점에 따라 어조, 비유와 상징, 운율, 이미지 등의 내적 구성 요소를 분석하고 이를 바탕으로 합의된 의미를 도출하는 과정에 집중되었다. 그러다 보니 시 작품은 문학적 향수와 정서를 느끼고 반응하는 감상의 대상이 아니라, 분석하고 이해해야 하는 대상으로 전락하고 말았다. 또한, 의미파악 중심의 시 교육은 수용자로서의 학생을 작품 감상의 상황에서 배제시키고 오로지 작품과 작가만 남는 현상을 초래하고 말았다. 해체시는 독자가 소외되는 문학 감상의 국면에서 독자로서의 학생의 권위를 부활시켜 줄 수 있는 대안이 될 수 있다. 작품과

---

18) 방민호, 『감각과 언어의 크레바스』, 서정시학, 2007, 108쪽.
19) 문학양식에 대한 분석, 즉 시는 무엇을 말하고 있는가, 어떤 운율이 사용되는가, 혹은 운율의 성격은 무엇인지를 입증하는 것은 비평가들이 받아들일 수 있는 객관적인 문제와 관련된 것이다. Terry Eagleton, *How to Read a Poem*, UK: Blackwell Publishing, 2007, p. 102.

작가의 권위를 부정하고 현실과 문학의 경계 해체를 주장하는 해체적 성향의 시는 감상과 창작의 주체로 독자를 대안으로 설정하기 때문이다.

의미의 확정 자체를 거부하는 해체주의와 포스트모더니즘은 동시대를 살고 있는 우리 스스로의 해명을 기대한다.[20] 언어와 텍스트의 절대적 가치를 부정함으로써 독자의 수용성을 강조하고 있는 것이다. 이러한 입장에 서면 시 텍스트의 감상과 이해의 과정과 결과는 단선적일 수 없으며, 개방적이고 개성적일 수밖에 없는 것이다. 이러한 성향의 해체시를 교육현장으로 들여오게 되면, 학생들이 감상의 주체로서 스스로 작품을 읽고 자신의 개성과 판단에 따라 이해하고 감상할 수 있는 최소한의 여건이 마련될 수 있다. 일방적인 의미를 강요하지 않는 해체시를 통해 학생들은 시에 대한 자기 느낌과 생각의 소중함을 발견하게 될 것이며, 시를 고정된 하나의 의미체로 받아들이지 않고 독자에 의해 완성되는 개방적 유기체로 인식하게 될 것이다.

3. 해체시 교육 방법

해체시 교육의 가능에 합의할 때, 해체시 교육의 방법은 해체시의 특징에서 도출될 수 있다. '이미지 그물망 짜기', '작가의 발상 탐색하기', '텍스트상관성을 통한 전략 찾기' 등을 교육 방법으로 제안할 수 있다. 해체시는 시가 갖는 고유한 속성인 운율과 의미의 구속에서 벗어나 생경한 이미지의 결합을 극단적으로 강조한다. 그러므로 해체시를 감상하기 위해 이미지에 주목하고, 이미지를 상상하는 것은 해체시가 추구하는 본질에 접근하기 위한 활동이라고 할 수 있다. 또한, 해체시는 기존의 표현방식을 벗어나는 실험적 성향이 강하므

---

20) 오세영 외, 『20세기 한국시의 사적 조명』, 태학사, 2003, 430쪽.

로 작가의 독특한 발상에 주목할 필요가 있다. 기발한 표현방식의 이면에 숨어 있는 작가정신과 의도를 탐색하는 것도 교육방법의 하나가 될 수 있을 것이다. 사실상 해체시는 텍스트 자체의 완결성을 추구하지 않기에 현실 속에 존재하는 다양한 텍스트들과의 상호관련성 속에서 감상할 필요가 있다. 텍스트 내부에 존재하는 요소들 간의 상호관련성과 텍스트와 현실 상호 간의 교섭을 적극적으로 탐색하는 것도 해체시 이해의 중요한 방법이 될 수 있을 것이다.

하지만, 이러한 해체시 읽기 방법이 작가의 의도나 표현방식을 이해하고 여과 없이 수용하는 차원에 한정되어서는 안 될 것이다. 작가의 해체적인 표현양상에 대한 탐색과 아울러 해체시를 독자 나름대로 받아들이는 자발적이고 주도적인 감상태도 역시 강조될 필요가 있다.

1) 이미지 그물망 짜기

김영승의 「반성 764」는 이미지 결합이 돋보이는 시이다. 이미지의 인접성이 상식을 넘어서는 것이기에 독자로 하여금 신선함을 느끼게 한다. 강아지 '밍키'와 화자 '영승이'를 결합시켜 '밍승이'라는 무능력한 화자의 이미지를 만들어 내고 있으며, 화자의 방을 '잠수함'의 이미지와 교차시킴으로써 일상적 생활인으로서 삶의 중심부에 서지 못하고 끝없이 추락해야만 하는 화자의 상황을 드러내고 있다.

颱風〈베라〉가 北上中인 이 暴, 雨中에
雨備를 입고 물에서 나온 潛水夫같은 몰골로
半地下의 내 房 그 潛水艦 hatch 앞에

밀린 전기 밥솥 월부금을 받으러온 물귀신 같은 靑年을 보더니
떼굴떼굴 구르며 악을 쓰며

놀랍고 憤해 죽겠다는 듯 밍키가 짖는다
'저젓……영키야!'
하며 어머니가 소리치고 나서 웃는다

영승이를 부르시려 한 건지
밍키를 부르시려 한 건지

하긴
나를 밍승이라고 부르면 또 어떠냐

강아지 영키와
海底二萬里의 김밍승 艦長

밀린 潛水艦 月貰
언제 주나?

계속 潛水할 것!

魚雷 하나 없는 이 고물 잠수함
기뢰 맞고 폭뢰 맞고
잠망경이나 깨뜨려 갖고 애꾸나 되고

月貰 밀린 밀밍승 艦長
계속 潛水하며 넙치가 되든가
海底 밑바닥을 파고들어가 地球
內部에 들어가 웅크릴 것!

함장님 잠수함 벽에 금이 가기 시작했어요

물이 새들어와요

보증금 100만원에 월세 6만원짜리
이 잠수함

으음……
그래도 의연히
계속 잠수할 것
(이상)

—김영승, 「반성 764」 전문

제시된 시를 감상하기 위해 '이미지 그물망'을 짜보면서 이미지의 구체적인 모습을 연상하는 것은 유용한 방법이 될 수 있다. 이미지 그물망을 짜기 위해서는, 인접성을 갖는 유사한 개별 이미지를 연결 지어 나열하는 '이미지 연쇄'와 이질적인 이미지를 충돌시켜 결합함으로써 새로운 이미지를 창출하는 '이미지 혼성'의 방법을 활용할 수 있다. '악, 憤-짖는다-강아지-밍키'는 '강아지'와 관련된 이미지를 상상할 수 있는 이미지 결합이다. 또한, '나-영웅-함장-애꾸'의 이미지 배열은 화자인 '나'를 구체화시킬 수 있는 이미지들이다. 이러한 이미지 묶음은 '이미지 연쇄'로서 유사성을 갖는 관련 이미지들을 단순 나열하는 성격이 강하다. 교육상황에서 학생들에게 대상과 관련된 이미지를 '이미지 연쇄'라는 방법으로 연결 짓고 이를 상상하게 함으로써 작품에 한 발 다가서게 할 수 있다.
위 시에서 발견할 수 있는 독특한 이미지 결합 방식은 '이미지 혼성'에 의한 것이다. '강아지-밍키'와 '나-영웅'이 결합되어 제 삼의 이미지인 '영키, 밍승'이라는 이미지를 만들어 내고 있는 것이다. '영키'와 '밍승'이라는 이미지는 강아지와 인간이라는 이분법적 사고를 해체한 것으로서, 동일체로서의 정서를 갖는 이미지인 것이다. '영키'

와 '밍승'이라는 이미지에 집중한다면, '강아지'의 '악'과 '분'한 '짖는' 행위는 단순한 짖음이 아니라 '나'의 세상에 대한 원망이면서 울부짖음으로 이미지 변이를 이루게 된다. '半地下－방'과 '海底－잠수함'의 이미지도 단순한 이미지 나열이라기보다는, '월부금'을 제 때에 내지 못하는 '방'이 갖는 현실적 어려움의 이미지와 '기뢰, 폭뢰'에 의해 침몰할 수밖에 없는 '잠수함'의 상황이 '이미지 혼성'을 유발시키고 있다. '반지하'로 주저앉을 수밖에 없는 화자의 소외된 삶을 단적으로 드러내는 이미지인 '방'과, '기뢰'와 '폭뢰'라는 외적 시련으로 인해 해저로 잠수해서 웅크릴 수밖에 없는 '잠수함'은 '이미지 혼성'에 해당한다.

따라서 학생들에게 이미지 연쇄에 의해 새로운 이미지가 창출되는 부분을 찾아보게 하고, 어떤 이미지가 어떻게 결합되는지에 집중하게 할 필요가 있다. 또한, 이미지 혼성 방식에 의해 결합된 이미지가 결합 전과 후에 어떤 독특한 정서와 의미를 드러내는지에 관심을 갖게 할 필요도 있다. 이러한 활동을 통해 낯설고 이질적인 이미지 결합이 새로운 이미지를 창출하고 그를 통해 독특한 정서를 환기시켜 내는 것이 해체시의 특징임을 깨닫게 할 필요가 있다. 단순히 학생들

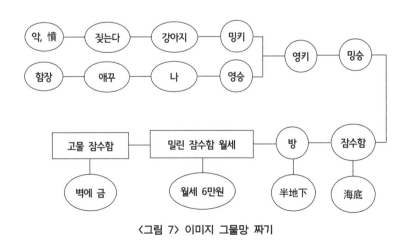

〈그림 7〉 이미지 그물망 짜기

로 하여금 '이미지 연쇄'와 '이미지 혼성'에 해당하는 부분을 찾고 상상하게 하는 차원에서 그치는 것이 아니라, 학생들이 발견한 이미지를 재구성해서 '이미지 그물망'을 직접 짜보게 함으로써 이미지를 생생하게 구체화시킬 수 있을 것이다.

〈그림 7〉은 제시된 시의 이미지를 바탕으로 이미지 그물망을 짜본 것이다. 이미지들 간의 인접성을 명확히 확인할 수 없는 해체시의 경우도, 전체 이미지들의 관련성을 살피고 이를 '그물망'으로 연결시켜 본다면 작품의 감상과 이해에 도움을 얻을 수 있을 것이다. 학생들에게 그물망을 짜보게 하기 위해서는, 우선적으로 유사성과 차별성을 갖는다고 판단되는 이미지들을 구분짓고 이를 묶어나가게 할 필요가 있다. 학생들이 이미지에서 받은 느낌과 읽어낸 의미를 토대로 이미지를 항목화하면서 일정하게 그룹을 형성해 나가는 방법은, 개별 이미지에 대한 감상뿐만 아니라 이미지 그룹이 형성하는 전체적인 정서와 의미를 발견해 내는 유용성을 제시해 줄 수 있을 것이다. 아울러 학생들의 주관적이고 자의적인 이미지 연결 짓기에서 벗어나기 위해서는, 이미지 연결의 근거에 해당하는 이미지를 곁가지로 달아가는 방법을 사용할 필요가 있다. 〈그림 7〉에서 근거에 해당하는 이미지를 곁가지로 이어놓은 부분이 '벽에 금', '월세 6만원', '半地下', '海底' 등이다. 이미지 그물망 짜기는 개별 시어에서 느끼는 학생들의 주관적인 이미지를 바탕으로 실현되는 것이기에 학생들마다 다양하게 드러날 수 있다. 이미지를 일정한 기준에 따라 연결 짓고 그 근거에 해당하는 이미지를 보충해 가면서 자기만의 그물망을 짜 본 후, 자신의 그물망을 다른 학생들에게 발표하고 생각을 나누면서 자신의 이미지 그물망을 좀더 치밀하게 다듬어 갈 수 있을 것이다. 이처럼 '이미지 연쇄'와 '이미지 혼성'에 해당하는 이미지를 찾아보고, 이를 바탕으로 '이미지 그물망'을 짜는 일련을 과정을 통해, 이미지의 충돌이 새로운 이미지로 파생되며 전혀 관련성이 없어 보이는 이미지의 결합이 새로운 느낌과 의미를 불러일으킨다는 원리를

체감하게 될 것이다.

이미지 그물망 짜기에서 독자의 자발적 감상태도를 북돋워주기 위해서는 '탐색 → 발견 → 재구성'의 단계를 학생 스스로 수행하도록 할 필요가 있다. 이미지를 단순히 작가 의도를 파악하기 위한 단서로 인식하지 않고, 학생의 경험을 토대로 시적 의미를 '탐색'하며, 이를 바탕으로 독자의 비판적 추론적 사고를 통해 의미를 '발견'해 가는 기회가 되어야 한다. 이렇게 발견된 의미를 독자의 정서 속에서 '재구성'하고, 그것이 유발시키는 심리적 차원의 깨달음을 음미해 보는 과정을 가져야 한다.

2) 작가의 발상 탐색하기

해체적 발상은 상식을 벗어난다. 황지우의 「日出이라는 한자를 찬, 찬, 히, 들여다보고 있으면」은 새로운 문체적 실험으로 발상이 돋보이는 시이다. 언어를 표현의 매개로 인식하는 사고에서 벗어나 기호를 적극적으로 시 텍스트 구성의 수단으로 활용하고 있으며, 기존의 시를 패러디하고 이를 재해석함으로써 새로운 의미 창출을 시도하고 있다. 또한, 텍스트의 말미에 '주석'을 첨부함으로써 시 텍스트의 정형성을 깨뜨리고 시 텍스트에 대한 고정관념을 뛰어넘고자 한다. 이러한 형식적 실험은 단순히 기존의 시 형식에 대한 도전이라는 의의를 넘어, 시적 정신에 있어서도 새로운 주제를 탐색하고자 하는 뚜렷한 경향이 보인다.[21] 즉, 엘리트중심의 시 창작과 감상의 틀에서 벗어나 작품 향유의 사각지대에 존재했었던 소외계층을 소재로 작품을 형상화함으로써 시적 대중주의와 보편화를 추구하고자 한다. 형태의 해방 속에서 사회의 해방을 추구하는[22] 미학적 인식을 경험하기 위

---

21) 한국현대시학회, 『20세기 한국시론』 2, 글누림, 2006, 262쪽.
22) 홍용희, 『꽃과 어둠의 산조』, 문학과지성사, 1999, 147쪽.

해 황지우의 '시적 발상'에 대한 탐색을 시도해 볼 필요가 있다.

　　　　　▲▲ 우에
　　　　　▲
그 上上峰에
　　　　　◉ 하나
그리고 그 ▲▲ 아래
　　　　　▼ 그림자
　　　　　그 그림자 아래, 또
　　　　　▼ 그림자,
　　　　　　　　아래
다닥다닥다닥다닥다닥다닥다닥다
　　　　凹凸한 지붕들, 들어가고 나오고,
찌그러진 △□들, 일어나고 못 일어나고,
찌그러진 ↕우들
　　　　88올림픽 오기 전까지의
　　　　新林山 10洞 B地區가
보인다
　'해야 솟아라 지난 밤 어둠을 살라 먹고 맑은 얼굴 고운 해
야 솟아라'
　　　　솟지 마라
原註 : 따옴표 안에 인용된 구절이 朴斗鎭 「해」의 일부라는 것을 밝히는
것 자체가 불경이다. 그러나 나의 불경은 소년 시절엔 전편을 암송했던
이 시를 모조리 까먹었다는 데 있지도 않고, 겨우, 혹은 무의식적으로,
생각난 이 구절이 과연 맞게 인용된 것인지 더 이상 확인하려 하지 않는
다는 데 있다. 기억이여, 제발 맞아라! 정말 눈물겹도록 이 日出이.
　　—황지우, 「『日出』이라는 한자를 찬, 찬, 히, 들여다보고 있으면」 전문

제시된 해체시를 감상하기 위해, 작가가 작품을 형상화하기 위해 시도한 사고의 방법, 즉 '발상'을 점검함으로써 작품의 의도에 한 발짝 다가설 수 있을 것이다. 기존의 시와 견주어 발상의 전환에 해당하는 부분을 작품 속에서 찾아보고, 해당 표현이 갖는 가치와 의의를 탐색함으로써 해체시의 특징을 이해하고 감상하는 효율성을 누릴 수 있을 것이다. 위의 시에서는 먼저 표현 매체와 관련해 기존의 시와 차별화되는 발상법을 고려해 볼 필요가 있다. 시적 공간과 화자가 묘사하고자 하는 시적 대상의 특징을 언어라는 매체적 제약에서 벗어나 다양한 '기호'를 사용함으로써 독자들에게 표현 방법의 신선함을 느끼게 하고 있다. '기호'가 시적 언어가 될 수 있다는 해체적 발상에 주목하는 것만으로도 해체시 이해의 토대를 마련하는 것이다. 생경한 기호를 통해 공간과 대상을 묘사함으로써 언어를 경유하지 않고 즉각적으로 이미지를 환기시키는 효과를 노리고 있음은 물론23), 기존의 언어 사용방식과 그를 통해 유발되는 의미의 고정관념을 와해시키고자 하는 의도에 집중할 필요가 있다.

학생들로 하여금 제시된 시의 표현매체에 주목하게 하고, 어떤 표현매체가 사용되었으며, 그러한 매체를 통해 작가가 노리고자 하는 효과가 무엇인지에 대해 생각하고 의견을 나누게 할 필요가 있다. 이러한 과정을 통해 학생들로 하여금, 언어는 시적 표현을 위한 수단에 불과하며 현실자체가 시가 될 수 있음을 인식시킬 필요가 있으며, 시적 의미와 표현은 폐쇄된 체계 속에 갇혀 있지 않고 끊임 없는 개방성을 가지고 확장되고 변용되는 것임을 깨닫게 해야 한다.24) 해체시에 사용된 '기호'는 단순히 언어의 한계를 극복하기 위한 대체물이

---

23) 기의는 기표의 결과물이란 의미에서 기의는 기표로서만 존재할 수 있으며, 사물이란 기표 자체도 명사로 사용될 때는 이중적이고도 다양한 의미를 갖는다. 자크 라캉, 권택영 역, 『욕망이론』, 문예출판사, 1994, 56쪽.

24) 현상은 의미를 지니는 구조로 조직화되는 경향이 있으나, 파롤은 랑그의 폐쇄된 체계 속에 갇히지 않고 열린 지평을 지향한다. 미셸 콜로, 정선아 역, 『현대시와 지평구조』, 문학과지성사, 2003, 11~12쪽.

아니라 기존의 언어질서를 비판적으로 해체하고자 하는 것이며, 현실에 최대한 근접하는 시각적 이미지로서의 '기호'를 도입함으로써 패러다임의 전환을 시도하고 있음을 느끼게 할 필요가 있는 것이다.

발상과 관련해서 살필 수 있는 또 다른 것으로 '기존시의 패러디'이다. 패러디 기법을 통해 기존 텍스트의 구절을 단순 반복적으로 인용하는 차원에서 벗어나 새로운 의미를 창출하고자 한다. '어둠'을 극복하고 '해'가 솟기를 바라는 인용구절에서의 발언은 '솟지 마라'는 부분을 통해 황지우에 의해 거부당하고 만다. 화자는 소외받은 공간으로서의 '新林山 10洞 B地區'에 어둠은 사라지고 희망의 해가 솟기를 간절히 기원하고 있다. 하지만 화자는 박두진의 시 구절에서 진정한 '일출'을 염원하고 그것의 성취를 위해 열정적인 노력을 구가한 바가 있는지에 회의적인 태도를 취하고 있다고 볼 수 있다. 절절한 현실과 괴리된 지식인의 위선적인 언어를 거부하고 있는 것이다. 화자는 현실과 관련성을 맺지 못하는 문학적 허영을 비판하고, 현실적 열망을 진정으로 담아내지 못하는 선언적 문구를 거부하고자 한다. 그러면서 피상적인 언어 표현의 한계를 넘어서서 언어가 구체적인 현실을 개선시킬 수 있는 실질적인 힘으로 작용하기를 갈구하고 있다.

학생들로 하여금 제시된 시에서 기존시의 흔적을 찾아보게 하고, 원래의 시에서 느낄 수 있는 분위기 및 의미와 인용된 시에서 발견하게 되는 효과와 정서를 서로 견주어보게 할 필요가 있다. 이러한 과정을 통해 원시(原詩)가 갖는 상징성이 인용시에서 새로운 가치와 의미로 재창조되고 있음을 느낄 수 있을 것이며, 기존시를 재해석함으로써 새로운 분위기와 가치를 탐색하는 계기가 될 것이다. 또한, '솟아라'라는 원시의 인용 부분과 '솟지 마라'라는 창작 구절의 상호 모순적인 진술에 대해 주목하게 할 필요도 있다. 형태상의 대립을 통해 새로운 의미 창출을 시도하려는 작가의 의도를 짐작하게 함은 물론, 원시를 그대로 인용하고 그 의미를 재현하는 차원에서 벗어나 원시에 전제된 인식과 표현 효과를 해체하려는 작가 정신에 주목하게 해야 한다.

텍스트 구성을 위한 방법적 시도도 주목할 만하다. 사족처럼 보이는 '원주(原註)' 부분은 형태상의 해체를 시도하기 위한 작가의 의도가 숨어 있다. 논문이나 인문학 텍스트에서 볼 수 있는 주석을 배치함으로써 서정 텍스트로서의 시에 새로운 감각과 정서를 불어 넣고자 한다. '원주'는 에필로그적 성격을 보여주는 부분으로서 앞에서 진술한 시 구절에 대한 감정적인 차원의 언급으로 보이지만 메타텍스트로서의 성격을 갖는다. 소외계층에 대한 안타까운 인식과 그들의 삶을 개선하려는 의지가 부재하는 현실적 상황에서 그것을 간절하게 바라는 화자의 시적 의도가 '원주' 부분에서 여과 없이 제시되어 있다. 이러한 부분이 시적 긴장성과 형식적 세련미를 반감시킨다고 주장할 수도 있으나, 작가는 그러한 비판을 역으로 공격하면서 기존의 시적 형식의 고정성을 뛰어 넘어 새로운 실험적 형식을 시도하고자 하는 것이다.

학생들로 하여금 제시된 시의 형식적 특징에 주목하게 하고, 여타의 서정시와 대별되는 황지우시의 형식미가 갖는 독특함을 체험하게 할 필요가 있다. 이를 통해 시가 시로서의 자격을 갖추어야 한다는 정형적 틀을 깨뜨리고 그것을 표현하려는 시도가 독자에게 어떤 느낌을 주며 그것이 갖는 의미를 따져보게 할 필요가 있다. 행 구분을 지키고 있는 앞부분과 행 구분을 무시하고 산문적 진술로 일관하고 있는 뒷부분의 '원주'를 견주어 보면서 형식의 차이가 드러내는 미감을 체험하도록 유도할 필요가 있다. 최소한의 절제미를 보유한 행 구분이 된 부분과 시로서의 자격 요건을 상실한 뒷부분의 병치를 통해, 전형적인 서정시의 형식미를 벗어난 형식적 특징이 빚어내는 시각미를 통해 해체시가 독자에게 전하고자 하는 본질에 접근할 수 있는 계기를 마련할 수 있게 될 것이다.

작가의 발상을 탐색하기 위해 '표현매체, 표현방법, 텍스트 구성방식'을 살피는 작업이 자칫 텍스트에 전제된 작가의 발상과 의도를 독자가 기계적으로 수용하는 쪽으로 가닥을 잡아서는 안 될 것이다.

독자 중심의 읽기가 되기 위해서는 작가의 발상에 대한 '평가'의 측면이 강조되어야 한다. '발상'은 소재와 세상을 바라보는 작가의 독특한 시각과 그것을 창의적으로 드러내고자 하는 안목에 관한 것이다. 그러므로 독자의 입장에서 창의적 사고의 적절성을 판단하고, 그에 대한 개별 감상의 결과를 학생 상호 간의 대화를 통해 나눔으로써 감상의 수동적 성향을 넘어설 수 있을 것이다.

3) 텍스트상관성을 통한 전략 찾기

해체시의 전략[25]은 작품을 지배하는 일정한 규칙, 문법, 통사에 대한 전면적인 '분열'과[26] '일탈'이다. 또한, 해체주의자들은 문학을 포함한 이 세계는 텍스트의 요소들이 상호관계를 가지는 상호텍스트성으로만 존재할 뿐이라고 주장한다.[27] 그러므로 현실과 작품의 상호 견주기인 상호텍스트성을 통해 표현의 이면에 내재된 전략을 탐색함으로써 의도에 접근할 수 있다. 해체주의는 의미를 직접적으로 전달하지 않고 '의미 전복'이라는 방식을 통해 뒤집어서 전달한다. 이러한 성향에 주목할 때 해체의 전략으로 강조되는 것으로 '의미 뒤집어 표현하기'가 있다. 이러한 '의미 뒤집어 표현하기'는 독자 입장에서 '의미 뒤집어 읽기'라는 작품 읽기 방식을 필연적으로 요구하게 마련인 것이다. 한편, 해체적 표현은 시상의 전개과정 속에 모든 의미를 온전히 채워 '상징어'를 통해 충분히 전달하지 않는다. '생략', '일탈', '비약'의 방법으로 '빈 자리'를 마련함으로써 독자 스스로 그 자리를 채워 읽게 하려는 시도를 감행한다. 따라서 '빈 자리를 통한 표현 방

---

25) 이 글에서 '전략'은 작가의 소재에 대한 입장과 가치관은 물론, 그것을 활용해 시적 의미를 형상화하기 위해 사용한 작가의 사고과정과 표현방법을 일컫는 용어로 사용하고자 한다.
26) 반재현주의, 탈중심주의, 기표의 자율화 등이 주된 미적 특징이다. 오세영 외, 『현대시론』, 서정시학, 2010, 293쪽; 이장욱, 『나의 우울한 모던 보이』, 창비, 2005, 15쪽.
27) 이승하, 『한국 현대시 비판』, 월인, 2000, 341쪽.

식'은 독자로 하여금 '의미 채워 읽기'를 통해 작품을 완성시켜 나가게 한다.

재래식 부엌을 신식 키친으로 바꾸자
싱크대를 달고 가스렌지 설치하니 너무나 편해
재래식 부엌을 신식 키친으로 바꾸자
부엌까지 들어온 수도꼭지 삑삑 틀어 과일 씻어놓고
가스렌지 탁탁 켜 계란 구으니 너무나 편해
재래식 부엌을 신식 키친으로 바꾸자
밥상에 실어 안방까지 나를 일 없이
소시지, 버터를 냉장고에서 꺼내 척척 식탁 위에 차리니 너무나 편해
재래식 부엌을 신식 키친으로 바꾸자
토스터를 식탁 위에 올려놓고 누르니 빵이 뼁뼁 튀어 오르네
재래식 부엌을 신식 키친으로 바꾸자
칙칙 끓는 포트물로 커피 만들어 마시고
드르륵 믹서 돌려 토마토주스 만드니 너무나 편해
재래식 부엌을 신식 키친으로 바꾸자
간편한 식사가 끝나면,
남편은 포크, 나이프 접시 등을 싱크대 앞에서 참참 씻고
아내는 그 옆에서 콧노래 부르며 그것들을 닦아 찬장에 챙긴다
재래식 부엌을 신식 키친으로 바꾸자
간단한 설거지가 끝나면,
남편은 아내의 입술을 마요네즈가 묻어 있는 후식으로 얻고 나서 출근을 하고
아내는 말끔히 닦여진 식탁 위에 〈굿 하우스 키핑〉을 펼친다
재래식 부엌은 신식 키친으로 바꾸자
　　　　　　　　　　　　　　　　　—장정일, 「신식 키친」 전문

해체시에 전제된 의도를 파악하기 위해 텍스트상관성에 주목하고, 작가가 표현전략으로 활용한 '의미 뒤집어 표현하기'와 '의미 비워 표현하기'를 살펴보고자 한다. 위의 시에는 철저하게 작가의 의도가 감추어져 있으며, 관념성을 떠나 삶에 기반을 둔 현실주의를 지향하고 있다.[28] '재래식 부엌'을 '신식 키친'으로 바꾸는 행위가 '너무나 편'하고 '간편한' 삶의 방식으로 전환되었음을 평범한 아침 일상을 통해 보여주고 있을 뿐이다. 재래식 부엌의 불편함을 언급하면서 아침을 준비하는 신식 부엌의 풍경을 긍정적 진술로 일관하고 있다. 제시된 시를 아무런 여과없이 그대로 받아들이는 것이 제대로 된 감상태도일까? 낡은 불편함을 청산하고 새로움으로 변화되어 가는 삶의 방식에 긍정적 인식을 지닌 작가의 가치관을 표현한 작품으로 이해할 수도 있을 것이다. 하지만 신식 키친에 의해 부정당하는 재래식 부엌을 사라져가는 전통으로 본다면 그 의미는 달리 해석될 수 있다. 다음 작품에도 먹거리를 소재로 식습관과 삶의 방식 변화에 대한 화자의 긍정적 인식이 드러나 있다.

오늘 내가 해보일 명상은 햄버거를 만드는 일이다
아무나 손쉽게, 많은 재료를 들이지 않고 간단히 만들 수 있는 명상
그러면서도 맛이 좋고 영양이 듬뿍 든 명상
어쩌자고 우리가 〈햄버거를 만들어 먹는 족속〉 가운데서 빠질 수 있겠는가?
자, 나와 함께 햄버거에 대한 명상을 행하자
먼저 필요한 재료를 가르쳐주겠다. 준비물은
(…중략…)
위의 재료들은 힘들이지 않고 당신이 살고 있는 동네의 믿을 만한 슈퍼에서 구입할 수 있을 것이다.—슈퍼에 가면

---

28) 김재혁, 『릴케와 한국의 시인들』, 고려대학교 출판부, 2006, 319쪽.

모든 것이 위생비닐 속에 안전히 담겨 있다. 슈퍼를 이용하라—
(…중략…)
이 얼마나 유익한 명상인가?
까다롭고 주의 사항이 많은 명상 끝에
맛이 좋고 영양 많은 미국식 간식이 만들어졌다
　　　　　　　　　　—장정일, 「햄버거에 대한 명상」 부분

　'햄버거를 만드는 일'과 '명상'을 결합시키는 화자의 독특한 표현
전략은 '유익'함으로 귀결된다. 햄버거는 신식 키친과 동일한 의미를
갖는다. 이들은 재래식 문화와는 거리가 먼 미국식 문화의 부산물인
것이다. 미국식 외래문화에 대한 '유익한 명상'은 전통문화에 대한
부정과 거부의 결과 '맛' 좋고 '영양' 많은 가치물로 다가서게 된다.
「신식 키친」과 「햄버거에 대한 명상」은 소재에 대한 작가의 인식과
표현전략이 일치하고 있음을 느낄 수 있다. 두 작품 모두 '미국식 신
식 문화'에 대해 수용적 태도를 취하고 있다. 하지만 「아빠」라는 작품
을 통해 위에 제시한 작품들의 의미는 전복되고, 그 전략이 선명하게
부각된다.

　거짓 웃음이 거품 치네
　푼돈을 긁어모아 맥도널드를 사 먹는 어린 꼬마들이
　그 작은 입술로 거무스레하게 그을은 빵
　사이에 끼인 붉은 스테이크를 씹어 들려 할 때는. 거짓
　웃음이 거품 치네. 맛있다고 브라운 소스 묻은
　빈 손가락을 소리 내여 빨아야 할 때는
　(…중략…)
　저녁마다 우리의 싱크대 위에서
　시어가는 김치 단지를 볼 때. 냉장고 속에서
　곰팡이가 먹어대는 식은 밥덩이를 볼 때

어머니, 거짓 웃음이 거품 쳐요! 당신이
하얀 냅킨에 쌓인 맥도널드를
쟁반에 얹어 코카콜라와 함께 내
코 앞에 내어놓을 때, 이것이
너의 아침식사라고 명령할 때, 불현듯
된장찌개가 먹고 싶다고 항변하고 싶을 때

　　　　　　　　　　　　　　　　—장정일, 「아빠」 부분

　위 시에서 '신식 키친'과 '햄버거'는 가치성을 상실하고 작가가 의
도하는 진정한 의미가 부각된다. '식식 키친'에 의해 내몰렸던 '우리
의 싱크대'는 '곰팡이'로 변질되어 가고 '된장찌개'를 다시금 갈구하
게 되는 '거짓 웃음'만이 존재하는 공간인 것이다. 결국, 「신식 키친」
과 「햄버거에 대한 명상」에 전제된 작가의 표현전략은 '의미 뒤집어
표현하기'이며, 이러한 작가의 의도는 「아빠」라는 텍스트를 통해 입
증이 되고 있다. '뒤집어 표현'하는 전략 찾기를 통해, 의도를 직접적
이거나 함축적으로 제시하지 않고 낯설게 드러내는 해체시의 특징을
체험하게 된다.
　해체시의 전략을 학생들이 탐색하도록 하기 위해서는 개별 시어의
의미나 작품의 내적 구조에만 몰입하는 경향에서 벗어날 수 있어야
한다. 제시된 작품과 유사한 표현전략을 택하고 있는 작품을 찾아보
게 하거나, 학생이 추정한 표현전략을 입증할 수 있는 작품들을 찾아
보게 할 필요가 있다. 작가가 의도를 '뒤집어 표현'하고 있다는 근거를
찾기 위해, 동일한 대상이나 소재에 대해 상반된 가치를 드러내고
있는 작품을 살펴보게 해야 한다. 작품들 간의 견주기를 '대상'과 '대
상에 대한 작가의 정서'에 초점을 맞추어 진행해 나가도록 해야 한다.
　학생들은 텍스트들 간의 상호 비교를 통해 위와 같은 유사성과 차
이성을 발견하고 이를 토대로, 처음에 제시된 두 작품에 현대문명화
되어 가는 사회적 현실을 비판적으로 형상화하기 위해 '뒤집어 표현

하기' 전략이 활용되었음을 발견하게 된다. 아울러, 작품 속에 온전히 실려 있지 않은 여분의 의미를 '채워 읽기' 위해서는 다른 텍스트들의 도움을 받을 필요가 있다. 「백화점 왕국」29)과 「지하도로 숨다」30)와 같은 작품을 활용함으로써, 서구의 자본과 경쟁 논리에 의해 잠식되어 가는 우리 문화와 생존력에 대한 안타까운 인식을 찾아낼 수 있다. 대상에 투영된 작가 정신에 주목하고 의도를 작품으로 형상화하기 위해 거친 사고의 과정을 추정해 봄으로써 해체의 전략으로 사용된 '비워 표현하기'의 방식을 이해할 수 있다. 학생들로 하여금 해당 작가의 여러 작품들 속에 존재하는 유사한 소재의 시어를 연결짓게 하고, 해당 시어와 직간접적으로 관련성을 맺고 있으면서 작가의 의식 세계를 반영하는 시어를 묶어 보게 함으로써 애초에 제시된 작품의 의미를 채워 갈 수 있을 것이다.

신식 키친 … 안방까지 나를 일 없이 … 너무나 편해
햄버거 … 유익한 명상 … 맛이 좋고 영양 많은 미국식 간식
맥도널드 … 거짓 웃음 … 된장찌개가 먹고 싶다
백화점 … 생을 망쳐버린 자 … 문을 닫아야겠어요
의류며 생활 용품 … 지하도 … 창백해진 얼굴 … 무덤의 주인

해체시 읽기는 작가 중심의 의도성을 해체하는 작업이기에 텍스트 상관성을 통한 작품 읽기가 작가의 의미 주도성을 뛰어 넘을 수 있어

---

29) "새로운 왕국에 대하여 이야기한다./그것은 백화점 왕국이고/오전부터 술 취한 사람들은 대부분/자신의 생업을 망친 자들인데/망쳐버렸다구, 풀이 죽어 망. 쳐./버. 렸. 다. 구. 떠드는 사람들은/정말 생을 망쳐버린 자들인지도 모른다./ (…중략…) /우리도 문을 닫아야겠어요. 우리는, 〈문을 닫아야겠어요〉/우리가, 〈문을 닫아야겠어요〉 우리의, 〈문을 닫아야겠어요〉/ 우우. 우우우. 우우우우. 우우./우우우. 우우우우. 우우. 우우./"(장정일, 「백화점 왕국」 부분)
30) "각종 의류며 생활 용품 그리고 식당에서 화장실까지 거의 완벽한 지하도/ (…중략…) /쳐다본다. 창백해진 얼굴, 아아 내가 이 무덤의 주인인가?"(장정일, 「지하도로 숨다」 부분)

야 한다. 그러기 위해서는 작가의 전략 파악을 위해 끌어오는 관련 작품의 '선택권'을 독자가 가질 필요가 있다. 작가 중심의 감상태도를 지양하기 위해서는 다른 작가의 관련 작품을 가져올 수도 있겠으나, 특정 작가의 해체 전략을 명료하게 파악하기 위해서는 동일 작가로 범위를 제한하는 것도 무리는 아닐 것이다. 전략적 유사성을 가진다고 판단되는 작품을 학생 스스로 인용하고 그 이유를 논의하는 것만으로도 해당 작품을 학생 주도적으로 판단하고 감상하는 기회가 될 것이다.

4. 해체시 교육의 지향점

이 글에서는 해체시의 교육 가능성에 주목하고 그 구체적인 방안을 제안해 보았다. 해체시는 기존의 서정시가 지닌 정형성을 부정하고 일탈을 통해 새로운 정신과 방법적 시도를 감행한다는 측면에서 학생들의 사고력과 창의력을 자극할 수 있는 제재가 될 수 있다. 감수성과 상상력을 신장시키는 것이 문학교육의 목표이기에 해체시를 통해 학생들의 문학을 바라보는 평범한 안목에 신선함을 가져다 줄 수 있기 때문이다. 새로운 문학성 창조를 위한 해체적 사고를 교육현장 속에서 학생들이 이해하고 공감하기 위해서는 새로운 시 교육적 방법의 모색이 필요하다. 기존의 서정시에서 옹호하는 세계를 비판하고, 문학의 도구로 절대시되었던 언어의 한계를 극복해 다양한 수단과 매체를 통해 삶의 현장을 재현하려는 움직임을 이해하기 위해서는 새로운 접근법이 마련될 필요가 있다.

해체시에서 이미지가 결합되는 방식을 이해하기 위해, 인접성과 대립성을 갖는다고 생각되는 이미지를 연결 지어보고, 낯선 이미지의 결합이 어떤 방식으로 이루어지고 있으며 이러한 조합이 생성해내는 이미지의 느낌에 집중하게 할 필요가 있다. 이를 위해 관련성과 배타성을 갖는 이미지를 연결 지어 '그물망'을 짜봄으로써, 이미지의 결합 원리를 터득하게 될 것이다. '작가의 발상'에 관한 탐색은 고정관념을 벗어나고자 하는 해체시의 근본정신에 한 발 다가서게 한다. 작품 속에 사용된 표현매체의 특이성과 기존시에 새로운 의미를 부여하고 재구성하는 경향, 시의 형식적 틀을 파괴하고 새로운 텍스트 구조로 변용하려는 시도를 의식적으로 주목하게 함으로써 작가의 해체적 발상을 경험하게 된다. 상호텍스트성을 활용한 '표현전략' 찾기 방식을 활용함으로써 의도를 뒤집어 표현하고 텍스트 내에 의미를 온전히 채워서 표현하지 않는 해체시의 특징을 파악할 수 있다. 특정 사물이나 소재에 주목하고 거기에 반영된 작가의 가치관이 유사한 양상으로 드러나 있는 작품을 찾아보고, 동일한 성향의 소재임에도 선행 작품과 모순되는 인식을 담고 있는 작품을 상호 견줌으로써 작가의 해체적 표현전략을 체험하게 할 수 있다. 아울러 소재의 확장을 통해 유사한 대상에 대한 작가의 인식을 채워갈 필요가 있다.

탈식민주의시 교육 방법

1. 탈식민주의의 실체

서양의 동양에 대한 지배 방식을 합리화하고 고착화하기 위해 시도된 오리엔탈리즘은 식민지배의 기원을 이룬다. 사이드의 지적처럼 서양의 동양에 대한 인식은 부정적인 범주(차일즈, 2004) 내에서만 획일적으로 이루어졌다. 모순적인 자기 합리화의 오리엔탈리즘과 신식민지배의 잔혹성을 근절하기 위한 탈식민주의는 1970년대 말 이후 주된 연구방법론으로 확장되기 시작하였다. 식민통치의 억압적 역사가 남긴 부정적인 유산의 극복을 시도하며, 독립 이후까지 파괴적 영향력을 행사하는 식민잔재를 탐색하고 그에 대항(채호석, 2010; 한양환, 2008)해 나가고자 하는 것이 기본적인 탈식민주의의 취지라고 할 수 있다.

탈식민주의는 제3세계 탈식민지 지역에서 제1세계인 식민지배자의 담론과 개념을 활용하여, 식민주의자에 대항하고 피식민자들의 자아의식을 고취시키는 역할을 한 것으로 평가된다. 즉, 서구문화 중심의 헤게모니에 반대하고, 비서구국가의 역사, 문화, 경험 및 특수성을 강조하는 것으로, 궁극적으로 일방적 세계화에 대한 '저항'(임규섭, 2009) 담론이 되었다.

스피박은 탈식민지 논리를 확장해서 보고자 한다. 지배와 피지배의 관계는 제국과 식민지 사이의 단선적 관계에만 한정되지 않고, 성과 계급의 차원으로 확대되는 것으로 파악한다. 피식민자로서의 민중과 여성들은 제국에 의한 억압은 물론 식민지배자의 권력을 이양 받은 피식민지 지식인 계층과 남성으로부터 중층적 탄압을 받는 '하위주체'(김성곤, 2005)로 전락한다는 것이다. 서양문화와 세계 역사에 특권을 부여하고 그러한 문화에 대한 수용적 태도를 통해 자신의 권력을 정당화해 나가는 피식민지 지신인층은 스스로 신식민지적 굴레에 예속됨으로써 문화적 열등생(임옥희, 2003)으로 남게 됨을 적극적으로 비판하고자 한다.

탈식민주의는 서구를 보편화하고 비서구를 식민화해 온 문화제국주의에 대한 경계(김춘섭, 2004)와 비판적 인식을 넘어, 식민지 시기는 물론 신식민지적 상황까지 지속되는 계층과 권력, 지역, 성적 차별화와 억압에 대한 재편성을 지향하고자 한다. 현대사회에서 탈식민주의적 관점이 주목받는 이유는 국가적 독립 이후에도 '헤게모니적 시기'(JanMohamed, 1985)인 신식민지까지 지속되는 서구 제국주의의 식민담론의 답습과 지배계층의 전횡, 여성성의 착취를 문제시한다는 점 때문이다. 식민지담론이 동일 국가와 민족 내에서 자행되는 피지배층에 대한 착취와, 제3세계 여성을 남성지배와 전통문화 그리고 종교의 희생양(Minh-ha, 1989)이라는 틀 속에 가두어 재생산하는 문제를 지속시켜 왔으며, 이러한 상황에 대한 인식적 결여를 지적하고자 하는 것이다.

탈식민주의적 시각을 토대로 한 식민지 담론의 확장성과 그 실태에 대한 파악은 타자의 주체성 확보를 가능하게 함으로써 진정한 인

권의 복원을 이루게 할 것이다. 뿐만 아니라 특정 문화나 계층에 입
각한 가치관의 편향성(Gilbert, 1997)에서 벗어나 다양성과 소통 가능
성을 확대시켜 줌으로써 인식의 지평을 개방해 줄 수 있다는 측면에
서도 의의를 지니는 것이다.

식민지배자는 문명화라는 공적인 제도로 가시화(Bhabha, 1994)되어
나타남으로써 자신의 본성을 숨긴다. 피식민지 지식인은 이러한 모
순적 구조 속에서 신문명을 동경하거나 문명의 이면에 숨겨진 권력
을 인식하기도 한다. 결국 식민지 지식인은 근대화를 지향하는 계몽
적 이성의 주체와 피식민자로서의 타자(나병철, 2001)라는 분열성을
동시에 경험함으로써 이상과 현실 사이의 괴리감을 느끼게 되는 것
이다. 이처럼 식민지적 공간에서는 주체와 타자가 혼성되는 상황 속
에서, 식민지배자의 권력에 편승하여 기득권을 확보함으로써 타자를
억압하는 권력층과, 타자성에 대한 인식에서 빚어지는 내적 갈등과
분열상을 주체적 역량의 강화로 전환시키려는 탈식민 지식인 계층으
로 이원화된다.

바바는 서양의 동양 점유에서 초래되는 주체와 타자의 동시적 공존
성을 양가성(ambivalence)으로 규정한다. 서양은 동양에 대한 조롱은
물론 새로운 동양에 대한 즐거움과 두려움을 드러냄(Said, 1978)으로써
양가적 속성을 취하게 된다는 것이다. 동양을 객관적 대상으로 고정
시켜 타자로 규정하고, 서양의 논리에 의해 의미를 부여하는 정형화
(stereotype; 최종천, 2011) 과정을 통해 동양은 주체로서의 지위를 상실
하고 그 본질적 속성을 잃어버리게 되는 것이다. 하지만 바바는 이러
한 주체와 타자라는 이항대립이 대립구조로 존속될 수 없음에 주목하
고 있다. 즉, 피지배자는 식민권력에 동화되는 가운데, 지배자를 모방
함으로써 '똑 같지는 않은 닮은 꼴'로 변모되어 간다는 것이다.

식민지배자의 식민지화를 위한 전략인 정형화와 그에 대한 피식민
자의 대응 양상인 모방성이 형성시키는 양가적 속성은 문화의 혼종
화(고부응, 2003)와 저항을 초래한다. 서구의 신문명을 수용한 피식민

자는, 식민지배자의 식민지적 담론과 억압에 완전히 소멸되지 않는 토착문화의 반작용(나병철, 2004)을 통해 그들의 정체성을 옹호하는 방향으로 선회하게 된다. 서구 중심의 문화적 이식 작업이 오히려 식민주의적 시선을 해체시키면서 제3의 공간에서 새로운 창조적 문화를 형성시킴으로써 신문명에 대한 저항으로서의 자격을 획득하게 되는 것이다.

상징계로서의 서구 신문명과 철저히 부정되었던 실재계인 동양의 문화는 문화적 혼성성에 의해 양가적 분열(신규섭, 2011)에 직면하게 된다. 절대시되었던 서양의 문화는 동양의 전통에 의해 본래의 모습이 분열되며, 동양 또한 신문명에 의해 새로운 문화를 재창출함으로써 기존의 전통이 분열되어 가는 것이다. 제국이 부인한 동양의 전통은 주체적 문화의 창조성 속에서 되살아남(나병철, 2009)으로써, 신문명 중심의 식민주의적 가치관을 분열시키면서 부정된 정체성을 되찾아 가는 방향으로 자생력을 회복하였다. 식민지적 상황에서 비롯되어 지금까지 우리 스스로를 타자로 규정함으로써 이질적이고 외부적이며 소외된 존재로 인식(박상진, 2010)하는 주체 상실의 문제는, 탈식민주의에 대한 올바른 인식을 통해 극복할 필요가 있는 것이다.

2. 탈식민주의의 시 교육적 수용

탈식민주의 교육의 가능성은 신식민지적 상황의 근절과 주체성의 회복이라는 차원에서 그 당위성을 확보하게 된다. 강요된 타자로 억압과 고통 속에서 살아가는 삶이 어쩔 수 없는 운명이라는 인식적 한계에서 벗어나기 위해, 타자로서의 지위를 주체적 영역 안으로 편입시키며, 타자와 주체의 원활한 소통을 이루어 내고, 소외된 타자를 재생산하지 않기 위해서는 탈식민주의적 가치관에 대한 교육은 필수적이라고 본다.

서양과 일제에 의한 일방적 식민지적 침탈과 우리의 문화권 내에서 제국의 지배를 정당화하기 위해 시도된 정형화는 문화적 혼종성과 모방성을 거치면서 저항의 국면으로 귀결되고, 결국 타자의 지위에서 벗어나기 위해 우리 민족 내부에서 다양한 시도의 탈식민주의 시문학 작품이 양산되었다. 탈식민주의 관점에 따르면 식민지적 억압의 이데올로기는 일제강점기에 자행되었던 일본제국의 우리민족에 대한 비정상적 탄압은 물론, 해방 이후 식민지배자의 권력을 이양받아 스스로 권력층으로 자부해 왔던 지배 계층의 민중에 대한 통제, 그리고 신식민지 상황으로 일컬어지는 미국을 비롯한 서양의 신문물에 의한 은밀한 침탈과 그로 인한 정신적 지배 구조(김승희, 2001)를 지속시키는 양상으로 전개되고 있다. 하지만 이러한 식민지적 지배체제의 지속성을 의식하고 못하고, 그것의 모순성을 개선하려는 움직임이 전무하다는 점에서 탈식민주의 교육의 필요성이 제기되는 것이다.

문학작품에 반영된 탈식민주의 가치관에 공감하고, 그를 통해 현재적 상황을 객관적이고 냉철한 시각으로 판단할 수 있는 안목을 확보(신경림, 1982; 이재선, 2003; 권영민, 2010)하는 것이야말로 우리의 정체성과 자존감을 되찾을 수 있는 토대가 될 것이다. 우리의 현실 속에 도사리고 있는 신식민지적 상황에 대한 인식, 그리고 우리를 타자화시킴으로써 주체적 역량을 지닌 존재로 그 가치를 인정하지 않는 모순성에 대한 진지한 성찰 없이는, 우리의 존립성도 역사와 전통도 미래도 소멸될 수밖에 없는 것이다. 신식민지적 상황에 대한 인식과 이를 극복하기 위한 대안으로서의 탈식민주의에 대한 통찰은, 주체와 타자의 이항대립 구조를 극복함으로써 타자가 소외된 굴레에서 주체로 진입하는 것을 가능하게 해 줄 것이며, 타자의 입장에서 주체를 바라볼 수 있는 안목의 확대와 일방적인 타자성의 규정을 철회시킬 수 있는 가능성을 제공해 줄 것이다.

또한, 탈식민주의 시 교육을 통해 문화 우월주의와 왜곡된 자민족

중심의 권력주의(갈브레이드, 1984; 김재용, 2004), 인권에 대한 차별적 인식 등에 관심을 가지게 하며, 이러한 인식 태도에 전제된 비합리성을 비판하게 함으로써 바람직한 공동체 문화형성에 대한 관심을 고조시킬 수 있다. 타자를 주체 안으로 포섭하고 주체와 대등한 타자성의 용인과 타자의 재생산을 근절함으로써 문화적 다양성을 그 자체로서 신뢰하고 존중하는 자세를 길러 줄 수 있게 된다는 것이다.

탈식민주의적 가치관을 담고 있는 시는 현실에 대한 인식과 자기점검을 지향한다. 이러한 성향의 작품을 시 교육의 현장으로 끌어오게 되면, 학생들로 하여금 무관심했던 주변의 현실적 상황에 관심을 갖게 할 뿐 아니라, 현실 상황 속에 전제된 사회 문화적 의미와 삶의 논리를 깨닫게 해 줄 수 있다(김복영, 2004; 최성민 2009; 하정일, 2010)고 본다. 객관적으로 존재한다고 믿었던 현실 속에 숨겨진 왜곡된 권력의 구조를 파악하게 되며, 나아가 현실을 비판적 안목으로 바라보게 함으로써 깊은 통찰력과 사고력을 함양시켜 줄 것이다.

현실 상황 속에 존재하는 다양한 가치관에 대한 인식과 그 속에서의 학생 자신에 대한 자기점검은, 현실을 살아가는 존재로서의 자기 역할에 대한 성찰과 탐색을 강화시키는 방향으로 나아가게 되는 동인(動因)이 된다. 다양한 관계들 속에서 자기 존중감이 얼마나 실현되고 있는가를 살피게 할 것이며, 타인에 대한 존엄성을 구체화하기 위한 방법을 모색함과 아울러 자기 정체성을 확고히 할 수 있는 인식 전환의 계기가 될 수 있다.

현실 인식과 비판적 능력의 함양, 자기 점검을 통한 정체성의 확립뿐만 아니라, 탈식민주의 시 교육을 통해 왜곡된 현실 개선을 위한 실천적 저항 의지를 길러 줌으로써 현실적 삶의 주체로 기능할 수 있는 자질을 함양시켜 줄 것이다. 이는 자기 삶에 대한 애착과 함께 타인에 대한 존중감과 경외감을 갖게 함으로써 인간과 문화에 대한 신뢰와 긍정을 가능하게 할 것으로 기대된다.

탈식민지적 관점은 효율적인 시 교육을 위한 방법적 전환에도 요긴한 시사점을 제공해 준다. 시적 의미를 텍스트의 내부 구조 파악을 통해 도출하려는 텍스트 중심적 교육 방법에서 벗어나, 텍스트의 의미를 사회 문화적 맥락과 관련지어 이해함으로써 해석의 다양성과 심도 깊은 의미 분석에 도움을 얻을 수 있다. 사회 문화적 맥락과 결부된 시 교육은 활자화된 텍스트에 생기를 불어 넣어 주게 되어, 학생들이 좀 더 생생하게 작품을 이해하고 감상할 수 있는 토대가 될 것이다.

또한, 주체로서의 자격을 교사에게 박탈당한 채 소외된 타자로서의 자리만을 점유하고 있던 수업 상황에서 벗어나, 학생이 주체가 될 수 있는 가능성을 열어 줄 수 있다. 작품에 대한 주도적 감상자로서의 학생 위상 확보는, 개별 학생에게 시적 지식을 주입하는 차원이 아니라 학생의 관점과 개성에 따라 시를 이해하고 해석할 수 있는 다중논리성(multilogicality; 허창수, 2011)의 정당성을 인정해 주는 것이다. 문제를 인식하고 해결해 나가는 전략을 학생 스스로 탐색하고 이를 적극적으로 적용할 수 있는 역량을 강화해 나갈 수 있다.

식민주의에 전제된 인종적 편견과 역사의 전개과정을 발전의 논리로 파악하는 태도(김의락, 1998)는 인간의 존엄성에 대한 부정은 물론 피식민자들의 열등감을 조장하는 결과를 가져오게 한다. 식민지배자에 의한 피식민자의 정체성과 민족성에 대한 부정은 정치, 경제적 차원 외에도 문화적 차원에서도 은밀하게 진행(최광석, 2007)되는 것이기에, 사실상 식민지배는 민족성의 말살이라는 극단으로 내몰리게 되는 것이다. 근대화의 명목으로 진행되는 식민지배자의 피식민자에 대한 이해와 지배는 통제의 선결조건(아체베, 1999)으로 작용함으로써 주체성 소멸에 대한 명확한 인식력마저도 마비시키게 된다.

특히, 현대 한국사회는 다양한 가치와 문화가 혼재하고, 자본의 논리에 의해 개방 일변도로 치닫는 사회문화적 상황에 직면(홍성태, 2006; 강정구, 2000; 김진균, 1986)해 있다. 이러한 현실 속에서 청소년들이 보여주는 가치상실과 주체적 인식 능력의 결핍은 신식민지적 상황과 결부되어, 우리의 전통과 주체성에 대한 위상 정립을 심각하게 되돌아보게 한다. 제국주의의 대안으로 제시된 민족주의(Anderson, 2002; 최홍규, 2005)가 자칫 제국주의로 변질됨으로써 타자성의 배제라는 식민지배자의 논리에 귀속될 수도 있다는 것을 감안한다면, 식민지 경험을 외상처럼 가지고 있는 우리나라에서 식민주의를 극복하기 위한 논리적 대안(배경열, 2009)으로서의 탈식민주의적 관점의 견지와 그에 대한 교육적 시도는 의의를 갖는다고 볼 수 있다. 이 글에서는 탈식민주의적 인식의 주안점을 '현실에 대한 비판'과 그와 연계된 '모순적 자기 인식으로서의 이중성 파악', 그리고 이를 개선하기 위해 시도되는 '창조적 발전을 위한 서구 문명의 변형적 수용'으로 보고 이를 교육할 수 있는 방안 모색에 주력해 볼 것이다. 문학 속에 반영된 현실인식을 고찰하고, 주체의 타자에 대한 억압과 배타적 입장이 개인적 삶에 미치는 영향관계를 파악하며, 아울러 식민지적 상황을 타개해 나가기 위해 작가들이 보여주는 문학적 저항의식과 그 형상화 방식에 초점을 두고 시 교육에 적용해 볼 것이다.

3. 탈식민주의 시 교육의 실제

탈식민주의 이론은 스스로를 주체로 격상시키고 비서구를 타자로 소외시켜 식민지 지배를 정당화하려는 현실 상황에 대한 비판과 개선을 위한 저항을 조장하고자 하는 데 주안점을 두고 있다. 피식민지 현실의 왜곡된 지배 구조 속에 전제된 문화적 혼종성은 신문명의 도입으로 빚어지는 피지배자의 전통의 부활과 재창조라는 양가성을 경험하게 한다. 서구 제국에 의해 일방적으로 시도된 동양 문화에 대한 폄하하기와 일방적 규정으로서의 정형화는, 양가성이라는 문화적 혼돈 속에서 피지배자들의 억압적 현실에 대한 저항과 극복의 몸부림으로 나타나게 된다.

따라서 이 글에서는 탈식민주의의 현실 상황에 대한 인식과 비판, 양가적 속성을 지닌 자기 인식, 식민지 상황의 극복을 위한 재정형화에 주목하고 이를 시 교육의 현장에 도입하고자 한다. 탈식민주의 시 교육을 위해 식민지와 신식민지적 상황에 대한 작가적 인식과 가치관을 담고 있는 작품[1]을 활용함으로써, 상실된 타자성에서 벗어나 당당한 주체성을 확립하고 인간과 문화에 대한 존중감을 회복할 수 있는 방안을 모색해 보고자 한다. 자기에 대한 애착과 긍정을 바탕으로 한 정체성의 확보가 남에 대한 신뢰와 상호소통으로 발전함으로써 전지구적 차원의 공존의식을 견지해 나가는 데 보탬이 되고자 한다. 이를 위해 구체적인 탈식민주의 시 교육 방법으로 '현실 상황 비판하기', '양가적 자기 인식하기', '저항적 재정형화하기'를 설정하고, 이에 대한 교육 절차를 제안해 보고자 한다. 탈식민주의 논의에 전제된 사고의 과정과 외적 상황에 대한 인식이 자기 삶의 영역으로 확장되어 가며, 문제 상황에 대한 비판적 견해가 이를 개선하기 위한 방법적 모색으로 진화하는 흐름을 보이기에, 시 교육에서의 작품 감상도 '현실 상황 비판 → 양자적 자기 인식 → 저항적 재정형화'의 단계를 거쳐 체계화되는 것으로 보고 이에 따라 논의를 펼쳐나가고자 한다.

1) 현실 상황 비판하기

　텍스트주의에 따르면 작품의 의미는 작품 내부의 기호들이 맺고 있는 관계에 의해 구성되기에 구체적 현실은 관심의 대상이 되지 못한다. 하지만 발화의 진정한 이해는 맥락 속에서 발화의 적절한 위치를 발견하는 것이기에, 작품의 이해는 본질적으로 대화적(바흐찐, 1988)일 수밖에 없다는 관점도 설득력을 얻는다. 작품과의 관련성 속

---

1) 이 글에서는 이와 같이 식민지적 상황에 대한 인식과 이를 극복하고자 하는 작가의식을 반영한 작품을 '탈식민주의시'라고 명명하고, 이를 토대로 논의를 전개하고자 한다.

에서 사회 문화적 맥락을 살피고 이를 통해 작품의 의미를 재발견하고 확장해 나가는 것은 의미 있는 작업으로 볼 수 있다. 따라서 언어를 사회적 상호작용의 산물로 보고, 작품 속에 전제된 사회 현실적 조건들과의 교섭을 통해 작품의 역사성과 현실성을 복원하는 수행적 (performative) 읽기(민족문학사연구소, 2006)를 적극 활용해 보고자 한다.

우리나라 신식 국자는 무슨 국자? 일명 신식민지 국독자?
처음 코카콜라가 등장했을 때 웬 간장이냐며 국에 뿌린 년도 있긴 있을라
난 느껴요— 코카콜라, 언제나 새로운 맛 신식 국독자로 떠먹는 코카콜라 그때마다
톡 쏘는 맛처럼 떠오르는 여자가 있다 코카콜라 씨에프에서
팔꿈치로 남자를 때리며 앙증맞게 웃는 여자, 그 몇 프레임 안 되는 장면 하나가 방영되자마자 연예가 일번지 압구정동 일대가
술렁였댄다 그것 땜에 애인 있는 남자들의 옆구리가 순식간에 멍들었다는 데……
왜 그 씨에프가 히트했는가에 대한 항간의 썰들은 분분하다
가학으로 상징되는 남자와 피학으로 상징되는 여자의 쏘샬포지션을 자극적으로 뒤튼 것이 주효했다는 친구도 있고
(놈은 허슬러부터 휴먼 다이제스트에 이르기까지 매저키즘 사디슴에 관한 미국의 온갖 빨간책은 물론 마광수의 가자 장미여관, 야한 여자, 권태까지 섭렵한 권태스런 놈이다)
그 씨에프의 콘티는 말야 전세계 장래마저 자국의 문법으로 콘티짜는 미국의 솜씨니까 당연한 거라구, 잘난 척하는 녀석도 있다
난 전율한다 눈 깜짝할 사이에 지나가는 심혜진의 보조개 패인 미소 뒤에도 얼마나
세계는 넓고 할 일은 많은 쾌남아들의 거대한 미소가 도사리고 있는가
하여튼 단 십초의 미소로 바보상자의 관객들과 쇼부를 끝낸 여자 심혜진
그녀가 요즘 씨에프에서 닦여진 순발력 있는 연기로 은막에서도 한참

주가를 올리고 있다 제목은 물의 나라

　감독을 얼씨구나 양파 껍질처럼 끝없이 옷을 벗기기 시작하는데, 그녀
만 보면 파블로프의 개처럼 코카콜라를,

　삼성 에이 에프 오토 줌 카메라를, 해태 화인쥬시껌을 사고 싶어지는
내 눈알, 나는 본다 저 알몸 위로 오버랩되는⋯⋯

　온 산을 갈아엎는 사람들을 세상을 온통 콜라빛 폐수로 넘실대게 하는
사람들을 이 땅을 온갖 욕망의 구매력으로 가득 채우는 사람들을 그리하여

　이 지구의 虛를 말살시키고 있는 사람들을 아아 하나뿐인 인격, 하나뿐
인 지구

　라오쯔의 말씀대로 빈 그릇만이 쓰임이 있는 것

　또한 갖가지 색과 음과 맛이, 사람을 질주하는 미친 말처럼 만드는 것

　수많은 심혜진들이 허를 상실당하고 반짝별로 사라지는 충무로

　차차차여, 오늘도 그녀들의 금테 잔이 출렁출렁 넘치는 구나

　결국 색이란 건 아무리 벗겨봐야 양파처럼 空이 될 뿐, 아으

　난 앞으로 심혜진을 보며 절제를 생각하겠다 목마르면 보리차나 드라

이하게 한잔, 쏠리면? 에이 에이즈 땜에⋯⋯

　빈 코카콜라 병은 어따 쓰게, 그거야 화염병으로라도 쓸모가 있으리니

　난 느껴요— 가끔은 코카콜라 든 심혜진의 미소가 폐수 위에 핀 연꽃처럼

　　　　　　—유하, 「콜라 속의 연꽃, 심혜진論: 난 느껴요-苦口苦來」 전문

　「콜라 속의 연꽃, 심혜진論」은 탈식민주의 관점에서 우리사회에
만연해 있는 제국주의의 식민지적 현실에 주목하고 이를 비판하고자
한다. '코카콜라'는 '새로운 맛'과 '톡 쏘는 맛'으로 우리를 현혹시키
면서, 광고장면까지도 우리의 눈과 귀뿐만 아니라 인식 구조 전체를
지배함으로써 하나의 '유행'으로 확산시켜 나간다. 코카콜라에 의해
'신식민'의 입지를 장악한 '미국'은 '전세계의 장래'와 우리의 사회와
문화적 인식을 그들의 '자국문법' 속으로 흡수 통합함으로써 '바보상
자의 관객'으로 남게 한다. 이러한 상황 속에서 우리는 우리 스스로

의 개성이나 주체적 목소리를 드러낼 수 없을 뿐만 아니라, '코카콜라'가 양산해 내는 신문물이라는 유행에 편승하지 못할 경우 코카콜라를 '간장이냐'며 국에 '뿌'리는 '년'으로 폄하되는 수모를 겪어야만 한다.

근대화라는 대세를 거스르는 것이 불가능할지 모른다. 하지만 주체적 시간을 생성하려는 노력은 역사와 현실에 대한 자각(허윤회, 2007)에서 비롯되는 것이다. 시적 현실과 경험적 현실의 관계를 관념에서 해결하고자 하는 것이 아니라, 구체적 현실인 사회 문화적 그리고 역사적 층위에서 모색(정유화, 2005)하고자 하는 움직임이 현실 상황 속에서의 우리의 객관적인 모습을 파악하게 하며 발전적 개선을 가능하게 할 수 있다. 그런 점에서 위 작품에서 보이는 서구 중심의 절대적이고 신성한 '근원'에 대한 부정(상허학회, 2005; 김재용, 2005)은 현실 인식을 위한 출발점이 될 수 있다.

코카콜라와 그를 광고하는 '여자' 배우의 이면에 존재하는 '거대한 미소'를 짓는 '쾌남아'는, '색'을 활용해 '욕망의 구매력'을 자극하는 제국의 자본으로 피식민자로서의 우리를 억압하고 착취함으로써 타자로 남게 하는 주체적 식민지배자인 것이다. 코카콜라를 매개로 이식된 자본의 논리는 우리로 하여금 '카메라'와 '껌'을 '사고 싶어' 하는 '눈'으로만 존재하게 하며, 결국 '질주하는 미친 말'로 존속하게 함으로써 '허(虛)'를 상실하게 하고, '반짝별로 소멸'하게 만들고 마는 것이다. 근대화와 신문물의 미명 아래 제공되는 물질문명의 노예로 전락해 철저히 타자성의 삶만 고수하게 하는 것이다.

스스로를 주체로 명명해 온 식민지배자로서의 제국의 참모습은 '온 산을 갈아엎는 사람', '콜라빛 폐수'를 '넘실대게 하는 사람'으로서, 그들이 주도하는 식민지 논리에 의해 여백과 비움의 미학을 추구했던 우리의 전통적 관념은 왜곡되어 버린 채 '허(虛)'와 '공(空)'의 긍정적 가치는 상실되어 가는 것이 우리의 현실인 것이다. 화자는 '코카콜라'에 전제된 신식민주의적 침탈에 의해 '하나 뿐'인 우리의 '인격'과 '지구'가 소멸되어 가고 있음에 주목함으로써 현실 상황을 비판하고자 한다.

물신화와 상품화를 통해 '체제'의 권력이 우리의 의식과 몸을 지배(정재찬, 2007)하고 있다는 것, 따라서 작가의 현실 인식에서 초래된 고발은 '제국'뿐만 아니라 '우리'를 향해 있다. 자본 중심의 세계화와 신자유주의, 미국의 패권주의가 초래하는 인간의 기본권과 생존권에 대한 침해(공광규, 2006)는 현실에 대한 의도적인 인식의 시도 없이는 파악하기 어려운 딜레마와 같은 것으로 보인다. 자기 시대의 총체적 한계에 대한 인식과 그를 돌파하고자 하는 전위적 지성(김명인, 2002)이 없이는 무감각하고 무기력한 현대인, 식민지배자로 남을 뿐이기 때문이다.

위 작품을 학교 현장에서 현실 비판적 관점으로 감상하기 위해서는 작품 속의 현실 상황과 실제적인 사회 문화적 맥락을 관련시키는 작업이 무엇보다 선행되어야 한다. 그러기 위해서는 학생들로 하여금 작품 속의 현실적 의미를 시어의 관련성을 통해 파악해 보게 하고, 작품의 현실과 관련된 시대적 상황에 주목해서 실제적 현실의 정보를 다양하게 파악하고 정보를 수집해서 그 의미를 분석해 보게 할 필요가 있다. 따라서 현실 상황의 문제 분석이라는 과제를 제시하고 학습자 중심의 주도적 학습이 가능하며, 교사의 위치가 학습 진행자이자 촉진자로서의 역할 수행이 가능한 문제 중심 학습법(Problem Based Learning; 최정임 외, 2010)[2]을 활용하는 것이 작품 감상의 효율성을 높일 수 있을 것으로 기대된다. '문제제시 → 문제확인 → 문제해결을 위한 자료수집 → 문제 재확인 및 해결안 도출 → 문제해결안 발표 → 학습결과 정리 및 평가'의 절차를 거쳐 수업을 진행해 갈 수 있을 것이다.

---

2) 신식민지적 상황이 해결해야 할 문제 상황이라 보고, 학생들로 하여금 이러한 상황에 대한 분명한 인식과 모순적 현실을 해결하기 위한 대안 마련으로서의 비판적 견해를 제시하도록 하기 위해 문제 중심 학습법을 활용하고자 한다.

PBL 수업은 소그룹의 모둠 활동을 통해 학생 스스로 과제를 인식하고 문제를 해결하려는 전략 수행이 핵심적인 방법이기에, '현실 상황 비판하기'를 위한 탈식민주의 시 교육을 위해 작품과 연관된 식민지적 현실의 참모습과 그로 인해 파생되는 가치관의 붕괴와 소외 현상에 대해 탐색해 나갈 수 있는 기회를 부여할 필요가 있을 것이다. 학생들의 작품 분석과 그에 상응하는 사회 문화적 상황 파악을 모둠별로 발표하고, 그에 대해 의견을 주고받는 상호소통의 시간을 할애함으로써 작품을 분석하고 감상3)하는 안목과 현실을 인식하고 비판적으로 성찰할 수 있는 식견을 확대해 나갈 수 있을 것으로 기대한다. 또한, 수업의 결과는 아래의 학생글 분석을 통해 짐작 가능하다.

[학생글4)]

현재 우리나라는 스스로 독립국가임을 주장하지만, 사실상 아직도 문화적 지배에서 벗어나지 못한 사회다. 우리는 서구의 미의 기준으로 확립된 큰 키, 흰 피부, 높은 코 뚜렷한 이목구비를 동경하며, 우리나라의 미의 기준도 그와 유사해지고 있다. 또한, 한복, 김치, 식혜, 떡 등의 우리나라의 자랑스러운 문화들도 콜라, 피자, 햄버거 등의 존재의 위협을 받고 있고, 우리는 이러한 사태를 아무런 위기감 없이 수용하고 있다. 이러한 서구문화들은 우리의 행동에도 영향을 주기 때문에 더욱 심각하다고 볼 수 있다. 그리고 우리는 단순히 식민지배 제국주의만을 비판할 것이 아니라 우리의 무비판적인 안일한 태도 또한 고쳐야 하리라 본다.

---

3) 이러한 교육활동의 일환으로 "현실 상황을 상징하는 시어를 찾아봅시다. 유사한 시어의 연결을 통해 짐작할 수 있는 현실에 대한 비판적 견해를 제시해 봅시다. 신식민지적 상황과 작품 속 현실을 연관지으면서 그 유사성을 설명해 봅시다. 작품에 제시된 시대 상황과 유사한 경우를 제시해 봅시다. 이러한 시대 상황에 대한 자기 의견을 제시해 봅시다. 신식민지적 상황의 문제를 해결하기 위한 대안을 제시해 봅시다."라는 질문을 제시하고, 이에 대해 탐색하도록 유도하는 것은 유용한 방법이다.
4) 수업은 진주시내 인문계 고등학교 1학년 32명을 대상으로 진행되었으며, 지면의 제약으로 인해 분석에 유효한 일부 학생의 글을 일부 제시하고자 한다.

[학생글2]

현대에는 비록 식민지제도가 없어지고, 신분제 등 부조리했던 관습이 선진국들에 의해 폐지되었지만, 선진국들이 오히려 식민지적인 세계를 다시 만들어가고 있다. 화자는 '코카콜라'라는 미국의 산물이 우리나라에 점차 입지를 굳혀 가고, 광고를 통해 확산됨에 따라 우리는 그것이 만들어 낸 식민지적 가치에 함몰되어 감을 지적하고 있다. 정신적으로 식민지배를 이뤄낸 선진국들에 대해서 화자는 부정적 반응을 보이고 있는 것이다. 서구중심의 신문명이 우리나라에 유입되었고, 이제는 그것은 우리문화와 떼어놓을 수 없게 되었다. 우리 전통은 우리 의식에서 점점 사라져 가고, 머지않아 우리문화는 서구적인 색채를 지니게 될 것으로 본다.

[학생글3]

화자가 우려하는 문화식민주의의 경향은 오늘날에도 쉽게 찾아볼 수 있다. 우리는 무의식 중에 한국의 전통문화보다 서구문화를 우월하게 생각하고 있고, 이러한 가치관의 변화는 우리민족 고유의 전통 상실과 문화 사대주의의 문제를 초래하게 된다. 이제는 어린 아이들이 한글도 익히기 전에 알파벳을 접하며 문화식민주의 시대의 주역으로 자라나는 안타까운 광경을 주위에서 흔히 볼 수 있다. 물론 외국문화를 받아들이는 것 자체가 잘못되었다는 것은 아니지만, 시에서 코카콜라로 대표되는 화려함과 인간의 본성적 욕망을 자극하는 서구문화를 무분별하게 수용함으로써 우리 고유의 온화하고 부드러운 가치관과 미덕을 상실하는 것은, 앞으로의 세계화 시대에 세계화라는 이름을 건 서구와 서구문화가 세계와 세계문화를 대표한다는 것을 스스로 인정하고 자문화를 버리는 행위이다.

[학생글4]

우리 조상의 여백, 즉 공과 허에 대한 생각은 그림에서만 그치지는 않았습니다. 자연을 파괴 개발하지 않고 있는 그대로의 아름다움을 느끼는 것에도 느낄 수가 있으며, 항시 겸손하고 소박한 마음을 유지하며 학문을 탐색하는 선비사상에서도 엿볼 수가 있다. 이러한 우리문화가 세계가 개방되기 시작하면서 무너지기 시작하였다. 산업혁명에 기반을 두는 서구의 문화, 즉 물질중심의 문화가 우리나라에 유입되기 시작하면서 소유를 향한 인간의 본능 때문에 본래 우리의 공과 허에 대한 문화는 물질 중심적 문화에 완전히 장악당하면서 일종의 문화식민주의가 발생하게 되었다.

학생들은 작품을 통해 서구에 의해 강요되는 신식민지적 상황의 문제점을 분명히 인식하고, 그에 대한 근거나 자기 나름대로의 논변을 펼치고 있음을 확인할 수 있다. 이로써 현실 상황을 비판적으로 인식하게 하고자 하는 교육목표는 달성된 것으로 판단된다. 화자의 의도를 정확히 파악하고 현실상황에 그러한 문제의식을 적용함으로써 확장적으로 사고하는 모습과, 단순한 비판적 인식에서 나아가 문제적 현실에 대한 대응양상까지도 고려하는 사고과정을 확인할 수 있다([학생글1]). 학생들은 작품에 한정된 구성요소 분석과 의미규정에서 벗어나, 서구의 식민지배와 대척점에 위치한 전통문화에 대한 인식의 중요성으로 사고를 확장하고 있음을 볼 수 있다([학생글2,3,4]). 또한, 화자의 주장에 동조하는 현실적 사례를 제시함으로써 학생 자신의 주장을 뒷받침할 뿐만 아니라, 상대 문화에 대한 맹목적인 외면과 배척에 머물 수 있는 자문화중심주의에서 벗어나 문화수용에 대한 바람직한 자세를 견지하면서, 문화에 대한 바람직한 관점과 수용 태도에 대해서 포괄적으로 인식을 전개해 나가고 있다([학생글3]). 한편, 서구 중심의 가치를 비판하는 데 집중하기보다, 전통문화의 속성과 가치에 주목하고 그를 부각시킴으로써 신식민지적 가치의 위험성을 각인시키고자 하는 태도도 확인해 볼 수 있다([학생글4]).

2) 양가적 자기 인식하기

식민지적 지배의 상황 속에서 문화는 물론 인간의 삶조차도 서로

양립할 수 없는 양가적 성향을 갖게 된다. 식민지배자에 의해 단행되는 일방적인 문화이식은 그들의 의도와는 달리, 피지배 민족의 문화적 자생력과 전통성을 와해시키지 못하고 혼종적 성향을 띠게 된다. 이러한 문화적 잡종성의 이면에는 서구 문화에 대한 피식민자들의 저항적 의도와 새로운 문화 창출을 위한 의지가 깃들어 있는 것으로 이해된다. 문화의 영역뿐만 아니라 인간의 삶의 행태나 심리, 성격의 측면에서도 상충되는 면모를 보이기도 하며, 혹독한 식민지배를 부정하거나 식민주의 세계에 편입하려는 양면적 상황 속에서 심리적 왜곡 상태에 빠지거나 일상적 현실에서도 심리적 양가성(강정구, 2006)을 야기하기도 한다.

탈식민주의 시 교육에서의 '양가적 자기 인식하기'는 문화와 가치관이 혼재하는 식민지 상황 속에서 개별 자아가 경험하는 정체성의 혼란과 모순성을 학생들이 주목할 수 있도록 하고, 모호한 불확정성으로 인해 초래되는 혼종성으로부터 벗어나고자 전통성과 주체성을 탐색해 나가는 자의식에 초점을 두고자 한다. 즉, 식민지 현실 속에서 화자나 인물이 겪는 심리적 갈등 양상과 현실적 모순을 극복하고자 하는 의지 사이의 양가적 속성에 주목하고, 현실과 이상의 괴리에서 발생하는 불연속성이 인물의 내면에서 탈식민주의적 인식으로 전향(하정일, 2002; 김상태 외, 2004; 박수연, 2007)되어 가는 과정을 학생들이 살필 수 있도록 배려할 필요가 있다.

「쉽게 씌어진 시」를 통해 개별 주체가 모순적 현실 속에서 자의식에 부각되는 양가적 측면을 어떻게 인식하고, 이러한 자기 인식이 탈식민주의적 관점에서 어떤 의의를 갖는지 살펴보고자 한다. 또한, 탈식민주의 교육의 일환으로 시도되는 '양가적 자기 인식하기'의 구체적인 교육 과정과 절차를 안내하고, 이것이 갖는 교육적 의의를 살펴가고자 한다.

창(窓) 밖에 밤비가 속살거려
육첩방(六疊房)은 남의 나라.

시인(詩人)이란 슬픈 천명(天命)인 줄 알면서도
한 줄 시(詩)를 적어 볼까.

땀내와 사랑내 포근히 품긴
보내 주신 학비 봉투(學費封套)를 받아

대학(大學) 노트를 끼고
늙은 교수(教授)의 강의(講義) 들으러 간다.

생각해 보면 어린 때 동무들
하나, 둘, 죄다 잃어버리고

나는 무얼 바라
나는 다만, 홀로 침전(沈澱)하는 것일까?

인생(人生)은 살기 어렵다는데
시(詩)가 이렇게 쉽게 씌어지는 것은
부끄러운 일이다.

육첩방(六疊房)은 남의 나라
창(窓) 밖에 밤비가 속살거리는데,

등불을 밝혀 어둠을 조금 내몰고,
시대(時代)처럼 올 아침을 기다리는 최후(最後)의 나.

나는 나에게 작은 손을 내밀어

눈물과 위안(慰安)으로 잡는 최초(最初)의 악수(握手).

—윤동주, 「쉽게 씌어진 시」 전문

「쉽게 씌어진 시」에는 화자의 현실 상황 개선을 위한 적극적인 도전과 이상으로서의 꿈을 성취하지 못하는 자신에 대한 자의식이 반영되어 있다. 모순된 현실에 대한 비판적 인식은 존재하지만 그 속에서 갈등하면서, 나약하고 소극적인 존재로서의 자의식을 확인할 뿐이다. 하지만 이러한 무기력한 자아에 대한 인식은 그 이면에 식민지적 상황에 대한 비판과 그를 극복하고자 하는 의지가 투영되어 있는 것이기에 '순응'과 '저항'이라는 양가적 속성을 보이는 것으로 판단된다.

화자는 자신이 몸담고 있는 현실을 '어린 때' '동무들'을 '죄다 잃어버'리고 '밤비'가 내리는 '어둠'의 공간으로 형상화하고 있다. 이러한 식민지적 상황 속에서 화자는 '시인'으로서의 사명을 다하지 못하고 '슬픈 천명'을 가진 존재로 전락한 자신을 발견하고, '늙은 교수'의 무의미한 '강의'에 집착함으로써 나약하게 '침전'하는 자아에 갇혀 '부끄러'움만을 느낄 뿐이다. 시 교육 현장에서는 학생들로 하여금, 이러한 지식인의 자기 고뇌에 휩싸인 현실 상황에 대한 인식과 무기력한 존재로서의 자의식에 주목하게 할 필요가 있다. 화자의 현실 상황에 대한 인식과 그를 토대로 이루어지는 냉철한 자기반성으로서의 부정적 자기 인식은, 개인의 역량으로 극복할 수 없는 자기 한계와 식민지 제국주의의 확연한 실체를 느끼게 해 줄 수 있기 때문이다. 또한, 모순적 현실에 굴종된 부정적 인식 주체로서의 지식인이 경험하는 피식민자로서의 한계와 좌절은, 자기 속죄에서 벗어나 새로운 전환의 가능성으로 치환될 수 있음을 발견하게 할 필요가 있다.

"화자의 자기반성이 갖는 의미는 무엇일까요?", "세계와의 대결에서 절망할 수밖에 없는 개인으로서의 화자가 갖는 심정 고통에 공감할 수 있나요?", "화자의 한계 인식으로서의 자의식이 어떻게 반전되고 있나요?", "화자의 인식 전환을 발견할 수 있는 부분을 찾아볼까요?", "이러한 긍정적 가능성에 대한 화자의 재인식이 갖는 의의는 무엇인가요?"라는 질문을 통해, 현실 속에 존재하는 무능력한 존재로서의 위상과 미래에 대한 긍정적 가능성을 탐색하는 주체로서의 인식이라는, 이중적 자기 인식이 식민지적 현실에 대한 부정과 비판을 넘어 새로운 가능성에 대한 의지로 발전할 수 있음을 학생 스스로 깨달을 수 있다고 본다. 신식민지적 상황의 모순과 한계를 지적하고, 비판의 대상에 대한 암묵적 규정을 통해 식민지배자에 대해 저항적 태도를 보이고는 있으나 자기 개선을 위한 주도적인 실천 행위로 나아가지 못하는 또 다른 양가적 입장을 통해 식민지적 상황의 모순을 다시 한 번 깨닫게 된다.

'등불'을 매개로 '어둠'을 부정하고, 새로운 '시대'에 대한 열망과 의지를 '작은 손을 내밀어' '악수'를 청함으로써 표출하고자 하나, 이는 식민지적 외압으로 인해 화자가 보일 수 있는 현실적 실천력을 상실한 '최초'의 행위일 뿐이다. 여기에서 유발되는 화자의 자기 연민으로서의 '눈물'과 '위안'은, 소망하는 '최후'의 가치를 구현하기 위한 긍정적 자기 인식으로 역할을 하지만, 현실적 관점에서 그도 '작은' 몸부림 이상의 의미를 갖지 못한다. 화자의 인식 전환은 비관적 자의식에서 벗어났다는 측면에서 양가적이며, 자기 성찰적 모습은 인식적 차원의 성숙과 자기 애착이라는 의의에도 불구하고 현실 변혁에 있어 한계를 가질 수밖에 없다는 측면에서 또 한 번 양가성을 보여준다. 신식민지 현실에 대한 명확한 인식과 이를 부정적 상황으로 파악하고자 하는 사고의 진보성은 가지고 있으나, 현실을 전면적으로 재편성함으로써 이상을 이루고자 하는 주체로서의 실천성이 결여된 자의식 사이에서 양가적 자기 인식을 드러내고 있다.

이러한 화자의 양가성은, 시대를 앞서가지 못하는 허약한 지식인의 모습으로 규정하기보다는, 시대를 묵시하지 못하는 지식인 세력에 대한 비판을 통해 시대와 맞서려는 '지식인의 눈뜸'(박몽구, 2008)으로 읽을 수 있다. 지식인으로서의 화자가 드려내 보이는 현실에 대한 '인식으로서의 저항성'과 '실천적 한계성'은 식민지적 현실 속에서 개인이 갖는 양가적 속성으로 이해 가능하다. 식민지배자에 의해 시도되는 열등감의 조장과 의존 콤플렉스(박몽구, 2006)는 식민지 지식인의 이러한 양가적 자기 인식을 통해 탈식민적 저항 의식으로 전향하게 되는 것이다.

'양가적 자기 인식하기'는 탈식민지적 가치관을 드러내는 작품을 통해 학생들로 하여금, 작품 속에 등장하는 인물이 상충적인 자기 모습을 깨닫는 과정에 주목하게 하고, 그것을 바탕으로 식민지적 인식이 초래하는 인간의 분열적 양상을 파악하게 하는 것이다. 이는 모순적 시대 상황이 유발시키는 인간성의 파괴와 그를 극복하고자 하는 개인적 차원의 내적 고뇌를 탐색하고자 하는 작업이기에, 모둠별 협동 학습을 통해 학생들이 시대적 의미와, 그와 관련된 인간의 내면에 대해 천착하고 의견 교환을 교환함으로써 작품 감상의 궁극에 도달하게 할 필요가 있다.

'시대상황 파악, 당대 현실에 대한 화자의 인식, 현실에 대한 인물의 대응 양상, 주체의 분열 양상, 화자의 심리적 갈등을 유발시키는 사회 현실에 대한 분석, 사회적 모순에 대한 근원적 원인의 규명, 화자의 자기 성찰이 갖는 의미' 등을 모둠별 토의(Cooper & Simonds, 2010)를 통해 살피고 따지게 함으로써 화자의 이중적 양가성을 파악하게 하고 그의 근저에 식민지적 관점이 전제되어 있음을 깨닫게 할 수 있다. 실제 수업은 '작품 읽기 → 화자의 이중성 파악하기 → 현실에 적용하기 → 토의 및 발표'의 순서를 따르는 것이 바람직하다.

작품에 대한 개별적 감상 후에 모둠별로 제국주의의 식민지적 억압이 어떻게 개인의 인격과 심성을 이원화시키는지에 주목하게 하며, 이러한 자신의 이중성에 대한 인식이 식민지 극복에 어떤 의의를 갖게 되는지도 숙고하게 해 볼 필요가 있다. 학생들의 모둠별 협동학습의 초점은 식민지 상황이 초래하는 인간의 양면성에 대한 인식과, 개인의 자기반성에서 비롯된 양가적 인식 속에 탈식민지적 가치관의 의의를 함축하고 있음을 알게 하고, 나아가 식민지를 극복하고자 하는 대안으로서의 양가적 자기 인식이 갖는 문학적 형상성을 파악하게 할 필요가 있다. 수업의 결과는 아래의 학생글을 통해 이해 가능하다.

[학생글5]

화자는 자신의 상반된 태도를 드러내면서, 양가적 모습의 자기 자신에 대한 비판을 가능하게 한다. 이 시는 함축성이 돋보이는 작품은 아니지만, 이러한 자신의 태도를 제시하면서, 마치 이 시를 읽는 독자들의 화자에 대한 생각과 그에 대한 비판적 견해를 묻고 있는 듯한 느낌이 든다. 화자는 자신의 나약하고 내세울 것 없는 지금까지의 태도를 반전시켜 자신의 반성과 의지를 드러내고자 한다. 이 시는 결코 한 사람의 부끄러운 자의식의 표출의 결과만은 아닌 것 같다. 오히려, 다른 사람들도 가지고 있을 것 같은 화자의 자괴감을 여실히 드러내어, 이 시를 읽는 사람들로 하여금 자신에 대한 반성의 기회를 부여할 수 있도록 하는 효과를 노리고 있다고 본다. 비록 화자가 처한 상황은 지금과 다르지만, 현대를 살아가는 우리들에게 의미하는 바도 충분히 있는 것 같다.

[학생글6]

시인에게 있어서 최상의 자기반성 및 실천방안은 시를 쓰는 것이라고 생각한다. 시를 씀으로써 자기반성을 하고 옳은 삶의 실천을 위해 노력하는 모습은 자신은 물론 독자를 각성시키는 계기가 되기 때문이다. 시를 음미하면서 나 자신에 대한 반성의 기회가 되었다. 타인을 비난하면서도 정작 나 자신은 다른 사람에게 이기적이고 편협하지 않았는지에 대한 반성적 인식 없이 살아왔다는 생각을 하게 되었다. 최근에 혜민 스님께서 쓰신 '마음을 비우면 비로소 보이는 것들'이라는 책을 읽은 적이 있었다.

'다른 사람의 문제점을 비판할 때, 나 자신 안에도 그 문제점이 내포되어 있음을 알아야 한다.'는 구절이 있었다. 이 구절이 내 마음 한 켠을 뜨끔하게 만들었으며, 이 시 역시 양가적 태도를 비판하며 자기반성을 할 수 있는 기회를 제공해 주고 있다고 생각한다.

[학생글7]

화자는 자신의 태도를 드러내면서 양가적 자신의 모습에 대해 비판적 모습을 보이고 있다. 이 시는 함축성이 돋보이는 작품은 아니지만, 자신의 태도를 제시하면서, 독자들의 생각을 은연 중에 묻고 있으며, 자기반성을 독려하는 듯하다. 화자의 나약하고 내세울 것 없는 지금까지의 태도를 반전시켜 자신의 반성적 태도와 실천 의지를 드러내고 있다. 이 시는 결코 한 사람의 부끄러운 자의식의 표출의 결과만은 아닌 것 같다. 오히려 화자 자신의 자괴감을 여실히 드러냄으로써, 독자로 하여금 자신에 대한 반성의 기회를 부여하고 있는 것 같다. 화자가 처한 시대적 상황은 지금과는 다르지만 현대를 살아가는 우리들에게도 의미하는 바가 충분하다고 본다.

[학생글8]

화자는 어두운 현실을 인식하고 저항해야겠다는 생각을 가지지만 그렇게 하지 못하고 소극적인 자신의 모습을 보여준다. 화자는 자신의 미온적인 태도에 대해 스스로 반성하면서, 현실에 대한 비판적인 인식 태도를 보여 주고 있다. 화자의 인식이나 태도를 지금의 현실상황에도 적용가능하다. 물론 지금은 독재시절도 비민주적인 행위가 자행되지도 않는다. 그러나 우리사회는 많은 부조리한 측면을 보여주고 있다. 권력 앞에서 나약한 모습을 보이는 게 우리의 현재 모습이 아닌가. 화자를 통해 우리의 현재적 모습을 인식할 수 있으며, 나아가 그러한 자각에 그치지 않고 현실사회의 부조리에 저항함으로써 사회를 개선할 수 있는 기회가 되지 않을까 생각한다.

학생들은 화자의 상반된 인식과 태도를 통해 양가적 모습을 충분히 파악하고 있음을 알 수 있다. 이러한 양가적 인식이 화자가 위치한 시대적 상황과의 관련성 속에서 배태된 것이며, 적극적인 자기반성을 통한 양가적 인식이 긍정적 성향으로 현실 변화의 전제가 될 수 있음도 막연하나마 깨닫고 있는 것으로 보인다. 다만, 작품에서 파악한 탈식민지적 가치 인식을 학생들이 체험하고 있는 현실상황 속에서 적극적으로 재발견하지 못하는 학생글을 발견하게 되기도 한다. 이는 제시된 작품이 일제 식민지 상황을 전제로 한 작품이기에, 현대사회와의 시간적 격차로 인해 탈식민지적 인식을 현대사회 속에서 발견하지 못하는 것으로 보인다.

  화자의 이중적 태도를 자기정체성의 혼란으로 해석하고, 명확한 의지 확립의 중요성을 강조함으로써 양가성을 다른 관점에서 바라보려는 시도가 있음을 볼 수 있다([학생글5]). 논거가 분명하지 않은 단순 인상 비평의 수준에 그친 구절이 보이기도 하며, 작품에 대한 분석과 이해력이 미흡함을 짐작할 수 있는 부분도 있기는 하지만, 화자의 인식 전환이라는 양가성이 현실에 대한 소극적 태도에서 적극적 의지로 변모함으로써 유의미성을 확보하고 있음을 깨닫고 있음을 알 수 있다([학생글7]). 또한, 화자의 자기반성이 양가적 모습을 파악하는 단초임을 인지하고, 이것이 각성의 계기가 될 수 있음을 지적하고 있다. 하지만, 화자의 자기성찰에 집중함으로써 양가적 태도가 신식민지적 상황의 모순을 비판하고 그를 개선시킬 수 있는 토대가 된다는 인식의 확장으로까지는 발전하지 못하고 있다([학생글6], [학생글7]). 작품의 배경이 되는 일제 식민지적 상황을 현실적 차원으로 확장시켜, 새로운 권력의 위계화로 재편성된 권력 구조 내에서 이루어지고 있는 신식민지적 상황의 모순을 막연하게나마 깨닫고 이를 양가적 인식으로 비판하고자 하는 관점도 살펴볼 수 있다([학생글8]).

3) 저항적 재정형화하기

재정형화는 모방과 창조라는 두 가지 속성을 모두 가진다. 제국에 의해 이식된 문화와 가치관이 전면적으로 식민지 현실에 유입되는 상황에서, 서구문명을 수용해야만 하는 것이 현실이라면 피식민자들은 이를 자신들의 전통과 문화 환경에 맞게 변형시킴으로써 창조적인 문화로 재탄생시키는 시도를 도모하는 것이다. 이러한 문화적 재생산 과정은 식민지배자의 의도와는 달리 그들의 서구문명을 식민지 현실에 주입시키지 못하게 되며, 식민지 현실의 문화적 대항에 직면하게 된다.

탈식민지 시 교육에서 저항적 재정형화는 작품 속에 내재된 모방과 모방적 한계를 벗어나 탈식민을 지향하고자 하는 저항적 태도를 살피고자 하는 것이다. 단순한 모방과 문화적 수용은 피식민자의 서구문명으로의 단순 치환으로 이해될 수 있으나, '재정형화'는 식민지배 권력과 문화에 대한 배타적 의지를 견지한 것으로 전통문화의 복원과 창조적 계승을 위한 움직임인 것이다. 따라서 학생들로 하여금 모방성 속에 이율배반적으로 전제된 비판과 저항의 메시지에 주목하고 그러한 의식이 탈식민에 기여하는 바를 탐색하게 할 필요가 있다. 그런 점에서 장정일의 「공기 가운에 들어 올려진 남자」는 수동적 식민지배자의 태도가 능동적 저항으로 전이되는 과정을 드러냄으로써 '재정형화'의 전형을 보여 준다고 볼 수 있다.

> 밤새워 그는 공기 점검을 한다.
> 거대한 공룡같이 음흉스런 검은 전축의
> 파워 버튼을 누르고, 튜너의 다이얼을
> A.F.K.N-F.M에 맞춘 다음 카세트 데크에
> C-60 테이프를 건다. 그리고 낚시꾼이
> 찌를 던지듯 플레이 버튼과 레코드 버튼을

동시에 눌러놓는다.

공기 속에는 많은 전파가 꼬리 쳐 날은다
저녁 공기는 온갖 음악으로 붕붕 끓어 오른다.
그는 그것을 안다. 공기 속을 헤집어 날으는
사랑스런 것들을. 특히 그의 마음을 움직이는 건
초기 록큰롤이다. 아킬레스건이 당기는 것만 같은
피아노의 불규칙 연속음과 초기 록큰롤 특유의
중성적인 비음의 배음 합창은 그도 모르게
자신의 발꿈치를 들먹이게 한다

이 밤, 거장들이 만든 음악이 날아다닌다
그리고 아무도 간첩과도 같은 그의 생리를 모른다
모르는 사람들은 그에게 새로 생긴 탈춤연구회나
단소강습회에 가입하길 권하지만 그는 언제나
살찐 고개를 부드럽게 가로젓는다
공기를 점검하는 게 그의 숨은 취미기 때문이다
비 비 킹, 게리 리 루이스, 엘비스, 더 나아가
롤링 스톤즈, 애니멀즈, 야드버즈, 아아 그는 두 손으로
머리를 감싸 안는다. 나의 대통령, 나의 조국이여

그는 냉소적인 경멸을 가요에 대하여 느낀다
그는 국내 라디오 채널과 음악 프로를 무시한다
그는 A.F.K.N-F.M에 방송 선택 침을 고정시키고
밤새우기 일쑤다. 그는 잘 수가 없다
새로운 테이프를 완성하고, 녹음된 음악 목록을 쓰고,
다시 들어보고, 새로운 녹음에 몰두한다
그렇게 녹음된 테이프는 그의 방을 가득 채우고

마루를 뒤덮고, 온갖 책상서랍과 상자에 넘친다
집집의 선반마다 새로 유행되는 노래를!
녹음된 테이프가 방방곡곡의 벽을 타고 기어오르게 하라!

거대한 공룡같이 음흉한 밤의 공기 속으로
아메리카는 그물을 내어 펼친다. 전파는 망치가 되어
잠들지 않는 그의 뇌를 두들긴다. 철도원이 기차 바퀴를
두드리는 것같이, 공기 속의 아메리카는 그의 머리를 두들겨
점검한다. 아메리카는 공기 속에서조차 그를 들어올린다
그러나 그는 그것을 모른다. 록큰롤 스타는
그의 대통령, 그의 조국이다
—장정일, 「공기 가운데 들려 올려진 남자」 전문

위 작품에서 '그'는 'A.F.K.N-F.M'에서 들려오는 '록큰롤'에 심취함으로써 '아메리카'의 신문명을 적극적으로 수용하는 인물로 등장한다. '록큰롤 스타'는 '그의 대통령'이며 '그의 조국'으로서 제국에 대해 철저히 복종하고 맹신하는 피식민지인으로서의 그의 모습을 보여준다. 하지만 '그'는 '록큰롤' 뒤에 숨어 있는 '아메리카'의 '거대한 공룡'과도 같은 '음흉'한 제국의 식민 지배의 논리를 의식하지 못한 채, '공기 속에서 조차' '들어올'려지는 존재로 침몰하게 된다. 즉, '그'의 주체성과 자의식은 상실되고 제국에 의해 의식과 행위가 지배되고 조정되는 상황에 처하게 되는 것이다.

오직 '록큰롤'만을 '사랑스'럽게 여기고, '그의 마음'을 '움직'일 수 있는 유일한 대상으로 인식하고 있는 그는 '록큰롤'이 전국 '방방곡곡'에 '채워지'기를 기대할 뿐이다. '국내'의 '가요', '라디오', '음악프로'는 '무시'의 대상을 넘어 '경멸'의 대상으로서 '냉소'적인 입장을 고집한다. 이러한 '그'의 자문화에 대한 부정적 인식은 '탈춤'과 '단소'와 같은 전통 문화에 대한 무관심에 맥이 닿아 있는 것으로서, '아

메리카'가 심어 놓은 신문물에 대한 맹신만이 존재할 뿐이다.

'그'의 자문화에 대한 외면과 신문물에 대한 맹목적 추종을 통해 작가는 '모방'의 이중성을 교묘하게 병치시키고 있다. '그'는 서양의 식민지적 가치관에 경도된 비판적 대상으로서만 존재하지 않고, 서구 문명을 맹목적으로 모방하는 '그'의 행태를 통해 역설적이게도 전통의 부활과 자문화에 대한 중요성을 부각시키고자 하는 것이다. 이는 제국의 문화가 인간의 내면세계를 지배하고 있는 상황을 반어적으로 풍자(이형권, 2010)함으로써 단순한 모방의 폐해를 지적함과 아울러 창조적 수용의 필요성을 제기하고 있는 것이다.

작가는 위 작품을 통해 '맹목적 수용으로서의 모방'과 '창조적 수용으로서의 모방'의 차이를 보여주고자 한다. '그'는 제국의 식민지 논리에 편승함으로써 전통과 자문화를 망각하고 자의식을 소멸시키는 맹목적 모방을 추종하고 있다. 이러한 모습의 이면에 작가는 역설적으로 식민지 현실에서의 참다운 문화 수용의 태도로 창조적 모방성을 강조하고자 하는 것이다. 행동과 의식마저 지배당함으로써 자문화를 조소하는 비정상적 식민상황에서 탈피하기 위해서는, 자문화의 전통적 기반 위에 창조적 문화를 생성해 낼 수 있는 모방의 참다운 방식을 강조하고자 하는 것이다. 이러한 창조적 모방성은 서구 문명을 해체하고 재구성함으로써 제국에 저항하는 몸부림이며, 문화 발전을 위해 시도되는 재정형화의 한 모습으로 볼 수 있다.

'저항적 재정형화하기'를 시 교육 현장에서 구현하기 위해서는 학생들로 하여금 '모방'과 그 속에 함축된 '저항' 그리고 '창조적 시도'에 주목하게 할 필요가 있다. 학생들이 작품을 개별적으로 감상하면서 모방이 단순한 서양문물의 수용과 이로 인해 초래되는 신식민지 논리에 대한 순응이 아니라, 자문화의 주체성에 대한 인식을 바탕으로 신문물을 창조적으로 재생산함으로써 비판과 저항은 물론, 고유문화를 창조적으로 발전시키기 위한 토대가 됨을 인식할 수 있도록 유도해야 할 것이다. 이를 위해 학생들이 주제의 사실과 개념 간의 관계를 탐구해 나갈 때, 학생들의 비판적 사고를 활성화하는 데 유용한 '통합모형'(Gunter & Estes & Mintz, 2010)을 활용하고자 한다. '자료 탐색과 비교 → 유사점과 차이점 파악 → 다른 상황에 대한 가정 → 주제에 대한 일반화'의 과정으로 수업을 전개해 나감으로써 '저항적 재정형화하기'의 방법과 그 속에 전제된 작가의 의도를 파악할 수 있다.

'자료 탐색과 비교'의 단계에서는 모방의 주체로서의 인물이 보이는 성향에 대해 주목하고, 시적 상황과 인물의 상관관계를 통해 유발되는 모방의 실태와 그 의미를 탐색하도록 한다. 또한, 서양의 문물을 맹목적으로 받아들이는 인물의 태도와, 그와 대척점에 있는 전통문화의 위상 및 가치 인식의 차이에 대해서도 모색하는 기회를 갖도록 할 필요가 있다. 작품에서 발견된 내적 의미를 작품 바깥의 현실적 요소와 관련시켜 사고함으로써 작품의 의미를 현실적 차원으로 확장시킬 수 있도록 유도할 수 있어야 한다.

'유사점과 차이점 파악' 부분은 작품에 대한 파악, 작품과 현실 간의 연계성에 대한 이해를 전제로 깊이 있는 사고와 토의 활동에 역점을 두고자 한다. 즉, '신문명의 수용과 전통의 고수 사이에 일어나는 긴장과 갈등', '서구 문명의 수용과 극단적인 거부', '맹목적 모방과 창조적 모방의 의미와 차별성에 대한 인식', '모방이 갖는 수용과 저항의 양면성', '식민지 가치관을 이식하는 맹목적 수용과 탈식민을 지향하는 재정형화의 차이와 상호 긴장성' 등을, 통합모형에서 강조하는 사고의 심화와 상호소통의 방법을 통해 적극적으로 수행해 보고자 하는 것이다. 이 과정에서 무엇보다 중요한 것은 학생들의 다양한 의견과 가치관을 허용하고 그에 대해 포용적 태도를 취하는 것이다. 뿐만 아니라 궁극적으로 문화적 수용은 폐쇄적 자문화중심주의를 벗어던지고 받아들여야 하는 불가피한 현실적 상황이며, 힘의 논리에 의해 위계화되는 이식과 모방에서 벗어나, 자발적이고 주체적인 모방과 창조적 재구성의 방향으로 나아가야 한다는 측면에서 논의가 전개될 수 있도록 배려해야 할 것이다.

'다른 상황에 대한 가정'과 '주제에 대한 일반화'는 각각 인식의 확장을 위해 작품에 대한 이해의 정도를 구체적인 현실 상황에 적용하기와 탈식민지 가치관으로서의 창조적 모방성의 가치와 의의에 대해 일반화하기를 시도해 보고자 하는 것이다. 여타의 상황 가정하기에서는 록큰롤에 심취해 무비판적으로 모방하는 인물과 유사한 경우의 다른 상황에 대해 살피고 그에 대해 논의를 해 보도록 함으로써, 모방에 대한 태도의 차이가 식민지에 대한 무비판적 순응과 탈식민지적 가치를 위한 비판으로 차별화될 수 있음을 인지시킬 필요가 있다. 또한, 주제 일반화하기를 통해 재정형화가 비판과 저항은 물론, 자기 정체성과 주체적 역량 강화를 위해 다른 문화에 대한 허용적 자세를 견지하고, 창조적 발전을 위한 수용과 재구성의 과정에 의미가 있음을 발견할 수 있도록 유도할 수 있다.

[학생글9]
선진국은 옛날부터 아시아의 나라를 식민지화해 갔다. 선진국은 단지 자신들의 이익을 위해 피식민지국의 문화, 정신, 언어 등을 파괴했던 것이다. 우리나라도 일제에 의해 식민지배를 당했으며, 그 결과 지금까지도 그 영향을 받은 건물이나 문화들을 발견할 수 있다. 선진국의 동양지배는 오리엔탈리즘에 바탕을 두고 있다. 서양은 우월하고 동양은 미개하다는 고정관념인 오리엔탈리즘이 그들의 지배를 정당화하는 것이다. 작가는 이러한 인식과 태도를 가진 이들을 비판하고 있다. 동양인들 중에는 서양 문화만을 대단하고 우월한 것으로 생각하는 사람이 많다는 것이다. 선진국들이 동양의 피식민지인에게 준 콤플렉스는 극복해야 할 과제라고 할 수 있다. 서양문화와 동양문화가 동일하게 우월하다는 생각을 갖지 않으면 영원히 식민지적 상황에서 벗어나지 못할 것이다.

[학생글10]
우리나라는 과거에 선진국의 영향으로 급속한 산업발전이 이루어졌다.

물론 우리나라가 많이 발전해서 좋기도 하지만 우리는 너무 그들의 삶의 방식에 동화된 듯하다. 또한, 우리가 식민지배를 당했을 때는 우리 문화를 많이 잃고 외부의 문화가 유입될 수밖에 없었다. 우리를 식민지배했던 일제는 우리 고유의 언어인 한글을 못 쓰게 하고 자신들의 말을 쓰게 하며, 이름도 일본어로 바꾸게 하는 창씨개명을 단행하였다. 선진국은 식민지배를 통해 소유욕을 충족시키고 자기 나라의 힘을 과시함으로써 자국의 이익만을 추구하고자 하는 것이다. 식민지배는 약소국에 뼈아픈 상처만을 남길 뿐이다.

[학생글11]

인물의 행위를 통해 문화적으로 선진국의 식민지배를 당하고 있다고 볼 수 있다. 문화적 지배라는 것은 사고방식이나 가치관이 그 문화에 맞추어 바뀌었다는 것을 뜻한다. 우리가 입는 옷과 먹는 음식, 사는 집 그리고 생활방식까지 선진국의 영향이 미치지 않는 곳이 없다고 해도 과언이 아니다. 우리들이 이러한 현실 속에서 어떤 의식과 태도를 갖고 살아가는가에 따라서 앞으로 우리가 나아갈, 만들어갈 길이 올바르게 펼쳐질 것인지 아니면 잘못된 방향으로 가닥을 잡을 것인지가 결정될 것이라고 생각한다. 어떤 행동을 하든지 우리가 진정한 주인, 주체가 될 수 있도록 올바른 의식을 토대로 바람직한 판단을 하며 살아야 할 것으로 본다.

[학생글12]

서양인들은 과거 동양인을 자신들과는 다른, 즉 부정적인 존재로 보았다. 서양인들이 중심에 서서 무차별적으로 동양의 국가들을 식민지화했던 것이다. 서양의 음악인 팝송을 절대시하고 우리나라의 음악을 폄하하는 태도는, 단순히 관심의 차원이 아니라 서구문화에 의존하게 하는 인식으로의 변화를 초래하였다. 서구문화가 자국의 문화보다 우월하다는 잘못된 생각이 만연해 가는 현상을 단적으로 보여주고 있다. 화자는 문화를 창조적으로 수용하지 못하는 인물을 통해 단순히 문화적 호기심의 차원이 아니라, 정신적 지배로 인한 전통문화의 말살이라는 부정적 모습을 부각시키고자 하는 것이다. 서구문화에 관심을 갖지 말라는 것이 아니라, 그러한 현상이 초래하는 문제점과 의미를 잊지 말라는 의도를 전하고 있다. 지금이라도 동양과 서양을 동등하게 인식하고 존중하는 태도 속에서, 필요하고 호기심을 느끼는 문화는 서로 주고받는 것이 타당하다고 생각한다.

저항적 재정형화라는 의도로 시행된 교육활동을 통해, 모방의 창조적 측면을 부각시켜 신식민지배라는 모순적 현실에 대해 비판하고, 주체적 창조성을 확립할 수 있는 태도를 길러주고자 하였다. 위의 글들을 통해 학생들은 식민지배의 부당성을 비판적으로 고찰하고, 문제적 상황을 해결하기 위해서는 주체성의 확립이 필요함을 인식하고 있음을 볼 수 있다. 오리엔탈리즘의 허상을 비판하고 작품 속 인물이 식민지적 가치관에 함몰되어 있는 부정적 인물임을 명확하고 파악하고 있다. 이러한 문제상황을 해결하기 위해서는 문화적 대등성이 필요함도 역설하고 있다([학생글9]). 또한, 등장인물의 모습이 식민지배의 연장선에서 이해 가능함을 지적하고 있으며([학생글10]), 현실 상황 속에서 발견 가능한 구체적인 사례 제시를 통해 선진국의 문화적 지배를 비판하고 있다는 점도 주목할 만하다([학생글11]). 서구문물 속에 감추어진 신식민지적 인식의 부당함을 부정하고 이를 극복하기 위해서는 주체성에 대한 자각과 인식의 확립이 절실함을 강조하기도 한다([학생글11], [학생글12]).

하지만, 현대사회에서 찾아볼 수 있는 신식민지적 현상에 대한 언급이나 그를 입증하기 위한 구체적인 근거 제시가 미흡함을 볼 수 있다. 또한, 문화적 다양성에 대한 지향성과 선진문화의 도입을 통한 자문화의 창조적 발전을 도모할 수 있는 저항적 재정형화에 대한 직접적인 기술이 부족하다([학생글10], [학생글11]). 따라서, 전통을 기반으로 한 서구문물의 비판적 수용과 재해석을 위해, 주체성만을 지나치게 강조함으로써 신문물을 맹목적으로 배척하고자 하는 편향된 가치관을 근절시키는 쪽으로 교육활동이 집중되어야 하리라 본다.

4. 탈식민주의시 교육의 함의

이 글에서는 주체성의 확립과 자기 성취를 위한 인식적 토대로서의 탈식민지적 가치관의 중요성에 공감하고, 탈식민지적 인식을 시작품 속에 도입한 다양한 작품 감상을 통해 식민지 상황을 극복하고 자기 역량을 강화해 나가는 태도에 주목하고자 한다. 과거 무력에 의한 식민지적 경험과 그러한 상황의 극복을 위해 보여주었던 우리의 저항적 태도는, 현재까지 지속되고 있는 신식민지적 상황 속에서 우리 고유의 전통과 자아를 인식하며, 그것을 지키고 발전시켜 나가고자 하는 탈식민지적 인식의 중요성을 부각시킬 당위성을 부여하는 것이라 할 수 있다.

탈식민주의의 본질은 맹목적인 비판이나 서구에 대한 반감으로 이해될 수 없다. 서양의 신문물과 대등한 위치에서 우리 문화의 정통성과 주체성을 인정받고, 문화와 문화가 상호소통적으로 교섭함으로써 이상적인 인류문명의 개별적 구성요소로서 당당하게 자리잡는 데 그 의의를 두는 것이다. 그러므로 탈식민주의는 문화 권력에 의해 서열화되고 지배와 종속 관계로 기형화되는 식민지 상황의 문제점을 지적하고, 탈식민주의의 전면적인 확대와 실천적 의지를 강화해 나가고자 하는 것이다.

인간에 대한 존중과 신뢰, 다양한 문화적 가치에 대한 인정, 자기 문화에 대한 애착을 지향하는 탈식민주의의 속성에 주목하고, 특별히 '현실 상황 비판', '양가적 자기 인식', '저항적 재정형화'를 통해 탈식민주의의 면면을 이해하고자 하였다. 또한, 구체적인 시작품 속에 반영된 이러한 인식에 주목하고 탈식민주의시를 감상하는 효율적 방법을 제시하였다. '현실 상황 비판'은 무감각하게 지나쳐버릴 수 있는 신식민지적 상황을 인식하기 위해 우리의 현실태를 조망하고, 그 속에서 자행되는 식민지적 음모와 그 극복을 위한 자의식을 유도하고자 하였다. '양가적 자기 인식'의 과정은 식민지 상황 속에서 필연적으로 보일 수밖에 없는 개인의 자기 분열적 양상에 주목하고자 하는 것이다. 현실 인식을 통해 수반되는 자기 점검과 그 과정에서 유발되는 자기 모순성에 대한 경험은 현실 개혁과 극복을 위한 중요한 자의식으로 역할하게 될 것이다. '저항적 재정형화'는 신문물의 수용과정에서 정통성과 자기 문화에 대한 비하적 인식을 극복하고, 모방이 수동적 문화 이식의 차원이 아니라 창조적 자문화를 형성하기 위한 토대로서 재구성을 위한 주체적 수용이 되어야 함에 초점을 두는 것이다. 단순한 모방에서 벗어난 창조적 수용으로서의 재정형화는 서양의 자문화 이식 논리를 와해시킴으로써 비판과 저항의 메시지를 지향한다. 이 글에서 시도했던 탈식민주의시 교육을 통해 다양한 문화적 가치를 인정하고 서양의 문화적 위계화를 붕괴시킴으로써, 소외된 문화로 폄하되었던 소수문화의 정체성이 당당히 자리잡을 수 있는 계기가 되기를 바란다.

하이퍼텍스트성의 교육적 활용 방안

1. 하이퍼텍스트와 시

기존의 문학작품은 종이 위에 활자화된 형태로 평면적 양상을 띠고 있었다. 아직도 교육현장의 텍스트 제시방식도 그러한 틀에서 크게 벗어나지 못하고 있다. 종이 매체를 통해 제시되는 문학작품은 매체가 갖는 형식에 의해 일정한 특성을 본연적으로 갖게 된다. 텍스트 제시의 일방성과 수용의 순차성, 소통의 부재로 발생하는 독자의 역할 약화와 작가의 권위성 부각 등의 특징이 드러나게 되는 것이다.

문학의 본령은 작품과 작가가 갖는 절대적 우위성을 인정하고 독자들에게 강요하는 것이 아니라, 작품을 느끼고 감상하는 독자적 측면은 물론 작품과의 상호작용을 강화하는 쪽에 있는 것이다. 이러한 입장에 따른다면, 비선형성과 상호 소통성을 강조하는 하이퍼텍스트의 속성은 문학교육에 적용 가능한 이점을 가지고 있다. 하이퍼텍스트의 형태로 제시되는 문학작품은, 특히 서사의 경우에 독자의 흥미를 유발하거나 독자 중심의 읽기를 가능하게 함으로써 기존의 문학 읽기 방식을 넘어서는 효율성을 갖게 된다.

시 작품의 경우, 서사와는 다른 형식상의 특징으로 하이퍼텍스트에서 구현되고 있는 작품 제시 방식에 제한이 따를 수밖에 없다. 하지만 시 작품을 감상하는 방식의 개선이라는 측면에서는 수용할만한 교육적 시사점이 존재한다. 즉, '하이퍼'적 속성을 활용할 경우 독자의 작품 감상 과정에 적용되는 인식의 흐름과 작품과의 상호작용 과정을 파악할 수 있으며, 다양한 매체를 통해 감상의 결과를 드러냄으로써 입체적인 감상의 효과를 거둘 수 있게 된다. 또한, 독자 중심의 감상 효과를 강화시킬 수 있는 계기를 마련하면서 단일 텍스트에 대한 감상에서 벗어나 상호텍스트성을 실현함으로써 감상의 효과를 배가시킬 수 있게 된다.

이 글에서는 하이퍼텍스트적 속성을 시 교육에 도입함으로써 시 감상의 효율적 방안을 제안하고자 한다. 개별적 감상의 토대 위에 모둠활동의 수행 과정에서 기본시에 대한 감상을 다양한 형태의 매체로 드러냄으로써 감상의 효과를 배가시킬 수 있을 것이다. 텍스트, 음악, 동영상, 사진, 그림 등의 매체를 비선형적으로 연결시켜, 제시된 기본시를 수동적이고 선형적으로 읽어나가는 관행에서 벗어나, 기본시를 미완의 텍스트로 인식하고 이를 독자의 읽기 과정을 통해 수정하고 보완함으로써 완성해 나갈 수 있다는 사고 전환의 전기를 마련하고자 한다.

2. 하이퍼텍스트성의 교육적 수용

문학교육은 특수성과 다원주의적 무차별성을 구현하는 쪽으로 방향을 선회하고 있다.[1] 문학 텍스트가 절대적인 정전으로서의 가치를 가지고 작가의 일방적인 읊조림에 공감하고, 작가에 의해 창조된 가치와 의미를 획일적으로 강요하는 방식의 감상 태도는 이미 진부한 것으로 인식되고 있다. 텍스트와 작가의 권위적 속성에 의혹을 품고 그것의 암묵적 억압에서 벗어나 독자의 자유로운 감상 방식을 옹호하고, 최소한 텍스트와 독자를 대등한 위치에서 상호소통의 주체로 인식하는 차원으로 나아가게 되었다.[2]

작가와 작품을 중심으로 한 유일무이의 절대적 의미 읽기 방식에서 벗어나, 작품과 독자의 상호작용과 그 과정에서 발견되는 의미의 다양성을 인정하는 감상 태도를 지향하기 위해서는 새로운 방식이 필요할 수밖에 없다. 독자 주도적인 감상 방식을 용납하고 자극할 수 있는 대안이 하이퍼텍스트성이라고 할 수 있다. 하이퍼텍스트성은 독자로 하여금 선택을 허용하고 쌍방향적 읽기가 가능하도록 한다. 또한, 교육적 상황에 적용했을 때 학생들은 활자화된 종이텍스트를 읽을 때보다 적극적으로 역할을 수행하며, 텍스트 상호 간의 연결성을 강화시켜나갈 뿐만 아니라 해당 텍스트를 통해 이미지를 포함한 다양한 새로운 형태의 텍스트를 생성해 나가는 것으로 드러났다.[3]

시 작품의 경우는 의미성뿐만 아니라 음악성 및 회화성과도 긴밀한 관련성을 맺고 있기에, 독자의 다양한 감상과 상상의 영역들을 자극할 필요가 있다. 자유로운 소통과 연결성을 강조하고, 다양한 매체의 결합이 가능한 하이퍼텍스트적 속성은 시 감상의 효율성을 높여줄 것으로 기대된다.

---

1) 하나의 텍스트를 해석한다는 것은 그것에 하나의 의미를 부여한다는 것이 아니라, 그것이 얼마나 다수로 이루어져 있는지를 가늠한다는 뜻이다. 패터 V. 지마, 김태환 역, 『모던/포스터모던』, 문학과지성사, 2010, 321~323쪽.
2) 사이버텍스트(하이퍼텍스트)는 독자 반응 이론가들보다 더 많이 텍스트 소비자 혹은 사용자에게 관심을 가지며, 독자가 텍스트를 완성시키는 방법을 규명하고자 한다. 에스펜 올셋, 류현주 역, 『사이버텍스트』, 글누림, 2007, 16~51쪽.
3) 조지 P. 랜도우, 여국현 외 역, 『하이퍼텍스트2.0』, 문화과학사, 2003, 334쪽.

1) 하이퍼텍스트의 속성

넬슨은 하이퍼텍스트라는 용어를 연결성의 개념으로 사용하고자 했으며, 하이퍼텍스트 개념을 문서와 문서, 문서와 단어의 단순한 연결뿐만 아니라 그림, 음성, 동영상 상호 간의 소통으로 확장시키고 있다.[4] 최근의 하이퍼텍스트 시스템에서는 매체와 형식의 경계가 무너지면서 시각적 요소는 물론 청각적인 요소까지 텍스트에 도입되고 있다. 언어적 텍스트를 하이퍼텍스트로, 비언어적 하이퍼텍스트를 하이퍼미디어로 구분하기도 하지만, 하이퍼텍스트를 하이퍼미디어를 포함한 포괄적 용어로 사용하는 것이 일반적이다.[5]

노드와 링크로 구성되는 하이퍼텍스트 개념은 텍스트에 대한 기존 인식의 폭을 확장시킨다는 데 의의를 갖는다. 텍스트의 개방성을 추구하는 하이퍼텍스트는 데리다를 비롯한 후기구조주의자들의 이론에 바탕을 두고 있다. 데리다는 '창조적 다양성을 억압한 선형성(線形性)을 거부'하고 해체적인 글쓰기를 주장하였으며, 마크 포스터는 이러한 데리다의 작업을 '형이상학적 주체의 틀을 해체'하는 것으로 보고 전자적인 글쓰기 즉 하이퍼텍스트성을 옹호하고 있다.[6]

하이퍼텍스트는 텍스트의 범위를 활자화된 종이 문서에서 발화 의도를 담고 있는 모든 매체로 확장시키고 있다.[7] 이러한 관점은 단순히 텍스트를 담는 매체의 다양화와 그에 대한 포괄적 허용이라는 차원을 넘어서 텍스트를 바라보는 가치관의 전환을 의미한다. 기존의 텍스트는 선형적 구조 속에 독자를 포섭하는 성향을 갖고 있었다.

---

4) 하이퍼텍스트는 하나의 개념을 의미하는 노드(node), 즉 텍스트, 그래픽, 비디오, 이미지, 프로그램 등을 링크(link)를 통해 상호 연결시킴으로써 구성된다. 김종회, 『사이버문화: 하이퍼텍스트 문학이론편』, 국학자료원, 2005, 213쪽.
5) 류현주, 『하이퍼텍스트문학』, 김영사, 2000, 125~126쪽.
6) 이선이, 『사이버 문학론』, 월인, 2001, 15쪽.
7) 권택영 외, 『기호학과 철학 그리고 예술』, 소명출판, 2002, 224~226쪽; 이대성, 『진리에 관한 다학제적 성찰』, 연세대학교 출판부, 2009, 69쪽.

작가의 의도에 따라 작품을 읽어 가면서 전후 맥락을 점진적으로 집적시켜 감으로써 속뜻을 완성해 나가게 되는 것이다. 이러한 읽기 과정은 작가의 권위에 독자를 예속시키는 것이며, 지배와 종속 관계를 암묵적으로 동의하게 하는 측면이 있다. 독자의 해석도 선형적 구조 속에서 이루어져야 하기에 제약이 있을 수밖에 없으며, 독자의 읽을거리에 대한 선택권이 발탁됨으로써 오로지 작가가 이미 마련해 놓은 길을 무미건조하게 따를 수밖에 없는 것이다.

하지만, 텍스트를 담고 있는 매체의 다양화와 텍스트에 관한 인식의 변화, 텍스트 제시 방식의 기발함 등으로 인해 작가의 위상이 새롭게 정립되고 독자의 위치는 부상할 수밖에 없게 되었다. 하이퍼텍스트는 사용자의 성향과 선택에 따라 링크를 통해 비선형적으로 정보를 전달하는 다층적 텍스트이며, 멀티미디어 기능을 담고 있으면서 가변적이고 개방적으로 제시된다.[8] 텍스트를 통해 이해와 감상에 도달하고자 하는 읽기 본연의 목적이 확장되어, 독자의 선택권과 상호 소통성을 토대로 쓰기의 기능까지 아우르고 있는 것이다. 즉, 하이퍼텍스트는 읽기와 쓰기의 기능을 동시에 수행하게 함으로써, 독자를 수동적인 독자의 위치에 있도록 구속하지 않고 작가의 속성과 권위를 구가할 수 있도록 배려한다.

하이퍼텍스트의 링크를 통한 연결성은 상호텍스트성(intertextuality)을 단적으로 보여 주는 것이며, 하나의 텍스트는 다른 텍스트와의 엇갈린 관계 속에 놓이게 된다. 텍스트 속에 절대적인 의미가 깃들어 있다는 기존의 관점은 의미의 다양성과 관계의 중요성을 부각시키는 방향으로 가닥을 잡아 나가게 되었다. 데리다는 텍스트의 절대적 근원이 되는 '궁극적 지시 대상'은 없다고 주장하며, 들뢰즈는 "혼돈의 질서 속에서 존재를 유지하는 힘을 텍스트는 지니고 있다."고 보고 있다.[9] 결국, 텍스트는 하나의 반제품으로서 수용자를 지향하며, 하

---

8) 차봉희, 『디지로그 스토리텔링』, 문매미, 2007, 254쪽.

나의 텍스트는 독자의 수에 비례해서 그만큼 더 많은 의미들을 지니게 된다.[10)]

하이퍼텍스트의 독자 지향성은 텍스트의 절대적 가치를 붕괴시킴은 물론, 텍스트 의미의 다양성을 용인하고, 의미 창출의 주체는 작가가 아니라 독자라는 관점을 강하게 부각시켜주고 있는 것이다. 텍스트를 통해 검증이나 비판의 객관성을 확보하려는 차원에서 나아가, 독자가 텍스트의 의미를 독자 자신의 논리로 몸바꾸기를 해 나가는 읽기 방식을 강화해 나갈 것을 유도하고 있다. 원하는 만큼 자기 식대로 읽어 나갈 수 있으며, 읽기는 작가의 의도를 정확히 파악하려는 작업이 아니라 독자의 창조적 행위로 탈바꿈하게 되는 것이다.[11)]

하이퍼텍스트는 물리학적 통일체가 아니라 '생성적 양상'을 취한다. 독자의 동기와 흥미에 따라 재구성된 텍스트는 연상 작용을 통해 확장될 수 있는 열린 구조를 갖는다.[12)] 폐쇄성과 완결성을 바탕으로 성립되었던 기존의 텍스트 구조와는 달리 하이퍼텍스트는 출발점에서부터 텍스트의 구성이나 체제에 제약을 두지 않는다. 텍스트 속에 자리 잡는 내용이 일정한 결과물로서의 완결된 가치 체계라는 인식에서 벗어나, 끊임없는 변증법적 가치의 탐색 과정으로 보는 것이다.[13)] 기존의 읽기가 수렴을 통해 작가의 궁극적인 의도를 파악하고자 하는 행위였다면, 하이퍼텍스트 개념에서의 독서는 작가와 독자의 경계를 해체하고 다양한 의미를 발산적으로 추구하는 양상으로 변모해 버렸다. 열려 있는 소통 구조[14)]를 추구는 하이퍼텍스트의 지향성 속에는 '행위'와 '과정'만 남아 있을 뿐 일체의 절대성은 부정되고 만다.

---

9) 김종회 외, 『사이버 문학의 이해』, 집문당, 2003, 99쪽.
10) 빌렘 플루서, 윤종석 역, 『디지털시대의 글쓰기』, 문예출판사, 1998, 75~76쪽.
11) 최혜실, 『디지털 시대의 문화 읽기』, 소명출판, 2001, 121쪽.
12) 장노현, 『하이퍼텍스트서사』, 예림기획, 2005, 50쪽.
13) 하이퍼텍스트는 글쓰기와 독서의 변증법이 구성하는 이중적이고 상반된 행위의 결과이다. 로베르 에스카르피, 김광현 역, 『정보와 커뮤니케이션』, 민음사, 1996, 188~190쪽.
14) 이용욱, 『문학, 그 이상의 문학』, 역락, 2004, 24쪽.

독자와 작가가 함께 추구하는 지속적이고 확장된 참여는, 화자의 주관적 경험에 절대적 의미를 부여하는 경향에서 진일보해 발화가 일어나는 사회적 상황에 가치를 부여하는 쪽으로 방향 전환을 하게 된다. 다양한 의식이나 목소리가 공존할 수 있는 '다성성'15)의 존립 가능성을 보장받을 수 있다. 참여와 소통이 필연적으로 만들어내는 열린 구조는 다양한 가치를 동시에 수용하면서 무한한 범위로 확장 가능하다. 텍스트가 개방성과 확장성을 가지게 될 때, 기존의 단선적이고 평면적인 구성에서 벗어나 입체성을 가질 수 있게 된다. 그 구조 속에서 작가와 독자는 새로운 관계 설정을 하게 되며, 그러한 관계도 고정된 것이 아니라 시시각각으로 변하면서 다양한 의미와 가치를 드러내는 다성성을 가질 수 있다. 결국, 하이퍼텍스트는 구조적 확장성과 탈평면성을 지향하면서 쓰기와 읽기의 경계를 해체하고 작가와 독자의 영역마저도 재설정하게 된다.

하이퍼텍스트 개념은 텍스트의 범주를 문자영역에서 확장시켜, 음성뿐만 아니라 시각적인 영역으로까지 넓혀가고 있다. 이러한 현상은 디지털 장비 및 소프트웨어를 작동하여 의미를 생성하고 해독할 수 있는 능력과 하이퍼텍스트의 소통 관습을 공유할 수 있는 멀티리터러시에 대한 중요성을 부각시키고 있다.16) 하이퍼텍스트는 지면과 같은 평면적인 형태로 구현될 수 없고, 그 특성상 웹이나 컴퓨터로 구동되는 프로그램을 통해 실현될 수밖에 없다.17) 최근에 보급되고 있는 다양한 컴퓨터 보조 장치는 하이퍼텍스트의 현실적 구현 가능성을

---

15) 김욱동, 『대화적 상상력』, 문학과지성사, 1988, 27쪽.

16) 멀티리터러시는 다양한 매체기술을 통해 중층적으로 결합되고 매개되는 다양한 언어와 기호를 통한 복합적 의미 생성 능력, 그리고 이를 통해 표상되는 사회 문화적 담론의 이해와 교섭 능력을 포함하는 의미 소통 능력이다. 차봉희, 『디지로그 스토리텔링』, 문매미, 2007, 485쪽.

17) 하이퍼텍스트를 구현하기 위한 멀티미디어 편집지원 프로그램으로, 프레젠테이션 저작도구, 문서 중심 저작도구, 프레임 중심 저작도구, 아이콘 중심 저작도구, 시간 중심 저작도구 등이 있다. J. David Irwin, *Emerging Multimedia Computer Communication Technologies*, NJ: Prentice Hall PTR, 1998, pp. 63~67.

극대화시키며, 이는 자연스럽게 멀티리터러시, 즉 하이퍼텍스트를 수용하고 생성할 수 있는 능력을 필연적으로 요구하게 되었다.

하이퍼텍스트의 출현은 종이 문서의 문식성에 제한되었던 언어능력을 확장시켜 광범위한 매체 정보를 창출하고 수용하는 능력을 기르도록 하고 있다. 하이퍼텍스트는 활자 매체뿐만 아니라 소리와 영상, 다양한 종류의 시각 매체가 총체적으로 구성되면서 정보를 전달하는 것이기에, 다양한 매체를 부려 쓸 수 있는 능력이 수반될 수밖에 없는 것이다. 멀티리터러시에 초점을 맞출 경우, 작가와 독자를 연결하는 연결 매개의 범위가 확대됨은 물론 관계의 성격까지도 확장된다. 멀티리터러시는 탈매체적이고 매체 해제적인 성향을 본연적으로 가지게 되며, 작가의 권위는 붕괴되고 작가와 독자의 고유한 특징은 쌍방향성 속에서 통합성을 지향하게 된다.

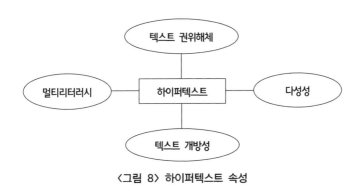

〈그림 8〉 하이퍼텍스트 속성

2) 하이퍼텍스트성의 교육적 의미

텍스트에 대한 개방적 사고를 현실적으로 구현하고자 하는 하이퍼텍스트는 글쓰기의 이점뿐만 아니라, 교육적 상황에 적용할 때 연관적 사고와 비평적 사고를 기를 수 있다. 또한, 교사의 권위를 학생들에게 이양함으로써 교사의 역할을 재규정하게 된다.[18] 텍스트의 권위를 해체하고 텍스트의 개방성을 추구하며, 다성성과 멀티리터러시의 속성을 지닌 하이퍼텍스트를 시 교육의 상황에 적용했을 때, 이해와 감상의 효율성은 물론 창작의 가능성을 함께 이룰 수 있다.

텍스트의 권위해체는 시 교육 현장에서 교사의 권위를 해체하는 것으로 이어진다. 학생의 자율적인 이해와 감상이 시 교육의 본령임에도, 현실 교육 현장에서 이루어지는 교사 중심의 일방적인 설명과 해설 위주의 수업은 국가주도의 획일적 평가방식과 맞물려 당연시되고 있다. 이러한 상황 속에서 문학과 하이퍼텍스트성을 결부시킴으로써 교사의 권위를 평가절하하고 학생의 목소리를 수업의 중심으로 끌어들이고자 하는 시도는 매우 바람직해 보인다.

학생의 위상을 격상시키고 교사와 상보적인 입장에서 시작품을 감상하는 상호작용성19)은 하이퍼텍스트를 문학교육에 접목시킬 때 극대화될 수 있다. 교사와 학생의 소통을 통해 문학 감상의 방법을 터득하게 되며, 감상의 과정을 중시하는 문학수업이 가능하게 된다. 이렇게 될 때, 비로소 결과중심과 이론중심의 문학수업에서 벗어나 진정한 과정중심과 방법중심의 문학교육이 활성화될 수 있는 것이다.

하이퍼텍스트의 도입으로 학생의 위상이 재설정된 교실 상황에서는 작품에 대한 감상의 주체가 학생으로 이양된다. 허용적인 분위기에서 학생은 감상의 주체가 되며 자기 주도적 감상이 가능하게 된다. 이해 없는 감상은 사실상 불가능할 수도 있으나, 기존의 문학교육 방식이 교사의 설명을 통한 이해에 치우쳐 있었기에, 하이퍼텍스트는 문학의 초점을 감상 쪽으로 선회시키는 중요한 역할을 할 수 있다. 문학교육은 학생들의 감수성을 자극하고 문학적 상상력을 신장

18) 조지 P. 란도, 김익현 역, 『하아퍼텍스트3.0』, 커뮤니케이션북스, 2009, 233~413쪽.
19) 멀티미디어 서비스와 프로그램은 다변화의 속성을 포함한 역동적 가능성을 중요하게 여긴다. 상호작용성은 정보를 주고받는 변화의 상황에서 중요한 의미를 가지며, 허용적인 분위기에서 의사소통을 이루는 쌍방향의 연결성이 요구된다. Mallikarjun Tatipamula & Bhumip Khasnabish, *Multimedia Communications Networks*, NY: Artech House, 1998, p. 446.

시키는 것을 목적으로 하기에 감상의 자발성과 유연성이 무엇보다 절실하다. 그러므로 학생들의 적극적인 참여와 그들의 목소리를 온전히 수용할 수 있는 가능성을 함축한 하이퍼텍스트적 속성은 문학교육에서 상당한 의미를 갖는다고 볼 수 있다.

하이퍼텍스트 개념을 시 감상 교육에 도입하게 되면, 학생은 수동적인 독자의 자리에서 벗어나 능동적인 작가로서의 모습도 가지게 된다.[20] 시 감상의 결과를 다양한 매체로 표현하는 과정에서 기존의 텍스트는 새로운 의미체로 거듭나게 되며, 개별적인 감상과 결과물의 제작과정을 다른 학생들과 공유하는 절차를 통해 학생들은 자연스럽게 독자와 작가로서의 역할을 동시에 수행하게 되는 것이다. 개별감상과 협동을 통한 결과물 제작을 통해 문학 담론을 적극적으로 향유할 수 있는 수용자와 생산자로 완성되어 갈 수 있게 된다.

하이퍼텍스트성의 도입으로 학생의 주도적인 감상이 가능할 경우, 작품에 대한 해석과 감상의 개별성, 그리고 다양성도 허용될 수 있다. 한 편의 시 작품을 읽고 감상에 대한 결과를 다양한 매체로 작성하고 이를 하이퍼텍스트 형태로 재구성하는 과정을 통해 시 의미 해석의 개방성을 체험할 수 있게 된다. 시 의미 해석의 주체가 누구냐에 따라 해석의 가능성은 다양해 질 수밖에 없다. 교사 중심의 감상이 이루어지는 교육현장에서는 해석의 절대성이 부각될 수밖에 없으며, 학생 중심의 해석과 감상이 허용되는 상황에서 비로소 해석의 다변화가 이루어질 수 있다. 그러므로 사용자의 적극적인 참여로 완성된 텍스트를 만들어나가는 과정 중심의 하이퍼텍스트성을 문학교육에 적용하는 것은 해석의 다양성을 인정해 주는 중요한 토대가 되는 것이다.

감상의 다변화 가능성에 대한 용인이 부적절한 작품 이해를 초래할 수 있다는 우려가 있을 수 있으나, 학생들은 주체적인 문학담론

---

20) 이 글에서는 하이퍼텍스트성의 교육적 가치를 부각시키고자 하나, 독자와 학습자의 감상 측면을 강화시킨 수용미학과 구성주의의 교육적 가치에 대해서는 긍정적 인식을 바탕으로 논의를 전개하고자 한다.

형성자로서의 자질을 갖추고 있으며 상호소통과 보완을 통해 자기 감상의 결함을 보완해 나갈 수 있다. 문학 감상의 수준을 세련되게 가꾸어 나가는 과정에서 하이퍼텍스트는, 학생들의 자발적인 조절로 그들의 거대 담론을 형성해 나가도록 하는 조절자이면서 안내자 역할을 수행한다. 하이퍼텍스트에 반응하는 과정을 통해 학생들은 교사의 질문에 단순히 반응하는 차원을 넘어 학습의 주체로서 동료 학습자들과 상호작용하게 되며, 협의는 물론 논리적이고 추상적 사고를 통해 능동적으로 참여하게 된다.21)

문학교육과 하이퍼텍스트성의 결합은 개방적이며 확장적 역할 인식에 도움을 줄 수 있다. 문학 감상은 심리적이고 감성적인 측면이 강함에도 불구하고 현장 교육은 입시제도에 발이 묶여 자기 정서에 충실한 감상이 이루어지지 못하고 있는 실정이다. 감상 교육이 도외시되고 그 자리를 설명과 이해가 대신하고 있다. 이러한 상황에서 진일보해 학생의 감성을 자극하고 그들의 목소리를 담아내기 위해서는 다양한 멀티미디어를 활용한 하이퍼텍스트의 도입이 무엇보다 중요하다. 하이퍼텍스트의 속성을 이해하고 그것을 활용해 자기만의 색깔을 표현하는 과정을 통해 창의적이며 추론적인 사고와 활동을 수행할 수 있다.

하이퍼텍스트성의 구현은 일정한 규칙이나 경로에 따라 진행되지 않고 사용자의 개성이나 주관적 판단에 의존해 상황에 따라 가변적으로 이루어진다. 이러한 과정에 문학담론 형성자로서의 학생이 참여하게 되면, 학생들은 그들만의 자발적 사고와 상호작용으로 작품을 감상할 수 있다. 시의 경우는 서사구조를 갖는 작품과는 달리 하이퍼텍스트성을 완벽하게 구현하는 데 제한이 있을 수밖에 없기에, 독자의 선택적 읽기와 읽기 방식, 내용 구성에 있어 제약을 겪게 된다. 하지만 작품을 감상하고 그 결과를 다양한 매체로 드러내는 작업

---

21) 유범 외, 『멀티미디어활용 영어교육』, 북코리아, 2005, 16쪽.

을 수행하는 과정을 통해 추론적이고 복합적인 사고를 할 수 있는 기회를 갖게 된다.

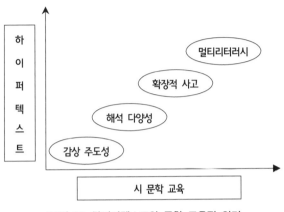

〈그림 9〉 하이퍼텍스트의 문학 교육적 의미

　또한 문학수업에서 하이퍼텍스트성을 활용하게 되면 멀티리터러시를 향상시킬 수 있게 된다. 최근에는 다양한 멀티미디어를 활용해 다면적 감각에 호소하는 입체적 의사소통을 요구하며, 이러한 현상은 정보전달과 수용의 방식, 경로의 변화만을 의미하지 않고 나아가, 사회적 양식의 변화를 요구하는 것으로 볼 수 있다.[22] 단순한 문자언어에 대한 리터러시를 초월해 정보를 선택적으로 수용하고 판단 평가하며, 나아가 정보를 주도적으로 창출할 수 있는 역량의 향상을 하이퍼텍스트를 통해 길러갈 수 있다. 멀티리터러시는 정보 전달 매체의 활용방식을 수용하고 이를 활용한 정보 소통 능력을 기를 뿐만 아니라, 변화하는 사회에 적응하고 대처하는 능력을 신장시키며 사회 문화적 가치 체계를 체득하는 차원으로 나아가게 된다.[23]

---

22) 백인덕, 『사이버시대의 시적 현실과 상상력』, 보고사, 2006, 37쪽.
23) 이정춘, 『미디어교육론』, 집문당, 2004, 61쪽.

3. 하이퍼텍스트성 적용의 실제

이 글에서는 문학교육에 하이퍼텍스트의 속성을 적용하기 위해 다양한 매체를 활용하고 이를 링크와 노드로 연결시킴으로써 문학 감상의 선형성(線形性)과 평면성을 극복하고자 한다. 이를 위해 시 작품을 제시하고 작품에 대한 다양한 반응을 허용하며, 모둠 단위로 다양한 매체를 활용해 개별 감상의 결과를 표현하게 하고, 개인의 결과물을 모아서 링크시킴으로써 하나의 구조물을 생성하도록 한다. 이렇게 만들어진 구조물을 다른 모둠의 구조물과 링크시킴으로써 확장된 구조를 만들어 가고, 그 결과 하이퍼텍스트의 본질적 특성을 구현해 낼 수 있게 된다. 이 글은 시 감상의 측면에서 하이퍼텍스트적 속성을 도입하고 이를 실현하는 것이 목적이기에, 작품을 제시하는 쪽의 하이퍼텍스트성은 생각하지 않기로 한다. 서사의 경우에는 작품을 생성하는 쪽에서도 적극적인 독자의 개입으로 하이퍼텍스트성을 구현할 수 있으나, 비서사성과 길이의 제한성이라는 시 갈래의 특성을 고려해 기성작가의 작품을 온전한 상태로 제시하고자 한다.

1) 수업의 진행 절차

유하의 「빠삐용－영화사회학」을 대상으로 문학 수업에 하이퍼텍스트성을 도입할 수 있는 가능성을 보이고자 한다. 제목만을 제시한다든지 시 본문의 일부분을 제시하고, 뒷부분을 구성해 보게 함으로써 학생 참여적인 시 쓰기를 시도해 볼 수도 있으나[24] 이 글에서는 감상의 측면에만 초점을 두고자 한다.

---

24) 시화 텍스트, 영상시 텍스트, 시와 덧글의 통합 텍스트 등은 시 교육을 활성화시킬 수 있는 텍스트 유형에 해당한다. 최미숙, 「미디어시대의 시텍스트 변화양상과 시교육」, 『문학교육학』 24, 한국문학교육학회, 2007, 54쪽.

아침 티브이에 난데없는 표범 한 마리
물난리의 북새통을 틈타 서울 대공원을 탈출했단다.
수재에 수재(獸災)가 겹쳤다고 했지만, 일순 마주친
우리 속 세 마리 표범의 우울한 눈빛이 서늘하게
내 가슴 깊이 박혀 버렸다 한순간 바람 같은 자유가
무엇이길래, 잡히고 또 잡혀도
파도의 아가리에 몸을 던진 빠삐용처럼
총알 빗발칠 폐허의 산속을 택했을까
평온한 동물원 우리 속 그냥 남은 세 명의 드가
그러나 난 그들을 욕하지 못한다.
빠삐용, 난 여기서 감자나 심으며 살래
드가 같은 마음이 있는 곳은 어디든
동물원 같은 공간이 아닐까
친근감 넘치는 검은 뿔테 안경의 드가를 생각하는데
저녁 티브이 뉴스 화면에
사살 당한 표범의 시체가 보였다.
거봐, 결국 죽잖아!

티브이 우리 안에 갇혀 있는,
내가 드가?

—유하, 「빠삐용—영화사회학」 전문

「빠삐용—영화사회학」은 기존의 영화를 패러디해 현실에 매몰되어 자유를 망각하고 살아가는 현대인의 삶을 비판하고자 한다. 비록 작가가 전달하고자 하는 주된 메시지는 자유에 대한 실천 의지의 상실과 그에 대한 자위라고 할지라도, 주제를 형상화하기 위해 영화 속 인물들, 동물, 일상의 사물 등 다양한 소재를 활용하고 있기에 학생들의 반응은 다양할 수밖에 없다. 또한, 화자의 입장이나 태도에 대해서도 획일적인 반응만 존재한다고 볼 수 없다.

위의 시를 학생들에게 읽히고 자유롭게 감상할 수 있는 충분한 시간을 할애하는 것에서부터 수업을 시작할 필요가 있다. 작품을 제시할 때에는 종이에 활자화된 형태로 마련할 수도 있겠고, 한글이나 파워포인트 프로그램을 사용해서 컴퓨터의 모니터에 띄울 수도 있다. 이렇게 제시된 작품을 충분히 감상할 수 있는 시간적 여유를 주고 그 결과를 지면 위에 적어 보게 한다. 개별 차원에서 수행한 감상 결과를 정리하고 이를 발표하는 시간을 이어서 가진다. 발표하고 질문하는 과정을 통해 자기 감상의 잘잘못을 스스로 가려낼 수 있기도 하며, 다른 학생들의 감상 태도와 방법을 평가하는 안목을 가지게 하는 효과를 얻을 수 있다. 또한, 학생들의 상호소통을 통한 감상 결과 확인은, 교사의 권위에서 벗어나 학생 주도적인 의미 찾기와 감상을 이끌어 내는 중요한 기회가 될 것이다.

교사는 학생들의 논의를 경청하면서 그들의 논의에서 빠진 것들을 질문 형태로 제시할 필요가 있다. "표범이 추구했던 것은 무엇인가?", "화자는 표범을 통해 누구를 떠올리고 있는가?", "드가와 빠삐용의 공통점과 차이점은 무엇인가?", "화자는 표범, 빠삐용, 드가 중 누구의 행동에 공감하는가?", "화자가 결국 발견한 것은 무엇인가?" 등의 인지적 정의적 측면의 질문들을 다양하게 마련해야 한다. 그리고 이러한 질문을 통해 학생들의 사고를 자극하고 깊은 차원의 감상과 활발한 논의가 이루어지도록 이끌 필요가 있다.

발표 후에는 4~5명의 학생들이 모둠을 만들어 감상의 결과를 하이퍼텍스트 형태로 제작한다. 하이퍼텍스트 형태의 감상 구조물을 만들기 위해, 먼저 교사는 하이퍼텍스트의 특징과 활용 가능한 프로그램의 사용법에 대해 안내해야 한다. '한글, 파워포인트, 포토샵, 안카메라, 윈도우 무비 메이커, 골드웨이브' 등의 프로그램을 통해 정보를 담고 있는 노드를 제작하는 방법을 설명하고 이해를 도울 수 있는 보조 자료를 인쇄해서 틈틈이 활용하도록 한다. 제시한 프로그램 외의 것들도 활용할 수 있으나, 많은 학생들이 이미 사용법을 알고 있고 모르는 학생의 경우도 쉽게 터득할 수 있는 프로그램을 활용해서 하이퍼텍스트를 만들어보고자 한다.

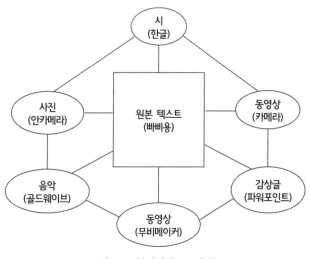

〈그림 10〉 하이퍼텍스트 흐름도

하이퍼텍스트 구성에 관한 기본적인 설명과 프로그램 운용 방법에 대한 안내가 끝나고 나면, 모둠별로 만들어 볼 하이퍼텍스트의 제작 과정과 흐름도를 짜게 한다. 모둠의 개별 구성원들이 어떻게 역할분담을 해서, 누가 어떤 프로그램을 활용해 어떤 내용의 결과물을 만들 것인지를 주도면밀하게 계획하게 하는 것이다. 또한, 개별 결과물을 어떻게 구성해서 링크할 것인지에 대한 흐름도를 미리 작성해서 예상 가능한 모둠별 하이퍼텍스트를 미리 계획하게 한다.

구성할 하이퍼텍스트의 흐름도는 앞으로의 작업 방향을 제시해 주는 것이기에 모둠원들의 협의 하에 자세하게 구성할 필요가 있다. 어떤 프로그램을 활용해서 어떤 내용의 결과물을 완성하고, 이를 어떤 노드를 어떻게 링크할 것인지에 대한 잠정적인 합의를 이루어 낼 필요가 있다. 이러한 작업과정을 통해 역할을 분담하고 프로그램을 활용하는 방안을 조율하며, 나아가 자율적 문학 감상 태도를 견지하게 되고 하이퍼텍스트의 특성을 이해하는 기회가 될 것이다.

물론 문학수업에서 구현하고자 하는 하이퍼텍스트는 물리적인 제약을 가질 수밖에 없기에, 완전한 비선형성을 통한 열린 구조로서의 하이퍼텍스트 실현은 어려울 수 있다. 수업시간이 제한되어 있으며 학생수가 한정되어 있기에 무한한 경우의 수를 갖는 하이퍼텍스트를 이루어낼 수는 없다. 하지만, 개별 모둠의 결과물을 다른 모둠들과 링크시키는 작업을 통해 어느 정도의 다면성과 입체성은 확보할 수 있게 된다.[25]

흐름도를 완성한 후에는 모둠별로 감상의 단위 결과물에 해당하는 노드를 만들게 된다. 원본 텍스트에 해당하는 시 작품의 어느 특정 부분을 염두에 두고 관련된 단위 감상의 결과를 다양한 프로그램을 활용해서 구성해 보는 것이다. 개별 시어나 연, 행, 등장인물, 소재 등에서 떠오른 감상의 결과를 다양한 매체를 활용해 꾸려나갈 필요가 있다. 활자로 제시된 텍스트에서 벗어나 시각, 청각 등의 다양한 감각을 자극할 수 있도록 음악, 사진, 동영상 등의 형태로 감상 내용을 구성해 보도록 한다. 이 과정에서 프로그램 운용법에 대한 의문점은 교사에게 도움을 요청하며, 모둠별 협의와 사전에 제시한 인쇄자료를 활용해 가면서 결과물을 완성해 나간다.

노드 완성 후에는 모둠별로 완성한 개별 구성물들을 조합해 링크화시키며, 다른 모둠들 앞에서 자기 모둠이 만든 하이퍼텍스트를 선보이고 서로 토론하는 시간을 갖는다. 이런 시간을 통해 작품에 대한 감상이 다양할 수 있음을 받아들이고, 감상의 결과를 어떤 프로그램을 활용해서 어떤 과정을 걸쳐 구성했는지에 대해 의견을 주고받을

---

25) Emily Berk & Joseph Devlin, *Hypertext/Hypermedia Handbook*, NY: Multiscience Press, 1991, p. 43.

수 있는 기회를 제공한다. 그런 후, 몇몇 개별 모둠끼리 모여 좀더 확장된 하이퍼텍스트를 완성하기 위해, 개별 모둠의 구성물들을 서로 연결시킨다. 모둠이 연합해서 만든 하이퍼텍스트에 대해서도 서로 이야기를 나눌 수 있는 시간을 허용하고, 학생들의 발언이 끝난 뒤에 교사는 모든 작업 과정에 대해 조언하거나 학생들의 오류를 수정하고 정리하는 시간을 갖는다.

〈표 3〉 수업의 진행 절차

> 작품 제시 ⇨ 개별 감상 및 정리 ⇨ 느낌 발표하기 ⇨ 하이퍼텍스트 구성 방식 설명 ⇨ 모둠별 흐름도 짜기 ⇨ 노드 만들기 ⇨ 모둠 단위로 링크하기 ⇨ 다른 모둠으로 링크 확대하기 ⇨ 발표 및 정리

2) 수업의 실제

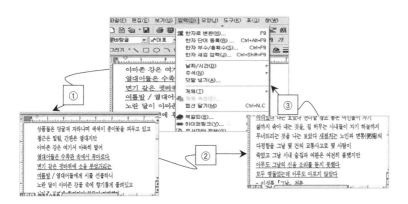

〈그림 11〉 활자텍스트의 상호링크

「빠삐용」을 한글 프로그램 파일로 작성하고, 「빠삐용」에서 느껴진 감상과 관련된 내용을 확장시켜 다른 시 작품과 하이퍼링크화한다. 자유에 대한 의지를 망각하게 하고 모순된 현실 속에 얽매이게 하는 현실을 비판하며, 그러한 현실 속에 순응해 가는 현대인의 모습을

최승호의 「아마존 수족관」이나 이성복의 「그날」과 같은 시를 통해 좀더 부각시킬 수 있을 것이다. 그럼으로써 자유의 가치와 의미를 역설적으로 강조할 수 있으며, 「빠삐용」에서의 '표범'의 행위가 갖는 상징성과 그와 상반된 '드가'와 '화자'의 행위를 반추할 수 있게 된다.

제시된 시의 특정 부분을 블록으로 지정해, 한글 프로그램의 '하이퍼링크' 기능을 활용함으로써 다른 시 작품들과 연결할 수 있다.26) 「빠삐용」의 특정 시어에서 「아마존 수족관」으로 링크하고(①) 여기에서 「그날」로 이어가며(②), 다시 처음에 제시한 「빠삐용」으로 귀결시킨다(③). 이러한 방법을 활용한다면, 소재, 주제, 시어의 유사성, 발상 및 표현에 있어서 유사한 작품들을 무한정으로 링크해 나갈 수 있다. 이를 통해, 「빠삐용」에 드러난 주제의식이나 감상내용을 심화하고 확대시킬 수 있다. 해당 작품의 의미나 느낌은 일방적 설명으로 전달되는 것이 아니라, 감상자의 개성이나 태도에 따라 다양하게 드러날 수 있는 것이기에 관련된 작품들을 학생 스스로 찾아 읽는 과정을 통해 작품을 읽어 나가는 안목과 역량을 확충해 나갈 수 있다.

골드웨이브 프로그램을 이용해 제시된 시 작품에서 받은 감상을 적절한 음악으로 표현해 볼 수 있다. 시의 정서나 분위기와 유사하다고 생각되는 음악을 담고 있는 CD나 MP3 파일을 편집해 연결해 보도록 한다. 이때, 노랫말이 있는 음악을 활용해도 좋겠고, 노랫말 없이 시의 느낌을 잘 살려낼 수 있는 리듬의 음악만을 선택할 수도 있을 것이다. 음악을 링크할 수도 있고, 아니면 시와 관련지어 음악에서 느껴지는 정서를 간단한 줄글의 형태를 첨가해 하이퍼텍스트를 만들도록 한다.

도시의 삭막한 일상을 벗어나 푸르른 바다의 자유를 만끽하고자 하는, 최성원의 '제주도의 푸른밤'을 골드웨이브 프로그램을 활용해 작품 내용을 표현하기에 적절한 부분만을 편집할(④) 수 있다. 또한,

---

26) Fred Halsall, *Multimedia Communications*, UK: Pearson Education Limited, 2001, pp. 24~25.

〈그림 12〉 골드웨이브를 활용한 하이퍼텍스트 구성

자유를 위해 탈출을 감행하는 표범의 긴장감과 그것이 좌절되어 비극성이 고조되는 부정적 현실을, 리스트의 '파가니니 주제에 의한 대연습곡 중 캄파넬라'와 비발디의 '사계 중 여름'을 연결 지음으로써 표현할(⑤) 수 있을 것이다. 이런 방법은 하나의 음악만으로는 표현하기 어려운 복잡한 느낌을 다양하게 이미지화할 수 있는 방법이다. 작품의 분위기나 느낌에 부합되는 음악을 편집한 후에, 파워포인트 프로그램의 하이퍼링크 속성을 활용해 음악을 삽입한다. 그리고 이렇게 완성된 노드를 「빠삐용」의 특정 시어와 연결하도록 한다.

사진이나 그림을 묶어 시에 드러난 이미지나 감상의 결과를 드러낼 수도 있다. 이를 위해 파워포인트, 안카메라, 포토샵 등을 활용해서 결과물을 구성하도록 한다. 학생들이 직접 그림을 그리거나 사진을 찍은 후 그 자료를 모아 느낌을 표현할 수도 있겠으나, 시간의 제약으로 인해 그러한 작업이 불가능하다면 안카메라나 포토샵을 이용해 웹상에 존재하는 적절한 자료를 편집해서 활용할 수 있다. 다만, 인터넷상에서 자료를 가져왔을 때에는 반드시 출처를 밝혀 두도록 지도할 필요가 있다.

안카메라 프로그램을 사용해, 제시된 시에서 특별하게 표현하고 싶은 부분이나 시에서 촉발된 감정을 드러내기에 적절하다고 판단되는 사진이나 동영상을 인터넷으로 검색하고 필요한 부분을 캡처(⑦)하도록 한다. 물론 하나의 사진이나 그림만으로 온전히 시의 느낌을

〈그림 13〉 파워포인트를 활용한 하이퍼텍스트 구성

전달할 수도 있겠으나, 좀 더 세세한 정서를 드러내 보이기 위해 여러 장의 사진을 캡처할 수도 있을 것이다. 그리고 선택한 사진들을 파워포인트 프로그램을 사용해 적절하게 편집하고, 사진을 통해 알리고자 하는 이미지를 간단한 문구로 표현해 추가적으로 보완하는 (⑧) 것도 바람직하리라 본다. 또한, 세밀한 정서를 드러내기 위해, 사진이나 그림 자체의 편집이 필요하다면 포토샵 프로그램을 활용해 (⑨) 이미지 변형이나 선, 색, 배경 등을 수정하고 보완할 수 있을 것이다. 이렇게 제작한 사진관련 내용물을 한글 프로그램의 하이퍼링크 속성을 활용해 처음에 제시한 시 작품과 연결시키고, 파워포인트의 '슬라이드 쇼'를 실행함으로써 하나의 완성된 결과물을 만들어 낼 수 있다.

⑩과 ⑪에서와 같이 「빠삐용」 시의 특정 부분과 만들어진 노드를 하이퍼링크시킴으로써 시와 관련된 느낌들을 소리나 시각적 이미지들로 감각화해 낼 수 있다. 이러한 활동은 단지 시에 대한 학생들의 느낌을 표현한다는 차원에서 벗어나, 시를 학생 나름대로 이해하고 감상한 결과를 드러내는 것으로서,27) 시의 의미를 재구성하고 학생의 느낌을 시 텍스트와 대등한 자격으로 엮어주는 수행과정으로서의

---

27) 온전한 시의 감상은 작품에 대한 이해가 전제되어야 하지만, 그 이해가 교사의 일방적인 설명으로 이루어지는 것이 아니라, 감상 주체로서의 학생들의 소통과 자기점검을 통해 체득됨을 수행과정을 통해 확인할 수 있다.

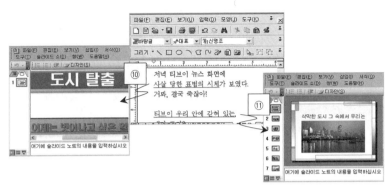

〈그림 14〉 시청각텍스트의 상호링크

의미를 지닌다. 또한, 활자화된 텍스트에 갇혀 있던 매체 편향에서
벗어나 소리, 그림 등의 청각적이고 시각적인 매체들이 그대로 시로
형상화될 수 있음을 깨닫게 함으로써 매체에 대한 고정관념을 깨뜨
리는 계기로도 작용하게 된다.

활자문서와 청각 및 시각 자료를 활용한 하이퍼링크 구성하기뿐만
아니라, 보다 폭넓은 정서 표현을 위해 동영상을 활용하는 것도 효과
적인 방법 중의 하나가 된다. 동영상은 시를 통해 환기되는 느낌과
사상을 매우 심도 깊게 표현할 수 있는 매체가 될 수 있다. 「빠삐용」
을 대상으로 동영상을 제작할 경우, 먼저 '영화 빠삐용'을 활용해 시
에 등장하는 두 인물인 '빠삐용'과 '드가'의 가치 인식의 차이를 드러
낼 수 있을 것이다. '영화 빠삐용'에 대한 선험적 경험 없이 시 작품을
명확하게 이해하고 감상하기 어려운 상황이기에, 시의 모티프이자
주제의식과 밀접한 관련성을 맺고 있는 영화를 통해 작품에 한 발짝
더 다가 설 수 있을 것이다.

프리미어 등의 동영상 편집 프로그램을 사용해서 작품에 대한 이
해도를 배가시키고 독자로서의 시 작품에 대한 느낌을 드러낼 수 있
는 노드를 구성해 하이퍼링크화시킬 수도 있다. 이 글에서는 윈도우
프로그램에 기본적으로 마련되어 있는 윈도우 무비메이커를 활용해

〈그림 15〉 무비메이커를 활용한 하이퍼텍스트 구성

동영상을 제작해 보았다. '영화 빠삐용'의 사진 중에서 시 작품에서 받은 정서를 효과적으로 표현할 수 있는 장면을 안카메라로 캡처하고,[28] 무비메이커의 스토리보드 속에 사진을 적절하게 배치하고 편집창의 항목들을 활용함으로써 사진에 대한 덧글이나 짧은 느낌들을 추가하도록 한다(⑫). 이렇게 만들어진 노드를 「빠삐용」 시[29]의 적절한 시어와 하이퍼링크로 연결하고, 곰플레이어 프로그램을 다운로드해 무비메이커로 만든 구성물을 확인할 수 있다.

시 교육 현장에서 하이퍼텍스트성을[30] 적용함으로써 텍스트의 개방성을 학생들이 스스로 체험하고, 작품에 대한 이해와 감상은 작가의 권위에서 벗어나 수용자의 개성과 독자적 방식에 따라 다양화될 수 있음을 살필 수 있었다. 또한, 하이퍼텍스트성은 해당 시 작품을 폐쇄적 텍스트로 보지 않고 다양한 매체를 활용한 노드와 링크를 통해 무한하게 확장될 수 있음을 이 글에서 확인할 수 있다. 이러한 하이퍼텍스트성을 활용한 상호작용적 학습은 학생들에게 다양한 사

---

28) 무비메이커 제작을 위한 사진은 http://blog.naver.com/에서 캡처하였음을 밝혀둔다.
29) 모든 시는 독자의 이해와 감상을 유도하는 것이기에, 이 글에서 제시한 작품뿐만 아니라 서정시는 물론 참여시와 서술시, 심지어 해체시까지도 하이퍼텍스트성을 도입함으로써 학생들의 개방적이고 확장적인 감상을 유도해 낼 수 있다.
30) 하이퍼텍스트성에 대한 이해와 활용능력은 멀티리터러시 신장과 관련되며, 이는 문화콘텐츠를 수용하는 심미안과 비평능력, 문화콘텐츠를 생산하는 능력을 길러 줄 것이다. 정재찬, 「미디어시대의 문학교육」, 『문학교육학』 28, 한국문학교육학회, 2009, 327쪽.

회적 기술적 기교와 문제해결 능력을 촉진시키며 심층적인 지식의 처리를 가능하도록 한다.[31] 즉, 시 수업에 하이퍼텍스트성을 활용함으로써 텍스트에 대한 인식을 확장시켜 줄 뿐만 아니라, 문학 감상의 주도성과 자발성을 배양시키며 나아가 사고력과 문제해결 능력을 고취시킴으로써 진일보한 교육적 성과를 획득하게 되는 것이다.

4. 하이퍼텍스트성 교육의 의의

이 글에서는 하이퍼텍스트의 속성을 시 교육에 적용할 수 있는 이론적 근거를 모색하고, 이를 토대로 구체적 시 작품을 대상으로 하이퍼텍스트 구성물을 작성해 보았다. 이러한 일련의 작업을 통해 시 수업에서 하이퍼텍스트성을 구현하려는 교육적 시도가 단순히 다양한 매체를 활용하는 방법적 신선함을 넘어, 문학에 접근하는 인식과 태도의 근원적 변화를 유도할 수 있음을 알 수 있다.

하이퍼텍스트적 속성을 시 감상에 도입함으로써 시 작품과 작가의 권위에 종속당하기를 기대하는 교육에서 벗어나, 텍스트를 '빈 자리'가 존재하는 불완전한 대상으로 인식하고 학생 주도적인 감상 활동을 통해 텍스트가 완성될 수 있다는 인식의 전환을 경험할 수 있다. 감상 주체로서의 학생은 작가와 맺는 주종의 관계에서 벗어나, 텍스트를 완성해 나감은 물론 학생의 경험이나 개성에 따라 텍스트를 재구성할 수 있는 자격도 누리게 된다.

절대적 가치를 지닌 활자화된 작품의 테두리에서 벗어나 작가의 의도에 공감하기도 하고 작가의 가치관을 비판하기도 하면서, 다양한 매체를 활용해 작가의 인식을 무한으로 확장시키는 하이퍼텍스트의 본질을 구현해 내는 작업은 시 교육에 많은 시사점을 준다. 교사

---

31) 김정렬, 『웹기반 영어교육』, 한국문화사, 2003, 43쪽.

의 설명을 수동적으로 받아들이고 그것을 작품 이해의 토대로 삼았던 학생들의 위치를 시 감상의 주도자로 격상시킬 수 있다. 또한, 학생 스스로 담론 형성자로서의 지위를 누리면서 해석의 다양성을 경험하고 시 작품을 체화(體化)시키는 주재자로서의 역할을 수행할 수 있게 한다.

아울러, 하이퍼텍스트성을 시 교육 현장에 적용함으로써 작품 감상에 대한 학생들의 태도를 단선적이고 수동적인 자세에서 적극적인 방향으로 선회시킬 수 있다. 이러한 과정을 통해 학생들은 자유롭고 확장적 사고를 활성화시킴으로써 다양한 감수성을 자극하고 문제해결자로서의 태도를 견지해 나갈 수 있게 된다. 뿐만 아니라, 경직된 활자매체 숭상주의에서 벗어나 다양한 매체를 활용하는 방식을 터득하고 이를 활용함으로써 매체 편향적인 자세에서 이탈해, 다변화된 매체를 수용하고 표현하는 일에 익숙해 질 수 있다. 명실상부한 멀티리터리시적 역량을 함양할 수 있게 되는 것이다.

이를 위해 이 글에서는 상호협력학습과 모둠수행활동을 통해 개별 시 작품에 대한 감상 결과를 하이퍼텍스트로 구성하는 과정과 방법을 제시해 보았다. 제시된 작품에서 촉발되는 느낌과 상호 교섭할 수 있는 다른 활자화된 작품을 링크해 보기도 했으며, 사진이나 동영상을 활용한 시각매체나 음악을 활용한 청각매체를 다양하게 활용함으로써 개방적 텍스트를 구현해 보고자 했다. 이러한 하이퍼텍스트 구성을 위해 '파워포인트, 골드웨이브, 안카메라, 포토샵, 무비메이커, 곰플레이어' 등을 사용하였다. 하이퍼텍스트를 작성하기 위한 교사의 안내와, 시범수업 이후에 전개되는 학생들의 활동은 교실에서 수행되는 시 감상의 교육적 효율성을 높이는 데 많은 의의를 전해 줄 수 있다고 판단된다.

1. 국내 논저

간호배, 『초현실주의 시 연구』, 한국문화사, 2002.

강영계, 『니체와 정신분석학』, 서광사, 1977.

_____, 『헤겔』, 철학과현실사, 2004.

강정구, 「신경림의 서술시와 초점화」, 『어문연구』 제37권 3호, 한국어문교육연구회, 2009, 104쪽.

_____, 「저항의 서사, 탈식민주의적인 문화읽기」, 『한국의민속과문화』 11. 경희대학교 민속학연구소, 2006.

_____, 『현대 한국사회의 이해와 전망』, 한울아카데미, 2000.

강지수 외, 『문학과 철학의 만남』, 민음사, 2000.

강학순, 「볼노우의 인간학적 공간론에 있어서 거주의 의미」, 『존재론연구』 16, 한국하이데거학회, 2007.

_____, 「하이데거에 있어서 실존론적 공간해석의 현대적 의의」, 『존재론연구』 14, 한국하이데거학회, 2006.

_____, 『존재와 공간』, 한길사, 2011.

강혜자·박남숙, 「사회비교, 자의식, 자아존중감, 주관안녕 및 신체증상 간의 관계」, 『사회과학연구』 34(1), 2010.

고광수, 「문학감상의 경험 교육적 성격에 대한 예비적 고찰」, 『문학교육학』 16, 한국문학교육학회, 2005.

고부응, 『탈식민주의의 이론과 쟁점』, 문학과지성사, 2003.

고연희, 「조선시대 산수화와 제화시 비교고찰」, 『한국시가연구』 제7권 1호, 한국시가학회, 2000.

고영근, 『텍스트 이론』, 아르케, 1999.

고위공, 『문학과 미술의 만남』 1, 미술문화, 2004.

공광규, 『시 쓰기와 읽기의 방법』, 푸른사상사, 2006.

곽광수, 『가스통 바슐라르』, 민음사, 1995.

구명숙, 「김후란 시에 나타난 가족의 의미와 현실인식」, 『한국사상과문화』 제
　　　51호, 한국사상문화학회, 2010.

─────, 「여성주의 시의 교육」, 『한국사상과문화』 제27호, 한국사상문화학회,
　　　2005.

구모룡, 『시의 옹호』, 천년의시작, 2006.

구본현, 「한국 제화시의 특징과 전개」, 『동방한문학』 제33호, 동방한문학회,
　　　2007.

구인환 외, 『문학 교수학습 방법론』, 삼지원, 1998.

─────, 『문학교육론』, 삼지원, 1989.

구인환·우한용·박인기·최병우, 『문학교육론』, 삼지원, 2007.

구중서, 『한국문학과 역사의식』, 창작과비평사, 1995.

권영민, 『문학의 이해』, 민음사, 2010.

─────, 『한국 현대문학의 이해』, 태학사, 2010.

권택영, 『프로이트의 성과 권력』, 문예출판사, 1998.

─────, 『후기구조주의 문학론』, 민음사, 1990.

권택영 외, 『기호학과 철학 그리고 예술』, 소명출판, 2002.

권혁웅, 『미래파: 새로운 시와 시인을 위하여』, 문학과지성사, 2005.

금동철, 「정지용 후기 자연시에 나타난 기독교적 자연관」, 『한민족어문학』 제
　　　51집, 한민족어문학회, 2007.

기세춘, 『동양고전산책』, 바이북스, 2009.

기호학연대, 『기호학으로 세상 읽기』, 소명출판, 2003.

김광명, 『칸트 미학의 이해』, 철학과현실사, 2004.

김광수 외, 『남아프리카 공화국 들여다보기』, 한국외국어대학교 출판부, 2010.

김광해, 『등급별 국어교육용 어휘』, 박이정, 2003.

김권동, 「한국현대시의 산문시형 정착과 모더니즘 글쓰기 방식」, 『어문학』 86, 2004.

김기국, 「소쉬르 기호학과 사진 리터러시」, 『기호학연구』 제21호, 한국기호학회, 2007.

김남희, 「서정적 체험을 위한 시교육 연구 시론」, 『문학교육학』 14, 한국문학교육학회, 2004.

김명인, 『김수영, 근대를 향한 모험』, 소명출판, 2002.

김문주, 「고정희 시의 종교적 영성과 어머니 하느님」, 『비교한국학』 제19권 2호, 국제비교한국학회, 2011.

김미혜, 『비평을 통한 시 읽기 교육』, 태학사, 2009.

김병택, 『현대시론의 새로운 이해』, 새미, 2004.

김보현, 『데리다의 정신분석학 해체』, 부산대학교 출판부, 2000.

김복영, 「탈식민주의 이론의 교육적 함의」, 『한국교육논단』 3(1), 한국교육포럼, 2004.

_____, 『이미지와 시각언어』, 한길아트, 2006.

김상욱, 『소설교육의 방법연구』, 역락, 1996.

김상태 외, 『한중일 근대문학사의 반성과 모색』, 푸른사상사, 2004.

김상환 외, 『라깡의 재생산』, 창작과비평사, 2002.

김석영, 「서사시 금강의 탈식민성」, 『한민족어문학』 제39호, 한민족어문학회, 2001.

김선영, 「데카르트에서 영혼과 몸의 결합과 그 현상으로서의 정념」, 『철학연구』 45, 고려대학교철학연구소, 2012.

김선하, 『리쾨르의 주체와 이야기』, 한국학술정보, 2007.

김성곤, 『21세기 문예이론』, 문학사상사, 2005.

_____, 『하이브리드시대의 문학』, 서울대학교 출판문화원, 2010.

김성기, 「면앙정 송순의 자연시 연구」, 『남명학연구』 제10호, 경상대학교 남명학연구소, 2000.

김성란, 「교과서에 나타난 생태시 고찰」, 『새국어교육』 제78호, 한국국어교육학회, 2007.

김세정, 『왕양명의 생명철학』, 청계, 2008.

김수복, 「지속과 변화의 시적 상상력에 대한 탐색」, 『한국언어문화』 21, 2002.

_____, 『한국문학 공간과 문화콘텐츠』, 청동거울, 2005.

김수이, 「현실비판적 해체시의 교육방법론과 기대효과」, 『현대문학이론연구』 33, 현대문학이론학회, 2008.

김승희, 「고정희 시의 카니발적 상상력과 다성적 발화의 양식」, 『비교한국학』 제19권 3호, 국제비교한국학회, 2011.

_____, 「김춘수 시 새로 읽기」, 『시학과언어학』 제8호, 시학과언어학회, 2004.

_____, 『현대시 텍스트 읽기』, 태학사, 2001.

김영석, 『도와 생태적 상상력』, 국학자료원, 2000.

김영식, 『주희의 자연철학』, 예문서원, 2006.

김용민, 『생태문학』, 책세상, 2003.

김용선, 『상상력을 위한 교육학』, 인간사랑, 1991.

김욱동, 『대화적 상상력』, 문학과지성사, 1988.

_____, 『문학 생태학을 위하여』, 민음사, 1998.

김원식, 「근대적 주체 개념의 비판과 재구성」, 『한국해석한연구』 9, 2002.

김유동, 『아도르노사상』, 문예출판사, 1994.

김윤태, 『한국 현대시와 리얼리티』, 소명출판, 2001.

김은령, 「이미지를 통한 텍스트 읽기」, 『현대영어영문학』 제51권 4호, 한국현대영어영문학회, 2007.

김은영, 「국어 감정 동사 연구」, 전남대학교 박사논문, 2004.

김의락, 『탈식민주의와 현대소설』, 자작아카데미, 1998.

김재용, 「민족주의와 탈식민주의를 넘어서」, 『인문연구』 48, 영남대학교 인문과학연구소, 2005.

_____, 『협력과 저항』, 소명출판, 2004.

김재철, 「실존론적 존재론적 공간사유」, 『철학연구』 114, 대한철학회, 2010.

김재혁, 『릴케와 한국의 시인들』, 고려대학교 출판부, 2006.

김정규, 『게슈탈트 심리치료』, 학지사, 2004.

김정렬, 『웹기반 영어교육』, 한국문화사, 2003.

김정우, 「국어과 교육과정에서의 정의교육 범주에 대한 연구」, 『문학교육학』 12, 한국문학교육학회, 2003.

김정현, 『니체, 생명과 치유의 철학』, 책세상, 2006.

김종철 외, 『문학과 사회』, 영남대학교 출판부, 1994.

김종철, 「국문학연구의 문화적 패러다임」, 『국문학과문화』 8, 2001.

_____, 「민족정서와 문학교육」, 『문학교육학』 6, 한국문학교육학회, 2000.

김종태, 「시교육과 윤리의 문제」, 『한국문예비평연구』 16, 2005.

김종호, 『물, 바람, 빛의 시학』, 북스힐, 2011.

김종회, 『사이버문화: 하이퍼텍스트 문학이론편』, 국학자료원, 2005.

김종회 외, 『사이버 문학의 이해』, 집문당, 2003.

김종훈, 「독일 생태시와 김지하의 생태시」, 『비교한국학』 제17권 2호, 국제비교 한국학회, 2009.

김주연, 「괴테의 자연시 연구」, 『괴테연구』 제1권 1호, 한국괴테학회, 1984.

김준오, 『도시시와 해체시』, 문학과비평사, 1992.

_____, 『시론』, 삼지원, 1991.

김준환, 「스펜더가 김기림의 모더니즘에 끼친 영향 연구」, 『현대영미시연구』 12(1), 2006.

김지연, 『한국의 현대시와 시론 연구』, 역락, 2006.

김지은, 「노자의 공간사상을 통한 전통공간연구」, 『Journal of Oriental Culture & Design』 2(2), 국민대학교동양문화디자인연구소, 2010.

김진, 『칸트와 생태주의적 사유』, 울산대학교 출판부, 1998.

김진국, 「한국 모더니즘 시의 시학」, 『한국언어문학』 35, 1995.

김진균, 『제3세계와 한국의 사회학』, 돌베개, 1986.

김진우, 『언어와 수사』, 한국문화사, 2011.

김진희, 『근대문학의 장과 시인의 선택』, 소명출판, 2009.

김철관, 『영상이미지와 문화』, 배재대학교 출판부, 2009.

김춘섭 외, 『문학이론의 경계와 지평』, 한국문화사, 2004.

김춘식, 『불온한 정신』, 문학과지성사, 2004.

김현자, 『현대시의 서정과 수사』, 민음사, 2010.

김형효, 『퇴계의 사상과 그 현대적 의미』, 한광문화사, 1986.

_____, 『하이데거와 마음의 철학』, 청계출판사, 2002.

김형효, 『하이데거와 화엄의 사유』, 청계출판사, 2004.

김혜니, 『다시 보는 현대시론』, 푸른사상사, 2006.

김혜영, 「문학교육과 언어적 상상력」, 『국어교육』 128, 2009.

_____, 「서사적 상상력의 작용 방식 연구」, 『문학교육학』 14, 2004.

_____, 「이미지의 작용방식과 상상력 교육」, 『국어교육』 105, 2001.

김호영, 「영상 문화와 이미지 기호」, 『시학과언어학』 제4호, 시학과언어학회 95, 2002.

김홍진, 『장편 서술시의 서사 시학』, 역락, 2006.

김효중, 「박두진의 생태시와 기독교사상」, 『비교문학』 제37호, 한국비교문학회, 2005.

_____, 「한국 현대시 비평과 해체주의 이론」, 『연구논문집』 56, 대구효성가톨릭대학교, 1997.

_____, 「한국 현대시의 모더니즘 수용 양상」, 『한국말글학』 19, 2002.

김희정, 『몸·국가·우주 하나를 꿈꾸다』, 궁리, 2008.

나민애, 「모더니즘의 본질과 시의 본질에 대한 논리적 충돌」, 『한국현대문학연구』 32, 2010.

나병철, 「장르의 혼합현상과 서사적 서정시의 전개」, 『기전어문학』 제7호, 수원대국어국문학회, 1992, 49쪽.

_____, 「탈식민주의와 환상」, 『현대문학이론연구』 13, 현대문학이론학회, 2009.

_____, 『근대 서사와 탈식민주의』, 문예출판사, 2001.

_____, 『문학교육론』, 문예출판사, 1990.

_____, 『영화와 소설이 시점과 이미지』, 소명출판, 2009.

_____, 『탈식민주의와 근대문학』, 문예출판사, 2004.

남궁달화, 『가치탐구 교육론』, 철학과현실사, 1994.

남민우, 「여성시의 문학교육적 의미 연구」, 『문학교육학』 제11호, 한국문학교
　　　육학회, 2001.

남진숙, 「몸을 통한 불교 에코페미니즘 시 읽기」, 『문학사학철학』 제23호, 한국
　　　불교사연구소, 2010.

노철, 「모더니즘 시 교육에 관한 연구」, 『국제어문』 28, 2003.

____, 「시 감상교육에서 상상력 활용에 관한 연구」, 『문학교육학』 14, 2004.

동국대학교 한국문학연구소, 『한국문학과 여성』, 아세아문화사, 2002.

류순태, 「모더니즘 시에서의 이미지와 서정의 상관성 연구」, 『한중인문학연구』
　　　11, 2003.

류현주, 『하이퍼텍스트문학』, 김영사, 2000.

맹문재, 「신시론의 작품들에 나타난 모더니즘 성격 연구」, 『우리문학연구』 35,
　　　2012.

_____, 『현대시의 성숙과 지향』, 소명출판, 2005.

명혜영, 『한일 근대문학에 나타난 섹슈얼리티의 변용』, 제이앤씨, 2010.

문두근, 「한국 모더니즘 시의 변이양상」, 『비교문화논총』 4, 1993.

문병호, 「산업문명의 위기와 시적 상상력」, 『독일문학』 52(1), 1994.

문신, 「시 창작교육을 위한 정서체험 표현양상 연구」, 『문학교육학』 32, 한국문
　　　학교육학회, 2010.

문학이론연구회, 『새로운 문학 이론의 흐름』, 문학과지성사, 1994.

문혜원, 「서술시 논의의 확산과 가능성」, 『민족문학사연구』 제13권 1호, 민족문
　　　학사학회, 1998.

_____, 『한국 현대시와 시론의 구조』, 역락, 2012.

문흥술, 「해체시에 나타나는 주체해체의 양상」, 『인문논총』 14, 서울여자대학
　　　교 인문과학연구소, 2005.

민재원, 「시 읽기에서의 정서형성 교육연구 시론」, 『문학교육학』 38, 한국문학
　　　교육학회, 2012.

민족문학사연구소 기초학문연구단, 『탈식민의 역학』, 소명출판, 2006.

민족문학사연구소, 『한국 근대문학의 형성과 문학 장의 재발견』, 소명출판, 2004.

박기용, 『조식의 학문과 교육』, 태학사, 2002.

박명희, 「석정 이정직 제화시의 두 층위」, 『동방한문학』 제35호, 동방한문학회, 2008.

박몽구, 「모더니즘 기법과 비판 정신의 결합」, 『동아시아문화연구』 40, 2006.

_____, 「임화의 서술시와 대화주의」, 『한국언어문화』 제24집, 한국언어문화학회, 2003.

_____, 「탈식민주의 관점에서 본 이성부의 초기시」, 『현대문학이론연구』 34, 현대문학이론학회, 2008.

_____, 「탈식민주의 관점에서 본 조태일의 시세계」, 『현대문학이론연구』 29, 현대문학이론학회, 2006.

박무영, 「퇴계시의 한 국면」, 『이화어문논집』 제10호, 이화어문학회, 1989.

_____, 『정약용의 시와 사유방식』, 태학사, 2002.

박상진, 『비동일화의 지평』, 고려대학교 출판부, 2010.

박수연, 「포스트식민주의론과 실재의 지평」, 『민족문학사연구』 33, 민족문학사학회, 2007.

박아청, 『정체감 연구의 전망과 과제』, 학지사, 2003.

박영순, 『한국어 담화 텍스트론』, 한국문화사, 2004.

박용찬, 「이용악 시의 공간적 특성 연구」, 『어문학』 89, 한국어문학회, 2005.

_____, 『해방기 시의 현실인식과 논리』, 역락, 2004.

박원모·김진수·윤성혜·천성문, 「자아상태 검사와 LCSI 검사와의 관계」, 『한국심리학회지』 7(2), 2010.

박윤우, 「이야기시의 화자 분석과 시의 해석 방법」, 『문학교육학』 제21호, 한국문학교육학회, 2006.

박은미, 「장르 혼합현상으로 본 이야기시 연구」, 『겨레어문학』 제32집, 겨레어문학회, 2004.

박은희, 『김종삼·김춘수 시의 모더니티 연구』, 한국학술정보, 2006.

박정근, 「독일 생태 시인과 박영근 생태시 비교」, 『한민족문화연구』 제35집, 한민족문화학회, 2010.

박진 외, 『문학의 새로운 이해』, 청동거울, 2008.

박진, 「리몬-캐넌의 서사이론」, 『현대문학이론연구』 제18집, 현대문학이론학회, 2002.

____, 「채트먼의 서사이론」, 『현대소설연구』 제19호, 한국현대소설학회, 2003.

박찬부, 『라캉: 재현과 그 불만』, 문학과지성사, 2006.

박태일, 『한국 근대시의 공간과 장소』, 소명출판, 1999.

박현수, 『한국 모더니즘 시학』, 신구문화사, 2007.

박호성, 『루소 사상의 이해』, 인간사랑, 2009.

방민호, 『감각과 언어의 크레바스』, 서정시학, 2007.

배경열, 「최인훈 서유기에 나타난 탈식민주의 고찰」, 『인문과학연구』 11, 대구가톨릭대학교 인문과학연구소, 2009.

배다니엘, 「려악 자연시의 풍격 특성」, 『중국학보』 제47호, 한국중국학회, 2003.

백남기, 『문학과 그림의 비교』, 이종문화사, 2007.

백승란, 「녹색 상상력과 시교육의 효용성」, 『비교한국학』 16(2), 2008.

____, 「에코페미니즘 시교육의 효용성」, 『인문학연구』 제78호, 충남대학교 인문과학연구소, 2009.

백은주, 「1990년대 한국 여성시인들의 시에 나타난 금기와 위반으로서의 성」, 『여성문학연구』 제18호, 한국여성문학회, 2007.

백인덕, 「시적 상상력과 사이보그의 접경」, 『한민족문화연구』 11, 2002.

____, 『사이버시대의 시적현실과 상상력』, 보고사, 2006.

백태효, 「모더니즘 시에 나타난 도시 이미지」, 『논문집』 9(1), 1995.

상허안병주교수정년기념논문집간행위원회, 『동양철학의 자연과 인간』, 아세아문화사, 1998.

상허학회, 『한국문학과 탈식민주의』, 깊은샘, 2005.

서민정, 「전후복구시기 서사시 고찰」, 『통일문제연구』 제27집, 영남대학교 통일문제연구소, 2005.

서유경, 「읽기교육에서의 문학텍스트 활용탐색」, 『문학교육학』 31, 한국문학교육학회, 2010.

서진영, 「1950~60년대 모더니즘 시의 이미지와 자아 인식」, 『한국현대문학연구』 33, 2011.

선주원, 「상상력 형성을 위한 이해와 표현으로서의 소설교육」, 『문학교육학』 10, 2002.

_____, 『시교육의 원리와 방법』, 박이정, 2003.

성창규, 「땅에 관한 상상력」, 『동서비교문학저널』 제22호, 한국동서비교문학학회, 2010.

소광희, 『하이데거 존재와 시간 강의』, 문예출판사, 2004.

소병일, 「욕망과 정념을 중심으로 본 칸트와 헤겔의 차이」, 『범한철학』 59, 범한철학회, 2010.

_____, 「정념의 형이상학과 그 윤리학적 함의」, 『헤겔연구』 27, 한국헤겔학회, 2010.

손동현, 『세계와 정신』, 철학과현실사, 2013.

손예희, 「독자의 위치에 따른 상상적 시 읽기 교육연구」, 『새국어교육』 90, 2012.

_____, 「시 이해 과정에서의 상상력 구조화 방안」, 『선청어문』 37·38, 2010.

송명희, 「이상화 시의 장소와 장소상실」, 『한국시학연구』 23, 한국시학회, 2008.

송문석, 『인지시학』, 푸른사상사, 2004.

송영순, 「서사시에 나타난 방법적 특성」, 『한국문예비평연구』 제18집, 한국현대문예비평학회, 2005.

_____, 『현대시와 노장사상』, 푸른사상사, 2005.

송영진, 『직관과 사유』, 서광사, 2005.

송인섭, 『인간의 자아개념 탐구』, 학지사, 1998.

송태현, 『상상력의 위대한 모험가들』, 살림출판사, 2007.

송희복, 「시교육의 이론적 성찰과 수업의 실제」, 『새국어교육』 68, 2004.

_____, 『시와 문화의 텍스트 상관성』, 월인, 2000.

신경림, 『삶의 진실과 시적 진실』, 전예원, 1982.

신규섭, 「탈식민주의의 3대 이론서에 대한 단상」, 『지중해지역연구』 13(2), 부산외국어대학교 지중해연구, 2011.

신덕룡, 『초록 생명의 길』 II, 시와사람, 2001.

신방흔, 『시각예술과 언어철학』, 생각의나무, 2001.

신연우, 「이황 산수시에서 경의 의미」, 『민족문화논총』 제28호, 영남대학교 민족문화연구소, 2003.

신재실, 「프로스트의 자연시와 전략적 후퇴」, 『현대영미시연구』 제9권 1호, 한국현대영미시학회, 2003.

신진숙, 「1930년대 모더니즘 시에 나타난 도시체험과 멜랑콜리적 주체」, 『한국문학논총』 56, 2010.

실천문학, 『판화로 읽는 우리시대의 시』, 실천문학, 1998.

심재휘, 「시교육론」, 『현대문학이론연구』 17, 현대문학이론학회, 2002.

_____, 「황동규 초기 시에 나타난 공간과 장소」, 『우리어문연구』 39, 우리어문학회, 2011.

심혜련, 「도시 공간 읽기의 방법론으로서의 흔적 읽기」, 『시대와철학』 23(2), 한국철학사상연구회, 2012.

_____, 「도시 공간과 흔적 그리고 산책자」, 『시대와철학』 19(3), 한국철학사상연구회, 2008.

안성두, 『욕망과 행복: 불교에서 욕망과 자아의식』, 철학사상, 2010.

양선규, 『문학, 상상력, 해방』, 형설, 1999.

양승윤 외, 『동남아 인도문화와 인도인사회』, 한국외국어대학교 출판부, 2001.

양왕용, 『현대시교육론』, 삼지원, 1997.

양인경, 「모더니즘시의 시각적 양상변화」, 『한국언어문학』 60, 2007.

엄성원, 『한국 현대시의 근대성과 탈식민성』, 보고사, 2006.

여성문화이론연구소, 『페미니즘과 정신분석』, 여이연, 2003.

여태천, 「김수영 시의 장소적 특성 연구」, 『민족문화연구』 41, 고려대학교 민족문화연구원, 2004.

오두경, 「서술시 교육의 방안과 교육적 효과」, 『이화교육논총』 제16호, 이화교육논총, 2006.

오문석, 『백년의 연금술』, 박이정, 2007.

오세영 외, 『20세기 한국시의 사적 조명』, 태학사, 2003.

──────, 『현대시론』, 서정시학, 2010.

오세영, 『20세기 한국시연구』, 새문사, 1998.

──────, 『문학과 그 이해』, 국학자료원, 2003.

오세영·이승훈·이숭원·최동호, 『현대시론』, 서정시학, 2010.

오세은, 「고독과 자기성찰의 철학적 사유」, 『시학과언어학』 5, 2003.

오세진 외, 『인간행동과 심리학』, 학지사, 2010.

오윤정, 「한국 현대 서사시의 서사 구조 상동성 연구」, 『겨레어문학』 제38집, 겨레어문학회, 2007.

오주석, 『옛그림 읽기의 즐거움』 1, 솔출판사, 2008.

오호진, 「키츠의 여성인물과 시적 상상력」, 『현대영어영문학』 52(3), 2008.

우재영, 「고급 한국어 학습자의 시 이해 과정 연구」, 『국제한국어교육학회』 2011, 국제한국어교육학회, 2011.

우한용, 「상상력의 작동구조와 상상력의 교육」, 『국어교육』 97, 1998.

──────, 『문학교육과 문화론』, 서울대학교 출판부, 1997.

원자경, 「사고력 증진을 위한 문학교육 방안연구」, 『문학교육학』 30, 한국문학교육학회, 2009.

유범 외, 『멀티미디어활용 영어교육』, 북코리아, 2005.

유성호, 「역사의 비극과 서사시적 상상력」, 『현대문학의연구』 제5호, 한국문학연구학회, 1995.

──────, 「한국 근대시 연구에 관한 방법론적 검토」, 『국어문학』 제33호, 국어문학회, 1998.

유승우, 『몸의 시학』, 새문사, 2005.

유영희, 「학습자의 현대시 감상경향에 관한 연구」, 『청람어문교육』 33, 청람어

　　　　　문교육학회, 2006.

_____, 『이미지로 보는 시 창작교육론』, 역락, 2003.

유육례, 「정극인의 시가에 드러난 자연시 연구」, 『고시가연구』 제24호, 한국고
　　　　　시가문학회, 2009.

유종호, 『한국근대시사』, 민음사, 2011.

유지현, 『현대시의 공간 상상력과 실존의 언어』, 청동거울, 1999.

유형식, 『문학과 미학』, 역락, 2005.

윤순식, 「자아탐색과 과거극복」, 『독일어문화권연구』 19(4), 2010.

윤여탁 외, 『시와 리얼리즘 논쟁』, 소명출판, 2001.

_____, 『한국 현대리얼리즘 시인론』, 태학사, 1990.

윤여탁, 「1930년대 후반의 서술시 연구」, 『선청어문』 제19권 1호, 서울대학교
　　　　　국어교육과, 1991.

_____, 「문학교육에서 상상력의 역할」, 『문학교육학』 3, 1999.

_____, 『리얼리즘시의 이론과 실제』, 태학사, 1994.

_____, 『리얼리즘의 시 정신과 시 교육』, 소명출판, 2003.

윤영천 외, 『문학의 교육, 문학을 통한 교육』, 문학과지성사, 2009.

윤의섭, 「정지용 후기시의 장소성」, 『현대문학이론연구』 46, 현대문학이론학
　　　　　회, 2011.

윤호병, 『네오-헬리콘 시학』, 현대미학사, 2004.

_____, 『비교문학』, 민음사, 1994.

이강옥, 「문학교육과 비판·성찰·깨달음」, 『문학교육학』 29, 한국문학교육학회,
　　　　　2009.

이경수, 「고정희 전기시에 나타난 숭고와 그 의미」, 『비교한국학』 제19권 3호,
　　　　　국제비교한국학회, 2011.

_____, 「시감상 교육의 현황과 방법론 모색」, 『비교한국학』 13(2), 국제비교한
　　　　　국학회, 2005.

이광형, 『디지털 시대의 문화 예술』, 문학과지성사, 1999.

이근배, 『시로 그린 세한도』, 과천문화원, 2008.

이기성, 『모더니즘의 심연을 건너는 시적 여정』, 소명출판, 2006.

이남인, 『후설의 현상학과 현대철학』, 풀빛미디어, 2006.

이대성, 『진리에 관한 다학제적 성찰』, 연세대학교 출판부, 2009.

이대일, 『빈 뜨락 위로 오는 바람』, 생각의나무, 2002.

이동순, 『숲의 정신』, 산지니, 2010.

이명수, 「공간, 장소 그리고 경계에 관한 노장철학적 접근」, 『동아시아문화연구』 51, 한양대학교 동아시아문화연구소, 2012.

이명재 외, 『문학과 사회』, 동인, 2001.

이명찬, 「현대시 교육과 4·19혁명」, 『문학교육학』 32, 한국문학교육학회, 2010.

이미순, 「80년대 모더니즘 시 연구」, 『우리말글』 26, 2002.

이미식 외, 「인지, 정의, 행동의 통합적 수업모형에 관한 연구」, 『윤리교육연구』 2, 한국윤리교육학회, 2002.

이봉신, 「식민지시대 한국시의 시적상상력과 은유」, 『겨레어문학』 9, 1985.

이부영, 『자기와 자기실현』, 문학과지성사, 2002.

이산호, 「Jocelyn, 낭만적 서사시」, 『불어불문학연구』 제39집, 한국불어불문학회, 1999.

이상경, 『한국근대여성문학사론』, 소명출판, 2002.

이상섭 외, 『문학, 역사, 사회』, 한국문화사, 2001.

이상호, 「디지털시대에 있어서 시적 상상력」, 『한국언어문화』 18, 2000.

이석규, 『텍스트언어학의 이론과 실제』, 박이정, 2001.

이선이, 『사이버 문학론』, 월인, 2001.

이선형, 『이미지와 기호』, 동문선, 2004.

이소영 외, 『페미니즘과 포스트모더니즘』, 한신문화사, 1995.

이승숙, 「미학적 사고로 본 시간과 공간에 대한 인식연구」, 『한국디자인포럼』 16, 한국디자인트랜드학회, 2007.

이승욱, 「현대 독일시에 나타난 시적 상상력의 세 가지 유형」, 『독일어문학』 29, 2005.

이승하, 『공포와 전율의 나날』, 문학의전당, 2009.

_____, 『한국 현대시 비판』, 월인, 2000.

이승훈, 『한국 모더니즘 시사』, 문예출판사, 2000.

_____, 『해체시론』, 새미, 1998.

이영남, 「다산과 청대문인 왕사정의 자연시 비교」, 『청람어문교육』 제39호, 청람어문교육학회, 2009.

_____, 「릴케의 공간의 시학」, 『외국문학연구』 47, 한국외국어대학교 외국문학연구소, 2012.

이용욱, 『문학, 그 이상의 문학』, 역락, 2004.

이은봉, 『시와 리얼리즘』, 공동체, 1993.

_____, 『시와 생태적 상상력』, 소명출판, 2000.

이은성, 「화엄경을 통해 본 소설적 상상력과 영화적 상상력」, 『청람어문교육』 29, 2004.

이장욱, 『나의 우울한 모던 보이』, 창비, 2005.

이재선, 『한국문학의 해석』, 한국학술정보, 2003.

이정춘, 『미디어교육론』, 집문당, 2004.

이정환, 「민족정서의 이해와 습득을 위한 시조교육」, 『청람어문교육』 26, 청람어문교육학회, 2003.

이정희, 『여성의 글쓰기, 그 차이의 서사』, 예림기획, 2003.

이종섭, 「소설과 영화를 통한 상상력 신장 교육의 한 방법」, 『국어교육학연구』 35, 2009.

이종하, 『아도르노의 문화철학』, 철학과현실사, 2007.

이주하, 「바슐라르와 뒤랑의 상상력 재발견과 그 교육적 함의」, 『교육철학』 34, 2008.

이형권, 『한국시의 현대성과 탈식민성』, 푸른사상사, 2010.

이혜원, 『생명의 거미줄』, 소명출판, 2008.

이화어문학회, 『우리 문학의 여성성·남성성』, 월인, 2001.

임경순, 『서사표현교육론 연구』, 역락, 2003.

임규섭, 「1990년대 탈식민주의 이론과 중국의 문화변용」, 『한중사회과학연구』

14, 한중사회과학학회, 2009.

임순영, 「확장된 시공간, 공감의 깊이」, 『한국어문교육』 9, 고려대학교 한국어
　　　문교육연구소, 2011.

임영선, 「한국 여성시 비교연구」, 『문명연지』 제25호, 한국문명학회, 2010.

――――, 『한국 현대 도시시 연구』, 국학자료원, 2010.

임옥희, 「탈식민주의 페미니즘」, 『여성학연구』 13, 부산대학교 여성학연구소,
　　　2003.

임지룡, 『말하는 몸』, 한국문화사, 2007.

임진아, 「화이트헤드의 시공간론에 대한 연구」, 『동서사상』 2, 경북대학교 동서
　　　사상연구소, 2007.

장경렬, 『코울리지: 상상력과 언어』, 태학사, 2006.

장노현, 『하이퍼텍스트서사』, 예림기획, 2005.

장만호, 「해방기 시의 공간 표상 방식 연구」, 『비평문학』 39, 한국비평문학회,
　　　2011.

장승희, 「공자사상에서 정서교육의 해법찾기」, 『동양철학연구』 16, 동양철학연
　　　구회, 2010.

장영란, 『아리스토텔레스의 인식론』, 서광사, 2000.

장정렬, 『생태주의 시학』, 한국문화사, 2000.

전미정, 「서정주와 박두진의 생태시 비교 연구」, 『비교문학』 제37호, 한국비교
　　　문학회, 2005.

정끝별, 「여성성의 발견과 여성적 글쓰기의 전략」, 『여성문학연구』 제5호, 한국
　　　여성문학학회, 2001.

정대현 외, 『감성의 철학』, 민음사, 1996.

――――, 『정서와 교육』, 학지사, 2005.

정배범 외, 「감성공학과 게임을 위한 정서의 정의와 활용」, 『한국컴퓨터게임학
　　　회논문지』 7, 한국컴퓨터게임학회, 2005.

정연정, 「한국 현대 생태시 연구」, 『한국문예비평연구』 제34집, 한국현대문예
　　　비평학회, 2011.

정영자, 「1960년대 한국여성시 문학사 연구」, 『한국문예비평연구』 제12호, 한국현대문예비평학회, 2003.

정옥분 외, 『정서발달과 정서지능』, 학지사, 2007.

정우택, 「황석우의 자연시 연구」, 『현대문학의연구』 제31호, 한국문학연구학회, 2007.

정유화, 『한국 현대시의 구조미학』, 한국문화사, 2005.

정인석, 『의식과 무의식의 대화』, 대왕사, 2008.

정일남, 「초정 박제가의 제화시 연구」, 『한국의 철학』 제35권 1호, 경북대학교 퇴계연구소, 2004.

정재찬, 「미디어시대의 문학교육」, 『문학교육학』 28, 한국문학교육학회, 2009.

_____, 『현대시의 이념과 논리』, 역락, 2007.

정정순, 「1920년대 한국 낭만주의 시와 상상력 교육」, 『문학교육학』 5, 2000.

정현원, 「감성의 개념 및 어휘체계 정립을 통한 공감각 디자인 평가방법에 관한 연구」, 홍익대학교 박사논문, 2008.

정효구, 『한국 현대시화 푸人의 사상』, 푸른사상사, 2007.

_____, 『한국현대시와 자연탐구』, 새미, 1998.

제여매, 「독일 현대 자연시」, 『독어교육』 제35집, 한국독어독문학교육학회, 2006.

조광래, 『해체주의란 무엇인가』, 교보문고, 1989.

조광제, 『의식의 85가지 얼굴』, 문학동네, 2008.

조기영, 『한국시가의 자연관』, 북스힐, 2005.

조남현, 『한국현대시사의 쟁점』, 시와시학사, 1991.

조동일, 「장편서사시의 분포와 변천 비교론」, 『고전문학연구』 제5호, 한국고전문학회, 1990.

조진기, 『비교문학의 이론과 실천』, 새문사, 2006.

조현수, 「베르그손 철학에서 시간과 공간의 관계와 형이상학의 과제」, 『철학』 91, 한국철학회, 2007.

중국철학회, 『현대의 위기 동양철학의 모색』, 예문서원, 1998.

진순애, 『한국 현대시와 모더니티』, 태학사, 1999.

─────, 『현대시의 자연과 모더니티』, 새미, 2003.

진은진, 『여성탐색담의 서사적 전통연구』, 보고사, 2008.

진찬영, 『한국현대시의 리얼리즘과 모더니즘적 탐색』, 새미, 1998.

차경아 외, 『문학이 만든 여성 여성이 만든 문학』, 한국문화사, 2004.

차봉희, 『디지로그 스토리텔링』, 문매미, 2007.

차영한, 『초현실주의 시와 시론』, 한국문연, 2011.

채만묵, 「한국 모더니즘 시」, 『인문논총』 12, 1983.

채연숙, 「문화적 기억과 문학적 기억으로서의 여성시」, 『비교한국학』 제19권
　　　3호, 국제비교한국학회, 2011.

채호석, 『식민지시대 문학의 지형도』, 역락, 2010.

철학아카데미, 『공간과 도시의 의미들』, 소명출판, 2004.

──────────, 『기호학과 철학 그리고 예술』, 소명출판, 2002.

최경아, 「자아와 개인에 대한 정의 고찰」, 『인도철학』 28, 2010.

최광석, 「김사량의 천마에 나타난 탈식민주의 연구」, 『일어교육』 42, 한국일본
　　　어교육학회, 2007.

최동오, 「미국의 생태문학 연구」, 『인문학연구』 제79호, 충남대학교 인문학연
　　　구소, 2010.

최동현 외, 『페미니즘 문학론』, 한국문화사, 1996.

최미숙, 「미디어시대의 시텍스트 변화양상과 시교육」, 『문학교육학』 24, 한국
　　　문학교육학회, 2007.

─────, 「이상 시의 심미성에 관한 연구」, 『국어교육』 119, 한국어교육학회,
　　　2006.

─────, 『한국 모더니즘시의 글쓰기 방식과 시 해석』, 소명출판, 2000.

최상규, 『문예사회학』, 예림기획, 2005.

최상안, 「독일의 생태시」, 『인문논총』 제16호, 경남대학교 인문과학연구소,
　　　2003.

최성민, 「공간의 인식과 식민 담론」, 『한국근대문학연구』 6(1), 한국근대문학회,

2005.

_____, 「제3세계를 향한 제국주의적 시선과 탈식민주의적 시선」, 『현대소설연구』 40, 한국현대소설학회, 2009.

최순화·김정옥, 「중학생들의 자아존중감과 자기효능감 향상을 위한 현실치료 집단상담 프로그램의 효과」, 『한국가족관계학회지』 14(4), 2010.

최영진, 「이미지 읽기와 텍스트 읽기」, 『영미문학교육』 제11권 2호, 한국영미문학교육학회, 2007.

최유찬 외, 『문학과 사회』, 실천문학사, 1994.

최재목, 『퇴계 심학과 왕양명』, 새문사, 2010.

최재서, 『문학개론』, 어문각, 1963.

최정임 외, 『PBL로 수업하기』, 학지사, 2010.

최종천, 「탈식민주의 문화 이론의 해체론적 접근」, 『범한철학』 61, 범한철학회, 2011.

최지현, 「감상의 정서적 거리」, 『문학교육학』 12, 한국문학교육학회, 2003.

_____, 「문학감상교육의 교수학습모형 탐구」, 『선청어문』 26, 서울대학교 국어교육과, 1998.

_____, 「문학교육과 인지심리학」, 『문학교육학』 37, 2012.

_____, 「문학교육에서 정전과 학습자의 정서체험이 갖는 위계적 구조에 관한 연구」, 『문학교육학』 5, 한국문학교육학회, 2000.

최혜실, 『디지털 시대의 문화 읽기』, 소명출판, 2001.

최홍규, 『한국근대정신사의 탐구』, 경인문화사, 2005.

태혜숙, 『한국의 탈식민 페미니즘과 지식생산』, 문학과학사, 2006.

팽영일, 『아동의 상상력과 창조』, 창지사, 1999.

하정일, 「프로문학의 탈식민 기획과 근대극복론」, 『한국근대문학연구』 22, 한국근대문학회, 2010.

_____, 『분단 자본주의 시대의 민족문학사론』, 소명출판, 2002.

하제원, 「하이데거 기초존재론에서의 공간개념」, 『존재론연구』 15, 한국하이데거학회, 2007.

한국불교환경교육원, 『동양사상과 환경문제』, 모색, 1997.

한국야스퍼스학회, 『야스퍼스와 사유의 거인들』, 지식을만드는지식, 2010.

한국어문화연구소, 『여성, 문학으로 소통하다』, 태학사, 2011.

한국영미문학 페미니즘학회, 『페미니즘, 어제와 오늘』, 민음사, 2000.

한국키에르케고어학회, 『키에르케고어에게 배운다』, 철학과현실사, 2005.

한국하이데거학회, 『하이데거 철학과 동양사상』, 민음사, 2001.

한국현대시학회, 『20세기 한국시론』 1, 글누림, 2006.

─────────, 『20세기 한국시론』 2, 글누림, 2006.

─────────, 『20세기 한국시의 사적 조명』, 태학사, 2003.

한국현상학회, 『자연의 현상학』, 철학과현실사, 1998.

한귀은, 『현대소설 교육론』, 역락, 2006.

한양환, 「후기신식민주의」, 『세계지역연구논총』 26(1), 한국세계지역학회, 2008.

한일섭, 『서사의 이론』, 한국문화사, 2009.

한자경, 『헤겔 정신현상학의 이해』, 서광사, 2009.

한철, 「이미지, 문자, 권력」, 『뷔히너와현대문학』 제34호, 한국뷔히너학회, 2010.

한태호, 『현대시 창작과 시적 상상력』, 동인, 2006.

함준석 외, 「텍스트의 정서단어 추출을 통한 문학작품의 정서분석」, 『감성과학』 14(2), 한국감성과학회, 2011.

허윤회, 『한국의 현대시와 시론』, 소명출판, 2007.

허창수, 「탈식민주의 이론과 실제의 꼴라주」, 『교육과정연구』 29(3), 한국교육과정학회, 2011.

현길언 외, 『문학과 정치이데올로기』, 한양대학교 출판부, 2005.

현대시학회, 『한국 서술시의 시학』, 태학사, 1998.

현영민, 「미국 서사시의 포스트모던 미학」, 『미국학논집』 제27권 1호, 한국아메리카학회, 1995.

홍경실, 『베르그손의 철학』, 인간사랑, 2005.

홍길표, 「근대 개인의 자기구성」, 『괴테연구』 19, 2006.

홍문표, 「기독교와 생태시」, 『한국문예비평연구』 제12호, 한국현대문예비평학
　　　회, 2003.

홍병선, 「상상력의 철학적 근거」, 『철학탐구』 24, 2008.

홍성태, 『현대 한국 사회의 문화적 형성』, 현실문화연구, 2006.

홍용희, 『꽃과 어둠의 산조』, 문학과지성사, 1999.

황광욱, 『화담 서경덕의 철학사상』, 심산문화, 2003.

황석하, 「칸트 상상력 개념의 교육적 안목」, 『교육학논총』 27(2), 2006.

황수영, 『물질과 기억, 시간의 지층을 탐험하는 이미지와 기억의 미학』, 민음사,
　　　2007.

황애숙, 『시와 철학』, 한국학술정보, 2010.

황인원, 『한국 서정시와 자연의식』, 다운샘, 2002.

황정현, 「초등학교 문학교육의 정의적 영역의 문제와 교육방법」, 『문학교육학』
　　　12, 한국문학교육학회, 2003.

황혜진, 「설화를 통한 자기성찰의 사례연구」, 『국어교육』 122, 2007.

2. 자료

『고봉집』 「속집」 권2.

『莊子』 「大宗師篇」.

『傳習錄』(下) 「黃省曾錄」 274조목.

3. 번역 도서

이황, 최영갑 역, 『성학십도』, 풀빛, 2005.

이황 외, 김영두 역, 『퇴계, 인간의 도리를 말하다』, 푸르메, 2011.

베네딕트 앤더슨, 윤형숙 역. 『상상의 공동체』, 나남출판, 2002.

앙리 베르그송, 이광래 역, 『사유와 운동』, 문예출판사, 1993.

C. G. 융, 이부영 역, 『현대의 신화』, 삼성출판사, 1993.

C. G. 융, 권오석 역, 『무의식의 분석』, 홍신문화사, 2007.

크리스토퍼 노리스, 민경숙 외 역, 『해체비평: 이론과 실제』, 한신문화사, 1995.

보우그란데 R. & W. 드레슬러, 김태옥·이현호 역, 『텍스트 언어학입문』, 한신
　　　　문화사, 1995.

듀이, J., 임한영 역, 『사고하는 방법』, 법문사, 1986.

E. H. 카아, 길현모 역, 『역사란 무엇인가』, 탐구당, 1996.

E. 후프나겔, 강학순 역, 『해석학의 이해』, 서광사, 1994.

H. 롬바흐, 전동진 역, 『살아있는 구조』, 서광사, 2004.

H. 포터 애벗, 우찬제 외 역, 『서사학 강의』, 문학과지성사, 2010.

하이데거, M., 이기상 역, 『존재와 시간』, 까치, 1998.

후설, E., 이종훈 역, 『데카르트적 성찰』, 한길사, 2003.

I. 칸트, 전원배 역, 『순수이성비판』, 삼성출판사, 1977.

J. A. 갈브레이드, 박현채 역, 『권력의 해부』, 한벗, 1984.

J. 크리스테바 외, 김열규 외 역, 『페미니즘과 문학』, 문예출판사, 1992.

J. W. 칼렛 & M. N. 시오타, 민경환 외 역, 『정서심리학』, 시그마프레스, 2008.

J. R. 셜, 심철호 역, 『정신, 언어, 사회』, 해냄, 2000.

라캉, J., 권택영 외 역, 『욕망이론』, 문예출판사, 2004.

L. M. 로젠블렛, 김혜리 외 역, 『독자, 텍스트, 시』, 한국문화사, 2008.

M. 바흐찐, 송기한 역, 『마르크스주의와 언어철학』, 한겨레, 1988.

M. A. 건터 & H. E. 토마스 & L. M. 수산, 권낙원 역, 『수업모형』, 아카데미프레
　　　　스, 2010.

T. 메췌, 여균동 외 역, 『헤겔미학입문』, 종로서적, 1983.

N. 프라이, 이상우 역, 『문학의 구조와 상상력』, 집문당, 1992.

P. J. 쿠퍼 & C. J. 사이몬, 이창덕 외 역, 『교실 의사소통』, 교육과학사, 2010.

R. L. 브렛, 심명호 역, 『공상과 상상력』, 서울대학교 출판부, 1979.

R. 윌리엄즈, 이일환 역, 『이념과 문학』, 문학과지성사, 1982.

리쾨르, P., 윤철호 역, 『해석학과 인문사회과학』, 서광사, 2003.

리쾨르, P., 윤성우 역, 『해석의 갈등』, 살림, 2005.

T. S. 엘리어트, 최종수 역, 『문예비평론』, 박영사, 1974.

T. W. 아도르노, 이순예 역, 『부정변증법 강의』, 세창출판사, 2012.

토릴 모이, 임옥희 외 역, 『성과 텍스트의 정치학』, 한신문화사, 1994.

가스통 바슐라르, 곽광수 역, 『공간의 시학』, 민음사, 1993.

그레이엄 클라크, 정기문 역, 『공간과 시간 그리고 인간』, 푸른길, 2011.

나카무라 유지로, 박철은 역, 『토포스』, 그린비, 2012.

레나 린트 호프, 이란표 역, 『페미니즘 문학 이론』, 인간사랑, 1998.

레비나스, 강영안 역, 『시간과 타자』, 문예출판사, 1996.

레지스 드브레, 정진국 역, 『이미지의 삶과 죽음』, 시각과언어, 1994.

로버트 숄즈 외, 임병권 역, 『서사의 본질』, 예림기획, 2001.

로베르 에스카르피, 김광현 역, 『정보와 커뮤니케이션』, 민음사, 1996.

롤랑 바르트 외, 송숙자 역, 『바르트와 손탁: 사진론』, 우성사, 1994.

루시앙 골드만, 조경숙 역, 『소설사회학을 위하여』, 청하, 1994.

뤼스 이리가라이, 이은민 역, 『하나이지 않은 성』, 동문선, 2000.

리차드 팔머, 이한우 역, 『해석학이란 무엇인가』, 문예출판사, 1996.

마가노 하지무, 최재석 역, 『공간과 인간』, 국제, 1999.

마르틴 졸리, 김동윤 역, 『영상이미지 읽기』, 문예출판사, 1999.

마이클 짐머만, 정현경 외 역, 『다시 꾸며보는 세상』, 이화여자대학교 출판부,
　　　　1996.

마틴 호프만, 박재주 외 역, 『공감과 도덕발달』, 철학과현실사, 2011.

메리 고든, 문희경 역, 『공감의 뿌리』, 샨티, 2010.

모리스 메를로 퐁티, 류의근 역, 『지각의 현상학』, 문학과지성사, 2008.

모리스 블랑쇼, 박혜영 역, 『문학의 공간』, 책세상, 1998.

미셸 콜로, 정선아 역, 『현대시와 지평구조』, 문학과지성사, 2003.

미셸 푸코, 심세광 역, 『주체의 해석학』, 동문선, 2001.

빈센트 B. 라이치, 권택영 역, 『해체비평이란 무엇인가』, 문예출판사, 1990.

빌렘 플루서, 윤종석 역, 『디지털시대의 글쓰기』, 문예출판사, 1998.

소피아 로비기, 이재룡 역, 『인식론의 역사』, 가톨릭대학교 출판부, 2005.

수잔 스나이더 랜서, 김형민 역, 『시점의 시학』, 좋은날, 1998.

스테인 H. 올슨, 최상규 역, 『문학이해의 구조』, 예림기획, 1999.

앙리 베르그송, 홍경실 역, 『물질과 기억』, 교보문고, 1991.

에드워드 렐프, 김덕현 역, 『장소와 장소상실』, 논형, 2005.

에드워드 소자, 이무용 외 역, 『공간과 비판사회이론』, 시각과언어, 1997.

에스펜 올셋, 류현주 역, 『사이버텍스트』, 글누림, 2007.

엘리자베드 프로인드, 신명아 역, 『독자로 돌아가기』, 인간사랑, 2005.

오토 프리드리히 볼노, 이기숙 역, 『인간과 공간』, 에코리브르, 2011.

움베르토 에코, 김광현 역, 『기호와 현대예술』, 열린책들, 1998.

일레인 쇼월터, 신경숙 외 역, 『페미니스트 비평과 여성 문학』, 이화여자대학교
         출판부, 2006.

자크 라캉, 권택영 역, 『욕망이론』, 문예출판사, 1994.

장 폴 사르트르, 윤정임 역, 『사르트르의 상상계』, 기파랑, 2010.

장 폴 사르트르, 지영래 역, 『상상력』, 기파랑, 2010.

제라르 즈네뜨, 권택영 역, 『서사담론』, 교보문고, 1992.

조지 P. 랜도우, 여국현 외 역, 『하아퍼텍스트2.0』, 문화과학사, 2003.

조지 P. 랜도우, 김익현 역, 『하아퍼텍스트3.0』, 커뮤니케이션북스, 2009.

치누아 아체베, 이석호 역, 『제3세계 문학과 식민주의 비평』, 인간사랑, 1999.

칸트, 윤성범 역, 『순수이성비판』, 을유문화사, 1968.

팀 크레스웰, 심승희 역, 『장소』, 시그마프레스, 2012.

패터 V. 지마, 김태환 역, 『모던/포스터모던』, 문학과지성사, 2010.

팸 모리스, 강희원 역, 『문학과 페미니즘』, 문예출판사, 1997.

폴 리쾨르, 김윤성·조현범 역, 『해석이론』, 서광사, 1994.

플라톤 외 지음, 아서 미·J. A. 해머튼 엮음, 정명진 역, 『철학, 인간을 읽다』,
         부글북스, 2009.

피터 차일즈 외 지음, 김문환 역, 『탈식민주의 이론』, 문예출판사, 2004.

한스 라이헨바하, 이정우 역, 『시간과 공간의 철학』, 서광사, 1990.

한스 요아힘 마츠, 이미옥 역, 『릴리스 콤플렉스』, 참솔, 2004.

헤이튼 화이트, 전은경 역, 『현대서술 이론의 흐름』, 솔출판사, 1997.

휴 J. 실버만, 윤호병 역, 『데리다와 해체주의 철학과 사상』, 현대미학사, 1998.

4. 외국 논저

Abdul, R. JanMohamed, *The Economy of Manichean Allegory: The Function of Racial Difference in Colonialist Literature*, Critical inquiry 12, 1985.

B. J. Moore Gilbert, *Postcolonial Theory: Contexts, Practices, Politics*, London & New York: Versso, 1997.

Edward Said, *Orientalism*, Vintage Books, 1978.

Homi, K. Bhabha, *The Location of Culture*, London: New York, Routledge, 1994.

Trinh, Minh-ha, *Women. Native. Other: Writing Postcoloniality and Feminism*. Bloomington: Indiana UP., 1989.

Dubois Ph., *L'acte photographique*, Nathan, 1983.

Hutcheon Linda, *A Poetics of Postmodernism: History, Theory, Fiction*, NY: Routledge, 1989.

Lewis C. D., *The Poetic Image*, A.W. Bain & CO. Ltd., London, 1958.

Sidney Philip, *Elizabethan Critical Essays* Volume 1, Oxford University Press, 1971.

Hume, D., *Enquiries concerning Human Understanding and concerning the Principles of Morals*, Oxford Clarendon Press, 1902.

Richards, I. A., *Coleridge on Imagination*, Bloomington: University of Indiana Press, 1965.

McMillan, M., *Education through the imagination*, Bristol: Thommes Press, 1995.

Mikhail Bakhtin, *Problems of Dostoevsky's Poetics*, Caryl Emerson trans and ed., Minneapolis: University of minnesota Press, 1984.

Susan S. Lanser, *The Narrative Act*, Princeton; Princeton University Press, 1981.

Brenda K. Marshall, *Teaching the Post-modern: Fiction and Theory*, NY: Chapman and Hall, 1992.

Terry Eagleton, *How to Read a Poem*, UK: Blackwell Publishing, 2007.

Timothy J. Perfect & Bennett L. Schwartz, *Applied Metacognition*, NY: Cambridge University Press, 2002.

Berk Emily & Devlin Joseph, *Hypertext/Hypermedia Handbook*, NY: Multiscience Press, 1991.

Halsall Fred, *Multimedia Communications*, UK: Pearson Education Limited, 2001.

Irwin J. David, *Emerging Multimedia Computer Communication Technologies*, NJ: Prentice Hall PTR., 1998.

Tatipamula Mallikarjun & Khasnabish Bhumip, *Multimedia Communications Networks*, NY: Artech House, 1998.

Kurtines, *Developing self-esteem and creativity in the preschool*, NY: Maiami University Press, 1989.

Wylie, Ruth C., *Measures of Self-Concept*, NE: University of Nebraska Press, 1989.

Bill Devall & George Sessions ed., *Deep Ecology*, Salt Lake City: Gibbs M. Smith Inc., 1985.

M. Heidegger, "Parmenides", *Gesamtausgabe Bd*. 54, Frankfurt a.M., 1982.

M. Heidegger, "Hölderlins Hymne 'Der Ister'", *Gesamtsausgabe Bd*. 53, Frankfurt a.M., 1984.

(ㄱ)

가치 발견 115

가치 인식 14, 27

가치관 122, 194

가치의 위계화 40

간접체험 276, 277

간접화법 190

갈래비평 138

갈래의 혼합현상 138

감각정서적 상상력 80

감응 228

개념에 대한 연상 85

개방 115, 119

개방성 120

객관주의 304

거리두기 170, 172

결합 272

경 199

경로 368

고립성 135

공간 110

공간 귀속성 112

공간상 135

공감 195

공감적 읽기 276, 277

공동체적 해방 273

공생 250, 302

공존 230

공존적 가치 291

과거의 현존 116

과정 363

관계맺음 228

관계성 122

구도 64

구성 이미지 확인 55

구성요소 36

근대적 환등상 174

근원적 욕망 275

긍정 277

기호 47

기호적 현현 현상 202

긴축 145

꿈 217

(ㄴ)

남근선망 260

남성적 관점 267

내면 183

내면 탐색 192

내면화자 185

노드 370

논리이성적 상상력 80

논증적 추론하기 60

(ㄷ)

다가서기 170

다면적 230

다성성 141, 364

다중논리성   330
단절   135, 145
대량생산   236
대량소비   236
대상   253
대상 지향적 상상력   80
대상적 무규정성   58
대안   187
대안 탐색   192
대안적 양성성   268
대화적 읽기   277
대화하기   282
도시   171

(ㄹ)
리리시즘   150
리얼리즘   149
리얼리티   156, 160
리얼리티의 이미지 지향성   164
링크   370

(ㅁ)
매체 해제   365
매체개방주의   299
맥락 이미지 분석   55
멀티리터러시   365
모더니즘   166
모더니즘시   167
모둠   374
모둠별 토의   344
모둠수행활동   382
모방   348
모상   83
무위   229
무의식   183
무정성   125

문자예술   73
문제 중심 학습법   336
문학담론   367
문학생태학   231
문화적 위계화   357
물신화   336
민족주의   331

(ㅂ)
반감   195
반성적(反省的) 총체성   27
반속적   172
반추   224
발견   158, 253
발산적   363
발전   302
방향성   80
범주화   17
변용   76
복귀   227
부재함의 현존   116
분열   274
분열상   185
분할   79
비동일적   174
비약   316
비자연적   228
비지칭   132
비판   170, 172, 230
빈 자리   316

(ㅅ)
사건   164
사건 파악하기   164
사건의 함축 지향성   152, 164
삶의 공간   133

상보적   228
상상력   107
상상력 교육   107
상상력의 틀   108
상징계   327
상품화   336
상호 관계성   128
상호소통   282
상호작용성   366
상호텍스트성   362
상호협력학습   382
상황 인식   14
색조   64
생략   145, 316
생멸의 비의   276
생성적 양상   363
생태마르크스주의   236
생태비평   231
생태사회주의   236
생태시   233
생태적 사유   225
생태주의적   231
서사   144
서사구조   148
서술   146
서술성   146
서술시   156
서술의 정서 지향성   164
선결조건   330
선형성   361, 370
선형적   359
소외   135
소외된 타자   258
소요유   237
소통   360
소통성   122

수동적   359
수용 이미지 파악   55
수행적(performative) 읽기   333
순응   342
순차성   358
스스로 피어남   227
스토리텔링 기법   154
스투디움   53
시각 이미지   47
시각예술   50
시교수법   49
시니피에   52
시적 발상   312
시적 정서   12
시점(perspective)의 구성과정   40
식민주의자   324
식민지배자   324
신비평   304
실재계   327
실천적 의지   271, 286
심리적 자유 연상하기   59
심리적인 공백   97
심층생태학   225
쌍방향   360

(ㅇ)

양가성   326
양가적 자기 인식하기   332
어머니 자연   275
억압   262
언어예술   51
여성시   262
역설적인 공동화   300
역할극   154
연결   119
연결성   360

연결 지향성   115
영미페미니스트   261
영화소   52
오리엔탈리즘   324
완결성   363
원상   83
원초적인 세계   226
유형화된 사유방식   79
융합과 변형   89
의미 뒤집어 표현하기   316
의식 가능   224
의식할 수 없는   219
이미지   164
이미지즘   171
이미지 그물망 짜기   305
이미지 변용하기   71
이미지 분석   249
이미지 연쇄   310
이미지 추출하기   71
이미지 통합   249
이미지 혼성   310
이법   199
이성   225
이성중심   230
이야기   146
이원화   274
이중성   331
2차 시적 정서 점검   23
이화   295
인간   225
인간의 종언   297
인식   115
인식의 지평   262
인지적 성찰   12
인지적 작용   22
일여적   228

1차 시적 정서 점검   23
일탈   297, 316

(ㅈ)
자기무의식   217
자기발견   193
자기완성   193
자기의식   211, 224
자기중심적   213
자리 찾기   272
자발적   227
자본   246
자아   194
자아성찰   193
자아적 속성   213
자연   227
자연문학   234
자연적   228
자의식   175
작가 인식   178
작가의 발상 탐색   305
잠재된 자아   219
장소   110
재구성   17
재설정   263
재조망   253
재평가   22
재현 양식의 다양성   143
저항   231, 342
저항적 재정형화하기   332
적합자극   23
전략 찾기   305
전일적   226
전제된 가치 인식   179
전통성   340
전형화   139

정서　164

정서 교육　12

정서 도출　38

정서어휘　13, 14

정서어휘목록　19

정서어휘체계　19

정서의 외재화　14

정의(情意, affectivity)　15

정좌　200

정형화　326

제화시　48

조형력　78

존재　227

주체　178

주체성　263, 340

주체 지향적 상상력　80

주체적 위상 정립　170

중정　199

중핵적 가치　246

지배　325

지시성　56

지양　200

직접화법　190

(ㅊ)

차별화　178

차연　298

창조　348

체험의 공간　133

체화　276

초월성　274

초현실주의 시　166

추론적으로 발견　86

추론하기　21

치유적 읽기　287

치환하기　21

친교　277

(ㅌ)

타인　224

타자성　258, 263

타자화　224

탈갈래 현상　138

탈매체적　365

탈식민주의　324

탈식민주의 교육　327

탈식민주의 시　328

탐구　158

탐색　189

텍스트　47

텍스트상관성　305

텍스트의 공동화 현상　299

통시적 맥락화　62

통합모형　352

(ㅍ)

판타스마고리아　174

패러다임　230, 296

편향성　196

평면성　370

폐쇄성　122, 363

포괄적　230

포스트모더니즘　296

포용적 가치　291

폴리세미　61

표면성　299

표면화된 정서어휘　31

푼크툼　53

퓌지스　227

프로시　140

피식민자　324

피지배　325

(ㅎ)

하르스되르퍼 49
하위문화 260
하이퍼미디어 361
하이퍼텍스트 358
함축 145
함축성 164
함축적 시어 찾기 164
해체 76, 294
해체의 양식화 76
해체적 기법 294
해체적 발상 311
해체주의 305
행위 363
헤게모니적 시기 325
현실 178
현실 바로 알기 172

현실 재구성 170
형상 64
형상적 종합 78
형상화 18
형상화 방법 178
호라티우스 49
혼돈 272
혼종성 340
혼종화 326
화자 146, 213
확장 76, 145
회귀 226
회복 227
흐름도 373
혼적 116
희생양 325